# 古玩笔记

## 禁忌篇

——老年间古玩收藏的禁忌故事

齐州三爷◎著

上海社会科学院出版社
SHANGHAI ACADEMY OF SOCIAL SCIENCES PRESS

# 目录

# 龙鞭蟠桃记

## 引　子

天子出，车驾次第，谓之卤簿。

——蔡邕《独断》

舆驾行幸，羽仪导从谓之卤簿，自秦汉以来始有其名。

——唐封演《封氏闻见记》

龙飞五十有五年，庆一时，五数合天，五数合地，五事修，五福备，五世同堂，五色斑斓辉彩服；

鹤算八旬逢八月，祝万寿，八千为春，八千为秋，八元进，八恺登，八音从律，八风缥缈奏丹墀。

——《高宗纯皇帝八旬万寿庆典》辑录万寿长联

# 一

老时年间，四九城里的老少爷们，对闰八月可是大为忌惮，只因故老相传：闰八月，起刀兵。最不吉利！其源头则是众说纷纭，有些在内廷当差的苏拉、太监们神神秘秘地吹嘘：谁说不准？嘉庆十八年林清逆贼打入紫禁城，不就在闰八月嘛？！

庚子这年，西历1900年，正逢闰八月。

这年时令颇不正，先是春天从口外按例吹来的风沙没怎么见，叫四九城习惯了"出门一身土"的老少爷们觉得新奇。自去年腊月一直滴水成冰的天气，直到三月小春，还在北京城上头盘旋。没等老阳儿出来照面，驱散寒冷，四月中旬，猛然耀眼的老阳儿赶着时令发了威，整个京畿又提前迎来了夏天，又闷又燥。

街上的树，刚抽了蕊出了芽，就被老阳儿晒得病恹恹似的挂了又脏又灰的尘土，打了卷，既无精打采懒得动，又跟地下的干裂腌臜的灰土和天上的灰茫茫的云商量好了一样，吐了不少灰沙，打在大街小巷行色匆匆的行人身上，令人应接不暇皱眉难堪。

街面上，角落里的垃圾在热浪滚滚里，臭气熏天。平日里，这季节发春的野狗野猫，聚集在一块堆儿窃窃私语，张大嘴吐着又腥又臭的舌头，红眼珠子睁得老大，"呜呜喵喵"有气无力望着远近来倒垃圾的瘦骨嶙峋的百姓。

无论在家里还是街上昏昏沉沉、汗流浃背的老少爷们，实在不晓得老天爷发了什么疯，像戏弄小孩子一样改变天时，戏弄着芸芸众生。想骂两句？可绝不敢对老天爷不恭敬，男人们只好冲着辛勤的女人们开嗓子骂娘，操持家务劳苦的女人们低眉顺眼受着辱骂，转过身等男人们消了火，自己个儿再拿满地疯跑的孩子们出气。

四月初，前门大街出现个衣衫褴褛的癞头和尚，端着破钵盂到处叫喊："红花落地黄花起，二八干戈二八秋！"刚吃了几口要来的剩饭，又叫喊："遍地人死一多半，闰月秋来是大乱！有眼力见儿的赶紧逃啵！”几日之内，传遍京城内外，闹得街面上老少爷们惊惧不安。九门提督府闻之，以“妖言惑众”为名，将其打入天牢，可不久后，有人传说：癞头和尚，当天夜里就在守卫森严的大牢里消失了！

四月下旬，不经之语铺天盖地而来：“这苦不算苦，二四加一五；家家红灯照，那时真是苦！”“群鬼闹京都，劫难远洋来。”朝廷内外连同宫廷内，一片惊慌。老佛爷下旨叫钦天监照例改换闰月，颁布时宪书，发下去各省也没人听，内廷里头传出信儿来：万岁爷病重，不能理政，洋人们对义和拳在各地乱纷纷闹事不满，要朝廷明降诏书，早定大计。

什么大计？明眼人都晓得，明面儿上是各国对义和拳闹事不满，暗地里给老佛爷上眼药儿呢。还没等朝廷有啥动静呢，举着“扶清灭洋”大旗的十几万义和拳，变戏法似的从山东、直隶四面八方涌入京师，抢占了王府、庙坛、衙门，设立神坛，见天做法请神，一面护佑大清国；一面对付洋人。

有知道内情的爷在茶馆里显摆：“这可是咱们大清国的神兵天将呐！老佛爷特派刚毅刚大人、徐大学士，亲自赴涿州验看义和拳。好家伙！那真是兵甲鲜明、刀枪林立！都是一条条高大汉子，人家还刀枪不入呢！这回，看哪国洋鬼子还敢欺负咱们！”

有的不信邪，翻了白眼问：“刀枪不入？有那么邪乎？”

“啧！真！人家当时焚了黄表纸，连鸿钧老祖和净坛使者都请下来啦！刚大人亲眼得见，洋人火枪乒乒乓乓打了一阵，您猜怎么着？人家身上连个白印儿都没留下。刚大人、徐大学士回了京，密奏了老佛爷，天颜大喜，降下圣旨，封义和拳为义民，赏赐了金银粮米，龙头牌、虎头牌，召入京城备战呢！”

“备战？跟谁备战？”

“跟谁?！跟洋鬼子呐！咱大清有了这些个英雄好汉、佛祖神仙，还怕他洋人个鸟?！哼，到时候把这群狼羔子全他妈宰了！大清一统万万年。”

“哟，这么说，咱们得躲躲！打起仗来，枪弹可不认人。劳驾问您一句，净坛使者是哪位神仙？”

“呸！您还躲？你家宅子、老婆孩子都在北京城，吃的又是铁杆庄稼，上哪儿躲？留在这儿，且看怎么杀洋人啵！净坛使者你都不知道？《西游记》你看过没有？就是猪八戒大仙呐，原先是天蓬元帅，使一把九齿钉耙，最能降妖除魔！”

“啊？猪八戒??”

……

一时间北京城里风云变色，满街桶子全是包了五颜六色头巾，举着八卦牌、虎头牌的义和拳，成日介东家要粮食、西家要银子，东游西逛全城流窜，访查各类“汉奸”，纠察入洋教、抽洋烟、吃洋饭、喝洋酒、穿洋服、戴洋眼镜、说洋话的“二毛子”。凡是被逮住的，当场焚黄表纸，请神仙“指认”，若是黄纸烧化了纸灰飞扬，被抓的人被胖揍一顿还能逃得性命，若是黄纸烧不尽，就是汉奸，那鬼头大刀一挥，当场就宰！连九门提督、五城兵马司也不敢辖制，因端王爷、庄王爷、刚大人、徐大学士为了促成大阿哥登基，率先在家设立神坛，成了义和拳的大首领！

这番闹腾，不仅叫东交民巷里各国公使馆的洋人们惶惶不可终日，不到一个月连满城百姓也风声鹤唳、人心惶惶。有些有钱有眼力见儿的商人、财主、名人文士、朝野官僚，赶忙舍了房地财产、官职禄位，拖家带口雇车雇船，从德胜门、永定门、朝阳门逃命避难去喽。

剩下那些老死不离寸地的官员、百姓，都觉得北京城是六百年帝都圣地，普天神佛护佑，又有老佛爷、万岁爷震慑，加上十几万刀枪不入的义和拳守卫，金城万里、固若金汤！跑啥？

京城内外一乱，可就让各城门外的车、脚两行兴盛起来。

车、脚行，本为两个行当，是老时年间下九流里比“五子行”还低贱的“五贱行”之二。不是有那么句话吗：车船店脚牙，无罪也该杀！说的就是车夫、船夫；店是开野鸡店或黑店的；脚是赶脚的脚夫；牙，即是买卖牲口和女人孩子的人牙子。这五个行当，在老时年间被百姓们嗤之以鼻，卑贱如同蝼蚁，连戏子都不如，所以被称为“五贱行”。

其原故，船、店、牙三行不说，单说车行、脚行，这帮人里头，不少都是穷凶极恶、为非作歹的歹徒们为了避难、躲事儿才干的，遇上携带钱财的客人、长得漂亮的女人，把人拉到荒山野岭抢劫财物、侮辱妇女，算是轻的，有些还干打闷棍、套白狼的活计，下三烂手段无所不用。就算是贫苦乡民们入了此行，跟这帮人待长了，近墨者黑，也能学得贼鬼溜滑，说好了路程、价钱，到了半道上，非得再多加钱。不给？你就下车自己走回家啵！因而在城里，白道有官府、黑道有几位霸天管着，还算不错，到了城外，这帮人着实无法无天。

德胜门、朝阳门外情形一向如此。不过，永定门外车、脚两行，庚子那几年，还算安静。只因出了个不大不小的“人物”。

话说永定门外车、脚行里出的“人物”，也是顺天府人氏，姓杨，三十四五岁年纪，身量不高，浓眉大眼厚嘴唇，一个硬实的车轴汉子，扔人堆里，瞧着毫不起眼，却在车、脚两行里头，大名鼎鼎，有一号。只因此人祖上据传是正白旗汉军，也是从龙入关，到了乾隆爷那当儿，八旗生齿日繁，八旗大爷们只会守着铁杆庄稼，在家养蛐蛐、玩蝈蝈、斗鸡走狗花天酒地，扑通扑通生孩子，朝廷每年要补贴数百万两银子，乾隆爷发了愁，只好下旨命汉军出旗自谋生路，于是这位杨爷的老祖，就出了旗，自己过活。

可祖上自顺治爷入关，已然闲散了百十年，除了当兵吃饷，既不会种地，也不会经商，更不会手艺。杨爷一代代祖上换了好几十个行当，家也越来越败落，等到他出生，家里头就剩了右安门外一处小院和一个瞎眼的老娘，他只好干了脚夫，过了十来年，攒了钱，买了辆大车，入了车行。

老年间，甭说上、中、下三教九流，就是“五子行”“五贱行”，也都有忌讳讲究，从脚行入车行，虽说都是穷人的行当，可也有人瞧着不忿，暗地里给他使绊子。

赶上这位杨爷，刚直硬气、又轴又犟，闹到后来，跟车行里的霸头在右安门外干了一架。那日呼啦啦去了上百号行里的哥们弟兄，霸头一身玄色细布裤褂，腰扎大带，撇着嘴还没伸手，杨爷指了指旁边一个荒废的磨盘笑笑说：“哥们儿，咱们都是穷苦人，家里拖家带口，有老有少，你伤我，不好，我伤了你，更不好。这么着，那里有块大磨盘，咱们俩谁能举着它围着大家伙儿转三圈儿，就算赢！您看怎么样？”

“嘶……”高大的霸头看看杨爷，再看看重达三百多斤的大磨盘，倒吸了口冷气，皱眉琢磨了琢磨，心说这小子疯了！大家伙儿一听也傻了，随后有些起哄架秧子的哥们叫好，逼得霸头不得不答应。

就见杨爷煞了煞腰带，脱了汗津津的破小褂，甩开大步走到磨盘跟前儿，双手扣住喽，鼓着腮帮子大叫一声："起！""哗！"一声，三百多斤的大磨盘，竟然被他高高举了起来！杨爷提着气，举着磨盘不顾众人眼珠子快瞪出来的目光，稳稳当当围着大家转悠了三圈，顺手一扔，哐当，磨盘在霸头面前，砸出个大坑！再看杨爷面不改色气不长出，围观的老少爷们轰然叫起了好！

冷汗淋漓的霸头当即认了输，赶紧叩拜在地，服了杨爷神力，拉着杨爷一起拜了把子，成了兄弟，由打这儿，杨爷就成了车行里的二把头，外号：杨神力。他本名是什么，倒被大家忘了个干净，这名号，一般人也不轻易叫，凡是永定门外车、脚两行和四九城认识他的，都尊称他杨爷，四九城里老少爷们见了面都称平辈对方为"爷"，可"五子行""五贱行"里，被称"爷"的，也就他一个。

杨爷从来不干贼鬼溜滑、欺行霸市、偷东摸西、暗地里违法乱规矩的事儿，他时常对人说，他的瞎眼老娘，自他小就掰着手指头教他知书懂礼、做好人行方便，如今干了五贱行，本就被人瞧不起，自己个儿更不能自轻自贱，往下流走，对不住自己事小，对不住生他养他的老娘，那就天地不容喽。

这番话说出来，听到的人无不伸大拇指赞叹，都说杨爷是个正直爽快、有情有义的大孝子。大家伙儿推举他做二把头，他可不认，既不赌钱耍女人，更不抽大烟收份子钱，实实在在、老老实实，该怎么干就怎么干，碰上同行有个大事小情，但凡求到他这儿，都热心帮助。加上他为了照顾老娘，宁肯不赚钱也不走远道，凡是来雇车的走远道的客人，杨爷都好言劝着让给周遭的穷哥们弟兄，这就叫大家伙儿更是又敬又爱。在永定门、右安门外一提车行的杨爷，保管周遭的老少爷们伸大拇指啧啧称赞：好人！实诚爷们儿！因此有他在，永定门外的车、脚两行，明面上还算安静。

庚子年五月底，京师越发乱了，每天四里八乡裹着各色头巾、嗷嗷直叫唤"扶清灭洋""保卫大清""杀光洋鬼子"的义和拳勇们，从城外海水一样往城里涌。京津两地各色流氓地痞光棍混混儿，看着这"奉旨保国"的生意实在不错，再也不用偷偷摸摸打家劫舍，反正穿身破褂子，头上裹块红头巾，再提溜把大刀、棍子，就算是义和拳了，冲进北京城光明正大地打砸抢，地面儿上谁也不敢管，还落个“扶清灭洋”“忠心爱国”的好名声，这便宜买卖，哪朝哪代有过？形形色色的魑魅魍魉、小偷混混儿摇身一变，跟着数不清的义和拳进了京城，开始四处“发财”。

京城里的老百姓，可遭了殃喽！

城里有眼力见儿的富商大户、财主文人，失魂落魄惊慌失措地往外跑，老老少少不计其数，哭的、喊的、闹的、跳的，乱纷纷像热锅上蚂蚁似的。运气好的，雇了车赶紧溜啵；运气不好的，遇上威风赫赫的义和拳勇，呼啦围上一群持刀带棍的，不把逃难人随身带的金银细软抢光了不算完；更有背时的，被义和拳勇搜出来洋烟儿、洋表、洋眼镜，当场就被开刀宰人！这几座城门附近，乱糟糟哭嚎连天，跟丰都城鬼域差不离。

京城内外一日数惊，永定门外的车、脚两行，生意却异常红火。现而今这帮车夫、脚夫，都大爷似的抖起来喽。去保定、涿州？不去，那里是直隶义和拳的大本营，去了还不是找死？去天津卫，原先也就十几两银子，现在一口价：一百两！去通州，原先才一两多银子，现而今，没三十两银子，大爷不伺候！

好嘛，就这个价钱逃难的人疯了似的塞银子给钱，赶紧跑。有些还抢着加价的，给金子的。闹得赶车、赶驴的穷哥们乐得开怀：这乱世，还真他妈不错！引得蹲在城根下晒太阳闲唠嗑的古稀老人们摇头叹息不止。他们都见识过四十年前英法联军攻入京师，皇上、百官、万民逃难的场景，记忆犹新，不料有生之年又给赶上了。

## 二

几家欢乐几家愁，杨爷是发愁。这种昧心钱，他不想赚，再者走通州、丰台、张家湾还好，真要是去天津卫，他那瞎眼老娘可怎么办？下月十六，是老娘的生日，原先再穷再苦，顾念老娘辛苦操劳半辈子，拉扯他不易，怎么着也得预备打卤面、寿桃，给老娘庆贺，也算娘俩一年中少有的乐呵日子。

可如今这山雨欲来风满楼的日子口，怎么办呢？听说城里粮食铺的白面，从三十大子一斤，涨到了五吊钱一斤还买不着！寿面、寿桃，更是没个几两银子，买不来。眼瞅老娘生日就快到了，急得杨爷火急火燎，拿着京八寸的小烟袋锅子，直嘬牙。几个哥们弟兄听说了，都要送他点钱，杨爷听了把眼一瞪，在鞋底磕了磕烟袋锅："哥们弟兄的好意我领了！咱也不是干不起活计，您诸位收好喽这点银子，多买点粮食拿回家，甭以为这乱子是好事儿！"

这一天，杨爷送一家有钱的去通州，沿途全是逃难的难民和车马，拥堵不堪，官道上的人屎马粪堆得老高，也没人清理，干风一吹，又臭又涩。抬头远望，一队队打着大旗的义和拳和绵延不绝拉着炮车、背着火枪、荷枪实弹的清军、武卫军，顺着官道往京城开去。骑在马上来回飞驰往复戴着大帽子的兵丁，显见是兵部捷报处的差役，背后都背着密封竹筒，里头就是军情急报。原先早有的电报发信，因沿途的电线杆子，都叫义和拳说是"洋鬼子害人"的玩意，全给拔了一火焚之，朝廷得不到东南各省、大沽口、山东等地的军情，传旨传令也出不了京都，只好又把早就扔到一边的兵部驿马搬了出来。

杨爷摇头叹息，这场乱子，看来真不小，不由得惦记起家里的老娘，一抖鞭子，加快行程。还不错，一个多时辰，就到了地儿。被大轱辘车颠得七荤八素的富人一家下了车在野地里吐了个干净，富人抹抹嘴，背过身，从大包小包里掏摸出个锃亮的大元宝，粗看也得有三十两，扔给了杨爷，苦着脸说："把式哥哥，够不够就这些喽，您担待着点呗！"

杨爷接银子，沉甸甸压手，两边圆翅翘着，背后密密麻麻的蜂窝眼，顿时一惊，喊道："这位爷，您给多了，二两银子尽够！"胖子早拉着媳妇孩子没命小跑，回首喊了句："多的算赏你的！"杨爷摇头揣了银子，啐了一口，赶车回城。说心里不高兴是假的，这回终于能给老娘过生日了！

到家进了小院，把车卸了，杨爷喊道："娘！我回来啦！"屋里出来个六十多岁，慈眉善目，拄着拐棍的老太太，摸摸索索过来，摩挲了一把杨爷粗壮的胳膊，笑了："儿啊，今儿怎么这早晚就收车了？赶紧洗洗，看跑得这一身汗！"

"娘，您进屋吧，我先洗洗！"杨爷脱了油乎乎的小褂，在铜盆里舀水擦干净了一身腱子肉，换了粗布小褂，煞了带子，才进屋。三间小北屋，收拾得干净利索，丝尘不染，杨爷提鼻子一闻，小厨房里一股香气，掀开锅盖一看，一锅热腾腾黄澄澄的棒子面窝头，煞是可爱，旁边一碟辣椒酱、一叠大腌萝卜、一碟霉豆腐、一盘炒烧土豆丝，赶忙问："娘！您又忙活啦？您老眼不好，老早就说给您，甭管这些，万一磕着碰着咋办？！"

屋里的老太太听了，不仅不恼，还透着一丝儿喜气，摸索茶碗给儿子倒水，杨爷赶忙接过来嗔怪道："说了您老多次啦，咋还是不听呢？我在外头赶车，就不放心您！"倒满一碗开水，边吸溜边说。杨爷瞧老娘喜悦，转念一想，问："是不是四姑娘又来啦？"

老太太守了半辈子寡，就指着儿子活着，对儿子又爱又怕，摸着儿子胳膊，拽他坐下，自己个盘腿坐了炕头，笑眯眯说："知道，娘知道你惦记娘！这不嘛，四姑娘看娘一个人在家，又是个睁眼瞎，人家忙完了家里小铺，来帮着洗洗涮涮，做了饭。儿啊，你也老大不小了，不是咱家穷，娘早给你说了媳妇，你看，她……"

杨爷不愿提这些，捧过有棱有角的元宝，赔笑道："娘啊，儿子有手有脚的，能伺候您呐。以后甭让她来了！您摸摸，这是啥？！"

老太太嘴里闲不住："哎，你啊，跟你爹一样的拧脾气，又轴又犟！不就是为她爹看不上咱们家嘛？这怕啥？我私下琢磨，四姑娘对你有意思呢。赶明儿托你舅母去他家提一提？这是啥，冰凉邦硬的？"

"您别费那个事！不去！这是银子。今儿儿子赚的！"杨爷喝了半碗水，给老娘念叨了早晨赶车去通州的事儿，老太太一个劲儿念佛不止："阿弥陀佛！这世道，才安静了几年，怎么又闹起来了？光绪爷坐龙庭，四海五谷丰登。阿弥陀佛！可别跟庚申那年，两国洋鬼子进北京一样闹哇，那当儿还没你呐，你爹伺候升平署的老爷……"

老年人对于平生遭遇的重大变故，说起来历历在目，尤其是不识字的老人，连日子口都记得清清楚楚。杨爷的老娘有点激动，满头银丝在日光里颤抖了几下，说了好久庚申那年英法洋鬼子攻入北京火烧圆明园的往事。杨爷静静听着老娘缓缓道来那段凄苦悲酸的日子，也有些沉闷。末了，老太太终于擦擦黯然无光的双眼，变了笑："瞧瞧，一说起那年月，我就忘了时辰，四十年喽！真快。你呀，赶紧给娘找个媳妇，生俩大孙子吧，不介，我怎么着也闭不上眼去见你爹！"

"啧，您说什么呢！娘，我就陪着您啦。赶紧地，吃饭吧，您把银子收好喽，就当给我留着娶媳妇！"

"那敢情好！"

老太太的脸，六月天，说变就变，一听儿子答应找媳妇，喜得老太太眉开眼笑，忙把银元宝藏了，跟儿子一起吃饭。饭后，拾掇完桌子，杨爷道："娘，下个月十六是您老的生日，今年咱们生意不错，我琢磨着，摆一桌炒菜面，把舅舅请过来，一起给您过生日。您看呢？"

老太太听了自然欣慰，脸上却现了忧愁，又怕满街的兵匪、义和拳闹事，杨爷劝了好半天，老太太才同意买几斤面条，自己个儿在家做打卤抻面。

答应是答应了，可上哪儿买面呐？永定门、左安门、右安门外的买卖铺户，不是叫官兵给占了，就是掌柜的跑的跑、散的散，还有些叫义和拳抢掠一空，一把火烧了，大天白日黑烟咕嘟嘟弥散四野！杨爷心里坠了块大石头一样暗想：这回，可别像四十年前那场大难一样！

六月初，听城里逃难出来的人说，多少国的洋人不依不饶，驾着铁甲船漂洋过海，在大沽口外，跟官兵交了仗。慈禧老佛爷举棋不定，不知道该打还是该议和，朝廷里除了军机处承旨下令，又设了个军务处，由庄王爷、端王爷、刚大人、徐大学士管着，专门奉旨调动天下兵马、义和拳来京助战。好嘛，本就乱纷纷日月无光的北京城，又打四面八方来了一群群的官兵、义和拳，蝗虫蚂蚱一样蜂拥而来，来了就要吃要喝，据说连首席军机庆王爷和荣中堂都压制不了，这群兵匪合流的人群，四处打砸抢烧，使得本就乱成一锅粥似的北京城，更是四处冒烟、八方狼藉。

杨爷的生意，跟这兵荒马乱正好翻了个儿，着实赚了点银子。这天，看看市面又安宁了，赶忙赶着车，进城里给老娘买面。

一进城，他可傻了，前门大街原先熙熙攘攘摩肩接踵的热闹人群，一个不见，到处全是缠了头巾的义和拳勇和各路兵丁。大街一边儿设了一眼望不到头的神坛，围着无数人烧香烧纸，求神祈圣；一边儿是官兵在城门、大街上架大炮、设路障。这边是仰头晃脑、做张做智、摇摇晃晃跳大神似的装神弄鬼；那边是一堆堆擦枪吃大饼的官兵懒散或躺或坐在一处闲唠嗑，真是神法与大炮齐集，拳民共官兵一体，看得周围绕道走的百姓们一愣一愣，呼啦啦无数彩色大旗上，写着什么"扶清灭洋""忠心护国""奉旨保国""杀尽洋鬼子"。

杨爷也爱看个热闹，瞧见前门大街西头高搭彩棚，锣鼓喧天鼓乐齐鸣，老少爷们里外围得水泄不通，有笑的有叫的有拍手叫好的，还有大喊的，觉得有趣儿，吆喝着车，挤了过去。好家伙，四周围的老少爷们没有一万，也有七八千人，都踮脚伸头往里瞧。只见里头是个方圆几十丈的八卦台，画了五色八卦爻象，各个卦象上，站了三个穿着奇形异状的拳勇，拿刀持剑，跟戏台上跑龙套的一般，外圈一色是吹吹打打的拳勇，手执锣、鼓、磬、琴、笙、箫、笛、唢呐、钹，应有尽有，在那里铆足了劲儿吹打。细听，也不知是什么曲子，一会儿像山东梆子，一会儿像庙里的音乐，一会儿又跟出殡的奏乐有些像，叽里呱啦嗡嗡嘤嘤不可名状。

八卦台上是太极阴阳鱼图案，中间安一座大铜鼎，里头焚烧着密密麻麻的高香，香烟缭绕烟火弥漫，熏得人直淌眼泪，后头竖着一块巨大华丽的宝蓝描金边儿的虎头大牌，足有一人多高，上头拳头大的字，写的是：

**奉　旨**

义和团牌

义和天心同保大清，扫除洋孽神助民兵。

二毛教匪胆破魂惊，为国安良众志成城。

严拿奸细谁敢徇情！

……

虎头牌左右，是两幅五尺高的洒金宣对联，一笔馆阁体大黑字写得狂舞。杨爷踮脚往里瞅，实在看不清，只瞧着下款是：翰林院掌管学士、体仁阁大学士、礼部尚书，徐。

牌子前头一拉溜十几张楠木交椅，中间坐了个胖墩墩威武黑脸大汉，短须阔口，一身玄色短打扮，套着显见是御赐的黄马褂，正襟危坐一脸庄容。

周围坐着十几个彪形大汉，穿了五颜六色的短衣，外罩大氅，头裹头巾，横眉冷目一脸横肉，油汗津津，冷眼看着台上眼花缭乱舞舞扎扎打拳踢腿的十几个青年汉子，那拳脚打得煞是热闹，底下的老少爷们忍不住叫好。杨爷忍不住乐了，这可比在天桥那些打把式卖艺的好看，慢慢就看住了。

片刻，拳脚表演完，这群汉子又表演了烧黄纸、请神仙、斧剁剑捅刀枪不入，"哗!"，如山崩海啸般掌声哄然响起。"好啊！义和拳刀枪不入！洋鬼子要玩完喽!"

"神兵天助义和拳！老少爷们儿给叫声好啊!"

正当大家伙儿看得乐不可支，大汉一挥手，十几个大汉拖死狗一样拖上几个人。杨爷看得清楚，是几个面目和善的老百姓，只不过有俩戴着眼镜、一个穿了双黄皮鞋，另外一个，看不出什么，被大汉猛地一掀帽子，妈呀！原来没有大辫子!

"老少爷们儿上眼！这几个都是洋毛子的走狗！顶真的汉奸！专门为洋鬼子刺探我神拳的秘情而来，你们瞧着，这小子连辫子都铰了，背祖忘宗的狗汉奸！今儿，就要拿他们几个的脑袋祭神！来啊，行刑!"

大汉才说完，一边冲上来几个扛着鬼头大刀的壮汉，二话不说，对着已然吓得魂飞天外跪在台上的"二毛子汉奸"猛然砍了下去！几人连叫都没叫，一片晃目的血光闪过，几颗人头咕噜噜落地，空气里瞬间充斥了刺鼻的血腥气。死人脑袋很快被细长竹竿子挑着，高入云端，鲜血滴滴答答落在尘埃和众人身上。有些百姓怏怏不乐，这几个死的，怎么连声戏文也不会唱？最起码最后喊一句：老子二十年后又是一条好汉！也算叫老少爷们看个热闹不是？

血光、地下乱滚的人头和晃眼沾血的鬼头刀仿佛刺激了台下老少爷们，几个年轻汉子振臂高呼："杀得好哇！不杀尽汉奸走狗，誓不罢休!"

"义和拳真英雄！杀得好！宰了这帮走狗汉奸！保卫大清!"

"老少爷们，咱们加入义和拳！求个刀枪不入神法，跟洋鬼子拼了!"台下众人被煽忽得痴了、醉了、疯了，嗷嗷大叫了蜂拥而上，求神法的、求神符的，狂叫乱嚷，哄成一团。

杨爷呆了。

## 三

就这么会儿工夫，四个活生生的人，连审都不审？就给宰了！不知为啥，杨爷看着血肉模糊被扔在角落里的尸体和疯狂嚎叫花钱求神符的老少爷们，脑袋一阵阵直迷糊，心里也犯恶心。使劲儿晃了晃头，跳下车就要走，旁边钻过来个裹黄头巾的义和拳勇，抱着一摞黄纸，塞给他一张。杨爷道了声谢，拉着马车，心慌意乱地往前走，不远处又朝这涌来一大群人，挤得他东倒西歪。摸出京八寸，塞了烟叶点燃猛吸一口，浓烈烟味冲淡了鼻子里的血腥气，这才低头看看皱巴巴纸上翻刻的小字，歪歪扭扭一片模糊，磕磕巴巴念了起来：

神助拳，义和团，只因鬼子闹中原。
劝奉教，乃欺天，不敬神佛忘祖先。
男无伦，女行奸，鬼子不是人所产。
如不信，仔细看，鬼子眼睛都发蓝。
不下雨，地发干，全是教堂阻住天。
神爷怒，仙爷烦，一同下山把道传。
非是邪，非白莲，口头咒语学真言。
升黄表，焚香烟，请下各洞众神仙。
神出洞，仙下山，扶助人间把拳玩。
兵法易，劝学拳，要灭鬼子不费难。
挑铁道，拔线杆，旋再破坏大轮船。
大法国，心胆寒，英美俄德哭连连。
一概鬼子都杀尽，大清一统靖江山！

惊天动地的嚎叫声里，杨爷的声音非常细微，跟他平日的做派大相径庭。“哎，就为铰了辫子，赔上一条性命……这是怎么回事儿呐！”一面满腹沉闷往前走，一面执鞭轻轻敲打着马。

郁闷低头走了一袋烟工夫，杨爷猛然一抬头，嗐，本来要去大栅栏斜对过的煤市街西头粮食铺买面，怎么快走到大清门了？赶紧"吁、吁"打马转车，回首朝北望去，一色朱漆剥落、斑驳陆离、衰草凄迷，那座巨大单檐歇山顶的大清门内外，也是乱哄哄的官军、义和拳聚集，摩拳擦掌操刀拿枪，死盯着东交民巷上空花花绿绿的各国洋人国旗。

杨爷心里一急，跨了辕，挥鞭打马，回到煤市街。巧了，煤市街西头谦福号粮食铺，正开着门！等杨爷下车过去一瞧，咦？原本三间门脸儿只开了一扇半，漆木柜台上早先满满当当的盛满白面、小米、棒子面、大米、江米、红豆、绿豆的大簸箩，像被狗啃了似的东倒西歪，半盛了些高粱、黑豆、杂合面，还落了不少尘土，店门上幌子也掉了一半，吊死鬼一样蔫头耷脑，更奇怪的，连个招呼人的伙计也一个不见，门可罗雀，十分冷落。不应该啊，日常这里因与大栅栏近，成日介门庭若市，热闹非凡，难道如今闹神拳，连粮食都能省下啦？

等进去见了粮食铺刘掌柜才知道，粮铺早叫乱兵和义和拳给抢光了。唉声叹气的刘掌柜听杨爷要为老娘买白面祝寿，感动得老泪纵横，从偷藏的粮食里送给杨爷一些。杨爷一掏包，钱却没了，半天才想起来，必然是方才在前门大街看热闹，叫小偷给偷了去！红着脸尴尬嗫嚅说不出话，拿着鞭子要走，被刘掌柜拦住，推让了半天，刘掌柜急了："您呐，是嫌少还是怎么着?！爷们，咱们是多少年的交情啦，连五斤白面、十斤棒子面都过不着？您要是不嫌就拿着，等过阵子平静喽，您再把钱送来。"

杨爷这才答应了。店外又传来一阵阵又笑又叫、杂乱无章的叫喊："义和神拳，扶清灭洋！""奉旨保国，查拿汉奸！"不消说，又是义和拳在操练神拳喽。又聊了几句闲话，没等出门呢，外头"咣咣咣！"传来剧烈的砸门声，俩人对视一眼，都惊得起身。外头小伙计匆匆跑进来："掌柜的！三和兴的冯掌柜的叫人打了，正砸门想进来避避呢！"

"啊？"一听三和兴冯掌柜，刘掌柜赶紧奔了前头，不大会儿，搀扶进个五十出头的瘦老头，灰布大褂上满是尘土，辫子也散了，鞋也跑掉了一只，白布袜子上踩满了驴马粪，脸上灰乌乌泪汗抹得庙里小鬼似的，气喘吁吁说不出话来。

“杨爷，劳您驾给端碗茶来。”杨爷递过那只当作茶碗的饭碗，跟刘掌柜一个摩挲前胸，一个给灌水，一袋烟工夫，冯掌柜才睁开无神的大眼，狠狠咳嗽了一阵，放声大哭。刘掌柜陪着掉泪不止，杨爷瞅瞅冯掌柜狼狈样儿和脸上的肿胀，忍不住恼怒，可又不知对谁去发。半天，冯掌柜哽咽说道：“老哥哥！今儿若不是佛祖保佑，咱们老哥俩可见不着喽！我是在鬼门关溜了一圈呐！”

话音未落，外头又响起阵喧闹，就听几个粗暴声嚷嚷着：“在哪儿呢?!”“兴许在这儿！方才我眼瞅着那老小子钻这儿来啦！快，四处看看，我就不信叫他跑喽！”

冯掌柜一哆嗦，跳起来就要藏，刘掌柜也慌了神儿，扎煞着两手不知所措。“藏粮食缸里！”刚把冯掌柜藏进去，外头“啪啪”几声脆响，小伙计捂着脸哭嚎被几个汉子拧着胳膊架进来。为首的是个大胖子，头戴红巾腰系大带，一脸横肉面目狰狞，后头跟着四个年轻义和拳，持刀拿棍，架着小伙计冲进内堂。

几个义和拳要拿冯掌柜杀头，连带刘掌柜也被打了几个耳光，登时气恼了杨爷，大鞭子一挥如闪电飞蛇，抽得几个小子鼻青脸肿浑身冒血，一溜烟儿跑了。见杨爷如此神勇，刘掌柜扑通一声坐在地下，不认识似的望着他发呆，小伙计也缩在墙角呆了。杨爷一把拉起刘掌柜，米缸里的冯掌柜闷声喊：“老哥！老哥哥，怎么样啦！”

刘掌柜、杨爷把他拉出来，说了原委，不等冯掌柜道谢，杨爷肃然说：“事不宜迟！刘掌柜，此地不能再待了，您快领着伙计关门上板儿，带着全家逃命要紧！不介，他们再叫了人来，可麻烦啦！”刘掌柜吓哭了，拉着杨爷不松手：“可、可咋跑啊？冯老弟怎么办?!”

杨爷安抚道：“您甭管他，赶紧回家带上一家老小，趁着城门没关，麻溜儿逃命！这里就是一把火烧喽，您也甭心疼！”转念一琢磨永定门外雇车也不好雇，不等刘掌柜张嘴，打腰后头拽出自己的小烟袋锅子塞给他：“这是我家常用的，永定门外车行里都认识，拿上它，就说我说的，送您一家去通州！放心吧，有了这个，不拉谁也得拉您。”

惊慌失措的刘掌柜只得捧了烟袋，让小伙计关门上板儿，让冯掌柜换了自己的大褂、布鞋，握手挥泪道别。临了，刘掌柜哭道：“杨爷，大恩不言谢！冯老弟，今儿杨爷救命之恩，你可记着！”

“铭记在心！老哥哥，您可赶紧走吧！”冯掌柜抹了抹黑漆麻乌的脸，又哭了。远望着杨爷跨辕打马而去，刘掌柜痛哭着颤巍巍冲他背影下了一跪，由小伙计搀扶着，急匆匆如丧家之犬，也没了影儿。

“啪！”车辕上的杨爷甩手一扬大鞭子，大轱辘滴溜溜吱呀呀飞旋转动，很快过了前门大街，进了正阳门，问躲在严严实实车帘子里惊魂未定的冯掌柜：“您买卖字号在哪？”

“西四牌楼路南，小号三和兴！哎哟，今儿可吓死我喽！若不是您和我刘老哥，非死在外头不可！杨爷，您可是我救命的活菩萨！”

不大一会儿，到了西四牌楼，这里属内城，周遭人来人往，各色人等混杂了义和拳、官军，倒比外城安静些，还有些提笼架鸟的八旗大爷们，一日不落，衣着光鲜照样在大街上招摇过市。“吁！”大车停了，杨爷转头望望一片繁华闹市，又想到方才的惊险，也不禁恍如隔世，一道城墙，隔开了内外俩世界。

三和兴，三间大门脸全开着，正面对着一拉溜山东人开的肉市，左边是个熟肉铺，右手是个杂货铺，当中间就显着三和兴气派，上面没有字号匾额，光透过窗户，瞧着里头一口口半埋在地下的大酒缸，就是最好的广告。门口出来，左右都有个巴掌大的小摊，乃是京城大酒缸的老规矩：左手是专卖驴肉的白柜子，右手是专卖猪头肉、猪脸儿、猪口条儿的红柜子，白柜子名叫柜子，其实是个盖着棉包袱的大篮子，红柜子在独轮车上，一个大方盒，上头也盖着包袱，里头九曲十八个小格，格格不一样，您要什么，扔下几个大子，小贩拿过小案板，铮亮小刀给您切一包，用油纸或荷叶一包，带进大酒缸下酒，甭提多美喽！

冯掌柜惊魂未定下了车，看看热闹人群和四周做买卖的吆喝声、吵闹声、铺子里喝酒聊天声，终于一颗心落了地。一把死拉住要走的杨爷，哀求着进去喝一碗，垫补垫补，不然，心里这个坎儿他可过不去。杨爷看看天色还早，冯掌柜盛情难却，自己肚子也空落落的，便点头应了，拴好了马，提溜鞭子跟冯掌柜进了店。

大喜之余的冯掌柜一面小跑着掀开了门帘，一面喊："奎子！狗儿！快着，两碗刀削面多加卤！先来五个酒！小菜齐全！"转脸冲门外的红白柜子小贩喊："各包一吊钱的肉食，快些送进来！"好嘛，他这一喊，里面人头攒动的老少爷们停了话音儿，连喝站酒的穷哥们都直往这儿瞅。杨爷只得硬着头皮进了三和兴。

# 四

俩年轻伙计闻听掌柜的吩咐，手脚麻利叮叮当当一通儿忙活。冯掌柜亲自伺候着杨爷在靠墙一个大酒缸前头站了，自己把板凳擦了又擦，抹了又抹，才请杨爷坐了，恭恭敬敬上了酒菜。杨爷，平日酒量颇佳，可从来没在外头喝过乱酒，一是他自己儿有数，自己穷下力的，不能太招摇；二是老娘在家不放心，所以，平时只在家喝二两，这种京城头号大酒缸，他可从来没进来过。

四周围老少爷们看冯掌柜领进来个其貌不扬的车把式，土头土脑还提溜着大鞭子，无不嗤笑，片刻间恢复了热闹劲儿，谁也不搭理他。杨爷第一次进这种大酒缸，脸上有些抹不丢儿，满耳朵塞满了周围人高谈阔论和肆无忌惮的叫喊声，抬头仔细打量了几眼。

跟老北京城万变不离其宗的四合院一样，京城里的大酒缸，都差不多一个模子。进门左手边是个曲尺柜台，柜上，一拉溜摆着一水儿挂釉的瓷坛子，大个儿西瓜似的，坛口是包着红绿粗布的软木盖，既醒目又好看。坛子里是各类烧酒，坛腹上，有贴的纸条，上头是酒名，什么杏花村、白干儿、二锅头，喝什么您自己要，可有一宗，这儿只卖白酒，别的酒全没有。柜台里头是账本子和一摞摞瓷碗、锡壶、粗瓷大碗。

柜台后头是个大锅灶，一口大锅咕嘟嘟一天到晚开着，因京城大酒缸差不离都是山西商人开的，这里卖的面食，也都是刀削面和拨鱼儿，酒客们若在大酒缸里喝足了，想吃点主食垫补垫补，喊一嗓子"来碗拨鱼儿！"或者"一碗刀削面!”,专管做面食的小伙计一手面团一手小刀,对着大锅就是一通儿眼花缭乱的削,那面叶唰唰唰飞入锅内,很快就熟喽。出锅入大青花碗,浇上点卤肉汤,热气腾腾香气四溢给酒客端过来,碗里全是柳叶大小的面皮,个个均匀,吹吹热气,吃一口,鲜香满嘴,绵软入喉,又有嚼头又扛时候,能顶一顿饭。

柜台酒坛旁边,是一拉溜儿大漆方盘,里头是大酒缸特制应时当令的下酒菜,不过没炒菜,全是小菜和凉菜,有五香开花豆、咸煮花生米、凉拌豆腐丝、腌咸鸡蛋、炸小河虾、核桃仁、玫瑰枣、凉拌粉皮、拌芥蓝丝儿、拌香椿芽、小熏鱼、拍黄瓜、凉拌藕片、醋蒜拌茄子、鱼冻、酥鱼等,琳琅满目,虽不是大鱼大肉,配上店里的白干儿、二锅头,也别有一番滋味。

屋里各处,是十几个惊人的家里大水缸似的酒缸,粗瓷挂釉大大咧咧,半截埋在土里,半截露出来。里头是酒,据说,这是让酒接着地气,酒柔和不上头。跟别的饭馆不同,大酒缸里,几乎没有桌子,围着地下的大酒缸,是几个矮板凳子或小凳,专供客人坐,酒菜搁在哪儿啊?就搁在酒缸上头半对拼的红漆木盖子上。来了客人喝酒,不从缸里直接舀出来,而是从柜上拿小锡酒提子盛到酒碗或者酒壶里,再端到大酒缸盖上去吃喝。

杨爷瞧着四周哪儿哪儿都新鲜,回头瞅瞅,北墙正中,挂了一幅巨大的《李白斗酒醉卧吟诗图》,在暗幽幽的屋里显得格外文雅,笔力潇洒、蓬勃大气,用笔设色天然自如,落款处一行小字:光绪某年某月翰林院编修潘松廷。两边是一副油绿洒金的对联:

满饮一杯无烦恼,忧也忘愁也忘连贫穷也忘,方显得壶中有日月;

风月三川酒更香,谋衣苦谋食苦谋功名更苦,便不如醉里大乾坤!

外头太阳斜射进来,光线有些昏暗,屋里十几个大酒缸围得满满当当插不进脚,穿着打扮各异、年纪各异的老少爷们吃着喝着喊着叫着人声鼎沸,恨不得把屋顶掀翻喽,墙上梅红纸条上写的拳头大的“莫谈国事”的大字,任谁也仿佛瞅不见似的,只顾着自己嘴里痛快。

冯掌柜一面给杨爷端酒布菜,一面苦笑道:“小号就这个样儿,比不得大酒楼大饭庄,您先将就吃点,赶明儿我再摆大席请您!杨爷还懂字画?”见杨爷老是打量北墙上的画,冯掌柜问。“不懂。”杨爷看面前满满当当摆了半缸盖子吃食，热气腾腾浇了卤汁的刀削面、五个锡酒壶、一包酱驴肉、一包各色猪头肉、四碟子小菜，挤得放不下了，赶紧摆手："甭客气了掌柜的，再摆就吃不了啦，您先照顾生意，甭管我。"

"得！您先吃着，一会儿再上。有什么忌口，您尽管说。"冯掌柜满脑袋大汗，舒了口气。"掌柜的，这潘松廷，是那位风流潇洒的小潘学士不是？"杨爷脑子里浮现出个人。冯掌柜一惊，脸露笑容，一拍手："着啊！不是他还有谁能画出这路画？这还是他爱我们铺子里的汾酒，我特特送了十几坛子，央告了小莲老板才求来的，不介，千金难买！您认识他？！"冯掌柜脸上放光，眼前摆了一座金山似的乐呵。

还没等杨爷说拉过他，挨着杨爷坐的一位爷醺醺然哼了一声："嗬！现而今连赶大车的都知道潘学士和小莲老板那档子事儿啦？啧！真是盛朝美事儿！"杨爷没说话，低头端起碗来喝了半口，辛辣的酒一入喉咙火辣辣冲下去，真提气！冯掌柜一怔，也没看清是谁，都是客人，还不敢呛人家，赶紧堆着笑说："英雄不问出身。这位爷是我过命的好朋友！您几位多担待！同桌喝酒认识就是缘分，您说是不是这个理儿？"

"是不是的，都叫你说了，我还说什么？！"那人端着酒碗又灌了半碗，也不吃眼前的菜肴，斜么嚓眼瞥了瞥杨爷，不言语了。

冯掌柜有些棘手，身上还穿着刘掌柜那套不合身的衣服呢。杨爷拱拱手："您快忙去吧，吃完我就走了。不耽误您生意。"说完，指了指他身上。冯掌柜一惊，赶紧说声"怠慢"，去内堂换衣服了。

杨爷不知道大酒缸里的规矩，他这样穿着打扮的，顶多在柜台前头喝站酒，若端坐下，叫上来几碟子小菜酱肉喝慢酒，比耍骆驼的还少见！站酒，是那些个短打扮的穷汉们，直眉瞪眼进门冲伙计喊"一个酒！"，小伙计赶紧递过来一碗二两白干儿，汉子们端酒仰脖儿咕嘟嘟干了，也不吃菜，抹抹嘴就走。这才是常例。有些即便坐了的，也没钱买驴肉、猪头肉、小菜，只要酒，自己从怀里掏出一头蒜、一根大葱或是一枚铁钉子，也能就着大蒜、舔着铁钉子喝几碗。所以，同坐的几位都穿大褂，瞧着他就像钻进紫檀银抓钩鸟笼里的老鸹，心里有点膈应也是在所难免。

杨爷不含糊，也不计较，先把油纸包里的猪头肉、酱驴肉各撇出一半，用纸包了，预备拿回家给老娘吃。自己就着剩下的菜，甩开腮帮子一通儿大吃，两碗香喷喷刀削面下了肚，这才端起酒来，就着花生米、豆腐丝细酌慢咽，听着屋里老少爷们开怀畅饮后叽叽喳喳、大喊大叫、肆无忌惮的言语，真觉得挺痛快！慢慢地，越发觉得有意思，竟听住了。

一个留着花白小辫的老头"吱"抿了一小口酒，把一颗花生米慢慢掰成十小块儿，每块跟米粒大小，捡了一块儿扔进嘴里，摇头晃脑笑道："哼！宇宙乾坤，中国为大！我中华自古以来乃天朝上邦，什么狗屁的英吉利、法兰西、德意志、小日本儿？都是古书上说的南蛮北狄西戎东夷。瞅瞅那些洋鬼子，男的脖子上戴个上吊的绳儿，叫啥领带？洋女人一身毛儿，见了人就亲嘴！呸！一群饮血茹毛的畜生！这会子，朝廷下旨招来了义和神拳，看他们哪个敢炸毛！"

"敢情！王大爷祖上是翰林院的学士公，自然深通经典、无所不晓！我也听见说啦，徐大学士在翰林院召集成百的翰林公、国子监、詹事府的文士老爷们，研究破敌之法呢。洋人，没他妈一个好玩意儿。他们不在他们本国待着，拿枪动炮跟咱们大清玩？玩得过？"一个中年旗人文绉绉饮了一口，看豆腐丝快吃没了，小心夹起一丝儿，送进嘴里品味儿。

花白小辫得意地晃晃脑袋，对几人的恭维照章全收，一只手捏了块花生米舌头一舔，进了嘴，举起酒杯"吱"了一口，才说："你们知道什么？史书上都有，洋人就俩国，一个叫红毛国，一个叫黑毛国，红毛国能造大炮，康熙年传入咱天朝，圣祖仁皇帝铸造了一批，称神武大将军炮，又叫红夷大炮，诸位瞧瞧，就是街面儿上官军摆设的那些个，最是凶悍精良！"

"那英吉利、法兰西、美利坚都是哪来的呢？"方才跟杨爷犯葛对话的那人，低头冷冷问。

"那都是洋人编造出来，糊弄咱们的！"王老先生听有人敢反问，气呼呼地说，"上回徐老中堂在国子监讲学，都说了，洋人最是厚颜无耻、阴险狡诈，为了骗咱们，假造出什么美利坚、法兰西、英吉利，还有西班牙、葡萄牙！您诸位听听！自三皇五帝到如今，哪有什么牙而成国的?！难道还有狼牙国、狗牙国？籍所未载，荒诞不经，无过于此！可见洋人无耻！要按照他老人家说的，蛮夷自海上来，咱们叫百姓们在海边从北到南，砌上一堵跟长城一样的大高墙，把洋鬼子都挡在外头，他们上不了岸，哼，上了岸，拿竹竿子一戳，他们就得倒！还怕啥？”

“噗！”杨爷身边这位爷喷了酒，低头捂嘴咯咯大笑不止。有人问：“竹竿子不到处都是？洋人怎么一戳就倒呢？”一位黄脸汉子说：“您呐，太迷糊啦，洋人膝盖骨跟咱们大清人不一样，都少两块骨头，不能打弯儿，一戳准得歪倒。”

“那甲午年小日本子打败了咱们，没听说他们腿儿不能打弯呐？”

“您更外行了不是？”黄脸汉子端起酒俯身过去神秘地说，“小日本子，是咱们中国人的儿孙，我都听说过，咱们老祖宗，有一支坐船跑到东洋去啦，这就是小日本的祖宗。”

“哦！闹了半天，咱跟他们是一个祖宗?!”

“差、差不离吧！不过，咱比他们高八辈儿，哈哈哈哈！”屋里登时哄堂大笑，连杨爷也笑了，端起酒一饮而尽。

杨爷听得津津有味，喝了一杯，只听旁边那位爷又张嘴冷笑：“您呐，快歇歇吧，洋人处心积虑谋我们？人家好几十国的洋人们正在法兰西京城巴黎举办万国博览会呢！要不是……”

“砰！”话音刚落，黄脸汉子、王老先生和几个酒客猛然拍了酒缸盖子，大怒道：“这是谁？谁他妈跟这儿甩闲话呢?！怎么？你知道的比我们几位还多？你是什么人？怎么知道洋鬼子的信儿?!”屋里顿时一片死寂，不少酒客或是面面相觑、或是心生警惕、或是故作深沉装没听见，可都不说话了。这年月，都懂得言多必失的道理，随便一句话，把人打成汉奸走狗的事儿还少？

这当儿，换了衣服的冯掌柜赶紧出来劝和，一番话说得众人消了气。冯掌柜抹了一把头上的热汗，过来问候杨爷了两句。

却说杨爷身边这位爷，不慌不忙，也不吃菜，低头自斟自饮，满不把众人放在眼里，倒叫杨爷好奇了。这位爷眼看喝到六七成醉了，还是不停。左右两边，有俩挺年轻的小伙儿，青衣小帽脸色煞白，拿拿捏捏吃着花生仁，好半天才抿一口酒，只盯住这位爷，也不敢说话。

杨爷细细打量他几眼，大概四十七八岁年纪，身材高大，大方脸儿，直鼻胖腮，眉目粗重，阔口短须，白润润脸上，一丝皱纹不见，虽是灰细布大褂、白袜布鞋，生得却是一副天然富贵相，举手投足也带着庄重雅致气度，双手肥嫩如同出水的莲藕，不仅留着长指甲，左手还戴着一枚盈盈碧绿的翡翠戒指！只是眉头紧锁，一脸懊丧之气，咕嘟嘟喝着白干儿如同灌水。

杨爷纳闷了：此人绝不是下苦力或小家百姓，说富贵，看穿戴不像；可说贫贱，又不像。到底是干啥的呢？那位爷警觉有人瞧他，抬头望了望杨爷，两只昏暗眸子，眼下发虚，一看不是酒色过度就是心神过度的。

"咕噜噜……"旁边传来一股子烟味，把杨爷的烟瘾熏上来了。方才把烟袋锅子给了刘掌柜的去城外逃命，紧急中也忘了烟瘾，这会子一闻烟味，便浑身不自在，嘴里老是觉得少了点什么，有点坐立不安，想问问冯掌柜的，铺子里生意忙，又不好意思。烟瘾不想还好，一想起来，杨爷吧吧嘴，越发想来一口，见同桌这位腰里露出半截火镰荷包，琢磨着必然是位抽烟的爷们，便忍不住轻声问询："这位爷，请问一声，您带着烟袋锅没有？"

京城老少爷们在一块，有个敬烟杆儿的规矩，见面掏出烟袋锅，递给对方，打火抽烟，你尝尝我的，我尝尝你的，也是一种礼节，跟互敬鼻烟壶一样，不过呢，是抽旱烟哥们弟兄的礼节。

那位爷醉醺醺地看了杨爷两眼，说："您问我呢？"

"是，这不烟瘾上来了，想抽一袋子，还没带烟袋锅儿，您要是方便……"

"方便！"那位爷突然咧嘴笑了，大咧咧一挥手，"小子，把烟袋装、装满了，给这位爷点一锅儿！"挨着坐的年轻小伙儿紧紧盯住杨爷，警觉着不动，醉醺醺的爷立马儿拍了他脑袋，"麻溜儿的！怎么不听话？"

咦？敢情这是主仆呐！小伙儿翻了翻白眼儿，不情不愿从怀里小心摸出个蓝绸长条小包袱，打开取出个一尺多长的烟袋锅；另一个小伙儿掏出个绊丝金彩花绣的烟袋荷包，俩人装烟。这可把杨爷看傻了。抽个烟，还这么讲究？再说这位爷来大酒缸，还带俩仆人？到底是干吗的？"来，您、您尝尝我这个！"那位爷亲自接过烟袋，塞进杨爷手里，嚯！这烟袋，真他妈漂亮。

二尺多长的烟袋锅，紫檀杆儿，上头浅雕了云龙献寿，前头是镂花镶金边儿紫铜的锅子，后头两寸长绿如春水的一支玻璃翠烟嘴儿水汪汪润泽光彩！活了三十多年的杨爷，第一次见这稀罕物件，再没见识也知道这玩意儿可不便宜！

"这？"杨爷赶紧双手接过来，他觉得非亲非故，贸然用了人家这么贵重的烟袋锅，显得太冒失。那位爷带了酒，也不管不顾，非要他尝，杨爷刚含了烟嘴，那位从腰里缂丝火镰荷包里掏摸出个豆腐干大小的白银珐琅物件，看杨爷皱眉疑惑，便笑着摇摇头，轻轻一按机关，“啪！”白银珐琅物件头上突然冒出一股蓝莹莹的火苗子！

# 五

“这是、这是啥呀？火镰，还是取灯儿？”杨爷端着烟袋呆住了。“你就别啰唆啦！这是自来火。”那位把烟袋塞进惊讶的杨爷嘴里，用火点燃了烟叶，摁灭了物件揣回荷包，嘻嘻笑道，“怎么样，烟味还正？”杨爷猛吸一口，一股香醇厚重的烟气直入喉咙，细品品还带点果香。这是什么烟？小兰花？不是。大金花？也不是。杨爷打十五岁开始抽旱烟，零零碎碎也尝过不少好烟，真没尝过这么好闻的。

吞云吐雾半晌，过了瘾头，杨爷小心在鞋底磕打磕打烟灰，双手奉还烟袋，对着笑眯眯看着他的那位爷拱手道：“真地道！您这烟袋好，烟叶子也不赖。谢您了！幸亏遇见您，不介，今儿这烟瘾还过不去啦。您不嫌弃，我敬您一碗。请！”说着举杯冲那位爷一敬，仰脖喝了。

“好！痛快!!”那位爷皱眉苦笑，“这才是老爷们，能吃能喝能抽！嘚嘞！甭客气，方才心里头不痛快，冲撞了您几句，您甭介意！”说完，也干了杯中酒。杨爷不在乎，推杯换盏，跟那位爷越唠越热乎。那人瞧着气度不凡，说话聊天却很随和，跟方才判若两人，还带着戏谑，杨爷是个直肠子，一来二去，特别投机。

“这位爷，按您说，洋人们都在捣鼓……捣鼓什么万、万国会？是咱们自己闹腾得人家不得不来？”杨爷眨眨眼问。

“也是，也不是。”那位爷叹气说，“洋鬼子欺负咱，不是一天两天啦，各地成日介是教案，弄得蹬鼻子上脸，也该狠狠教训教训他们！不过呢，靠那些义和拳？屁事不顶用！”

杨爷疑惑：“可我在前门大街瞧啦，人家那神拳神功也不是假的呀？连齐天大圣都能请下九天，不赖！就是有点豪横，朝廷也该管管才是。”

“谁说不是呢？可怎么管？谁敢管呐？你是不知道，他们那些装神弄鬼的把戏……告诉你，这里头含着不少事儿呢！出去也别乱说呀。”

杨爷不明白，也不愿明白，只要伺候好老娘，有吃有喝，也就不错。杨爷又跟那位爷干了两杯，再不客气，抽了一袋子烟。那位爷酒气上涌，抽抽鼻子，眼里愁苦忧郁五色俱全，悲切切交加，坐着掐腰运气，张嘴来了一句：“哎呀，我有心替皇爷把贼扫哦……手中缺少杀人的刀！”这句似悲似仇带着勇猛刚健的词儿打了个旋儿，被那位爷浑厚苍茫气韵悠长的唱腔托得满屋飞舞，直直击中人心，活脱脱一个醉了的祢衡，比谭老板腔调不差。

“好！”杨爷双手鼓掌，四周有些懂戏的老少爷们，一听京戏，也把方才的争执扔到九霄云外去喽，轰然叫起了好。那位爷也是性情中人，受不得捧，大家伙儿一捧，他就来了劲儿，又摇头晃脑唱了几句群英会，大家鼓起耳朵停了聊天，瞪眼倾听，有几位老戏迷，还随着腔调拍打锣鼓点儿，忙得一头热汗的冯掌柜也笑了。

众人正乐呵呢，忽然闯进来一群头扎红巾，膀大腰圆提着刀剑的义和拳，为首的是原内城有名的地痞黄二歪，嚷嚷着要严查汉奸、严令大家伙回家预备破敌武器。不巧，正好杨爷身边这位爷跟他不对眼，俩人闹了个满拧。

原来黄二歪要大家伙儿预备马桶、尿盆和女人的裤衩子、月事带子，用来破洋鬼子的大炮，还得家家户户预备两盏红灯，请天津卫的红灯照姐妹，设坛做法，请九天神火，烧洋鬼子的使馆、教堂。这也倒罢了，黄二歪见大家伙儿听得目瞪口呆十分得意，又眉飞色舞唾沫星子横飞说了一通儿，末了来了句：“大家伙儿都记着啊，等灭了一龙二虎三百羊，保管咱们大清国江山永固，万事太平！”

谁知杨爷身边这位爷闻言登时勃然大怒，两眼瞪得血红拍案而起，破口大骂道：“放你妈的狗臭罗圈屁！好你个小兔崽子，敢有辱皇上！我跟你拼了！”冲过去对着黄二歪就是俩大嘴巴，抽得他脑袋直晕。暴跳如雷的黄二歪叫人摁住了这位爷就是一顿胖揍，黄二歪带的人多，那位爷一时吃了大亏。

杨爷看不过眼，提溜鞭子冲了过来，他不明白啥叫“一龙二虎三百羊”，听逃跑的酒客们嚷嚷才晓得，一龙指的是光绪爷，二虎是庆王爷和李中堂，三百羊是朝廷里那些反对义和拳的大人们！

千钧一发之际，杨爷哗楞楞抖开大鞭子一翻手腕，众人就见半空里几道怪蟒光影呼呼飞射，“啪、啪、啪！”几声脆响，黄二歪手下的兵器全没了！

杨爷把鞭子收来的兵器扔在地下，跟气势汹汹的黄二歪在当街打在一处！这小子被杨爷一条大鞭子抽得血肉横飞，惨兮兮叫道：“都给我上啊！”十几个大汉刚冲过来几步，眼前一条粗长的怪蟒横空飞起，在空中打了几个旋儿直射过来！好似灵蛇飞动又像神龙冲天，在半空里带着呼哨哧溜溜盘旋鸣叫，鞭子梢长了眼一样“嗖叭！嗖叭！嗖嗖！”扬头吐信，众人来不及反应，一个个眼前一黑，正懵懂呢，脸、嘴、手腕子、脚脖子上无不火辣辣剧痛，登时伤痛难忍，捂着嘴脸叫喊。有几个壮实的快要冲到跟前儿，杨爷退步拧身一转手腕子，手里那条鞭子忽喇直冲几人下三路招呼，流星闪电般急速咬住了几人脚脖子，左右一抖，一较劲儿，竟然连人带飞了起来，一甩腕子像甩大麻袋一样给扔了出去。

好嘛，这手艺使出来，老少爷们眼珠子都快瞪出来啦！谁见识过这功夫，连赶马车的鞭子都能玩得这么溜！那条大鞭子看着软塌塌无力，一抖起来硬如铁条，坚如石头，最前头的鞭子梢儿撒开花儿一样往那群人身上各处招呼，碰着就伤遇着就疼，十几个大汉被扔出去四五个，剩下的竟然一筹莫展，急得暴跳如雷，骂声不绝。满街尘土飞扬、惨叫连连，杨爷稳身拧步毫不惊慌，像对付一群狂暴的野马，左右转身挥舞大鞭子。到了后头，见众人死战不退，也发了狠，一扬鞭子梢，黄二歪还没等低头，一条黑蛇已经到了眼前，鞭梢在他眼前一扫，劲力猛烈电光火石间如一根钢条插进他的左眼，紧接着一提，黄二歪“啊！”的惨叫，眼瞅着自己左眼珠子飞了出去！

“好功夫！”众人忍不住呼呼叫好。这当儿，打长安街来了一队武卫中军，枪毙了闹事的黄二歪，救了杨爷和那位被揍的爷。这位爷冲带队的队官道了谢，上了杨爷大车，赶紧走了。

杨爷吆喝着马，心里嘀咕，这位爷竟然是个“大人”！

背后的杨大人苦笑了长吁短叹：“兄弟，今儿千算万算老天爷保佑，祖宗显灵！幸亏有你啊，不介，老哥我这百多斤，连上我这俩小奴才，就得扔到三和兴啦！哎，人生何处不相逢！咱哥俩聊得可不错，正好，还都一个老姓！

真他娘巧！跟书本子上写的一样，这就是缘分！”

俗话说：不怕官，只怕管。杨爷这么个实在厚道的穷汉子，猛然碰见个大人，还真没了话，方才大酒缸里火热聊天，也被扔到爪哇国去喽，他觉得浑身不自在。

“大、大人，您家住哪儿？”杨爷憋出这么一句。杨大人看出他心思，笑道：“西安门里，酒醋局胡同。你啊，甭大人大人地叫，我啊，老姓也是杨，叫杨豫甫。内务府蒙古正黄旗，兄弟啊，你是？”杨爷一听更傻了，这人还真随和，这么危急时候还自报家门。内务府正黄旗？不对，正黄旗不是应该在西城积水潭什刹海吗？怎么跑到皇城里头去了？杨爷想到这些，于是只低声报了自家名号。

话虽如此，杨大人听闻杨爷祖上乃是汉军正白旗，也是从龙入关的后裔，更是欣喜不已，赶上这位大人不知道是不是在内务府待的，异常和气乐呵，没一点儿架子。半路，又掏出那支烟袋锅子，俩人点火抽烟，唠唠叨叨跟杨爷唠得火热，说了些宫闱秘事和慈禧太后要废除光绪皇帝，立端王大阿哥做皇帝，改朝换代却被洋人和各省督抚上书谏止的机密。大热天，杨爷身上有些冷，这些深宫秘闻在杨大人嘴里喋喋不休说出来，听得杨爷起了身鸡皮疙瘩！怨不得城里城外义和拳那么嚣张跋扈，扰乱京畿残害百姓，闹得沸反盈天，可朝廷却睁一眼闭一眼呢，原来里头还夹着废立和老佛爷的私心呐。

杨爷深深叹息，这事儿，他这种大头老百姓听见就是祸，更别插嘴啦，挥鞭赶车，进了西安门，过了两条胡同口，远远瞧见西什库教堂那高大巍峨、古里古怪的尖顶了。周围壁垒森严，上头都架了枪炮，后头仿佛有人紧紧盯着街面儿。

## 六

街上一片热闹，可没老百姓，全是穿着花花绿绿衣着的义和拳、虎神营兵马，搬麻袋包堆砌的，挖战壕的，架鸟枪的，叮叮当当搭木架子的，擦拭刀剑弓矛的，刷锅烧饭的，背粮食送大饼的，就着盒子菜喝小酒的，烧纸开坛的，背着大包袱给大家伙儿分配裹脚布、裤衩子的，嗡嗡嘤嘤乱乱糟糟乱头蚂蚁似的三个一群五个一伙儿。杨爷立即加了小心，低头赶车，再往前过了大光明殿东边的永佑胡同，就是酒醋局胡同了。

西什库教堂，本来没有。这里在大明朝时候，属于皇城禁地，由上值二十六卫亲军轮番守卫，不奉圣命，任何人不得进入。只因当年永乐爷大修京城内外、皇城、紫禁城，下诏取天下财物材料供应大工，与户部三库分开，专一在此设置了甲字库、乙字库、丙字库、丁字库、戊字库、承运库、广盈库、广惠库、广积库、赃罚库十座大库，储存大工应用的颜料、生漆、缎匹、布帛、棉花、铜铁，并派二十四衙门的宦官主管。

因修建北京各城工程浩大、用时长久，直到正统年间这十座大库还在不断营运，后成化年间被载入内府官制，成了专门的皇家御用库房。储存的物件多，自然占地广阔，而明代又专意经营皇城、紫禁城，所以直到明末，此地库房依然坚固。

清军入关，内务府上三旗接收大内、皇城，也来不及清点库储，只胡乱贴了几个封条，派兵看守而已，摄政王多尔衮警惕明末宦官专权，大力裁撤太监，又把皇城内星罗棋布的内廷宦官诸司衙门几乎裁撤一空，补入内务府三旗奴才在大内伺候，以制衡宦官，又以顺治爷名义下旨开放皇城，在西苑外修建内红墙，其余空闲地界，允许满洲八旗官民人等入皇城内建房居住。后来康熙爷患疟疾，有几个洋教士进贡了金鸡纳霜(奎宁)治好了他的病，圣祖爷一高兴，便把蚕池口赐予洋教士，他们修建了教堂，尖顶高达十几丈，可以俯瞰西苑禁地，后代的慈禧老佛爷不满意，这才在光绪初年，叫李中堂操办，将西什库另建教堂赐给洋人，把蚕池口教堂收回。因而，新修不久的西什库教堂，在京城内赫赫有名。连带着把附近的酒醋局、大光明殿等街巷全都比了下去，这回也成了义和拳、虎神营最为痛恨，要全力攻打的地界。

“到了，到了！”在酒醋局胡同路西一个大宅院外头，杨大人连声喊停。杨爷跳下车拉住马，杨大人掀帘跳了出来转身笑吟吟瞅着杨爷说：“兄弟，今儿算认识家门啦，走！跟我回家坐坐。”

杨爷一瞅这大宅院，嚯！真叫个漂亮！说不上是王府公宅，门外一座一丈多高十分精美的砖雕吉庆有余的大影壁,高大院墙一色大青砖壁垒,磨砖对缝光滑如镜。门外两侧竖着上、下马石,三阶青石台阶,上去是两扇黑漆皂光的油亮大门,一扇门一人多高,下头一尺高的门槛,门槛两边没有狮子,乃是一对大理石精雕的飞鱼海马八宝纹的门鼓,抹擦得锃明刷亮。门外大长板凳上,对坐四个鲜衣豪仆正嗑瓜子说得唾沫星子横飞,一拉溜倒座,再往里就是深宅大院。一见杨大人下了车,门口的豪仆麻溜儿起立,冲院里高喊道:“老爷回府!里头赶紧伺候着!”说完呼呼跑过来,熟练打千儿请安,垂手侍立。

院里倒座房中呼啦啦涌出八个华服仆人,为首是个五十多岁的黄老鼠胡子的管家,小跑过来,打千儿道:“爷!您可回来啦!”一抬头,惊叫道:“哎哟!您这是怎么了?哪个兔崽子那么大胆敢……”一眼瞪住俩跟班小仆人。杨大人哈哈大笑:“甭提了老顺,快着,拜见我新认的兄弟!今儿要不是他,哼,老爷我就褶子啦,更衣!”

老顺管家不明所以,傻愣愣瞅瞅一身尘土毫不起眼的杨爷,眨眨眼,过来先抱拳后打千儿,杨爷赶紧拦住,回礼冲当街大咧咧伸展四肢,由着下人们掸土、换衣,举着个五彩洋瓷茶缸仰头漱口的杨大人说:“您老到家了,我、我也该回去了。”

一听杨爷要走,杨大人死拽着不放,正巧内廷李总管派人传话,城里乱得厉害,老佛爷御膳没法支应,叫杨大人赶紧想办法。杨大人皱眉肃然,怏怏不乐,死说活说掏出一卷银票塞给杨爷,叫他有空来家坐坐,这才放了他。杨大人想想不过意儿,顺手拽下那个装着自来火的彩绣缂丝荷包塞进杨爷怀里:“兄弟,这是英国公使送我的小玩意儿,不值什么,你留着抽烟使,不是哥哥小气,那根烟袋锅是万岁爷御赐的,老哥就不给你啦。右安门外是啵?我记下啦,道儿远,回去给老太太问好!”

杨爷被伶牙俐齿的杨大人说得实在无奈,只好收了银票、荷包,抱拳躬身行了礼,跨辕上车,“啪啪!”挥了两鞭,绝尘而去。

到家,杨爷便把那两小口袋粮食小心藏了,跟老娘说了这一日的奇遇原委,把老太太吓得脸煞白,拉住儿子就不松手喽,叨叨了半天神佛保佑,说:“儿啊,这世道太乱,你可别轻易出去乱跑啦,娘又瞧不见,就你一根儿独苗,万一有个好歹，咱娘俩死也死在一块儿！可甭叫我窝心，见不了你死去的爹。”

“晓得了，娘，您老把心搁在肚子里，咱都是穷苦老百姓，不招灾不惹祸的，谁还跟咱过不去？”老太太点点头，疑惑道：“你救的那人给你多少银子？咱这种小门小户，可别跟他们打连连，咱高攀不上，赶紧地，找日子还了他。就说我说的，救人一命胜造七级浮屠，不为这个。还了他，咱心里安生。”老太太摸了摸一辈子没摸过的银票，问是多少，杨爷沾湿了手指，先打开第一张，三……千！顿时一口气憋在胸口，猛烈咳嗽了几声，又打开第二张，五千！

“咋了？票子是假的？”老太太问。“不是！是……”杨爷使劲儿揉揉眼，按捺嗵嗵直跳的心，数了一遍，一共是一万三千两！

杨爷呆了，一卷票子掉在炕上。做梦似的拾起来又数了好几遍，没错，恒泰的票子，有印有戳有水印，紫花精印，最小的一张写的凭票即付银一千两！乖乖，别说一辈子，就是他赶十辈子的大车，也赚不来一千两银子呐！老话说清酒红人脸，钱财动人心，即便是杨爷这么敦实厚道的爷们，也大张了嘴，嘴干舌短心跳，一颗心揪成乱麻，眼冒金光，颤抖不已。

一出手就是一万多两银子！这位杨大人的手面之大、性子之豪爽，真叫人叹为观止。那年月，京西一亩好地，不过才十五两银子，一两黄金不过才值三十五两银子！怨不得连宫里缺吃喝，杨大人毫不在乎叫管家在自己后库里拿些呢，看来，这位大人，简直是个财神爷！

杨爷没敢给老娘说真话，只说数不少，等哪天有工夫，赶紧给人家还回去。擦了把满脸热汗，杨爷心惊胆战地佩服老娘，日后真得离这位杨大人远点，这哪是正儿八经的官儿？不贪不敛的，一个正一品大学士一年俸禄才几个子儿?！这种富贵熏天的大人老爷，可不是自己能结交的。

当天晚上，杨爷心里揣了个耗子似的睡不着喽，满炕翻烧饼，被银票烧得黏糊糊全是汗，又怕别人惦记上，又怕丢了，起来躺下好几趟，直到半夜出门用冷水擦了擦，才算安静了。

事不宜迟，转过天来杨爷就要赶车去皇城酒醋局送银子，刚到右安门一瞧，城门关着，永定门、左安门都是如此，整个前三门全是城门紧闭，内外不通，各门原先的步军统领衙门和城门官一个不见，全换了虎神营、义和拳的兵马，荷枪实弹虎视眈眈，嚷嚷着叫大家伙儿去广安门、广渠门入城。杨爷气得无法，转车去了广安门，这里也禁卫森严，城门口防卫比平时加了十倍不止，两扇包铁大门只开了一扇，也是由虎神营的兵马驻守。一溜儿的百姓排了长队，正等严查，这一查，就耽搁到了快正午，杨爷正等得焦急，城门内外的人群突然乱了套，全似惊弓之鸟乱作一团！有几个眼尖的指着前门一带尖叫：“快、快看！着火啦！”

朝前三门远望，巨大轰鸣声如山崩海啸，一股股浓重黑烟冲天而起，火光大盛！那火被春末夏初的干风席卷而开，先从大栅栏周围轰然散开，如倒了太上老君的八卦炉，红光万道烟气冲天，风卷大火肆虐而来，将四百多年各大买卖铺户聚集一街的廊坊四条、大栅栏登时烧成火海，呼呼啦啦风火大起，风助火势火助风威，又延烧到廊坊三条、二条，沿途街巷无数住家无不惨遭火海！

铺天盖地的大火顺风而过，早已关闭的前三门里头凄厉惨叫不绝于耳，片刻烈焰飞腾，九天烈焰熊熊大起，将煤市街，观音寺，廊房三条、二条、头条，珠宝市，前门大街，西河沿及东、西荷包巷蔓延肆虐，熊熊不可名状。正阳门连带箭楼也燃起冲天大火，烤得人昏的昏、死的死，哔哔啵啵巨大梁柱断裂声随着烈焰黑风在北京城里如恶龙乱窜，游动盘旋，历经六百余年，自永乐初年就矗立在京城内最重要的天子正门、巍峨高耸庄严雄伟的正阳门及箭楼，被毒焰舔舐殆尽，顿时化为一片火海！

又急又痛的杨爷快急疯了，娘的，这、这都怎么啦！那座天天见日日看的正阳门就这么毁于一旦！天子脚下京都一景，留下的这些个内九外七皇城四的城门，就是老北京的门面和体面，是老少爷们的骄傲呐，就在这乱世里毁了！可洋鬼子还打进来，到底是怎么回事呢?!

无精打采的杨爷接了个海淀的活儿，回家都晚傍晌了，前门外的大火依旧熊熊，夜空里映地九城阴森诡异，红火黑烟笼罩着，乍一看跟鬼城丰都似的，哭声、骂声、叫声连同猛然穿插进来疯狂的笑声，久久不绝……

本想过几天再把银票送回去，可京城乱得实在厉害，没几天日本公使馆书记生和德国公使柯林德招摇过市，被军兵所杀，消息传到外洋，世界舆论大哗，英、法、德、俄、意、日、奥、美八国合成一团，铁了心加速派兵来华，一场大战在所难免。

这下京城内更是日日号炮连天、枪声大作、硝烟弥漫，真是自永乐爷建立北京城以来前所未见。杨爷好容易给老娘凑了点面条猪肉，做了寿，一个外人没请，就娘儿俩吃了顿肉丝面。老太太摸着杨爷这些日子挣来的银子掉眼泪，连说赶上乱世，日子可咋过。杨爷皱眉抽着闷烟，想到怀里的银票和杨大人那日嘱咐叫逃命的话，不能不有所预备。

想了半天，他决定先把老娘送到三河县亲戚家躲躲，等过了大乱再接回来，便赔着小心说："娘，我还没把银子还给人家呢！这么着，您先去我三舅家住下，等送还银子，我再赶过去，反正不远，三舅那儿僻静，您不走，万一洋鬼子打来，我再带着您逃，您说还能逃得了？"老娘想想也是，只得答应，转过天，杨爷赶了个大早，带足了吃喝，亲自送老娘去了三河县乡下。等再回来，京城可就更乱喽！等他揣着银票赶车刚走到酒醋局胡同，就见杨大人的大门口，也变了样！

大门外头当街，摆了个简陋法坛，上头香烟缭绕火气喷涌，几个包了头巾的师兄模样的汉子在念念有词做法，四周围着不少义和拳民咋咋呼呼乱叫喊，一拉溜虎神营的营兵，穿着号褂子或坐或卧，正晒太阳休息瞧热闹。杨大人家华丽的府门洞开，里外全是义和拳、虎神营的兵丁出出进进，每人手里提溜着绸缎、布匹、古董、钟表、陈设和大大小小包袱。地下一片片撒得满地都是被扔出来的碎瓷片、踩烂的字画、古书、玉碎块和数不清的铜钱、花花绿绿的洋钱以及被砍破的木箱子、大瓷瓶，大到家具，小到小孩衣服，密密麻麻不计其数，这些人疯了似的毫不顾忌，又踩又跺，出气似的举着物件就砸在地下，乒乒乓乓跟天桥耍把式差不离，肆无忌惮地哈哈大笑、嗷嗷乱叫，看得杨爷一阵阵心悸！

等找人一问才知道，杨大人三天前就被下旨抄家拿问了！杨爷花了两吊钱买通了个领头的兵丁，兵丁絮絮叨叨说了原委：杨大人家里钱财太多，招了别人嫉妒，只银子一项，就从他家抄出来三百余万两；他呢，仗着有钱，平日里富豪奢靡、颐指气使，跟端王爷的弟弟载公爷在口袋底胡同为个婊子争风吃醋，很伤了载公爷的面子；这些还罢了，尤其在老佛爷召开的御前会议上，一向精明干练善于谄媚的杨大人不知吃了什么药，竟敢向老佛爷谏言义和拳危害国家，请下旨驱散并与洋鬼子议和！这些杂七杂八的事儿凑在一块堆儿，可叫一心想做太上皇的端王爷给抓住了把柄，在老佛爷御前密奏他一本，污蔑其："居心叵测、丧心病狂，并在自家私挖地道，接济洋鬼子，堪为汉奸！请圣命立即处置云云。"

反复无常的老佛爷看了奏本，想到杨大人平日对皇帝的照顾，更是怒火中烧，立即下旨命端王将其抄家拿问，关入刑部天牢，听早就恨得牙根痒痒的载公爷说，不日要开刀问斩呢！

"您还甭不信！"兵丁头咋咋呼呼道，"告诉你，单凭他家有钱这一项，就该死！好嘛，前儿抄家我在场瞅着呢，大内银库有多少咱不知道，他们家银库比大内差不多！赤金元宝跟大碗似的老大，内务府库里有什么好玩意儿，他们家就有什么！您琢磨琢磨，他们家往上捯三辈儿，都是内务府大员，油乎乎都肥透了！他是内务府总管，又兼着户部尚书，哼，不拿他开刀，都对不起他搂的这么多钱呐。"

一旁的小兵们全听傻了，有人问："三百万?！老天！他、他得花几辈子呐！"

兵丁头喋喋不休唾沫星子横飞，众人听了无不惊诧，都叹服杨家富豪有钱。早已听得心惊胆战目眩不已的杨爷半晌才缓醒过来。兵丁头说："这年月，升官发财、革职拿问、抄家杀头，都是没个准谱儿的事儿呐，上头昨儿看着你还是宠臣，今儿就叫你下天牢，上哪儿说理去？那不，那个哭的，不是他们老管家？你问问他去吧。"小官儿顺手一指，杨爷抹了一把大汗，道谢回身张望，果然，老顺管家满眼泪汪汪步履蹒跚扶着个小仆人挎着个大包袱往这面走，边走边哭。杨爷赶车过去，侧脸一瞅，这才几天没见，老顺管家仿佛老了十岁，胡子拉碴，辫子也散了，衣服又脏又皱，满脸灰霾一副魂不守舍模样。小仆人也是脸色煞白，战战兢兢不敢抬头看四周烟火缭绕沸反盈天的义和拳法坛。

## 七

"管家，老顺管家！"杨爷把惊恐的老头一把扯过来，"您还认得我不？"

惊诧差点瘫在地下的老管家张了眼瞧了半天，苍灰灰眉头耸动几下：“你……你不是那个车把式？跟我们大人在大酒缸认识的？！”

“是我啊！”杨爷拉着他手点头不止，“杨大人呢？！那日他给了我一卷银票，回家一看，上万呐，我可不敢要，这不，回来送银子，正赶上这事儿！您老别急，赶紧说，有什么要帮忙的没有？”老头听了呆住，许久无言，身子抖了抖，猛然爆发出一声凄厉的嚎叫：“……我那冤屈的爷啊！啊呵呵呵呵……我那仗义热心的爷啊……”说完，抱着脸痛哭失声！

这一哭立即引起周围人注意，杨爷赶忙示意小仆人把老顺管家塞进车里，一甩鞭子离了酒醋局胡同。转到地安门里一处僻静的地界，哭得肝肠寸断的老管家在车里昏过去了。杨爷叫小仆人托着他又是喂水又是喷烟，好半天，老头才醒过来，还要放声，杨爷断喝一声：“您老听我一句！”老顺管家红肿着眼不明所以，杨爷说：“你先说，到底有没有挖地道勾结洋人的事儿？”

“没有！绝没有！都是载公爷造出来的谣言！”老管家声嘶力竭吼道。

“那就好，要是真勾结洋人，连我也瞧不起他，我信你。这会儿说不上别的，刑部天牢和杨大人家眷，都得靠您老照应，您说，我能帮上什么，尽管开口。您要是哭起来没完，一大家子不都完了？！”

老顺管家昏黄的眼神里犹豫、疑惑又亮了一下，问：“您、您这是为的什么？！给您银子您不要，萍水相逢，您还帮衬我们？”

“哪有那么些为什么？”杨爷沉了脸，“我是车把式，可我也是咱们四九城的人，在外头行走，讲究个义气！朝廷上的事儿我不懂，杨大人看得起我，叫我声兄弟，我不敢高攀，遇上难了，咱不能装乌龟王八把脑袋一缩！您老快说，朝廷怎么处置？杨大人的家眷怎么样？”

“恩人呐！”老管家领着小仆人扑通跪倒磕头无数，边哭边说，“家里都抄干净啦，连我的那些钱财都抄了个一干二净，现而今，朝廷还没说法，就是刑部天牢堵着门不让看，也不知道我们大人是死是活。这不，杨夫人带着家眷都在贤良寺几间破屋里暂住，都是空身出来的，主子奴才好几十口子，万一我们大人……叫我们夫人少爷怎么活！哎，我也是真没法儿了。我们大人平日里乐善好施随手赏赐没个数儿，到了，连个买棺材的钱也没有。亲戚里道、平日里交往亲密的大人们府上，我都舍了老脸求遍啦，可一听是咱们家的人……人家连见都不敢见，更没有个帮忙问询的，可把我愁坏了！您、您受我一拜！”杨爷不耐烦，拉起了两人，详细问了问，觉得事情还没那么邪乎，杨大人原先是老佛爷的大红人，怎么能说到死呢？再说，穷在闹市无人知、富在深山有远亲，这是在论的理儿，人走茶凉嘛，天颜震怒，都不敢乱说话，也不能全怪人家。想了想，便掏出银票给俩人看了看，急匆匆赶着大车一起去冰盏胡同贤良寺送银问候。

贤良寺原先是雍正朝第一宠臣怡亲王允祥的府邸，雍正皇帝于自己的爱弟薨逝后，悲痛之余加恩册封允祥为世袭罔替亲王，俗称铁帽子王，并将允祥的王府改建成贤良寺给弟弟的在天之灵祈福。

可后来即位的乾隆皇帝不知对小时候十分疼爱自己的十三叔允祥有什么成见，乾隆二十年不仅下旨把史书里的《怡贤亲王传》一概删掉，还把原址位于帅府胡同占地上百亩的贤良寺全部拆毁，缩建于现在的冰盏胡同，现而今山门上挂着的石青九龙鎏金“敕建贤良寺”大匾正是雍正皇帝的御笔，昭示着它的与众不同。这座寺庙有左中右三排四进大院子，平时并不接待普通香客，因离紫禁城近，为方便朝见皇帝所以大部分进京述职的督抚多居于此，而京城内大官一旦被革职拿问，眷属们也多在此等候旨意，心惊胆战地为一个或是杀头或是流放的“天恩”惶惶不安，因而，无论是外省督抚还是落魄的官眷，都是这里的常客。

进院子来不及寒暄，老顺管家领着杨爷进了内院，果不其然，杨大人一家子老老小小都窝在五间厢房内外急得热锅蚂蚁似的进进出出，除了正房夫人是大户旗人家的姑奶奶出身，稳得住神儿，其他男女老少，都惶惶然不可终日，几个小妾在屋里抽泣着暗自垂泪。屏退围过来打听信儿的下人，老顺低头进屋，跟妇人说明，“嗷！”一嗓子，这位满洲姑奶奶才大叫一声痛哭失声，满腹委屈和无奈，以及对丈夫的埋怨和不舍都化在了泪里。

“夫人！这不是哭的时候！您先甭着急，这是剩下的银票，既然杨大人还在，我和老管家分头去找人问问，上头到底能定个什么罪过，据我看，既然杨大人以往在老佛爷跟前儿得意儿，顶多革职罢官，您可得预备好行程！”俗话说家有千口主事一人，大家看一脸忠厚仁义的杨爷竟然送来了这么大笔钱还古道热肠亲自为杨大人奔忙，也略略安了心。杨爷正跟她交代银票的事，外头噔噔噔跑进个小仆人，气喘吁吁大喊："夫人，荣中堂派人来啦！"一听这话，满院里人都有精神头，到底是当朝首辅，领班军机大臣，打个喷嚏还得在京城抖三抖呢。夫人忙拭泪接过银票，冲杨爷点点头："您受累，稍待。快请！"

听荣中堂派来的官差所言，杨大人这次触了大霉头，凶险莫测！杨夫人急得没法儿，杨爷自告奋勇带着老顺管家去了刑部打听，花了一百两银子才得了信儿：杨大人这条命保不住喽！这几天就要出红差！

转过天来，荣中堂果然派人来报信：圣旨下来，要将杨大人在菜市口问斩！杨家顿时大乱，杨爷含泪咬牙大喊："这不是哭的时候！快，咱们带上人去菜市口，杨大人还没装裹进棺材呢！"

菜市口早已被围得人山人海，京城里这几日越发乱了套，四面八方进城的义和拳、各地兵马数不胜数，正阳门被烧后，也挡不住他们狂热的气焰，把个东交民巷、西什库等地当成战场，打了个几进几出。老百姓们虽然慌张，听说朝廷又要杀人，还是络绎不绝跑来看热闹。这也是老北京的民风之一：饭可以不吃，觉可以不睡，热闹不能不看！

片刻，刑部衙役马队蜂拥而至，后头一匹枣红色高头大马十分漂亮，全套锦绣雕鞍，錾银马镫上端坐一人，黑脸黑须，四十多岁年纪，大辫子缠在脖子上，一身绛紫色四开衩王公行服，镀金套扣晶亮，手里提溜着一根玉柄马鞭子，挺胸仰脸鼻孔朝天，咧着大嘴乐得吃了蜜蜂屎似的一路耀武扬威边走边喊："老少爷们，瞧瞧！这就是忤逆皇太后，家里挖地道给洋鬼子通风报信儿的汉奸走狗杨豫甫！哈哈哈，今儿，这汉奸叫爷给拿住啦！大家伙儿瞧呐！"有认识的指点：这位爷就是端王的弟弟，被杨大人在口袋底胡同妓院扫了面子的载公爷。载公爷四周簇拥了一伙儿包头巾的义和拳也跟着咋呼，杨爷纵身上了车辕，远远一看，顿时面如死灰！

原来那匹马后头，拉着根粗绳儿，后头地下拖着个腌臜不堪早已看不出人形的"人"，坏喽！杨爷一股寒气从脚趾头冒上来，拉着老顺管家上车辕一看，"啊！老、老爷！"老管家一个心痛当场昏死过去。

载公爷早踩着奴才下了马，随手扔了马鞭子，十分潇洒地吩咐左右："把犯官提溜上来！"后头家丁把马屁股上四肢被捆得死死的、血肉模糊被马踩人踢看不出是死是活的人解下来，拖死狗一样拖上了刑台。

杨爷和一众仆人一拥而上。

“大人！杨大人！杨老哥！是我啊！”杨爷双手颤抖拉着杨大人的手五内俱焚悲恸欲绝。杨大人口鼻抽动，眼看不中用了，见是杨爷，后头跟着面如死灰的仆人们，眼泪扑簌簌掉落，细微说：“老弟！这日子口儿，咱哥俩在这儿见面啦！还欠你一顿酒呢！”

“您快甭说这个，这是天福号的酱肘子、这是烧羊肉，您快吃一口，这酒，是您夫人预备的，烧刀子。我、我陪您喝一口，您……一路走好！”

听说夫人家人还在，杨大人忍着剧痛坐直了身子，红肿糜烂的嘴咧开笑了，吃了两块肉，边哭边笑：“老顺来了吗？”下头老管家早哭得直着脖子没气儿了，听话爬过来嗵嗵直磕头，哽咽着说不出话。

“兄弟，先喝一碗！”俩人碰了一下，杨大人端起碗咕咚咕咚灌了下去，又叫送了三碗酒，跟徐、联两位干了，一股火辣辣热气顶上来。杨大人泪水飞溅：“老顺，回家去告诉夫人，我知道她还有点子体己银子在外，甭管怎么样，不要投亲靠友，赶紧回老家吧，走的时候除了细软，什么箱笼也甭带！外头不太平，记住喽。我这场大富贵梦，今儿算醒了，告诉她，日后照应好家里，别那么招摇喽！把我那几个孩子拉扯大。你跟了我们家两代人，日后家里的事儿就靠你啦。哈哈哈。兄弟，老哥哥托你一件事。”说着拉起杨爷的手。

“您说！”

“我知道兄弟你仗义！现而今世道太乱，送他们出城！不介，我死不瞑目！”

杨爷抹了把辛酸泪，点点头。杨大人叹息一声：“富贵一场，到了，金山银山叫人家抄了个一干二净！拿我的衣服来，我不能就这么死！对不起皇上，对不起祖宗！”仆人们赶忙递过朝服朝珠顶戴花翎，杨大人闭眼流泪仔细披挂了，从贴身衣服里掏出个烟袋锅拉过杨爷塞进他手：“兄弟，甭推辞。咱哥俩认识日子太短，由它始，由它终，就算老哥哥临死送你的念物吧！日后你捧着它抽一袋，就是替我抽啦，也不枉咱哥俩认识一场！”热泪喷涌的杨爷赶忙收了，却哽咽难忍。

“时辰已到！宣旨！”监斩官刑部侍郎徐成玉看看日头，气呼呼起身大喊，众人竖起耳朵，“内阁奉上谕：兵部尚书、总理各国事务衙门大臣徐用仪，声名恶劣，屡次被人参奏，办理洋务，贻患甚深！内阁学士、礼部侍郎联元，召见时任意妄奏，语涉离间，与许景澄等厥罪惟均！户部尚书、总管内务府大臣杨豫甫，平日语多暧昧、动辄离间，该大臣受恩深重，尤为丧尽天良！若不严行惩办，何以整饬朝纲！徐用仪、联元、杨豫甫，着即行正法！以昭炯戒！钦此。”

“皇上！”死到临头的杨大人忍痛跪直了身子，痛呼道，“奴才先走一步，不能伺候您啦，您可要保重啊！”说完猛然冲东北方叩首不止。“斩！”载公爷一脸横肉瞪眼大叫。那三支令箭在半空了画了个漂亮的弧，跌落尘埃。三声炮响，刑场上一片血污飞溅……

# 八

待棺材送回贤良寺，杨爷跟老顺管家商议了，事不宜迟，这会儿外城门还开着，赶紧走！杨夫人知道只得如此，含泪遣散了大部分家仆，赶忙打点行李，又央告杨爷想办法雇大车送棺材。还不错，荣中堂不便出面，偷着派人送了五百两银子的奠仪，听说这事儿为难，念在相交多年同朝同事的交情，叫武卫中军派了三辆大马车，一辆驮轿，二十来个兵丁，护送杨夫人一家人赶紧出京避难。

当天下午趁着大风，前头一辆拉着棺材，周围荷枪实弹的武卫军护从，杨爷也赶车跟随，一直出了德胜门，往北远望，一片野草杂乱疯长，一眼望不到尽头。

等出城五里远近，杨爷住了脚，跟杨夫人、老顺管家道别，众人又是一番痛哭。在棺材车前，杨爷举香默祷：“杨大人，老哥哥，您冤屈被杀，幸而一家子老少逃了大难，英灵不远，保佑着家人一路平安！”

“儿啊，快，快给你杨……杨叔叔叩头！”杨夫人抹着泪叫俩儿子下车行礼，大的已然娶了媳妇，小的还在总角之年。杨爷一把拉住一个，喊道：“使不得！小爷们金尊玉贵之体，哎，如今说不得，好好照顾你们娘，回老家或是种地或是经商，可千万别再做官啦！今天一别，不知道何日相见，保重！”

那个小儿子穿绸裹缎，银娃娃一样漂亮，跟皮猴子似的抱着杨爷不撒手，奶声奶气说：“杨叔，我阿玛常说，有缘千里来相会，您是好人，我长大了，必得报答您！”

“哈哈哈哈，那、那敢情好！小爷壮壮实实的，给你爹传宗接代！杨叔等着！”不大一会儿，老顺管家看看左右没人，叫人搬了一口满是尘土的箱子，悄声说：“杨爷，这是我们夫人给您的。”

杨爷一惊，放下小孩儿，说：“这是干啥?！我不能要！”

“嘘！”老顺管家使劲儿摇晃脑袋：“您小声些！您掂掂，不是什么金银财宝，上头还贴着封条呢。那日抄家，家里头都来不及抽身就叫那帮王八蛋一拥而入，这是我大小子从后库里慌慌张张搬出来的，也不知道是啥。夫人说了，害怕是什么犯忌讳的东西，您琢磨琢磨，这一路上千山万水，万一道上儿叫人认出来，更是了不得！就送您了，不管值钱不值钱，也算给您留点念想！”

箱子不大，四尺长，三尺厚，黄铜包角，杨爷掂了掂不重，上头封条早已漫漶残缺，前头一个大铜锁也锈迹斑斑，杨爷还要推辞，老顺管家早已走远了，冲他挥手道别。杨爷无奈点点头，直看着一行人没了踪影，才转身回来。

正当杨爷要赶车去三河县找老娘，又被朝廷新调来的援兵抓了回城运粮的差事，他是车把式遇见兵，有理说不清，只能跟着兵马又回城各处运送粮食衣物。城里依然大乱，东交民巷和西什库前头堆了一地死尸，还是打不进去。

翰林院、肃王府被烧那天，杨爷跟着捡了几本子被烧零散的《永乐大典》残书，唉声叹气回住处拾掇马车。就着上头发的大腌萝卜，吃了碗老米饭，俩大窝头，灌了一肚子热水，瞧瞧没人来，关紧院门儿，把藏在车厢下头的箱子给搬了出来。

这箱子说大不大，说小不小，看着木头还好，掂掂也不沉，按杨府老顺管家说，不是啥金银珍宝，可杨爷到底不放心，摸摸前头黄铜鼻子上的铜锁，寻摸了块青砖，几下敲开了，抬手啪嗒开了箱子。

也不知道箱子被封闭了多久，封条上看不出，一股多少年的灰土被盒盖带了出来，扬了杨爷一头一脸。“阿嚏！阿嚏！”灰尘夹着一股说不出来味道的气味儿冲进他鼻子，熏得杨爷涕泪横流，一面呼噜脸一面骂了几声，往里看。箱子里严严实实盖着杏黄缎塞满四角，被虫蛀了不少小窟窿眼儿，落满了灰，掀开杏黄缎，下头盖了层大红绫，掀开了，里头裹了层早已发黄的棉花。“咦？什么宝贝藏得这么严实？”杨爷惊疑不定，把棉花摘开，只见露出半个硕大红艳艳的大桃子！

也不知道桃子是啥料子做的，晶莹剔透润泽半透明，在午后阳光下熠熠生辉。杨爷赶紧把棉花都掏出来，嚯！桃子还不是一个，是一对连体的。大的如海碗，小的也比真桃大了一圈儿，红盈盈的桃嘴儿、粉红色半透明的桃腹，被几片碧绿光润的叶子围着，叶片上，还有几只粉红色逼真的小虫儿，趴在叶子上正预备啃呢。这组物件雕琢得异常鲜活，惟妙惟肖，妙手天成，真瞧不出半点儿人工雕琢。不知道的还真以为是海外来的大蟠桃！杨爷乐了，他哪见过这么漂亮的物件，仿佛滴上水滴，这桃子就跟真的一样，又鲜又甜，咬一口嘎嘣脆！

蹲下来仔细看看，这活儿做得真地道！桃子里有丝丝缕缕的棉絮样的丝儿，红绿交翠光芒闪烁五颜六色，晃得杨爷直头晕，实在忍不住伸出手轻轻抚摸，一阵冰凉舒爽蹿遍全身，再看叶片上的小虫儿，活了似的扎着翅膀抖动须子，影影绰绰爬动起来！好家伙！这手艺真不赖！杨爷由衷赞叹道，把大蟠桃拿出来掂掂，不沉，可也不轻，什么料子的？在他看，这应该是个五色玻璃桃。

既然认定是玻璃，杨爷收了杨府这件玩意儿，也心安理得喽。

看了半天，杨爷正要把玻璃大蟠桃放回去，一瞅，下头还有一层呢！哦，原来这箱子是两层，中间有块隔板，杨爷小心翼翼拿杏黄缎包裹了蟠桃，双手轻轻一提，隔板取下，探头一瞧，下头也是塞得满满的已然发黄的棉花丝绒。

拨开丝绒，下头露出黄绢，拨开黄绢，下头是红绢。杨爷抹了抹额头汗水，心里突突直跳，长这么大，第一次大白天跟做贼似的掏摸东西，他自己个儿都觉得别扭。拨开红绢，里头严实裹着一大包油纸。里头鼓鼓囊囊，仿佛是束长条儿的大蟒蛇！

“妈呀！”杨爷惊叫一声退开两步，等了片刻，又摸了摸，确实是盘成一大团蟒蛇似的物件。一咬牙，撕开层层早已干涩的油纸包，定睛一看，杨爷先是一愣，紧跟着乐了：油纸包里，非金非宝，乃是一条盘绕起来颀长的大鞭子！杨爷高兴得连枪炮声也不顾了，掏出小烟袋锅，装烟打火，猛抽一口，做梦一般咧着大嘴笑呵呵蹲下打量。

嗬！这根大鞭子，那叫一个漂亮！估摸着得一丈多长，后头棕红色把手雕镂精美，说龙不是龙，说狮子不是狮子，二尺长短，把手后头凸出一块，镶着一块鸽子蛋大小的蒙了灰、乌沉沉的五色小石头。前头的鞭身，因年代久远，看不出本色，已然斑驳苍灰，杨爷拨弄几下，发觉这鞭子是丝绒加马尾、钢丝、金银丝密扎扎束成，活儿做得异常地道，数种丝线丝绒均匀细顺、毫发毕现，外头鞭身瞧不出，里头却暗束九股，每隔一股，再用铜丝横扎密钉，上头还有些曲里拐弯鬼画符似的梵文，瞧着既大方庄重又贵气十足。提起来晃一晃，软如棉絮，一抖手又硬如钢条，能软能硬，能长能短。杨爷喜不自胜，再看，颀长鞭身上还用细细的金银线秀满了云龙升腾、彩雾云纹，鞭梢也跟市面上的不一样，坠了个小指长的精铜镀金的小哨儿，下半截涂了满满一层蜡。

“嘶……”杨爷倒吸口冷气，寻思道，“真他娘怪！这、这鞭子难道是杨府赶车用的？不能够吧？这么靓的活计，咋藏得这么严实呢？不对，要不是赶车的大马鞭子，谁家还当宝贝似的拿这玩意儿压箱子底儿?!”

甭管怎么说，杨爷看中了这大鞭子。他觉得，这是老天爷降下的“缘法”。大酒缸巧遇杨大人，送银子、送烟袋锅儿，哪怕杨大人要跟他结拜、临死嘱托，杨爷作为老爷们，或多或少都觉得哥们弟兄，绝不能收人家银子，能帮就帮一把。到了，收了人家送的一口箱子，他心里着实不安，好像做好事儿求回报一样。这可不是京城老爷们的做派！

见了这鞭子就不成了，一股又酸又甜又深沉暖煦的感慨油然而生。他真爱呐，老话儿说红粉赠佳人，宝剑配英雄，干什么吆喝什么，跟读书的喜欢古书、养鸟的喜欢鸟笼子、练武的喜欢宝剑宝刀、爱古董的在意铜瓷古玉一样，赶大车出身的杨爷，对大鞭子动心啦！杨爷爱不释手抚摸着鞭子，两眼一酸，想到了被问斩的杨大人和冥冥中不可预测的天意。这就是缘分呐！这天定的“缘法”，凡人百姓哪能违反呢?！热泪潸然而下，一时间杨爷胸中酸甜苦咸五味俱全，说不出个准滋味儿。直筒子脾气嘛，他也没再想想，人家杨大人总管内务府这么多年，哪能把“大马鞭子”压箱子底儿呢?

一股豪气冲得他有些憋闷，杨爷装好了大玻璃蟠桃，塞好棉花，把箱子偷偷藏进马车车厢最里头的暗格儿里，喘了几口粗气，脱了外衣，一甩鞭子，在当院里耍了一套他从小自个儿琢磨出来的“鞭法”。

鞭子一抖，犹如金蛇凌空，在半空里“啪!”的剧烈鸣叫一声，好似空谷中陡然打了个霹雳！震得四处肃然，连周围噗噗簌簌的枪炮声也给压下去啦。杨爷又惊又喜，豪气迸发，右臂画圈半抖，大鞭子呼啦似虬龙入海颤成数拨浪涛，顺势横着一扫，“呼!”当院起了阵小旋风，又似沉寂已久的怪蟒出洞、金龙横空，带着肃杀的猎猎气息飞旋舞动，四处伸展肢体寻找猎物，撒了欢儿一样鸣叫着、盘旋扭动颀长的四肢。就见院中的杨爷双臂摆开，帅气十足，左右手交替耍着条斑斓大蟒，蹿蹦跳跃都不合什么章法，却身形灵动、鞭风凛冽，低头撤步、上步转肩游刃有余洒脱大气，时而如泰山压顶，时而似高山垂瀑，指东打西、指南打北，那根大鞭子在他手里活了般得心应手，丝毫不见生分，响亮清脆的鞭梢密布四周，跟墙外枪炮轰鸣合二为一，愈见功力。杨爷耍得高兴，小臂一反手，横着来个长龙入海式，又转动几下，鞭子飞旋得更快，电光火石间环绕全身，如团团光影只见鞭影重重不见人影！多半天，杨爷大叫一声:“收!”顺势抖了抖，鞭子在半空里晃了三晃，飞快收了身形，缩回到他手里。

出了身透汗的杨爷顾不得擦汗，把原来的大马鞭取了来，比量了比量，拆了前头鞭身，找了团铁丝麻绳，把这条大鞭子把柄牢牢拴固在跟了自己多年，早被摩挲得油光湛亮的半人高的大鞭柄上，又试了两下，嗬！那叫一个顺手!

满心喜悦的杨爷没等乐呵半天，从前线败下来的军兵们传来消息:八国洋鬼子已然攻下了天津卫，前锋攻下了杨村，直奔北京城而来!

京城戒严了，除了军兵和义和拳，谁也出不去，更进不来。满大街贴的都是朝廷的宣战诏书，被暴雨夏风肆虐成了残纸烂团，有些字还能看清:“内阁奉上谕:我朝二百数十年来,深仁厚泽,凡远人来中国者……乃益肆嚣张,欺凌我国家,侵犯我土地,蹂躏我人民,勒索我财物。朝廷稍加迁就,彼等负其凶横……小则欺压平民,大则侮慢神圣!我国赤子,仇怒郁结,人人欲得而甘心……朕今涕泪以告先庙,慷慨以誓师徒,与其苟且图存,贻羞万古,孰若大张挞伐,一决雌雄……”

可看了诏书的老少爷们几乎都晓得:光绪爷被囚在南海瀛台已然两年多啦,又病恹恹的,哪来这么健旺的精气神儿和惊天口气?!还不是那位掌握至高皇权四十余年的慈禧老佛爷瞧见洋人叫她退位让权,请光绪爷亲政,不禁恼羞成怒、羞愤交加才闹出这场塌天大祸?

## 九

杨爷被关在城里半个来月没出去城,内城、皇城里头也乱作一团,那么些的兵丁、义和拳乱头苍蝇似的到处流窜,攻打东交民巷、西什库教堂的人越来越少,杀人越货、抢劫捡漏的越来越多,大白天的旅店、酒馆、商铺、饭馆、当铺关门闭户,老百姓被吓坏喽,任谁也想不到,皇城内外还能被肆扰成如此。街面上人心惶惶,不少人面如死灰。

他得逃出去,离开这座鬼城丰都一样的京城。可怎么跑呢?在他找的隐蔽地界儿,杨爷打了个盹儿,天色拂晓,街上大乱,满街兵丁咋咋呼呼七嘴八舌说着什么,杨爷赶着车正踅摸吃的呢,凑过去一听,不由得似三九天冰水浇头!

原来,河西务失守后,阵脚大乱的官军、义和拳全线崩溃,兵败如山倒,丢盔弃甲抱头鼠窜,京畿门户洞开!八国联军顺着运河占了通州张家湾,前锋过了八里桥,直奔朝阳门而来!

这一惊一吓,杨爷更饿了,事到如今无可奈何,也得先填饱肚子啊,他这会儿就想找个卖豆汁儿、枣面粥的小摊儿喝点顺顺。

那年月,京城老少爷们没个不爱喝豆汁儿的,四九城里遍布的豆汁儿摊，每日赶早，全是捧着大碗吸溜着绿莹莹豆汁，就着焦圈、咸菜疙瘩丝儿吃早点的老少爷们，这玩意儿外地来京的人一尝绝对得喷，又涩又酸，然而北京城里的老少爷们就是爱它，一年年一代代传下来的美食，就数豆汁儿最便宜，也最深入民心。可这炮火连天的，性命都不保，谁还敢出来摆摊呢？转了几条街，一个人影儿不见，四处残垣断壁、焦黑的树杈和血污遍地的尸首，角落里，几条野狗大咧咧毫不避人，舒展尾巴大口撕咬着几具烂成一团的尸体，污血烂肉在野狗嘴里好似香喷喷的红烧肉，狼吞虎咽津津有味，连脚趾头手指头也被细细嚼碎了吞下去，看得杨爷一阵恶心。

快溜达到西安门了，地下密密麻麻睡在席子上的各路兵丁也没醒，有的在说梦话，有的找墙根撒尿，还有些也饿了，提溜着刀枪四处找寻吃食。

碰上个虎神营的兵丁一问，那人指了指西安门里，说："豆汁儿？有日子没见啦，你去地安门瞧瞧，不定那里还有摆摊儿的呢，哥们儿，有吃的没有？"杨爷塞给他一块饼子，赶车进了乱哄哄的西安门。西什库教堂内外还是炮火连天打得热闹，刚进皇城，就见一丛丛刀枪鲜明的旗兵守在皇城根儿下，远望不知道多少人，这是荣中堂最后的一点儿家底儿，放在这里护卫大内用的。杨爷不敢停留，挤过去到了地安门里，看了半天，咦，远处有那么几个挂着小灯笼的摊子，围着一群人，正吸吸溜溜咕咚咕咚喝着什么。

"豆汁儿！"杨爷苦中作乐，拉马过去，琢磨着这日子口，还真有不怕死的出来做买卖。几个小摊儿并排在地安门燕翅楼下，有炸焦圈儿的、有卖小芝麻烧饼的。两家豆汁儿摊子，凌乱的板凳上全是喝豆汁儿的老少爷们，桌上摆着不要钱白吃的咸菜丝，个个喝得满头大汗心满意足，仿佛有了这碗豆汁儿，北京城还是北京城。

扔过几个大钱，买了包炸焦圈儿、十来个小芝麻烧饼，杨爷对手脚忙乱的掌柜点点头，喊道："来一碗儿！"

"得嘞！爷们，坐下喝，咸菜您自己个儿盛！"粗瓷大碗，热腾腾飘着酸涩香气，杨爷端着坐了，轻轻一吹，喝了一小口，一股暖流下肚，真舒坦！再来口炸得金黄香脆的焦圈儿，总算定住了心，咕噜噜灌了几口，暖心暖胃的豆汁儿让乱世里的杨爷觉得近在咫尺的战火都不那么刺眼喽。

豆汁儿摊子上形形色色坐满了各种人，穿绸裹缎的、布衣长袍的、短衣打扮的、戴着小帽破衣拉撒的，还有几位穿着四开衩袍服、腰系杏黄带、梳着大辫子的，一看就是住在皇城附近的宗室，也大马金刀混在人群里大口吃喝。

这也是老北京的奇景之一：但凡吃酒席，各王公亲贵、文武大臣都有一定之规，王公亲贵绝不随随便便跟大臣们一起吃饭，大臣们也绝不会随意跟饮浆卖水拉车卖菜的力巴儿穷汉一起吃，旗人自重、好面子不说，文武大臣也有失体统，可只有去喝豆汁儿，不仅没人管，更没人笑话，来的这些王公亲贵文武大臣还能留个"与民同乐"的好名声。也不管你是王爷、公爷，还是打铁、卖菜的，大家不分高低贵贱团团而坐，不论官品爵位、不论穷富，讲究先来后到，捧着大粗瓷碗咕嘟咕嘟喝个肚儿圆，相逢一笑，各自走人。一种最简单、最便宜、最深入人心的饮食，能破了朝廷拉拉杂杂的礼法规矩，正格儿是老北京的一项特色。

喝到第二碗，杨爷抹了把汗，放慢了速度，把剩下的焦圈儿、芝麻烧饼用纸包了，预备中午再吃。轰轰烈烈的枪炮声又紧了，震天动地巨响连连，东半天火红一片，浓烟翻腾了直上九霄，直叫人惊心动魄。"轰隆！轰隆隆！！"又是惊天动地的几声响，连高大的皇城都颤巍巍动了几下！豆汁儿摊儿这边却鸦雀无声，都低头大口吃喝，大家伙儿都习惯了，谁也没当会儿事。

"嗨！这马车是谁的?！有主儿没有？有人吗？没人大爷我拉走啦！"杨爷一回头，几个呼哧带喘的汉子正扯着嗓子大喊，为首的要解他的马缰绳。"慢！"杨爷沉了脸，揣了吃食举着大马鞭飞身跑过来，打量几个不速之客。为首的是个又黑又胖的大高个儿，四十出头，身强体壮，大胖脸蒜头鼻子大嘴巴，大辫子缠在脑袋上，一脸骄横之色，一看就带着功夫，身穿不太合体的毛蓝细布裤褂，短衣襟，脚下是一双薄底儿短靴，腰里却系着一根草绳儿，后头跟着的都是一水儿蓝细布裤褂，白袜布鞋，脸色苍白喘着粗气，背后背着快枪！

"这马车是我的！怎么？尊驾这是要明抢吗?！"杨爷看着来者不善，但他不在乎，吃饱喝足了，手里握着大鞭子瞪着大高个儿。大高个儿也看了他几眼，两手抱怀，阴着脸问："你是车把式？"

"啊！干的就是这活儿。"

大高个儿飞速转眼珠儿上下左右看了他好一会儿，突然一伸手拍了杨爷肩头，杨爷警惕着呢，一晃肩头，伸手抓住那小子手，生生掰到胸前，那人也不恼，俩人握了手较上劲儿啦！一个如大力金刚，手法沉重劲头刚猛，一个如神力天王，逐渐加力毫不畏惧。后头背枪那帮小子全看傻了，伸头伸脑要说话，又不敢。大高个儿满意点点头，撇嘴道："好小子！还挺有劲儿！就是你啦！甭抻着啦，快，有个远道儿的活儿，走吧！"杨爷活动活动，也是一惊，大高个儿功夫不赖。他闻声不动，问："走？上哪儿?！告诉你，爷不拉活儿了，专给义和拳拉粮食的。"

本以为拿义和拳吓吓他们，不想大高个儿冷笑一声："义和拳？狗屁！吓唬耗子呢！"一挥手，后头几个年轻汉子立马举枪相对，大高个儿调皮似的抹抹唇上并不存在的胡子，狞笑道："车把式，告诉你。这趟活儿，你小子接也得接，不接也得接！事后有你天大的好处！要是胆敢起丁点儿逃跑的念头，哼哼，爷当场崩了你！信不信?!"杨爷一听这话气得血气上涌，老话儿说兔子急了还咬人，蚂蚱下油锅还得蹦跶几下呢！大老爷们能叫你们几个吓住？说话就要抡鞭子动手。

"轰！轰隆隆！"东城那边又是几声震耳欲聋的炸雷声，不远处又跑来个短衣短靴的年轻人，挎刀背枪，十分焦急大喊："师父！师父!！您老人家甭跟这儿磨叽啦，那边儿都火上房啦！麻溜儿快着点呗！再晚了可就来不及啦！"

一听这话，大高个儿胖子使劲儿压了压火气，眼里划过一丝惊慌，换了低声下气："爷们，看你也是条汉子，不瞒你，我们家也是老京城人家，这不，洋鬼子打进来啦，我们府上的老太太、大少爷、大少奶奶们不能死在这儿吧！得出去避避，可道儿远，身边也没几个会赶车的把式师傅，今儿派我一差事，从半夜找到这会儿，就瞅见您的车了，哎，乱世不易，您只当可怜可怜我这个做下人的，送我们一趟。甭担心银子，车钱先付！"说着从后头背枪人怀里掏出锭元宝双手捧过来。杨爷正疑惑，一瞅这元宝，好家伙！正经锃明刷亮黄澄澄的一个有边有翅儿的大金元宝！金色闪亮带着柔和华贵略微红艳艳的赤色光芒，下头还盖着戳记，妈呀，出手也忒大方了，就这一个，最少也得三十两。

那当儿按一两黄金兑三十五两银子算，这锭元宝最少能换上千两银子呢。杨爷摇头就是不应，他这人实在归实在，可不傻，久在江湖行走，知道大难临头，京师不保，就有那些个趁机发国难财的地痞流氓无赖混混儿，专门抢掠富豪人家，真干成一票儿大的，把人家全家宰了，装载了金银财宝一溜烟儿跑到外地花天酒地，这种事儿，他可没少听说。眼见眼前一行人身带火器、行踪跋扈诡秘，杨爷越发警惕。

那大高个黑脸胖子正急得没法儿，远处叫喊的小伙大步流星跑过来，"啪!"冲他打了个非常漂亮的千儿，起身冲杨爷微微一笑。小伙儿长得非常帅气，大概十七八岁，剑眉星目，鼻梁高耸，脸颊红润，唇红齿白，身段细长英武，宽肩细腰大长腿，也是一身短打扮，又黑又长的大辫子缠在脖子上，腰间挂着把二尺多长贴金嵌宝的华贵腰刀，背着长枪跑过来，一丝儿不喘，看来也有功夫，叫人瞧着就亲切热情、礼貌周全。漂亮小伙和黑脸胖子一个唱红脸，一个唱白脸，又下了跪，这才说动了杨爷。

小伙笑吟吟道："大叔，我叫小张，您老这可是做了善事！我们老太太快七十了，成日介吃斋念佛，大慈大悲惜老怜贫，可不是菩萨保佑遇上您这位贵人!"

杨爷是实诚汉子心性，最是吃软不吃硬，又听人家家里有快七十岁烧香念佛的老太太，立马想起了自己的瞎眼老娘，心一软，拉他起来叹息道："好啦！都快起来。老爷们，动不动就跪，像什么样儿？这么着吧，咱说好了，我只送你们出城，出了城，我得去三河县找我老娘!"

师徒俩看穿杨爷仗义忠厚，好话说了一箩筐，强把金元宝给杨爷塞进怀里，杨爷说了姓氏，嫌金子沉重，无奈用布包了，塞进车厢褥子下头，扬鞭打马，跟着这帮不明来路的人，又进了皇城。皇城里头杨爷不熟，全是旗兵禁军，抱着大刀鸟枪都睡着呢，因此众人不敢走大道，只溜边儿，看着他们熟门熟路如入无人之境，杨爷越发奇怪：这是哪家大宅门的？皇城里头的大宅门、王府屈指可数，他记着，除了和嘉公主府，皇城里头就只有礼亲王府，老睿亲王府和老英亲王府早改成寺庙衙门啦。没听说有什么公爵和大宅门在皇城里呀？这帮人到底什么来路呢？

穿大街过小巷，转了不知道多少弯儿，绕过景山东街，叫开守卫森严的北上门，四周便都是红墙了，砖墙上下都堆着沙袋，不少大兵还在梦乡里。越往里走，红墙越发高大雄伟，巍峨壮观，天色阴沉得要下雨，浓郁苍茫，阴霾滚滚，远处枪炮声轰隆隆炸得人心直发抖。杨爷也没仔细看到底到哪了，坐在车辕上低头抽烟，前头大马拉着车轮嘎吱嘎吱碾在石板路上，像进了一座空寂阴森的大庙。



## 十

“到了，杨大叔，您先在这儿稍候，我们主子这就来啦。”小张子一溜烟儿跑没了影儿，崔管事的也不见了，就剩下俩背枪的伙计一左一右紧张地盯着他。这是哪儿啊？杨爷只觉得过了条宽阔的河，进了座高大赤红的城门楼子，来到这处所在，四处望望，一水儿的红墙黄瓦，处处飞檐斗拱、雕梁画栋，晨雾阴霾里，看不十分清楚，可感觉这大院子，比乡下的打谷场还宽敞！地下铺的全是一色整齐的大青砖，正对面三座挨着的大红金钉门户，门上金钉大肉包似的金光灿灿，左右一对大狮子张牙舞爪，门檐上方悬着块竖匾。瞧不真着，磕打磕打烟袋锅儿，杨爷下车刚走了几步，身边背枪的伙计立马儿轻喊：“站住！老实待着。甭乱看乱动。”

“怎么？又不是进刑部大牢，你们还不叫我走动啦?！是你们把爷请来的！要知道这样，我还不伺候呢！”

“嘘，我的祖宗！”一个背枪的小伙苦着脸小声说，“您老小点儿声！千万别喊！这……”杨爷不管不顾，气呼呼四周走了一圈，忽听刚进来的大门楼子外头有车马脚步声响，瞬间呼啦啦进来好几辆朱轮华丽的大车停在远处，后头还跟着背枪的侍从兵丁。嗬，那几辆车都漂亮极了，不是红围子就是宝蓝镶金边儿的呢子，还装了玻璃窗户，赶车的把式也是一身华服，头戴红缨帽，再看看自己这辆车和自己脏兮兮的穿戴，简直跟野老鸹进了百灵群！

影影绰绰，那群华丽大车里呼啦啦下来一堆翎顶辉煌的老头，焦急地排好队往这儿走。由远及近，连正眼也不瞧杨爷，为首的一个瘦高个老头，宝石顶子圆补服，一脸烟气，看起来像是刚抽足了大烟，斜眼瞥了杨爷几眼，一愣，指着他刚要说话，对面“吱呀呀呀……”响起阵开门声，三座金钉大门跟商量好了似的，一起洞开，打里头走出一大群穿着古怪的人。

为首的是个老太太，瞅着也就五十多岁，一张长了毛似的黄蜡蜡瘦冬瓜脸，吊梢眉，三角眼目光炯炯，神色严峻仿佛带着气儿，余怒未消，梳着网了黑网子、插着铜簪子的老娘们大纂头，穿一身半新不旧深蓝布大襟褂子，浅蓝半旧裤子，下头绑着黑布绑腿带，白布袜子黑布鞋。左手扶着方才帅气的小张子，右手扶着个灰白发辫，满脸皱纹，厚嘴唇嘬着、半驼背，一身黑布短打扮、戴圆草帽子的没胡子老头，跟着俩一脸恐惧灰蓝大褂、梳大辫，长得俏丽的大丫头，一个捧着包袱；一个捧着个金晃晃水烟袋。

再往后，崔管事扶着位神色惶恐沮丧凄惨皆备，三十出头中等身材的俊秀男子，头戴小瓜皮帽，一身皱皱巴巴的青洋绸大褂，光脚穿双半旧黑布鞋，左手也握了个金晃晃的水烟袋，右手捧着个小楠木匣子。身边稍后是位穿褐色竹布大襟褂、蓝布裤子青布鞋，脸如倭瓜，鸡胸驼背眼带泪痕的三十来岁女人，后面左边俩十七八蓝布大褂的漂亮姑娘扶着，右边是位胖墩墩脸如月饼穿一身浅灰大襟褂的女人，甩着粉红手绢抹着鼻涕。

杨爷一看，差点乐喽！这是唱的哪一出？这辉煌庄严的地界儿，突然出来这么一群乡下老妈子、小伙计似的人物，那位崔管事说，是他们家老太太和大少爷？哦，莫不是为了逃命换了装束？

方才要训他的老头撞见这群人，猛然站住身，惊了片刻，眨了眨三角眼，连带后头满脸惊愕的大人们，赶紧趋步上前，顾不得行礼，急匆匆问：“老祖宗，这是上哪儿去？”老太太斜眼瞅了瞅他们，又转身回头看看大少爷，冷哼了一声，指了指远处：“把你们车上那些零碎都给我卸下来！都什么时候儿啦?！洪泰，我的车呢！”

“嗻！”这群翎顶辉煌的大人回身招呼下人们赶紧扯下红围子和车上镶金镀银的饰物，扔了一地。俊秀的小张子一指杨爷：“老祖宗，您的车在那儿呢！奴才们刚雇的，是咱京里人。”

“嗯。”老太太也不看杨爷，叫过那些大人们的车，肃然指派道，“少爷坐你舅舅那辆车，小伦跨辕，赶车的跟着，俩儿媳妇坐小泽那辆，三格、四格、小袁儿，坐小昌那辆。你，过来！”一嗓子喊过个皮猴子模样十几岁少年，狠狠啐了他一口，骂道：“你个不成器的东西！你给我跨辕。娟子和荣子跟我坐一辆车。”

“是！”

这老太太看起来正格儿是个能拿事儿的主儿，一碗茶的工夫便分派得条条有理丝毫不乱，其余的老爷大人没车坐，只好在后面跟着。老太太踩着板凳扶着俩丫头进了杨爷的车厢，皮猴子少年挠挠头，跟杨爷左右跨辕。刚放下帘子，老太太忍不住探出头来怒声断喝道：“今儿是逃难，出远门！都把帘子放下来！出头露面的由我说话，谁敢乱讲一个字，立刻打死！都听见了吗！”

众人面面相觑，鸦雀无声。车把式们都放下了帘子，杨爷心里一哆嗦：这母夜叉一样的人物就是那位天天拜佛念经惜老怜贫的老太太？

“今儿个当班的是谁？”

人群里出来个高大小伙儿半跪道：“奴才刘安生伺候老祖宗、大少爷！”老太太隔着帘子喊：“快，叫王老大人速速跟上，就说我的话，他年纪大了，要奋力跟上咱们。你派人和崔管事在前头探路，李管家和洪泰在我车两边伺候，随行的里边儿伙计都由你管着，外头伙计叫小兴、小澜管着，谁敢乱跑乱说话，拿住就杀。”

“嗻！”

“轰隆隆……”又是一阵大炮响，是永定门方向。崔管事跑过来一捅杨爷，火上房地喊：“还愣着干什么？还不快走！”杨爷不满地瞪他，跟车里的老太太说：“大妈，您老坐稳当喽。咱们走喽！”说完一扬大鞭子，“啪！啪啪！”几声脆响，悠远嘹亮，马匹一较劲儿，车轮缓缓转动，出了大红墙，过城门楼子，匆匆而去。后头一大溜马车骡车紧紧跟着前头杨爷这辆领头车，车前是叫刘安生的小伙儿和崔管事领着几名彪形大汉骑马开道，一长溜车后头，是那些或骑马或步行踉踉跄跄跟着的大人们，再后头，稀稀拉拉跟着些荷枪实弹的兵丁，疯了似的撒腿就追。

随着这堆人马慌不择路而去，后头红墙黄瓦间一道道高大城门又“吱呀呀”缓缓关闭，关闸落锁，仿佛从未开启，除了连天炮火，四周一片死寂。许多忠心护驾的旗兵、禁军将士们，被清凉夏风吹醒，懒洋洋伸展腰身，擦枪取刀，堆砌沙袋，还预备拼死搏斗一番。

杨爷摸摸肚子，暗中纳罕：这老太太好大的排场！想起方才她登车时的天足大脚，哦，杨爷明白了，这是个旗人老太太。哎，不知道自己瞎眼老娘到底过得咋样。杨爷一边挥鞭赶车，一边暗中掐算日子：十七、十八……今儿正是庚子年七月二十一清晨。

天上零零星星下雨了，跟着前头人马过了景山西街，贴着墙根儿急速赶路，杨爷心里纳闷：这绕来绕去的，还不赶紧走？这队凌乱不堪的人群，偷偷摸摸避人似的专捡僻静的地界走。刚一愣神儿，后头枪炮声一阵接一阵猛烈，硝烟烈火长了眼似的跟在他们屁股后头，吓得车上的人吱呀乱叫。细雨纷纷，周围又是虎神营、义和拳咆哮震天的喊杀和无计其数逃难的老百姓们奔跑、拥挤，整个队伍不断有人掉队、逃跑，等稀稀拉拉出了地安门，到了鼓楼，就剩下一半人了。急得趴在驴背上长相丑陋的老管家在后头对着伙计们直骂娘，可任谁也不听他的，到处都是残兵败将和逃难的人，凄惨、愤怒的叫喊声，早把他骂娘声淹没了。

杨爷挥鞭，就听车棚里老太太大骂左边跨辕的这位小少爷，小少爷翻了翻白眼儿，一脸不忿，可不敢还嘴，看得杨爷直乐。不大会儿，老太太问："车把式，你家老娘多大年纪了？"

"六十开外啦。"

"身子骨还好吗？"

"托您福，还凑合吧，就是眼睛不中用了，看不见。哎，这年月，有口嚼裹儿，能活着就不易。嗨！我说那位爷，你，你看着你那驴点儿！都撞上我车啦，瞪什么眼？！我车里坐着老家儿呢！真他妈不像话，逃难还带那么老些东西！"杨爷正跟边上一位骑驴抢路的生气。

"老家儿？什么叫老家儿啊？"隔着帘子，老太太仿佛笑了。杨爷抹了把脸上雨水："哦？老家儿，就是家里老人的意思。我可没占您便宜的意思，看您跟我娘岁数差不离大，随口说的。"

半晌，里头才说："这话我都多少年没听过喽，是这么个意思。"

"快赶你的车！怎么那么些废话！"战火硝烟里，崔管事一点儿不怕，骑着马跑来跑去，跟喝了蜜蜂屎一样兴奋，训了杨爷两句。“驾！看道儿啊！老少爷们看道儿！”杨爷不言语了，知道大户人家毛病事儿多极了，还内外有别，心里膈应。

雨越下越大，京城道路，本来就是无风三尺土，有雨一城泥，沾了雨，黄乎乎黑拉拉的臭泥巴到处都是，一踩上去，能陷进半条腿！杨爷这队车马也走得很辛苦，半路上陷进去不知多少次，幸好跟随的人多，也给劲儿，推的推，拉的拉，终于出了德胜门。

杨爷心里畅快。多少日子被关在城里，好容易出来啦。他嘴里咋呼着，胳膊用劲儿，甩开大鞭子“啪啪！啪啪！”就是一阵敲打，飞旋的鞭梢带着厉风四处驱赶混乱人群，大家伙儿纷纷躲避，不一会儿便上了大道。车厢里老太太突然问：“把式，你这鞭子玩得溜儿，听声音挺熟呐？”

“您过奖！大妈，不瞒您说，我赶车十几年啦，这玩意儿还是第一次用。让让嗨！都让道儿啊！”

老管家眨了眨死鱼眼，不满地瞪了杨爷一眼，问：“老祖宗，咱们直接奔西路？”

“先去园子！”一行人马上了大道，杨爷越走越奇怪，咋奔了西南？走了小半个时辰，到了直连西山御园的大道。

这条路很好走，地下全是黑色大理石铺设的，高有数尺，据老人们说，是雍正年间，雍正爷大修圆明园，为了从大内去御园来往顺畅，特意下旨命云贵总督从云南上贡大理石铺设而成，平时只许宫廷用，老百姓只能走两边的土路，日常由步军统领衙门维护，到了万岁爷大驾去圆明园，千乘万骑、六龙御车、銮仪整肃，就走当中这条御路。后来圆明园叫洋鬼子烧了，老佛爷又修了颐和园，还是走这里。这会儿逃难，谁还管那些个，大家一窝蜂涌上御道，放开腿脚跑呗。不到一个时辰，远处显出山明水秀，青山仓润，庞大巍峨的一色离宫别苑。

过了一座描金彩绘、高耸华丽的三间四柱七架牌坊，前头是高大的单檐歇山顶五间朱红金钉大宫门，左右两边是巨大的青铜狮子稳坐在汉白玉须弥座上，外头有一排排青砖值房和禁卫值房，外圈是一层密密的“鹿角木”，防范民人随意踏入禁园。前头带路的几位直直奔上去，在门外下马，不少顶戴辉煌的人匆匆小跑迎出来，可把杨爷急坏了："哎！前头的，那里不能随便进呐！那是……"

"没事儿，你就赶你的车吧！"车厢里的老太太说。杨爷犹豫："大妈，不是我驳您，这里头可不是寻常人家，是老佛爷的禁园，咱、咱逃难归逃难，不能进，进去就得杀头呢！"

旁边车辕上的小少爷满不在乎，哈哈大笑："瞧吓得你！真怂！有胆子吗？我……"

"闭嘴！"老太太怒了，"赶你的车，我认识老佛爷，甭怕。万事都有我呢！"彻底懵了的杨爷只好从命，前头五间大宫门早已全大开，杨爷赶着大车，直踩着双龙透雕的丹陛石刻进了颐和园东宫门，那上头九龙环绕的赤金大匾上明晃晃"颐和园"三个大字，晃得他眼珠子疼。杨爷就是做了八辈子梦，也没想到自己个儿一个赶大车的力巴儿，能赶着大车进了禁卫森严如同天宫一样的颐和园。

仁寿门前，老太太下车嘱咐："把式，你在这儿待着，我去去就来。可候着我啊！"一把抓过小少爷，后头大少爷、大少奶奶跟着，一溜烟儿进去了。

不大一会儿，杨爷听见大殿里传来怒骂声，他正纳闷老太太怎么认识老佛爷呢，几声咳嗽，那位老太太扶着老管家，身后跟着一帮汗流浃背的侍从、老头儿慢慢走出来。这当儿，仁寿门外，一个四十多岁的旗人一头一脸油汗，发辫散乱哆哆嗦嗦慌不择路跑了进来，脚下一绊，扑通来了个狗吃屎，正趴在杨爷跟前儿。杨爷瞧着他眼熟，思索着打那儿见过，对，是当日杀杨大人的刑场上！刚要拉他，谁知这人扯着嗓子急得火上房似的大哭起来："老祖宗，快！快走！洋鬼子已然攻进东直门，俄国老毛子和日本小鬼儿大队人马从西直门撵过来啦！"话一出口，满院人无不勃然变色，连方才还沉稳自如的老太太也吓得变了颜色，略一思索，赶忙叫道："大少爷呢？"

"儿子在。"那位看起来病恹恹的大少爷一脸清灰，凑过来。老太太一把抓过他胳膊，冲他恶狠狠"呸"了一口："你这个孽子！这下称你的心了吧?!还不快上你的车去！"远远儿传来枪炮齐鸣，老太太身子一震，大声喝道："庆大爷，你留下，方才说的事儿，你瞧着办！三格、四格和小振子跟我走。"

"嗻！"一个瘦脸老头儿恭恭敬敬瞥了她一眼，诺诺连声。杨爷顾不得细想，搬凳子请她和俩大丫头上了车，跟随的众人凄凄惨惨戚戚，谁也没敢哭，纷纷上车马，一溜烟儿出了颐和园东宫门。车里的老太太挑帘儿回首，两眼无神，远望后头宫门外纷然大乱没头苍蝇似的人群和凄厉的哭嚎，露出十分不舍的神情，鼻子抽了抽，两行老泪夺眶而出，小嘴紧紧抿了抿苦苦忍着放下帘子。半袋烟工夫，后头的哭嚎声没了，一行人如丧家之犬踏上不知吉凶的前路。

## 十一

"吱呀呀……吱呀呀……"杨爷赶着大车疾驰如飞，两道大车轮轧在满是石子儿泥巴的土路上，叮叮当当筛面一样颠得车子上蹿下跳，摇摆不定。小少爷满不在乎，跟坐秋千似的高兴咧嘴大笑，车厢里的老太太和俩丫头可糟了大罪，摇煤球一样晃晃荡荡，直犯恶心，忍不住哇哇要吐，方才在园子里吃的东西喷了一地，连漱口水也没有。趴在驴背上的老管家瞧着直掉泪，却毫无办法，还是小张子会办事，从杨爷马车后头饮马的脏水桶里，用破瓢舀了半瓢，端过来臭烘烘的，老太太也顾不得腌臜，咕噜噜喝了半口，吐了，这才发觉嘴里满是黄泥汤子，抹抹嘴，咬着牙憋气。前头的崔管事、刘安生不含糊，一路骑马在前奔驰，不大会儿就回来报告前路情由，一路往西北，城镇乡里全都关门闭户，小镇小乡四处拥挤着逃难的人群和四处劫掠逛荡的乱兵。大队人马拖拖拉拉一路过了青龙桥、红山口、望儿山、西北旺，过了西北旺，前头逃难抢掠的人群渐渐稀少，快到旷野了。

众人为了往哪儿走议论好久，老太太提着气喊："听把式的，赶紧走，先出居庸关再说！"

太阳出来了，毒辣辣乌沉沉，天边儿一丝儿风也没有，只飘荡几块半死不活的云彩，时而遮了太阳，阴沉一片，时而露出半片惨白的日光，不大一会儿，地气蒸腾，空气沉闷湿热，人人被晒得汗流浃背，衣服黏糊糊贴在身上很是腻歪难受。后头几辆大车显见没走过这么破烂的土路，赶车的车上的人被震得七颠八倒痛苦不堪，在后头没车的那些兵丁、大爷们更是倒了八辈子血霉，就靠两条腿儿，撒丫子跟着一路北来，不是跑掉了鞋就是气喘如牛，有些个掉队的，也没人管，拎刀背枪的家丁平日里连训练都没有，只靠站着吓唬人，这会儿更是疲惫不堪两腿灌了铅一样，稀稀拉拉拉出一长溜儿，四处找水井、饭馆。只要开门的铺子，没有一家不被抢掠的，老百姓不敢反抗，只哭哭闹闹推搡一处，闹急眼了，就被一枪打死在泥地上，没了声息。

杨爷叼着烟袋锅子挥鞭赶车，他见不得这惨剧，又管不了那么些，叹息不止，不时回首看看足有二里地长远的逃难人群。他心里也疑惑：这一家子人，真怪！老太太跟个凶神一样，大少爷病弱，俩少奶奶一个又矮又丑、一个脸胖得跟月饼差不多，小少爷又没心没肺，真够围一圈人瞧半个月热闹的。

说来也怪，庚子年闰八月起刀兵，还没到闰八月呢，这就刀兵大起，八国洋鬼子不依不饶到底打进了京城，可这年景着实不错，到处庄稼地里都是没来得及收的高粱、玉米、麦子，青纱帐都起来了。因为战乱，种地的农民死的死、逃的逃，一眼望不到边儿的庄稼，成了逃难人的吃食，不少人冲进里头掰了玉米高粱，也不管生熟，吃了一溜儿够，塞得嗓子眼儿满了，还到处找水喝，看得杨爷惊心。

一路逃到八达岭，后头跟着的人人困马乏，死猪一样抱着脚脖子、小腿乱哼哼，有的叫苦连天、有的大声哭泣、有的垂泪、有的奄奄一息，护驾的兵马也东倒西歪倒下歇息，只有些贴身奴仆不敢叫苦，跟着车马慢慢走。

八达岭，是明长城内九关之一，居庸关的前哨，大明朝那当儿，号称天下九塞之一，是护卫京师最为重要的一处关口，地势险要驻扎重兵，两旁山道崎岖，客栈、粮行、商铺、驿站遍布，乃京西第一关口。大清入关后，因武力征伐、统一内外蒙古，抚有四海，自圣祖康熙爷开始，并不十分太重视这里，圣祖爷有祖训：形胜固难凭，在德不在险也。河山之固，莫如民心归附，所谓众志成城者也！因此，清代历朝天子，也不并如大明一样岁岁花费亿万修葺内外关口，只把其当作京师内外交通要道。

八达岭也是一样，已然四百多年沧桑岁月，早让这里关口倾颓、石基崩坏，尽管还是高大巍峨，却没了金戈铁马雄关漫道的气势，远望，层层峰峦叠嶂、野树芳草萋萋，碧绿色茵茵四溢，古柏苍藤插天蔽日，枝繁叶茂，遮蔽了大半城关，透着阴凉舒适，跟大道两边的商铺、客栈、农田一样，毫无人烟，一处清凉世界却如同森然鬼域。

众人又饿又渴，杨爷挺大方，把早晨买的芝麻烧饼、焦圈儿送给了老太太、大少爷吃，其他各位爷看得眼馋还不敢吱声。杨爷又指挥着大家伙儿把附近庄稼地里的老玉米、高粱摘了无数，架火烧熟了吃。众人狼吞虎咽吃了一顿，纷纷称赞杨爷机灵。

“还真是好吃！把式，你真成！”大少爷一面啃玉米一面腼腆笑笑，只是他手里抱的楠木小匣子令老太太不时打量犯嘀咕。趁下人们忙活，大少爷慢慢溜达到路边一块巨大的山石旁，扶着两个仆人，颤巍巍爬上去，手搭凉棚，往京城方向远望，不大会儿，便垂泪不已。杨爷还纳罕呢，这么老远，能看见京城？不料老太太领着小张子、崔管事、李总管也爬上巨石，对着东南面色凝重。

杨爷几步上来，崔管事却拉着他一脸死灰，“嘘！”扎煞着手，阻止杨爷说话。山峦起伏，远近景色旷然入目，十里芳菲天蓝如碧，极目之处，果然远远瞧着浓烟烈火直冲九霄，打着旋儿如阴霾冥火笼罩了那座足有六百年的天子帝都！

大少爷泪如雨下，老太太面色铁青眉头紧锁，脸上堆积的脂粉噼里啪啦直掉沫子，李总管、崔管事、小张子垂手暗泣，如丧考妣。

他们当然不知道，七月二十日这天，在八国联军进攻北京城的战役中，他们遭到了开战以来最重大的伤亡，紫禁城也在这天下午被攻陷，从世界各地来的那群自称最民主、最文明、最自由、最高贵、最发达的洋鬼子，对着“半开化半野蛮”的大清京都和百万人民，开始了最野蛮、最凶残、最无耻、最荒淫、最可怖的公开烧杀抢掠！

这群披着人皮的畜生在北京城的暴行，连随后赶来就任联军统帅的瓦德西也“惊呆”了。这群自称为最“文明”的洋鬼子头几天里，大开杀戒，城内城外上至御苑王府，下至小民百姓，无不被他们恣意搜刮殆尽，十室九空，凡是义和拳设置神坛之处，一律被焚毁。无辜百姓的尸体，从义和拳进京开始，直到八国洋鬼子攻入京都，就没有清除过，腐臭污血尸横遍野。随着洋鬼子大开杀戒、肆意屠戮，原先最温馨、最和气、最儒雅、最古朴的北京城，尸积如山、血水如河，惨不忍睹。

自然，这些惨剧，远在近百里之外的杨爷和逃难的这一大家子人，是看不见的。只不过远望了半天，冬瓜脸老太太脸色阴沉得可怕，五官扭曲得厉害，嘴唇抖了抖想说什么，一个字没说出口，张了张嘴，“哇！”地号啕痛哭起来。她这一哭，大石上下众人无不号啕，连跟随的护卫们也面如死灰，垂首饮泣。杨爷丈二的和尚摸不着头脑，空旷四野里，凄厉而悲惨的嚎哭声扩散出去，惊起无数飞鸟乌鸦嘎嘎飞旋天际，毛骨悚然望着下头这群逃难之人形形色色的哭相，盘旋几圈，赶紧逃离。

只有杨爷茶呆呆望着这群人，若有所思。太阳快落山了，前头还是没有人家，老太太犯愁：这么多人，总不能夜宿荒野呐？刘安生、崔管事骑快马往前赶了十几里地，回报一路上没有人烟，前头只有个小荒村，人都跑净了，房子家什都还好。老太太这才传下话，赶紧赶路。

金乌西坠、倦鸟归林，远处丛山起起伏伏，在大地上犹如无数虎视眈眈的野兽死死盯着稀稀拉拉累垮了的队伍，眼前一处村落，毫无鸡犬相闻，孤零零矗立荒野，半天，除了荒草凄迷朔风离离，什么声响也没有。

老太太唉声叹气道：“把式，咋走了这么老远？”辕上的小少爷早打起了瞌睡。杨爷提着气丝毫不敢大意，他走南闯北多年，深知荒山野地不太平，赔笑道：“大妈，老话说望山跑死马，瞧着近，走起来可远呢！您瞧，好歹有个打尖住宿的地界，哎，逃难就是这么不易，也不知我老娘在我舅家咋样了。咱老百姓，苦哟！”

老太太沉默一会儿，问了问杨爷民间百姓的日子，又长吁短叹，末了，杨爷说了几句朝廷不易，老佛爷也不易的话，却把老太太说哭了！

众人劝了好久，才劝住了老太太，她指着杨爷说：“孩子，你是个知道事理的！说话可我的心儿！这趟路绝不让你白跑！把式，你今后就跟着我，有你方才一番忠孝仁义，有情有义的话，佛天菩萨都忘不了你！”

杨爷谦虚几句，算是跟老太太熟悉喽，她也不再避讳，挂起帘子跟杨爷聊家常，越说越热乎，闭着眼神色悠然，拢了拢头发，净说些吃饭喝茶逛园子听戏的往事，别人心里有数，就是杨爷没大见识，听得津津有味，感到裉节儿上，还故意做出些没见过世面的惊诧模样，逗得老太太哈哈大笑。

“哎，这都好几天没听戏了，也不知道升平署怎么样了！洋鬼子坏呐，可别把那些砌末行头都给烧了，日后回来，我还得听戏呢。孩子，等哪天咱们回了京城，我请你听戏。你呀，绝没听过！”老太太咧着嘴，回忆起那如梦如幻、眼花缭乱、歌舞升平的场景，这才几日工夫，竟落到这步田地。

“哟，大妈，这我可得驳您一句。”杨爷故意逗笑，“我虽然在城外住，是个赶车的，日常里，载了客人，也进城听过呢！”

“哦？”老太太笑道，“你才听过几出戏？可别在我面前显摆。”

“自然不敢在您面前卖弄！像杨老板、谭老板、小程老板、苏老板、孟老板、王老板，都听过呢。不过，您家大业大，自然是叫堂会，像我，只好在戏园子外头听蹭儿！您别见笑，哈哈哈。”

“什么叫听蹭儿？”老太太颇有兴致，问李总管。

“就是穷苦人买不起票，在戏院外头蹲墙根儿听。”李总管心念转动，故意给老太太逗乐，问杨爷，“把式，你会唱不会？我们老祖宗最喜欢杨猴子的《闹天宫》、李老板的《四郎探母》、小叫天的《南阳关》《失空斩》《红鬃烈马》，你要会哪段，趁这工夫给咱们唱一段，叫我们老祖宗散散闷。”

“小李子，你啊，算是我肚里的虫子。甭难为人家孩子啦，怪老实厚道的，哪禁得住你打趣儿？”老太太喜笑颜开。杨爷瞧着，知道她想听，其实他也想唱两句，跟着这支死气沉沉臭规矩多如牛毛的逃难队伍，真有点憋气。可唱哪段呢？他想想说：“大妈，咱们是赶路么，您既然爱听，我应个景儿，唱一段儿，就当唱给我娘听，您可甭笑话我！”

“好小子！就当给你娘唱！唱好了日后有赏！”老太太眉开眼笑甩甩手帕过着“老娘”瘾，简直忘了在逃难。小张子、李总管跟着起哄，小少爷拍着巴掌叫唤。队伍终于有了点儿人气。

“来段《伍家坡》，薛平贵吧！”杨爷憨厚笑笑，运了运气，一抖手甩了几下大鞭子，飞旋的鞭梢“啪啪啪”几下脆响，像是开场，小张子一面紧走，一面拍打板眼儿。借着板眼儿，杨爷清清嗓子，张嘴就唱：

一马离了西凉界(哎……)！不由人一阵阵泪洒胸怀。

青是山绿是水花花世界，薛平贵好一似孤雁归来。

那王允在朝中官居太宰，他把我贫穷人哪放在胸怀。

恨魏虎是内亲将我来害，苦害我薛平贵所为何来？

柳林下拴战马武家坡外，见了那众大嫂细问开怀。

……

残阳夕照，嘹亮宽厚古朴婉转的唱词散珠碎玉颗颗圆润，抛入血红暮色，在空中久久回荡不息，时而鲜活有力，时而圆醇低沉，时而高亢直爽，真个是清醇浑厚、苍茫淡远、声情并茂，活脱脱一个谭老板。那越来越近空无人烟的小山村里，仿佛都有了回音……

# 十二

一行人进了荒村才知道，真是到了绝地。村子不大，也就五六十户人家，远不附城，近没邻村，各家各户茅院草舍，有几处院子房倒屋塌，也不知多久没人住了。到处是疯长的野草，野树老藤盘绕如巨蟒，在地面上起伏不定，穿透了土墙竹篱。村里几条路也坑坑洼洼高低不平，到处是拉拉秧和枝蔓，村前村后，几块巨大丑陋的山岩左右侧立，黑压压遮住了不少日光，剩下大部分院落，都在阴沉沉潮湿的空气里，继续衰败。

众人实在走不动了，好容易先给老太太、大小少爷、大小少奶奶找了个石头垛垒起来的破院子，里头仿佛是个祠堂，年久失修，正屋也已然坍塌，东侧几间破屋还算完整，也是荒草遍地。崔管事、刘安生领着伙计们，收拾干净，院里到处尘土飞扬，弄了刚刚下车的老太太几人一头一脸的土。杨爷懂事，喊道："管事的，有水没有？干扫不成呐。"

"后头有个井，不过……不能用。"杨爷一面撒开马，叫它吃草，一面抹抹满脸土灰，咳嗽两声："哪有不能用的井？打点水上来就得，吃的水四周找找，有溪水没有？"

老太太也累了，扶着丫头直叫渴，小少爷跟皮猴子似的到处踅摸蟋蟀，大少爷无精打采抱着楠木匣子和赤金水烟袋跟着老太太寸步不离。崔管事叫过李总管，俩人小声嘀咕了一会儿，李总管一怔，眼圈一转，叫过小张子吩咐："你小子记着，今晚你在老祖宗门外守夜，可警醒着带劲儿，这里，可能不怎么太平。"

"啊？"小张子看看一头雾水正用水桶找水的杨爷，要问，被崔管事拍了脑袋："甭多问，警醒着点儿没错！"

崔管事悄悄拉过杨爷进了后院，残垣断壁遍地碎石残瓦，地下疯长的野草夹杂了红黄紫赤的不知名野花肆无忌惮舒展身躯，几株丑陋老树盘踞在旁，青绿叶片仿佛遮盖了一口井，井台上的辘轳腐朽不堪，连绳子也死蛇般垂落，摇把上被浓重湿气熏得遍体绿毛，还长出几朵异常显眼漂亮的蘑菇，五彩斑斓新鲜欲滴。杨爷乐了，问崔管事："这不是有水井吗？你还说没水？你……"

崔管事"嘘"了声，拉着他走上井台，问："您老见多识广，闻闻，这是什么味儿？"还用闻？一股带着甜腥腥气味的浓重腐臭登时冲了杨爷一个跟头，比大粪坑里的大粪味道还怪，杨爷忍不住捂嘴作呕，探头往下看看。这口井深不见底，黑洞洞阴森森直往上冒凉气，黑暗中，湿滑井壁上滴滴答答流动着什么，猛然击起几丝涟漪，隐隐约约一个倒影，在井底朝上盯着杨爷！

杨爷一震，赶紧跳下井台，也变了颜色，问："管事，这下头是……尸首？"一向勇武的崔管事脸色煞白，嘴唇有点抖动："不是，方才我们过来打水，伙计就吓坏了，可点燃火把照了半天，里头没什么东西，可这水，您瞧！"杨爷这才看见，旁边一口破水桶里绿汪汪半桶水，颜色鲜艳跟颜料似的，闻闻却没啥臭气。怪了！杨爷思量，这味儿有点像京城郊外乱葬岗子上的尸臭，令人作呕。俩人往前走了几步，杨爷这才发觉，后院东西厢房塌了，正屋还在，屋檐上头几尺高的荒草随风摇摆，山墙都快塌了，里头黑洞洞的。崔管事小声说："您瞧，里面是个啥？"

杨爷背着手提溜大鞭子刚要进，崔管事拉住他，带点诡秘："您可别进，先看看。"这番鬼鬼祟祟的样子，叫杨爷更有点心惊。揉揉眼，往里细瞧，屋里破陋的地方被射进几丝惨淡的夕阳，地下也是碎石凌乱，积尘老高，角落里蛛网层层叠叠，中间是个硕大的物件，带棱带角，半人多高，一人多长。杨爷目光扫了几次，猛然惊呼一声："啊！"原来，是口硕大的黑漆棺材！身高马大的崔管事紧紧拉着杨爷胳膊，手掌冰凉，吸着凉气，饶是见多识广的杨爷，也被吓住了。堂屋里放棺材，这他娘是什么讲究？

杨爷对京城历代传下来神神鬼鬼的事儿，门清儿，自小没少听老娘念叨。长大成人，赶大车道听途说的奇闻逸事多了去喽，因而见此地水井有异，早留了心，再看屋里这口棺材，更提心吊胆，嘬了牙花子一挺身走了进来，吓得崔管事一哆嗦："哎！我说把式老哥，您、您可别乱进去！您这是要干啥？"

杨爷阴着脸，眼风扫了一下，周围破烂堆累，屋里很干燥，他像找什么东西似的蹑足潜踪趴在地下看了半天，脸快贴到地面儿上了，轻轻抬头，又在角落里踅摸了很久，眨眨眼，疑惑地跺跺脚，又出屋在院里挖宝似的踅摸了一圈，迈步进屋绕着这口硕大棺材走了两圈，沉思不语。人高马大的崔管事似乎很忌讳棺材，苦着脸侍立在外，看杨爷发癔症一般折腾半天，才小声问："把式老哥，您瞧出什么来啦？难道这里……"

"嘘！"杨爷附耳在棺材盖上，静静听了会儿，起来疑惑地看看院里，叹了口气说："管事的，我看，这里住不得。""啊？住不得！"崔管事一怔，差点哭了，"您瞧这天儿，咱们一行人马苦巴巴人困马乏，再不歇歇，别人撑得住，老祖宗和大少爷、小少爷受不了哇。您看出点什么门道儿？"

杨爷背着手出了屋，点了袋烟，咕噜噜抽了两口，似乎犹豫了一下，环顾四周野树荒村，气氛森然，头上一轮红日早已西沉，释放着自己最后的光芒，半边已然掩在突兀的峰峦之下，殷红一片的光给山边镀了一层玫瑰紫，又热又闷，枝叶上的蝉鸣也猛然扩大，点头莫名其妙地说："管事的，要住也可以，我怕老太太不安宁，这么着，咱们换个房子吧。"

话音未落，小张子挎刀匆匆跑进来，打千儿道："师父，把式大叔！你们还在这儿磨叽什么？老太太刚休息了，叫师父布置护卫呢，把式大叔，您也快去看看，您的马不知怎么惊了。"

"啊？"杨爷意外，这马虽然不是名种，可也是自己百里挑一的脚力，跟自己走南闯北惯了，怎么会惊呢？待要走，拉着崔管事折回来，说："咱们得防备着点，管事、小张子，你俩过来。"

杨爷亲自运神力，用俩石头磨盘将井口盖上，又叫小张子用破门板把后院正屋门挡住，杨爷端详了端详，正好够用，便横着堵在堂屋门口，还怕不结实，亲自拾了几块大石头，别在门板外头，盯着堂屋沉思会儿，才领着众人出后院，立在门口肃然道："留几个人带上刀剑在这儿守着，任何人不得进入，晚上一定不能睡，听见有异常动静赶紧叫人！"

崔管事张张嘴，看看徒弟小张子，爷俩儿从未见过一向和气的杨爷如此正颜厉色，心知杨爷看出点门道，当着众人也不好问，又是为了老太太安全的分内差事，便派了四个年轻伙计，各执刀剑，在此守护。谁知等他们一走，这帮早已累得七荤八素的伙计哪还顾得上守卫，这荒村野地，连个鬼影都没有，这么郑重其事的，吓唬耗子呢？便纷纷或靠或倚，肚里没食儿，腿酸脚软，早迷迷糊糊找周公下棋去喽。

太阳终于挺身散发最后一道光亮沉入西边广袤的大地，四野渐渐暗了下来，苍凉而沉默的黑暗带着诡异微笑张开了臂膀。井口的石头磨盘、堂屋门后的门板，都堵得严严实实，看着挺坚固，"啪！"井口辘轳上五色斑斓艳丽的蘑菇突然爆了，洒出一片甜腻诱人的馨香。仔细听，堂屋里却吱吱呀呀有阵老鼠啃木头的声响，慢吞吞传了出来……

夜色如墨，这正是仲夏七月底最深沉的子夜时分，小荒村里一丝风也没有，虽然周遭巨大的野山怪石遍布，老树蟒藤四处蔓延将几乎一个村遮掩起来，潮湿闷热的地气还是被白天的太阳晒化了，夜晚蒸腾上来，熏得村里横七竖八倒在地下的兵丁、伙计、大爷们挥汗如雨，有些个受不了，早脱了湿腻腻的衣服、鞋子，打了赤膊，凉快凉快。许多大爷躺在破草席子、被单甚至光身躺在土路上，唉声叹气长吁短叹，不远处打赤膊兵丁身上那股酸臭难闻的气味儿和臭脚丫子味儿，随地气蒸腾上来，熏得他们一阵阵恶心难受，有的甩腔怒骂几句、有的吐着唾沫直呕、有的索性也脱了臭烘烘的外褂，也不顾身份打了赤膊。更多的人则忍不住想起京城里那如仙境般的度夏日子，看看如今要饭花子一样的打扮，更加怒骂洋鬼子畜生不如，叫他们生不如死。

哎，真是落架的凤凰不如鸡！

天上穹隆似无边黑幕，往日常见的星星也哆哆嗦嗦缩在乌云后头，要下雨了吗？地气升腾得厉害，越发潮湿闷热，四处远近，听不到一丝儿虫鸣鸟啼，连不远处那处取水的小池塘，不仅没有蚊虫飞舞的嗡嗡声，连此时最该有的蛙鸣也半点皆无，街面土路上篝火虽多，然而篝火外面照不到的地方，陷入更深的死寂。

远处小张子踏步过来，杨爷没看他，抬头瞧瞧月亮透过漫天奇形怪状的云朵露出了半个苍白诡秘的脸，撒下一片银灰幽暗的纱幕，前后左右一幢幢倒塌倾颓的破屋空院像被刷了层怪异的油漆，黑压压的阴影下一切都是影影绰绰若隐若现。篝火旁那些五颜六色的人脸带着说不出的丧气和诡诈，而四周毫无人气、被拆了门板的院落露出黑洞洞大嘴，仿佛里头有什么见不得人的东西在摩拳擦掌跃跃欲试，随时会吞噬周围一切的活物。

“大叔？杨大叔？”小张子笑吟吟蹲下冲愣神的杨爷挥挥手，“您老这是怎么了？累了？”说着一屁股坐在地下。俩人摆弄了一会儿小张子腰间挎着的宝刀，小张子见杨爷闷闷不乐，以为他担心京城里的洋鬼子杀戮百姓。“洋鬼子算个鸟！”杨爷气呼呼似乎有点烦躁，起身仰头四周望望漆黑宁静的夜，这夜，也太宁静了。

“那井里有双眼，堂屋里……”杨爷猛盯小张子，缓缓说，“里头有双脚印。”小张子猛然打了个冷战，汗毛直竖，失惊打怪问：“莫非井底下有死人？不过，那脚印是咋回事？是不是赶路的人跑进堂屋里要盗棺材？！”

“哼！”杨爷冷笑，“盗棺材？不是瞧着老太太年纪大，咱们人困马乏的，这里就不该住！”幽幽盯着小张子继续说道，“你小子见过两脚绑在一起，晚上在堂屋里围着口棺材蹦来蹦去跳着走的盗匪吗？”小张子一愣，猛然想起了什么抖成一团，片刻他惊醒过来，挎着刀一个箭步直窜向众人住的院子。

要坏事！

前院里很安静，众人都沉沉睡了。快步走到后院门口，小张子不知咋了，无端打了个冷战！人呢？他明明记得，下半晌临走时出于杨爷的严肃要求，师父和自己在这儿布置了四个年轻伙计，各带刀剑守卫，只要有动静就叫人来。可如今再看，地下摆了四把刀剑，四个人却踪影皆无！小张子有点心虚，摸着怦怦直跳的胸口，迈步要进后院，生怕看见什么可怖的玩意儿，张了张嘴，想喊，又不敢惊动，急得手足无措。“哧啦啦……哧啦啦！”院里突然传出阵奇怪的声音，小张子惊得心口一跳，一颗心差点从嗓子眼里跳出来！他大气不敢出，握紧腰刀柄借着半昏的月色，伸脖子往后院里头瞧。

咦？院里直挺挺站着三个人，正背对着他不知手里忙活什么呢。看穿戴，正是他带来的伙计！

“啪！”小张子轻轻抽了自己一嘴巴，疼，他知道，自己不是在做梦，看三个人僵直的身体扭来扭去，不像出事儿了，满心疑惑中，小张子也没再多想，迈步进了后院，走到三个人背后，一伸手拍了拍一个人的肩膀，埋怨道：“你们这帮小子！怎么出了门就不听话啦？崔管事不是叫你们……”话音未落，小张子顿觉脖子一凉，脑袋瓜子“嗡！”一声突然炸响，刹那间惊悚得五官挪移魂飞天外！

因为，就在他拍那人肩膀的时候，眼光随意一扫，正扫到后院堂屋，下半晌堵在门口的大门板不翼而飞！那口硕大的黑漆棺材，棺盖大开！这会儿汗毛直竖的他才发觉，眼前背对着他的三人，正双脚平行蹦跳着震得大辫子一颤一颤，就是不回头！暗夜里四周死寂一片，一墙之隔外头还有点火光，而后院里则险象环生凶险万端。小张子方才跟杨爷吹牛的胆儿早飞到爪哇国去喽，他转身想跑，腿肚子哆嗦转筋，灌了铅一样挪不动，想拔刀，可手上一点劲儿没有，小张子慢慢撤回手。

一只手慢慢摸上了他的肩膀。“别回头！”小张子脑仁儿炸响，一激灵刚要顺势回头看，院外传来一声断喝，当即吼懵了他。是杨爷！没等小张子开口，电光火石间就听后头阴风大起，那只抓他肩膀的手慢慢用力，颀长的指甲快抠进他衣服。小张子拍在前面伙计身上的手，“砰！”被慢慢转回头的伙计抓住了！顾前顾不了后的小张子哭了，瞅着咔咔转过半张脸的伙计，脸色青黑，一口獠牙，残缺不全的嘴唇上还叼着块黑乎乎人肉似的玩意，嘴里咀嚼有声，讷讷发声：“真……香！”

## 十三

“小张子快蹲下！”后头杨爷大吼，小张子一听怒吼犹如醍醐灌顶，一转手腕子挣脱，对着前头伙计狠命就是一掌，谁知像打在木桩子上，来不及细想，小张子咬牙一提气来了个就地十八滚，“咕噜噜”滚到斜前方，甩甩头一按手里腰刀绷簧,"唰!"拉出宝刀摆出个夜战八方藏刀式,好容易站直了才缓过口气,展目观瞧,老天!原来后头抓他肩膀的,正是四个伙计之一。那人龇牙咧嘴满面狰狞双眼血红伸直了双手,正在原地蹦跶呢。与此同时,"嗖嗖!"半空中飞来一道怪蟒似的大鞭子,鞭梢光影四颤飞旋如风正抽在伙计脑袋上,"啪!"一声脆响,这人脑袋瓜子登时飞出去老远,脖子里喷出黑血,然尸身不倒,还在那儿蹦跶。

小张子拍肩的那位刚转过脸,也是扭曲狰狞,"嗷!"怒吼蹦着冲过来,杨爷二目圆瞪儿喊道:"小娘养的!在这儿闹妖闹鬼,给老子在这儿吧!"一翻手腕子,半空中的大鞭子疾驰如电力道如山,"嗖啪!"正抽在他耳门子上,这小子脑袋开了颜料铺一样,脑浆子眼珠子四散飞溅!小张子看时机到了,咽了口唾沫垫步拧身跑了几步纵身来了个"倒踢紫金冠",一脚把他脑袋瓜子踢飞。

大口喘着粗气的小张子哭笑不得,咧嘴道:"大叔!你、你快看看,这到底是什么玩意儿啊?真、真闹妖啦?"

俩人一看,正是四个不知如何暴死的伙计,把堂屋门口的大门板搬走了,里头的黑漆棺材早已空了,打着自来火蹲下,才发觉堂屋里果然有一圈儿脚印:却是平行蹦跳的!

面面相觑的俩人赶紧出来查看一圈,并没其他"人",杨爷黑了脸叫道:"快!快去前头喊大家伙儿起来,咱们连夜赶路!此地不宜久留,幸亏井口被堵上了,不然……""啊!大叔,你……你看!"小张子脸色惨白哆嗦成一团儿,抖成筛糠的指头指着不远处的井。杨爷再瞧,也是勃然变色!下半晌他亲自堵在井口上的大磨盘,不翼而飞!黑洞洞的井口咧着大嘴肆无忌惮仿佛要吞噬他们,四周猛然传来一阵甜腥腥的香气。

"来人!快来人啊!!"正当二人惊疑不定,外院响起凄厉的惨叫,是老太太屋里!

"坏醋啦!还不快走!"杨爷大吼拎着小张子冲了出来。

前院早炸了营喽,饶是杨爷、小张子在后头那么折腾,白日累得七死八活的兵丁、伙计都睡得死猪一般,打更的也迷迷糊糊,谁也没在意,可老太太屋里一传出惨叫可把大家伙儿吓坏喽,跳起来各执刀剑想往里冲又被规矩束缚着，不敢。这声嚎叫在半夜空旷的荒村传出去老远，街面上的兵丁、大爷们也被惊醒，惶惶然不知出了啥大事，一窝蜂往里冲，被门口的刘安生带人拦住，争吵声、怒骂声、埋怨声此起彼伏响成一片，弄得刘安生手足无措，可职责所在，任谁也不敢随意叫他们进来。院里披着外褂跑出来的大少爷铁青着脸拉着正满脸惊疑提鞋的李总管问话，大少奶奶和月饼脸的姨奶奶哭喊着救人，只有小少爷打着哈欠没事人一样困意十足。

“啊！救、救人啊！”屋里再次嚎叫。院里众人再听到屋里叫声，可就不是人声儿喽，老太太哭爹叫妈叫人直起栗。杨爷不懂这帮人都磨叽什么呢，一声断喝：“都起开！”大力金刚一样推开惶恐众人，飞起一脚“哐啷！”把破屋门踹开，一个箭步窜进去。小张子机灵，拔刀随着进来，这帮人才呼啦啦往里冲。哪知就听杨爷大吼一声：“快退出去！”说话间里头“嗖！”扔出来一个黑影儿，正砸在李总管身上，“扑通”，来了个狗吃屎，一个活生生的人砸在他背上，差点把他五脏六腑压出来，晕头转向一抬头，“我的妈呀！”原来是脸色惨白神志昏迷的当家老太太被杨爷一把扔了出来，躺在他身上倒气呢！

“嗖嗖！”又是俩黑影儿从屋里被扔出来，众人嗷嗷惊呼不断，仗着外头人多，刘安生也带着功夫，吩咐人七手八脚把俩牙关紧闭声息皆无的大丫头接住。大少爷被吓得两眼一翻昏过去喽。救了老太太，众人不怕了，都咋咋呼呼踮脚往屋里张望。里头噼里啪啦响作一团。片刻，小张子抱着头“啊呀我的娘！”从里头咕噜出来，哇哇大叫。再看杨爷挥舞着大鞭子，正跟一个血糊糊的脑袋瓜子打在一处！

方才一进来杨爷也傻了，原来屋里土炕上老太太被吓瘫了，俩大丫头昏迷不醒，对面呼啦窜过个血淋淋的脑袋，龇牙咧嘴冲他直扑，杨爷转手就是一鞭，抽得脑袋撞在墙上成了肉泥！刚窜过来把老太太和俩丫头扔出去，就觉斜上方阴风大起腥气扑鼻，知道不好，缩颈藏头回手就是一鞭！鞭梢挂了凶风“啪”抽在个软乎乎的东西上，杨爷打滚儿起来一瞧，“轰隆！”房顶上瓦片垮嚓嚓掉落一地，显出个大洞，“呼啦！”大洞外冲进来条两丈多长遍体五色斑斓的大蟒！那遍体赤橙黄绿蓝晶莹光润的鳞甲好似着了火一样猛然放光，五色毫光影影绰绰不可逼视，看得人毛骨悚然。这条大蟒的眼睛似铜铃，红彤彤眼珠子满带恶毒，尖嘴獠牙吐出一尺多长的信子，对着杨爷张嘴就是一口！

“好畜生！”此时杨爷已然明了，此地正是这条蛇怪成精作怪，大吼一声给自己壮壮胆，顺手抓起桌上油灯碗“嗖”一下扔进它嘴里。老辈子传说，这毒蛇猛兽，最忌讳烟油子和烟袋灰，常入山林野地打猎挖参的老客，随身除了带着朱砂雄黄，就是烟袋锅，仗着这点儿烟油子，还能救命呢。

那灯油碗不知道用了多久，早已油腻遍布，那怪吞了真格如吃了雄黄“嗷唠唠”惨叫连连，蜿蜒扭动颀长身子，仗着鳞甲厚重铜头铁脑非要致杨爷于死地。屋里狭小，摆弄不开，杨爷且战且退，要把蛇怪引出屋外才好动手，用鞭梢扫了蛇怪眼珠子一下，纵身跳出屋外大喊：“快带着老太太、大少爷走！大家伙儿快逃啊！”这一喊，不仅没人跑，那些大爷、伙计兵丁纷纷涌进来瞧热闹，正好有俩伙计没躲开，黑洞洞屋里“呼”飞出来一条颀长粗大犹如水缸似的蛇头，血盆大口嗷一口吞了俩人，扭动身子打着旋儿游到屋檐上摇头摆尾气势汹汹对着众人，好似真龙般昂头吐信厉叫连连，惊得众人悚然大震，心胆俱裂。

“啊！这、这是什么玩意儿！”

“蛇、蛇怎么还会叫！快跑！”

……

老少爷们炸了锅，方才那点儿看热闹的心思和勇气登时荡然无存，哭爹叫妈七手八脚架着老太太、大少爷潮水般冲出院子，幸亏刘安生有胆量，挥刀紧紧护着众人在外头张望。一时间随着蛇怪嚎叫，四周浓云黑雾蜂拥而来，半空中起了阵怪风，又腥又臭，令人作呕，“呼啦啦”黑云漫漫遮了月华星汉，残星败月藏身不见，四野猛然“噗”冒出些星星点点绿油油的鬼火，染得到处恐怖幽暗，令人恐惧。

杨爷看众人一惊一乍没头苍蝇似的乱跑，冷笑一声，在院中走了走，挺胸抬头右手一甩，大鞭子抖落开了，也不叫人帮忙，对着蛇怪大叫：“你这畜生！在此不知害了多少生灵，今儿碰见你杨爷，爷就宰了你，叫你知道知道厉害！看家伙！”一挥手，那条一丈多长的大鞭子早像活了一样，“啪！”剧烈欢快鸣叫着，好似半天里响了个霹雳，在暗沉沉夜里传出去老远，真提气！杨爷气沉丹田对着蛇怪就抡开喽！就见一道黄光如金蛇凌空飞龙翱翔在蛇怪头上猛然就是一下，顿时污血飞溅，激怒了那怪，绵延缠绕猛然冲杨爷飞扑过来！

杨爷顺势横着一扫，鞭子横空飞跃打着旋儿带着凛冽唿哨声哧溜溜直射过去，猎猎杀气直爆射而出，登时击中蛇怪铜铃大的眼珠，“噗”往外一带，污血飞溅，疼得那怪嗷嗷直叫，掉落在地，翻滚打滚儿，黑气弥漫，熏得人直恶心。杨爷急忙掏出烟袋锅，挖了点儿烟油子塞进鼻孔儿，见蛇怪不过如此，信心大增，豪气迸发，挥动着大鞭跟天桥把式场上斗蛇一样，这顿抽哟！钢丝加金银线马尾的鞭子呼啸着跟神龙入海似的颤成数层浪涛，撒了花一样鸣叫怒吼着在蛇怪身上四处抽打，道道猛烈，时而如泰山压顶、时而如刀棍相加，指眼打眼指头打头，挨一下就是一道血沟！

那蛇怪号叫着几次飞扑，刚起身就叫大鞭子一扫，不是抽到脑袋就是戳进眼珠子，身上像挨了无数大力猛砸的铁棍，打得它筋骨碎裂皮酥肉烂，生生被一次次抽回原地！一身五色麟甲被抽得纷纷掉落，血肉模糊，一道道挂着血肉的鞭影飞旋跳跃，响亮清脆的鞭梢被杨爷耍得得心应手。蛇怪藏没处藏，躲也没处躲，张嘴刚咬住鞭梢，这边儿杨爷一抖手，“嗖啪！”镀金鞭梢陡然飞起，打掉了蛇怪几颗獠牙，打得蛇怪满嘴是血，剧痛难当。杨爷垫步拧身左右交替，越耍越快越耍越猛，那鞭子电光火石间灵动盘旋笼罩了蛇怪全身，团团绵绵似张天罗地网只见鞭影不见蛇怪。

正在大家伙儿不知所措，“轰隆隆！”一阵震天动地巨响由打地底缓缓传上来，震得众人站立不稳纷纷倒地，地下好似有什么巨大的力量纠结扭曲上紧了发条后，如一股不可阻挡的磅礴洪流喷涌而出！半天里顿时阴云四合黑雾铺天盖地簇拥挤压而来，腥臭甜腻的朔风吹得飞沙走石山崩地裂，碗口大的树木、虬结的树藤、遍地野花乱草在一股股也不知打哪儿来的惊风中瑟瑟发抖，根基不深的片刻被带上了天际，飞旋不知去向。惊恐绝望的众人任谁也睁不开眼，也不敢睁眼，不知道睁开眼，眼前将是怎样一副悚然场景。

“快！快走啊！”方才还勇猛刚强的杨爷也被震倒在地，他瞪圆了眼逼视着当院盘旋的巨蛇。听老人说，碰见这种邪祟不能示弱，人身上有三股火，头顶百汇、两肩各有一股，就是精气神三火，万一走夜路碰上山精水怪魑魅魍魉，一定要张大嘴紧盯住它，不然，人气一弱、胆小惊慌，转身要跑，精气神三火定然衰弱，这时候邪祟最容易入体。可这会儿他喊了几嗓子，才听到外头有了更大的危机，那条方才被自己大鞭子抽得气息奄奄的巨蛇，陡然间好像恢复了不少，伸长了脖子在探头探脑吐纳呼吸，巨大的尾巴“梆梆”敲打着地面，像在召唤什么，两只铜铃大的血红眼珠瞬间变得异常明亮，红得发紫、紫得发黑，鲜艳欲滴如血红宝石晶莹斑斓，含着绝大的仇恨与毒辣，蛇信子也变成了两条钢叉样，吐得又快又狠，要发动再一次的攻击。

“咔嚓……咔嚓嚓……咔嚓”，地里涌动的力量越发强烈。“啊！”随着几声尖叫，一只只腐烂惨白的爪子从草坷垃、泥地、街面上缓缓伸展而出，像出生的豆芽掀翻压在它们上头的所有物件，破土而出的白骨爪子越来越多密密麻麻布满了不大的荒村，远远望去，如一地令人心悸的倒钩利刃，泛着幽然可怖的光。不少人被抓住了小腿、脚，惊魂丧胆的恐惧瘟疫一样传开，接连不断的尖叫、惨叫、哭叫形成一股莫名的气息，连腿上的白骨爪子也忘了挣脱，抱头歪倒左右打滚，被更多的白骨爪子当即捕捉，开膛破腹掏心挖肝，死成一具具人皮躯壳！

那些平日里养尊处优的大爷们更是吓得没了命的嚎叫，也不管什么老祖宗小祖宗喽，爬树的爬树，上房的上房，有些屁股一松屎尿横流，咧着大嘴哇哇大哭，兵丁伙计们没命地乱窜，激起更大恐慌。

“别慌！别乱！”任凭刘安生和崔管事拎刀喊破了嗓子，也没人再听，悠悠转醒的老太太“嗷”一嗓子哭出来，嘴唇青紫道：“啊嗬嗬嗬嗬……我、我这是做了什么孽……”狂风怒号、白骨爪子死人遍布还有条蛇怪，真要死在这儿了吗！杨爷也被爪子抓住了双脚，狠命动了动，竟然不动分毫！那爪子在地里好像生了根一样，力大无穷。这下他也傻眼了，对面的巨蛇依旧摇头撞尾越来越凶，看看没有随身兵刃，杨爷大吼：“小张子快来！”

“蛇！是蛇在作怪！赶紧宰了它！”小张子是抱头纵身跳进来的，他年轻灵活，避开了地下的爪子，一看见巨蛇差点瘫倒，鼓足劲儿喊：“大叔！我、我够不着哇！”“蠢东西！你不是老吹你那把破刀嘛！快把我脚下爪子砍断喽！外头死僵、地下爪子都是它在作怪！除了它咱们爷们才能走得了！”

“哦！”小张子一拍脑袋这才从惊慌中缓醒过来，摁绷簧“唰”抽出这把不长的腰刀，对着杨爷脚下白骨咔咔就是两刀。白骨爪子跟树枝子似的应声而断，杨爷忍不住大赞："好快的刀！""那是的呀！杨大叔，也不瞧瞧这是啥刀？此乃赫赫有名的'小神锋'呐！我……"说话小张子突然猛醒过来，吐了吐舌头做了个鬼脸笑笑："您赶紧把这怪物除了啊！"

危急关头杨爷哪听得进他叨叨什么，挥动颀长大鞭对着吞云吐雾的蛇怪又是一击，叫小张子带着宝刀在边上支援，院外惊叫痛哭更加嘈杂。

巨蛇左右躲避着杨爷凛冽的鞭风，无奈体型太大，头上嘴上早挨了无数下，被抽得血肉模糊。可煞作怪，蛇就是不死，急得杨爷跳脚，脑袋也见了汗。机灵的小张子在四周护着杨爷，专砍地下密密麻麻涌上来的白骨爪，蹿蹦跳跃间跟个灵猴一样很见功夫。杨爷一边打一面琢磨如何杀蛇，迟疑间那蛇突然像打摆子一样浑身哆嗦起来，吐纳呼吸越发紧急，黑雾浓云惊风打着旋儿呼啦啦响成一片！"咯吱吱吱……"一片脆响，巨蛇五色鳞甲张开，陡然粗大了一圈儿，长脖上血眼獠牙嗷嗷乱叫，惊得二人退后几步。"嘎吱吱吱吱……"那蛇脖子往前一伸，"咕噜噜"响动着，"哇！"张开血盆大口，打巨口中冒出个人脑袋！

## 十四

"我的妈呀！"小张子差点尿了裤子，手一抖刀落在地下，杨爷手疾眼快大鞭子一拽，"嗖！"刀入左手，掂了掂挺称手，冲小张子喊："快去再找一把！"欲哭无泪的小张子回身冲出院外大喊："师父！师父！！快拿您的神雀刀来！"杨爷毛骨悚然盯着这条奇异的蛇怪，那蛇嘴里的人头异常恶心，黏糊糊臭烘烘血乎刺啦，像是从蛇嘴里猛然长出来的，脖子后头上半截身子跟蛇嘴融为一体，一颤一拱非常灵活，挤眉弄眼须发如生，却看不出是男是女。只是这颗脑袋一出来，那蛇立马颓然无力，铜铃大的血红眼珠子暗淡没了光彩，獠牙也收了进去，肢体僵硬仿佛个木偶，随着人头一颤一拱死硬摆动。

那人头却如得了精气神儿，双眼似血恶毒残忍，面目狰狞龇牙咧嘴，口中淌下绿油油涎液，滴落在地激起一阵阵白烟，奇臭无比，令人作呕。这、这人比蛇毒！杨爷心悸发麻，挥手就是一鞭，大鞭子在半空中迅疾如电眼看要击中人头，那人头陡然把嘴一张，“噗”一口吐出条黑紫幽光的三尺长舌，死死缠住了鞭子。杨爷大惊，一反手扯了几下，他那么大的神力，竟然没扯动！杨爷咬牙运气油亮胳膊上馒头似的肌肉层层隆起，逼得蛇嘴人头居高临下狠命往上拉，一舌一鞭僵在半空，拉成紧绷绷一条直线！

“大叔、大叔！快啊！外头顶不住啦！”小张子连滚带爬捧着一把长刀进来，一见此状摁绷簧抽刀就要往前冲，他手里这刀，比杨爷手里的“小神锋”长了一半多，但同样碧油油蓝瓦瓦泛着幽光，锋如秋水，一看就是宝刀。杨爷大喊：“别往前去！人头有毒，听我招呼！”

“嘚嘞！”小张子就地砍伐地下层层叠叠的白骨，宝刀十分锋利，白骨见刀就断。杨爷大力拉动鞭子热汗直流，已然放了心：有这大鞭子和两样宝刀，不信宰不了你！

“嘻咯咯咯咯咯……”人头摇头晃脑急速拱颤，越发得意，血红的眼珠子飞快眨动带着恶毒幸灾乐祸。气疯了的杨爷鼓着腮帮子大骂道：“兔崽子玩意儿，今儿杨爷跟你拼啦！”转头问小张子：“小子！你成亲了没有？”

“啊?!”卖力低头砍白骨爪子的小张子万没料到这会儿这个车把式大叔突然问这个，心念一动哭笑不得，脸涨得通红又羞又臊又苦涩难言，苦了脸道，“大叔啊！死到临头，您还惦记给我说媳妇儿?！我啊，这辈子许是没那个福气喽！”

“说你个大头鬼！”杨爷死命挣着大鞭子啐了一口，狠狠骂道，“没娶就没娶，爷还没娶呢！要死，也得叫它先死！”说着话左手一翻腕子把“小神锋”对准右臂黑黝黝虬结肌肉“噌”就是一划。小张子看傻了。刀真快，杨爷右臂鲜血直流，他咬牙切齿把“小神锋”左右抹足了热血，对小张子吼：“你还傻愣等着吃窝头呢！快把你那刀拿来沾血，听我招呼！”

两把刀都抹了鲜血，杨爷猛然发力，“轰隆隆！”天上雷电轰鸣中，大鞭子忽然发出一声“嗡……”的巨响，鞭身中窜出无数金光闪烁耀人眼目的梵文，在空中飞舞盘旋绕着怪蟒围拢过来，怪蟒、尸身一见陡然惊诧，忽地缩了脖子，胆怯不已。杨爷知道怪蟒怕了，大喊小张子：“咱们今儿给它来个以血还血以牙还牙！小子，一会儿我把人脑袋拽出来，倒要瞅瞅它脖子多长，你轻功好，看准机会把它砍下来，明白了没有?”

“是咪!”

两人大喊大叫，既为自己也为对方鼓着劲儿。院外响起叮叮当当砍杀声，杨爷心知不妙，立马儿往上抓住鞭子，在手上缠了几圈，脚下生根丹田一叫劲儿、腮帮子鼓足双臂肌肉鼓胀，大吼道:“起!”死命拉着鞭子往怀里带。

这一发力，拽得蛇嘴里正耀武扬威的人脑袋长舌忍不住往前扯，逼得那脑袋凄厉大叫，却哪抵得上眼珠子爆红的杨爷？神力王可不是白叫的，杨爷双臂千斤神力，硬生生把人脑袋从蛇嘴扯出来五六尺。小张子举刀不敢错眼瞧着:原来人头后面是个颀长的人形，胳膊腿俱全，形体却跟小了一圈的蛇怪仿佛，小手小爪光溜溜连着腰身。人脑袋被扯出极限，半空里就听“咔咔咔”骨节迸裂声，人头的长舌却就是不撤，死命缠着杨爷大鞭左右摇晃，左突右转怪叫连连。

“嗡!”半空中的金字梵文顿时光芒大盛！一簇簇一丛丛如离弦之箭铺天盖地急速砸向了蛇怪，打得它筋骨酥软再也支撑不住。“咣!”越聚越多的梵文刹那结成一张天罗地网，当即把蛇怪罩在中间，金红两色光芒越发刺眼，蛇怪惨叫连连倒地翻滚。

“还不动手!”满身大汗的杨爷一声叫，左手宝刀插在地下，双手拉鞭猛然发力，人脑袋“嗖”整个身子被拉扯出蛇嘴，就两只绑了绊腿绳的脚被蛇嘴狠狠吸住。小张子瞅准机会，双手举着神雀刀斜纵身跳起来六七尺，对着被拉成一条线儿的诡异人头就是一刀!

刀锋幽光闪烁，“噗”的一声，神雀刀不偏不倚正砍在人头后颈子上，金光一闪，“撕拉……哧！啪!”，脖子硬生生断了。小张子一个飞脚侧踢，人头带着哀嚎飞起来好几丈在空中飞旋，杨爷瞅准机会猛然一拉，大鞭子带着长舌飞了回来，扔了长舌右手一挥，胳膊上淋漓鲜血洒满大鞭，顿时弥漫开一阵血腥气。

“好畜生！今儿爷爷叫你死无葬身之地!”杨爷喊了一嗓子，一转鞭子柄，小张子张大嘴看傻了。就听“嗖啪!”一声脆响，力到鞭到，咕咕唧唧怪叫的人头被抽了个稀烂！半天里来了个天女散花，骨分肉烂污血飞溅，冒出股甜腻腻的腥气，成了堆碎肉纷纷落地。人头落地见风就化，飘荡出一阵令人作呕的恶臭随风飘荡，刚才被小张子斩下的人身也早烂成了脓血。

众人看得心惊胆战呆若木鸡，腥臭的污血流成了小溪，蛇嘴里飞溅出的血肉如万朵艳丽桃花纷纷扬扬飘荡四处，大蛇瘫软在地早没了气息。惊醒过来的众人围猎一样撒开，见着就是一刀，碰着就是一棍，巨蛇受了如此重击，全身骨节喀嘣嘣颤了一会儿，不多时便打成一摊烂肉。

“小张子，去！拿刀扎它的两眼之间！”

小张子几个箭步飞跳过来举刀对着蛇头猛力扎下去，刀光闪烁，小张子手里这把四尺六寸五分长的神雀刀狠狠刺穿了蛇头，小张子一个鹞子翻身把刀向下死命一推，“噗！”连蛇头死死钉在地下。

“轰隆隆！咔嚓嚓！”天际里电闪雷鸣夹在乌云里滚滚而来，一阵清凉舒爽清风吹来，无比舒服，外头地下伸出的白骨纷纷化为飞灰。

紧张万分的众人这才松了口气，纷纷顶不住方才的惊惧，或蹲或坐在地下大口喘粗气。小张子收了神雀刀，将它还给师父，赶紧扯了块破布，给杨爷包扎了伤口。此刻杨爷才觉得浑身酸软，眼珠子发胀，右臂上血淋淋黏糊糊的血浆依然染了他半边身子。上身的衣服也在打斗中被撕扯烂了，露出黑黝黝油亮的疙瘩肉，一脸豪气跟庙门口金刚仿佛，拄着鞭柄站起来，招呼大家：“这里不能待了！大家伙赶紧收拾东西，快走！”

说声走，惊吓过头的老少爷们七手八脚收拾了车马，死在这儿的人也不管了，纷纷上马上车。老太太哭得抹泪悲恸，给还是讷讷无语的大少爷说：“你记着！人家车把式是咱们的恩人！没有他，哪有咱们娘俩？日后必得好好封赏！忘了人家的恩，老天爷也不容你！还不快谢谢杨把式？”

大少爷被天上隐隐雷声吓得有点色变，还是冲杨爷拱拱手。杨爷抱拳作揖冲老太太感叹：“大妈！您快别这么说啦，能一起逃难就是缘分，我就是个赶车的，不图希您啥，今儿这事是老天爷保佑，您老祖上积德，大少爷时运正旺，不介，就是大罗神仙来了，也没见过这个阵势，您说是啵？这里太险，咱们快走！”老太太一面夸，大队人马一面趁着如墨夜色，匆匆逃离。

刚走出不到二里地，身后巨雷闪电铺天盖地轰然炸响，一声声石破天惊的雷声震天动地，连大地都一颤一颤，怒海翻腾的雷电立即包围了荒村，闪电猛雷“咔嚓嚓”从天而降，半空中金蛇狂舞飞沙走石，“滋啦啦”击中了荒村里所有的物件，一声声撼动人心的巨响，不多会儿就把荒村打得着起扑天大火，连同那些白骨爪子、蛇怪一窝儿被大火吞噬，浓烟焦臭直上九天，传出来老远，众人看呆了，也惊呆了……

一夜惊魂，闹得众人匆匆如惊弓之鸟，一路跑出去四十多里地，赶到天光大亮了，才停住，大家伙儿又累又饿，可算逃出生天。

这半宿狂奔，也不知道到哪儿，四处群山环绕，峻岭插天，日映晴空，风吹沟壑。山上的野花开得正艳，缤纷五色十分好看，顺着一条大石路往前，不远处苍茫辽阔山峦下涓涓流水和大片大片收拾了的庄稼地和袅袅炊烟，令人心安。

等进了镇，寻了处大户人家落脚，此人便是本地的镇长，七十岁开外，听说众人是从荒村逃命过来，登时唬得魂飞天外冷汗如雨，长叹几声。等几人用过饭、洗漱干净，这才战战兢兢说了原委：荒村那座山，叫压龙岭，最是险要不过，原先村子倒也整齐宁静，后来有人打山西逃荒到此，女儿被村长家儿子看中，逼婚不成一死两命。自此后村里怪事频发，家家有人暴死，村里人怕了，求神拜佛一点没用，不知打哪儿来了个黑脸头陀进村说动了村长，布阵画符，要镇邪驱鬼，不料一夜之间，整村人没了踪影！从此，那里成了远近闻名的“鬼村”，等闲人不敢进入，有些个不知底细的外乡人大白天进去，也消失无存，有的说是被害了性命，有的说是被妖魔所害，种种说法不一。这也是多年来的旧闻。

当家老太太和大少爷闻言，咋舌不已。回想当晚危险万端，差点葬身险地，幸而有杨爷救护，也算命里该有此劫。老太太下令派人前头探路，赏了镇长些银子，买了点粮食，又再次启程。

日光很暖煦，金黄色的光线在疏阔的空气中覆盖了这座镇子，远处山里点染了密密层层一眼望不到头的绿草碧树，一些飞鸟不时舒展翅膀欢快鸣叫着四处飞舞，叽叽喳喳说得热闹。镇子里，杨爷赶着大车在前开道，老太太移到了延庆州送来的一乘驮轿上，其余人等有的步行有的坐车。大少爷颇有兴致，慢慢凑过来，杨爷一直看不太透眼前这位年轻人，看起来正当年的年纪，却一脸愁苦忧思，闷闷不乐，跟这一大家子人一点儿不像。俩人在慢慢溜达，左看右瞧熙熙攘攘或买或卖、或赶集、或坐了小摊上大口吃喝大声说笑的山民，都觉得新奇。

“大少爷，您抽一袋不?”杨爷刚递过烟袋敬烟，神色忧郁的大少爷瞥了烟袋一眼，猛然睁大眼再看一眼，却变了颜色，口气变得又阴又沉，盯着杨爷问:“把、把式，这是谁的烟袋?!”

杨爷一愣，说:“您这话问的，这自然是我的。还能是大少爷你的? 这是我……”话没说完，手一松，杨爷的烟袋锅子被大少爷猛拽过去，举着看了半晌，两眼通红神色恍惚，望着那枚晶莹碧绿的翡翠烟嘴直叹气，半晌抬头问:“你、你认得杨豫甫?”

杨爷听他说到“杨豫甫”三字，顿时大惊，上下打量了大少爷几眼，急问:“您、您也认得他? 那是我差点一个头磕在地下的大哥啊!”大少爷浑身颤抖热泪直流，也不顾周围人等形形色色目光，小声抽泣，看得杨爷直愣神。

“去买瓶酒吧。”大少爷吩咐身边仆人。片刻，仆人捧着酒回来，大少爷喝了一大口，皱眉敛目深深吸了口气，递给杨爷:“你也喝一口，咱们就算祭他一场了!”

莫名其妙的杨爷喝了一大口酒，看大少爷更加悲切不已，也不敢问，只当他是杨大人的熟人。大少爷背着手默默无言跟车走了老远，直到镇外才上了车。

# 十五

一行人艰难上路，走了大半天，才远远看见了延庆州和怀来县的交接之地榆林堡。有了延庆州送来的驮轿和老镇长给的粮食，老太太滋润多了，在颤悠悠的驮轿上悠闲吸着水烟。只可怜大少爷忧愁不乐坐在杨爷大轱辘车上被震得头晕目眩，直犯恶心。赤金水烟袋赏了老镇长，大少爷就抱着手里贴身不离的楠木匣子不言语。小张子和一个老仆人在一边伺候，也不敢乱说话。就是杨爷心里没事，没话找话，跟大少爷闲聊天。

“少爷，您不嫌脏，抽我这个。”杨爷递过旱烟杆，大少爷看了看他，接过来欣赏半天，打火抽烟。

“大少爷啊，瞧着您是读书人，识文断字的，您给咱念叨念叨，老镇长说的压龙岭的荒村，又是吊死俩大闺女，又是黑和尚的，可咱们一行人咋会遇上棺材里的死僵和满村白骨，还有那么一条大蟒蛇呢？”小张子干笑了两声，赶紧随着说：“杨大叔，您真问对了，咱们大少爷可是念了不少书。”

大少爷瞥了小张子一眼，咬着翡翠烟嘴闭眼想了想，轻叹一声，拍了拍车辕上杨爷的背：“把式，这话说起来可是怪力乱神喽。圣人有言：怪力乱神，子所不语。其实我想，当年孔夫子闻听大泽之西有麒麟降世，亲往观看，却是麒麟被无知农人打死，惊得夫子他老人家掉下马晕倒，醒来后大哭不止，从此停笔不再书写文字，说了句：吾道尽矣！面上说是圣人为天下苍生忧，不过，那麒麟乃是四灵兽之一，岂不也是怪力乱神了？”说罢摇头一笑，很见俊雅风采，杨爷一怔，暗想：这大少爷平日闷闷不乐，笑起来还挺好看呢！

“您说的那是圣人，我虽认识几个字，可实在想不通这事儿。大少爷，莫不是这里头有什么弯弯绕？”大少爷点点头，又点了一袋烟，显得轻松多了：“哎，就是如此。你没听过那句话：国之将亡，必出妖孽？”

“啊？”小张子吓得脸色骤变吐了吐舌头。

杨爷倒不在乎，问：“您这话可透着玄哟！据我看，虽然洋鬼子打进来，咱们大清地方还是这么老大，他们准待不住！再者说，我常听天桥的评书，从大唐朝以后，外头打进来的也多了，不管是大元朝还是咱们大清朝，进了咱们老中国，后来不就变成咱们这儿的人了？吃喝拉撒睡、行动坐卧走都得尊着孔圣人定的规矩。您说是啵？”

“呵呵呵，”大少爷皱眉笑了，点点头，“嗯，你这也是一个说法。不过，史书上说的可不是这话。”大少爷思索片刻便说了隋、唐、北宋、明朝灭亡前出现的种种天文、地理、生灵万物的种种异变，不是长虹贯日就是山崩地裂、畜生口出人言、畜类化作人形跟人交配生子、飓风狂吹、龙蛇混杂交战、大泽出污血、宫廷鬼夜哭，种种奇闻轶事，把杨爷、小张子听得毛骨悚然，一愣一愣的，连连倒吸冷气，也不知他打哪儿看来的。

“说是天变地异，其实是人事不修触怒上苍，才天怒人怨，天道轮回，运涨运消，降下祸患。不然，为何承平时并无这些怪事呢？譬如说压龙岭这事……”大少爷眨眨眼，有点俏皮地笑说了原委。如他没有听错，压龙岭此地，很可能是一块风水地，所谓风水，民间分为阴阳两宅之说，其实广而大之，其中又有些按九宫八卦定城池、建庙宇、修宫殿、筑兵营的法门，更有那些深山大泽人烟不到的地界，自天地开辟以来，便因连接中华自昆仑祖龙所发三龙之地脉，五行之精气，六阳之方位，藏风聚气，后又集天地之灵气、日月之精华，养成一种风水地。

民间所谓风水宝地，大多是后人贪图富贵荣华福寿考命，延及子孙的一种说法。但还有一种风水地，却是万物生灵或阴鸷精怪最喜爱的修炼之地，如九阳成道、太玄化骨、太虚复体、太成生液、归元还神种种神奇异常之风水地，其中又各分五精五华五彩五色七变八宝九化不同之妙处。然因此种地脉虽在山川河流大地之上，只因其构造过分神妙，夺天地之造化、阴阳之玄机。所以上苍为禁止万物窥探天机、福地之灵，妄生异心，便用云雨雾雪花树石水等物及移气之法，将其遮蔽，如琅嬛福地便是如此。

这种地脉，甭说一般精通堪舆善于查勘山川河流、风云雾气、沙石土性的风水先生，就是一般灵气稍弱的魑魅魍魉山精水怪牛鬼蛇神也找不到此种地方潜伏修炼，因一旦丹成道合，唯恐它们为害苍生、荼毒天下，如此一来，千百年多少人也不晓得这种地方到底在哪里。不过有些有福运缘分的人，机缘巧合，误入山中仙境，见仙人下棋，饮酒吃果子，出山时才得知早已沧海桑田，时过境迁，便是：山中方七日，世上已千年。可知可遇而绝不可求。

然而，人乃万物之灵长，先天神圣所造，百骨九窍俱全，精气神三灵具备，最宜修道飞升，而道家秘笈中，确有一种人力、精怪可查可知可测的地脉，预先查勘准确，人死以后，大棺深葬，便有炼化成道之功效，若是被异种精怪所知所查，潜入其地虔心修炼，可取事半功倍之效果。这种地脉，称为太阴炼形之地。

“太阴炼形？”杨爷张大了嘴，仔细琢磨着大少爷口中所说种种匪夷所思的词句，又联想到那夜的蛇怪、死僵、满地的白骨，仿佛有点明白。

大少爷点点头，继续说解。太阴炼形早在五帝以后的方士里便秘密流传，历代以来，都是妄图成仙了道的方士、信徒最为看重的一种修炼法门，且不少造化的精怪也喜爱选择这种修炼法子。按太阴炼形法门，必得有太阴炼形之地脉才能修和配法，有些见多识广学问深厚的修道之人、风水师们须得预先走遍山川大泽、江河湖泊，观天象、探地脉、闻风味、尝水源，将其地的来龙去脉查勘通透，又得借助于罗盘、天机尺、璇玑仪种种门里的法器定方位、查四围，历尽三查四问才能测准太阴炼形地脉。一旦测知，非得想尽办法潜入占有其地，或是自己享用、或是重金卖给妄图成仙的富贵豪门人家，只要临终前在地脉充足之处修好坟茔，死后大棺深藏。入土之后，尸身迅速皮骨消融，单留脏腑，吸取天精地华，地脉灵气，数十年后借助于太阴地脉之气，枯骨便能反体还原，肉血重生，成仙了道！

《道藏》《太平广记》等古籍中记载颇多，云：若非尸解之例，死经太阴，暂过三官者；肉脱脉散，血沉灰烂，而五脏自生，骨如玉，七魄营侍，三魂守宅者；或三十年、二十年、十年、三年，当血肉再生，复质成形，必胜于昔日未死之容者，此名炼形。凡过太阴而炼形化骨守五脏成功，则数十年后血肉还原、精气复初，归原合一，再成肉身，胜服九转还丹，道成丹合，白日飞升，永列仙班。

因而不少欲求长生不老、飞升成仙的人，生前花费重金请求风水大师四处寻找这种宝地，预备好各种下葬仪式，死后埋入其地，以待飞升。可谓痴迷。不过，元明以来，则很少听说有利用太阴炼形成仙了道的，道家内、外丹派，也对此置之不论。

然而，也有一些太阴炼形之地，或其地地气过浓、过厚、过大；或因山精邪祟怪物之气冲撞；或因下葬之人功法不够；或因异种灵宝冲克，便会生出种种诡异之处，如太阴炼形之法半成半毁，下葬之人不查不知，就会变为死僵、尸魔，亦因此类地脉，最难测准，万一失了眼看错分毫，错把“化阴地”“玄绝地”选中，就会生出更大变异。

此种地脉，虽常人不查不知，然那些略有道行的邪祟妖物却能以妖眼看出，便生出种种妄想，或以残毒手段、或变化人形，潜入其中，使出些妖法神通，占了其地，便能虔心修炼，依靠地脉灵气，使得玄修之法，事半功倍魔性大增，天地无私，上苍为平衡世间，也有天劫降下，若此类怪物躲得开历次天劫，说不定便会道合丹成呢。

此次压龙岭劫难，很可能就是太阴炼形之地被怪物发现，装神弄鬼做的孽。杨爷和小张子听得目瞪口呆，思索着连连点头。杨爷忍不住接过烟袋，点上深深吸了一口，缓了缓心神，问："大少爷真是好大的学问！佩服佩服！我请问您，您说的那个暗中残害村民，占了太阴之地妄图修炼成仙的，莫不是那个大黑和尚？可堂屋棺材里的尸首和井里那双眼，又是谁呢？"

"不是他还有谁？"小张子咂咂嘴两眼冒光，赞道："亏得是咱们大少爷学问大，不介，等闲人咋知道这些内情！"

"如今看来，那黑和尚就是蛇怪所化，或许他对压龙岭罗家村太阴之地觊觎已久，只是不好出手，机缘巧合，有了老族长俩儿子勒死俩姑娘，引发它的邪心，才顺水推舟使出后来的毒计。堂屋里的尸首，可能就是老族长，蛇怪已然将其控制，而井里的眼睛，应该就是俩姑娘尸体中的一个。当你和小张子除妖时，蛇怪嘴里伸出的人脑袋，则是另外一个女孩。哎，也不知这些地方官昏庸糊涂如此，才让百姓遭了这些年大难。"大少爷言下大有忿忿不平，望了望前头老太太那顶驮轿，又把怒火化作一声长叹，吞了下去。

榆林堡里满地瓦砾，蒿草老高，四角都破破烂烂，一条正街上骡马粪便横流，臭气熏天，满街的脏水，苍蝇横飞，卷成一个个硕大的球骚扰着进来的人们。堡门口跪着几个衣衫整齐的人，面对蜂拥而入逃难的人，似乎嘀咕了几句，杨爷也没听清，一直把车赶到堡里一家骡马店外头。

随即跪着的几个人小跑过来，为首的是个穿了蓝布大褂白净的中年人，小眼短须，举手投足有板有眼，瞧着就精明干练，颇为敏捷。前头崔管事接上头，也不知说了些啥，中年人面露难色，后头一群又累又饿的人涌上来，霎时就把他围上了，要吃要喝要水要铺盖的，骡马店外头顿时七嘴八舌沸反盈天。还亏了李总管出来说了几句，这中年人才讪讪而退。

杨爷先下马要找水，正好跟那位蓝布大褂中年人走了个对脸，那人毫无架子，帮着杨爷抬水饮马，很快就熟悉了，中年人对杨爷异常恭敬，自称"老吴"，闹得杨爷丈二的和尚摸不着头脑。

"我说老哥，您可得在老祖宗面前，给兄弟我美言几句哦。哎，不是不想招待，"老吴一指远处吵吵嚷嚷的大爷、伙计和兵丁们，小声说，"县里本来就穷，又赶着闹义和拳、乱兵，啥都抢了，若不是我支撑着，这怀来早没了人影儿。事到如今，就请老兄多多美言吧！”

“吴爷，您可甭这么说，我就是个赶大车的，一路带着老太太、大少爷过来，人家是雇车的主，我是下人，我能说啥，呵呵。”

“您别叫我爷！”那人眼珠子瞪得老大，“您叫我吴老弟，我叫您大哥！”“不成不成！”俩人争了好久，杨爷说不过中年人，只好答应，随口说了些道路上的惊险。老吴听了神色凄惶连连叹气，直说：“您是个好人呐，好人有好报。您甭心里不安，实话说，这趟车赶得，值！日后免不了飞黄腾达呢。”一来二去，俩人聊得不错，杨爷暗中嘱咐老吴，逃难人们带的有前路老镇长送的粮食，好几石呢，找几个铁锅下点米面熬点粥，给大家垫垫肚子，省得那群吃不上的老叫喊。

老吴闻言止不住高兴，千恩万谢，赶紧去布置。晚傍晌，老吴牵着头驴来跟杨爷道别：“老兄安稳歇歇，等明儿进了城，兄弟必当有份儿心意！您别忘了给兄弟美言哟。”

“忘不了，忘不了！得亏老弟你会办事儿，放心吧。一路好走。”端着大碗，杨爷一嘴粥含糊应道。送走了老吴，杨爷琢磨着这人真有意思，跟自己一个车把式拉关系走门路，图啥啊？

第二天一大早，众人顺着大道直奔怀来县城，不知怎地，这群逃难的人们仿佛养精蓄锐，都有了神采，大步流星跟随车马前行。杨爷还是赶车载了大少爷跟在老太太后头，不仅李总管、崔管事在马上挺胸叠肚气势昂扬，连跟车的小张子也神气起来，大少爷却不像昨日，任凭小张子如何跟杨爷插科打诨，他只老僧入定一般抱着那只楠木匣子不发一言。

杨爷疑惑，这群人有了老吴来迎接，大少爷咋还闷闷不乐呢？忽又想起前日为了酬谢压龙岭前头那位老镇长，拿玻璃桃送他被大少爷阻拦的事儿，想了想，半转身问：“大少爷，您那日说杨大人送我的玻璃桃是个好物件。我咋看不出呢？”

小张子闻言，眼珠子滴里咕噜转了几圈，大少爷仿佛不以为然一摆手止住杨爷，吩咐小张子：“你去前头瞅瞅，离怀来还有多远？地面上安静不安静？”

眼见小张子一心不情愿喏喏而去，大少爷才淡淡笑了，眼中异常深沉：“那物件是个宝贝，嗯……说多了你也不懂，像咱们前日路过的镇子，也能买下几十个。把式，我虽不知杨豫甫怎么把这物件弄到手的，可劝你一句，这物件今后别乱拿出来到处给人看，留着等到太平盛世了，卖了它买房子置地，好好过日子。”言下大有心绪不平，拍了拍杨爷肩膀：“等老百姓们都能有吃有喝有衣穿，我就心满意足喽。”

“啥？！”一听那玻璃桃能买下几个镇子，杨爷寒毛直竖哆嗦起来，转身张着大嘴问，“大少爷，您、您可甭吓我！那么贵重的物件，我、我当时可不知道哇，不介，咱能在人家大难之际随便收下？这回可褶子啦，要是传出去，不叫别人说我趁人之危要人家宝贝？”

杨爷一着急，出了一脑门子汗，倒把大少爷招笑了：“把式啊，天生万物与人本就有说不尽的缘分！你不必推辞礼让，那桃子本也有来历，只是年深日久，外人不晓得罢了。你是个实诚人，既给了你，怎知不是上天见你忠义诚朴，降下来的一段缘分呢？人与人、物与人、人与物，都在大道轮回中飘浮，即使如你我，原本天差地隔，不也就此认识了？这便是缘分吧。”大车轮咕噜噜碾压在崎岖不平道路上，杨爷心里五味杂陈，觉得大少爷这话透着玄机，意味深长，可他没那么大学问，模模糊糊想不明白，想起当日跟杨大人一番奇遇，忍不住点头叹息。

“过会儿，又得装扮起来上台子演戏喽。把式，他年可别忘了咱们这番际遇哦。”大少爷正了正身子，换了脸色。“装扮起来上台子？”杨爷再听不明白大少爷这糊里糊涂的话，不等问，前头已然远远瞅见了一座不大的城池。“禀大少爷，咱们到了怀来南城门啦！”小张子匆匆来报，大少爷只点点头，却再不说话。“嗵！嗵！嗵！”猛然间三声炮响，怀来西城门外稀稀拉拉呜呜呀呀响起一阵杂乱无章嘈杂的乐声，笙箫笛管都没有，就是些喇叭唢呐吹着些稀奇古怪的调子，惊得这群逃难的人马面面相觑以为又遇上乱兵义和拳。

稀里糊涂的杨爷还笑呢：“真是京城来的贵人，县太爷还来接，呵呵。赶紧进城洗澡换衣服吃饱肚子是正事儿！”进了怀来，一行人马抖擞精神，缓缓到了县衙门外。杨爷眼尖，就见离着县衙门几十步远，一群人朝服顶戴穿着簇新，后头是些穿绸裹缎的花甲老头子垂手肃立，为首的穿着天青宁绸五蟒四爪袍子，外罩鹨鶒补褂，头戴素金顶的红缨大帽子，身材中等，眉目俊雅，一双精干小眼儿不敢斜视。咦？这不是吴老弟吗?！不待他问，老太太那辆驮轿正到大门口，就听衙门外鼓乐大起，那群人以老吴为首，赶忙左右打马蹄袖放了袖子，“扑通”跪倒伏地高呼：“恭请圣母皇太后万福金安！”杨爷闻言顿时又傻又呆，扑棱扑棱脑袋，两眼圆瞪做梦一样朝四周看看，再回身瞅瞅漠然不语的大少爷，好悬没一个跟头从车辕上掉下来！马车踏踏驶到门口，又听一阵高呼：“恭请皇上圣安！”

这下可把杨爷惊醒喽！怪不得自京城七绕八绕偷偷逃出来那么慌张；怪不得一路之上这群人规矩章程那么别扭；怪不得老太太听了自己说的那几句话那么感慨痛苦；怪不得荒村遇难老太太说要重赏自己；怪不得问这群人来历，刘安生、李总管、崔管事无不遮遮掩掩吞吞吐吐；怪不得李总管这些伙计都没胡子，杀蛇怪时问小张子要童子血，他一脸尴尬，怪不得老吴在榆林堡说自己有福……原来，这、这群人就是统御大清国至尊至圣的慈禧老佛爷和光绪万岁爷一行！

# 十六

杨爷又惊又怕又感慨又难受，事到如今，想到这两日随口跟老佛爷、万岁爷说的话，一阵哆嗦，大热天竟渗出一身冷汗！幸亏自己傻人傻福，没说错啥，不介，今儿非得脑袋搬家啊！想到这儿他忍不住跳下车跪倒在地，叩首不止。光绪爷一脸沉默扶着车辕一点点下来了，手一松，“啪嗒！”整日不离身的楠木匣子掉在地下摔开，正落在杨爷跟前儿。杨爷以为是玉玺金印皇家宝贝，赶紧手忙脚乱去摸，待看清了才哑然失笑：原来匣子里滚出来五个干枣和俩干巴巴的素烧饼！一个烧饼还被啃了一半。一见烧饼干枣，光绪爷脸色浮红，弯腰捡起匣子迈步进了衙门，剩下一堆人瞧着地下这点儿零碎，心里五味杂陈。

到了怀来，算是暂时安逸，昨儿那位拉着他说长道短热乎不得了的吴爷，竟是怀来县的县太爷！甭看人家只是七品，着实不是凡人呢：他乃是曾文正公的嫡孙女婿，甲午年还跟李中堂去东洋日本办过交涉呢！做梦似的杨爷由崔管事领着进了内堂，趴在地下磕了无数的头。宝座上洗漱完毕、吃饱喝足换了华服的慈禧老佛爷，吸着水烟袋望着杨爷呵呵大笑："罢了、罢了！快起来吧！看急得这头汗，连英、玉贵啊，你俩甭闹哄他啦呵呵呵呵，他是个老实人，咱娘们这套章法，可别吓坏他。"杨爷又磕了个头，这才起身。

"你是个忠臣！"慈禧太后的声音既慈祥又温和，好像老妈妈嘱咐儿子。杨爷懵懂，等崔管事一捅他，才知道说的自己，赶忙回话："呃……都是太后老佛爷洪福齐天，皇上百神护佑，小、小人没做啥。"

慈禧太后就爱听这个，满脸祥和微笑："话是这么说，可事儿还得说清楚。哎，洋鬼子不依不饶打进来，我们母子俩能顺顺当当出来，还不是靠你们赤胆忠心，老话说疾风知劲草、板荡识诚臣！你就是我们娘儿俩的恩人呐！不像那些个成日介嘴上说得好听，一出事儿都跑没影儿的狗东西！"

"不、不敢，不敢当。小民只求送老佛爷、皇上到安稳地界，再回京接我的老娘，现今太后老佛爷既已安全，小民想、想回京，请老佛爷恩准。"杨爷好容易想明白怎么说话，跪下磕了个头。

"怎么样？我说这个杨把式是个忠臣吧？不仅是个忠臣，还是大孝子，忠孝可嘉！把式啊，你甭走啦，今后就跟着我吧，这回跟我出来的，连上连英、玉贵，都得赏！"慈禧太后怡然自得咕噜噜抽着水烟，满屋众人闻言颂圣不止，杨爷竭力以老母没人伺候为名，不敢领赏。慈禧太后越发满意杨爷的孝敬，传下话："赏是都得赏的，你是头一功！这么多年听政，我可是有功必赏。嗯，连英呐，先记着，封杨把式五品顶戴，御前伺候！待到了安静地方，只要有官缺，遇缺先补！"

"嗻！"李总管低头答应，看不清他的表情。

"快谢恩啊！"崔管事摁着杨爷趴下磕头，慈禧笑道："这会儿没有官服顶戴，让小吴给你预备预备一身。再有，我封了你五品顶戴，前路行宫粮台会办，这两道旨意，叫军机处拟旨，等印来了再发。把式啊，你娘的事别着急，我听小吴说，这几日从京城、三河、丰台逃难过来的人也多，说不定你娘也奔这儿来啦，叫小吴四下里派人查访着，咱们一路奔波，在这儿也多待几天。"

"是！"

尽管杨爷得了五品顶戴，可一听不能回去接老娘，满心不乐意，这会儿只能点头答应。慈禧太后聊了一个多时辰还兴致勃勃，嘱咐道："你们记着，杨把式是专门给我赶车的，谁也甭胡乱支使他差事！他要想干，就伺候伺候车马銮驾，不想干就歇着。明白了吗？"众人诺诺连声。见杨爷从前几日大大方方成了期期艾艾的样子，慈禧乐得呵呵大笑："咋样啊，把式？那几声大妈没白叫吧？若你不是个白丁，我一定封你个引路侯！呵呵呵呵……你们下去歇着吧，有工夫就进来，咱们说话儿。"

慈禧太后开了个玩笑，谁知她这"金口玉言"传出来，上上下下大大小小的王公亲贵大小臣工，不一会儿就全知道喽！大家伙儿都窃窃私语，对着忙里忙外埋头喂马刷洗牲口耷拉着脸的杨爷背后指指点点，都以为这里头有什么内幕。

听说杨爷从白丁得了五品顶戴，老吴就没闲着，上头的王公亲贵他一个也巴结不上，只有杨爷草莽出身合他的脾气。他知道杨爷不懂官场规矩，赶紧找出个自己戴的红缨大帽子，找了块水晶石换下素金顶，又预备了两套天青宁绸的袍子、紫腰带、荷包、玉佩、官靴，滴里嘟噜堆了一大盘，亲自捧着来给杨爷祝贺。见杨爷懵懂，老吴也不嫌麻烦，亲自指挥着下人给杨爷换了衣服配饰。

好家伙，等杨爷再出来遛马，可把门外的众位王公大臣惊呆喽。只见前几天还一身油腻腌臜衣衫的杨爷身着宁绸袍、脚下缎靴、腰系玉佩、头戴水晶顶戴的红缨大帽子，赶上杨爷体魄健壮，身子骨衬衣服，再举着那支颀长华丽的大马鞭子，挺胸抬头气质昂扬在众人眼前拉着马吆喝，还真够威武！映得遍体破衣拉撒的亲贵们倒像叫花子一样。

慈禧太后吃完饭出来遛弯儿，叫杨爷过来陪着说话，看他那身打扮儿哈哈大笑，倒很高兴，捂嘴大笑道："呵呵呵呵……咱们娘儿几个这会子又装扮起来，一起上了戏台喽！"暂做行宫的怀来县衙门大门口就此出了奇景：每天早上，县太爷吴大老爷戴着七品顶子在衙门口看门，成了老佛爷的门房，而穿绸裹缎的杨爷拉着马匹挥舞大鞭子遛完马也坐在衙门口闲坐，不时脱了闷热的靴子，摘下水晶顶的大帽子当扇子，忽闪忽闪给自己扇风，算半个看门的。不少老百姓扶老携幼都来瞧这俩哼哈二将的热闹，回去就当笑话似的说给别人听，不几天就成了当地脍炙人口的笑话。

老百姓说笑归说笑，可这俩人着实成了现今老佛爷面前最得意的红人。也算老天保佑好人，吴老爷尽心尽力，不几天，果然从逃难的人群里找到了杨爷的老娘和三舅，母子俩相见免不得抱头痛哭。劫后余生的娘俩说了一宿话，老太太听说杨爷升官自然十分高兴，又惦念家里的小破院，邻居四姑娘，唠唠叨叨说了半天。杨爷给老娘泡了茶，把一路来遇到的艰难险阻、奇闻逸事捡着能说的给老太太说了一通，听得她老人家连连念佛，说是佛祖菩萨保佑，摸着杨爷结疤的胳膊直掉泪。

也不知谁走漏风声，慈禧老佛爷竟然得了信儿，大喜之余派了太监颁赐缎匹首饰给杨爷的老母压惊，特召老太太进内说话呢。这老太太眼睛虽看不见，心思十分灵动，久在市井，深知人情世故，跟慈禧太后聊得竟十分投机。原来俩老太太都信神佛，杨爷老娘也多少认识几个字，去京城庙里求神拜佛听了不少古记儿故事，把那些听来的神佛报应故事说得绘声绘色如身临其境，众后妃久处深宫，哪听过这么精彩的传闻，竟都听住喽。喜得慈禧太后仿佛在难中得了个女门客，又赐茶果又叫陪着吃饭，一连聊到上灯，才派小太监护送杨爷老娘回了馆驿。第二天传下话来：杨爷、杨爷老娘各赏衣食，随驾西行。

没过几日，大队人马起驾西巡，自怀来县出发，老吴是先行官，杨爷除了赶着大车载着老娘跟在两宫的八抬大轿后头，还兼管着随行车马。路途之中就属杨爷这辆车招人眼目：按宫里规矩，大车围子裹了明黄缎，前头大马上全套的铜什件锃明刷亮，马身上系着大红绸子，杨爷端坐车辕，衣冠鲜明提溜着大鞭子吆喝马匹，不知道的还以为里头坐的是啥皇室亲贵呢。老百姓们指指点点，七嘴八舌念叨："妈呀！老少爷们快瞧瞧嗨！人家宫里赶大车的都戴水晶顶子！比咱们县太爷还高好几级呢！"引得众人哄堂大笑。

一行人过宣化府，渡大洋河，过枳儿岭、天宿县、高阳县，八月初五，两宫自山西大同府起驾，过怀仁、张庄、广武，入雁门关，再经原平、忻州，八月十七抵达太原府。

接驾的山西巡抚就是原来在山东巡抚任上袒护义和拳的玉大人，见义和拳终于闯出塌天大祸，两宫出逃，吓得屁滚尿流，早预备了豪华车辇和行宫，就为了叫慈禧太后开开心心，保住项上人头。还把山西省藩库密藏一百多年预备乾隆爷大驾西巡没用上的金银法器陈设仪仗全拿了出来，太原城里处处彩旗飘荡、锣鼓喧天。众官员在此大难之际，还比着赛地给老佛爷孝敬衣食服用、金银财帛、绫罗绸缎，乐得慈禧太后心满意足，搜罗了一大批珍宝。随驾逃难的人有了吃喝穿戴，扈从官兵也换了新装，北京城里接连不断逃来了御医、御厨，禁卫森严、吃喝消遣奢华加倍，这群人自然又恢复了大内的排场。来行宫送礼朝见的络绎不绝，杨爷每天就叼着烟袋锅子蹲在宫门口，看那些大大小小的官儿趴在地下磕头虫一样磕头朝拜，行礼如仪，也是一乐。

闰八月上旬，领班军机大臣荣中堂、军机大臣王中堂大难不死逃过一劫，带了些军机处的人来到太原，建起了逃难中的小朝廷，每日函电交加，发号施令，慈禧太后奄然又成了大清国的老佛爷，威风八面起来。朝廷得了密报：威廉二世因德国公使被杀一事，不依不饶，下令瓦德西派军追杀，定要拿老佛爷是问，德法联军便点兵一万余人，从京城出发，沿途尾随大驾追击而来，突击晋东固关，预谋杀入山西，抓获两宫。

消息传来，太原满城轰然惊悚，原就是惊弓之鸟的慈禧太后吓破了胆，带着光绪皇帝后妃、王公亲贵仓惶起驾继续西逃，一路上惶惶然如丧家之犬，传命赶赴陕西省西安府驻跸。幸而固关乃九边天险之一，山西军队早有准备，德法联军在此吃了大亏，几次强攻被我军挡住，伤亡千余人，见天险难入，才怏怏而去。

杨爷一面赶车一面整理车驾队伍，先前还担心洋鬼子追杀上来，后来见西北陕、甘、青及四川几省数万大军前来护驾西行，才稍稍安了心。两宫圣驾日行七八十里，经徐沟到了祁县，过平遥、介休、灵石、霍州等处，至风陵渡渡黄河，自潼关入陕西，庚子年九月初四，圣驾终于进了西安府，在原陕甘总督衙门驻跸。

进了西安府，慈禧太后和逃难的亲贵大臣终于松了口气。莫说从北京一路来陕西，他们认不得路，即便认识，几万洋鬼子想越过崇山峻岭和无数州城府县和天险大河，跑到西安府来抓人，那不是白日做梦?!

带了这点儿心思，老佛爷心里更是得意，刚到西安府没几天，北京传来好消息，久留上海一直观望的李中堂也终于坐船赶到京畿，入住贤良寺，被俄国军队严密“保护”。各省运粮、运银子的车马更是络绎不绝从九州各地云集西安城，西安府从宋元以后哪里有皇帝来过？哪有过这个热闹？本省的官员、士绅、财主们竭力奉承，一时间，小朝廷在此要钱有钱，要粮有粮，西安成了大清国朝廷的中枢，鲜花着锦烈火烹油一般热闹。

## 十七

国家大难至此，黎民涂炭之际，慈禧太后却充耳不闻一丝儿不见，再也不是啃窝头吃玉米棒子那会儿，终于又可以抖一抖至尊的劲头喽，不仅摆起了北京皇城里的谱儿，还变本加厉敲骨吸髓。慈禧太后日常坐在行宫正殿，点查各省送上来的贡品，苛刻求索无尽无止，稍有差池便降旨大加斥责，派人远赴南方各省坐地催督，闲下来要听戏，看景儿，玩牌，吃冰碗子、冰镇酸梅汤，闹得古都西安府鸡飞狗跳乌烟瘴气。大大小小的当地官员啥事儿也不干，成日介提心吊胆一窝蜂伺候这位至尊老佛爷。

这舒坦日子看得杨爷心里气闷，除了他老娘时常被宣召进行宫陪着上头说笑闲聊，对这种场面，杨爷是能躲就躲，一心只巴望朝廷赶紧议和成功，自己带着老娘回京过活。

西安府这边有荣中堂、王中堂、鹿中堂诸位大臣主持中枢，京城那头多亏了李中堂老成谋国，跟八国洋鬼子折冲樽俎、委曲求全。转过年来，八国洋鬼子及中立三国，一共十一国洋人，逼着大清国签订了最为丧权辱国的《辛丑条约》，庚子祸首亲贵大臣一百多人，全部杀头流放；大清向各国赔款四万万五千万两白银，分三十九年还清，本息合计九万万八千万两；天津等处京畿要地炮台军营全部拆除，大清不得设防驻军；将东交民巷化为使馆区，各国有权随意驻军，大清不得干涉……

一条条屈辱条款传开，举国震动，有良心的督抚将军密奏各国欺人太甚，然而老佛爷知道洋人们饶了她这个“祸首”，也不再逼她将至尊皇权交给光绪皇帝退位养老，登时大喜过望，便以皇帝名义传旨照准。一道道上谕自西安行辕发出，先一道严令各省督抚将军，对义和拳改抚为剿，视同叛乱之民，一概剿杀！北方诸省督抚奉命唯谨，转脸对前些日子还恭敬有加的义和拳民挥动屠刀，兵马四处搜拿拳民，杀得人头滚滚血流成河，惨不忍睹！

再一道旨意，老佛爷把脸一抹翻了篇儿，将当年主战派、支持义和拳的王公亲贵一百余人革职流放抄家杀头，就这样，诸位王公亲贵大臣在京城及各地纷纷被杀。等义和拳民和众位亲贵大臣被当成背黑锅替罪羊扔出去宰了，老佛爷摇身一变，再次成了“慈悲为怀、善睦邻邦友谊”的圣母皇太后，继续坐在至尊宝座上大权独揽。

由此，辛丑年初，老佛爷以皇帝名义下了个“痛心疾首”的罪己诏，向天下臣民说明缘由。杨爷在宫门口伺候差事，自然知道得早，等这道明发上谕贴到西安府鼓楼公开，杨爷悄悄跑去认真看了看。人山人海的现场，一个身着九品官服的关西大汉高声读道：

奉天承运皇帝诏曰：去年夏间，义和拳匪构乱京畿，开衅友邦，朕奉圣母皇太后慈驾西巡，京师云扰。迭命庆亲王奕劻，大学士李鸿章，作为全权大臣，便宜行事，与各国使臣止兵议和。昨据奕劻等电呈各国和议十二款大纲业已照允，仍电饬该全权大臣将详细节目悉心酌核，量中华之物力，结与国之欢心。既有悔祸之机，宜颁自责之诏，朝廷一切委屈难言之苦衷，不能不为尔天下臣民明谕之。

此次拳教之祸，不知者咸疑国家朝廷纵庇匪徒，激成大变，殊不知五六月间屡诏剿拳保教，而乱民悍族，迫人于无可如何，既苦禁谕之俱穷，复愤存亡之莫保。迨至七月二十一日之变，朕与皇太后誓欲同殉社稷，上谢九庙之灵，乃当哀痛昏瞀之际，经王大臣等数人，勉强扶掖而出，于枪林弹雨中仓皇西狩。是慈躬惊险，宗社贴危，九庙成墟，衣冠填壑，皆乃义和拳匪所致，朝廷其尚护庇耶？

……我皇太后垂帘听政，将及四十年，朕躬仰承慈诲，夙昔睦邻保教，何等怀柔？而况天下断无杀人放火抢掠之义民，国家岂有倚匪败盟之政体？当此之时，首祸诸人，叫嚣隳突，匪党纷扰，患在肘腋，朕奉慈圣，既有法不及众之忧，浸成尾大不掉之势。此则首祸诸王大臣之罪也。而诸王大臣间有假传圣命，捏造皇太后、朕之谕旨布告中外、败坏盟约、赏赉拳匪、攻杀使馆以至激成大乱者，定当按议和盟约，严加惩办祸首，以正法纪而昭大信于中外，兴言及此，流涕何追！

……

杨爷听完茶呆呆傻在当场，惊得手脚冰凉！联想到去年在京城见的一桩桩、一幕幕血淋淋的场面和义正辞严的圣旨，那些飞扬跋扈嚎叫着“扶清灭洋、忠君爱国”的义和拳，转眼工夫竟从义民被打成了“危害大清安危，伤害友邦情谊”的暴民，要尽行剿杀屠戮，大热天竟吓出一身冷汗！这、这难道就是大清国的朝廷?！翻手如云覆手如雨，临事用人百般极力怂恿，等大祸临头便把民众、官员一股脑儿扔出来替罪，自己王八脖子一缩倒还是“圣明”？边吸冷气边往回走的杨爷实在闹不明白上头那么些大佬官是咋想的，只有心里一阵阵发紧，浩叹不止。

梁园虽好，终非故地。慈禧太后在西安府待得烦闷了，京城传来消息，该杀的杀了，该剿的剿了，总理衙门又先紧着陪了一千万两银子给各国，以海关费作抵押款，请各国先行撤兵。在京城烧杀抢掠行囊满满的各国洋鬼子心满意足，把数不清的中华礼器法物、古董字画、金银珍宝车拉斗量，运到天津大沽口装船，满载而归。自此，我中华自元明以来积蓄的上至典章文物、下至国宝奇珍，被各国洋人扫荡遂尽，何止千百万件流落异国他乡！

西安这边听说洋鬼子撤兵，两宫大驾可以回京，大喜过望，慈禧太后立即传旨预备大驾返京。内外可就忙起来喽。满满装了数千车金银财宝绫罗绸缎的老佛爷的行礼车先发，后头王公亲贵文武大臣们也满载而归，辛丑年八月二十四日吉时，两宫一行在盛大奢靡的官员人群欢送仪式中起驾返京。沿途各省又挤出四百多万两银子预备行宫御道，这一行旌旗蔽日、千乘万骑、玉辇辉煌、气象万千，自然与当年仓皇如丧家之犬西逃避难的场面恍如隔世。只是这番耗费民脂民膏的折腾乐了贪官污吏，苦了小民百姓，闹得各地民怨沸腾，苦不堪言。

十一月中旬，两宫驻跸保定行宫，朝廷突然发出谕旨，给庚子年被杀的朝廷五大臣平反昭雪，其中就有杨大人的名号。随驾的杨爷得知此事悲喜交加，喜的是杨老哥终于沉冤得雪，悲的是一个堂堂内务府大臣户部尚书，顶得上头宠爱的近臣，就因为不跟老佛爷一条心，冲撞了亲贵，不仅数十年勤谨伺候的功劳一笔勾销，还落得妻离子散家破人亡，到如今，也不知他的后代在何方。他忍不住偷偷找了个地界，烧了些香烛纸马祭奠一遍。两宫坐了火车到马家堡下来，杨爷破天荒第一回跟着回銮众官员过了一把瘾，他奇怪的是，那硕大的火车轮子前头既没有马也没有骡子，咋咕噜咕噜转得飞快呢！

随着巨大的车轮转动和汽笛鸣叫，杨爷握着赶车的大鞭子出了身冷汗，他总觉得，大清国要有些不一样喽。

"到北京城喽！"车里的太监们小声欢呼着，伸头伸脑往外瞧。马家堡盛大的迎接典礼丝毫没有引起杨爷的兴趣，连跟瞎眼老娘说也懒得说，就见那些城破时东躲西藏的高官贵人们又衣冠楚楚人五人六在人前挺胸叠肚，喜气洋洋。仿佛这次庚子之变不是山河破碎，至尊逃亡，而是盛世里安享太平巡游南北！把滔天大难当喜事办，也算大清国的一个惯例。

杨爷不仅不乐，瞧着破败残损、伤痕累累的北京城墙上巨大的炮弹痕迹和烟熏火燎的伤疤，心里疼得直哆嗦。那一道道伤痕和残垣断壁，不仅在城墙上留下印记，也狠狠刻在了老北京人乃至于中国人的心里，血红一片。

前门楼子、箭楼全部毁于战火，朝廷怕老佛爷见了伤心，不知谁出的主意，花了十几万两银子，在城楼上用彩绸彩缎搭了一座五色斑斓辉煌夺目的华丽牌坊，在一片狼藉残破的残垣断壁里格外显眼。

两宫回了大内，杨爷的差事在东华门也交卸了，一心办点实事的老吴，被明升暗降派到广东当了道台。那些路上受过杨爷恩惠的王公亲贵，除了被杀被贬的，全都摇身一变再次成了"栋梁之才"，安然回府继续着花天酒地。原本路上还笑哈哈对杨爷颇为看重的这些大爷们，却变了脸任谁也不再拉着他的手，一口一个"杨老哥"地叫着，都轻裘肥马豪仆跟随而去，只剩下杨爷呆呆立在宫门外，仿佛忽然间明白了些什么。

"哟！杨大叔！"小张子从远处匆匆跑来，冲杨爷笑笑，"您还在这儿杵着呢？还不快回家看看去。哦，这阵子老佛爷、万岁爷刚回宫，里外忙得千头万绪，宫里就丢了不少珍宝摆设，老佛爷正发火呢。老佛爷前儿还跟我念叨了……”小张子神秘兮兮把杨爷拉到一边，看看左右没人，眉开眼笑，“老佛爷说了：杨把式大功一件，不能忘了他，等歇歇，再提拔提拔他！这回跟着我共患难的，一个也不能忘，该赏的一定要赏！我看，您是对了老佛爷的缘法，等着升官吧！”

杨爷摇摇头：“升不升官的，无所谓，你跟你师父说一声，就说我回家去了。”

“嘚嘞。您放心，有我师父、我在，您这件大功劳还能跑了？老佛爷金口玉言，还能说话不算呐？哈哈哈。您快回去吧，我知道您家，右安门外不是？等升官上谕下来那天，我和师父亲自去贺喜！”杨爷很厌烦小张子满嘴升官发财眉飞色舞的样，点点头转身赶着大车，拉了一路上收的门包和积攒的银子，回了右安门外的家。

老娘早被刘安生派人送了回来，杨爷家这片因住的都是平民，不起眼儿，洋鬼子来了，跑的跑，散的散，倒也没损失啥，可百姓的日子那叫一个苦！原先棒子面窝头、咸饽饽辣饼子还能对付个肚饱，这场大难，闹得这里混穷的老少爷们逃的逃、饿的饿，连粮食也买不起，衣衫褴褛穷苦不堪。杨爷一身华服，戴着水晶顶大帽子，赶着华丽的大车打街口一进来，顿时引起了大家伙儿的惊讶！

“哟！那不是老杨嘛，咋？当官了？瞧瞧！瞧瞧人家这身衣裳，瞧瞧那车，多体面多精神。”

“是杨家的大小子？不定吧？我瞧着像是个官府的人呢！”

“嗬，你那鸡屎眼能看得清！快看，人家戴的水晶顶子呢！早晨我才瞧见，几个骑着高头大马的官，亲自送了他老娘回家，还能有错?!”

“这年月，啥也说不定啊。”一众老街旧邻七嘴八舌指指点点说个不停，杨爷嘴里吆喝着马，见了老几位赶紧抱拳拱手，唬得那些小门小户平日里很熟悉的人赶紧还礼不迭。可任谁也不知道，杨爷做了啥官，这阵子到底去哪儿了。

老话说纸里包不住火，杨爷尽自整理了这些日子收的钱，想置办点产业，娶个媳妇，给老娘治治眼病，安安生生过日子，不料没几天，车行里幸免于难的哥们弟兄也不知听哪个贱嘴的太监说的，竟是杨爷一路送的老佛爷西逃长安！这可是小民百姓八辈子也没遇见过的奇闻哟，哥们纷纷前来拜访，见天缠着杨爷问东问西。风言风语一传开，街坊四邻瞬间就知道了杨爷这番奇遇，原来城里风传老佛爷御口亲呼的“引路侯”，就是杨爷啊！

好家伙！右安门外的百姓们对杨爷家喻户晓，那话头越传越神：有的说杨爷是大力金刚转世，专门来护佑老佛爷、万岁爷圣驾安稳的；有的说杨爷是武林高手，那大鞭子的功夫在中原无敌，才被老佛爷相中喽；有的说老佛爷真封了杨爷做“引路侯”，不几天就要赐邸皇城里；有的说老佛爷认杨爷做干儿子，天天召见；有的说老佛爷赏了杨爷一座金山，专为奖励他的忠义厚道，逼着杨爷请客吃饭……这股风越传越凶，那些脏心烂肺、妒忌眼红的，添油加醋说杨爷跟宫里哪个妃子娘娘也有一腿，铺天盖地的谣言顺着凛冽的冬风肆意散开，成了时下大家伙儿茶余饭后最好的谈资。

可宫里说的赏赐升官，丁点影儿也不见，朝廷仿佛忘了有杨爷这么一号人了。

上头的忘怀，并没有令杨爷和老娘多么难过，他现今在忙活自己的婚事。三十大几的人啦，老街旧邻像他那么大的年纪，儿子都快成亲了，他这儿还单蹦儿一个呢。瞎眼老娘觉得升官发财都是假的，娶儿媳妇抱孙子，是她刚刚安顿的晚年最紧急的一件事。这不，杨爷拉着老娘去东岳庙合了八字，又请了媒婆，忙叨了小半个月，才跟四姑娘定下。

尽管有了些积蓄，杨爷这场婚礼办得节俭，可老礼儿一点没少，定亲、纳彩、亲迎。拜天地入洞房，守着大红喜字，比杨爷矮三头多，矮墩墩的四姑娘盖了大红盖头，盘腿坐在炕上，桌上摆的、炕上撒的都是花生、大枣、栗子，屋里一色暗红，让她心里扑通扑通直响。虽然杨爷比她大七八岁，四姑娘又父母双亡，她还是乐哭了。

院里摆的是炒菜面流水席，大家伙儿扶老携幼凑个几大枚的份子钱，找个座位坐下就吃，反正都说杨爷护驾有功，受了赏赐，大把的钱花不完，不吃他几顿还等什么？知道大家伙儿这点心思，杨爷很拿出几个钱，请了大师傅，连摆了三天，请大家伙儿吃炒菜面，连同车行里的哥们弟兄，一个都不少全请了来，一面是喜宴；一面当请客，自庚子之变以来，百业萧条，大家伙儿哪吃过这些菜肴，酒足饭饱之后，都乐得直给杨爷作揖呢。

晚上入得洞房，新婚夫妇尽享鱼水之欢，百般缠绵，第二天瞎眼老娘就把家里的杂事全交给儿媳妇去管，自己乐得清闲，也着实喜欢头好几年就相中的儿媳妇，就等着抱孙子呢。杨爷不能在家闲着，白天还是出去赶大车，晚上回来，跟媳妇儿商量了，把攒的银钱拿出一些，在西郊买地盖房子，再带着老娘去乡下过安生日子，日后不做“五贱行”，四姑娘问外头传的杨爷护送老佛爷去西安府的话是真是假，杨爷说了个明白，告诫媳妇以后在外头千万别瞎咧咧。趁半夜，取出大玻璃桃和烟袋锅子，给媳妇儿说了来由，听得四姑娘悚然震惊，吓得直往杨爷怀里钻。打那以后，连杨爷那根大鞭子，在四姑娘眼里也成了“宝物”，凝结了自家男人英勇、豪迈、忠厚的种种优秀之处，大鞭子是杨爷日常用的器具，那玻璃桃，叫四姑娘严严实实藏在一个隐秘之地，就小两口知道。

## 十八

家长里短的小日子一天天过去，杨爷有了媳妇，浑身劲头儿更足喽，转过年来，正当四姑娘怀胎，给小院一家人带来了更大的喜悦美满，瞎眼老娘忙着给小孙子缝衣裳、预备生产之物，杨爷也铆足了劲儿赶车挣钱养家之际，不料，一场塌天大祸倏然降临！

这年春天来得很迟，树上的嫩芽久久没出来。这一日，杨爷正回家卸了车，跟腆着几个月身孕的肚子、忙活饭食的媳妇儿闲聊。瞎眼老娘盘腿坐在当院里，瞎摸呼哧摸索着给未出世的孙子缝些个力所能及的鞋袜，忽听外头一阵喧闹，吵吵嚷嚷由远及近。正在一家人其乐融融，门外忽然响起一阵剧烈敲门声，还夹带着骂人：“是这儿？好，快他妈开门！开门呐！再不开门可要动手砸啦！”

院里老太太听了一惊，四姑娘赶紧端着香炉出来，惊慌失措地望着丈夫。杨爷也一愣，晃着膀子大步流星，一抬手开了门，顿时涌进来一群穿官衣的衙役，持刀带棍，前头点头哈腰的，正是本地的地保。杨爷双手抱怀，仰着脸问:“哟！哥几个辛苦！今儿唱的哪一出?”地保是个小老头,早吓得哆嗦成一团,小声嘀咕:“爷们,快、快预备预备,官面上……”为首的衙役四十来岁,是个满脸横肉的大胖子,手如蒲扇握紧腰刀,瞥眼上下打量了杨爷一番,皮笑肉不笑哼了声:“你就是赶车的杨把式?”

“是我。”杨爷无所畏惧瞧着他。

“没跑儿,就是你,给我拿下!”一声拿下,周围几个彪形大汉一甩铁链子就往上冲,杨爷一闪身,铁链子甩空,一把揪过一个往外一撇,给那位来了个狗吃屎！剩下几位扑过来就让杨爷拎着领子扔在外头,个个灰头土脸没了方才的嚣张气,为首的衙役瞪眼大惊:“好小子,你敢拒捕！来人,给我抓!”

衙役们早见识了满身嘎达肉一脸正气的杨爷着实不好惹,都迟疑不敢上前。杨爷一瞪眼,发了火:“你们凭什么抓人?!说出个道道儿来,老子跟你走一趟,不介,可别怪我手黑!”

领头衙役倒吸冷气,退后几步,脸色阴沉厉害,摆摆手制止众人,冷笑道:“大爷们来抓你,自有抓你的道理,当着你老娘和你媳妇,你小子甭想跑,跑了和尚跑不了庙！你跑了,就抓你娘、你媳妇进大牢!”

那衙役头从袖子里掏摸了半天,举出一张纸晃了晃:“这是九门提督的谕令,你可听好了,咳咳!”装模作样念道:“奉九门提督谕:据报,京城右安门外,有地痞无赖杨某,乃一贫贱车夫,于庚子年间联军进京时,大肆抢掠商民财物,盗卖官府物件,欺诈良民。此后竟敢捏造扈从圣驾西巡,肆意谣传种种内廷情状,并以此招摇撞骗,妖言惑众,蛊惑民间,污蔑至尊,实属罪大恶极。今访查得实,为肃清谣言,特命巡捕营将其捉拿归案！此命。”念完,衙役头把脸一沉,冲杨爷喊:“怎么着,爷们?!还拒捕吗?我可告诉你,这是九门提督乌大人的谕令,跟咱们走一趟吧!”

“放屁!”杨爷不听还好,闻言之下气得暴跳如雷,大吼:“哪有这回事！老子什么时候抢掠商民,倒卖官府物件?!拿人证、物证来！护送两宫御驾西巡,那是朝廷内外众所周知！李总管、崔副总管、御前侍卫刘安生刘大人,还有老佛爷、皇上,都是我的证人,怎么到了这会儿,成了我捏造谣传的?!屋里现摆着老佛爷赏赐的顶戴官服,你们还讲不讲理!”

“讲理?!”衙役头龇牙哈哈笑道,“这理多少钱一斤呐?我说杨把式,你甭跟我说理,我可管不着李总管、崔副总管,我算个啥东西,老佛爷、万岁爷认识我是谁吗?我只管拿人,你呢,犯了大罪,有公文在此,你就得跟我们走!知道你有点功夫,可别乱耍,不然,可别叫我抓你一家子!”

义愤填膺的杨爷脸涨得通红,胸脯起伏越来越高,心知跟这帮人说不清楚,轻蔑盯了众人一眼,回身跟老娘、媳妇嘱咐道:“娘、媳妇,你们别怕,这定然是天大的误会,不知道哪个小人告了儿子的状!我这就去九门提督衙门,跟他们掰扯清楚!你们在家好好听信儿,说不定半天我就回来啦。”说完,杨爷擦干净上身,穿了衣服,大步跟着衙役往外走,四姑娘忍不住扑过来涕泪交流,死死抱着杨爷胳膊哭道:“当家的!上了堂你可好好说话,千万别动气!我、我和咱娘等你回来!”

杨爷忍不住眼圈发红,看看周围衙役虎视眈眈恶狠狠的目光,一咬牙一跺脚,扭头走了。剩下四姑娘瘫软在门槛上捂着脸放声大哭,不多时,又来了一群穿着官衣不知哪个衙门的人,进门乱抄乱砸,翻箱倒柜把上头赏赐杨爷的官服衣帽顶戴连带杨爷积攒的银子全部抄走,临了连句话也没留下。瘫在墙角里瑟瑟发抖的婆媳二人被如狼似虎如同土匪抄家的人吓得失魂落魄。

天黑了,院里屋内一片狼藉,一个好端端的家,就这么毁了,青灯孤影,就剩孤苦无依的娘俩。死寂空荡的胡同里,突然传出一阵凄厉的哭嚎声:“天呐!老天爷啊,你怎么不睁开眼看看呐!!大清国还有王法吗!我那忠厚仁义的儿啊!啊嗬嗬嗬嗬……”哭嚎声紧一阵慢一阵,听得街坊四邻心悸胆颤,整整一宿没消停。

自打杨爷跟着官差去了步军统领衙门,整七天,没有半点消息,瞎眼老娘又急又痛又恨又怒,一病不起,瘫在炕上直迷糊。家里被抄得乱七八糟,四姑娘孤身一人,又是小脚,没什么大见识,可这些年穷苦日子,令这位瘦弱的女子十分坚韧,她一面请大夫给婆婆治病,一面央告了邻居进城打探消息,一面自己咬牙收拾了被抄的家,忙得脚不沾地。请来的大夫给老太太诊了脉,叹息不止:“这是急痛怒火双双攻心,有道是药石能医病,却救不了命,心病还得心药医。我先开几服,吃一吃,若是十天内能降温安眠,也还有六分治得，若不然，就给老人家预备后事吧。”四姑娘含泪千恩万谢，见婆婆数日之内仿佛老了十几岁，头发全白，衰老不堪，支离委顿，知道是疼儿子疼的，只好买了药来，殷勤服侍。

不几天，老太太病算是安稳了，可杨爷半点消息没有。邻居大哥大叔们传来的半真半假的消息，不是杨爷被下了刑部天牢，就是以“造谣蛊惑、大不敬”问了死罪，全是京城里老少爷们瞎咧咧的小道谣传，接二连三全叫娘俩心惊肉跳痛不欲生。

这天，婆媳俩正依偎一处忐忑不安等信儿，外头来了个顶漂亮的小伙儿来送来一包银子和口信，原来是小张子！

他叹息流泪坐了小板凳上，想了半天，把银子塞给四姑娘，说：“大婶，要说我不知道杨大叔被抓的内情，那是我没良心！我摸着胸口想想当日杨大叔救我、救咱们逃难的一行人马，那是擎天保驾的功劳！谁要说杨大叔编造谣言，谁就得遭报应，下地狱！”小张子诚挚的眼神泪光闪烁：“可、可我做不了主呐，您也许知道，这次不是咱们宫里来人动手，是九门提督步军统领衙门干的。您听我一句，千万甭想不开，拿着这银子有亲投亲，赶紧远走高飞吧。”

小张子这话透着大难来临，吓得四姑娘一哆嗦，猛然睁大了眼：“您、您是说，上头要杀我们当家的?!”

“哎……”小张子失落摇摇头，“那、那可说不定喽。”

“要杀，也得有个说法！我就不信，我们小民百姓无缘无故地就犯了死罪！我不走，就是杀头，我也得给我们当家的祭法场，戴孝！”四姑娘气呼呼挺直了身子，一脸正色。

小张子长叹一声，皱眉劝了半天，才捡着能说的，给四姑娘说了杨爷被抓的原委：两宫回銮后，老佛爷本要对跟着一起西行吃苦的随从大肆封赏，内务府跟军机都合计好了，不料中间却出了岔子。

原来临逃难前，慈禧太后悍然下令崔副总管将珍妃扔进宁寿宫水井，西逃之时在压龙岭就闹出一场变故，打那以后，老佛爷做下心病，回了大内后夜夜噩梦连连，闹得她心神不宁。皇室萨满师父说是珍妃鬼魅作祟，光绪爷常来请安，也对此颇有言辞，逼得老佛爷不得不暗中打捞珍妃尸体，以贵妃礼仪成殓，紧跟着将责任一股脑儿推给崔副总管，他被当成替罪羊，撵出大内。杨爷本来就跟崔副总管说得来，这就吃了瓜落儿。

二呢，李总管在西巡前后，跟崔副总管大为不合。趁这机会，联合几个亲信，没少在老佛爷跟前落井下石，可崔副总管再不是东西，毕竟是老佛爷一手提拔，用来制衡李总管的人，又是老佛爷弟弟的干儿子，不看僧面看佛面，老佛爷在珍妃一事上，对崔副总管心里有愧，撵出去就罢了。李总管又气又急，知道正面说不成，只好另想法儿。也不知谁多事儿，把市面上谣传杨爷擎天护驾的这段事儿捅到上头，老佛爷看了密奏，一张冬瓜脸阴沉得可怕。大清国至尊，竟然被谣传得如此不堪，什么吃窝头、喝马尿、坐在车里又哭又叫种种如丧家之犬的丑态被小道儿消息传得满天飞，着实丢尽了她的老脸！本来庚子之后天家威严、皇室尊位就随着逃难一事凋零殆尽，这种丑事再捅出来，还了得？老佛爷顿时火气上涌，杀心大起。李总管趁机火上浇油，挑唆了不少坏话，慈禧太后被说中心事，便把脸一翻，密令九门提督抓了杨爷，要杀人灭口……

四姑娘闻言涕泪横流，号啕痛哭，紧紧跪在小张子面前请他救杨爷一命。小张子想了想只好先答应："大婶，您甭这样，我看着揪心！这么着，我去试试，只能保证杨大叔在大牢里不受罪，可要说放人，您打死我也办不成。再有，若是您有什么信儿，我出来不方便，叫人赶紧跟您传话。您看成不？"

四姑娘无法，连忙打叠了杨爷家常换洗衣服请他送进大牢。春意盎然，燕飞风起，四姑娘抚摸显怀的肚子，紧紧咬着下唇，出了血，她没觉得一点儿疼，欲哭无泪、欲叫无力，满腔愁、痛、苦、辣填满胸怀，直愣愣瞪着敞开的街门，半晌，泪如雨下，不能自已。

时间过得飞快，当年腊月，四九城狂风怒号，滴水成冰，四姑娘临盆之际，杨爷依然生死不明，只有一个瞎眼的婆婆和邻居的两位大妈，在一旁帮着烧水接生。子时二刻，京城内外最黑暗、最幽寂，空无一人的大街小巷和新建的巡警阁子这种洋玩意幽暗灯光闪烁时刻，一个男婴带着响亮的哭声哇哇坠地，嘹亮的童音与窗外呼啸而过的北风内外相映，仿佛要撕破这沉闷冰冷刺骨的黑夜，向诡异的天穹发出冤屈的呐喊。

抱了孙子，两眼失明的老太太异常高兴，抱着如小兽般的孙子亲了又亲，摸了又摸，满是皱纹的脸上全然一副心满意足，白发也增添几丝光泽，操劳了一辈子，她终于有了孙辈啦，杨家又续上香火了！

有个快嘴的大妈说："哎，这要是他爹在家，指不定多欢喜呢！"说完便拭泪。四姑娘缩在被窝里不敢哭，月子里忌讳。老太太却奇怪地对着炕上红盈盈的大蜡烛笑了，悄声哄着哇哇大哭的孙子，半晌才说："我那小子，做了半辈子厚道人，老天爷不能不开眼，您就等着吧，他必然还活着呢。"

简陋而温暖的小屋里，众人围在热气腾腾的开水壶边，半是欢喜半是忧愁。只有炉子上"嘶嘶"冒气的水壶，添了几许生气。不到一个月，春节刚过，老太太一命归天，终于也没等到儿子回来。

## 十九

开了春，四姑娘拉扯着儿子，也常进城打听，都察院、大理寺、刑部大牢、九门提督步军统领衙门，腿都跑细了，可杨爷究竟怎么样，哪儿哪儿也说不明白。老话说衙门口朝南开，有理没钱莫进来！京中各大衙门看门的衙役，比里头当官的还骄横，看人都斜着看，挺胸叠肚犹如门神，等闲的小民百姓都不敢过去，一张嘴，那边必然刁声恶气骂你个狗血淋头，何况是个大字不识几个的小脚女人呢？

四姑娘碰了无数的钉子，挨了无数的骂，等端阳节刚过，抱着孩子在刑部衙门外头跪了整整一天，晕头涨脑心如滴血，有个年老的衙役实在看不过去，端着架子下了台阶，问清楚，才叹气说："你啊，甭在这儿杵着啦，现而今咱们大清要行新政，刑部衙门要改称法部，大牢里没有你说的那么个人，若是有，我替你问问呢。回去吧，看你怪可怜的，告诉你句实话，若你男人没有谋反、谋大逆的罪过，等到秋天，朝廷新政肇始，刷新吏治，无论关在哪个衙门的，可能放出一批犯人，以祝大清新政吉庆，你且回家等着。"

得了这信儿，四姑娘半信半疑，不敢信也不敢不信，抱着孩子艰难起身，朝那老衙役福了一福，迈着小脚踉踉跄跄而去，回头望去，只有刑部衙门口张牙舞爪的巨大石狮子冲她狞笑。

四姑娘就那么盼啊，盼，一直到了年底，光绪二十八年冬。凛冽寒风刺骨，肆虐着大街小巷，天阴沉沉的，要下雪。

杨爷出狱了。

等四姑娘裹着棉袄踮脚望向胡同口，看见个衣衫褴褛腌臜不堪，头发纷乱全身油泥黑黢黢高大汉子，猛然冲过去一把抱住痛哭失声，她的男人，就是化成灰她也认得！哭了半晌，四姑娘忽听一阵“呜呜哇哇”犹如野兽般凄厉的笑声，吓得她浑身一震，随即被大力推倒。眼前的丈夫撒腿乱跑，满口毫无人语，片刻又哭又喊，像困在笼子里的野狼般嘶哑惊怖。

四姑娘哭喊着怎么拉也拉不住，几个邻居闻声出来，帮着把杨爷摁着弄回家，大家伙儿仔细观瞧，无不吓得骇然变色魂飞天外！除了一身烂乎乎早已结了疤臭烘烘的伤痕，胸口被烙铁烙出来的大块腐臭的肉斑，杨爷嘴里的舌头不翼而飞，被生生割了！

这条号称“杨神力”的高大汉子，被老佛爷御口钦封五品官衔，俗称“引路侯”，一路擎天保驾护着两宫的功臣，目光呆滞既不知道饿，也不知道疼，口水鼻涕流出老长，只会抓挠了身上密密麻麻成团的虱子往嘴里塞，边大嚼边冲大家傻愣愣地咧嘴笑。

四姑娘号啕大哭，老街旧邻脸色晦然都陪着掉泪，天空朔风嚎叫，鹅毛大雪下得正紧，好半天大家伙儿才明白：杨爷疯了。

杨爷疯了，给口吃的，他就吃；给个枕头，他就倒下睡。不给饭、不给枕头，他能整天整宿地满世界转悠，嘴里嘀嘀咕咕说着谁也听不懂的话，俩大眼直勾勾的，一会儿抬头看看蓝天，一会儿蹲在墙根儿底下，头顶着墙想事儿。旁人问他句话，有时候他也能听懂，只是张牙舞爪呜呜呀呀说不出来，有时不知想起什么，抱着家里那匹装饰华丽的老马，咧着嘴号啕大哭，那么高大健壮的汉子，哭得跟个孩子似的无助，引得老马泪眼婆娑直拿脑袋拱他。老街旧邻们见了，无不暗自抹泪。他的腿也断了，在大牢里没接好，只能一瘸一拐趿拉着鞋，明眼人一看，就知道是上了夹棍给夹断的。

正当大家伙儿都疑惑杨爷身陷囹圄，惹了滔天大祸，上头怎么忽刺巴放了他时，后来街面上传来消息、原来，被逐出宫外的崔副总管，到底神通广大，根基深厚，说动了他的干爹老佛爷的亲弟弟、一起逃难时的“舅爷爷”祥公爷，在老佛爷面前说了多少好话。老佛爷眼前李总管上了年纪，暗地里维护起光绪皇帝来，这样首鼠两端，自然逃不过老佛爷的“佛眼”，一道口谕，便叫崔副总管官复原职，加之小张子成了御膳房的掌案，这师徒俩权势陡然赫赫扬扬，跟李总管分庭抗礼起来。崔副总管得知自己被逐出大内，李总管没少在老佛爷跟前儿给自己上眼药，还把杨把式抓了，说是自己一党，要杀人灭口，更是气得三尸神暴跳，一面在老佛爷跟前儿兢兢业业小心谨慎，死心塌地伺候，劝得老佛爷改了主意，在不叫杨爷到处乱说话的条件下放了杨爷；一面找了刑部、九门提督步军统领衙门的人，好说歹说，饶过杨爷。九门提督乌公爷知道崔副总管势力又大了起来，逢迎巴结还来不及呢，赶紧叫人秘密割了杨爷的舌头，给他灌了疯药，算是饶了杨爷一条性命。

等消息传回去，惊得崔副总管连连跺脚，然木已成舟，他也回天无力，只好将错就错，叫小张子又给杨家送了点银子，也算一路之上，跟杨爷俩人的交情有始有终吧。

四姑娘听外头人说了原委，拉着疯疯癫癫杨爷的手，以泪洗面。她拉巴着儿子，照顾着杨爷，靠着崔副总管、小张子给的那些银子，艰难度日。她盼呐，盼望着儿子赶紧长大，跟他爹一样，变成响当当的大老爷们，撑起这个残破的家。

风云变幻，日月如梭，年轮日影如不可逆转的光阴，大步向前。光绪三十四年冬，老佛爷和万岁爷，相隔一天相继驾崩，留下了清宫最后一个千古悬案，醇亲王载沣之子溥仪以“承继穆宗，兼祧德宗”的名义入承大统，登基称帝，改年号宣统，是为宣统皇帝。

刚刚三岁的小皇上一登基，一句歌谣就在京城内外流传开来，说的是：不用掐，不用算，宣统不过二年半！

这条歌谣随着牙牙学语孩童们蹦跳游戏的口吻四散流布，不久便哄传各省，满朝文武王公亲贵闻之惊悚变色，监国摄政王载沣下令严查谣言，关闭京城报馆，四处捉拿造谣传谣之人。可这谣言不查还好，一查下去，竟然闹得举国周知！连洋鬼子的新闻纸上也登了。此后，朝廷就在这“小小谣言”中战战兢兢过日子。偌大的大清帝国，竟然被童稚的歌谣吓得如惊弓之鸟，色厉内荏原形毕露，也是当日奇谈。

果不其然，到了宣统三年农历八月十九，辛亥枪声一响，举国震动！看起来如泰山海岳一样坚不可摧、固若金汤的大清帝国顿时土崩瓦解，寿终正寝。中华民国建立。

……

民国九年的深秋，北京城秋意盎然。眼见民国了，大街上的买卖铺户依旧按着老礼儿，温厚实在对待来客，说着多少辈子传下来的吉祥话；天桥的把式场子，依旧热闹喧天，每逢日子口，各类打把式卖玩意儿撂地的满满当当，说的唱的玩的还是前清那一套；连民间各类朝山拜佛的会，也丝毫没变，衣着鲜明敲锣打鼓耍着老辈子传下的玩意儿把式，去妙峰山赶会；大姑娘小媳妇穿着大红大绿，掺杂在留着旗头的旗装妇女中间，一起去白云观、东岳庙上香祈福，场面热闹温馨而和谐。那些前清的旗人们，除了再没有铁杆庄稼在家优哉游哉，早跟汉人们一样，融入了这座六百年天子帝都的生活。

时间过得异常缓慢，慢到大街小巷的老少爷们，对于改朝换代，皇上退位，一丝儿也没觉得如何，数百年流传下的民风习俗，让这座城市仿佛是静止的、安详的、温厚的，就在街谈巷议、家长里短、生儿育女中一天天过去，慢条斯理，豁达而稳重。

右安门外，杨家小院里，贫苦生活重压下双鬓早已斑白的四姑娘，系着不合身的大围裙，正坐在小木凳上洗衣裳，四周满满当当大木盆里，一盆盆泡的全是脏乎乎的衣裤、袜子甚至贴身的兜肚，没一件裁剪合体、料子金贵的，都是老百姓们家常穿的，更多的是干力气活的力巴、穷汉们的破衣烂衫，油脂麻花臭烘烘，一般人被这腌臜气熏了，准得十天半月吃不下饭。

擦擦额头的热汗，四姑娘直起腰来歇口气。最近的活儿不好揽，成日介打仗，不是段大帅打了王大帅，就是李大帅打了张大帅，城里的大总统和各衙门的大官，跟戏台上的戏子一样，走马灯似的轮着圈换来换去，老百姓的日子可苦透喽。

自打杨爷因庚子年那档子事儿，被上头折腾疯了，本就贫苦的杨家更陷入困境。虽说有崔副总管和小张子的照应，送的那些银子，早在这十几年生活中，为了柴米油盐酱醋茶慢慢花费尽了。养活儿子还得照顾疯癫的杨爷，别的不说，一天三顿饭不能省。四姑娘咬着牙挣吃的，她也没啥手艺，还好邻居们照应，给她找了不少替穷汉、百姓洗衣服、缝穷的活计，饶是这么着，还是吃了上顿没下顿。街坊四邻看在眼里，少不得东家给点米、西家送点面。苦不堪言的日子，就这么挺过来了。

儿子打小就懂事，五六岁就捡煤核、拉冰、拾洋火棍儿、拉小襻，凡是穷人家孩子帮大人挣小钱的活儿，一样没落下，全干了一溜够，可算给当妈的帮衬了不少忙。十多岁时，随便跟邻居大人认识了几个字，便开始跟着车、脚行里的叔叔大爷赶脚拉买卖。家里那匹老马早死了，车行的大把头不忍心把兄弟杨爷一家子挨饿，跟行里弟兄们一说，大家伙儿凑了点银子，买了匹壮马送给杨家。有他爹当年在行里留下的威名和那挂大车，学了几年，叔叔大爷们又很疼惜爱护这孩子，有点轻活、近活，都照顾他，到后来一天也能挣个一两吊钱，给家里买粮食，一家人的嚼裹儿，靠着娘俩，刚够生活。

四姑娘很欣慰，自己个这辈子遇上个好男人，知疼知热忠义厚道，生了个好儿子，孝顺仁义，善良懂礼。多年前的那桩旧恨，早就叫她忘怀了，碰着有好事儿的问询，四姑娘也只一笑而过，从来不像其他老娘们一样唠叨个没完。大清国都亡了，找谁报仇去？日子苦？现而今，谁家日子不苦？哎，看看疯癫杨爷时好时不好，总算是个大活人，儿子又渐渐长大能支撑家了，还有啥不知足呢？

“妈！妈！我回来啦！”

四姑娘听见喊声，立即浮现出欢喜的笑。大门哗啦推开，一辆大车慢慢驶进来，前头那匹大青马撒欢儿“咴儿咴儿”直叫，轻松扬蹄，好像跟四姑娘打招呼。后头进来个黑大个儿，摘下破草帽，顺手把赶车的大鞭子扔到车上，把车拉到马号里拴好，喂了料，脱了灰塌塌的汗衫，光了脊梁在水盆里又擦又洗，末了舀了半瓢凉水咕嘟嘟喝下去，精精神神在院里转了一圈，这才从车厢拿了包东西跑过来，轻轻蹲下，跟献宝似的：“妈，您瞧，喃，今儿多赚了一吊多！我买的半空儿，给我爸下酒呢。”

四姑娘瞧着浓眉大眼的儿子，看了十八年了，越看越看不够，她怎么也想不到，小鸡仔一样的娃娃，仿佛一夜之间，变成了眼前这条黑大汉。头发短而硬，一对抹子眉，比墨汁还黑。大环眼透着精气神，黑黝黝的国字脸十分英武，嘴唇上还带着淡淡的青软胡须，连这副大高个、大身板、宽肩膀粗腰身，浑身嘎达肉，都跟他爸爸杨爷仿佛一个模子变出来的。

“又喝凉水！”四姑娘嗔怪而喜悦地回过神说，“当心喝多了闹肚子。屋里有给你冷的开水。快去喝点儿。”

“凉水怕啥？”儿子满不在乎，咧嘴大笑，“听外头人说，傻小子睡凉炕，全凭火力壮！您瞧，我十八了，正火力壮呢，哈哈。妈，您快尝尝，今儿的半空炒得可香了，我打永定门里买的，还热乎呢。”

“胡说，年轻不小心，年老了才做病呢。傻小子，你啊，甭听外头人瞎咧咧。有那钱，多买点儿棒子面，买这些玩意儿做什么？”话虽这样说，四姑娘捏了一个花生仁放进嘴里，微笑品味着焦香四溢的味道。

“咦，这您就不知道吧？”儿子凑过来，“我爸上回比画了老半天，又是叫又是嚷，我才明白，敢情他老人家是想吃半空儿了，哈哈。您说逗不逗？今儿正遇上一个卖的，人家还多饶了我一大把呢。您晌午吃了没？”

“你啊，就惯着你爸吧。锅里还有半锅粥，窝头在炉子上呢。今儿这活不得闲，没做别的，你快去街口叫你爸回来吃饭。”

“嗬嘞！妈，您快歇歇。我给您捶捶。”说着话他做张做智在后头给老娘一通捏把肩膀，疼得四姑娘哭笑不得：“傻小子，你这孝心妈领了，那么大劲儿，谁受得了！快去叫你爸。窝头凉了就不好吃了。”

儿子蹦跳着出门了，四姑娘被儿子捏把一顿，起身用围裙擦擦手，仰着脸笑了。

别看儿子十八了，懂事仁义，可连个名儿还没有呢。老京城起名，小时候叫个狗剩、二丫头、马驹子、驴头、铁蛋，为的是多少辈子传下的规矩，小孩名字丑，阎王爷瞧不上，能长寿。长到十五六岁，就得有个大名，所谓“官名”了。不过这大名，非得嫡系长辈，爷爷、爸爸能起，或者请有学问的给起个有吉祥含义的名字。然杨爷疯癫日久，自己又是不识字的睁眼瞎，老街旧邻们又没学问，就这么一直耽误了。所以，对杨爷的儿子，有的看他个头高，叫“大杨”的；有的叫他小名“铁柱”的；还有的叫他“杨大个儿”，他也答应，这么一来二去，反倒省了他的大名。

叫回来疯疯癫癫的杨爷，大杨一面给老爹布菜斟酒，一面说天坛游乐场有好热闹看，一面又说车行的大把头说了，初冬有个远道的活儿，去宣化府接皮货，着实能多赚点呢。听儿子大口嚼着窝头滔滔不绝，杨爷“吱吱”喝着白干，吃着半空花生仁直乐。四姑娘皱眉说：“宣化？宣化在哪儿？你自来也没走过远道儿，可得小心着！”

“没事儿！妈。”大杨满不在乎，“您想呐，都是一伙哥们弟兄一起去，又不是单我一人！人家掌柜的给得多，这活不是自己人还凑不上呢！把头大爷瞧咱们家过得不易，单照顾我。”

“哎，也好，只是在家千日好，出门一时难，你可得多加小心。”四姑娘有些不安。

“嗐！您就把心搁在肚子里吧。对了，妈。今儿还遇到件怪事：有人要花一百两银子买咱家赶车的大鞭子呢！”

“啥?!”四姑娘猛地一惊！心头一紧，看看疯疯傻傻的杨爷，忙问大杨，“是个什么人买？你咋说的？”

大杨毫不在意挠挠头：“我跟他说，这是传家的玩意儿，不卖！他还笑呢，那人长得跟个教书先生似的，去燕京大学。说话文绉绉的，我不卖，他就不言语了。说了一句啥来着……哦，后会有期！我琢磨着我爸的这根大马鞭子，别是件宝贝吧？”

“后会有期……”四姑娘呆住了。

## 二十

一家子亲亲热热吃了饭，大杨挥鞭赶车，去天坛看热闹。天坛这儿挤得人山人海，热闹极了，乃是个被洋人养大的姓佘的假洋鬼子大力士，飞扬跋扈挑战京畿武林，说中国功夫全是花拳绣腿假模假式骗钱的玩意儿，比不过西洋拳法云云，这可惹恼了京畿武林众高手，纷纷冲上擂台与其比武，谁知这姓佘的小子仗着身大力不亏，着实打倒了几位高手，也颇得看台上洋人的欢呼。

四九城的老少爷们谁不气愤，都跳着脚大骂，却再无人敢上去迎战，眼见金杯到手，假洋鬼子耀武扬威扯着嗓子痛斥道："老少爷们，今天我胜了！告诉大家，为啥我胜了？因为我练的才是现代世界潮流的真功夫！你们中国武术，原先就是狗屁！除了用花架子吓唬耗子，一点真本事没有！上了擂台，怎么样啊?！露馅儿了吧，哈哈哈。现在的中国武林就是一群骗子糊弄一群傻子！现在的中国武术，连他妈狗屁都不如！"

好嘛，这小子一席大放厥词犹如火上浇油，瞬间点燃了众人再也按捺不住的怒火。怒骂声响成一片，不少年轻小伙子和各门派的年轻弟子五内俱焚，烈火烧心，纷纷不顾阻拦，冲过巡警故意放开的缺口，冲上擂台就是一顿乱打。大杨一听这话也急眼了！老话说打人不打脸，揭人不揭短。有什么事儿就说什么事啊，这假洋鬼子也太狂了！竟敢肆意谩骂老中国的武林和功夫，这还了得?！吐了两口涂抹搓搓手，他跳下车就要往擂台蹿。刚跑出一步突然不知被谁猛然拽了一把，他身子像雪片一样忽悠一声飞了回来！"扑通"摔了个屁股蹲儿，疼得他龇牙咧嘴。

大杨正懵呢，"啪"的一声脆响好似空谷中陡然打了个霹雳！老少爷们借了夕阳余晖，就见半空中陡然飞出一条金灿灿凌空金蛇，带着凛冽的雷风电闪爆射而出，直奔假洋鬼子而去！没等姓余的假洋鬼子眨眼，"噗!"一声，头顶便被扫了一血道，头发鲜血飞溅四散，再看这条金蛇如怪蟒出洞，金龙升空，带着浓重煞气瞬间散发数道明亮光晕，围住了假洋鬼子！锐气早绝的假洋鬼子还想躲避，哪里躲得开？电光火石间被一圈浓重黄光团团笼罩，呜咽惨叫声连绵不绝，身上的运动衫早被撕裂成破抹布，血肉横飞筋骨露体，像个大陀螺被抽得东倒西歪头晕脑胀。

"啪啪啪……"又是几声脆响，假洋鬼子四周猎猎肃杀气息更浓，手里的金杯叮当哧啦响了几声，光影飞舞，凶悍暴烈。眨眼工夫，金蛇凌空鸣叫几声，瞬间消失没了踪影！大杨看傻了，场子里上万人被震得鸦雀无声，"轰隆"颓然倒地的假洋鬼子当即昏死，手里金杯当啷落地，近处的人一瞧，妈呀，一尺高的金杯，被齐刷刷截成三段！

落日余晖下，天坛游乐场里猛然爆发出"好!"惊天动地的呐喊，吓得乌鹊扑簌簌拍打翅膀嘤嘤嗡嗡飞旋在天遥观地面，一群群一簇簇欢喜鼓舞流着眼泪的老少爷们仰天高呼。只是除了大杨,谁也没留意,一个轻如鸿毛、飘如鬼魅的影子飞入人群,眨眼不见。自己那柄赶车的大鞭子,插在旁边深厚的黄土地里,颤动不绝……

当天,神秘高手打败假洋鬼子的消息在四九城长了翅膀似的铺天盖地传了个遍,街头巷尾老老少少无不鼓掌叫好,茶馆酒肆里穿长衫的先生们更是把酒言欢,放言无忌,比十月十号民国的国庆节还热闹。

有的说是燕北三侠路见不平;有的说是京东老祖拔刀相助;有的说是醉鬼张三爷瞧不惯假洋鬼子猖狂劲儿,毅然教训他;有的说是白云观的老道使了分身法,用道法控兵术狠狠揍了假洋鬼子。加上京城大报小报添油加醋一宣传,这场打擂,简直成了神乎其神的"江湖众好汉力挫余姓假洋鬼子",跟《雍正剑侠图》有得一比,更是嚷嚷得满世界都知道。连天桥说书的也编成了段子,到处传扬,一时间,老北京人照样扬眉吐气,得意非凡。

半个多月后,大家传闻,是北城有名的老镖师、"三十六路"子龙枪的传人、江湖高手之一的邵大爷亲自出手,痛打了姓余的假洋鬼子,给老少爷们出了气。大杨有心结识邵大爷,想跟着学几手,阴差阳错间却被邵大爷当成了"偷艺"的"小朋友",被教训一顿后,邵大爷见他老实敦厚,身子骨也不错,便叫他隔三岔五来家里帮着干杂活儿,暗中点拨他。跟着邵大爷干了一阵子杂活儿,大杨渐渐褪去青涩,身上嘎达肉块块堆累,胸脯子坚实如铁,身高体壮,肩宽腰细,双目炯炯有神,两臂一用力,足有千斤之力。这身彪悍之气,早已超过当年的杨爷。

为了生计,大杨跟车行的哥们弟兄要去宣化府接货。

临走,干净利索、精明稳重、矮小硬挺的邵大爷泡了壶茉莉双熏,捻着花白胡须给大杨谆谆念叨了不少口外的风土人情、山川险阻。半晌邵大爷长叹一声:"若说倒回二十年,不,十年,我陪你走一趟,也去会会当年那些老弟兄。只是……哎,年头变了,这口外,说平静嘛,也平静,说不平静嘛,也不平静,你小子可要当心!"

大杨跟邵大爷依依惜别,老爷子起身在院里绕了好几圈,心事重重,末了看了看大杨,一瞪眼:"记着,在深山野地,要防生脸儿客!"

"是!大爷,您就瞧好吧!"大杨冲邵大爷抱抱拳,转身离开,刚出了院,里头传来邵大爷的喊声:“小子！一定带好你的鞭子啊!”

“嘚嘞！忘不了,您老好好在家等着,我给您捎口外烟叶!”大杨上了车,利索地一甩手里的大鞭子“驾!”,大车轮咕噜噜转动而去……

自京西北通往宣化府的大道上,裹着大棉袄,踩着烂泥的数十位车把式赶着几十辆大车,缓缓而行,大杨在棉帽子里,露出俩大眼珠,有点气闷,拉下帽子,刺骨的北风割得他鼻子、耳朵生疼,一喘气就是一股白雾喷出,跟仙气儿似的,绕着脖子转悠。

也不知咋回事,那天他收拾好行李,刚跟皮货庄的刘掌柜和其他车行哥们会合了,初冬的天气突然骤冷,下起了大雪。起初大家伙儿都没当回事,等出了西直门几十里,鹅毛般大雪跟筛面般铺天盖地而下,冻得众人抵挡不住。连刘掌柜都抱怨起来:“妈呀,这是闹的哪一场？还叫不叫我发财啦！啊?!”大冷天的,又是人吃马喂,一天走不了几十里远,哪天能到口外？刘老板整天噘着嘴,不是长吁短叹就是埋怨个没完,赶车的哥们弟兄,刚出京时那点儿新奇劲儿,早在这鬼天气和刘掌柜的絮叨中荡然无存。

大杨不太在乎,身强力壮的他,经过在邵大爷家干的那些“活计”,体力猛增,穿着大棉袄、踩着大棉鞋,一天走百十里地,大气不喘,一点儿不累,精神头足着呢！可别人受不了。刘掌柜见他敦厚老实,能吃苦耐劳,还有眼力见儿,便叫他跟领头的车把式老张,做助手,一起带着大队前进。

刘掌柜裹着狐皮坎肩、貂皮大斗篷,窝在车队唯一的座车里,跟在大杨车后头。“吭吭”鼻子里不断喷白气的马匹跟人一样,冻得有些发抖。“这天,嘿！真他妈冷！大杨,给我点一袋子!”身材雄壮的老张鼻音很重,有些闷闷不乐,他是这次车队临时把头,按说,常在京畿口外这条路上走,对各处山川地理并不陌生,可不知是这场大雪来得突然,还是最近吃酒吃的,老张老觉乎心里突突直跳,像是要发生点儿啥事似的。大杨颇有眼力见儿,给老张递过早已塞满烟丝的烟袋锅子,俩人对火点烟。“哎,这么多年,真没想到,这日子口能有这个天气！我说什么来着？咱们这行,跟种地的差不多,靠天吃饭呐!”

“老哥,您见识多,到张家口这一道儿,到底顺不顺?”大杨回身看看一大溜车问。

“你小子，打嘴!”老张嗔怪瞪了他一眼，“咱们这行，走远道的，忌讳多啊，没见大家伙儿都不言语?”

“哦！您多担待，我这不是第一回出远门么，嘿嘿。”大杨笑笑。

“你啊，且得学呢!”老张拿出老大哥样子说，“车行里头有规矩，远途不能叫‘顺不顺’，就跟在渔船上不能说‘翻’字一样，要说‘通不通’。嗐，我也是瞎耽误工夫，告诉你，这条路老哥哥我走了十几年，通！不过……”老张卖了个关子，神秘笑笑，说起了旧年遇上的奇闻逸事，听得众把式、伙计登时来了精神。刘掌柜在车厢里懒洋洋叫他：“老张，又瞎叨叨你那些陈芝麻烂谷子！快逼上你的乌鸦嘴，都是年轻伙计，这一路道远，甭拿你的邪乎事儿吓唬他们啊。快走吧，再晚，赶不上住店啦，到沙城才能算一站呐!”

快到沙城地界，一行人住进了刘掌柜把兄弟开的刘家百年老店。这位客栈的刘掌柜比刘老板小，又是同宗，大家伙儿都叫他二掌柜。一行人安顿好车马，老张带着大杨他们进了下房，在又黑又暖和的大屋里捧着熬得胶黏的小米粥，正吃棒子面窝头和两面馒头，外头伙计叫：“请张把头、大杨快到后院上房说话。”

后院上房，小伙计一挑帘，一股掺了异香的暖气扑面而来，熏得大杨直想打喷嚏，赶紧强忍住，偷眼瞧。屋里一色硬木家具，左右隔间垂着厚厚棉帘，正中一张颀长的硬木雕花八仙桌，当地一个云白铜的大火盆，红彤彤火苗子莹莹冉冉。八仙桌左边是胖墩墩的刘掌柜举着水烟袋满头热汗，右边的刘二掌柜四方脸，小黑胡，一身青缎子棉袍，狐皮坎肩搭在椅背，手上的金戒指锃亮。桌上热气腾腾珍肴美味杯盘罗列。

“掌柜的，人来了。掌柜的?”小伙计回了声，老张、大杨进来，打千儿问安。可煞奇怪，俩掌柜的面沉似水相对呆坐无声。

二掌柜眉毛一挑，对老张大杨让了座。俩人坐下刚吃了几口，刘掌柜却唉声叹气道：“老张，大杨，前头咱们去不得喽!”说罢眼泪汪汪。俩人顿时懵了，老张夹着块肉片莫名其妙，大杨也不知所措。

二掌柜叹口气，小声说了原委：原来一年前寒冬腊月，打内蒙古来了一支商队，二十多个人，押了一长溜蒙古特产的皮毛、藏香、氆氇、烟草进了张家口过宣化府，谁知快到沙城时，一行人失踪了！当时住在店里接应的伙计等了三天，这些人半点信儿也没有。只好找了些帮手，沿途打听，一直找寻到宣化府，还是一个人影儿不见。等转过年春天，进山打猎的猎户们在附近山野中，发现了一幕惨剧！这群内蒙古客商连人带马全被不知名的怪物剥皮生吃没了五脏六腑，就剩下一堆骨头架子散落在茫茫山林！惨绝人寰的一幕，令那群见惯了杀戮鲜血的猎户汉子失魂落魄，捂着肚子哇哇大吐，相互扶持着逃出了树林，赶紧报了官。

心惊胆战的衙役们找了好几个月，哪有什么线索？这风言风语可就传开喽，有的说是冲撞了山神爷，被山神爷生吃了活祭；有的说是被饿极了的山精妖怪吃了填了肚子……一时间闹得满城风雨，人心惶惶。沙城附近的商家们合伙请来了和尚老道跳大神的"降妖伏魔"，谁知那几位跳大神的大白天在客栈里被来无影去无踪的怪物活剥了人皮，脑浆眼珠子五脏六腑不翼而飞！

打这起，附近的老少爷们是心胆俱裂，免不了添油加醋火上浇油，说得有鼻子有眼的，演绎出无数可怖的传闻，这条路便成了来往客商谈虎色变的畏途。

看看刘掌柜一筹莫展左右为难，大杨没了招，瞪着眼前一桌子酒菜吃不下，老张嘬着牙花子思索半天，眉毛一挑，笑道："刘掌柜、二掌柜，不是老张我说大话。这些年行走各地，也见过些神神道道的奇事，小灾小难多了去喽，也会过些绿林中的朋友，也算走南闯北多年。打我入行，我师父就说：'咱们这行，看着贱，却是市井里少不得的行当呢。吃苦受累，赚的就是个辛苦钱！'看您为难，我没说的，我手下这些兄弟们，都听我的，只要您说去，咱带上家伙迈开大步往前走就是！我就不信，光天化日，咱这么多汉子，能叫几个小鬼吓尿喽？还办不了几个恶鬼?！就是碰上了，您跑您的，我也得会会它们！"说话间"噌！"从腰里拔出一把雪亮的短柄弯刀"啪！"拍在桌子上，顿时震惊了屋里众人。老张这番豪气浩荡的话，说得死气沉沉的俩掌柜胸中暖意顿生，连大杨也忍不住热血沸腾。

刘掌柜见老张如此沉稳，登时放了一半心，二掌柜又送了两把火铳壮胆儿。老张和大杨收拾利索，大家伙儿在客栈住了两天，继续上路。虽然刘掌柜嘱咐俩人别把前路凶险的事儿说出去以免扰乱人心，可伙计、把式们早听客栈里小伙计风言风语传了一些，因此大家都有些嘀嘀咕咕。

众人顶着冬风一路前行，不多会儿就出去几十里地。说来也怪，刚出来没觉着，走了小半天，天上的大雪夹杂了狂风呼啸不止，在四野萧瑟中如龙吟虎啸嗷嗷呼号。放眼望去，目所能及的地界，全是白压压一片，远处的山峦、丘陵和山上松柏成了银白色水晶世界，一眼望不到头的冰凌挂在树枝上摇曳透明，近处树丛林木也被大雪压得弯了腰身，如垂垂年迈的老者使劲儿挺直，奈何羽毛似的雪片从天飘坠，白皑皑没头没脑随风大降。风卷大雪吹得人眼睫毛都冻上了，眨眨眼，雪花瞬间在眼前打着旋儿卷成无数迷离景象。

领头的老张抖起来喽，腰里左右别着两支火铳，怀里揣着短刀，挺胸抬头大踏步吆喝着马匹，心气儿十足，连哈出口的气都粗壮了不少："老少爷们！兄弟们！看好脚下路，招子放亮点儿！大步走哇！"老张这精神头儿一来，引得车把式和跟随的伙计们也纷纷开怀大笑，在店里听的那些神神道道的事儿都扔在脑后去喽，只有刘掌柜裹着大皮袍依偎在车里心里忐忑。

找了块地随便吃了午饭，那苍穹上的乌云暴雪更是撒花儿一样铺天盖地顺风直下，冻得众人哈气吹手，抹脸跺脚，继续前行。下半晌，打正北起了几阵暴风，卷起千丈雪尘，在苍茫绛色乌沉沉云层下疯狂飞舞旋转，把眼前世界搅和得飞雪走石浑浑噩噩，所有的道路沟渠上，都覆盖了一层白乎乎的雪棉被，道路也越发泥泞难行，噼里啪啦的小雪粒子打得人脸生疼，一个脚印能陷下去两寸，闹得大家伙儿上午那点儿高兴劲全没了影儿，唉声叹气咒骂连连。

老张提着气在前头大步流星，转过几道弯，刚掏出烟袋锅子要抽一袋，前头忽然有个眼尖的小伙计指着不远处惊叫道："张、张把头！您快来看！那、那树底下像是个死人！"

"死人？！"

## 二十一

"死人？！"方才还咋咋呼呼的老张闻言顿时全身一震，烟袋锅子掉落，眼珠子瞪得老大，抖手拔出两把火铳对准前头大呼，“在哪儿！哪儿呢！！”车队人喊马叫乱作一团，大家纷纷各执兵刃守护在四周，严阵以待。

等大杨匆匆跑过去，背着个人过来，大家看了看松了口气。大杨背着的是个瘦干巴老头，穿着打扮却是不俗。老张狠狠训了大杨几句，正气急败坏骂他不该在荒山野岭乱救人呢，被旁边刘掌柜用黄酒救醒的瘦干巴老头长舒几口气，活了过来。刘掌柜仔细打量了几眼，突然脸色一变，把厌恶嘴脸换成满脸堆笑，对老张大杨摆摆手：“别吵啦！这不是外人！”

众人都莫名其妙刘掌柜说变就变的脸，老张大杨跑过来一看，刘掌柜正赔笑劝慰瘦干巴老头呢。大杨左看右看觉得眼熟，一拍手大叫：“啊，我认得你！你是在北京城前门外要花一百两银子买我鞭子的先生啊！”

那老头一怔，登时醒悟，乐得胡子直颤说：“真、真是他乡遇故知！可见天不亡我呐！是你啊，小兄弟。哎，上苍保佑，不料数月前一面之缘，却应到今天这番劫难喽！也该着我一时不慎，没听老友的箴言，才有此一难，不想遇到了小兄弟和诸位爷！郑某在此给诸位爷行礼！”这老头说话又斯文又好听，大家正瞧着发笑，刘掌柜一把托住他，喜滋滋道：“你们还瞧啥啊！不认识吧？这是咱们北京城有名的大学问家、前清翰林院鼎鼎大名的郑学士郑老爷！”

众人闻言这才恍然大悟：原来大杨救的这老头，竟是北京城赫赫有名的前清遗老、大学问家郑学士！郑学士虽日常过得低调，可他的名头实在太大，连威名赫赫的东霸天黑四爷都号称拜在郑学士门下当学生呢，江湖上谁人不知哪个不晓？怪不得刘掌柜前倨后恭像是捡了个大金元宝。

刘掌柜跟吃了蜜蜂屎似的，乐得脸涨得通红、鼻子尖透亮、两眼冒光、扎煞两手抱着郑学士就不撒手喽，满脸上堆下的笑，足够趴上几十只绿豆蝇！俩人在车厢里寒暄，刘掌柜仿佛变回京城皮货铺的买卖脸儿，那一口京腔含了蜜糖，唾沫星子横飞全是奉承吹拍的马屁过年话，不知道还以为他跟郑学士多亲密呢，听得人直反胃。

大杨并没听说这个要买过他鞭子的郑学士，老张影影绰绰只知道有这么一位爷，可人家到底是啥来头，他也不晓得，见刘掌柜一口一个“学士公”叫得那个甜，都捂着嘴偷笑。老张到前头去赶车了，大杨留下伺候这辆车。

郑学士也不拿大，听刘掌柜叨叨了半天皮货的买卖，稳稳当当面色安详还跟刘掌柜讲了当年大清宫廷冬天赏亲贵大臣们带嗉貂褂的典故和东北进贡皮货的款式、质地、种类，俩人竟然说得津津有味。这就更叫大杨越发摸不着头脑暗想：这姓郑的偌大学问，懂得真不少！

刘掌柜疑惑："您老偌大名气，怎么跑到这个荒山野地来了？"郑学士叹口气说了原委：原来他在京待闷了，秋天跟友人出京，到五台山拜会密宗大活佛参禅赏景，本来定的是年后回京，过年留在山西瞧瞧当地年节风情，谁知友人家里出了事儿，要赶紧回京。大活佛挽留不住，他便跟了回来，不想途中友人惦记家事，带人兼程回了京城，留了一匹骡子和一个仆人给他，俩人都不认识路，三转两转便迷了路，身上盘缠花完，困在此处，仆人拉了骡子去宣化府换钱，一走就没了消息，又困又饿的郑学士只得冒雪赶路，冻饿交加昏倒在路边，被大杨所救。

刘掌柜自然又是一番吹捧郑学士大难不死，满脸歉意说："这事儿巧了，学士公，我们这一路要到口外接货，您若是急着回京，我派人送您回去，不介，只好委屈您，随我一起接了货，咱们再一同回去。全看您的打算。"

"这倒不必着急。"郑学士笑道，"我是闲云野鹤，有吃有喝的，正好一路跟你们瞧瞧口外风景吧。只是打扰了！"

刘掌柜乐得满脸花开，大喊："不打扰！不打扰！那敢情好！您只管安心，打今儿起，您吃住跟我在一块，绝不敢亏待您！"

郑学士指了指大杨问："小兄弟，咱们是人生何处不相逢！今儿是你亲手救的我，只能回京再谢！敢问一句，你那鞭子还是不卖？""哈哈哈，老先生，您就甭惦记啦。说不卖就不卖！"大杨回头冲他笑了笑，"您咋非要买我的大鞭子呢？赶车的手里谁没有？"

郑学士笑笑摇摇头，见刘掌柜竖着耳朵听，便微笑说："呵呵，物之不齐，物之情也！这物件从煌煌庙堂之上到了用来赶大车的分上，也是天意喽。以后回去再说吧。刘掌柜，方才听贵铺伙计们纷纷嚷嚷，说路途上有危难，此言何意？"

正动心思满心琢磨大杨那根脏兮兮鞭子、品味郑学士文绉绉话语的刘掌柜一激灵，又想到二掌柜说的那番恐怖之事，面露惊慌，便详细说了一遍。郑学士半闭了眼也不说话，末了，刘掌柜叹道："不瞒您老，我们做买卖的商家，走南闯北遇点邪乎事儿倒不怕，可这事儿无头无尾，咱、咱万一碰上……"

"别怕，君子临危而不惧，咱们虽称不上什么正人君子，也是不做亏心事，不怕鬼叫门。刘掌柜这么一说，我还真想见识见识那劳什子山精水怪呢！清平世界朗朗乾坤，人还能怕鬼不成！再说，孔夫子有言……"

"哎哟，我的学士公！"刘掌柜恨不得一个大嘴巴抽死郑学士，可哪儿敢，双手使劲儿摇晃嘴咧得老大，"您可别乱说哇！您是学士公，天上的星宿下凡，又有孔圣人保佑着，百邪不侵神鬼难欺，咱小老百姓可怕呢！我只求安安生生接了货物，顺顺当当回京。"

"呵呵呵，你这是杞人忧天，当今这世道，人最可怕，鬼怪算什么？也罢，我不说了，不过，刘掌柜，你记着，咱这队伍里，有宝贝镇着呢，这趟远道，最多有惊无险。"

"那敢情好！借您吉言喽！"刘掌柜实在受不了郑学士嘴里的之乎者也，只得葫芦提答应，心里并不以为然。

添了郑学士，这一路还算安生，外头车把式、伙计们不紧不慢赶路，刘掌柜路途也不寂寞了，风雪也小了些，天色依旧阴沉沉的。快到前头尖站，俩探路伙计哭丧着脸跑来喊："掌柜的、张爷！你、你们去瞧瞧！前头还有什么尖站客店啊，全叫大雪压塌了！"

众人赶到前头一看，全傻了……

尖站早没了影儿，这里似乎从来没有过人烟，放眼望去，四野皑皑白雪像一层厚重的棉被，覆盖了大地，地上连根草都没有，雪丘一座连着一座，一望无际，白茫茫一片，真干净。干净得有点骇人。众人百思不得其解，好端端一座大客栈，怎么仿佛从没出现过一样？老张心里的疑团却越来越浓，一种不祥涌上心头，口气却不弱："咱们赶紧查看查看，有没有啥废墟。我琢磨着，这里头必然有隐情！不是二掌柜没跟咱们说实话，就是……"后头刘掌柜催得厉害，日头早已偏西，天上的雪粒又变成了鹅毛般雪片，纷纷扬扬铺天盖地。又冷又饿的车队众人瞧着面前荒凉的雪地心里直打哆嗦，忍不住跺脚哈气嘀嘀咕咕骂骂咧咧。

老张急得团团转，劲头儿猛烈的烟气在他嘴里进进出出，辣得嗓子眼儿直痒痒。正烦乱中，却见身体复原的郑学士提着拐棍慢悠悠下了车，稳重安详漠然不语走了过来。大杨正要招呼，郑学士摆手制止，喘了几口冷气，跺跺脚，抬头透过漫天风雪，仰观苍茫晦暗的天穹。那九霄中块块浓云如墨，冉冉移动，遮蔽了星辰皓月，压得大地喘不过气来，天地间一片阴晦惨暗，令人不安。

郑学士轻叹一声，轻轻摇头，又俯身对着面前的雪丘不住打量，两眼眯着目光闪烁，仿佛在寻找什么。老张也被郑学士这番作为搞得莫名其妙，拍拍大杨，俩人一起跟着郑学士满地瞧。足有两袋烟工夫，郑学士起身，挥了挥拐棍，指着右前方的雪丘，吩咐老张："带几个人，往下挖！"老张一怔，郑学士微微一笑："若不想夜宿荒郊，就往下挖。我叫你停，你就停！"

老张匪夷所思，招呼了几个年轻力壮的伙计拿着随车带的器械吭哧吭哧开始挖。大杨实在，扔下鞭子，也埋头挖起来，一边干活一边笑问："郑先生，您许是会瞧风水吧？咋能看出地下埋的啥？"郑学士不说话，笑着拾起大杨的鞭子，轻轻抚摸。转身对刘掌柜喊："刘掌柜的，找到地方了，今儿夜里，咱们就宿在这儿吧。"

"您老真会蒙人！"老张掐腰嗤笑一声，"难不成，被雪压塌的尖站就在……"话音未落，几个挖雪的伙计们失惊张怪喊起来："快、快看呐！雪丘下头有塌了的房舍！"

这一喊把大家伙儿都惊呆喽！老张一个箭步冲过来两眼瞪得铜铃般大小，目不转睛盯着，果然，雪丘被挖开后，露出几间残垣断壁的房舍，里头宽大敞轩，还有不少桌椅板凳、锅台炉灶。细看，有些桌椅翻倒在地，桌上的蜡台和碗盏汤汤水水都结成了冰疙瘩。随着洞口扩大，一股异常难闻的气味儿涌了出来，熏得近前众人气血翻涌，忍不住大吐酸水。

闻声而来的刘掌柜嘴里不住念佛，早已又惊又喜，忍不住抱拳作揖："哎哟，我的学士公！您、您真是活神仙呐！我这儿感激不尽！"

"不必多礼，那位老张兄弟，停！不要再往里挖了！"听郑学士一说，众人赶紧住手。早一步踏进去探查的老张从里头喊："嘚嘞！听您的。好家伙，这里桌椅板凳家什齐全，连米面粮油也不缺呢！只是臭烘烘的难闻。真他妈见鬼啦！咋一个人影儿也不见呢？"

又忙活了半个多时辰，大家伙儿这才发现，其实这处野地，就是尖站的前院，几处雪丘，压塌了正屋房舍，雪大风急，也不知什么时候废弃了，变得跟四周雪野一般无二。一直到天黑透了，屋外风雪怒号，车、马上都盖了毡子，热气腾腾的粥饭终于出了锅，众人也不拘老少大小，都围坐在锅台四周，借着一丝温暖而明亮的灶火，端着饭碗大口吞咽。

大家伙儿肚里饱暖，有了住地，自然兴趣很高，刘掌柜依旧心事重重。郑学士只吃了半碗粥，吩咐老张："院子里的雪别扫，晚上安排几个人守夜，屋里这堆火要烧得旺旺的，一夜不许灭，待会你和大杨兄弟跟我出去走一圈。"

"是啰！"老张跟大杨莫名其妙，心里对这位看似"半仙"一样的郑学士敬仰中带着疑惑。俩人赶紧吃完饭，正收拾呢，残垣断壁外忽地起了一阵怪风，呼啦啦铺天盖地打着旋儿带着阴冷直冲进来，众人冷不防被刮得东倒西歪，浑身哆嗦。那灶台里的火焰也顿时被吹得火苗子噼噼剥剥乱窜，像个病入膏肓的病人，矮了三寸奄奄一息，桌上幽暗的油灯蜡烛也无声地全灭了！

"嘶……嘶！！哒哒……哒哒！"外头传来马匹炸了营似的吼叫撩蹄儿声，郑学士大喊："不要慌！大杨拿着鞭子，叫上老张快跟我来！"说罢冲了出去，老张拔出火铳，大杨提溜鞭子紧随其后。

冲到院里，三人被冷风呛得直咳嗽，鹅毛大雪飘荡舞动直迷眼，远近大地白茫茫隐约可见，漆黑的苍穹也显得并不幽暗。除了满院车马，并无一人，可煞作怪，那些平日善走远途的壮马此刻仿佛见了什么怪物凶灵，扬蹄打颤乱叫不止，有几匹竟然瘫软在地，"哗哗"尿了，浓重的尿臊味带着热气腾腾遇雪融化，蹿高蹦跳的马匹抖成一团儿，惊恐的叫声传出去老远！

老张对着远处旷野"砰砰！"就是两铳，枪声在雪地里沉闷震动，给里外的人壮了胆儿。大杨也松开大鞭子，拎着鞭子警惕四处查看。风雪中，郑学士不紧不慢迈方步四周走了一圈，叫过大杨："你跟着我。"大杨傻呆呆跟着郑学士又围着大院走了一圈，郑学士背手用脚在院子西北角轻轻一点："大杨，拿你的鞭子，在这儿画个圈儿。"

"哎！是啰！"一脑袋糨糊的大杨只好从命。画完圈，郑学士凝神静气，用拐棍在圈里画了个字，大杨老张伸脖子一瞧，是个"临"字，不禁更不知何意。郑学士又慢吞吞走到东南角，示意大杨拿鞭子画圈儿，画完圈，也在其中画了个字。三人跟傻子逛大街一样，围着这所被大雪覆盖了的大院东一下、西一下，画了足有九个圈，每个圈里，郑学士都用拐棍写个了字。

老张举着火铳气得哭笑不得：这都什么时候了，这位老先生还有闲心思写字玩？！大杨却慢慢看出了端倪，只见这九个大字十分遒劲端庄，仿佛书写在宣纸上一般，读了读，却句不成句，乃是："临、兵、斗、者、皆、阵、列、前、行"！

## 二十二

郑学士领着俩人回到残破的正屋门口，指点道："大杨，挖。"

"啊？"

"挖个小坑，把你的大鞭子把柄竖着埋进去。这就齐活！"

老张瞪了郑学士一眼，蹲身跟大杨挖坑埋大鞭子柄，起身忍不住问："我的郑老爷，您、您这是唱的哪一出啊？我们二傻子似的折腾这么久，又是画圈又是埋鞭子，到底此处有啥怪异凶险？这么折腾管用么？您说清楚，也叫我们兄弟俩明白哇。"

郑学士微微一笑慢条斯理说："实话说，我也不知道这里有啥怪异凶险，不过凡事预则立不预则废，咱们打好了篱笆桩子，防着野狗钻进来就是。"

"野狗？篱笆？"老张看看四周地下的大圈套小圈，"扑哧"咧嘴冷笑道，"您的篱笆在哪儿呢？就、就地下这些乱圈子？嘿！这些圈儿要是管用，我……大杨，你拽我干啥？"

老张一转头，就见大杨目瞪口呆抖手指着方才还惊乱嘶鸣的马匹，一转眼顺顺安安恢复正常，极为听话地被盖上雨布，拥在一处"啾啾"低眉顺眼取暖呢！几个被叫出来照顾马匹伙计也惊呆了。院里那阵突如其来的怪风也好像被猛然间卸了气力，消失无存。

惊奇不已的俩人陪着郑学士进了屋坐下，刘掌柜蔫头耷拉脑一把拉住郑学士："学士公！咱们今儿、今儿能闯过这关去吧？您老可得给我个准话啊。"

"咱们这次碰上就是缘分。说不得我郑某人陪诸位走一趟。定数使然，既来之则安之嘛！没什么大不了的。只要咱们尽人事听天命，不一定就走不顺呢！"

刘掌柜满脸泪痕问："学士公！您博古通今超凡入圣！遇上这遭儿，您可得大施援手搭救搭救我们哇。哎！甭管是人是鬼是妖是魔，您是文曲星下凡，只有靠您老啦！我、我铺子里的财物是小，可咱们一行几十条人命，您不能见死不救哇！"说着涕泪交流。众人一听"几十条人命"这话，顿时更为惊恐，知道事态严重，都瞧着郑学士仿佛瞧见了救命菩萨。

"我早说过！"郑学士提高了嗓音，"咱们队伍里有宝贝镇着呢，无妨。我又在外头预先做了防范，小小不然的邪祟，也进不来。你们先放心。哦，敢问诸位谁带着铜钱呢，借我几个用用。"此话一出，众人先松了口气，说到"宝贝"，大家都盯着大杨那根鞭子瞧，又听郑学士要借钱用，大家伙儿纷纷掏钱。

刘掌柜掏出一大把大洋，郑学士摆摆手："不要这些大洋，有前清的制钱，给我三个。"

大家四处踅摸了很久，才找出三枚光绪通宝捧给郑学士，郑学士微笑道："正好仨光绪通宝，嘚！大家伙儿少安勿躁，待我占一卦试试。""哟！您还会算卦啊！真不赖！学士公……"刘掌柜惊喜地刚张嘴，就被郑学士止住。众人也瞪起了眼围了过来，屏气凝神瞧这位神乎其神的学士老爷卜卦。

只见郑学士也不用香烛纸马念经诵咒，庄严郑重小声默念了几句什么，先抓了一大把雪，仔仔细细擦干净了手，又接过刘掌柜递来的手巾，擦了半天，才把铜钱放进手里合掌像掷骰子一样摇了好几下，"啪！"撒在地下。众人张眼盯着，虽说都看不懂，还是感到新奇。等郑学士摇撒到第六次，屋外头寒风又起，四野隐隐传来风雪怒号，屋里灯光闪烁得厉害。

"咋样？学士公，您这卦……"刘掌柜小心问。郑学士呆脸漠然，眉头愈发紧皱，口中"啧啧"几声，盯着地下的铜钱幽幽道："果然是水山蹇！"众人闻言，都茫然无知。

"学士老爷，这怎么讲？"老张见状明知不好，忙问。郑学士摇摇头，面沉似水背诵道:“蹇,难也,险在前也。见险而能止。知矣哉! 得此卦,利西南行,不利东北行。这卦,虽是下下的凶卦,却正合咱们眼前情状!”

“下下卦?!”刘掌柜别的话压根儿没听懂,按他在京成日介烧香拜佛,一下听明白了“下下卦”必然是“下下签”,登时又慌又惊,脑袋“嗡”一声胀得老大。大杨忙说:“学士公,您老说的这些,小的们半点儿没明白,您给解说解说。”说着便递眼色,示意郑学士说点好听的,安慰众人。不想郑学士仿佛没瞧见大杨焦急的眼神,张口就说:“大雨倾地雪满天,路上行人苦又寒,拖泥带水费尽力,事不遂心且耐烦! 这是个下艮上坎的卦,意思是山高水深,前路险恶重重,生死难料。须得见险而止、量力而行,坚守中正之道,才能化险为夷。嗯,就是这个意思。”

众人这才听明白,唉声叹气哄然而起,别的话大家伙儿不太明白,可“雪满天、路上苦寒、拖泥带水、事不遂心”不正是现今车队的状况? 而郑学士那句“险恶重重,生死难料”,更是令众人心悸震惊! 有的叹息不止、有的合掌念佛、有的咧嘴要哭,还有几个胆小的抖成一团。

“先别哭!”郑学士摆摆手,“不过是一卦象而已,诸位不必惊乱。这八卦占卜之说,自先圣伏羲氏上观天象,中观山河地理,下合河图之兆手定,再传文王删定,再传孔夫子删定,乃是上天垂象以预示后人的,其名‘易’,就是不断变化无穷之意,凶中有吉、吉中有凶,凶吉自可随之变易,我们既然得了此象,只要守住心神,不骄不躁不惊不乱,正心守道,或可化险为夷。岂不知祸兮福所倚,福兮祸所伏,吉到极处,转化为凶;凶到极点,转化为吉,这才是《易经》中所述的大道之本。这样,今晚大家伙都警醒点,听我的安排。”

众人虽听不懂这话,见郑学士一副庄重诚敬不卑不亢之色,不像往日见得那些个江湖骗子胡说八道口吐莲花,又听出能“逢凶化吉”的意思,想想这位手无缚鸡之力的奇人都能撑得住,自己也许能避过去呢! 便把他老人家当成了主心骨,纷纷凑过来听吩咐。

郑学士分派好了守灯的、守火的、守夜的、守门的,安排停当,六神无主的刘掌柜连连点头,冲大家伙儿说:“都给我拿出点儿精神头! 听咱们郑学士的! 这回若是平安接货回京,我跟柜上说,给诸位加一倍的钱!”这两位爷一个晓之以理，一个动之以利，总算把屋里众人的心气儿提了起来，纷纷称是。大杨忙问："学士老爷，您在哪儿休息?"

"你和老张守门，我在你和老崔后头打坐。看天色，三更前后和天亮前是两个关口。你们甭怕，我不信，有我的阵、你的鞭子，还有咱们这么多人，那些个邪祟就能得手？不是我说大话，即便是它们真冲进来，我还留着后手呢。"

"哦！那全仗您老人家啦!"大杨信心更足，跟老张起身安排了一顿饭工夫，各自值夜的人手和替班的才算妥善，刘掌柜和一众伙计、车把式心事重重闭眼安寝。老张端着烟袋四处查看了两遍，凑过来问："学士老爷，您既然能掐会算，不能再卜一卦吉凶吗？哎，我可担着心呢!"

"岂不闻初筮告，再渎则不告？如此，安稳过了这一夜，明日再由别人试试吧。老张、大杨，你俩在队伍里，算是艺高人胆大，切记：无论夜里外头发生何事，看见何种诡异，听见何种声音，就当不见、不闻、不想，千万不可随意出屋，有什么事，我在后头打坐。到了紧要关头，我自然会醒过来助你二位一臂之力。"

大杨抱拳拱手："晓得了！学士老爷。您睡您的。"郑学士点点头，望了望外面风雪月色，深沉吸口气缓缓吐出，双膝跏趺盘坐，眼观鼻、鼻观口、口问心，不多会儿，入定去了。

虽说有了郑学士这番布置壮了大家伙儿的胆色，在这荒山野岭毫无人烟的地界，谁又能睡得踏实呢？众人和衣而卧，闭了眼心里无不胡思乱想。老张、大杨裹着大棉袄，一个抽着旱烟袋闷闷不乐警惕打量外头鹅毛雪片被风卷得呼啦啦作响；一个托着脑袋，死盯着屋外不远处自己那根埋在雪地里的大鞭子。也不知过了多久，油灯、蜡烛和屋里炉灶中的火，逐渐黯淡，看火的俩伙计忍不住蔫头耷脑的昏昏欲睡，连担惊受怕的刘掌柜也蜷缩在炉灶旁睡着了。

老张回头看看气定神闲打坐入定的郑学士，觉得无聊，便跟大杨闲聊起当年赶大车遇上的种种离奇恐怖奇遇怪事，听得大杨浑身汗毛一炸，从脚底涌上来一股彻骨冰凉，差点扔了手里的水碗，忙推了老张一把："老哥，你可别说了！再说我也不敢听了!"哪知道老张竟似聋了一样充耳不闻，还在喋喋不休。

大杨有点上火，顺手放下碗，回身在灶台里塞了两把柴火，火苗子舔舐湿柴火，却并没燃起来，只冒出幽幽蓝火。此刻院外陡然起了一阵阴风，吹得大雪如飞花翩舞暴蝶弥漫，霎时铺天盖地围住了破院，破屋窗棂上破窗户纸四散纷飞，冷风呼呼从四面八方吹了进来，满屋烛火、灯光登时闪烁莫名摇摆不定，奄奄一息。连残损梁柱上贴的早被熏得黑乎乎的“宾至如归”的纸条也簌簌抖动着落了地，猛然涌入的交加风雪沙沙响成一片，像是地下黑暗里无数蛆虫冉冉蠕动，要破土而出！惊慌不安的大杨心中大震，往外瞧，院里风雪迷茫飘摇，吹得人根本看不清四野，使劲儿瞪眼才发觉不远处山峦影影绰绰显出些烛光似的亮点儿。不！不是烛光，那亮点有黄的、绿的、紫的、青的……密密麻麻不计其数，大杨直觉头皮发麻，心知大难临头，赶紧喊：“大家伙儿快起来啊！出事儿啦！老张大哥！快看！”

叫了好几声，屋里人并无半点声息，老张如痴如梦，低头还在饶舌：“看、看啥？有啥可好看的，呵呵，我说兄弟，你这儿胆儿也忒小了！外头？外头怎么了？他们算啥，你不是从没见过凶魔厉鬼么？呵呵呵嘿嘿……”说话间，老张倏然变了又尖又利恶毒大笑，举着烟袋缓缓转过头狞笑道：“想见吗？来！抬头看看我的脸!!”

大杨犹如头上轰隆隆响了个焦雷！再看地下歪坐的老张一跃而起猛然扑了过来，屋里的烛火顿时熄灭。借了灶台里青蓝火光，老崔一脸死灰狰狞可怖，獠牙巨齿，对着大杨脖子就是一口！电光火石间来不及反应，大杨“啊！”大叫一声也不知哪里来的力气，两臂一举正架住老张硕壮身形，腰里一使劲儿一个拧腕反手就想把老张摔在地下。

哪知憋得他脸通红，使出千斤之力也扭不动老张分毫！张牙舞爪口流白沫的老张像是疯魔了一般铜浇铁铸落地生根，被大杨拼了命地拳打脚踢也丝毫不为所动，直直压在大杨身上，死死掐着他脖子，血口獠牙在大杨脖子边蹭来蹭去。精疲力竭的大杨两眼涨出血丝，奋力往外推他，眼看老张獠牙离自己渐渐靠近，再无活命，大杨忍不住要喊人救命，却是胸口被压，一丝音也发不出！喘不过气的大杨眼前一黑，渐渐没了知觉……

“啪！”

凶险万端千钧一发之际，危在旦夕的大杨耳轮中猛听一阵震烁寰宇清脆悦耳的鞭鸣，犹如九天仙音一下击中早已停止的心窝，再看面目狰狞的老张脸上青白灰绿不定，若明若暗一股刺鼻的细流从他脑门上淌下来。大杨再推，他高大身材像是泄了气的猪尿泡轰然倒地，已然昏迷不醒。大杨不顾疼痛忙扑过去一瞧，原来老张头上出了个大口子，一抹一把黏糊糊的鲜血，触目惊心。大杨喘匀气，给老张包了包，这才觉得浑身没劲儿，胳膊、胸口疼得一抽一抽，头晕得直想吐。他斜靠在地下，还在为方才那可怖场景感到心悸，屋里依旧晦暗难明，狂风夹着雪片越发汹涌，身后睡得死过去一般的众人却纷纷醒了。刘掌柜冻得直打喷嚏，揉揉眼，猛见眼前一幕，吓得他抱头大喊："这、这是咋地啦！！大杨、老张！你俩……"

"你、你们……杀人了？可我刚才听见的那声脆响是咋回事？大杨、大杨，你小子说话啊！"刘掌柜弓腰爬过来又哭又喊，摇晃着呆子般的大杨。屋外狂风怒号雪浪滔天，大片乌云似晦暗昏黄的裹尸布一样流转飘移，遮盖了整个天穹，只留下九霄上那轮散发了紫红光芒的皓月像只巨大的怪眼，死死盯着荒山野岭暴风雪中这处瑟瑟颤抖的破屋及里头的人。四外挂了冰凌雪柱的杂树草木在刺骨阴风里使劲摇曳身姿，暗夜里远望，像是无数魔怪踏雪欢呼。

大杨喘着粗气简单说了缘由，

"那响动是什么？"刘掌柜跪在地下脸色蜡黄，嘴里嘀嘀咕咕念叨满天神佛法号，哆嗦成一团，听大杨说老张中邪，更是"嗵嗵"磕头如捣蒜，忙问道。"是大杨小兄弟那根鞭子！"众人诧异，原来是郑学士闭着眼在说话！不知何时，一直入定打坐的郑学士缓缓睁了眼，只瞥了众人一下，也顾不得头脸上的雪花，慢慢起身，摇摇头一脸肃然，在屋里踱几步才对刘掌柜说："哎！千算万算，我算漏了老张这张嘴！"

郑学士一醒过来，说老张是夜谈鬼魅，被邪祟趁机入体，这会儿若不是外头的阵法和大杨的鞭子，大家伙儿早已惨遭不测呢，赶紧叫惊慌失措的众人纷纷预备兵器家什。抖成筛糠的刘掌柜谁也不信，就跟在郑学士屁股后头嘴里念佛不止，不时小心往外探看。郑学士扶起大杨，往外望了一眼，定住心神，顺手一指大喊："你们看！"大家伙儿眼珠子不错神儿都瞧外头。

# 二十三

“啊！”刘掌柜惊呼一声，不相信似的抹抹眼，可煞作怪！用雪埋在门外不远当地大杨那根脏兮兮的大鞭子，本是垂在地下的，这会儿不知咋地，竟然像活了一样竖了起来！一丈多长的鞭身风摆杨柳一样随风飘动，好似巨蛇口中巨大信子一般簌簌摆动，星星点点发出金灿灿亮闪闪的微光，警惕地与外头黑暗中数不清的各色光斑对峙。

郑学士抬头望望天穹，眉棱骨一挑道：“外头那群玩意是怕了你的鞭子，再者，它们的大头还没出来，只是个对峙局面，对咱们这群肉体凡胎必然不利，我想再借你点东西。”

“成！您说，就是借我这条命，也给您！”大杨紧握拳头一脸笃定，年轻的身体里一股股热血激得他有点冲动。“不要命，要借你点血。”郑学士沉吟说，“我方才画了九个圈，里头写的是九字真言咒，看来，布阵却没发阵，再者，外头这些东西，是算定了此时的天象异常，要把咱们一鼓歼之！哎，术大不治法、法大不治道，毕竟是这么个天象，必得用不寻常之法激发。你还没娶媳妇吧？”

心惊胆颤的刘掌柜赶忙说：“没！他还是光棍一条呢！”

郑学士递给大杨一柄精致的象牙柄小裁纸刀，让他在外头九字真言咒每个字上滴一滴鲜血。大杨深深吸了口气，一抱拳：“我这就去了，死不死，我不怕。不过，我惦记我的爹娘二老，真要是我回不来，大家伙儿可得想着，给我的二老养老送终！”众人情知大难凶险，见大杨豪迈仗义，纷纷抱拳拱手。刘掌柜眼窝一酸，握住大杨双手：“兄弟！甭管了！你福大命大，真、真要有个好歹……你爹妈就是我爹妈！”

大杨接过刀也不言语，裹了大棉袄，紧紧腰带，一低头出了破屋。一股风雪顿时弥漫了他的双眼，一出屋像是进了大冰窟，寒风大雪肆虐像一股势不可当的洪流吹得他东倒西歪，四野里那些星星点点的七色光斑见出来个人，顿时大盛！层层叠叠密密麻麻如无数凶魔睁眼盯着大院里孤零零跟风雪搏斗的单身大杨。

好个大杨，一个人顶风冒雪找到郑学士画的那些圈，小心翼翼蹲下，本以为那些字早就让雪铺没了，谁知用手轻轻一扫，那些字都在！事不宜迟，拿刀对准了左手中指狠狠一划，不想手冻得麻了，口子是划开了，却不见血，忍不住心里着急，把指头放进嘴里又哈气，又拿出来狠搓，半袋烟工夫，几滴鲜红的热血总算落在地下龙飞凤舞的字中间。

大杨终于滴完了最后一个字，又冷又痛又困又乏，踉踉跄跄缩头顶风往屋里走，离屋门还有几步，忽然外头又是一阵凛冽阴风呼啦啦铺天盖地压了过来。“别回头，快进来！”郑学士一跺脚大喊。大杨浑身一震，就觉一股恶臭阴风对着他左肩狠狠压过来，激灵灵一个冷颤，侧身一转，右手的裁纸刀狠狠插了下去。“噗！”一股浓重黑气吹在他身上，他像雪片一样顿时身子一轻，胸口像被巨石猛地撞了一下，一阵剧痛，飞旋几下跌进了破屋！

“扑通！”，大杨掉落尘埃，众人惊呼。郑学士大喊：“别乱！快救人！”再看院里院外风雪更骤，翻江倒海飞雪走石的狂暴怒号响彻寰宇，混沌一片！数十道阴风凛气在院外凝合成几股小旋风，搅得四野一片震耳欲聋巨响，方才那些离得远远的各色光斑更加大盛，像是得了什么威势，一股脑儿涌到近前，天穹里紫色光芒大涨，地下“轰隆隆”有些摇震！

“不好！大家伙儿拿定家伙！”所有人全被外头可怖场面吓呆了。眼瞧那几股旋风张牙舞爪扭动巨大身躯摇动了整个四野的旷野山峦，以排山倒海之势横扫过来！几间破屋像江河里摇荡的小船，歪斜颤抖，屋里屋外残存的砖头瓦块像纸片被席卷上天吹得东游西荡不知去向，大车被吹得东倒西歪，马匹早瘫软在地屎尿横流。满屋里的人惊得魂飞天外魄散九霄。只有郑学士拼尽全力站在屋门口，棉袍被风撩起老高，紧紧盯着几股飓风。

大家叫他赶紧进屋躲避，郑学士肃然不语，眼见还有数丈远近，说时迟那时快，屋里众人全都抱头蜷缩，以为郑学士必然命丧当场！谁知就听门前半空里“嗖、嗖、嗖！”刮起一阵带着肃然煞气的飕飕鞭风，偷偷抬头看，那根原本如风摆杨柳随风飘动的大鞭子猛然滴溜溜如活了一般，扭动颀长身躯登时腾空而起左右飞旋金蛇凌空般“嗡嗡”剧烈鸣叫起来，霎时破屋前头罡风大起，四处舞蝶的雪片被一张只见鞭风不见鞭影的混天大网卷得琼珠玉碎，赫赫扬扬拧成一股巨大的旋风陡然直上云霄，上接夜空下盘大地，比来的几股旋风粗大很多倍，挂着隐隐风雷电掣透着冉冉金光，直冲那几股旋风，好似一尊大力金刚矗立门前，稳稳挡住了怪风！

那几股怪风打着旋儿顿了片刻，陡然爆发出阵阵黑气，带着漫天风雪阴霾吼叫着横冲直撞过来！“啪、啪、啪！”，越转越快的鞭风倏然晃动鞭身，影影重重显出无数光影，如苍龙入海般急速盘旋飞动，越拧越粗，以狂涛怒浪之势猎猎长了数倍，盘旋扭曲对着几股狂风黑雾泰山压顶狠狠抽了出去！

四外各色冷森森光芒顿时大盛，直盯着大院里这番死命搏斗，几股旋风黑雾透出隐隐嘶吼，左冲右突却丝毫不得再往前一步，被大鞭子抽得“呜呜”东倒西歪直叫，震得众人耳鸣不止，狂风暴雪越发肆虐无忌，猛力向前。大杨忍痛端着火铳对黑雾放了两枪，仿佛激怒了几股旋风，黑压压铺天盖地合成一股，直冲恍如光网的鞭影撞过来！“轰！”，山川大地在巨大轰鸣中震了几震，黑影又逼近几丈！

震耳欲聋的吼叫声充满夜空，激得人身上毛发直竖魂不附体。大杨刚趴下要喊郑学士躲避，猛一抬头，只见稳如泰山的郑学士在狂风中艰难合起双手，大叫一声：“好畜生，尔等上干天咎，今日就要尔等神魂飞灭！”随即双手急速交叉摆了几个稀奇古怪的手势，大喊道：“临、兵、斗、者、皆、阵、列、前、行！！”

郑学士喊完双手交叉指定了闯来的几股旋风，众人正妈呀娘呀乱叫成一团，大地颤了几颤，猛然爆发九道刚猛浑厚的金光直冲霄汉，搅得周天乌云残月狂风暴雪瞬间停了片刻，九个写了字的圆圈立即化为九个排列整齐光芒金灿瑞气缭绕的光圈，呼啦啦自地下飞跃而起直升半空！似熠熠生辉耀人眼目的流星烈焰猛地发出一阵“嗡！”的轰鸣声，自上而下一个个盘旋飞舞，瞬间牢牢罩住了那股旋风！旋风死命挣扎像条被掐住七寸的蛇怪扭动身躯，忽而变得高如山岳粗如虬龙，忽而缩成松柏粗细，左冲右突就是出不了光圈。

几股旋风黑雾被声响催得越发慌乱惊厥，却被罩定，丝毫动不得。大杨那根鞭子却像得了助力，暴涨好几丈，鞭风光影飞旋更快，鞭梢电光火石间带着呼哨哧溜溜盘旋鸣叫突然打着旋儿飞射出无数鞭影，抽得对面旋风黑雾像个巨大陀螺似的旋转不止，三番两次轰鸣着飞旋出去又弹起来再闯，再被打落尘埃，震得四处雪雾弥漫，也不知抽到了啥东西。一袋烟工夫，那股旋风越缩越细、越缩越小，九个金圈箍桶一样越收越紧，就在旋风缩成三尺粗细奄奄一息之时，“咔嚓嚓！！”，云霄中陡然一个闪烁极光的霹雳从九天之上直劈下来，正中旋风，九个金圈顺势一收，“轰！”一声巨响，旋风黑雾化了一股黑烟，竟然倏然不见了！霹雳雷电“咔嚓！咔嚓嚓！”金光大作，一道道刚猛无比，打得四野雪林暗处犹如白昼，硝烟弥漫火光冲天！

放眼望去，一道道猛烈的巨雷霹雳憋足了劲儿轰击破院周围山峦草木阴暗处，登时山崩地裂地动山摇！周围荒野里簌簌啦啦漫山遍野不知名凄厉的惨叫嚎叫声顿时响成一片。仿佛数万大军咆哮怒吼屠城杀戮般血气冲天惨绝人寰，充满天地，撕裂众人耳膜。趴在地下的众人东滚西爬像落进深渊地狱，惊叫着没了人声！只有郑学士盘膝坐在门口大口喘着粗气呆呆望着四周的风云变色。大片大片的焦臭味至上云霄，熏得人直恶心。半空中九个金灿灿的光圈再次爆发耀眼光芒，忽地叠在一起，化成一个巨大的金黄光环，缓缓罩住了破屋，门口大杨的鞭子随着金光猛然缩小，光影重重罡气四射，缓缓恢复了原状，却依然挺立不倒，发出一色冉冉霞光，鞭梢却随着天空上逐渐逼近的巨雷闪电指定了破屋！

“不好！快出去！”郑学士大叫一声，话音刚落，一个炸雷轰隆隆在破屋头顶炸响，“咔嚓嚓！”，紧接着就是一道巨大霹雳直直打下来！奇怪了，雷电声就绕着破屋轰隆隆响个不停，却并没伤人。屋外九字金黄光环“嗡……”响起阵巨大波动，方才如海浪颠簸的大地再次涌动不停，破屋里檐柱断壁噗噗簌簌掉落，眼看屋子要塌了！

众人手忙脚乱刚逃出屋门，金光一闪，数十道霹雳闪电从天而降借着罩定了破屋的光环“咔嚓嚓”击中破屋，耀得天地一片极光！登时浓烟烈焰冲天而起，还夹杂了一股股浓烈的腥臭。刚逃出升天的大家惊魂未定，面色阴沉肃然的郑学士拉着刘掌柜大喊："万幸！你们看！"巨大硝烟火焰里，十几个扭曲身躯僵硬的身影像提线木偶般从破屋后面墙壁废墟里像蠕虫一样慢慢钻出，当即被雷击电火打得四散飞溅，却丝毫不见血肉横飞。

"啊?!"刘掌柜一屁股瘫在地下，左右看看，"难道是咱们的人没跑出来?!"周围几个伙计一清点，却一个不差！

"那不是咱们的人，更不是活人！"火光冲天中，郑学士像尊坚硬的石像，被光影笼罩，影子一晃一晃异常沉静，缓缓说，"那是早先尖站里被凶魔害死在此的伙计掌柜的冤魂血尸！昨儿下午我就看出了端倪，所以不让大家挖透此处，尸体很可能就堆砌在破屋下头。这些人死后心中怨冤不灭，魂魄未离，并未变为中阴身魂归地府，所以游荡尖站内外，那腥臭气，就是尸气。被老张夜谈鬼事激发凶性，才趁机附体，咱们是进了魔窟了！"众人目瞪口呆不寒而栗瞧着眼前可怖一幕，心里打了卷，一股股冷气比四外狂风暴雪更寒彻人心：原来，住了半夜的屋里还有邪祟！"轰！"一声巨响，千疮百孔的破屋轰然倒塌。少时，雷霆电闪倏然停了，连四周山麓草木间也渐渐平息。

月亮出来了，光芒柔和而安谧。跪在地下念佛不止的刘掌柜这才敢抬头打量四野，除了漫天风雪吹得人潮湿冰冷，四野依然幽暗阴沉，被雷电打得东一块西一块黑乎乎的焦土赫然在目。尖站大院里车马俱在，也是东一块西一块焦黑色，破屋废墟和四野涌出来又腥又臭又焦的黑烟浓雾，熏得人站不住脚，赶忙七手八脚往院子里撤。

刘掌柜见众人并没大碍，车马也在，顿时放了心，趴在地下号啕大哭："佛祖保佑！菩萨保佑啊！今儿全活了我等性命！待我回京再给佛祖菩萨塑造金身！"喋喋不休念叨了好久。郑学士冷冷说："刘掌柜，别许愿了。今儿晚上咱们全靠了大杨这根鞭子和九字真言驱魔阵，说句不恭敬的话，若是等人来救，这会儿咱们早就成了邪祟肚里的粮食喽！且此事大有蹊跷，我看，还没完呢！"

"啊?！那、那还会出啥事啊?!"刘掌柜欲哭无泪，瞧着心惊胆战脸如死灰的老张正给大杨伤口敷药，叹气道，"学士公！还是您老人家有道行呐，能稳得住！您、您给断断，老张到底是咋回事？大杨吃了跌打丸，身子没事儿吧？咱们再往前走……"

# 二十四

“前途未卜。”郑学士望着远方起伏不定的幽暗阴森的群山淡淡说，“再过一个多时辰，天也就亮了。再给大杨喝点热黄酒，都是外伤，看着无碍。不过，老张这事儿，还真是祸从口出。”

见大家莫名其妙，郑学士谈了“大凶天象，凶魔围困，夜不谈鬼”的忌讳，老张羞愧不已，大杨摇头叹息，说了几句宽心话，才让老张恢复精神。老张见大杨胸口疼痛难忍，忙请郑学士来看，众人围观，刘掌柜竟吓了一跳，连郑学士也咋舌不已：大杨结实健壮的胸口中间，一块紫黑色肿块，活像个巨大手掌印！

这手掌印煞是奇怪：比常人手掌胀大一倍，仿佛被四只长指甲挠得皮肉翻出来，另一个指头若隐若现，并不明显。几丝带皮血肉令人目眩，周围黑紫往外渗血，肿得老高，上了药恢复了一些，看来是没有毒。轻轻一按，流出些许鲜血。疼得大杨“嘶”地一咧嘴笑道：“咋样学士老爷？咱爷们够分儿吧！”郑学士十分诧异，沉吟半晌也不答话，扶大杨坐下，指着鞭子说：“你们闻闻！”众人提鼻子一闻就是一怔：一股说不出来的腥臭直熏人。再看鞭子上污血斑斑，像是抽破了什么玩意儿滴滴答答落上的血。

有个伙计，大爷是做屠户的，闻了半天拧眉说：“掌柜的，学士公，这不是人血。可也不是猪血、羊血、牛血。”又抹了点捻捻说：“也不是鸽子血、蛇血、鹿血，不是我夸口，我大爷当年杀猪宰羊，连山里的獐狍野鹿都宰过，我也都见识过，可这是什么血，我还真没瞧出来！”

给大杨包扎好胸口，众人见不少兵刃家什和两支火铳都落到破屋里了，心灰气丧，老张、大杨鼓着劲儿，这才收拾好行装车马，继续前行。此时天色将明，东方地平线上，渐渐起了一阵鱼鳞金似的霞光，映得覆盖大雪的山林树木披上了一层融融金色。天上团团绵绵的云层渐渐黯淡，刘掌柜跟老张嘀咕了几句，蹭到郑学士身边，赔笑道：“学士公！您不是会算卦吗，昨天那卦,灵！我这会儿才明白过味儿呢。您再给占一卦？求您了！”

郑学士踱了几步,肃然道:“刘掌柜,可是你要再卜的。我昨晚说了,再渎不告。万一摇出个凶卦,准不准可难说。”

“成！只要您肯再卜,就算帮了咱的大忙了！”凑过来又小声说,“您老说点好听的,给大家伙儿提提气呐。”

郑学士顶看不惯他这番做作,摇头笑了笑,摸出那三枚小铜钱,掂了掂,把钱递给大杨,微笑嘱咐:“小兄弟,你摇吧。”见众人期待的目光,大杨顿觉得手里三枚小铜钱重若千钧,压得他心里紧巴巴地七上八下。郑学士点点头示意,大杨庄重地吸了口气,双手合掌闭目不知祈祷了些什么,使劲儿晃了晃,顺手撒在雪地上。大杨大气不敢喘,反复摇了六次,在众目睽睽之下,头上都冒了热汗。

众人都不懂,只有郑学士紧盯着一次次落下的铜钱,末了刘掌柜小声问:“学士公,咋样？您先给我交个实底儿。”郑学士瞥了他一眼,沉默片刻才缓缓对众人说:“是个天水讼卦。”

再往下,郑学士不说了,众人莫名其妙无精打采,走了几里地,耳边尽是大车轮碾动冻土“吱吱嘎嘎”声。郑学士闭了会眼,“哦！”了一声,霍然睁眼,对早已等得急不可耐的刘掌柜淡然说:“走吧,此卦半凶半吉,也是个凶中有吉的卦象,我看,不是大杨,别人也摇不出来的。”

“啊？半凶半吉？学士公,您快给咱念叨念叨。”刘掌柜凑过来瞪大了眼。

“天水讼。讼者,有孚,窒惕,中吉。终凶。利见大人,不利涉大川。利见大人,尚中正也。不利涉大川,入于渊也……”郑学士又恢复了那副名士派头,摇头晃脑清晰背诵着,可周围这几位别说懂,就是听也没听过,都小学生一样恭恭敬敬瞧着他。老张忍不住问:“学士老爷,您说的这些个,我们都不懂,您只说前头还有没有艰险呢？”

“当然有！”一句话说得刘掌柜眼皮一跳！郑学士接着说:“这是个上乾下坎的卦。乾为刚健,坎为险陷。刚与险,健与陷,彼此反对,定生争讼！且后头虽有‘中吉’,却又来了个‘终凶’,穷极难成,终有凶灾。也就是说,是吉中有凶,凶中有吉。为何？因利见大人,意思是咱们会遇到刚毅的贵人相助，或许才能逃脱大难。不过，你们知道前面有河吗？”

“河？”刘掌柜听了这似是而非有凶有吉的话，肚里实在忧心忡忡，猛听他忽刺巴说起河，忙说：“没，学士公！前头都是一条大道直通宣化的，没有啥河！这个我记得准！”

老张也点头称是。大杨问：“学士老爷，前头有河好吗？”郑学士沉吟道：“不利涉大川……有河倒是不好，不过，正因为没河，才会碰上更加惊心动魄的事儿！”

“啊？！您不是说半吉半凶，咱们还有贵人相助吗？！”

郑学士看看发急的刘掌柜摇摇头：“不利涉大川指的是渡过大河不利，既然无河，这沉重深渊大凶之难，岂不会移在他处？易，本就是变易之说，先圣先贤据天文地理，夺天地造化才造出‘易’来，真正是包罗万象变化万端，为的就是告诫后人应时顺命，体天道而应人道，加上我等凡人自强不息，坚毅勤奋，只要顺时知命，虽说不上万事亨通，必然会逢凶化吉了。一个字‘易’已然明了。只是既然没有大河溪水，因此前途才更麻烦。”

刘掌柜肚里这个气哟！本以为让郑学士说几句提气的话，谁料这位老学究在这儿喋喋不休说什么“凶灾麻烦”，虽说他声音不大，可周围都是车把式，大早晨周围又没人烟，谁听不见？见周围车把式们脚步踟蹰，低头不语，更叫刘掌柜心乱如麻，偷偷翻了个白眼，不言语了。

大杨体力恢复不少，摩挲着大鞭子却很有兴趣，跟郑学士请教“讼卦”的意思。郑学士乐呵呵跟他聊起了自古摇出讼卦的名人典故和结果，从晋朝南迁金陵直到万历年间三大征的古记，朝廷庙议迁都逃难或是出兵征伐，司天监都摇出过这卦，从后世来看，也果然是凶中有吉的预兆。

也亏他记性真好，把当年的年月、朝廷、人物、事迹说得清清爽爽丝毫不差，连老张、刘掌柜都听住了，其余车把式隐约听见这位神乎其神的学士老爷说古记，心里都有些轻松。一行人马走了半天，稍微垫补了点干粮。老张越走越熟悉，到车队前头掐腰大喊：“兄弟们！快着点！前头还有几十里就到宣化啦，我看前头一路平坦，没啥阻碍，都加把劲儿啊！赶到天黑前进城，咱们就算安全啦！”

众人立即鼓足了劲儿，加快步伐。车辚辚马萧萧，大杨听了一肚子古记，正跟老张聊昨夜之事，前头领路的车把式，似乎看见了什么，挠挠头回身叫老张。老张心里一沉，拉着大杨一起跑到前头，往前张望，那把式疑惑道："老张哥，大杨，你们看，前头好像人。"

"哪儿呢?!"老张一惊。刘掌柜在后头瑟瑟发抖喊道："快上去几个人瞧瞧!"

其实不用去就瞧见了，前头不远处，隐约出现了三个人影。乍一听有仨人来，众人都有些惶惶然，昨晚惊险可怖的场面至今叫大家伙儿心有余悸，等三人走近了，原来是仨高大雄壮的蒙古汉子。老张握紧匕首，紧盯着地面，阳光明晃晃的，映得仨人影子颀长。不错，是人！再看眼前三人，足有八尺多高的壮汉，穿玄色蒙古式大皮袍，领子竖得老高，遮了大半个脸，脚下大皮靴，腰里系着宽版蒙古式大带，却空着没挂蒙古刀、火镰荷包，头上裹着带护耳的大皮帽子，只露出两只黑溜溜的眼，有点呆呆的。当中的汉子仿佛病了，有气无力被两边的大汉搀扶，一步一趔趄。

"我这儿有礼了!"老张沉着脸抱拳在胸，大声道，"您三位爷是哪儿的？为啥拦了我们的车?"仨人微微施礼，不知是听不懂汉话，还是伤风感冒，片刻，左边汉子张开像是吃了沙子似的粗砺沙哑嗓子慢吞吞说："我们……是……宣化城……蒙古皮货……庄的，夜里……赶路……碰见歹徒，抢……货。我、我哥被……打伤，诸、诸位……爷，行、行好，搭载……一程，进城……有重……谢。"说完三人提线木偶般又轻轻一躬。右边大汉指了指中间伤者说："我们……蒙古人……的是，这是、大哥，我的……是二弟，他的……三弟。"

"歹徒？受伤了?"老崔赶紧左右张望，四野一望无际，一个人影没有。众伙计们肚里暗笑：怨不得说话跟嘴抽筋一般，原来是蒙古人。那当儿，内外蒙古各部商人进京做买卖的不少，做事仗义仁厚，只是说话确实像蹦字一样结巴。

老张见多识广，上前摸了摸三人胳膊，都是粗壮汉子，又靠近仨人又看又闻，生怕是什么厉鬼变的，摆弄了半天，仨人身上除了像其他蒙古汉子一样带着浓重膻腥味，确实如常。想了想，说："按说咱们都是同行兄弟们啊，听人说这地界不太平，还真是的！昨晚我们碰上一档子，没想到你们也碰上了！哎！都是苦命人。这么着，我做不了主，得回去问我们掌柜的，你们稍等。”回头对后头几个拿家伙的一使眼色：盯住他们仨！

跟刘掌柜一说，谁知方才还战战兢兢的刘掌柜眉开眼笑，很痛快地答应了，一来，今儿早上大杨刚摇了卦，郑学士说有“利见大人”之象，这仨蒙古汉子莫不是“贵人”？再一个，这仨是本地蒙古商户，到时候救他们一场，叫他们说合几场生意，多赚几个银子，何乐而不为？

老张点点头，请仨蒙古汉子上拉货的大车，谁知车队马匹此起彼伏一阵喧嚣有点乱营，有的四蹄瘫软；有的踢踢踏踏乱尥蹶子，“咴咴……啾啾”惊恐嘶鸣！老崔起初也有点慌乱，一琢磨明白了：队伍的马匹都是跑长途的，跟车把式、伙计们早熟悉了，别看是畜生，马通人性呢。来的这仨蒙古人是生脸客，又长得高大威猛，显见是吓着了马。仨人不无尴尬，也不言语，慢慢上了车。队伍启程，刘掌柜见一路太平，就跟大杨聊了起来，时不常回头看看拉货车上的仨蒙古汉子，心里忍不住乐。

走了几里地，“咯嘣！哗啦！”一声响，刘掌柜这唯一的一辆厢车车轴断了，车架顿时散了，车里的刘掌柜、大杨、郑学士跟头把式摔了出来，几人起来一看，原来是昨夜在荒野客栈狂风把车轴榫打掉了几个，只好把散了架的车厢搬到其他车上，刘掌柜、郑学士和大杨，就上了那辆蒙古汉子坐的拉货大车。老张不放心，亲自跨辕。郑学士和大杨对坐，大杨把鞭子搁在手边，也笑嘻嘻打量仨蒙古大汉，心中暗笑：这仨人吃啥长得这么高壮，坐着就跟矮人站着那么老高，还穿得这么厚！郑学士靠在棉褥子上，静静想心事。还有十几里地就到宣化府了，刘掌柜越发来了兴致，在大车后头对着仨蒙古汉子喋喋不休说起了生意经，说了半天，那仨蒙古汉子结结巴巴回应几句，老张也跟着凑趣儿。可越往前走，大杨却觉得有点不对劲儿！

蒙古人，大杨在京见识过不少，都是热情仁义豪爽的汉子，即便陌生人凑一块，也是大说大笑，这仨人是怎么回事？咋说刘掌柜上来一起坐，仨蒙古大汉也得笑容满面凑过来或是搭腔或是感谢或是递烟，总不能就那么直眉瞪眼挤在后头不说话吧？不说话也罢了，那仨人却似目中无人，连刘掌柜的问话也懒得理，还坐在那儿不挪地儿，这也太失礼了！

大杨越想越觉得不对劲儿，看看一脸喜色的刘掌柜、沉默不语的郑学士，心里突地七上八下没着没落，轻轻起身往车后观瞧，目光一闪，应着阳光，却瞥见当中那位蒙古汉子大帽子底下，倏地划过一丝阴森森绿光！大杨心中一震，有些燥热。莫非那仨人是歹徒？刘掌柜在那儿说得唾沫星子横飞，离得又近，大杨生怕惊动了歹徒，脑子一转，装着解手轻轻下车，谁知手里不知碰了啥，低头一看，不由倒吸口冷气！原本自己那根脏兮兮的大鞭子搭在车沿上拢在一处，谁知这会儿竟然像一条昂首吐信的灵蛇瞪着大眼，对着车后面仨蒙古大汉缓缓昂起了蛇头，那鞭梢扭动着分叉左右警惕呢！

车轮轻轻颠簸了一下，跳下车的大杨分明瞧见，左边那蒙古汉子大皮袍下头，隐隐露出一节毛茸茸灰黑色的毛发……是一条尾巴！

## 二十五

大杨浑身一颤，立即给跨辕赶车的老张使了个眼色，老张一皱眉，赶紧跳下车过来扶他，大杨小声说："张大哥，要坏事！"

"咋了?!"老张一激灵。

大杨紧握鞭子，皱眉道："我看，后头那仨蒙古人不是好人！"简单一说，老张疑惑地抬头看看明亮的太阳，说："不能吧？大天白日，真是怪物凶魔敢出来？我看像是歹徒！咱们这么多人，就地抓了他们，送到官府治罪。"

俩人悄悄嘀咕一阵，暗暗布置下去，老张提议：赶紧给刘掌柜和郑学士递话，叫他俩下车以后，立即动手。众伙计把式虽有点惊讶，闻言都预备好了家什，慢慢朝大车围拢过来。

丝毫没察觉的刘掌柜还在那儿瞎吹呢："您三位爷不晓得，我们家买卖，正格在京城有一号呢，宣武门外……"仨蒙古汉子还是"嗯嗯、嗯嗯"光答应，不说话。不管大杨怎么使眼色，刘掌柜就是瞧不见。老张故意赶车碾了一块石头，大杨趁机喊："掌柜的，快过来坐！您跑到后头，车不利索啦！"边说边冲刘掌柜挤眉弄眼，郑学士早已慢慢移动到了车前，回头冲刘掌柜招手，刘掌柜被震得一趔趄，差点歪倒在蒙古大汉身上，扭头伸手扶住大汉胳膊直起腰笑道："哎，您见谅！这道儿可太不平啦！您……"话音戛然而止。他透过汉子高高竖起的皮领子、大皮帽子，看到了一双灰蓝恶毒的眼睛猛地变成血红，皮帽子下被颠簸出来了一双又尖又灰的耳朵！

“咦？”还没察觉的刘掌柜一愣神，有点胆颤慢慢往后退，不明所以冲仨汉子左瞧右看，“您三位的眼和耳朵……怎么、怎么这个样儿？”方才闷葫芦似的仨人忽然笑了起来，声音又尖又利带着邪性，令人毛骨悚然：“嘻嘻嘻嘻……掌、柜、的，我们、本、来、就、是、这个、样儿！”话音未落，左右两人猛地跳起身来了个大力甩，帽子衣裳扔了个干净。“啊！”刘掌柜乍一看眼前之物惊叫一声身子猛然往后一倒，摔在地下！电光火石间一张血盆大口差点咬住了他的脖子！

眼前哪有什么蒙古大汉，左右站着两条一人多高，头如水桶、腿如青松、爪如铁钩、巨嘴獠牙、舌如赤练、双耳上竖、细腰窄背、面目狰狞、嗷嗷怪叫的恶狼！两只恶狼怪叫几声，行似山风动如闪电，张牙舞爪对着一众惊恐嚎叫方寸大乱的人猛扑了上去！中间那“人”却像死了一样，呆坐在那里，稳如泰山。谁大白天见过这个？所有人震惊恐惧之余全然忘了抵抗，顿时被两只似狼非狼似人非人的怪物扑上来撕咬抓伤一片！恐惧声、尖叫声、呼喊嚎哭声响起一片，方才还要抓贼捆人的哥们弟兄惨叫着抱头鼠窜，乱作一团！

这两只怪物凶猛异常，力大如牛又迅如飞电，蹿蹦跳跃十分灵活，逮住就抓，抓人就咬，血盆大口上满是鲜血肉泥！张牙舞爪片刻工夫已是占了上风，伤了十几个人。老张吓得脸色煞白，紧紧攥着短刀冲了上去，对准一个死命就是一刀！眼见要捅进怪物身体，谁知那怪毫不在意，右爪一搪，“当啷”，短刀竟被利爪削断了！这下唬得众人更是丧胆，几个胆大的都吆喝着端了架子颤抖不已，谁也不敢往前去。一队车马早已大乱，“咴咴！”打着嘶鸣尥蹶子逃跑了好几匹，剩下的全被吓得四蹄瘫软口吐白沫悲鸣不已，乱哄哄场面更像炸了锅。

大杨见一只饿狼直奔郑学士而去，一个箭步飞身过去，一脚踢倒郑学士，左手一个冲天炮，正砸在怪物脸上，“嗷！”一声怪叫，怪物被打得一趔趄，挤眉弄眼勃然大怒，飞身猛扑过来！大杨慌忙跳出几步远，抖开大鞭子，使劲儿甩了甩大鞭子，“嗖嗖……啪！啪！啪！”，扬手就是三鞭！好似半空里放了几声脆亮的火铳，空气一震，方才哭爹叫妈的众人心头一震，壮了胆醒了神儿，纷纷端着家伙什聚在大杨身边，与两只半狼半人的怪物对阵。

雪地里，一边是一群浑身是血战战兢兢的人，一边是两只嗜血狰狞，张牙舞爪的怪物，气氛诡异到极点。连郑学士也连滚带爬伸手摸出个小玩意，看看太阳，偷偷靠近了那个还端坐在大车里，沉默不语被人忽视的第三位"生脸客"。

大杨心一横，咬牙切齿一把扔了披着的棉袄，露出一身油亮的嘎达肉，寒风刺骨激得他热血澎湃，心里突突乱跳，大吼："兄弟们！扯碎龙袍是死，摔死太子也是个死！拼死总比吓死强！今儿遇上这仨怪物，不是他们死就是咱们死！宰一个够本儿宰俩赚一个！！是站着撒尿的爷们都跟我杀呀！"

这拼出全力的一嗓子吼，气壮山河，登时给大家伙儿鼓了劲儿，都是些年轻汉子，祸到临头置之死地而后生，反而逼出了勇气，无不脸涨得通红，各拿家伙哇哇大叫着冲了上来！两只怪物一个猛扑也杀入人群中。大杨咬牙忍痛扎煞胳膊挥舞大鞭，鞭子一抖，犹如金蛇凌空带着旋儿的鞭梢"唰！"凌空脆响，上下翻飞左右开弓，"噼噼啪啪"鸣动不止，一鞭子下去就是一沟子血，一刮就是一槽子肉，抽得俩怪物疼得嗷嗷直叫血肉横飞！俩怪物又得对付涌上来七手八脚乱打一片的车把式、伙计，尽自力大无穷手脚灵敏，还是被打了个措手不及，渐渐落了下风！

大杨的鞭子使得远不及他爹杨爷那么鞭无虚发、指哪打哪，可俗话说"教师爷不如莽撞汉"，他这两臂神力可远远过于其父，那鞭子又结实，力道足足千钧之重，大杨又下了死手，这俩怪物哪顶得住？不多时便被抽成血葫芦一般，浑身除了背部依然完好，其余地方早成了烂肉！一股股腥臭的污血黑乎乎流得到处都是，皮开肉烂骨酥筋疲，还在死命抓人咬人。不少被抓被咬的哥们弟兄见俩怪物也见血重伤，更是勇气倍增杀心大起，短刀、木棒、马鞭、长刀挥舞着团团凶光，不管不顾对准怪物上下齐手死命拼杀，杀得俩怪物再也蹦跳不起，只左冲右突在人群里挣扎。

大杨的鞭子更加逞力，一个怪蟒翻身"滋溜溜……噗！"正中一只狼眼，他大力一拧顺势狠狠一拽，扯烂半拉狼怪脸，顿时污血喷涌！"嗷……！"那怪疼得身子往前一扑，正叫精神大振握着一把斧头拼杀的老张瞧准，纵身窜过来对准狼怪脖子手起斧落，跟着就是狠狠一脚！雪亮银光一闪，咕噜噜一颗硕大狼头滚出去老远，被一胆大的伙计一个飞踹，那挤眉弄眼獠牙长舌的脑袋跟个皮球一样飞进树丛不见了。怪物身子中了老张一脚，登时倒地，脖颈子里污血喷出三四尺，爪刨脚蹬眼看死挺了！

"好！干掉一个！"老张兴奋得满脸放光晃了晃斧子大喊，"兄弟们！加把劲儿！这怪物也是肉身子！杀啊！"众人接连不断嗷嗷大喊，一面鼓劲儿一面壮胆。剩下那只怪物满脸血污长舌如赤练更是狰狞，抓过一伙计"吭哧！"咬断了他肩膀嗷嗷大叫。被大杨一鞭子抽飞了天灵盖，脑浆迸射像开了果子铺，五颜六色淌了一脸，没等痛叫，大杨反手又是一鞭，可可儿抽在他尖耳朵边，"啪！"，半个脑瓜子碎喽。老张冲过去一个力劈华山砍翻了那怪，又是几斧子，连脑瓜子一起剁成了肉泥！

"好！！"大杨喘着粗气大吼一声，大家伙儿见除了俩怪物欢欣喜悦又跳又叫。"小心！快趴下！"猛不丁听见郑学士急促大叫，都懵懂呆立呢。就见车上端坐不动那位"生脸客"一纵身腾空而起两三丈，异常麻利拧身甩去外衣，在半空中仰头冲天"嗷！嗷！"尖叫几声，陡然如晴天霹雳五雷轰顶，回声震得山岳崩摧鸟飞兽惊，周围山峦上积雪轰隆隆排山倒海直冲而下，霎时间狂风大作飞雪走石，众人就觉耳轮轰鸣心胆俱裂，骨酥筋软站立不住，纷纷被震倒在地，有几个胆小的竟被震昏了！

他在半空里张牙舞爪肆意逞凶，双手一招，登时阴风四起乌云涌动遮蔽天日，朔风呼呼猛吹，凛冽中夹杂着震耳欲聋的凄厉嚎叫，天地间充满鬼哭狼嚎之音，令人毛骨悚然犹如掉落无间地狱！

"唰唰……"，天上那怪飞快变了几个手势轻轻落在地下，面对地下这群东倒西歪的汉子尖利长笑："哈哈嘿嘿嘿……你们这群人真不知死活！昨夜早该叫我一口吞了！还能有今日之苦?！哼！不想还有俩本事的，摆阵用法，引来天雷害死我无数子孙，用那根破鞭子伤我脊背！呸！那小子也中了一掌，算你命大没死……今日又害了我俩干儿性命！哈哈，还想活命吗！"说话一张嘴，涌出阵腥臭黑风，熏得四周如入深洞，几个胆大的端着兵器要往前冲，飓风黑雾咕咚咚直涌上来，大力撕扯，谁还使得出力气？吸一口便一阵痉挛瘫软在地，那怪轻轻一招手，众人兵器纷纷脱手，"嗖嗖嗖！"，被虚空中不知名的力量大力夺了去撒落尘埃！大杨的鞭子也被大力拉成根直溜溜的大棍子，只是他双臂神力，丹田一较劲儿，双脚死死踩着大地，陷入半尺深，像尊铁塔金刚般岿然不动，就是不撒手。一人一怪叫上了劲儿！“咔嚓嚓！”，浓云朔风越发肆虐，黑气森森中，透出几丝迷蒙的阳光。众人除了大杨，都是叫天天不应叫地地不灵！

老张没了家伙什，搬起一块石头对着怪物猛冲过，“咣！”，怪物狞笑轻轻一弹，老张“哇”口吐鲜血狠狠飞了出去，登时昏死。大杨一见“啊啊”大吼，拧动身子想转动大鞭，可空气凝固好似铁块，纹丝不动！急得他嗷嗷大叫，面对仰天长笑的怪物，毫无办法。可煞奇怪，郑学士缩在一边地下，侧身举着个小镜子，聚精会神满头大汗，对着怪物左照右照，忘了生死。大杨纵有千斤之力，越拉越觉得吃不住力气，死命挣扎往后拽，那股怪力往前拽，鞭子“咯嘣嘣”越拉越直，绷成一条细细长线，几声脆响，连里头的金线、银丝和马尾都眼看炸开了毛刺儿！

“大杨兄弟，快撒手！”大杨猛一愣，听见郑学士扯嗓子大喊，忍不住手一松，“秃噜！嗖！”，大鞭如离弦之箭带着朔风猛然刺向了怪物。

“嘿嘿嘿……我当是什么宝贝！不过是个赶车的鞭子，今儿叫你们瞧瞧我的厉害！”那怪物展开长臂，就要轻轻将鞭子撕碎。刚展开手，猛然天上“轰隆隆”一声震天动地巨雷，一道霹雳从天而降，“咣！”，震开浓雾黑烟，直直打在飞旋半空的大鞭子上！那怪物“啊？”一呆，半空突然爆发一阵紫雾流光，嘤嘤嗡嗡瑞气四射！“滋溜溜！”，从紫雾中钻出一条长达数十丈的斑斓大蟒！那蟒生得奇怪：五色麟甲俱全、七色毫光笼罩、头生单鹿角、唇下三股紫须、巨口獠牙、身下伸出四只三爪宛如金钩，盘旋蜿蜒遨游半空，“嗷！”一声巨吼惊天动地，震得连大地也颤了三颤！

对面的怪物也是久修多年的魔怪，见此场景也忍不住“哇哇”大叫惊悚莫名，还没等反应，“嗖！”，那半蛇半龙的灵兽猛窜过来，绕着他张牙舞爪斗在一处！半空金蛇交加、霹雳狂下，一怪一灵各使出全力，打得四处铿锵金铁之声绵延不绝，金光黑雾混搅在一处，五色炫目罡风猛吹。带着霹雳电闪的金光“咔嚓嚓”一道道打在怪物周身，那怪起初还公然不惧，摇头摆尾晃晃身形，一下长成了一丈多高，红发金睛、豹头环眼、青面獠牙、巨鼻兽唇，遍体生出黄茸茸兽毛，挥动长臂，闪展腾挪嗷嗷怪叫，跟云雾中龙形大鞭打得难解难分！

两下里越斗越猛，半空中游龙般大鞭忽地抖了几抖，剧烈鸣叫几声，“哗啦啦！”引下几声巨雷，天地四周扑朔朔罡风涌动，煞气迸射。空气被震颤成翻江倒海之势带着猎猎杀气轰然升在怪物头顶，“嗡……！”，从龙形鞭身里猛地飞出密密麻麻金光四射一行行诡异的梵文！曲里拐弯也不知道是啥意思，那金字见风就大，接连飘荡飞旋，好似数不清的脸盆大的金饼子猛击怪物！怪物疼得“嗷唠唠！”大叫不止，蹿蹦跳跃可哪能躲得开？片刻间头破血流，身子渐渐缩小，转身要跑，连绵不断的金字梵文飞快叠加分散，“轰！”一声撒开，登时光耀四野，数百道祥光瑞气爆射而出，刺破黑雾浓烟，直冲九霄！耀得天地一片大光明，片刻化为一张五色光芒四射的罗网，将怪物严严实实罩了个风雨不透！

那怪物在罗网里还在死命挣扎，肉身一碰梵文金字网就是一股浓重腥臭的白烟。恼羞成怒之下，怪物气急败坏口吐人言大叫：“尔等无知贱民，以为有这根马鞭子就能要我的命！今天我叫你们瞧瞧，拼了八百年的道行不要，也要跟你们同归于尽！”说着话，嘴里不知嘀咕了什么，扭动身形狠狠往梵文金字网上猛撞，登时白雾弥漫风起云涌，幸亏游龙大鞭子张牙舞爪死死围住他。大杨等人急得满头冷汗，却见郑学士还趴在地下拿着个东西对怪物左照右照，大杨飞身过去看，原来他手里端着一面非常精致的镀金琉璃小镜，大杨急问：“学士公，怎么办！”

“此怪修炼已久，怕是成了神通，龙鞭虽神，却一时片刻除不掉他，快，我拿镜子照住他的真身，你用这把裁纸刀刺他！”说着又拿出昨夜那柄象牙柄的小刀塞给大杨。

大杨掂了掂这把小刀子，哭笑不得，忙问：“这玩意儿成？刺、刺哪儿？！”

“刺……那儿！快！”郑学士手一抖，镜光晶亮，“唿！”，正指定了网中怪物脖下。大杨眼神好，一眼瞥见这只怪物脖下咽喉下有一撮黄绒毛！“看我的！”大杨几步窜过来，右臂运足了劲儿，瞧准那只怪物，捏了小刀狠狠一甩，“去！”也仗着大杨臂力强大，又在邵大爷家中锻炼日久，小刀脱手如离弦之箭，“嗖……噗！”，一下扎进怪物咽喉下黄绒毛中，直没刀柄！就这一刀下去，众人猛听“啊！”一声凄厉惨叫，网中怪物张着大嘴直吐黑气血沫。梵文金字大网金光大盛，顺势缩小，呼喇盖在了怪物身上，越缩越紧。怪物越缩越小惨叫连连，龙鞭“嗖嗖嗖”以千钧之力“啪！”将怪物抽成了数截！“轰隆隆！”，云雷隐隐，几道耀眼晴空霹雳“咔嚓嚓”击中地面上被金光笼罩的怪物，众人捂耳躲避，闪电轰鸣雷电交加，怪物尸身顿时被打成焦黑，死挺了。

大杨激动得手舞足蹈哈哈大笑，精疲力竭一阵头昏，直挺挺倒了下去……

## 二十六

屋里咕嘟嘟冒着水汽，药味、小米粥味、小菜味混合一起，散发出一阵阵令人胸闷的气息。大杨在做了无数噩梦后，猛然惊醒。一睁眼，入耳便是哥们弟兄的呼噜声、磨牙声和嘀嘀咕咕梦话声。一扭头，旁边睡的是脸色蜡黄沉沉入睡的老张。勉强支撑起来，咽了口唾沫，肚里咕噜噜直响动。他饿了。

大梦初醒般还在懵懂的大杨，觉得平日里壮实的身子骨像散了架子，又酸又疼又软。下了炕，摸了个碗，盛满小米粥，三下五除二就是三碗，一股热乎乎香喷喷的暖流入腹，顿觉舒坦透了，低头看看胸口，奇怪，不知谁给他糊上一张巴掌大的皮毛，一闻还有点腥气，可伤口丁点不疼，便披衣开门出来瞧瞧。

院里，正在喝茶聊天的刘掌柜和郑学士赶紧围过来拉着他问长问短，关切非常。

“这回全亏了你！杨兄弟！不是你和你那根马鞭子，嗐！咱们这群人，早让怪物给填了肚子啦！现今已然禀报了宣化官府，好嘛！官府带人去了一查，老天！这回除的竟然就是近年来群魔乱舞，杀生害命的怪物凶犯……”刘掌柜兴奋极了，叨叨半天也没说明白。听得大杨一愣一愣。郑学士淡淡一笑，说了原委。

那日龙鞭发威，郑学士助力，引天雷霹雳，终于打死了老怪，一场泼天大难算是过去。大杨昏倒、老张昏死，剩下跑掉的伙计、车把式早已进了城，满城乱喊，终于惊动了宣化官府和当地驻军，府尹派了警察署又邀了驻军派了一个连，荷枪实弹呼啦啦一溜烟出了城，才发现当场惨剧，救回了大家伙儿，还把地下两只狼怪、一只老怪的尸身给运了回来，摆在衙门口示众三天。这位府尹老爷还算能干，立即着人查访，请大名鼎鼎的郑学士当顾问，又派人飞马去众人遇险的尖站调查，这才查明了久悬不决的几桩惨案。

头年蒙古人进京那次，就是遇上了这三只久修的怪物，一行人马被杀了个干净，抛心挖肝吃了。衣裳却被怪物掠去，白日里竟然装作蒙古商人，一路上杀人越货生吃活人，再逞凶威！那几位被请来除妖的法师，也是被老怪使了法术，当场被生吞活劈。只可惜那座尖站，连掌柜的带伙计，在数月前忽然失踪，原来是风高月黑的大雪之夜，三只怪物化作人形，潜入其中将全店的人杀戮一空，让他们做了冤魂！

这些案子查出来，惊得府尹、驻军官长和满城士绅百姓悚然大哗，谣传纷纷，数年冤案一朝洗清，府尹老爷连日上奏北京内政部，连北京城里也震翻了，北洋官府、民间都传为奇事。总长传下话来，一定要重赏除怪众人，并命令将怪物尸身示众七天，以平民愤。

大杨想问怪物来历，郑学士只叫他赶紧养伤，刘掌柜也忙活收货生意。到底是年轻人体格精壮，第四天头上，老张、大杨和受伤的伙计们好得差不多了。又在宣化府待了两天，宣化府尹不仅送来了花红表礼，还赏了大杨众人五百块现大洋，刘掌柜也出钱给大家治病、购物，众人皆大欢喜。只是郑学士很奇怪，既不要钱也不要东西，单单要了示众的三具怪物尸体，大家都迷惑不解。

这一日，刘掌柜邀了客店掌柜的摆酒，为大家压惊。郑学士拉着大杨坐了首席，把酒言欢。半晌，说起那日的狼怪和老怪，郑学士点了根烟卷，亲自陪着厨房的大师傅把三具怪物剥皮抽筋，也不知他怎么捣鼓的，在怪物脖腔子里又掏又找，也不嫌腌臜，两袋烟工夫，才回来坐下，指着一大盆早已变成肉块的怪物和几张奇异的兽皮给大家侃侃而谈。

被除掉的狼怪，非比寻常，并不是寻常山野树林中的野狼成精作怪，也非闻名遐迩令人谈狼色变的狼王，其名叫“铁背苍狼”，乃是西域传过来的异种。这种狼是母狼与狼王交配后，又被深山大泽中的魑魅魍魉山精水怪强行交配，在母体胎元中被注入邪精怪气，阴阳相融、恶邪交冲所化育成一个狼胎，待足月后产下幼狼，一出母体，天性中便带了十足的凶邪暴虐、恶毒狡诈，其凶恶狠毒过于豺虎、狡诈奸猾过于狐狈，最是心狠毒辣奸狡异常。又嗜血为食，先咬死母狼，以母狼血肉为食，稍大后，体态、力气迥异于普通野狼，不仅蹿蹦跳跃扑杀猎物本领远远高于野狼，更加之敢残杀同类为食，吞噬杀戮豺虎野猪，连稍弱的山精水怪也不是它的对手！即便有些强壮野兽发威逞凶要杀它，却也奈何不得，原因在于这种异类因后天机缘，背部这块皮毛竟是软如春绸，坚似金刚，若遇强敌，争斗不胜，它便掉头逃跑，凡追过来的野兽只要用利爪猛抓、獠牙撕咬，必被其背后狼皮撞断粉碎，大受其伤，此狼反而能趁机反扑。这也是铁背苍狼能逞凶于一时的天生护体之宝。

此狼本为异种，胎元中便带了魑魅魍魉山精水怪之精血，吞噬血肉剧增，便开了智识，加之本性狡诈奸猾，待智识打开，便可在深山大泽灵气充裕之地，采日月精华，借地脉气力，调龙虎转阴阳，灵性大增，待年深日久，就成了精怪。一旦此狼成精，更是凶悍异常、嗜血成性，专以人畜鲜活血肉为食，再过数百年，便可修成魔体！虽无真龙灵兽那种呼风唤雨、移山倒海之力，也能变幻人形、口吐人言、吞噬灵物、不惧平常法器利刃，加之力大无穷凶猛异常，就成了地方上为非作歹的隐患。

铁背苍狼与一般野狼区别在于，野狼群居，此狼独行，俗话说：狼是铜头铁骨豆腐腰。普通野狼头颅最硬，筋骨坚固，野外乍遇到此物，可专打它柔软的腰部。但铁背苍狼一旦成精，全身筋骨皮肉如石似铁，背部更是坚不可摧，刀枪不入。一般利刃刀斧绝伤不了它们分毫。也是天意，这两只铁背苍狼修为不够，妖法未成，加之大杨神鞭助力，抽掉了它们的脑袋，最终才除掉了它们。此物种因生下来便反噬其母，狼群中一旦产下此物，必被遗弃在外，赶紧迁徙远走。若不走，他日长成，连狼王也不是它的对手。

郑学士指着两块背心大的狼背皮，让众人过来瞧，皮子紫莹莹发着神秘的幽光，并不厚实，触手滑润，果然与整张狼皮不同。他示意老张拿了桌上切羊肉的刀子擦干净，割几刀。老张呆愣问："啊？这使得么？"

"使得！使劲儿割！"郑学士并不在意众人惊诧的目光。老张提刀在手，咬咬牙，刀尖朝下，狠狠在狼背皮上割了几下。咦?！皮毛上不仅连个缝都没有，连刀痕都一点不见！大杨不服气，叫老张双手扯开皮子，自己拿刀狠狠捅了几刀。天！雪亮锋利的刀尖刺得皮子"噗噗"作响，却愣是像刺在硬牛皮上，怎么也刺不透！

"好家伙！这两块皮，真是宝贝啊！"刘掌柜瞪圆了眼珠。郑学士微笑道："放下吧，大杨兄弟，你拿回一块，我留一块。记住，这皮子善避金铁，什么刀剑利刃也伤不得它，虽比不得上古传下来的唐猊宝铠和大内的金丝软甲，却也是一种防身的宝物。不用针线，告诉家里用粗布衬底，做个背心穿在身上，今后跑远道护心暖胃挡风寒不说，一旦遇上劫难拼杀，可是遮蔽刀剑兵器护身法宝呢！"

"那只老怪到底是个啥东西变的呢?"刘掌柜舔舔嘴唇，有些贪婪地又瞄上了狼背皮旁边那张老怪身上剥下的杏黄色光润油亮带有六瓣花斑的皮子，触手更是润如春雨、细如贡绸，在院里一抖，黄光闪烁飞如软金影影重重令人目眩！

"这可是少有的异兽喽！"郑学士笑着捧过兽皮，指点道。

这是一张豹皮，也是古籍中记载的六灵花皮豹子精的皮！此言一出，大家惊诧莫名，连名儿都没听过。原来六灵花皮豹子精，也是天生异种，并不在普通豹类之内，单归为一类。其性凶猛狠毒，嗜杀成性，实为豹类中的魁首！

普通豹类无论皮色如何，身上大都为黑斑、古钱圆环，头短脖壮四肢前长后短，前足五趾后足四趾，腰肢粗壮遍体成斑。然而六灵花皮豹子精却不然，出生时遍体雪白，犹如雪豹，稍长变为灰黑色，犹如黑豹，再长变为花豹，再长变为云豹，历经六次变化，才长成凶猛无比的六灵花皮豹了。

《寻古杂录》里载："此豹自幼及长，蜕变六色，四肢前短后长，四足皆有五趾，世所罕见，迥异于常豹。及长成，遍体杏黄，金色灿然，尤怪者，皮上多生六瓣梅花纹斑，光泽可爱，故称：六灵花皮豹。传可医风寒湿痹、天生筋骨软化折裂之伤，用时，将病者以姜汤沐浴，多入椒类，激发六脉血行，裹以此皮，十日内神效。然此兽凶狠异常，或言：其在深山大谷内多成精怪。成怪则可吞云吐雾、变幻人形、呼风唤雨、移山倒海、危害人畜。又善以血肉为食，役使虎狼，凡虎、熊、狼之类属，见其皆拜伏其下，战栗流汗、神魂俱惊，甘为其用。此兽于辽东、海西一带或有遗种，后者不可不识……”

也就是说，这种豹子不仅天生异禀，从幼长成壮大，会变色六次，还跟凡豹不同，四肢前短后长，四足都有五个趾头！皮上的六瓣梅花更是漂亮异常，只是其性凶猛可怖，等闲的豺狼虎熊之类，见了便胆战心惊，甘心为其役使！其神奇之处在于，其皮毛可以治疗风寒湿痹、筋骨断裂及软骨症！而这只老怪修为比铁背苍狼更为深厚，也是一只久修的真灵，才能仗着智识大开，诡计多端，役使苍狼怪在此地危害一方，或明杀或暗害，用妖法残杀吞噬了无数人畜生命！

众人都小学生一样恭恭敬敬听了许久，这才恍然大悟，感慨不已，本以为在京城四处世路上行走多年，早见多识广喽，不料这才发觉自己短见识。世界之大无奇不有，一趟远行，竟遇上两种异类怪物，也是可叹。

郑学士听大杨说了杨爷伤残内情，便取了老怪碎裂的内丹和外皮相赠，告诉其医治之法，又把狼身皮送给了刘掌柜，把狼肉、豹肉加了椒盐，满满炖了一大锅，众人饱餐一顿，竟是感到精力旺盛、筋强骨壮，这才收拾行装，满载而归。

到了刘家老店，二掌柜免不了盛情款待。这天看看北京城近，刘掌柜又请郑学士说说大杨手里这根不起眼的鞭子，郑学士大笑道：“刘掌柜，岂不闻智者多忧？你此次已然得了不少物件，就别打听喽，大杨这根鞭子，日后自然有它的造化。”

车辕上的大杨问：“学士公，我忽然想起件事儿，上回咱们在魔窟尖站临走，我摇了一个什么‘讼卦’，您说不利涉山水大川，利见大人，最后是个‘终凶’，这次咱们末了却除了怪物，得了些宝贝，还安然无恙，是不是卦象不准呐？”

刘掌柜最喜欢这些神神道道的事儿，赶紧凑过来听。郑学士微笑指着大杨道：“大杨不说，我险些忘了呢。照你摇的卦来看，确实跟咱们末了结局不同，不过，大杨兄弟、刘掌柜，可知易理本身就在于变化，这‘讼卦’的变卦中还有一节，讲的是：‘讼，元吉，以中正也。’另外……”郑学士闭目微笑了一会儿，猛地睁眼看了大杨片刻，说：“大杨兄弟运气好！”

“运气好?!”刘掌柜咧着大嘴笑得十分尴尬,他没想到郑学士说出这么“粗”的话。

“对,一来大杨兄弟神鞭在手,二来嘛,就是运气好,此运非你本身自有的运气,乃你父祖辈上的运,常人说的:积善之家必有余庆是也。”

“这、这何以见得呢?”刘掌柜莫名其妙盯着大杨瞧。

郑学士肃然道:“讼卦本来还有‘食旧德,贞厉,终吉也’的说法。旧德,除了大杨兄弟自身的豪侠仗义,临危不惧,不是还有其父祖辈的阴德吗?”

刘掌柜懵懵懂懂不知所以然,大杨闻言好似头顶炸了个焦雷!猛然想起父亲杨爷多年前的奇人奇遇和前尘往事,心下大震!一股又酸又辣的血气冲得他两眼涌泪,哽咽片刻,装作咳嗽赶紧用袖子抹了,瞅瞅仿佛心照不宣笑容神秘的郑学士,不禁抱拳拱手,大起知遇之感。

## 二十七

回到京城,交卸了货物,刘掌柜对郑学士不敢怠慢,选了两卷上好的海龙皮桶子、水獭围领,恭恭敬敬亲自送他回府,以谢一路安稳人心、救命之恩。临别之际,郑学士对赶车的大杨笑道:“既然知道了我家门,以后有事尽可来找我,过些日子,我也要去拜访你呢。代我向令尊、令堂致意吧。”

刘掌柜回了皮货铺,再次摆酒感谢老张、大杨一众人马,每人特意多给了三倍的赏钱,每人一身新冬衣。吃饱酒饭,大杨喜滋滋甩鞭赶车回了右安门外的家。杨爷夫妻俩一见儿子回来,大喜过望。看看风餐露宿这么久,又高又壮的儿子,四姑娘撑不住抱着儿子号啕大哭,边哭边喊:“儿啊……你可叫妈想坏啦!我、我多少次做梦你遇上了歹人,哎,说给你爹,他也听不明白!这下可好啦!快着,叫妈好好看看!”

一家人亲亲热热吃喝一顿,听大杨说起路途上的九死一生,吓得四姑娘直念佛,瞅瞅儿子身上的伤痕,四姑娘忍不住涕泪交流。大杨并不在意,又夸了半天神机妙算智勇双全的郑学士,取出狼背皮和豹皮,叫母亲赶紧预备，自己去前门抓好药，给半残的杨爷又洗又抹又泡，折腾了半个多月，杨爷半残的双腿起了一层大血泡，到了第二十天，血泡萎缩，杨爷双腿筋骨处，密密麻麻涌出些亮白色的小水泡，更是又痛又痒，再过三天，小水泡干缩结痂了。又三天，杨爷从膝盖往下，竟然像蛇蜕似的脱下两张浅黄色又皱又粗的皮，露出光洁干净结实的皮肤！四姑娘激动地上前摸了摸，脚踝脚骨处，竟是完好无损，原先上头留下的红紫伤疤、黑色伤痕一丝不见，宛如再生好人！

杨爷也喜得蹦蹦跳跳，加上内服配制的老怪内丹小药丸，见天觉得浑身筋强骨壮，一股热乎乎暖流从丹田涌出，上走膻中、咽喉顺达双臂双手，下走气海、会阴过膝盖直达双脚，这股暖流越来越强，到了一个月头上，用药完毕，杨爷晃晃膀子，竟然比年轻时还有力气，气血强盛、身健体壮不输儿子呢。这一个月来的变化，老街旧邻们都看傻了：原先那位受了重刑，又疯又傻、拄着棍子拉拉垮了一瘸一拐的杨爷，又变回好人了！

大杨对郑学士感念不已，本想带着父母去郑学士府上拜谢，去了一敲门，家人说郑学士却不在家，又被一群遗老请到天津卫去修什么劳什子书。大杨快快回了家，叫四姑娘把豹皮做了一床褥子，铺在炕上让二老使用，又把狼皮做成个小背心，自己穿了。还甭说，这么小个背心一上身，冰冷刺骨的大冬天里，大杨就觉得前胸像揣了个火团，又热又舒坦，热得四肢百骸都暖洋洋的，简直省了棉衣呢。

想起还没去拜会北城的邵大爷呢，大杨起大早买了些礼物，赶车到了邵大爷家。邵大爷异常高兴，摆酒请客，爷俩吃了半天。邵大爷听完大杨沿途危难之事，只是点点头，小绿豆眼幽幽闪烁，末了点点头："这档子事，不算啥！"

"不算啥?!"大杨一口红焖牛肉差点呛住。

"你这行走的是太平大道，跟我们镖行不同，这才哪儿到哪儿？太平久了，自然山精水怪魑魅魍魉都养大出山，碰上这点儿事儿，在我们看来，真的不算啥。我要跟你说说我们行里那些夜战群魔、荒山遇鬼的典故，还不把你小子吓没了魂儿？呵呵呵，人呐，活着就得有点硬气，你小子活这么大，不是这趟活，上哪儿历练出这点硬气去？老活在北京城这一亩三分地，啥时候能长大？哦，白长那么大个子？小子，你且得学呢！"邵大爷喝了口酒，随便说了几件四十年头里，他带镖走口外、大漠的事儿，果然是惊险万分、九死一生，听得大杨那么大个子直冒冷汗。

邵大爷又开始叫大杨帮他干活，锻炼他的力气，足足大半年，大杨赶车拉活完，就到邵大爷这儿，干那些稀奇古怪的活计，越发身高体壮。这一天，邵大爷摆了酒，叫大杨坐下，爷俩喝了几盅，邵大爷慢吞吞端起茶杯喝了两口，笑道："小子，我要走了，这几天你得给我帮帮忙，还有点事儿嘱咐你呢。"

"走？"大杨给他斟满酒，看看邵大爷满面红光，似悲似喜的眼神，猛然打了个寒战，"您老这是要出远门？啥时候走？用不用我送送您？您、您这是要……"

"再喝一杯！"老爷子跟呆在当场的大杨一碰杯，"吱"一口干了，点头道，"不错，佛家说涅槃，道家说羽化，咱们老北京说：嗝屁着凉大海棠，脚巴丫子蘸白糖，呵呵。就是个'死'字。"

说到"死"字，屋里一时陷入死寂。大杨吓得一屁股坐在凳子上，目瞪口呆，瞅瞅眼前精神头十足，有吃有喝的邵大爷，晃晃自己脑袋，觉得像在做梦。片刻，大杨笑了："您、您可吓坏我喽！敢情您是逗我玩呢！"

"哼，"邵大爷冷笑一声，"我可没那个闲工夫跟你小子逗咳嗽！人老了，都有这么一天啊。咱又没吃太上老君八卦炉里的九转金丹，还能长生不老？"大杨心里猛地一沉，说不上的慌张、沮丧，带点感慨伤怀的热流顿时涌上来，一把拉住邵大爷："您、您没吓唬我？您是得了啥病还是咋了？有病咱……"

"坐下！"邵大爷不理大杨火急火燎的动作和夺眶欲出的热泪，缓缓说，"老子没病没灾，到时候了，就得去喽。跟我待了这么久，还跟个老娘们似的哭唧唧的！有泪给我憋着，听我说！"

"嗯……"大杨一肚子肉菜满腹凄惶，回想这些年来虽没拜在邵大爷门下，只帮着他运土、挑水、洗衣裳，吃饭喝酒闲聊天，早成了亦师亦友的好朋友，一旦说到生死离别，哪能忍得住？一股哀气憋得他满脸涨红，眼泪扑簌簌砸落在地。

邵大爷也不看他，自顾自说："人生七十古来稀，我都快八十了。外头人不知道我岁数，我自己个儿的身子，自己有数。你小子，是个实在人，看人看行，听话听音儿，这些年接长不短来我这儿干活下力气，从不打折扣，从无怨言，不含糊！我都瞧在眼里了。吃完饭，陪我去清华池洗洗澡，回来，我收你为徒。”

“啊?”大杨全身一震，猛地跳起来，不相信自己耳朵似的看看安然稳重的邵大爷，结结巴巴说，“收、收我……”

邵大爷拿出一沓文书，交代了后事，末了指着房契地契对泪眼汪汪的大杨说：“嗐！你啊，我怎么相中你这么个傻大个！我这辈子吃也吃了，喝也喝了，该经历的也经历了。就是走，咱爷们也得走得潇洒！可甭来个大哭二嚎的，我在那边听着也不舒坦！我那些老哥们弟兄也不在了，年轻的也没啥交往，我家里也没啥人，除了给堂房亲戚那些，剩下这处院子和院里的杂七杂八的，你不嫌弃，都给你，喏，这是文书。”

“我不要!”大杨“扑通”一声跪下，邵大爷一把提溜他起来，说：“我啊，一辈子没正经收过徒弟，就算你一人！甭替我省，你师父不差发送钱！没人来还罢了，有故人来了，给预备点茶水，吃炒菜面席就得。这院子我住了几十年，一花一草也熟悉，赶上哪天想了，我在那边回来瞅瞅还找得着家，你也不怕鬼，哈哈。你不要也白便宜了旁人！收下!”一把将文书塞进大杨怀里，笑道：“走，洗澡去!”

大杨跟做梦似的，亲自赶了大车带着邵大爷到清华池，伺候他痛痛快快泡透了，洗了个舒服，修脚、修面、剪发，回到家，天色渐暗。邵大爷里外换了新装，白绸中衣，素绸带子，外头一声玄色长袍，一巴掌宽大带，透着干净利索仪表不俗，大杨从未见过他这副模样，心里又惊又哀。

摆上香案，邵大爷端坐如仪，大杨端了杯茉莉双熏，恭恭敬敬递给他，双膝跪倒，“嗵嗵嗵”磕了仨响头，震得屋里嗡嗡直响，邵大爷端杯在手，并不说话，屋里被朱红蜡烛的融融暖光照得温暖而祥和。“师父!”大杨哀切切喊了一声，泪水早已夺眶而出，死命抠着砖缝不敢放声，胸脯贴在地上起起伏伏，十分激动。

“徒弟，你听我说。”邵大爷换了威严语气，“不是为师不收你，实在是时局不同，咱们功夫行，早已跟这个时局一样，起起伏伏衰落喽。你既然拜在我门下，一日为师终身为父，日后甭忘了年节祭日，到师父坟前瞅瞅，带点酒菜，咱爷俩喝一杯！”

“是！！”

“咱爷俩有缘呐。我呢，脾气怪，你呢，是个好孩子，多少年我没看走过眼。仁义宽厚，跟你爹差不离。哎，早二十年遇见，我能不收你？你以为我想这一身功夫带到棺材里朽烂无存?！你啊，还欠着火候呢！如今这世道，功夫不值钱啦，真功夫不值钱，假的更不值，说不定以后赶上太平盛世，还有咱们功夫复兴的那天，你也许能见到。

记住，甭管世道怎么变，你一定要练真功夫！不能练假的，更不能教假的误人子弟！咱们中国功夫，自打老祖宗以来，玩的就是个真刀真枪，如今人心坏了，假的玩意儿太多，日后千万别弄虚作假，败坏我的名声事小，叫人家洋人拿咱的拐棍打咱的踝子骨，臭名远扬，对不住祖宗事大，如果那样你就不是我的徒弟！我做了厉鬼也不饶你！”说罢再也忍不住，仰天长叹，老泪纵横。

“是……师父，我、我都记下了！”大杨哭拜在地。

“那年在天坛，我忍不住出手教训那假洋鬼子，是告诉他咱们老中国是有真功夫的。功夫在学、在练，俗话说师父领进门、修行在个人。招式是虚的，功底要实在！全在你个人融会贯通活学活用！到了对敌真场合，没那么多花架子，三招两式把对家打趴下，就是功夫！不是为师不教你招式和其他功夫，本门练的是童子功，四岁开练，你骨骼筋肉已然长齐了，再练也不出功。

你这几年跟着我，运土、提水、洗衣裳，都是为师教你扎实的功底，练枪法，臂力不足，腰里没劲儿，一辈子也只能练形，不能出功夫。你枪法的功底已然有了，招式我就不教你了，你没用过大枪，估摸着这兵器今后也用处不大喽，你把我常用的那根，给我搁棺材里吧。教多了，你也记不住。临了，我就教你一招！你就用你的大鞭子，照着练！记住孩子，这招是危急时刻保命的，平日千万不可外露，以免坏事！明白了！”

“徒弟……明白了！”大杨起身，出去取来赶车用的大鞭子。

“关上门。”邵大爷吩咐。大杨忍着悲恸，瞪大了眼瞧着邵大爷提溜鞭子，在屋里绕了两圈，突然出手，做了一个异常奇怪的动作。邵大爷细细嘱咐他几句，又做了三次动作，示意大杨做了几次。瞅着大杨笨手笨脚的模样，老爷子笑呵呵说："别看就这一招，练好了，就是绝活！这是为师教你的最后一点东西。"说罢回身盘膝坐在床上，招手叫大杨过来。

"你记着，一会儿我要散功，你在这儿给我守着，估摸着俩时辰左右。记着，别跟我说话，别碰我，千万别碰，等明儿一早，你挂出丧吊子，招呼人给我说的那几家送帖子就是了。"

"师父……"大杨死死拉着邵大爷一阵悲酸。邵大爷欣慰地点点头："甭哭了，以后记着，甭忘了我这古怪老头还教过呢，快起开！"说声起开，邵大爷推开抽泣的大杨，深吸几口气，调元气、运内功，真气自丹田而发，过玉海、走重楼、穿六脉、流十二经，霎时运布四肢百骸，只听他身上"咯咯叭叭"一时响声不绝于耳，体形忽地胀出老大，似檀似麝涌出一股股淡然的香气。

大杨有些惊悚，也不敢上前问询，只跪在床前仔细看。不多会儿，就见邵大爷满脸通红，全身汗出如雨，幽香袭人，剧烈颤抖如筛糠一般，五官眉眼扭曲，显见是绝大的痛苦，身上噼噼啪啪响起一串轻微的开裂声，渐渐地，声音消失，身形越来越瘦。窗外，月色升起，银辉玉宇淡然俯临大地，柔和而深情注视着小院里的静谧森森，给院中的石桌石凳、稀疏的草木镀上一层银光，墙角那根颀长的大枪，琥珀色的枪身上忽然发出盈盈融融流动的光彩，若隐若现乍明乍灭，像一块光润通透的玉石，熠熠生辉、宝光内蕴，久久不能散去……

## 二十八

邵大爷的死讯在四九城并没有引起什么响动，院里只简单扎了个棚子，送出的丧帖就那么几份，来的人更是屈指可数，丧仪完全按照邵大爷生前布置的处置，一点没走样儿。京畿、津门武林中人，跟他老人家平辈的早已寥落，后辈晚生们，大多不晓得江湖上还有这么位前辈。这位头二十多年威名赫赫的邵大爷，如同芸芸众生里最普通的老人那样平淡无奇地逝去，波澜不惊。只有他早年那些英豪往事以及带进棺材里的三十六路子龙枪在江湖中化为传奇，被武林众人口口相传。人过留名，雁过留声，邵大爷留了名声，但本人却丝毫不为外人所知，很多德胜门外的老少爷们，到这儿才知道，原来身边还住着这么位高人。

一抔黄土，几声唢呐，棺材入土，陪伴他的，只有那柄陪伴了他半生的大枪。荒草萋萋，残阳斜照，群鸦鸣叫。大杨跪在邵大爷坟前叩了无数头，抽泣着想起师父英雄一世，迟暮之年隐居民间，再细思无论生前多么英豪盖世威名赫赫的豪杰，也终有油枯灯尽的一天，如今也不过成了黄土垄中的一具尸身，不禁慨然长叹涕泪横流。大杨起身洒酒祭奠，回城路上，远望金乌西坠，旷野广阔寂寥，隐隐然觉得自己突然长大了好些。

回家跟杨爷和四姑娘说了详情，杨爷深深叹息，比画了好久，原来他在头二十年，跟邵大爷还有过几面之缘呢。四姑娘感慨之余，听说邵大爷把院子送给了大杨，心里有点兴奋：儿子这么大了，眼看就得娶媳妇，家里这点房子，人家女方本家必然挑理儿瞧不上，若是能有这么处房院，叫儿子做新房，这倒是个好主意，也得谢谢邵大爷在天之灵，想得这么周全。

一家子商量一番，等过了邵大爷五七再说。谁知这天大杨赶车来德胜门外邵大爷家祭扫，发现院门大开，里头人头攒动，院子竟然被人霸占了！

大杨怒火上涌，过去忍不住三下五除二揍了那群占房的小子，听他们嚷嚷，这才知道占房的三十多岁的汉子是北城威名赫赫北霸天韩大爷的亲侄子，韩二爷！大杨大怒道："诸位，我不知道什么北霸天南霸天！这院子，是我师父生前住了几十年，临终送给我的，俗话说私凭文书官凭印！你们有房契地契吗？我师父邵大爷才去世没多久，你们光天化日之下敢强占，还有没有王法！"

打扮得花里胡哨顶漂亮的韩二爷捂着脸冷笑："王法?！在这一亩三分地，爷就是王法！什么房契地契！爷看上了，就是爷的！"

大杨见状退出院子，展开手里的大鞭，左右开弓，抽得他们皮开肉绽抱头鼠窜。见他们没了影，大杨收了鞭子，这才气呼呼骂了几句，吐了口唾沫，进了院子，把院子里的东西全给扔出来摔了一地，大门一锁，蹲在墙根里生闷气，见好久没人来闹事，才赶车回了家。

到家跟杨爷一说，杨爷也气得火冒三丈。他知道韩大爷的势力，比比画画跟大杨说了韩二爷的内情，敢情这位爷是韩大爷过继来的侄子，仗着他叔叔的势力在北城横行霸道，最是阴险狠毒，如今看中了邵大爷留给大杨的小院，这可如何是好？

大杨骂道："这个狗东西，也不能仗着他叔叔势力明抢啊！他再来，我活劈了他！实在不成，咱去告官！"

四姑娘一听"官"字，唬得浑身乱抖，扎煞了手劝道："儿啊，你可别莽撞！忘了你爹的事儿啦？现而今这些衙门口都是朝南开，有理没钱别进来。咱家可就你一条根，万一出点事，你叫妈怎么活啊……"

听母亲一哭，大杨也没了主意，谁知第二天一大早，就有南城警察局的巡警来到杨家，要抓大杨。四姑娘一听就炸了，又哭又闹，引得一众邻居也来看，民国了，当然跟清朝不一样，大家伙儿都火了，跟着大杨一家来到南城警察局，要看局长老爷怎么断这个案子。

鼻青脸肿的韩二爷在这儿等了多时，两下一见面，分外眼红。局长老爷打着哈欠问了问，眨眨眼说："你们这两家的案子可不好断啊！杨家有房契，韩二爷信誓旦旦，也不是空穴来风。这……"

大杨爷俩和韩二爷一帮都盯着局长老爷，然而出乎所有人意外：这位颟顸的局长既不明断也不贪贿的老爷竟然大和稀泥，要求两拨人各自出钱买，谁出的钱多，这院子就归谁！买下来之前，房子暂时被警局查封。

这下两下全傻了。

两拨人面面相觑，都摸不清楚这位局长老爷葫芦里卖的什么药。可人家言之凿凿，大杨爷俩看他也没有偏袒韩二爷一方，只能从命。

韩二爷打的什么主意呢？原来他不知听谁说的，邵大爷做了一辈子镖师，积攒了大笔金银财宝，都埋在他住的这处小院里，那当儿不少洋人买的前清败落王公府邸，常挖出金银珍宝，韩二爷又是个爱听小道消息的，因此便上了心，要势在必得。

可上哪儿筹钱去呢？大杨跟二老一商量，拿出上次出远门赚来的全部大洋数了数，才不到一千块，韩二爷那头一出手就是三千块！思来想去，周围认识的哥们弟兄都是穷人，想去求求郑学士，可人家还在天津卫跟修书呢，一时半刻又回不来。这可咋办？

杨爷见儿子愁闷，也闷闷不乐，抽了几袋烟思索良久，比画道："这事儿不能不办！大家都在江湖上行走，受人之托忠人之事，即便你师父邵大爷没留下什么东西，就这么一处院子，咱就是打碎了牙也不能叫别人抢了走。儿啊，甭急，钱，咱们有！"

大杨疑惑，挠挠头问："爸，这会儿您就别跟我打哑谜了。咱家这样，哪有银子呐！"四姑娘一听就凑过来问："当家的，你、你别是打那物件的主意吧？"

杨爷比画道："当年杨大人被冤屈死，他们家逃难就留给我两件东西。大鞭子咱用上了，瞧着样儿，也值不了几个钱，儿子说郑学士要买，说是个珍物，可人家不在北京城，别人不认得啊。我看，就得拿另外那件了！"

"可那是咱留给儿子……"四姑娘一摊手，为难道。"别说那个啦！老话说救急不救穷。咱本就是穷命，那物件留在家里也是个累赘，不如换了钱，买下那处院子，给邵大爷在天之灵个交代！谁叫他是大杨磕头拜的师父呢！"

大杨莫名其妙瞅着二老连比画带说，不明所以。四姑娘默然良久，起身去了厨房，半晌，抱了个长方形、二尺多高的盒子进来。杨爷跟大杨比画着："这玩意，我也不知道值不值钱。那年赶车陪着两宫圣驾西巡，光绪爷瞅过几眼，说能买下几个大镇子呢！哎……我一听吓得不轻，这是人家杨大人家眷临走送给我的。咱当年帮人家，可不是希图这东西。后来想找着人家后人再还给人家。一别这些年，也都没了音讯。既然现今咱叫磨盘压住了手，先拿这物件救个急，我想，杨大人在天有灵必然能明白我这番心意。"大杨倒吸一口冷气！他从小压根就没听二老说过家里还有这么个物件，更不晓得当年老爹跟什么杨大人有啥关联。赶紧接过四姑娘手里的盒子，轻轻打开往里一瞅，竟呆呆傻了……

大杨做梦也没想到，家里竟然藏着这么一件看起来宝光四射的"玻璃蟠桃"，连四姑娘也是大白天头一次在阳光照射下瞧眼前五色莹润、光芒鲜亮的一对蟠桃。杨爷沉住气，连说带比画，把当年如何得了这件蟠桃和大鞭子的来历细细给儿子、媳妇儿说了个清楚。

大杨心下感叹：这玩意儿瞅着贵重，真能值那么些银子？爷俩商量半晌，去哪儿卖呢？按说，这种物件，都得去琉璃厂各家大古玩铺子变卖。可爷俩久在车行，又没学问，想找个人问问，郑学士也不在京城，实在不晓得这物件来历价值，怕叫人骗了。杨爷叹口气比画说："庚子那年毁的东西多喽！我带回几本子叫啥《永乐大典》的书，那还是义和拳跟洋鬼子大战，烧了翰林院抢出来的呢，咱也不知道那是啥书，都叫你妈画鞋样做了鞋底子。我看，咱们先去地安门挂货铺子问问吧。"

挂货铺子，是只有在老北京城才有的买卖叫法，换到别的地儿，大号叫"旧货铺"。这里跟琉璃厂那种布置明亮文雅、分类整齐、待人接客温文有礼大有不同。这种铺子，大都开在地安门里的小街上，也没什么名人写的招牌，只看幌子。门口或是毫不起眼，或是跟其他行当错杂在一处，黑乎乎脏兮兮的门脸没有大的，都是开间很小的门扇，不知道的根本找不着。一进门眼前一黑，四周散发陈旧而酸腐的气味，准能把不知底细的人熏个跟头！屋里黑咕隆咚，窗户上有的连玻璃窗心也没有，都糊着高丽纸。柜台很小，也没有古玩铺那种严格划分的大掌柜、二掌柜、大徒弟、小徒弟，只有一个掌柜的，顶多带个小伙计。来了客，也并没有那种擦桌子、上茶问询，而是懒洋洋地抬眼瞅瞅来人，点点头说："您随意瞅瞅？"

站在堂屋里往四处看，这里跟卖旧衣服的估衣铺很像。也没有那些紫檀、花梨和红木的博古格子、架子，全是摆得杂乱无章像隆福寺庙会地摊一样的大方桌、大翘头案或是缺了腿的桌椅板凳，上到屋顶、下到地面，堆得满满当当的全是五花八门应有尽有的破烂旧货。瞅着破烂，可货色十足！

像什么瓷瓶瓷罐、铜佛铜鼎、玉石摆件、破了皮的漆盒、掉了色的烂画、缺了页的古籍旧书，发霉长毛的朝服朝珠顶戴花翎、生了锈的刀剑、大烟枪、三寸金莲绣花鞋、没了盖的鼻烟壶、酒馆的破酒壶、掉了珠子的珠花首饰头面、杂七杂八的子弟书本子、各个名家的唱本儿、诲淫诲盗的春宫画、烂小说、戏本子，抬眼瞅墙上，挂的弓箭、箭壶、戏服、架鹰的环、斗狗的勒子，角落里甚至还堆着小孩玩的破布娃娃、虎头枕和上了釉的夜壶马桶……这些五湖四海四面八方聚集来的破烂货，还都是掌柜的"挑"出来的，它们聚集一堂，来源各不相同，有些来自王府、公府、大宅门，有些来自五行八作的大小家庭，有些就是小门小户生活用品。但凡沾一个“旧”字，还有点品相，都被四九城打小鼓的挑了又挑，选了再选，顶好的送到琉璃厂各家铺子，剩下的，便是“甩卖大批发”，送到了这儿。

挂货铺子自然比不得正格的古玩行家大业大，古玩行也根本瞧不上这儿，两个行当泾渭分明壁垒森严，规矩、忌讳毫不相同。也并不是挂货铺子觉得自己个儿低贱、古玩行也不是觉得自己高贵，而是打祖师爷定下来那天，两个行当就这么区分。若说当铺跟古玩行还算半拉子打断骨头连着筋的“兄弟”，这挂货铺子，就决然跟古玩行没半点关联喽。

然而，当年京中不少文人雅士、朝廷大佬也有喜欢逛挂货铺子的，因为这里货源太杂，东西更全，只有您想不到，绝没有在这儿买不到的玩意儿，有些挂货铺子，连洋货也齐全，譬如旧了的德律风（电话）、手摇唱机、照相机、钢琴、打字机、皮鞋、光膀子的石膏像，也都能在这儿找到，也算六百年陈旧帝都中少有能接触到洋玩意的地方。可这么一来，甭说古玩行，就是珠宝行、玉器行对挂货铺子这行也嗤之以鼻、贬而远之，他们话说：“这纯粹就是四不像的二百五行当！”

文人雅士、朝廷大佬去琉璃厂是常事，可绝没人大庭广众之下张嘴说自己爱逛挂货铺子，一说出来，周围的人必定得像瞧爪哇国人似的拿眼捏咕你。也因如此，不少唱戏的名角、京城的玩家十分喜好上这儿来买玩意儿。东西全不说，没那么些大规矩，还能随意自己动手翻腾着挑选，您还甭说，当年也有在这儿买过珍奇宝物的！明摆着，这里的掌柜连伙计，眼力可比不得琉璃厂那帮大拿，没学问不说，有些连大字也认识不了几个，提供的货源便宜，卖得自然也便宜，加之卖货的也不懂，大量好玩的玩意儿就汇集于此，来此地买东西还能胡侃价，来这儿“淘宝”的人有运气，花个仨瓜俩枣，还真能买到不少好玩意儿呢。

## 二十九

大杨爷俩可不知道，他们来的这处挂货铺，乃是专做下三门和洋人生意的“暗铺”,专跟江湖各路人马和杂七杂八的各国洋鬼子来往,什么都敢往外倒腾,看着门脸小,其实内中大有玄机。这家铺子的黄掌柜,外号“黄鼠狼”,就是下三门掌门、南霸天于三叔的徒孙,为人精明狡诈,见了杨爷拿的这对蟠桃,被震得倒吸冷气,呆在当场。

大杨爷俩不懂行啊,见他脸色古怪,就要走人,谁知出来个叫山中有志的东洋人,见了蟠桃肃然起敬,脸色突变,一张嘴就出了一万块大洋!

一万大洋?那当儿一两黄金才卖三十八块大洋!大杨爷俩大吃一惊,打量这个山中有志:四十来岁年纪,油头粉面瞧着跟韩二爷打扮差不多,可长得矮墩墩胖乎乎,金丝眼镜下的小三角眼斯文中透着狡猾,手上戴着火油钻的大戒指发着幽光,一身西服也穿得紧绷绷的,连带头上那顶大烟筒似的礼帽,迈着小短腿走路,更可笑的是,这人嘴唇上留着八字大胡子,乍一看,跟个会说话的红毛老刺猬精似的令人忍俊不禁。山中眼珠子瞪得溜圆儿,嘴咧到耳朵边上,满口的口水津津,八字大胡抖成一团,三角眼射出两道精亮的光,直直盯着蟠桃大口喘息。

黄掌柜赶忙介绍,山中有志是日本国山中商社的驻华副总经理,专门在中日之间做大笔古董生意,实力雄厚云云,请杨爷把蟠桃卖给他,也算做了笔“洋庄”买卖。他肚子里门儿清:山中商社可不是个普普通通的商社,在日本军政两界广有后台,这位山中有志,更是个手眼通天丝毫不能得罪的东洋贵人!

谁知杨爷一听是日本人,死咬住钢牙,就是不卖,等山中有志一口气出到三万块大洋,杨爷头也不抬拉着大杨赶车扬长而去。

山中有志登时气得火冒三丈,要黄掌柜想尽办法,一定要把蟠桃摆件搞到手。黄掌柜劝道:“山中先生,您这是怎么了?不就是一对桃子嘛?我瞧着那俩棒槌拿来的不过是山东淄博出的五色琉璃摆件,值得您老这么大惊小怪的。”黄掌柜嘻嘻笑着,手脚麻利地给面前这位得罪不起的东洋大贵人端茶递烟,斟酌着说:“咱甭理会他们啦,咱还是接着聊咱的买卖,一对儿活该饿死的穷下三烂!给他们点窝头饼子都能高兴半天,懂个屁的古……”

“啪!”山中有志猛地一拍桌子,恶狠狠瞪着登时矮了半截的黄掌柜大吼,“混蛋!黄桑,你的大大的糊涂!你的脑袋大大的坏啦!只配缩在这耗子洞一样的小店里！那是宝贝！是宝贝懂吗！比你、你这屋里所有的东西珍贵多少倍！呃……可恶的支那人！用你们的话来说，你是有眼不识金镶玉！他们的，是……”气急败坏的山中有志拍案咆哮，想用个词儿形容大杨爷俩，奈何懂得少，卡壳了。

“那桃子顶多是玛瑙的吧？犯得上……”

“愚蠢！那是宝石！宝石你懂吗?!”山中有志活像个大獾子，刚平息的怒火再次拱了上来，手脚乱舞，“一万块？哼，一万块连个桃叶子都买不了！你的眼力大大的不行！黄桑。”山中有志这才觉得在中国人面前太失态了，狠狠压了压怒火，脸色换了肃然，“我的，一定要那件宝贝。办法你去想，不管你用什么办法！是去偷、去抢，还是去骗，我就要那件桃子！”

“偷、骗、抢……”黄掌柜一缩脖子。

“我不管！黄桑，钱的，我有。生意的，咱们做了多年，如果你想以后还跟我们山中商社合作，大大地发财，你就把桃子给我弄来，不然，不要怪我不认老朋友了！”山中有志起身冷若冰霜，绿油油眼中闪烁着贪婪诡异的光，“事成之后，你的好处大大的！”看着甩手而去的山中有志，深知其为人的黄掌柜悚然莫名，他可从未见识过一向文质彬彬温文尔雅的山中有志一翻脸竟如此狰狞可怖。哆嗦了几下，暗暗骂了几句洋鬼子，赶紧想主意。

也巧，他的伙计也是下三门的小徒孙，跟北城的人熟悉，跑出去打听了半天得了消息：大杨爷俩卖蟠桃摆件，正是为了跟韩二爷争一所小院子。

黄掌柜听了这信儿，大喜过望，赶紧备了厚礼，来拜见韩二爷，俩坏小子私下一嘀咕，真是相见恨晚惺惺相惜，定下毒计：以邵大爷的小院和蟠桃摆件为赌注，派人跟大杨比武论输赢！非得把大杨治死不可。

黄掌柜回六国饭店把定好的计策跟山中有志一说，山中思索片刻，当下答应：他可以出人，只要蟠桃，剩下的由黄掌柜打理，说罢叫来自己的保镖。黄掌柜一看，咦？这人他好像认识，经过介绍才得知：面前这位庞大魁梧留着东洋胡的保镖不是别人，正是头两年在天坛摆擂打败数名中国武术师，又大骂中国功夫的那个姓余的假洋鬼子！没想到这小子被邵大爷打了个半死，被西洋主子扔了，转身又投靠了东洋主子，拜在日本间宫一刀流流主神越门下学了几年剑道，如今改名为犬养一郎，专门跟随山中有志来华，一来保护山中在中国搜刮珍宝文物和获取情报，二来要找到当年打他的那人，报仇雪恨。

黄掌柜深知内情，靠着三寸不烂之舌，添油加醋把大杨跟邵大爷的关系挑明，又火上浇油，说得犬养一郎果然恼羞成怒，要杀大杨雪恨。

两天后，还没卖出蟠桃摆件的大杨得了韩二爷下的战书，约他在德胜门外打擂比输赢。大杨跟杨爷一商量：去！

到了那天，四九城的老少爷们出来上万人，都赶赴北城关，瞧这场生死擂台的大战。京城武林各大门派也都接到邀请，前去观阵。老少爷们有的看过两年前天坛那场擂台，发觉打擂的竟然是假洋鬼子，勃然大怒，登时骂翻了天。气得韩二爷跺脚捶胸：坏喽，这下可把老子的脸丢尽了！

大杨跟犬养一郎俩人一见面，是仇人相见分外眼红，先比了一阵拳脚，大杨不会招式啊，被精通搏击的犬养一郎打得鼻口蹿血，老少爷们大惊，有的知道大杨爷俩会鞭子，就大喊："大杨，使鞭子！使你的鞭子！"杨爷打下头扔上了大鞭，犬养冷笑，也取过自己那柄武士刀，顺势一抽"唰！"亮出一把长达五尺余的东洋刀！一道雪亮的银光带着森然杀气挥洒而出，映得众人眼前一阵眩晕！双手举刀的犬养一郎一纵身对准大杨横扫就是一刀！犹如银练般凶狠猛烈的杀气纵横四溢，破空而来！和煦的暖风像被巨大的杀气刨开，"唰唰唰"左一刀、右一刀，犬养一郎阴狠的眼光凶光大盛，提刀反手顺势从下而上又是一刀！大杨刚急速避过一刀，就被接连凶猛的两刀划中胸前！

在场众人无不大震！就在众人包括杨爷都以为大杨此次决然被刨胸开腹血溅当场、性命不保之际，耳轮中就听"叮叮嘶啦"金铁交加铿锵之音不绝于耳，等回过神儿再看，众人登时惊掉了下巴，无不悚然失色目瞪口呆，连犬养一郎都仿佛梦中人刚睡醒一样提刀呆若木鸡！

方才被锋利雪亮刀锋狠狠刺过的大杨稳稳站在当场，只穿了个小背心的他，不仅没被"开膛破腹"，胸前的小背心连个毛儿都没掉！大杨也被方才凛冽的刀锋吓傻了，根本来不及反应，就觉得刀光重重刺来，胸前震了两下，倒退两步，心想：我命休矣！谁知睁眼一瞧，胸口连个红印儿都没有！刹那间有点犯傻，不可思议地看看身上，再瞧瞧对面同样呆若木鸡的犬养一郎。刀锋银光闪烁，大杨脑子一惊，刹那间明白了：原来是这件郑学士所赠的铁背苍狼后背的皮救了他一命！万幸万幸！

观擂棚里众位武林门人、江湖老少也在震惊之余议论纷纷，韩二爷咧嘴瞪眼儿，口水流了一脖子，看看傻在当场的黄掌柜和山中有志，听着大家伙儿嚷嚷："嚯！这、这小子原来是装的不懂功夫呐！"

"难道这就是老辈传说中那种十三太保横练的铁布衫功夫？"

"刀枪不入？！胡扯！多少年也没听别人说能有人练出这功夫啦！"

"不对！大杨这小子使的是少林寺的金钟罩神功，又叫金刚护体神功，是少林的绝学呐。一旦使出来刀枪不入水火不侵，我听我师祖说过！不过，他这么年轻，咋懂这种绝学神功？！"

……

不知底里的众人议论纷纷，说得玄之又玄。围观的老少爷们听了，更是精神大振。

大杨右手慢慢抖开鞭子，冲犬养冷笑道："嗨！小子，今儿就让你尝尝咱老中国赶车的大马鞭！"话音刚落，一提鞭柄，这条长达近丈的大鞭子像条冬眠的大蟒蛇，嗖然抬头。"着家伙吧！"大杨对准犬养抖手就是一鞭！地下的鞭子"嗖！"森森然蜿蜒游动猛地飞了过去。犬养一郎不知道鞭子来历，更不懂眼前看起来傻大黑粗壮却令自己看不透的大杨，怎么会用这么个玩意儿当兵器！这不是瞧不起自己嘛。眼前陡然飞速而来的鞭子带着"嗖啪"的清脆响声，前头鞭梢上拴着个细小的哨子，一路披挂风驰电掣"嗖嗖"作响，像是灵蛇口中血红的信子，对着他张开了血盆大口！

"叮叮！"金石交错铿锵，鞭梢上灰蒙蒙的哨子被刀背磕得叮当乱响，大踏步分身急速挥刀的犬养一郎就觉得手中运用自如的武士刀碰上了什么轻盈的物件，劈、砍、挑、刺一阵连发的招式有张有弛急如星火，却被一团黑雾似的屏障挡在前头！恍惚中，数道颀长黑影仿佛伸出血盆大口的九头蛇，"嗖嗖嗖"几下逼得犬养一郎左挡右架，刚要再冲，一道黑影直冲他胸口飞射而来，惊得他踮脚一纵身在半空打了个旋慌忙落地，"噔噔噔"后退几步。

等他诧异地左右挥刀再向前，刚一眨眼，猛不丁眼前飞射来一条灰色大蟒如同天降，"哧……啪！"结结实实抽在他油亮的脸上，火辣辣生疼！刚一愣怔，"嗖啪！"，右眼、鼻子到嘴角便像被拧成麻花的铁条狠狠砸了一道，湿乎乎黏腥腥的血液立刻喷了出来。

“啊！混蛋！你小子……”话音未落，不远处的大杨单臂一甩，急速飞舞的长鞭在半空中生生拧了个大转身，鞭梢立即撒了欢地在犬养一郎嘴上啃了一口！“噗！”血光飞溅，几颗黄呼呼的牙齿被带了出来！

“好功夫！”山崩海啸般的欢呼声从四面八方涌入擂台。犬养一郎忍着剧痛没有后退，尽自他只是脸上挂花流了血，可那条在半空中狂舞飞动的大鞭子并没有伤到他的身体，他的功夫可不是白练的，闪展腾挪蹿蹦跳跃灵活得像只日本猴子，在铺天盖地鞭影重重中左右闪避，寻找着战机。他有点莫名其妙：妈的！这是什么功夫?！

擂台外头闹得厉害，里头的大杨和犬养一郎还在拼杀。韩二爷急得在擂台上大喊：“砍他的鞭子！东洋哥们，砍啊！”犬养一郎的刀光闪闪抵挡着影影重重飞舞而来的鞭子，虽然抱了必死的念头，可再怎么冲杀，就是冲不到大杨身边去。这条鞭子活了似的围得他铁桶一般，令犬养一郎无计可施。体力渐渐不支的犬养一郎苦思冥想就是想不出主意，忽听擂台上韩二爷的话，激发了他嗜血的本性！满脸是血的犬养一郎狰狞地露出恶笑，他左右闪躲几下，脚步摆成丁字形，轻轻一哈腰，“唰唰唰”左右劈砍出三刀，半空飞来的鞭子“嗖嗖”绕了几圈，正打在他手腕子上，一鞭就带下一块血淋淋的肉！谁知犬养一郎毫不在意，趁大杨挥鞭再甩，两手将武士刀一竖，等鞭子飞来，一瞬间猛然发力，却不是刀刃对敌，而是刀背在外，刀刃在内，做了个奇怪的快似闪电的动作！

“哗楞楞……”众人眼瞧着大杨的鞭子迅猛蜿蜒而来，带着罡风猛发而至，鞭梢刚到犬养的头顶，却被犬养一郎用刀顺势一缠，电光火石间几个急速旋转进步，竟然将那条软如棉、硬似铁、颀长的鞭子牢牢缠在了武士刀上。紧接着，犬养一郎顺着鞭子急速向前，眼露凶光直奔大杨杀去！“哈哈哈哈！你小子自寻死路！”犬养一郎狂妄大笑，眼到手到。大杨见鞭子几下就被缠住，登时大惊，靠近战他可不是对手，来不及多想，纵身后跳双臂一叫劲儿扯着鞭子往后拉，鞭长刀短，犬养一郎立马觉得一股大力扯着刀往前跑，快要脱手！他赶紧收劲儿，抱刀往后扯，一拉一扯，大鞭子瞬间被扯成笔直，直挺挺在半空中晃悠。

大杨、犬养一郎俩人都是大力士，旗鼓相当，此番也算针尖对了麦芒。鞭身发出“咯嘣嘣……咯嘣嘣……”的响声，听得人心惊胆战，生怕当时就断，谁知这根鞭子也怪，饶是这么着，眼瞧越拉越直越拉越长，黑黝黝脏兮兮的鞭子还是岿然不折。

犬养一郎暗运内劲儿，腰杆微微下沉，深吸口气突然“嗖！”地纵身拧转而起，带着被拉直的鞭子飞跃在半空，就见他双手握刀轻轻一转，全身像个陀螺似的在半空中急速旋转，激得四周煞气如旋，扑簌簌哄然而发，大力飞旋如电迅猛似光，刀光四射逼人眼目，众人吓呆了！看着像从天而降杀神一样咆哮狞笑的犬养一郎转刀似冰击飞雪、鹰啄水鱼，轻盈空灵飞舞盘旋！一朵骄阳下盛开的樱花般重重刀影转速极快，这一大力转刀拧动，割得鞭子“吱嘎嘎”响成一片。大杨惊得不敢再拉，正左右大力甩鞭要甩开犬养，不想拉扯甩动中，鞭子没事儿，可鞭柄再也受不了如此大力，“吱嘎嘎”发出不负重力裂开的声音。犬养一郎也吃了一惊，见鞭子没断，冷笑半声顺势直流而下，挥刀猛然接着就是一劈！

大杨懵懂了刹那，手劲儿一松，这才发觉犬养一郎方才落地那顺势一刀，把大鞭子的鞭柄削掉了一小节，鞭子飞落远处，手里就剩下一节五尺多长，前头带着斜尖儿的木棍子！他傻愣愣瞧着手里光秃秃半人高、被武士刀劈出前头半尺长斜尖儿的白蜡杆子，目瞪口呆。老少爷们顿时大惊失色，不少人嚷嚷道：“完喽！完喽！这小子非得叫假洋鬼子用刀劈死！”

大杨举着白蜡杆子抹了把汗，身上的伤一见汗，蜇得脑仁儿疼，他瞪着眼前这群魑魅魍魉，紧握双拳沉吟片刻，扬起头冷冷道：“该死的活不了，该活的死不了。你个假洋鬼子狗汉奸，来吧！”犬养一郎一听“假洋鬼子”四个字，登时气得面色紫胀，咬牙切齿一挥刀，大吼着冲了上来！只见他身子一缩仿佛矮了三分，手脚并用像个陀螺似的转动身躯，长刀在前转得像风车一样“滴溜溜”银光闪烁杀气四溢，带起一阵凶煞尘土，快如鬼魅，“唰唰唰……”数刀奔着大杨下三路砍来！周围懂行的武林人士吃了一惊，这招式瞧着跟中土的“就地十八滚”咋那么像？这是就地十八转?!

大杨握着白蜡杆子死死盯住犬养一郎，快步后移，他知道，犬养一郎砍不透自己个儿的狼皮背心，要在他下三路下毒手了！眨眼间，犬养一郎飞旋到眼前，晃动身形左右开弓，十数道银光重叠连绵当即把大杨围在当中，“当当当”几声，大杨手忙脚乱，手里的白蜡杆子又被削掉几节。“嗖！”，主攻下三路的犬养一郎轻巧纵身跃起，照准大杨脑袋猛然下劈，大杨刚躲开，就觉眼前人影幢幢迅疾如电，“唰唰唰”又是三刀直奔他腰部砍来！

犬养一郎握刀大笑，一刀快似一刀，身形变换极快，劈、砍、划一气呵成融为一体，力道迅猛刚烈而出人意料，上中下三路齐发，招招致人死地，这就是他在日本间宫一刀流所学的绝学之一：间宫流连环十八斩！在中国不为人知，可在日本武林各门中却是令人谈虎色变的绝招，即便大杨身穿刀枪不入的狼皮背心，可这十八斩刀刀狠辣三路齐发，大罗神仙也躲不开，只要有一刀砍中，非死即伤！

忽然，手忙脚乱抵挡不住的大杨像是体力不支一个趔趄右半边身子卧了地，右手握着白蜡杆子，左手撑地歪头颤巍巍斜瞧着犬养一郎。犬养一郎见状当即大喜，大杨撑不住啦，哈哈哈！胜券在握的犬养一郎挥刀猛力直劈下来，整个身躯显露在大杨眼前，“噗！”随着刀落，他听见了沉闷一声。咦？大杨的头呢……一股剧痛刹那传遍全身，搅得他心胆俱裂气血上涌，强忍不住“哇！”的一口血从嘴里喷薄而出，剧痛转了一圈，霎时回到他的胸口，撕心裂肺的疼顿时卸了他的刀劲儿和体力！他眼球暴突，不可思议地看着眼前起身的大杨和自己胸口渲染开的一片血红……他的胸口插着那根被他自己削成斜斜长尖儿的白蜡杆子！

怎么会？怎么会?！犬养一郎怒吼着再往前走了两步，还要举刀，可巨大的疼痛和心脏里不断涌出的鲜血叫他成了软面条，天生的神力倏然不存。他张开大嘴，呜噜噜吐出污血，每进一步，白蜡杆子就插进他胸口一寸！一寸……两寸……，大杨稳稳握着白蜡杆子，眼瞧着它穿透犬养一郎的身躯。

四周死寂。“当啷！”，上万人的场子，死寂一片，被犬养一郎手里的刀落地声惊醒。众人谁也没瞧见到底是怎么回事，大难临头就要横死当场的大杨，竟然拿着那根被犬养一郎削成斜尖儿的白蜡杆子给刺进了犬养的心脏！

“你、你、你用的什么……功夫？不！这绝不是……绝不是……中……”犬养一郎脸色惨白嘴唇乱抖，股股鲜血顺流而下，他举起颤抖的双手，不敢相信似的要抓大杨问个清楚，他第一次发觉自己是这么脆弱、这么无能、这么想……活着。

大杨冷峻地瞪着他，提气大喊："对！这就是你一直瞧不起的中国功夫！"随即压低声音小声道："我师父邵大爷传给我的，三十六路子龙枪的最后一招，快、准、狠的夺命回马枪！没有马、没有枪，你自己削出来的'枪头'你自己尝！"

"不、不、不可……不可能……"犬养一郎惊恐嚎叫出声，话音未落，大杨挺身飞起一脚，正中犬养一郎的胸口！他像只硕大的麻袋被踢飞出去老远，轰然落地带起一片尘土。四肢散了架似的犬养一郎拼死梗着脖子抬头，大口喷出污血，眼神恶毒而不甘心地吼道："你、你是个骗子！你应该用、用……鞭子，你的鞭子没了，你不能用……"

大杨忍着伤痛缓步走来，看着犬养一郎濒死前的惨叫冷笑道："没什么能用不能用的！对付你这种汉奸走狗，什么招都能用！鞭子是好，该断的时候就得断，该换的时候就得换！鞭子没了，可咱的'神'还在！不像你这个吃里爬外卖祖背宗的王八蛋，吃了三天洋人饭，就敢欺师灭祖辱骂祖宗！"

大杨轻蔑地扫视了一眼观擂棚里早已吓得瑟瑟发抖惶惶然瘫软在椅子上的山中有志和韩二爷，笑道："你们好好瞧着！鞭子没了，你们这群吃里爬外的王八蛋也甭得意！鞭杆子照样能宰了你们！该变的时候就得变，不管怎么变，也难不住咱爷们！这一变，还是能宰了你们这群王八蛋的绝活儿！"

犬养一郎气怔怔一歪头，在灿烂的阳光沐浴下，吐出最后一口气，死在当场。

"好！！！"凝固已久的空气猛然爆发出山崩海啸铺天盖地的欢呼雀跃声，人们疯狂地大喊大叫，认识的、不认识的，仿佛憋了多久的气一样登时爆发，如春日惊雷大海波涛汇聚在德胜门外隆隆作响，一直传出去很远很远。老少爷们扬着头含着泪，嘴咧得老大，嗓子眼儿里颤抖着发出根本听不清的呐喊、狂吼，快把近处的城门楼子掀翻啦！

大杨蹿上擂台，胖揍了一顿山中和韩二爷，把擂台上摆的赌注银圆往空一撒，趁着老少爷们捡钱的当儿，抱起自家的蟠桃摆件，跟老爹杨爷赶着大车一溜烟跑没了影儿。

# 三十

事闹大了。

犬养一郎被杀，山中有志被揍得半死送回领事馆，黄掌柜被发现“失足”落到护城河里一命呜呼，韩二爷被打断了一条腿，成了残废。日本人不依不饶非要大杨爷俩抵命，被颟顸的北洋政府用“棉花糊涂功”给化解，徐大总统只赏了山中有志一千块大洋的医疗费，总算是稀里糊涂片汤儿抹泥，糊涂官儿判葫芦案，一水儿八面玲珑颟顸糊涂，便了结此事。

犬养一郎的尸体扔在医院停尸间，竟是谁也不给收尸办丧事。没了用的狗，在主子眼里算个啥？西洋主子、东洋主子早把他忘到爪哇国去喽，山中有志一提起他就大骂不止，这条可恶可怜可悲的走狗，就这么腐烂成泥。到了，总算日本间宫一刀流流主顾念着数年师徒香火情，派人来华花了点钱烧了这堆臭肉，埋在了京城郊外。写墓碑的时候，日本武士犯了难：说他是中国人吧，他又是日本籍；说他是日本人吧，他可还有西洋名字，是中国种儿。想了半天不得要领，还是中国匠人聪明，像前清给大官写官衔墓碑一样，把他的各国名字都刻上了，花里胡哨倒怪好看：大英帝国密斯特余、大日本帝国犬养一郎、大中华民国余先生之墓……

大杨爷俩被京师警察总署发了几张告示通缉，人却早就不见了。俗话说蛟龙出水也能活，这一家子为避大难，悄没声直奔了天津卫。

那当儿，天津卫可是华北鼎鼎有名的大码头，开埠早，早在前清英法联军侵华时便被占据，后来又根据各个不平等条约的确定，满布着各国洋人的租界。洋人们来得多，也杂，离着海口近便嘛，便在此扎下了根儿。英法德美日奥各国洋人比着赛似的在天津占地盘，盖洋房，带着老婆孩子群集于此，真把个天津卫变成了万国会。到了民国初年，这里就成了商旅辐辏、经济发达、车水马龙、中外云集之地，俗话说的南有上海滩，北有天津卫，就是打这儿来的。

杨爷一家先在天津乡下躲了一阵子，又到天津卫，买了一辆载人的双轮西洋马车，在城里拉活儿。也算他们幸运，当年天津卫多得是租界、领事馆，甭看北京、天津离得这么近，京城发的通缉令在这所大码头，简直就跟放屁差不多，各地军阀都跟土皇上一样，谁也不拿北洋政府当回事，因此杨爷一家子在这儿住了多半年，竟是毫发无损，没人管没人问。

这天下午，大杨爷俩在城边租来的小院里吃罢饭，闲聊了会儿，要出去拉夜场。四姑娘一面做针线，一面笑道："你们爷俩忙叨了一天，还不歇会呢？人家这儿晚上不关城门、不宵禁？小心叫巡警阁子的人逮了！"

"妈，您说的是哪年的老皇历啦？"大杨起身穿上布衫，灯影下露出胸脯上结成的伤疤，把大鞭子递给杨爷，说，"天津卫这儿没啥宵禁捂得，人家这儿越到上灯越热闹呢！您瞧瞧城里，再瞧瞧洋鬼子那租界，好家伙，满大街红男绿女和洋毛子们精神着呢！越到这会儿越能拉到活儿。"

"哎，也是的。"四姑娘看看刚喝了两盅酒，脸色红扑扑的杨爷，不禁感叹，"为了那座小院儿，闹出这么些个事儿，又是打擂又叫孩子受伤，临了折腾得全世界都知道，逃难到这儿，晚上一想起来，我就心里堵得慌！你说咱在京城好歹有那些老街旧邻，一下子抛家舍业躲到这儿来，吓得我心里老慌慌，成天介跟做梦一样云里雾里！那个什么韩老二的、官府的，再找寻到这儿来难为咱们家，可怎么得了！再说，孩子也老大不小啦，连个媳妇儿也没说上，我……"杨爷摇头笑着指指老伴，挥手带着大杨走了，剩下四姑娘对着灯影发呆。

爷俩赶着漂亮的马车到了南门外，华灯初上，灯红酒绿，挨着租界越近，市面上越繁华，饭庄、酒馆、茶馆、舞厅、小吃摊鳞次栉比都开着门儿，来来往往的摩登男女挎手携肩。找了个饭庄拐弯停下马，爷俩坐在高车辕上闲唠嗑。杨爷比画着："也不知咱家房子院子咋样了，到了这儿，是另一个光景。等咱多赚点银子，给你小子娶房媳妇吧。"

大杨抹不丢儿笑说："爸，既然跑出来了，还惦记那些干啥？有本事咱再挣！我就不信，咱有手有脚的，在这儿赚不出个房子。娶媳妇再说吧，刚来这才几天，甭惦记。"

杨爷感叹一声，掏出烟袋锅子比画道："不是那一说！你爷爷、你奶奶的坟还在京城外呢，咱也不能老在这儿待着啊。我琢磨，在这儿待两年，等京城那头平息了,咱再回去。"

爷俩正聊着,忽然看见一个年轻俊雅的小伙儿架着位四十来岁的中年男人被一群歹徒追杀,大杨挺身而出,挥鞭救了小伙儿俩人,得知他俩住在租界,爷俩赶车把他们送了回去。谁知刚进院说了两句,西洋楼里出来一人大笑道:"大杨小兄弟,真是人生何处不相逢!"

"郑学士?!"大杨猛惊,回身一看,楼里走出来这几位老者,正中说话的,正是大杨头年去宣化府,半路搭救又一同历经险阻安然回京的郑学士!

"快!快带管家和瑞儿进去,叫大夫!大杨小兄弟,这位是令尊杨爷?快,快请!"大喜过望的郑学士半个主子似的呼唤仆人七手八脚把赵管家、小伙儿抬进了楼,匆匆下了台阶,一把拉住大杨,眼神炯炯半是感慨半是欣喜久久不能平息,把一旁的杨爷也看傻了。

大杨第一次进西洋楼房,一层很大,摆着大沙发、水晶灯和看不懂的西洋雕塑,墙上糊着湖蓝色的软缎,一色西洋红木镶金的家具,只有正中一张顽长案上,如小山般堆满发黄的旧书旧画,旁边放着些稀奇古怪的高背椅、中式凳子,旁边还有几张八仙桌,上头盘盘碗碗点心、水果、水烟袋、鼻烟壶、笔墨纸砚、眼镜,琳琅满目好像杂货铺似的杂乱不堪,桌上、墙壁上镀金的铜蜡烛架和壁灯发出暖黄色的光芒,映照得墙上湖蓝色盈盈发光,显得大厅里异常温煦安详。

大杨爷俩被这不中不西华丽的屋子闹得有些愣神儿,郑学士早看在眼里,一把拉了一个往沙发上一坐,几位老者也没什么规矩,东一个西一个坐了,不住打量他俩。郑学士笑道:"你们可别再瞅了,我们这二位本就局促。咱们这群老古董在这西洋窝里,修一堆中国古书,来了两位故友贵宾!可喜可贺!来人,先看看管家和瑞儿怎么样了,再摆酒!"

郑学士跟大杨说,这小伙儿是他收的徒弟,小名瑞儿,自己专门教授其国文历史典故,正巧清末状元公有志想修一部《清代士林文集》,将大清二百多年科甲出身众人的小传、出名的文章收入其中,流传后世,便汇集了京津两地的前清师兄弟,在此聚会修书。状元公家里没这么宽敞,也没法接待这些老名士,便由郑学士牵头,跟学生借了他叔叔家的大宅子,安顿下来修书论文,一待就是近两年。京城发生的事儿,郑学士早有耳闻,小道消息早传得满天飞，只是修书脱不开身，无法回京，想帮忙又鞭长莫及。今日奇缘相见，才是大慰襟怀。

杨爷一直沉默，他本不能说话，只有借着手语和呜呜呀呀的声音，由大杨传话。可今天不知怎么了，杨爷脸色肃然，眉头紧皱，不停地上下打量侧坐的年轻小伙儿。小伙儿帮着点烟端茶，杨爷只轻轻拱手，腾腾烟雾缭绕觥筹交错中，他不时偷偷瞥一眼小伙儿，抽口烟，再瞥一眼，透过烟雾和久远的时光，在记忆里使劲儿搜寻什么。

"哦！"郑学士冲诸位老者摆摆手，"是我唐突糊涂了！"说罢对众位老者说了当年两宫西巡，杨爷不畏艰难忠肝义胆一路护送，回京又被诬陷惨遭毒手之事，一时间，屋里突然安静了。这群遗老们都风闻过庚子之变两宫西逃一事，连当年那位跟杨爷称兄道弟的吴老爷民国后还专门写了一部《庚子西狩丛谈》，详细记载了两宫避难长安之事，在座的有些还跟吴老爷有旧呢，都对当日两宫逃难的那段颇感神秘，私下也嘀咕过多次，不想今日偶然相聚，座中竟有亲身经历之人！

那段历史，对清朝遗老，既感神秘离奇，又有辛酸悲苦，朝代变迁，物是人非，听郑学士说了杨爷的遭遇，又想到国变后自己的身世种种，不免怅惘，还夹杂了些许对杨爷的同情和对当年朝廷及老佛爷不可言说的尴尬。几位老人立即把兴趣从大杨身上转向了杨爷，嗫嚅想问些什么，看看杨爷空荡荡的嘴巴，都举杯向杨爷致意，一个字也问不出。

气氛有点冷，郑学士叹了口气，对众人说："庚子之变，其源尤深！上有昏主私心作祟，中有奸佞推波助澜，下有暴民横行无忌。内有改位易号，逼退先帝之举；外有列强觊觎，虎视眈眈之心。种种缘由汇集到一处，才引得天下大乱，两宫西迁。如今回想起来，也不可一概而论。咱们是身在其中，不知底里，杨爷却是身临其境，奇人奇遇呢。来，今日能见故友，又救了瑞儿，咱们不说这些，徒增烦恼了。来，喝一杯！我给诸位说件宝物！"

"宝物？"一听这话，方才那些沉闷尴尬一扫而空，众人都赶紧举杯喝了酒，莫名其妙看着这位文采斐然见多识广阅历甚深的师兄弟。郑学士是修书的主持人，状元公只写大纲，选题，剩下的事儿，都交给这位老弟，他却不是个书呆子，经常做些诙谐轻松的惊人之举，今天遇见故人喝了酒，不知道又要搞什么玄机。

郑学士捻须笑道:“大杨小兄弟,你记得当日我在永定门外见你,要花一百两银子买你赶车大鞭子的事吗?”大杨心里怦怦直跳,他恍惚猜到了郑学士要做什么,忙说:“记得啊！在去宣化府的路上,我还问过您,您后来跟我说,我们家那根鞭子是件什么宝,还不说明白,叫我琢磨了好些日子呢！可我确实没瞧出来,那是我爸爸的旧友送给他的。您要说鞭子?”

“请你取过来吧!”郑学士赶紧叫人收拾了桌案,又细细嘱咐仆人准备了些物件。小伙儿跟大杨聊得亲热,俩人一起出去了,杨爷似乎没明白,等郑学士连比画带说明了,杨爷才坐下拧了眉头有点发呆。郑学士安慰道:“杨爷！我也称您一声爷。您放心,君子不夺人之美,那鞭子我不会强买,在座的也不会见宝起了别的心思。只是年深日久,我若不说明,只怕后人就更不知道这物件的来历喽。”

大杨跟瑞儿谈笑着捧来大长鞭子,众人一入目便是一愣！这、这算什么宝物？有几位花白胡子的老头扑哧笑了,指着郑学士嗔怪:“老弟又说笑了！这、这分明是根赶马车的鞭子嘛！我们家车夫的鞭子比这个还长还华丽,这算什么宝贝?”

郑学士却毫不在意,挥手叫过仆人端过一大盆温碱水、小刷子和一方小木盒,自己挽起袖子,恭恭敬敬双手接过鞭子搁在桌上。大杨、小伙儿端着烛台照亮,郑学士戴了老花镜,先拿起鞭柄,凝视良久微笑念叨:“玉宸轻辇色生辉,天旆禁旅御马随,风雷时见金鞭举,雕龙耀叶大驾归！喏,三百年旧物流落已久,不知何故落凡尘,今日请你复本还原。”一面说,一面在丈二的和尚摸不着头脑的众人围观下,用抹布一遍遍沾了碱水擦拭……

杨爷端坐在旁,咕噜噜抽着闷烟冷眼旁观,他心里若隐若现想到庚子那年,杨大人罹难家人逃亡前送的箱子,初见这根大鞭子和玻璃蟠桃时的情景,时隔多年恍如隔世,瞅着郑学士郑重其事的模样,他心里陡然一震:莫非自己用了多年的物件不是杨家收藏的马鞭子?！可……不待多想,方才还略带了鄙夷嗤笑的众人,脸色渐渐变了。

杨爷也转过头细看:一盆盆黑乎乎温碱水端出去,不知更换了多少次,郑学士手脚不停,越洗越来劲儿,随着温暖的碱水淋漓鞭柄鞭身,手执小木刷的郑学士小心翼翼像个资深的雕刻大师轻轻扫动，脑门上都见了汗。鞭柄鞭身上浸透的油泥、灰尘一层层剥落，透过水光，鞭柄鞭身露出了大半真身：鞭柄不知用什么木头做的，枣红色翻着荧光，二尺长短，浅浅镂雕了双层江崖海水间，似露似隐两只异兽，柄后头凸出一小团，镶了一块鸽子蛋大小五色光润的小石头；鞭身斑斑点点金星闪烁，细看，是明黄丝绒、钢丝、马尾和金银丝线密扎而成，数种丝线丝绒异常均匀，毫发毕现。暗暗束成九股，每隔一股，再用金丝横扎密钉，有些细微破漏之处，内层翻开，竟然模模糊糊篆着小米粒大小的梵文！颀长鞭身上用细细金银线浅绣了云龙升腾、彩雾云纹，鞭梢上坠了个小指长精铜镀金的小哨儿，金色剥落显得灰突突的古朴，这、这是什么鞭子？

一时间众位遗老变颜变色，面面相觑。大杨心都提到嗓子眼了，呆若木鸡，用了这些年，朝朝暮暮用它赶车吆喝马匹，谁知道竟是这个模样！半个多钟点，郑学士长舒口气，抹抹头上的汗，擦净手，又掀开小木盒，里头是一排银光闪烁的小锤、小剪子、小镊子、小铲、小钻、小钳、小签和长针，活像澡堂子里修脚的工具。他不慌不忙取出一个镊子，夹了团小棉球，沾了少许碱水，仔细涂抹鞭柄后面的小石头四周和鞭柄两侧。不大会儿，那颗本就润泽的五色石头更加光芒闪烁，在柔和灯光下，晶莹半明，十分耀眼。

“这、这是颗猫眼啊！！”旁边一位遗老有点哆嗦着拿着老花镜贴到近前，倏然大惊。

“猫眼？！”众人惊呼。

大杨不晓得什么是猫眼，赶紧叫小伙儿把烛台递过去。郑学士举着鞭柄，众人瞪大了眼瞅着，五色石头透过烛光映照，果然，中间像午夜猫眼睛睁开一条细缝，金黄三束盈盈融融如水银般在石头中若隐若现。随着郑学士手指转动角度，那条缝儿忽而闭合忽而睁开，彩光盈盈，宝光夺目！“不错！”郑学士微笑道，“这是颗猫眼！诸位请看，一眼三束，润泽通透，非是普通猫眼可比。如果我没看错，这就是锡兰国所产的锡兰猫眼。”

众人纷纷起身，赞叹不止，小伙儿跟大杨肚里暗笑，瞅着众遗老们七手八脚或是戴眼镜或是找放大镜，对准五色小石头往死里瞅。

“说来说去，这鞭子是什么来历？怎么会在把柄处镶这么贵重的宝石，还用了如许金银丝线！”有位心急的遗老轻轻接过鞭子，捧在怀里，众人围过去七嘴八舌议论起来。

“老兄问得好！”郑学士擦擦手目光炯炯，英风飒爽，笑道，“诸位请想，这鞭子做工豪华大气、细密严整讲究，单论这颗猫眼，价值至少在万金以上，若是普通人家，怎么会舍得在本已价值不菲、满用金银丝线的鞭子上，单单镶这么颗宝石呢？”

“莫非……”

“是。”郑学士对着面前惊讶的老头点点头，“此物，就是大清皇帝大驾卤簿中的前导镇朝金鞭！”

“前导镇朝金鞭？！”所有人都被这个古里古怪的词儿镇住了，郑学士取出一幅从宫中流出的《高宗八旬万寿庆典图》，指着上头细密华丽的工笔指示，果然在皇帝金辇前头有几对穿金花红褂的鸣鞭校尉，左边那个手里捧着一根华丽的大鞭子，跟桌上这根一模一样！

郑学士又细细讲了皇帝大驾卤簿中各种法器仪仗的作用，有的遗老怨愤不已道：“这物件如何这么珍贵？大驾卤簿中的净鞭多达十几根，怎么就这根特别呢？”

郑学士剪下来一小股鞭子，托在手里，托给大家伙瞧了，又用细长银针，轻轻在截面处捅了进去。“嗯？！”大杨惊奇地发觉，郑学士用银针，竟然从丝绒截面里捅出一条盈盈发绿光、细如竹丝的亮晶晶“小毛毛”！

“这是什么物件？”那位遗老昏黄的眸子里幽幽放光，众人赶忙凑过脑袋来。“是牛毛？虎尾？不对，马尾？金线？怎么会亮晶晶似鳞甲之物呢？”

“着啊！”郑学士大笑轻轻搁下鳞甲说：“老兄眼力不俗！这可不是什么牛毛、虎尾、熊发、狼毛、马尾，更不是什么缂丝锦缎彩绣捻金！乃是奉天故宫满文老档记载中，太祖高皇帝自长白山偶遇神龙，得到的神龙之须！”

“神龙之须？！”那遗老勃然变色，一甩手动了意气，“我看你是故弄玄虚！这世上哪有什么神龙？还把太祖高皇帝搬出来，真是是可忍孰不可忍！”剩下几个老头正听得入神，莫不厌烦他的插嘴，可这位爷年高德劭，还不好意思说他，忙递茶的递茶，点烟的点烟，好容易把他摩挲顺了，大杨和瑞儿小伙在一旁肚里直乐。

# 三十一

郑学士缓缓说了原委：当年太祖高皇帝努尔哈赤和弟弟穆尔哈齐、舒尔哈齐骑马背弓，入长白山打猎，偶然遇到天降大雨，在长白山深山野岭中发觉一条青龙匍匐在地，经过询问得知，此龙是上界镇守北天门的青龙，因与其弟小黑龙惩罚白龙江里兴妖作怪的白龙，被上天惩罚，要五雷轰顶，碰上天命天子努尔哈赤，想求他救一救命。

努尔哈赤英雄豪迈热血衷肠，挥刀洒自己的鲜血救了青龙一命，青龙为感恩，将项下龙须赠予他，等太祖承天应命肇始建国，为纪念此秘事，特命将长白山封为“神山”，视为满洲圣地，天池封为“神湖”，子孙后代也代代祭祀不绝，连白龙江也得了侥幸恩典，特改名为“黑龙江”。只是那绺龙须，视之亮晶晶半透明般可爱，平日里还有淡然异香，存放于哪里也不方便，正巧那年定都赫图阿拉，有朝鲜、汉人工匠来投奔，努尔哈赤招来验看，特选出能工巧匠，将龙须与丝绒编成一根颀长的大鞭，挂在马后，平时挂在寝殿内，以为震慑驱邪之用。后来太祖驾崩，龙鞭被悬挂于奉天大内寝宫中，被人遗忘。

“可这根鞭子又如何列入高宗乾隆爷八旬万寿大驾卤簿呢？”遗老们问。

原来，史册记载，高宗乾隆爷于第一次东巡奉天时，发现奉天故宫狭小简陋，永陵、福陵和昭陵的体制也与皇家体制多有不合，便在第二次东巡之前，下旨内务府、工部相度地形，大肆增建和改建奉天城池、故宫、陵寝，又从大内抽调数十万件珍宝充实陪都。在整理奉天故宫清宁宫时，内侍偶然在宝座后墙的幔帐里，发现了太祖皇帝用过的弓弩刀剑，其中，就有这根早已满是灰尘、金彩剥落的大鞭子。这鞭子在乾隆爷眼里异常奇怪：说它是马鞭，过长；说它是净鞭吧，又不像。等叫人搬来满文老档来一看，才得知是太祖高皇帝奇遇后用的“瑞物”！

好大喜功又喜欢别出心裁的乾隆爷就动私心，当即命人将龙鞭带回京城，叫内务府造办处的匠人，精心抽换朽烂黄绒，将龙须包裹妥帖，又加了金丝金线和马尾、钢丝，细细雕了一柄描金双螭鞭柄，特意从内殿库里挑出一块锡兰国进贡的五色猫眼宝石镶嵌于上。反反复复修整了几个月。乾隆忽然想到此物既然是灵宝，何不再添些灵气呢？便命预备了上等泥金，于鞭身中篆了《大慈大悲观世音心咒》的梵文经咒，再叫雍和宫的大喇嘛们在佛前加持多日，至此，这根华贵异常、通身宝色的龙鞭才成了添入皇帝大驾卤簿御驾前头的一件宝贝法器，为了彰显其来历神异、祖传悠远，区别于其他净鞭，乾隆赐名曰：前导镇朝金鞭。

自乾隆四十五年起，每逢大朝会、万寿大典、冬至、祭天地大典，天子大驾只要一出动，这根鞭子就会被銮仪校尉捧着参与盛事，以壮赫赫威仪，《高宗八旬万寿庆典图》上，正是奉旨作画的宫廷画师们详密地再现其真相。如今一鞭、一画，互为对照、交相辉映，这才令早已看出些许端倪的郑学士认定此物的来历。

杨爷听傻了眼，比画道："这物件既然那么宝贵，怎么又流落到杨大人家的？"郑学士沉吟良久，说了一件道光年间銮驾内库失盗的案情，大概是那时候流落出宫，被杨大人偶然得到收藏家中，秘不示人的。

这段惊心动魄玄之又玄的离奇往事，把众人听得悚然震惊！暗夜沉沉，窗外丝毫无更漏之音，簌簌嘤嘤的草虫瑟瑟发抖，云淡月寒，远处租界中的煤气路灯幽幽暗光透过星光斑芒盈盈发光，显得格外光怪陆离。一时众人沉默不语，那位挑刺的遗老颤巍巍搁下鼻烟壶，起身冲恬然平淡的郑学士深深作揖："老弟大才渊博，博古识今，堪称通人！！哎，为兄实在不知这段典故，今日冒了无名盛气，冲撞了，见谅见谅。"

"当！"角落里西洋大钟清脆响了一声，午夜一点了，忽听楼门外几个值夜的仆人小声请安问候之音，霎时传进来个中气颇足的大嗓门："哦，诸位老先生还没睡呢！还来了二位救了少爷的客人？在哪儿呢？快请出来我见见！预备消夜！诸位，我来晚了，是谁救了我家瑞儿啊，杨某在此致谢！"

别人听了这话尚自安然微笑，瑞儿赶紧起身去迎接，不料正呆坐胡思乱想的杨爷乍一听见这似曾相识的嗓音，勃然变色，激灵灵打了个冷战！等自称"杨某"那人从暗处进来冲诸位团团作揖问好，杨爷恍惚间一个头晕再也坐不住，竟一跃而起，大晚上见了鬼似的指着那人"嗷嗷"叫起来！

进来的是个胖大魁梧的汉子，约莫五十多岁年纪，剑眉阔目，高鼻厚唇，一双虎目精光闪烁带了些敦厚气，穿了身罗纱大褂，府绸长裤配着剪头皮鞋，赤金大表链垂在胸前，一身阔佬打扮。电光火石间，嗷嗷大叫的杨爷指着面前匪夷所思的汉子抖成一团。恍惚间，思绪回到二十年前北京西四牌楼外的那间大酒缸，喧嚣的笑谈、为皇帝挺身而出挨打时坚定的痛斥、那支华丽的旱烟袋、自来火和出手豪奢大方、热情豁达与临行前的大义凛然、托孤悲切和那抹秋日刑场上飞溅的鲜血……一切的一切，刹那间像排山倒海的波浪汹涌冲击而来，一向坚韧如铁石的杨爷一把死死拉住汉子的手，号啕大哭，热泪四溢。眼前人的模样，正是二十多年前与杨爷有一番奇遇，先赠银又被抄家拿问，再被朝廷下旨斩杀于菜市口的杨大人！

一切都没有原因，一切都有原因，而所有这些集合起来的悲欢离合聚聚散散，就叫“缘”。大杨、瑞儿和屋里的遗老们瞅着杨爷悲恸欲绝的大哭全都不知所措，连郑学士也震惊了，略略思忖，他快步走到俩人跟前说：“杨爷，豫麟老弟，你、你们早就认识？”杨爷呜呜呀呀说不出话，满头大汗瞠目结舌的汉子豫麟被杨爷抓得手疼，他被闹傻了，刚听说修书的老先生们夜晚接待救了自己侄儿的人，怎么一进屋刚道谢，就被眼前这位素不相识的车把式死死拉住号啕大哭呢？他皱起眉仔细打量杨爷很久，却一无所知到底是怎么回事。

郑学士和大杨劝着，良久，杨爷才平复了情绪，连比画带叫呜呜呀呀拍打豫麟的肩膀，突然想起什么似的，一把从腰间抽出二十年前杨大人送他的那根翡翠嘴、紫檀木杆儿、镂花镶金边的紫铜烟袋锅子，撩起衣服擦了擦，使劲儿塞给豫麟。豫麟更是丈二的和尚摸不着头脑，接过来只扫了一眼，顿时惊得五官挪移惊恐万分！“你、你……”他捧着烟杆，泪水走珠似的哗哗而落，大叫一声，“大哥！”登时像个孩子一样泣不成声。屋里静得怕人，面面相觑的众人任谁也想不到，世事轮转，日月飞旋，两个家族二十余年历经沧桑变故，因为这根蒙尘零落的龙鞭，再次相聚一处。

半晌，豫麟拉着杨爷落座，声声哀泣对杨爷说：“我便是当年内务府大臣杨豫甫的亲弟弟，杨豫麟！老哥哥，恕我眼拙！没认出您这位救了我家老小的大恩人！甭说别的，打您、您一拿出光绪爷赐给我哥哥的这根烟杆，我就知道您是谁啦！我嫂子当年没少念叨您的好呢！瑞儿，快来！快给你杨叔磕头啊！”

瑞儿小伙傻呆呆不知所措，被他叔叔拉过去一下摁倒在地，他叔叔指着杨爷道：“忘了你额娘说的，你小时候送你们一家子逃出北京城的那位杨大叔，就是他啊！”

“啊?!”瑞儿打量打量杨爷，又看看一旁激动不已的大杨，神思迷乱中往日之事倏然充满脑海。时间过去太久了，他当年还是个穿绸裹缎的娃娃，印在脑海里的那个厚重敦实、一脸诚挚的青年汉子，咋也跟眼前这位头发花白皱纹堆累的老头对不上号，猛不丁想起什么，冲口而出：“杨叔，我阿玛常说，有缘千里来相会，您是好人，我长大了，必得报答您!”

杨爷闻言哪里还忍得住，更是情不自禁，一把拉过豫麟和瑞儿，三人抱头泪如雨下，放声痛哭。郑学士在一旁感慨叹息良久，说：“奇人、奇事、奇缘！世事沧桑，诸位二十年后再次相会，可见冥冥中有定数呐！莫要悲戚了，快拿酒来！为此当浮一大白同贺!”

“干一杯！为今日之聚同贺!”豫麟意气风发，请众人喝了杯中酒。方才说了庚子之变杨爷与杨大人结交、赠银、托孤一事，也亏他不在京城，全听管家和嫂子所说，条分缕析一丝不差，到这会儿，众位遗老才恍然大悟，对其貌不扬的杨爷更是肃然起敬，纷纷拱手敬酒。

原来当年豫麟在蒙古老家看守祖业，并未入京，他们家就哥俩两人，杨大人在京城得意，并未忘了远在蒙古的弟弟，年节馈赠源源不断，加之妯娌们处得也好，因此两兄弟除了长得像，感情也很深。庚子之变，京畿大乱，京城内外断绝音信，豫麟不放心大哥一家人，预想进京，老家偌大的产业和买卖铺户丢不得，等打点妥当走到宣化，正与逃难而出的嫂子一家碰上了，两家相会，这才知道大哥已被朝廷问斩，抄家封门，悲痛之余，听嫂子和老管家说了当日这位杨爷如何救助、护送一家人出城逃难，雪中送炭之事，不免感佩莫名铭记在心。后行商大富，也怜惜侄子，大侄子已然在蒙古成家立业多年，最疼爱的这个小侄子瑞儿，他视如己出，带在身边，令其读书求学一起生活。杨家的买卖民国初就开展到了天津，经过多年经营，更是家大业大，只是对当年救助一家的杨爷不知在何处，颇为遗憾，今日相会，也足慰平生了。

酒过三巡，豫麟说："杨大哥姓杨，我们汉姓也是杨，五百年前是一家！今儿有这奇缘奇遇，也是一家子！大哥，我叫你一声大哥，今后，咱们是一家子啦。我想与你八拜结交为兄弟，不知大哥意下如何？"

还没等杨爷推辞，郑学士等一干遗老帮着凑趣儿，叫人预备了纸马香烛，杨爷却不过意，跟豫麟拜了八拜，成了兄弟，大杨也跟瑞儿成了兄弟，这下皆大欢喜，豫麟派人去请四姑娘来家，并请出夫人内眷一干人等，相见行礼。众人又是唏嘘欢乐，泪中带笑，一家子欢欢喜喜设宴庆祝。

杨爷猛地想起杨夫人送给自己那件蟠桃摆件，叫大杨赶车回家取来，等各自落座，打开盒盖，几丝柔和的彩光迸射而出，连几层包裹的云缎金锦都被辉映得五颜六色盈盈融融，直把众人看了个呆！

豫麟先是一惊，瞪大眼打量许久摇头问："杨大哥，这、这也是当年我嫂子送你的？这可怪了，自来也没听她说过呀，昨夜那根龙鞭都叫我大开眼界，怎么又多出来这么一对蟠桃呢？！"

众位遗老早大眼瞪小眼凑过来欣赏，老花镜、放大镜挤成一团，末了，一位遗老皱眉道："怪哉！这物件包裹，必是大内的东西，可这桃子……没见过！是水晶的？"

"不对！我看是玛瑙！水晶哪有这么润！"

"琥珀，我瞧着是琥珀！"

"你们都是什么眼神儿呀，这分明是五色琉璃的！"众遗老七嘴八舌争得滔滔不绝。大杨和瑞儿垂手侍立，等着郑学士说话。可煞作怪，今儿郑学士跟闷葫芦似的，望着蟠桃沉吟不语，杨爷想起什么，跟大杨连比画带说，便把当日得了蟠桃、西逃路上光绪皇帝点评、前年黄掌柜和山中怎么图谋此物，详细交代一遍。

"泡杯普洱茶来。"郑学士悠然吩咐，等喝了几口，缓缓言道，"取纸笔来。"说罢挥毫泼墨，写了一副对联，老先生们纷纷涌过来观瞧。大杨认识字，也想弄明白自家的桃子到底是啥，便扶着杨爷凑过来看，纸上是一笔极精神的颜体行书，写的是：

龙飞五十有五年，庆一时，五数合天，五数合地，五事修，五福备，五世同堂，五色斑斓辉彩服；

鹤算八旬逢八月，祝万寿，八千为春，八千为秋，八元进，八恺登，八音从律，八风缥缈奏丹墀。

一位遗老捻须笑道："这是彭元瑞尚书为高宗乾隆爷八旬万寿写的寿联呀，莫非这桃子是高宗八旬万寿的寿礼？"

"正是！"郑学士双眸闪光，笑道，"这对蟠桃摆件，正是赵烈文先生所著《能静居日记》里，那枚高宗乾隆爷八旬万寿，两广总督送上来的寿礼：天禄长春碧鸦希万寿蟠桃！"

## 三十二

"碧鸦希？是什么东西？"众人疑惑问。

郑学士侃侃言道："碧鸦希，又叫碧亚希，据《博古杂录》所载，中国向来未详所出，《滇海虞衡志》《玉纪》所载，碧鸦希一曰碧霞玭，一曰碧洗，又名碧霞希，皆西域或异邦方言，汉字谐音所书，没有定名。其质似水晶而腴润，其价比水晶高千百倍之多。有红、黄、紫、绿四种美色，红者如艳丽桃花，黄者如秋葵夺目，紫者如玫瑰娇媚，绿者似春水而明。

"按《元典章》《舆服志》所载，西域入贡各色宝石，种类不一，凡流行者，必为帝后所爱。元朝大德年间，中原大商有卖'碧鸦希'一块，重一两三钱，光华夺目，被中官买去供奉御前，花中统宝钞十四万贯，元帝做帽顶嵌于常服冠上，自此后历代帝后代代相承，异常喜爱，凡正旦及万寿大朝时服御用此。

"明成化后，其中极品自西洋所来，常常被购入宫内，制作小件首饰玩器，内宫嫔妃宝爱之，只是西洋所贡入此类宝石，向来没有大料，至万历年间，万历皇帝最爱猫眼儿，所以此物逐渐声名不显。至前清，康熙末年海路大兴，此物又多来华，内廷多用制作首饰腰佩，乾隆中被载入《大清会典》，成为后妃钦定佩饰。只是此物价格昂贵，按当时价格，一两碧鸦希，售价高达三百两纹银，时价黄金不过一两换纹银二十两，可谓珍宝。同光年间，因四海通商，慈禧皇太后钟爱此物，西洋各国以此流入大清，或卖或贡，宫中以碧鸦希和翡翠并驾齐驱，成为时兴宝石。国人向来以佳名称物，所以后定名为‘碧玺’。

“碧玺中，又以桃红色最为名贵，当日美利坚商人常从巴西国贩卖此物入京，极品荟萃，大内采办尤其多，慈禧太后宾天所用五色碧玺莲花，其料就是自外洋采买，重达三十六两八钱，命匠人雕成莲花，搁在尸身脚下，与尸身头顶之翡翠大荷叶，寓意‘头顶荷叶，脚踏莲花，步步生莲，远赴西方极乐世界之意’，这枚五色莲花，合料价、工价，价值白银七十万两。眼前这对乾隆八十万寿的天禄长春万寿蟠桃，形体硕大、晶莹光润、宝光四射，犹十倍于慈禧太后内棺中那件碧玺莲花，其经历又异常曲折奇异，堪称稀世之宝喽。”

众人霍然大悟，对桌上的蟠桃和郑学士的渊博广知大赞不已。大杨爷俩喜极而泣，回想当日万幸没有将此物卖给山中有志，不然，如此国宝岂不流落东洋了！

郑学士解开龙鞭、蟠桃两件宝物源流异常高兴，豫麟更是欢喜不尽，为能与杨爷一家人再次相聚大摆酒宴。酒过三巡，兴奋不止的杨爷咧嘴大笑，说不清为什么，是今生还能与杨大人一家的相聚，是终于知道了宝物的来历，是看到杨家少爷瑞儿成长为大小伙子，杨大人在天之灵或可安慰一二，抑或是庚子之后这二十多年的沧桑巨变、物是人非和自身的种种幸与不幸，他觉得压在心里二十余年沉甸甸的磨盘一样的悲苦辛酸与前尘往事，一扫而空！

半晌，杨爷打着手势，呜呜呀呀跟大杨说了什么，大杨起身拱手向众人道：“我爸说了，这根鞭子与蟠桃，是杨大伯送的，当日并不知这物件是什么珍奇宝贝，在我家收存多年，随我家漂泊坎坷这么久，实在对不住它们，苍天保佑，能再与杨大叔、瑞兄弟相见，理当完璧归赵！今日当着大家伙儿的面，杨大叔，你就把这两件东西收下吧！”

这话一说，众人面面相觑。豫麟也是个实诚人，脸色大变红头涨脸赶紧摆手：“使不得！使不得！杨老哥，莫非你把我看成见财起意的那种人？！当日我哥哥大祸临头，亲朋离散，在菜市口收尸的是您呐！把我嫂子、侄儿一家送出京城的也是您！您对我们家的大恩大德，我们家永世难报！这两件宝物，是我嫂子亲自相赠，一清二白！危难之际，有您这样雪中送炭、热血衷肠、大仁大义的德性，还有什么可说的？甭管这东西值多少钱，是您的就是您的！难道它们还比不得上苍造化所设的咱们两家的情谊吗?!”说着话，豫麟倒身要拜，早被杨爷一把死死拉住。俩人争执了半天，看得众人热泪盈眶，长叹不止。

郑学士击掌叹道：“世人中，见利忘义者众，见义忘利者万众无一！《文中子》所载：交友之道，以利相交，利尽则散；以势相交，势败则倾；以权相交，权失则弃；以情相交，情断则伤；唯以心、义相交，方能成其久远。先贤所言不虚！你们两家一个要完璧归赵、物归原主；一个是情真意切，婉拒不纳，可谓当今友朋相交之道、见义忘利的楷模！两位不要争了，我说个主意，你们斟酌！”

众人竖起耳朵，不知这位博古通今的郑学士能出什么好主意。

郑学士提议：龙鞭和蟠桃，一家一件。机缘巧合，杨爷得了龙鞭，运用多年，看来龙鞭跟杨爷有缘，便归杨爷；天禄长春万寿碧玺蟠桃，价值巨万，又早已声名在外，以后觊觎此物的人不在少数，为保杨爷一家一世平安，也为纪念这段历经两代人二十余年几经离乱沧桑坎坷与天赐的缘分与情义，碧玺蟠桃归瑞儿，也是两代人恩义相结的见证！说到这儿，郑学士笑道：“今后你们两家人合为一家，来日方长，难道还没有礼尚往来，互相扶持的机会吗？豫麟老弟，切不可胶柱鼓瑟，寒了杨老弟一片赤诚之心呐！”

豫麟与杨爷听郑学士一解说，咂摸咂摸其中深意，也确实如此。在众人关注下，大杨捧着五色晶莹的蟠桃，交给了感动不已的瑞儿，众人皆大欢喜。打这以后，豫麟真心实意交下了杨爷这位义兄，在天津给他买房子置了产业，两家毗邻而居。大杨也经郑学士的青睐，拜在他的门下，成了郑学士弟子中唯一一位出身“五贱行”的弟子。两家日日往来，朝夕相处，风雨同舟，亲密无间，成就了一段京津闻名的传奇佳话。

后来的故事：

1. 20世纪30年代，因思乡心切，杨爷带家人回京居住生活，在门头沟一带买房置业，隐居不出。大杨娶妻生子，兴家立业，还是做他的老本行，以做远途车行为生，成了大掌柜。20世纪40年代末，杨爷无疾而终。临终前嘱咐儿子，待世态太平，将龙鞭献给国家，公之于众，也让久久漂流在外的龙鞭有个更好的归宿。大杨含泪遵命唯唯，此后一直在乡间侍奉老母，操持家业。新中国成立后已近花甲的大杨，将龙鞭捐献给有关部门，可惜正值"文革"运动初期，这支历经磨难的珍奇龙鞭，在炼钢炉熊熊大火中毁于一旦……

2. 豫麟和瑞儿一直生活在天津，将天禄长春万寿碧玺蟠桃秘藏于家中。杨爷迁居北京后，两家也殷勤通问消息。"七七"卢沟桥事变爆发后，日军大举侵华，豫麟所在的英租界也一日数惊，平津陷落后，山中有志派人来天津寻找蟠桃下落。豫麟知道日军绝不会善罢甘休，立即变卖家产，逃往大洋彼岸的美利坚避难，至此与杨爷断了音信，而天禄长春万寿碧玺蟠桃也就此离乡去国，流落异域，至今没有下落。

3. 郑学士后来的故事，见拙作《法螺记》。

4. 韩二爷后来的故事，见拙作《宝刀记》。

5. 山中有志后来的故事，见拙作《唐经记》。

年华似水，岁月悠然，白云苍狗，故人远去，朱颜辞镜，花落无声，只剩这段隐藏于时光碎片中的故事默然矗立，静待朋友们细细品味。

正是：

家住苍烟落照间，丝毫尘事不相关。
斟残玉瀣行穿竹，卷罢黄庭卧看山。
贪啸傲，任衰残，不妨随处一开颜。
元知造物心肠别，老却英雄似等闲！

# 虬角记

## 引　子

《广雅·释鱼》载：有鳞曰蛟龙，有翼曰应龙，有角曰虬龙，无角曰螭龙，其本源自夏代以来，则不可考据，然亦传有金鲤化龙、飞蛇修炼通玄飞天化龙者，所谓鱼龙变化异象也。前元末年，传鄱阳湖有巨龙降世，波浪滔滔、行云布雨，有识者多以上天灵应，以昭我太祖高皇帝上应乾运、替天行道、化育四海、降世临凡之吉兆，其余种种蛟、虬、螭、夔及黄青黑白赤龙者，非法象天运之神龙也，所谓鱼龙变化、飞蛇通玄、飞天化龙更在下等。或云，此乃妖物畜类纵横于世，假龙象而作恶，后辈识者亦当谨记……

明　佚名《西斋杂录》

# 一、琉璃厂瑞古阁

民国十一年，北京城春夏之际，起了大风沙，不少从古北口外裹挟着来的风沙铺天盖地的笼罩了四九城，只要一出门，全身上下就得沾一身土。这座曾经巍峨雄伟的北京城，显得越发破败了。

尽管北京城外各色大帅督军打翻了天，城内延寿寺附近的琉璃厂，在这乱世里，可并没有受什么损失，反而越来越红火，越来越热闹，也算得上城内一景儿。

老话不是说：乱世买黄金，盛世收古董吗？怎么这会儿，调个儿了？其中玄妙就在于，这琉璃厂，清末就像吹了气的气球一样蓬勃发展，那时流行“雅贿”。那当儿，当京官的辛苦，外官们来了，都得补贴，中、小官收银子，大官位列台阁，不好明目张胆地收钱，于是，自乾隆晚年形成、道光年间开始壮大的一种非常风雅的行贿方法：送古董书画。随着大清国一完蛋，琉璃厂沉寂了不多日子，又红火起来了。

新朝自有新气象。大大小小的新朝官员们，一部分是清末过来的老官老吏，深通迎来送往礼尚往来那一套，别的都改了，就是雅贿没改。不仅没改，而且随着北洋政府成立，朝廷各部院大换班，不少南方新贵、各部总长、将军们纷纷涌入北京城，这些人本来在花花绿绿的金粉江南待得久了，自然不太在意老北京的风俗官场，可入乡随俗，不少总长、次长和因成立新政府扶摇直上的大人老爷们来了京都，或是为着装腔作势、附庸风雅，或是为着拉拢关系、溜须拍马，也得置办些新房子、新院子、新太太、新车，只是陈设绝不能新，新的不值钱嘛，所以，大笔的银子扔在琉璃厂各家铺子里，堆山填海似的一箱箱也不论什么金银铜瓷玉器书画、金石碑版拉回家里或是摆设，或是送给更大的官儿，真正是南北合流，新朝大员也随着老北京官场“咸与维新”了一把！

另外呢，原本大清国那些王公贵胄、八旗大族、遗老遗少们虽然成天介嘴上嚷嚷着什么“不食周粟”“以身殉国”，也并没有耽误他们继续舒舒服服生活在这座二百六十多年前祖宗们打下的北京城里，吃喝嫖赌抽、听戏跑马遛鸟熬鹰、斗蛐蛐斗蝈蝈，接长不短地过生日、娶媳妇、嫁女儿，反正一切的一切，跟大清国在的时候，一点没变，这种挥金如土、纵情享乐的日子，可得有大把银子支撑，有钱是大爷、没钱是孙子嘛。

大清国到底完了，八旗亲贵、满洲遗老们的钱粮和铁杆庄稼不几年也断了秧儿，没了钱，乐个屁，想想自家关外关内的田产，家里堆积如山的古董珍宝书画，也能支应个三年五载。以后呢？嗨！得乐且乐呗，谁管以后怎么着?!

于是，不少宫廷、王府、侯门公府和遗老遗少存了多少代的祖宗珍品，就被这些子孙一件件、一盒盒拿到琉璃厂来换银子花，那些实在抹不开面子，死驴不倒架子的大爷，只能偷偷摸摸起早摸黑，带着点玩意儿，去鬼市上交易，换点银子。来琉璃厂的这些爷，起初进门，还抹不丢儿的尴尬，脸皮薄脆，期期艾艾不好开口，跟青楼里的清馆婊子第一晚接客似的，低眉顺目、拿腔作势，被不少老板三瓜俩枣收了不少好玩意。

因此，到了民国十来年，琉璃厂的生意着实红火，热闹不堪，买东西、卖东西的新朝新贵和遗老遗少们，在心里恨得对方乌眼鸡似的，可在这儿碰了面，拱手请安、握手问好、熙熙睦睦、谈笑风生，不知道的，还以为来了君子国呢。

琉璃厂东街，有家铺子叫瑞古阁，生意做得红火。

这家铺子，早在道光年间就开了业，老掌柜姓周，原先领的是一位郡王的东，后来郡王在辛酉政变时随着顾命八大臣倒了霉，就把瑞古阁半卖半送给了周家。周掌柜是直隶人，为人厚道，不想乘人之危，想了想，给革职的郡王留了一份股，到了年节，挣来的银子拿出一份送到败落的郡王家里，算是尽了半辈子主仆之情。清末民初，周掌柜老病不堪，让大儿子接了买卖，一病归西，周家大爷举人出身，对做生意自然是外行，虽是东家，却不乐意伴着一堆老古董吃食，便将铺子交给二掌柜打理，自己个儿趁着西风东渐，特别喜欢洋人那一套，成日介在家看洋书地图。

二掌柜姓王，大号王清太，是周掌柜的老乡，琉璃厂“四大眼”之一，为人敦厚仁和，小时候就在琉璃厂学徒。后来周掌柜把王清太雇来铺子里，做了二柜，老哥俩相与得好，生意上互相支持，平日也没有东家、二柜的分别，才把瑞古阁做成琉璃厂的大买卖。他有个儿子叫王文敏，还不到四十岁便成了瑞古阁天津分号的掌柜。这几年王清太年纪也渐渐大了，东家大少爷指望不上，只好叫儿子来京城支应本号买卖。

等王文敏来了京，没过多久，王清太告了老，在家养老，接长不短来铺子里看看。周大爷见王文敏跟自己年纪相当，做事沉稳敦厚、深通世情，很像其父，非常欣喜，便升了周文敏为大掌柜，让他全权打理铺子。周大爷安排好家里，嘱咐了几句，打好行李，自己一个人远渡重洋，去欧罗巴洲见世面了。

周大爷一走，王文敏挑起了大梁，把个瑞古阁打理得井井有条，还安排着天津卫的生意，整条街都知道，王掌柜的，是个顶有能耐的年轻人。

来了北京城一年多，王文敏还真没太了解这座数百年的帝都京城，成天就在铺子里打转，晚傍下了板儿，就回家陪老爷子，跟媳妇、儿子说说笑笑，日子平淡而充实。老爷子不乐意了，没事就说他："你啊，来了这儿就得拿北京城当家，瞧瞧，整天闷着做生意，没事也四处去转转，这四九城，比天津卫那不中不洋的半拉子地界，好多喽！咱们做古董生意的，不能不爱这块地儿。品品老北京的人物，跟品古董一个样儿。"

王文敏是个孝子，平时闲了，也四处溜达溜达，跟各个铺子掌柜的聊聊。性格温和、待人接物洵洵儒雅又和气机敏的王掌柜，认识了不少三教九流的人物，收了不少好玩意，也算在北京城扎下了。这天，他接着周大爷的远洋电报，说是在欧罗巴洲的意大利见识了不少古物风情，接着要去奥地利玩一阵，再借道去德意志看看，让他告诉家里，一切平安。

王掌柜笑笑，觉得这位东家，真是个甩手掌柜。喝了两杯茶，王掌柜又催着伙计们把三间门面打扫干净，自己换了身江绸大褂，要去街上转转。伙计们手脚麻利地忙活着，他们对这位眉目舒朗、温和精明的掌柜，可都敬着三分。

怎么说呢，这位王掌柜，看起来温文尔雅，却深通古董玩意，一双明亮的圆眼，直鼻权腮，长脸阔口，一看就是个能拿事的主儿。对古董奇珍研究颇深自不必说，待人接物也是有一套，做人大方本分，该花钱的一点不省，不该花的一个不花，来往账目打理得丝毫不差。对伙计们待遇也厚重，从来不发脾气，可一遇上事儿，必然会站在理儿上，说得你自己恨不得抽自己俩大嘴巴。这性格韬略，既不像老掌柜、老二柜那么老气横秋；也不像东家周大爷那样满口之乎者也，游山逛水的潇洒自在，看着不务正业。王掌柜是个不好琢磨的人物，因此伙计们都有点怵他。

王掌柜刚出门走了两步，斜对过有人喊他："王贤弟！今儿闲在，这是去哪儿?"他转身一看，是老熟人，雅宝堂的张大掌柜。

张掌柜叫张丰财，可是琉璃厂的老人了，据说老家是山西的，祖辈就在京城做生意，今年五十出头年纪，一张团团脸，一笑俩眼就眯成了一条细缝，有些发胖的身子，脖子下老垂着副水晶眼镜。一张嘴温馨和煦、一说话就笑容满面、亲切有礼，典型的生意人。在雅宝堂做了十几年大掌柜。在四九城里，不论跟前清王公亲贵，还是新朝的总长、次长、将军大人，都走得溜熟，领的是前清镇国公载大爷的东，又靠着他自己的精明敏捷，在京城古玩行，也是有一号的人物。

王文敏初来北京城那些日子，除了老爷子领着四处走走，拜访前辈，就数张掌柜来往得最亲热。他也没有那些老辈子人的做派，十分和气，时不常给王文敏说说琉璃厂的典故和杂七杂八的往事，也教了些看书画古董的内行窍门，俩人处得非常亲近。倒是王清太不太看重此人，说了几次："张丰财可不是一般人，你小子跟他交往，多留个心眼，别说我，就是汇珍阁的梁大掌柜，多渊博精明的一人，也看不透他呢！"王文敏嘴上诺诺连声，心里却不以为然。

王文敏见了张丰财赶紧拱手笑道："是张大哥啊！有礼了，最近忙了一阵，晕头转向的，也没去给您请安，这不，出来走走。"张掌柜哈哈笑着迈步过来，亲热地端详了一番，拉着他的手说："我说呢，瑞古阁有你在，可算是有了大梁！不介，就你们那位东家，嗨！真是位名士风流，不过，现而今名士们也不吃香喽，你呀，也该好好歇歇。钱，哪能一天赚够了不是?"

俩人说了几句闲话，张掌柜说起了岳大掌柜："人家岳掌柜，是咱们这行的新派人物，买卖都做到外洋去了，北洋衙门多少大人都是他的好朋友，也没听说他学过什么……其实啊……”张掌柜压低了声音:“他连字都认不多，靠着精明干练，照样大笔地赚银子呢！有日子没去串货场了，走，一起瞅瞅去。”王文敏自然奉陪，俩人溜溜达达来了串货场。

串货场，是行里人内部交易的地方，有两处。一处是河南、山西、关东老客们，从各地起早贪黑翻山越岭收来的一些“杂货”，有些还是“坑货”，在老客们大量聚集的珠市口大街兴隆店等地交易。这些人眼力不一，货物也良莠不齐，不过呢，东西大都是有来历的物件，行里人有喜欢的、想发财的、多赚点的，就去兴隆店买点。兴隆店那里，属于古玩行商的一种，跟琉璃厂各家铺户窗明几净来往贤达不一样。清末那当儿，有时候“坑货”查得严，各省行商并不敢太过于明目张胆地买卖。到了民国，没了那么些忌讳，兴隆店那头可就红火喽。

还有一处，是近年来在琉璃厂附近麻线胡同里搭的大棚。原来琉璃厂这些古玩坐商们，并没有摆摊串货的规矩，只是风闻谁家有了好玩意，有喜欢或者想“搭帮”有路子的，去铺子里谈，这不，跟着兴隆店行商学习了一把，琉璃厂自已也建了个“串货场”。

大棚里外，摆摊的不少，来来往往都是行里人，也有不少卖吃食的、摆茶摊的，都是附近的老百姓，为了挣几个嚼谷钱，做着小本生意。四处古玩摊子占了大半地界，熙熙攘攘，也有些背着褡裢、捧着包裹来往的短打扮的人，有些街上的掌柜的，斯斯文文背着手在各家摊子上仔细寻觅着各家的物件，看了这件问问价，那件摇摇头，买卖说话的声音也很小，着实有些文雅风气。还没走近，兴泰茶馆的伙计远远瞧见了，赶紧过来打千儿问安:“张掌柜、王掌柜，您二位早班？来坐坐?”

张丰财指着小伙计边走边笑:“呵呵，小六子，你这张嘴，怎么跟师傅学的？这都快晌午了，还早班？一壶香片、两碟干果。你们老板呢?”俩人进了小茶馆，小茶馆里一共十几张桌子，参差不齐的高背、没背、粗木的凳子摆得整整齐齐。一个身穿细布大褂瘦干巴的中年人满脸笑地走过来。这是小茶馆的掌柜，也是东四牌楼兴泰大茶馆郑老掌柜的儿子，郑二爷。郑二爷拱手笑道:“您二位少见！里面请!”

俩人喝了半杯茶，看着外头的摊子买卖，看来不少人今儿开张了，双方都对着袖口在里头捏咕着什么。张丰财看人跟王文敏不一样，王文敏大大方方浏览，张丰财那双眼，眯成了一条缝，对着各个摊子凝神注视，不大会儿，这些摊子上有点什么好玩意，他就门清了。

茶馆人不多，郑二爷笑嘻嘻过来聊起了闲话："二位爷，不下场子瞜瞜去？"王文敏请他坐了，问："二爷，您在这儿也算年头不短了，算行里人，您说，都说行客拜坐客，这些摊子，有多大点油水，能比咱们坐商的铺子还大？"

张丰财眯眼笑笑："贤弟，你有所不知，这里头学问可大了，跟你在天津卫那行里不是一式。你瞧瞧，这些摊子，趸货似的摆了一地，看着东西多，其实呢，他们卖的对手里的物件并不是那么清楚，光知道是老玩意、古董。可古董也分得细致啊，瓷器里头，乾隆和光绪就不是一个价，雍正和乾隆，还不是一个价。咱们买呢，跟在铺子里收货不一样，没那么多话头，还得上茶敬烟捂得，看上了，袖筒里一谈价，谈得拢就买，谈不拢也没二话。有些好货，可不一定比不上咱们铺子里的物件呢！二爷，您说是不是这话？"

郑二爷赔笑："那没错！有这么一说。张掌柜的是行里的大拿，别人不说，除了岳掌柜、梁掌柜的老几位，就数咱们张掌柜了。王掌柜的从天津过来不久，有些个行情，您还得多听张掌柜的念叨念叨。您往那儿瞧。"

王文敏顺着郑二爷手指往近处一个孤零零的小摊看，地下铺着张脏兮兮的破布，上头摆了几件毫不起眼的盘子碗，连个正经东西也没有，摊子边上，顺手放了把八成新的短把扫帚。一位穿了身油脂麻花破袄、戴了顶破烂流丢宽檐儿草帽的青年汉子，抄手正闭着眼打盹呢。

张丰财掌柜侧身问："贤弟，你瞧出什么没有？"王文敏看了足有半袋烟，那摊子半天没人过去问价，也没人搭理，东西不好不说，摊子上摆把扫炕的扫帚是什么意思？郑二爷眨眨眼小声说："王掌柜，不是我当着二位爷班门弄斧，您瞧，这人在这众宝荟萃的地界，摆这个摊子，别说一个月，就是半年也没问价的，他那些东西，连我也不放在眼里。可是，人家不是靠着这个吃饭呢。"

"哦？二爷给念叨念叨。"王文敏很机灵，给郑二爷斟茶。

"别介，到了我这儿让您斟茶，罪过。"郑二爷看看没啥人，侧过身，"这人不是为了卖东西来的。他呀，为的是找'坑货''杂货'，这是下三门里的人，看着摆摊卖不出东西去，人家为的就是有识相的来卖东西、买东西，摊子只是个脸儿，好东西不在这儿，都暗中交易呢！”

“下三门？坑货？杂货？”王文敏不知所以地看看有些诡秘的俩人。

## 二、串货场风波(一)

张丰财小声说：“下三门，不在上下三十六门里，是咱们京城单说的。一门偷、二门盗、三门坟蝎子，干的都是不见天日的黑买卖。坑货，是坟里出来的；杂货，是偷盗来的，趸在手里，不好出货，这路人，是专门为这路买卖保媒拉纤的中人，他们自己手里也有货，给钱合适，连王府的东西都能给你踅摸着，神通广大。人家摆摊，就是个‘点儿’，在这里用黑话暗语说明白了，交易都在暗处。那把短扫帚，就是个暗号。”王文敏顿时一惊，脸色有些不自然：“这么说，这是匪人啊？怎么没见官府管呐？也不合咱们行里的规矩，就这么让他在这儿大天白日的摆摊？”

“哎哟，我的王掌柜，您小点声！”郑二爷蝎蝎螫螫起身挂了一侧的竹帘子，摆摆手，“您呐，可真实在。现而今还论什么这规矩那规矩？这路人您可得敬而远之，咱们老百姓安安稳稳做生意，不招惹他们罢了，您要是惹上了，甭说您，就是您家铺子也得让人阴喽！”

王文敏一脑袋懵懂，看了半天场子里的交易买卖，真跟天津古玩买卖决然不同，看来自己是孤陋寡闻喽。不远处一位四十多岁高个儿的爷，丰额俊眉，瞧着有些眼熟，一身团花大褂、礼帽皮鞋，后边跟着个小伙计，正跟小摊主说着什么，一眼瞅见了小茶馆里的张丰财，拱手举了举，点头微笑，气度风采着实非凡。稳坐着的张掌柜赶紧起身抱拳回礼，那双小眼满露精光，笑得嘴快咧到腮帮子上了。

王文敏问：“老哥，那位爷是？”

“贤弟，你啊，怎么连他也不认得？除了岳掌柜、梁掌柜的铺子，就数荣宝斋和人家的红火喽。”张掌柜一脸羡慕。郑二爷赶紧凑过来，笑嘻嘻介绍：

"他是保德堂的大掌柜,大号李有德,人家是书画古玩世家,老爷子中过举人呢。家里从前清就供应各部院用纸,说是南纸店吧,也经营古玩书画,两挎着。后来大清国没了,人家又靠上了北洋各衙门,光每年官府采办的纸张笔墨,就是一大笔银子!那钱,赚得海啦!"两眼瞪得溜圆的郑二爷像看见一座金山似的夸耀。

"那是一节,贤弟,你才来不久,你们铺子老掌柜在的时候,李掌柜的父亲常去你们铺子坐坐。他的名头还在其次,保不齐你听说过他姐夫,四九城老少爷们无人不知大名鼎鼎的南城门神:孙德胜孙老爷!"听了张丰财的话,王文敏尴尬笑笑,这些乱如麻的人事和典故,除了他爸爸在家念叨过,他可没怎么入耳,如今看来,想在京城做好生意,着实该多听听老几位的闲话。

"那是!孙德胜孙老爷,人家是光绪爷的亲阿玛、老醇王七爷看中的,听我爷爷说……"三人正说得热闹,就见远处一位爷瞧见了张丰财,嘴里叫道:"我说张掌柜的!有礼了,今儿闲在啊!"

一声高叫,也不管周围多少人,王文敏皱眉心想:这是谁啊,在这儿大喊大嚷的?张丰财、郑二爷听出来了,都脸带古怪的笑容朝附近瞭望。王文敏转脸一看,差点笑喷了,只见走过来这位爷,打扮得那叫一个富贵逼人!

这位爷一身绛红色江绸大褂、外罩了十三太保银灰掐金边的坎肩,一色镀金疙瘩扣,脚下却是一双厚底子的锃亮的西洋大皮鞋,头上一顶崭新的礼帽。身上零碎的溜达了不少:左手中指戴着一枚赤金嵌钻石戒指,火油钻足有绿豆大小,晃人眼目。右手大拇指上,戴了只碧玉扳指,食指上还套了一只白玉指环。胸前纽扣上挂着金灿灿赤金大表链子,露出半截的腰带上全是五彩缂丝的小荷包。脖子下头,当啷着墨晶大眼镜。他右手还摇晃着一柄古色古香的斑竹折扇,晃着膀子、迈着方步、大摇大摆朝这边走过来。

这腔调、这做派,不中不西不土不洋,说富贵吧,可太过了;说穷装吧,王文敏仔细看看,他身上的东西都是真的,可穿戴,像二十年前清末八旗贵胄似的,那派头,真比王爷贝勒还豪横!

这位爷由远而近,一面走,嘴里还念叨个不停:"您说,咱们多少日子没见了?上回,就、就在六爷府上听堂会,我的提调官儿,您不是也去了?想当年,我在颐和园陪老佛爷听戏,他还不知道在哪儿呢!郑二,赶紧给张掌柜的换茶啊，哟，旁边这位瞅着眼生，张掌柜的，这位是……”那张嘴，简直跟德意志机关炮似的突突突突响个不停。

近前来，王文敏跟张掌柜的站起身，才看清那人的脸：一张黑黢黢满是横肉的四方胖脸，大蒜鼻子蛤蟆嘴，抹子眉、大驴眼立睖着，好像谁欠了他一百大洋似的，撇着嘴皮里阳秋笑得瘆人。看见两位掌柜的起身，他那方步，故意慢了，仰脸往茶馆走。也不知怎么那么寸劲儿，刚走了几步，这位爷一脚就踩上茶馆外头那摆了扫帚的摊子上，哐啷一声，一摞光绪窑的青花碗让华服大爷给踩了个粉碎！

几人来不及惊呼，蹲在地下的青年汉子慢慢站了起来，稳了稳头上破旧的大檐草帽，也不看他，伸手先把短柄扫帚拾起来吹吹，面无表情稳稳说：“这位爷，您踩了我的摊。”

刚才还皮笑肉不笑的华服大爷顿时炸了毛，四方黑胖大脸拉得跟长白山一样，大驴眼一瞪，张嘴就骂：“你个小妹妹儿养的，没长眼啊！摆摊摆在大爷脚底下，还我踩了你的摊?！就你这小屁摊子，够爷们喝碗茶的吗？还敢犟嘴！我他妈让你说！”一边破口大骂，一边使出牛劲，抬腿狠狠把汉子摊上摆的瓷器小玩意踩了个粉粉碎！

本来宁静的串货场里，像闯进一头野猪，搅闹了大家的生意。此刻，爱看热闹的众人都伸着脖子往这儿瞧，有些起哄架秧子的，生怕事儿闹不大，还在一边叫好：“好！四爷不发威，敢拿四爷当病猫啊！”

“四爷，别含糊！给他来个德和勒！干他丫的！”

“妈的，敢挡四爷的道儿，不想活了，四爷别给他留面子！”

还有些胆小怕事的，知道要出事，纷纷打包收拾东西，赶紧走人。有些个琉璃厂的老人，就在一旁嚷嚷着劝：“四爷，别跟乡下人一般见识，消消火您呐！”

“嗨！我说那位汉子，赶紧给四爷赔个不是，四爷宰相肚里能撑船，高高手就过去了！赶紧的！”七嘴八舌说个不停，看热闹的、骂的、劝的、故作深沉的、偷笑的，乱麻纷纷，沸反盈天。

这位被称为四爷的，果然是位北京大爷，不知道哪来的那么大的脾气，人群越叫好、越架弄，他越趾高气扬，跳大神似的踩着地下的碎瓷片子，嘴里还不干不净地骂:“我叫你犟嘴,小妹妹养的!你他妈知道大爷的一双脚都让你硌疼了!你这一地东西,也值不了三瓜俩枣,还在大爷面前充大个儿的!爷一双英吉利皮鞋,就值五十大洋!”

年轻气盛的王文敏见华服大爷这么仗势欺人,顿时怒火中烧,火冒三丈,就要冲出去,被张丰财一把拉住,他抿嘴摇摇头示意他往下看。满场炸了营似的惊天动地,可煞作怪,那位被踢了摊子的青年汉子,却一声不响,冷冷盯着上蹿下跳的华服大爷。一袋烟的工夫,满地的瓷器玩意全成了粉末子,累得华服大爷满头热汗,还在骂。青年汉子又冷然说了一声:“这位爷,您踩了我的摊。”声音既平和又稳重,好像俩人刚认识,没那么八宗事儿一样。

“我他妈让你在大爷面前尥蹶子!”举起右手,一个大耳刮子冲着青年汉子就抽过去。王文敏看状,到底年轻,一个箭步跑过去,后头张丰财掌柜冷笑着摇头。还没等他到近前,众人一声惊呼!青年汉子眼见着巴掌离他一尺远近,轻轻伸出手,“砰!”一把攥住了华服大爷的手腕子,也没看出怎么使劲儿,就听华服大爷“嗷!”的一声比杀猪还难听,顿时冷汗直流,眼圈子发红,不敢动弹。

“哟!这汉子有两下子嗨!”

“怕是乡下人力气大吧?”

“屁话!四爷学过几手,那德和勒也是善扑营的功夫!我看,那汉子会妖术!”众人伸脖子七嘴八舌说着。王文敏到了近前,抱拳拱手:“二位!息怒!息怒!”

华服大爷和青年汉子谁也不说话,王掌柜看看不是事,一手抓了一人的胳膊,往外拽,对着青年汉子赔笑:“二位爷!都看我了!都是买卖人,在这儿混不容易,买卖不成仁义在,我是瑞古阁掌柜的王文敏。这位爷只顾着跟我们几位相识说话,没注意脚下,踩了您的摊子,我代他赔不是!”

华服大爷死驴不倒架,驴眼一瞪:“哎哟!妈的,你、你是哪儿跑出来的,敢在爷跟前拔闯?!分明是他的破烂儿硌了爷的脚,你没瞧见啊!爷当年在老佛爷……”这位华服大爷还是七个不服八个不忿,那青年汉子一翻腕子,华服大爷“哎哟我的娘!疼死爷喽!”一下子歪倒在地,大墨眼镜子啪啦掉在地下,碎了。

周围的人越聚越多，张丰财看看实在不像话，迈着步子过来了，瞅瞅王掌柜，慢条斯理儿说："这位爷，高抬贵手！这不是外人，是琉璃厂有名的文四爷，大概齐您也听说过，今儿确实没瞅见您的摊子。我们这位王掌柜的都给您赔了不是，您也不必咄咄逼人，咱们有话好说嘛，您看看，该多少银子，让四爷赔您。"周围老少爷们一听，也纷纷嚷嚷："汉子，别过分喽，四爷可不是凡人！"

华服大爷换了苦笑："哎！张掌柜、王掌柜的！您二位说得对，今儿算我的不是！这位爷，对不住，是我不成心踩了您的摊子，您说个价，我照价赔！"听听这还算句人话，青年汉子面无表情，轻轻松开了手。好似在鬼门关前走了一圈的文四爷托着红肿的手腕子，龇牙咧嘴地叫，让张丰财扶了起来。

王文敏擦擦头上汗，却见青年汉子一声不吭，蹲身用地下铺的那块蓝粗布，把破瓷片子拢了个包裹，顺手拿起短柄扫帚就要走。"这位爷，您、您稍等。"王文敏想了想，从衣兜里掏出十来块银光闪闪的现大洋，抓过汉子粗糙大手，放了进去，汉子一愣，不知道这位看起来斯文敦厚的掌柜的意欲何为。

"我看您在这儿摆了半天的摊子，还没开张，这位爷总算是张掌柜和我的朋友，赔了不是，您这摊物件，虽然不起眼，也是头几十年的玩意儿，这点钱，算是赔您的，今儿带的不多，您拿上，也不能白辛苦半天。"诚挚又温和的话，说得汉子心里一暖，却不言不语，拉过王文敏右手，把钱放回去。见他使劲儿让，汉子捏了两块大洋在手，掂了掂，留下一块大洋，剩下那块用大拇指、食指捏了两下，又拍在王掌柜手里，双手抱拳，提溜着包袱，迈着大步一阵风儿似的走了。

王文敏看看手里的钱，轻叹一声装进兜里，回身跟张掌柜搀扶着文四爷，进了茶馆。张掌柜一面走，一面眯着眼笑，回身冲大家伙儿喊："老少爷们，都散了、散了吧！嫌事儿不大是怎么着？做买卖不做了？赶紧散了吧！"

里三层外三层想看全武行对打热闹的人群，一瞅大戏还没开锣，主角先走了一个，炮仗捻儿没了，那还看个什么劲儿，叽叽喳喳一通乱说，渐渐散了。这点儿意外冲突，云消雨散。

被搀进茶馆的文四爷，兀自气得三尸神暴跳，嘴里又恢复了骂骂咧咧："他个小妹妹儿生的下贱胚子！我呸！大清国这才玩完几年哟！这帮子乱民，不是你们拦着，今儿大爷叫巡警来，一句话送进北衙门大刑伺候！哎哟！我说张掌柜的，您是跟蒙古大夫学的吧，轻着点呐，我这是胳膊、手腕，不是猪蹄！”郑二爷一连声让店小二赶紧去端盆凉水给四爷冷敷，又去柜子里踅摸治疗跌打的白药。张丰财掌柜的帮他揉着胳膊，王文敏面色阴沉。

见几人都低眉顺眼地服侍着，文四爷慢慢心气儿上来了，噘着嘴喊道：“他娘的！咱们宣统万岁爷还在紫禁城里住着呢，这帮小人就这么骑在大爷我头上拉屎撒尿的！落架的凤凰不如鸡！倒回十来年，姥姥！不把他打进刑部天牢，定他个欺辱皇亲贵胄、弄个斩监候，爷这姓就倒着写！郑二，你说，我有一句瞎话没有？！”

郑二爷小心翼翼拿着瓶白药过来，殷勤地打开，眯着眼一点点给文四爷上着药，嘴里捧着：“没错！您老人家呀，是八旗正根儿，皇室宗亲，他那小子这是不认识您，要是知道您的身份，还不把裤子吓尿了！大清国虽然完了，可您呐，哪朝哪代也是爷！”

“郑二这话我爱听！大清国那当儿，有这么没规矩没有？绝没有！”文四爷气呼呼喘着粗气，“全是改他妈良改的，改良改良，越改越凉，冰凉！民国啊，都他妈混蛋！”看看三人在身边，叹口气，“除了咱们老几位！”

张丰财笑眯眯的：“四爷，您就消消气呗，好不当秧儿的，您看，青紫了一大块，要我说，您就犯不上跟小人费口舌，耍脾气。”

“我耍脾气？张掌柜，你这人，越活越回去啦！我得让他们瞅瞅，大清国倒了，可大清国的爷还在！太后老佛爷说过，对付这起子乱民小人，就是不能心慈手软啊。哎，还是咱们老佛爷看得深远呐，不介，大清国也不能玩完喽，我的老佛爷，您要瞅见奴才今儿让人欺负喽，您也得气得从东陵活过来，这才是……原来姹紫嫣红开遍，似这般都他妈付与断壁颓垣，大清朝这才玩完几年……乱党坐了江山，嚷嚷着把紫禁城变成博物院，哎呀，我这好端端的贝子爷沦落人间，真真是世态炎凉，可惋可叹！”说着，文四爷不知是不是戏瘾发作，也不管三个人围着他忙活伺候，竟唱起来了。他那张唱黑头的嗓子，把这句瞎改的《牡丹亭》唱出来，还真是有点意味，那声音如泣如诉哀怨深沉，连王文敏也听住了，不禁连连点头。

戏瘾颇深的文四爷唱了几段，直抒胸臆，长吁短叹了一会儿，才算把大爷劲儿拿足了，恢复了平静："行了行了！老几位的好意我记着呢，郑二，这么没眼力见儿，赶紧地，把爷的康熙窑盖碗拿出来，给张掌柜、王掌柜的换茶，换西湖龙井！我说话你别不爱听，你们这儿的碧螺春茶，就是不新鲜，别说你们，就算京城里这些茶叶铺子，存的也是陈茶，想当年，我还是在西苑陪老佛爷听戏，喝过一回浙江巡抚六百里加急贡上来的碧螺春，那叶子，嗨！"

不大会儿，小六子捧着一个银灿灿的锡制长口瓶，郑二爷亲自捧着个红木小匣子，如同捧圣旨一样战战兢兢走出来，生怕失了手。王文敏见状觉得又奇怪又可乐，定睛看，红木匣子是抽拉的，郑二爷取出个盖碗，轻轻放在文四爷跟前儿，小六子泼了张丰财、王文敏杯子里的残茶，拔开木塞子，从中倒出点茶叶，给两位爷重新入茶沏上。就这件盖碗，张丰财见识过，还没什么，王文敏一瞧可是心中大震，这可是墨地儿加三彩，温润细腻，古朴大方，比市场上常见的素三彩漂亮多了！单这一只盖碗，最少也得值一百大洋，这位穿戴奇怪、遗老派头十足却又带点新派的四爷，到底是何方神圣呢？

# 三、串货场风波（二）

文四爷摇晃着脑袋，眯着眼摆起了谱："这位是王掌柜的，少见呐，你瞧，最近我也没上琉璃厂来。瞧见这盖碗没？这是当年康熙爷赏给我们老祖儿的，哎，子孙不孝，就剩下几个，带出来喝点茶，这可是咱们贵胄当年的老习惯：不管是去饭馆子吃饭、茶馆喝茶，连出去洗澡，也得使自己的家伙什儿，郑二他们总铺里，还有我存的一件康熙五彩。郑二，那碗儿没叫你们家老爷子眯了吧？"王文敏赶紧说："不敢！我才来京城没多久，还得靠四爷多多指点！"

郑二爷哈着腰凑过来："四爷，您这是骂我！我们家老爷子把您那盖碗，楠木匣子密封着，多咱您去喝茶，保管又体面又完整。老爷子说了：文四爷能来咱们家喝茶，那是咱们铺子的光辉！虽说不敢称老世交，毕竟自我爷爷那代，跟您府上就不生分。您把心放在肚子里头！再者说，没了您这碗儿，就算把我们爷几个拢一块卖了，也赔不起，不是？”

“哈哈，你们这些买卖人，就是嘴上功夫厉害！ 嘚嘞，爷也不糊弄你们，就这碗儿，别人谁家用得起？ 爷存在你这儿，又不要回去，原先家里有的是，让我败坏了多少？ 等哪天爷死了，这玩意，就给你当个念想啵！”

“哎哟，四爷说哪儿话，您必定长命百岁、万寿无疆！”郑二爷笑得满脸花。

张、王二位端起茶来，一闻，就知道茶不对，捂了！ 俩人喝过多少好茶，这点儿口味还能没有？ 王文敏皱眉瞥了一眼若无其事的张丰财，俩人相视一笑，就放下了，连说“好茶。”

“真！ 四爷是什么人？ 那是天潢贵胄，宗室里头的能人，咱们这行里，都以能结交文四爷为荣呢，上回岳大掌柜还说了，前些年从陕西搞的昭陵六……”张丰财话音没落，文四爷呛了嗓子一样咳咳咳，连咳嗽好几声，眼珠子滴溜溜直瞪张掌柜。见王文敏和郑二爷都竖着耳朵，张丰财会意，尴尬笑笑把半句话吞了下去，换了话头儿：“是啊，还是岳掌柜能干，跟文四爷认识了不少贵人，生意口儿上的事，也多亏了四爷照应着，不介，他能那么大发财？ 您说呢，四爷？”

王文敏闻言咋舌：这位四爷还真敢拿大！ 管岳掌柜叫小岳?! 别说琉璃厂，在天津卫，岳掌柜也是闻名赫赫。这位爷到底啥人？ 贝子爷？ 皇家贝子爷都姓爱新觉罗，哪儿跑出来个姓文的？ 当着面，也不好问，王文敏只好耐着性子听文四爷当着几人吹嘘：又是跟哪位王爷吃了会贤堂，大公主庆寿，他做戏提调；又是去宫里请安碰上小皇上请他看古董；又是跟北洋政府的哪位总长、次长去广和楼听戏，总统府内的秘闻逸事等杂七杂八的奇闻逸事和高官显贵们拿他多当回事儿，在他那张吐沫星子横飞的嘴里小鸽子一样飞来绕去，说得天花乱坠、滔滔不绝。

郑二爷、张丰财不知道早已听了多少遍，这会子，只好做出一番津津有味的神态，洗耳恭听。王文敏越听越疑惑，看看串货场都快散了，文四爷还在嘚嘚，心念一动，恭敬插了一句：“四爷，原来是行里的高人！ 看您的扇子别致不俗，可否让我一观？”

文四爷咕咚喝了一大口茶顺顺气，长舒口气，伸出大拇指：“王掌柜，不是我当面夸你，你眼高！”说着便把手里的折扇递过去大笑道：“这种玩意，原先家里多的是，箱子柜子里，满坑满谷。除了祖宗们留下来的，我们老爷子、爷爷都在内廷有差事，接长不短儿的，万岁爷、老佛爷就得赏，一赏就不老少。这些年被我折腾坏多了去喽！你要喜欢，拿家玩去！”“敢情！”郑二爷不失时机地奉承了一句，“四爷家里的东西，比紫禁城也就差那么一点！”

王文敏双手接过扇子。扇骨看着是斑竹的，可拿在手里细瞧，又不是竹子，是什么木头做的样子，由高手点染的色漆，跟真斑竹一模一样，不仔细看，真瞧不出来！屏息一闻，还有淡淡清香冉冉传来。再看扇面，顿时一惊：扇面是幅古画面儿，江南景色、华丽工巧、色色人物栩栩如生，布局大气、细腻中见格局，再看下头漫漶不清的朱红印章“唐寅”！

乖乖，是唐伯虎的工笔！背面是首诗：银汉星河不动尘，未央前殿月移轮。君王行乐新年盛，先使恩光遍近臣。下头落款是：紫琼主人，有枚小圆章：慎郡王。这就名贵得很了！

张、王俩人都称赞不绝，喜得文四爷脸上放光：“嗨，就这么一把破扇子，不值什么！什么好不好的，爷拿来扇风最好。我们老爷子说了：这是唐寅的扇面，比唐伯虎画得还他妈好！据说，唐寅是唐伯虎的爷爷辈，后来我一查《明史》，你们猜怎么着？”

张丰财憋着笑，王文敏莫名其妙看着文四爷。郑二爷搭腔：“怎么着？四爷？”

“原来啊，我们老爷子闹错啦！人家唐寅，是唐伯虎他爸爸！嗨，要不说鉴赏玩意儿，还得多看书呢！”文四爷煞有介事拍着桌子点头。“噗！”王文敏实在忍不住，捂着肚子弯了腰。“咳咳咳咳咳咳”，又笑又憋气，闹得咳嗽不止。

“敢情！还是四爷有才学！”郑二爷伸出大拇指。张丰财使劲儿踩了王文敏一脚，一面趁机大笑：“哈哈哈哈，我这位贤弟，没喝过这么好的叶子，可能不习惯。四爷见笑。”“我说的呢！这没什么，郑二，记得，下次张、王二位爷来了，给他俩上这个茶，喝完了算我的！哟，什么时辰了？”

“过了十二点了，四爷。”

“完喽，晚了晚了！”文四爷火急火燎跳起来，拍拍还在咳嗽的王文敏，

"小恭王的贝子在泰丰楼请我吃饭，定的是十二点，今儿聊得投机，我给忘得死死的！先走一步喽！这扇子，王掌柜不嫌弃，就留着玩吧，郑二，茶钱记账!"说完大步流星往外走。王文敏哪敢要这扇子，赶紧追出去，拉着文四爷死说活说塞进他腰间扇套子里，看看走远了，这才哈哈大笑着回来，张丰财也乐，只是郑二嘴里嘟囔着："什么东西！跑这儿来摆大爷谱，狗屁!"说完泼了文四爷杯中残茶，叫过小六子，收拾好，叹口气坐下："这个文四!"

张丰财安慰他几句，知道王文敏要问，便说："贤弟，幸亏你没要文四爷的扇子，他啊，就指着这个钓鱼呢!"说完便聊起了文四的来历。

文四爷，不姓文，至于姓什么，无论是古玩行还是大清的宗人府、内务府、八旗都统衙门，都没有底子。可人家也不是凭空冒出来的混混光棍儿，冒充皇室宗亲。据深知其身份内情的岳掌柜、梁掌柜传说，他祖籍浙江，祖母原是杭州织造府的绣工，咸丰年间，长毛起义，闹得天下大乱，江南十几个省陷于敌手，大批江南官宦人家和勋贵、驻防八旗家人，纷纷借着大运河，逃窜回京。他祖母就跟着满人织造官逃到中原，不巧中途走散了，巧遇杭州将军家人，将军夫人见她可怜，又懂得刺绣便收留在身边，一同回京。等平定大难，此女年纪大了，便由将军做主，许给了一位贝勒爷做侧福晋。

可此女毕竟是汉女，不懂满洲宗室规矩，进门后才知道，别说侧福晋，连庶福晋也算不上，顶多算个侍妾，在贝勒府里真是个姥姥不疼舅舅不爱，末了也没给贝勒爷生个一男半女，只得从外头抱了个孩子做嗣子。这就是文四爷他爸爸。文四爷他爸身份不明不白，从没入过宗人府名册，打小就是个夜鳖虎，任由家里欺负。到了贝勒爷去世，娘俩就被赶出了贝勒府。幸而他爸在内务府当差，总算日子过得去。到文四爷出生，大清国都快完了，他仗着老爹在内务府银库做郎中，十分得意，后来进了贵州学堂，跟载沣、载涛、载洵、载泽做同学，机智聪明、狡猾多诈的文四爷有钱又会来事，把几位亲贵大爷伺候得舒舒服服。这就让几位大爷刮目相看，哪位爷吃喝玩乐也离不开他。

宣统即位，摄政王和涛贝勒看在他以往伺候功劳上，封了他个不值钱的一等镇国将军，知道的人，都瞧不起他，以为他是杂八狗冒充"京巴"，可他不在乎，照应顶门立户，跟近支亲贵走得溜熟，没少干拉拢外官行贿受贿的勾当。大清一完，他做起了古董生意，甭看他书念得稀里糊涂，心里小算盘打得很精。他自称“贝子爷”，靠着名号、丰厚的家业，坑蒙拐骗，又学了不少洋话，平日出入王公府邸、八大胡同、北洋衙门、东交民巷，跟遗老遗少、青楼娼妓、北洋官员、洋人买办混得溜熟，一张甜言蜜语、口吐莲花的巧嘴，能把黑的说成白的、死的说成活的，加之心黑脸皮厚，又敢吹嘘，乱世里十分得意，比他爸爸强百倍呢。

他做生意，哪有什么规矩，只不过搜罗了哪家王公宅门里有宫廷珍藏、王府宝物的消息，熟记在心，再三番五次上门张罗，把弄到手的玩意儿，跟洋人大吹大擂一番，翻着倍卖银子，本家那头他或是给个三瓜俩枣，或是一文不给，反正洋人厉害，谁也不敢跟他炸毛。因为这，西城住的王公侯府都让他坑过。胆大包天的他，还跟袁大总统的几位公子很熟，没少从各省踅摸古物奇珍好玩意，或是送人，或是卖到外洋去。到了民国十来年，他见王公侯府都不让他进门，便急中生智，跑到琉璃厂，拜访各家掌柜，故技重演，也蒙了不少东西。

古玩行的买卖人老实的居多，又多不知道他的底细，一听是“贝子爷”，有些老实人早被吓得屁滚尿流，奉上宝物珍玩，由他去卖给洋人；有些知道他底细的，又有用得着他的地方，也有些觉得文四爷毕竟是“镇国将军”，这份体面荣耀，在古玩行里独一份儿，所以，竟然是谁也不敢揭穿他的老底，跟他硬碰硬干一仗，无不哈着他，让他成了古玩行里的一霸！

“哦，原来如此！想不到京城之中，还有这么个玩意，简直跟天津卫的混混一样嘛！三不管！谁也拿他没办法！”王文敏听了张丰财掌柜的言说，只是摇头。

“谁说不是啊！贤弟，”张丰财无奈笑笑，又瞧瞧洗耳恭听的郑二爷，抵着牙缝说，“这可是只老狐狸！人家这本事，才是乱世里如鱼得水啊，您瞧，现而今别说岳掌柜、梁掌柜，就是北洋衙门，也闹不清他的底细，他跟洋人们到底有多大交情！听说，他跟南城、东城的几位老大关系亲密。四霸天你听说过没有？”

“还真没有，请老兄指教。”

“嗐！我跟你说这些干啥，四霸天，就是天津卫的混混头那种黑道儿！

可不得了,杀人越货抢劫贩卖鸦片,什么不敢干?他看上了啥,你不卖给他,他就巧取,取不来,他就豪夺!怎么夺?还不是靠着这帮子黑道儿?黑道儿不成,再去找北洋衙门,北洋衙门弄不来,人家直接找各国领事!那心机手段,黑了去喽!看着他满脸笑,真惹翻了他,不把你折腾得倾家荡产不算完。咱们行里有几位老掌柜就吃了这个亏呢!"

郑二爷一脸鄙夷:"真他妈倒霉,行里钻进这么个玩意儿,嗑瓜子嗑出个臭虫,还是个大个儿的!"王文敏心中不悦,想想只是气闷:"《左传》说:深山大泽,实生龙蛇,咱们古玩行自打北宋以来,流传千年,其中门道也多,算得上深山大泽,前辈先贤也有不少,就是龙蛇了,这位四爷,看来非龙非蛇非金非玉……"

郑二爷听得有趣:"王掌柜的,您说,他算个啥?臭虫?!"王文敏摇头嗤笑:"算是个钻了皇室裤裆的泥巴蚯蚓吧?"

三人大笑。

"别看他人不咋地,他家里着实有不少好玩意儿呢!"张丰财笑罢眼睛放光,"别的不说,看他一身穿戴,就知道了。我去过他在东四牌楼的家,好家伙!他家里,简直跟大内库房有的一比,什么钟鼎礼器、书画古籍、金石碑刻、玉器珍玩,满坑满谷的,据说,这还是他卖剩下的。其实,他多鸡贼!卖给洋人的,不过九牛一毛。连古月轩的珐琅和乾隆爷的百宝盒,都让他买通太监,从宫里偷出来不少。岳掌柜也见识过,说此人虽非大奸大恶,可也算个搅屎棍子!"

"古月轩?!"王文敏一听倒吸了一口冷气,咋舌不止,那玩意可是乾隆爷最爱,因秘藏深宫,直到民初,不少老古玩行的人,连见都没见识过,可见文四爷道行深厚喽。

张丰财指点道:"贤弟,今儿你不接他的扇子就对喽!他那把扇子,可是鱼钩。这把扇子,好多年前我就见过,不是凡品。此物乃是康熙年间,下江南之际,江宁织造曹寅特地从南京搜罗来的唐伯虎真迹进呈御前的。圣祖爷喜爱古扇面,后赏给了幼子胤禧,就是慎郡王,这位爷酷爱丹青书画,年纪小,没掺和进康熙爷晚年的众皇子夺嫡之乱,受雍正爷的爱护,跟乾隆爷算是同学,这扇子就是从慎郡王府流出来的。你没瞧上头那首诗,写的就是慎郡王在圆明园看烟火的纪实呢。乾隆爷登基后，雅好书画古玩，咱们这行的古玩，北宋至前明年间不叫古玩，叫骨董，董其昌的《骨董十三说》想必贤弟读过，什么时候改的呢？就是乾隆爷改的，乾隆朝以前还叫骨董，有古朴雅韵的意思，行里人呢，叫文玩，可乾隆爷嫌绕口，便金口玉言，改称古玩、古董，把文字、骨字都改没喽。这算是个典故。”

王文敏心悦诚服，拱拱手：“原来还有这么一段！老哥渊博！”

看看时候不早，俩人告辞。走到琉璃厂街上，张丰财语重心长：“贤弟，这北京城藏龙卧虎，可不比天津卫，天津卫的鱼龙，都在明面上，好比是一池子清水，再混杂，只要眼力好，就能看得清楚。北京城可不成，六百年帝都，天子脚下，什么人都有、什么事儿也不新鲜，文四爷这档子，只是一端。这行里，猫有猫道、狗有狗道，玩法不一样，赚钱路子也多，各种各色的人物，都要小心。我当着郑二爷没好说明：这扇子你要拿了，文四爷必定不几日就跑你铺子里去，谈天说地说东道西，踅摸你铺子里有什么好玩意儿，一个不小心让他知道有什么珍品，定然要你拿出来一起做买卖分成，到了那时候，贤弟可就身不由己喽。”

“万幸！多亏老哥指点！想不到京城里水这么深，到底是老北京城！真是听君一席话，胜读十年书。”王文敏恍然大悟，拱手相谢。

“那敢情。”笑眯眯的张丰财拍了拍他的肩膀，“贤弟，以后日子长着呢，你就慢慢看，什么打小鼓的、夹包袱的、跑王府的、亲贵家的、太监宅门的，各有各道，虽路子不一样，还不都是为了银子钱？你呐，可不能太厚道，说这规矩那讲究，有些事儿，不是大清国那时候喽。该变的，也得变！这么着，过几天我领你去鬼市儿瞧瞧，那里头，真有不少好玩意呢。回见。”张丰财稳稳摆摆手，转身回了铺子。王文敏觉得张丰财有些话并不合自己的心思，赚钱归赚钱，行当里的规矩一点不讲？这不乱套了。咂摸咂摸，又有些疑惑。这琉璃厂，真是龙潭蛟穴，深不可测，今儿才是见识了冰山一角罢了，就够让他闹心了。

回了店里，十二点半了，几个小伙计还没吃饭，这也是铺子规矩，掌柜的不吃，谁也不能先吃。王文敏看看钟表，问了问生意，点手叫过自己最喜爱的一个小伙计小贵子去买吃食犒劳大家，可一会儿，他带着卖吃食的人回来,说大洋找不开。王文敏诧异,给了几张钞票。等卖吃食的人一走,小贵子凑过来悄声说:"掌柜的,您瞧您给我的这块大洋。"

"怎么了?"王文敏拿出来仔细看看,顿时目瞪口呆!原来这块大洋上,前后都有一个浅浅的手指印记!

"这、这是假的?我方才给你就是这块?"

"没错!"小贵子悄声说,"就是您给我的,给了卖大饼的,人家一看,不敢要,说小本买卖,怕是假的,这才跟我来。您看,这银圆不假,分量成色都对,可上头的指印,可不是原来的,不知道是谁,有那么大劲儿,给生生摁出来!"

"哦,原来是他!"王文敏脑中立马儿浮现出方才串货场青年汉子的身影,陷入沉思。

## 四、鬼市奇谈(一)

王文敏记挂着张丰财说带他去鬼市的话头,在铺子里待了半个多月,也没见张掌柜的人影,过了几天,他才晓得,张丰财跟岳大掌柜去天津卫办货去了。他铺子里的伙计支支吾吾也说不清楚啥时候回来。王文敏打定主意,要自己去鬼市逛逛。

回家跟老爷子说了,王清太笑笑:"去吧,按说你也应该去走走,别老闷在铺子里等人家上门。俗话说读万卷书,行万里路,我年轻那会儿,走南闯北去的地方多喽,什么奇奇怪怪、历代流传的古董书画没见过?有些个连我也叫不上名字,都是那些年在外见识的。不介,东家能这么信任?不过,你第一次去,别自己个儿,叫上个伙计跟着,那里的路数,跟咱们古玩铺子可不一样,加点小心。"

儿媳妇孙氏在旁插嘴:"爹,您说得那么邪乎?这鬼市听这名就让人毛毛咕咕,到底有什么来头?里头别真的有什么不干净的东西吧?我听邻居刘四妈说,这京城里,晚上也闹神闹鬼的呢!"

王文敏只瞪了她一眼:"你个妇道人家懂得什么?别乱插话。"

"媳妇说得没错，这里头，是有些个忌讳，你别觉着年轻念过几天书，就说你媳妇儿！你整天忙得不着家，我和孩子们不都是你媳妇儿忙里忙外地照顾？"王清太见儿媳妇皱眉不悦，也让儿子引起了话头，喝了半杯酒，摆摆手让儿媳妇做鸡蛋汤去了，自己摸索出水烟袋，吸了几口，好似思索什么，半晌问："文敏，你知道鬼市的来历吗？"

"还真没听说，老天津卫倒是有，儿子没去过。"王文敏老老实实回答。

"这鬼市来历可久远喽，你啊，别觉着自己识文断字，学了这么些年，就无所不知喽，告诉你，还没咱们这古玩行的时候，鬼市就有了，其渊源，可得上千年喽。"王清太得意地笑笑，又抽了口烟，望着儿子高大的身材，显得胸有成竹。

"上千年？"王文敏觉得老爹说得越发邪乎了，古玩行自北宋以来才传了千年，一个小小的鬼市，哪有这么久远。

他抹抹花白胡须笑道："不错。这鬼市，早在大唐朝就有了。"外头一轮明月静静悬在天际，清冷素洁的月光照耀四方，借着窗外的星光和微风，他说起了鬼市的典故。

鬼市，早年间不叫鬼市，这个早，那得从大唐朝说起。大唐建立后，接收的是隋代修建的大兴城，后改称长安。隋朝修筑时，工程浩大、规模雄壮，为显示天朝大国一统寰宇的庞大气魄，隋文帝时的新都副监宇文恺特意找来方术奇人异士，特按九天星象、阴阳八卦加以六合、六顺、天阙、天开等地理相脉之法，才建起这座传之千年而不朽的天子帝都。那时节，大唐帝都的长安，才是九州万国瞻仰、八方蛮夷辐辏之地，朝贺、进贡、留学、商业来往的东夷、南蛮、北狄、西戎络绎不绝于途，连大食、天竺等国，也岁岁派遣使节，来通问友好。正是九天阊阖开宫殿，万国衣冠拜冕旒！可谓自周秦汉隋以来第一盛世。

在皇城外，有两个市场，因唐制街坊不能经商，只有东西两市才有大规模商人买卖铺户，所以，又叫东西两市。各国商人纷纷来到，新罗、北胡、南蛮、大食、天竺等地和本国的商人在此开设的买卖铺户鳞次栉比、一望不尽，总数有十多万，年节假日，上至王公亲贵，下至普通百姓，都纷纷来游览买东西。

唐代长安是万方拱极之地，禁卫森严，朝廷颁布了不少城门令、皇城卫令、宫卫令，查夜、巡逻的禁军缇骑四出，查夜犯禁的市民人等，立即捉拿。只有年节假日，天子才下旨，金吾不禁、通宵达旦地欢乐。即便是王公亲贵，夜晚大开夜宴，也需要不少鼓乐美食，由此，自武则天时代，各街坊都出现了夜晚开铺子、摆摊的小买卖。它们白天休息，晚上营业，虽说不合法规，毕竟人们需要，加之中唐以后，朝廷皇权衰弱，只好睁一只眼闭一只眼。这种隐秘、隐蔽的小市，又叫夜市。

到了晚唐，朝廷大权陵替，威权不再，夜市更加发达，从三更天开始，一直到五更天明，各街坊做买卖的、青楼妓女拉客的，酒坊、茶肆、小吃摊更是星罗棋布、到处开花。朝廷禁不住，只好任其便利。其中，有不少外夷洋商和朝廷大员为秘密交易些金珠异宝、奇珍古物这些明令禁止的玩意，又有些败落的王公贵胄、皇亲国戚要出卖祖宗流传的珍宝奇物，为避人耳目，也避免自己身份暴露，便在兴庆宫外务本坊，开设隐秘夜市，专门交易这些物件。

不少异国商人、富商大贾，夜半起身悄悄来此，或是遮面、或是借着月色，互相交易买卖，买了物件就走，绝不停留，暗夜森森、灯烛晦暗、四处悄然无声、雾气茫茫、鬼声啸吟，多有鬼物出现。消息传出，不少胆小的人心惊胆战，可不少江洋大盗和内宫宦官，盗窃宝物后，有了这块风水宝地，便大肆来此交易。由此，长安城里的士民人等，就把这里叫作“鬼市”。《两京城坊考》《辇下岁时记》和《全唐诗注》皆有记载。这便是鬼市的来源。

王文敏闻言满脸羞愧，对老爹佩服得五体投地：“爹！这么多年，怎么从来没听你说过呢?”王清太喝了半杯酒，稳稳当当装了一袋烟，脸上的皱纹也笑开了，有些得意：“你小子才多大？没听说过的多着呢！来，咱爷俩再喝一杯，我给你说说，这老北京鬼市，里头有些说道儿，可得记住!”王文敏赶紧给老爹斟满了酒杯，静静听着。

老北京的鬼市，自打乾隆晚年才开始设立，乾隆爷恣意奢靡无度、和珅专权，主仆俩人都喜欢珍玩异宝、明珠宝石，各藩属各省，无不尽力搜罗，辇送京城，而朝廷纪纲弛废，贿赂公行，外官进京，有道是“还未朝天子，先来谒相公”，闹得朝堂民间乌烟瘴气，对古董文玩大肆追求起来。那当儿，也有不少开国以来的世家大族，历经百年，逐渐凋零，安享富贵尊荣日久，生齿日繁，筹划家计的没有一人，可躺在祖宗功劳簿上吃喝玩乐的不计其数，日常迎来送往使用耗费又不能就事俭省，支应着奢华糜烂架子，外头架子没倒，内囊可就慢慢空了。按大清祖制，这些贵胄王公不能经商、不能出京城、不能种地，限制甚多，他们又没别的谋生法子，家里败家子又多，只好把祖传的珍宝古玩拿出来，顾着面子，也不敢去什么大古玩铺，怕人耻笑，只好趁天黑，拿到小市上卖去，这是一路。

另有一路呢，则是打小鼓收旧货的，收来的旧货，里头也有些不认识的古董珍玩，给古玩铺子一些，剩下看不上眼的，趁夜去小市卖几个饽饽钱。

还有一路，就是下三门里的路数，偷、盗、坟蝎子，无论从哪儿偷偷摸摸不干不净弄来的玩意儿，必得在手里压几天，看看风声过了，没人来抓，就得来小市，晚上偷摸卖了换钱花。

为啥？那当儿跟现在不一样，凡是当铺、古玩铺子和旧货铺子，都有规矩和律法限着，等闲不敢乱收来历不明的玩意儿，一旦让官府查出来，买卖铺户赔钱负责是小，让街面上老少爷们知道了，你这铺子收盗贼货，多少年的名声老脸就毁喽。

这些小市在老北京，有三处。一处在德胜门外，叫北小市。德胜门外是个荒凉地界，大白天行人也不多，且地处荒郊，来往的都是些神神秘秘的人，这里，也是下三门的一个“点儿”，凡是下三门弄了什么好玩意，都来此处摆摊买卖，卖的、买的，大都是他们本门里的兄弟，行市跟别的小市不一样，都是人家自己定，不是他们门里人，等闲的老少爷们不敢轻易去，自然，有些爱便宜、不怕险的人，也有不少去淘换好东西的。

一处在宣武门的西小市。这地方，是内外城老少爷们交易些零七碎八的小玩意地界，什么零碎都能踅摸着。是个老百姓溜达的地界，有些打穷小鼓的，都爱来这儿卖东西。卖的、买的都是穷人，卖个三瓜俩枣混嚼裹儿。

一处在崇文门外，叫东小市，是跟古玩行关系最紧密的一处。崇文门，本来就是明清时代客商举子、官僚进入北京城的必经之地，又是最大的税关，所以热闹极了。有些打富小鼓的，败了家的大族，关东、山西串货的老客，都爱来这儿摆摊卖东西。这处小市最大，东西也最多，五花八门琳琅满目，只要眼力好，怎么也能淘到不少好玩意。

这几处小市，并不是光晚上摆摊，为了赚钱，白天也干，不过白天的摊子都是明面儿上的玩意，没什么好东西。早晨四点多开始摆摊的，太阳出了就散市的，叫早市；下午四五点钟摆摊，晚上掌灯散市的，叫晚市；只有掌灯后开市，次日三更天散的，才叫夜市，也就是俗称的“鬼市”。

比如东小市，夜半才开业，天明就散，买、卖东西的都只有一盏昏乎乎的油灯，有钱的，用马灯，影影绰绰、昏昏暗暗，眼神不好的，丁点儿看不清楚，远远望着，就像野地里一片凄零零的鬼火，让人毛骨悚然，所以才叫“鬼市”。

“爸，崇文门外我小时候去过，没记得有这么个地方呀？您说，那里头真有鬼？”媳妇孙氏端来鸡蛋汤听得津津有味，又有点害怕，插了一句。

王清太磕打磕打烟袋锅子，有些神秘地笑笑：“哎，你那是大白天去的，哪有什么鬼市？我跟文敏说的地界，在崇文门外药王庙路西，半壁街南就是喽。没听我说，人家那里半夜才摆摊。文敏呐，不是爹卖老，去那里，你得带个机灵的人，不介，还真说不好。”

王文敏借着烛火，又给老爹斟满了酒，思索一会儿才说：“这个好说，儿子带小贵子去，那小子机灵，又是本地的，爹说的那里真有那么邪乎？”

“有。”王清太笃定地点点头，“德胜门外的北小市，就有，也是我听来的。崇文门外的东小市，宣统年间，咱们街上鉴古斋的赵掌柜的，就遇上这么一档子，你要愿听，我就给你念叨念叨。文敏媳妇儿，你去看看孩子睡了没？”

外头四野空寂，微风吹打着窗棂噗噗作响，王清太老爷子故意把儿媳妇支走，示意王文敏凑近听。王清太眯着眼，陷入了回忆……

那是光绪末年，有个步军统领衙门的番役，是个拿贼破案的能手，人机灵，可好占小便宜，还抠门，吃别人的、喝别人的，从来不请客，也不掏钱。同事们都说：“这他妈小子，非得让他吃个大亏！”

果然，有一天，听说德胜门外北小市的鬼市里，有下三门里卖偷盗来的金银财宝的，这小子就动了心，不管不顾，也不听同事的劝告，自己一人，换了便服，提溜个灯笼，吃饱喝足，八点趁城门没关，就出了德胜门。在城外野茶馆等了大半天，快到子时，他才跟着野茶馆里的老少爷们起身往野地走。走了不到三里地，远处影影绰绰显出一片悠悠忽忽的鬼火来！有的白乎乎、有的黄灿灿，映得旷野里的人头攒动，不知道的，还以为是一堆鬼呢。

也是凑巧，天黑，道不好走，离着鬼市还有几步远，旁边有个小坑，番役没瞅见，一脚没踩住，咣，摔了个大马趴。气得他骂娘不止，等他起来，手里的灯笼灭了。等他骂骂咧咧掏出火镰点燃了灯笼，再看前头，咦?！怎么方才的鬼市不见了？那几个老客也不见踪影，旷野里一片幽暗死寂。

"他妈的，这鬼地方！别真是……"话音未落，后头一只手拍在了他肩膀上。番役就觉得一股冷气从脚趾头直蹿上来！妈呀，大半夜这是谁！他双腿乱抖，嘴上却不依不饶："你大爷！谁啊这是，大晚上的！"

"老哥，您走错地了。"灯影里，后头站着个人。一看有影子，番役放心了，老年间传说，鬼没有影子嘛。

"走错了？不能吧？刚才我还看见有买卖摊呢？这会怎么不见了。"番役疑惑道。那人从后头走过来，离着番役三尺远，笑了："老哥，您呐，眼神不好，跟我走，前头不远就是。"番役也不知吃了什么药，提溜着灯笼，跟着那人走了会，张望着，远处还是一片漆黑，旷野肆意生长的杂草里，不少小虫子唧唧吱吱叫着。

"这是到哪儿了?！"番役不敢往前了。

"那不是?"那人一指，咦？前头不远，真有些洒洒落落的光点。"鬼市！"番役大喜，跟着那人紧走几步，进了鬼市。那人冲他笑笑，转身走了。借着月光，番役看见那人脸色幽白，还有点跛脚。番役左右看看，里头人真不少，走来走去看货的、袖子里掏摸着还价的、蹲在地下喝豆汁儿的、揣着袖子等客人的，络绎不绝，可来来往往的，半点声音没有。一个个摊子上，都是粗布垫底，上头摆着瓷器、金铜佛、玉器、书画，还有些沾着臭烘烘泥巴的锅碗瓢盆和破衣烂衫。对古玩古董，番役不太懂，他来，就是为了找便宜，看了几件东西，心里没底，也不敢乱问，显得自己是棒槌。

番役一张望，鬼市尽头，有个地摊，拿灯笼照照，原来是个帽子摊！看见帽子摊，他就知道这里头必然能捡着便宜。过去一瞧，果然，五花八门什么都有，瓜皮帽、六合帽、毡帽、棉帽。摊主是个戴着斗笠的老汉，低头打瞌睡呢。番役也不说话，挑来挑去，眼前一亮！嚯！这顶帽子有赚！

他从下头翻出来一顶六合一统帽，真他妈漂亮，玄色缎子的，朱红疙瘩头，帽檐上一圈是秋香色金彩绣的竹叶边，又富贵、又大气，更让他眼珠子发红的是，帽檐正是块豆腐干大小艳若桃李的碧霞玺！碧霞玺，就是碧玺，那当儿是名贵的宝石，老佛爷最爱了。单拇指大的一块，也得值个上百两银子，这么大一块，还不得几百上千?！一问价，才二十个大子，喜出望外，赶紧把钱扔在地摊上，没舍得戴帽子，揣进怀里，做贼一样，提溜着灯笼就跑。只是，谁也没注意，闭着眼的老汉，嘴角忽然一扬，一嘴雪白的牙露出诡异的笑。

## 五、鬼市奇谈（二）

占了大便宜的番役，高高兴兴深一脚浅一脚地往回走，乐得他恨不得唱两嗓子！今儿可算淘着了好东西，帽子还罢了，就是这块宝石，拿过去洗洗，去前门廊房二条或珠宝市儿，足足能换好几百两银子呐。

走了几里地，晕头转向的他发现，不对，迷路了！四周旷野里乱风吹拂，不知哪来的腥气，呼啦啦从四面八方涌来，番役手里的灯笼忽的晦暗不明，远处的小山丘起起伏伏，仿佛暗夜里死死盯着来人的野兽，潜伏在暗处，伸出利爪。番役有些心惊，怀里抱着帽子，抬头看天，想找几颗星星，定一定方向。可一抬头，也不知怎么了，头上仿佛蒙了块黑布，就是看不见苍穹，迷乱中乌漆麻黑进了个笼子似的。

难道是……鬼打墙?！他可听老人们说过，半夜出门，到了黑地暗处，经常有些冤魂野鬼四处飘荡，挡住活人的眼珠子，倒也不害人，就是让你在原地打转。他也知道城外有些乱葬岗子，出些半截缸似的野鬼，不过他总算是衙门里的人，有官府福运罩着，不该碰上啊。想了想，番役歪头拨了拨灯笼里的蜡烛捻儿，亮光又大了些，长舒口气，继续往前走。不大会儿，番役就听见后头，有个声音“咕噜、咕噜、咕噜……”不像人走路，好像是个石头碾盘转动，番役定定神儿，举着灯笼缓缓回过头一看。来的路还是一片漆黑，黑乎乎什么也看不清。心里纳闷的番役不敢停留，继续往前走，越走腿灌了铅一样越沉重，后头的声音也越来越近。

“咕噜、咕噜、咕噜”的声音借着稀溜溜的小风吹过来，让人汗毛竖起！番役抱着帽子，不敢动了，他知道，后头有东西跟着他！闭眼想了会，他想起来，腰里还别着烟袋锅子呢，听说邪魔鬼祟，最怕火和烟袋锅子，不如坐下抽一袋烟，定定神，也驱驱邪！掏出随身的那支俗称京八寸的旱烟杆儿，从烟袋荷包里搓出一捏烟丝，摁在铜烟袋锅里，刚拿出火镰来擦着了火，“咕噜、咕噜、咕噜”，那声音离得越发近了！番役哆嗦着把火镰凑近了烟袋锅，正要点燃，忽然，脑后就像有个人似的“噗！”吹了口气，把火镰吹灭了！

番役又抖着手擦亮了火镰，往烟袋锅前边凑。“噗！”脑后又是一口气，把火镰吹灭！点燃烟，深深吸了一口。“吧嗒、吧嗒”传来几声像什么人馋了似的吧嗒嘴！番役全身筛糠一样哆嗦起来，迈了两步，举着灯笼，悄悄看地下的影子。因为刚才听见声音，他就发现，后头，有个圆咕隆咚的黑影，在地下！刚走了两步，咕噜！前头踢着个东西！软乎乎毛茸茸的，是西瓜？番役心里一喜，难道老天保佑，又捡着个好东西？赶紧低下头举灯四处踅摸，就在他脚底下，有个圆不隆冬的西瓜，不对！这西瓜怎么长了这么长的黑毛啊。

也是倒霉，番役拿烟袋锅子捅了捅，肉乎乎的。借着昏暗的灯光，番役蹲身仔细一瞧。“我的天爷！”顿时吓得神魂飞天，屎尿横流！眼前，是个烂没了半边脸的死人脑袋！那半边死人脸露出白森森的牙齿，一颗眼珠子吊在嘴唇边上，正开开合合念叨着：“还我帽子！”

王文敏听得毛骨悚然问：“后、后来呢？”王清太呵呵笑道：“后来么，那番役被早晨拾粪的农民发现昏倒在北苑外头，手里紧紧抱着个戴着六合帽子烂了一半的死人头！”

“北苑？！”

王清太摸摸花白胡须：“是啊！北苑离着德胜门多老远？？一夜之间，也不知番役怎么深一脚浅一脚的，跑到那里去喽！庄稼人热心，给灌了几碗姜水，看看吓人，赶紧叫来地保，又报了提督衙门。番役醒了，抱着死人头就是不撒手，嘴里胡言乱语吐着白沫，谁过去劝他，他咬谁，那一口牙，跟疯狗一样！”

“莫不是让邪祟撞客了？这事我在天津也听人说起过。”

"儿啊,你算说对喽。"王清太眯着眼回忆道,"提督衙门来人一看,赶紧连人带东西一起抬回了九门提督衙门,坐堂的是镇国公乌公爷,一看这码子事,吓得也不轻,找了大夫、和尚、老道来给看,又是针灸、又是烧香拜佛、又是做法事,谁知丁点用处没有,让人摁着把死人头扒拉下来一看,不认得,可帽子上的碧玺帽正,是块宝物。番役家里头媳妇孩子不愿意喽,闹到了九门提督府,闹得乌公爷也没法子。后来,这事让古玩行里的老行家,琉璃厂鼎鼎有名的梁掌柜知道了,那当儿,梁掌柜才四十多岁,高深渊博、见多识广,跟官面儿上来往颇多,又是乌公爷大管家的把兄弟。梁掌柜去了番役家一瞧,看不出个所以然来,后来,也不知道他打那儿请来一位老学究,拿着根长戒尺,对着番役身上就是一顿抽打,看得众人直发愣。别说,还真神!也不知道这戒尺是件啥宝贝,那么些大夫、和尚、道士针灸治疗求神念佛都不管用,他这一顿戒尺,真把番役打醒喽!"

"啊?!真醒了!"

"醒了,当即活蹦乱跳的呢!"王清太笑道。王文敏笑得前仰后合,见老爹说得郑重,心里越发奇怪,问:"这真是闻所未闻!难道那个死鬼是个落地的酸秀才,就怕先生的戒尺?"

"那谁知道?不过,后来我和你周大爷专门请教了梁大掌柜,才知道那件戒尺可不是凡品,大有来历!乃……这事儿可久远喽。嗨!老了,说着说着就乱了。番役病愈,乌公爷不错,还让他回衙门当差,把死人帽子赏给了他,他拿到廊房二条卖了七百两银子呢。这是当年一件鬼市上闻名四九城的奇事。"

虽说王文敏王掌柜望四十了,在古玩行里,还算个小青年呢,听了老爹的故事,顿感新奇、神秘,对鬼市有些跃跃欲试。这张丰财张大哥,也不知道去天津怎么还不回来,王文敏知道老爹不喜欢张丰财,却也不想让老爹跟着去鬼市。回了铺子,叫过小贵子,指派他去雅宝堂看看张丰财掌柜回来没有,顺便问问什么时候回来。不大会儿,小贵子小跑回来,笑道:"掌柜的,人家说了,张大掌柜这次跟岳大掌柜跟洋人谈的是大买卖,说不准什么时候回来呢!二柜说了,且得多等几天。您要是有急事,就请您往天津卫打电报。"

王文敏听了无趣,想了想,问:"小贵子,这几天我想去鬼市走走,你跟着我去吧。"

"那敢情好!"小贵子还是半大孩子气,一蹦老高,见王文敏盯了他一眼,立即恢复了老成模样,笑问,"掌柜的,咱什么时候去?您早该去瞧瞧喽,那里头的玩意多极了!有些个,我也不认识,除了古玩书画,还有些卖小吃的、糖人的、枣糕的,嘿,大黑天里,热乎乎再来一碗卤煮火烧,真过瘾!"

"哦?你小子去过?"王文敏来了兴致。

"去过!嘿嘿。"小贵子露出两颗漂亮的小虎牙,"小时候,我常跟我街坊大姐去,也就几年前吧,她会做好看的绢花和绣品,那绢花做出来,跟真的一模一样,加上大牛哥,我们仨晚上经常去宣武门外西小市儿摆摊,崇文门外头的东小市,也去过几次,德胜门外没去过,听说那里不是一般百姓们去的。后来他们搬家搬走了,离得远,就疏远了。掌柜的,您要去,必然得去崇文门外的东小市吧?嘿嘿,我跟您去,绝迷不了路。别看我小,这四九城内外,熟络着呢!"

说去就去,小贵子又替王文敏预备了灯笼、粗布衣裳、铜子儿、大洋、褡裢等一应用具,喜得王文敏赏了他两块大洋。两块钱看起来不多,可让小贵子娘俩能高兴好半天,能让人念自己个好,王文敏心里非常熨帖。这也是自他爸王清太传下来的家教:虽是经商,可得有仁心。自然,王文敏这种"仁心",多少带几分喜爱、几分功利、几分怜悯,可跟他的生意经没啥关系,毕竟,这么大间铺子,又不是慈善堂,要当拿得住、坐得稳的大掌柜,这份"仁心",不能常露。

这天下午,俩人约齐吃过晚饭。王文敏看看俩人的穿戴和大街上稀稀拉拉的行人,天色暗了,问:"小贵子,你说别人去鬼市也得这么着打扮吗?今儿咱俩算是唱了一出。"

"哈哈哈哈,掌柜的!您算是说对了喽,别家的掌柜去那里,都得这么打扮,您猜怎么着?那回我夜里起来上茅房,看见保德堂的大掌柜李有德,打扮得跟个乡下土老儿似的,带着伙计趁夜出门,连街上打更的老吴都没瞧出来,面对面走了个对过儿,老吴多尖的眼力,愣是一眼没认出来,哈哈哈。"说完,俩人招手叫过辆大轱辘马车,上了车,慢悠悠往东走。

虽然已是民国了,街上的洋车、马车、驴车还是前清的模样,老北京这座城市,像个庄严而厚重的老人,就这么慢悠悠的在时光里,往前走。车厢里,小贵子掀开帘子指着外头一脸兴奋:“掌柜的,您瞧,这是卖饽饽的兰芳斋,里头的甜点心可好吃喽!那边,您瞅那边,那就是一条龙,小时候我跟大牛哥来吃过,他们家专门卖炸三角的,一口咬下去,真过瘾!还特便宜呢。他们铺子别看门脸儿小,连乾隆爷也来吃过。那边是京城专门卖香料的桂香斋,里头的香料,据说是打南洋来的……”

小贵子一张嘴,跟机关枪似的,“嘚嘚嘚嘚”把沿途的买卖铺户说了个遍,如数家珍,听得王文敏津津有味,越发喜欢这个小伙计。老北京大街上比不得早已开了埠的天津卫,各国租界林立,一到天晚,各大租界灯红酒绿、红男绿女们进进出出的,酒馆、饭庄、戏院、舞厅门口熙熙攘攘,比白天还热闹,引得天津不是租界的地界,也习惯了夜晚繁华。老北京不是这样,除了东交民巷使馆区,其他地界,还是按照老时年间的规矩,一到八点多钟,路上行人慢慢少了,除了八大胡同和各大戏院周围有些个挑着担子卖小吃、饽饽点心的小摊,不到九点,这座老城,就慢慢沉寂下来,进入了梦乡。

王文敏仔细感受着两座城市的不同,原先觉得天津卫更繁华,初到北京城,发现这里除了一些主干道,其余地界还是土路,平日里出门就一身土,不刮风还好,刮起风来,铺天盖地一团黄土,一想到这些土严严实实笼罩了这座六百年帝都,真有些心里不忿。不过,渐渐地,他感到,老北京,自然有他的沉着、温馨、仁厚和古雅,凝聚着古老而萌芽的新。这种新,像是街头的自行车、老古板和那些遗老遗少们穿着的礼服皮鞋、各家铺子慢慢增加的说评书的“戏匣子”和大酒缸里昏黄而温暖的电灯泡。他不像天津卫、上海滩那些被洋人用大炮战舰强逼着开放的城市,“租”了老中国的一大块地界,把外国那些礼仪文化捣鼓进来,让老百姓们照样学。有些学得好,比如广州,有些学得不好,张扬跋扈、眼皮子朝天,闹得不中不西不土不洋,还自以为很高尚优雅。

而老北京的新,是逐渐的、缓慢而优雅的、包容温和的,把好的东西悠然地学过来,把不好的东西,逐渐淘汰。步子虽慢,可走得稳稳当当,如同一个心胸开朗、足智多谋的智慧老人,背着手,以一双看透红尘的眼光,审视着时代历史车轮滚滚往前,用他经年的人生智慧,逐渐融合进世界,一步一个脚印往前走。

可能,这就是老北京城的特性:不紧不慢、悠然自得。王文敏看着街上一片片历经数百年而依然矗立的大大小小的买卖铺户和门脸,有些豁然开朗了,也有些或明或暗觉得老爹和去世的周大爷不离开老北京城,并不是个坏想法。

小贵子见掌柜的发呆,推推他:"掌柜的,您怎么了?"

"哦!没事。"王文敏自失地笑笑,"我是想呐,你说保德堂的李有德大掌柜也去鬼市淘换物件,他们那么大铺子,什么好玩意没见过,怎么还去那里踅摸东西?"

"嗨,谁知道。后来我听他们家二疤瘌说,他们掌柜的是去找什么砚台。也不知道他们一个卖砚台的铺子,还缺这个?叫我说,就是二疤瘌撒谎,谁不知道除了荣宝斋,就数他们家文房物件最全?咱们琉璃厂这些人,脸上全是笑、一肚子生意经,嘴严实着呢!"小贵子眨眨眼,一脸猴精相。

"哦?你小子还能看出谁的嘴严实?我看呐,就你嘴不严实,哈哈哈哈。"王文敏大笑,说得小贵子一脸通红。他瞧出小贵子天然机灵聪明,也颇得意。他回身打量着身后这座古老的城门和眼前的市井。

已经过了中秋,老北京也迎来丝丝凉意,天有些阴沉,几块绛红、黝灰的浓云,隐约压在天空下。崇文门那高大灰暗的城楼稳稳坐落在阔大的城台上,只是城台下沉得厉害,飞檐走兽东倒西歪。城楼的窗户木槛也早已不知去向,剩下黑洞洞数十个巨大的方洞,注视着来来往往的芸芸众生。箭楼墙面上斑驳陆离被数百年的狂风急雨风化的残迹上蒿草连片,在暗沉沉的天穹下十分破败。

城外大街的官道上,一片片车马、大叫驴和骡子的怪里怪气的嘶鸣声,还有些挂着大铃铛打口外来的骆驼,驮着些乱七八糟的土产、土布和各色器皿,在官道外头的泥地里"嘚嘚嘚嘚"慢腾腾迈步,时常打喷嚏。清道夫们白天刚扫干净的城门内外,被这些熙熙攘攘来往的客商、马车、驴车和骆驼踩得一片污秽泥泞,细看看,原来是驴马、骆驼一路走,一路拉的粪便,那气味,着实熏人!路边摊子上堆满了琳琅满目的吃食、果子、瓷器、木盆,推车挑担的小贩们三五成群借着城门外沿途铺子外头已然上灯的星星点点灯火和初升月色,或进了货场、或进了铺户里要吃要喝,或搓着手抽着烟袋锅子闲聊着什么。城门口几个懒洋洋的税丁，正一脸烟酒气打着哈欠撇着嘴喝大碗茶。

“掌柜的，咱们往这儿走！”小贵子抽抽鼻子，闻见街边一股香喷喷的味儿，刚在家吃饱的肚子，立即咕噜噜叫唤起来。王文敏拍拍他脑袋笑道：“半大小子吃穷老子，这么个点就饿了！这才不到八点半呢，咱们走走，一会儿让你尽情吃个饱！”

“谢掌柜的！”小贵子小脸通红，“其实我在家吃了俩杂面馒头，半个窝头呢！就是有点馋了，嘿嘿。”

“老王家馄饨！大肉馅儿的！”

“施家羊头肉！下酒好菜！老少爷们尝尝喽！”

“酱猪头！酱猪头！过往的客官们别错过！包您尝一口想两口！”

如此种种喧嚣叫卖声掺杂着笑声、叫声，崇文门外大街上热闹得庙会一样，似乎比白天更加繁华。

街上各家买卖铺户里飘来阵阵的饭菜酒肉香气，熏得王文敏都快饿了。他可得忍着，先摸摸情况再说，四处瞅瞅，西边有家二荤铺子里头人头攒动、欢声笑语不停，他领着小贵子直奔过来。

“二位爷里头请！里面宽敞！”外头瞭高的伙计看见他俩，顿时喜笑颜开，甩了个高腔。

## 六、宣德炉

一进店铺，好家伙！满满当当全是人。仔细瞅瞅，却大部分都是些短打扮的，老老少少、高高矮矮，不一而足。几个人围着一桌，上头点着蜡烛、油灯，大眼瞪小眼聊得热火朝天、七嘴八舌，仿佛是树林子里一群鸟比着赛地显摆歌喉。

有几位穿着细布、背着褡裢的高谈阔论；有几位穿着寒酸补丁满身的，抱着小包袱满怀希冀；有些爱闲事热闹的，双手揣着袖子靠在墙边眨巴着眼珠子，左右直打量；有些馋嘴的，大马金刀不管不顾大口啃着馒头、烧饼，吸溜着青花大碗里的条子肉、烧萝卜；有些借着幽暗的灯火，拿出些鼻烟壶、玉扳指鬼鬼祟祟让桌上人瞧；还有些高声要酒的、要饭的、要热汤的，几个伙计满头大汗跑里跑外忙得不亦乐乎，掌柜的也是一头汗，扒拉着算盘珠子，指挥着伙计们忙活，整个场面闹哄哄沸反盈天。不大一会儿，小伙计端来一壶热茶、俩杯子，一碟枣泥糕、一碟江米条。“爷，您请！店里的枣泥糕是咱们自己做的，不是外买的，跟兰芳斋不差呢！”

王文敏递给小贵子两块糕，自己使劲儿沉住了气，抿茶静听邻桌的几人吹嘘。

“我说哥们儿，您这就不懂喽！”一个刀疤脸见桌上几人都听他嘚嘚，精神十足，“咱们这鬼市儿，除了龙脑袋凤凰蛋，没有踅摸不来的玩意儿！”

“是吗?！有这么神?”一个黄病脸瞪着大眼，听口音，是口外来的。

“那敢情！”瘦高个撇撇嘴，“你们几位都不是本地的吧？说给几位兄弟，有不好出手的玩意，甭犹豫，京城里那是有规矩的地界，谁敢买？就在这里出手。北小市儿你们是去不了，那是人家道儿上的。西小市呢，破鞋烂袜子太多，就咱们这儿，是块风水宝地。大清朝那会儿，连不少王爷贝勒也来买东西呢！”

“有啥好玩意？王爷也来买?”一个壮实的汉子满眼不信，“就这么些个力巴儿？买得起?”

“哟嗬！这位兄弟就不懂啦。京城内外三大鬼市儿，就数咱们这儿货最全，交易买卖也最安全！不信，到了子时，你们几位自己去逛逛就知道喽！难道我还蒙你们不成?！真是的！”瘦高个瞪着两只老鼠眼，又说又比画，满嘴吐沫星子横飞，说的全是典故：谁家买了张古画，找行家看了看，竟然是宋徽宗的御笔；谁家买了八旗破落户的一串迦南香朝珠，才花了十两银子，一倒手就是百倍的价；谁家踅摸着了一块唐朝的古玉，让吴大帅看上了，给了五百大洋；谁家三瓜俩枣卖了件鼻烟壶，后来听说，竟然是古月轩的物件，卖壶的又气又急，一头扎进护城河窝囊死喽……杂七杂八的事儿抖落个底儿掉，听得桌上众位一愣一愣，连王文敏也听住了。

满屋子人声鼎沸，谁也没注意王文敏一旁有个瘦高个汉子朝后头一桌的几个玄色短打扮的人使了个眼色,随即便赔笑跟王文敏搭讪。瘦高个一面痛斥琉璃厂古玩行,一面问王文敏要啥玩意,他可以代劳。王文敏一听,再看他打扮,就知道此人不是什么好人,试探着问:“可按老哥的说法,人家也是吃这碗饭,这种黑心的掌柜毕竟不多吧?”

“不多?怎么不多?!你老兄问问在座打小鼓的兄弟们,哪一位没吃过这种亏?!”瘦高个撇着嘴大叫,招呼着周围一帮短打扮形形色色的汉子,“我们辛辛苦苦跑遍四九城踅摸东西,狗屁颠跑到琉璃厂,求爷爷告奶奶给大铺子掌柜的送,人家不仅压价压得多,还他妈鼻子朝天,一点儿不让兄弟们痛快,一句话没说好、一个安请不到,人家直接往外撵人!有个岳老板你知道不?顶数他最不是个东西!上回还骂了我一顿,你瞧瞧,我这块汉玉,他愣说给五块钱!爷以后才不伺候他呢!”瘦高个的话,立即引起周围众人的响应,呼呼啦啦一群人嗡嗡嘤嘤苍蝇似的七嘴八舌埋怨个不停:“说的是啊!人家都是大掌柜的爷!谁也不拿正眼看咱们。”

王文敏被吵闹声震得脑仁疼,心里却大不以为然。不管在北京城还是天津卫,这些打小鼓的、做穷小鼓的还好些,不那么坑人,就数这些做富小鼓的,最不是东西。见风使舵、两面三刀、惯于伏低做小、偷奸耍滑,明面儿上嘴上一包蜜齁甜,暗地里心黑手狠、蔫损坏透喽!凡是贵胄、王公本家败了家,拉不下脸来去古玩铺、当铺,必然要跟打小鼓的打交道,这些人都商量好了,先绷着卖东西的本家,最少五天不上门,让本家一件东西卖不出去,后头再一件件以几块钱、几毛钱的价格,把本家的官窑、玉器、书画、古籍一件件当废品买走,转身跑到琉璃厂,贩卖给各家铺子或自己来鬼市儿卖。虽说一倒手卖不了上百上千,可毕竟是一本万利的买卖,他们对珍奇古物又不懂,也没学过,又没有铺子,也不用养活伙计,交税交租,这就很可以了。听这些人的意思,还嫌不足?真是人心不足蛇吞象!

王文敏没接瘦高个递给他的“汉玉”,不用细看,他一眼就断出,这玉最多也就是清朝的杂玉,用什么猪、狗的肉血做旧过。可在这儿,他不能说真话找不自在,只葫芦提苦笑:“还不错。”回头一个眼色,小贵子会意,起身扔下几个大子,俩人匆匆出了门。待在当场的瘦高个儿脸色一沉,眼珠子滴溜溜转了几圈,嘻嘻小声笑了:“今儿出门没看黄历,遇上‘撇子’了!真他妈晦气！哥几个，喝着，来，喝着！”招呼周围乱哄哄的人喝酒大吃，眼神没停，示意后桌几个流里流气的短打扮汉子，跟着王文敏。

“哎呀掌柜的！刚才吓死我了！我以为咱们让坏人缠住喽！您说，多悬呐！叫我看，那帮人可不是什么好东西。”小贵子被王文敏拉出乌烟瘴气的二荤铺，长舒了口气，呼吸着外头有些清冷的空气，揉了揉被烟熏得发疼的眼睛。

俩人找了个馄饨摊，吃了两碗馄饨、几个火烧刚要走，卖馄饨的老头看看四周，突然一怔，小声跟王文敏说：“天黑路远，客官小心暗地里的野狗！”王文敏正琢磨着老头方才闲聊的话头，猛然间听他换了语气，立即警觉，余光斜望，果然，街角那边，有俩汉子正冲着他指指点点，一回头的工夫，俩人嗖然不见了。

“多谢老人家了！您再给我包几个火烧。”王文敏知道，今晚大概碰上难缠的坏人了，有些心急，可身边就带了个十几岁的小贵子，这崇文门外又没来过，躲都没地儿躲！

“小五子！别傻愣着！麻溜儿给客人包火烧。”老头假装凑过来帮忙，悄声说，“客官，这钟点城门关了，您那位小哥要是对这儿熟，绕道走，看今儿，不到子时就能摆摊。不介，您就找家附近的客店住下，明儿再走。我看他们不像偷儿，您可别大意。要是去鬼市，逛完了，您就来我这儿坐着歇歇，这里一晚上人来人往的，他们绝不敢动手。”

“您老费心了！回见！”王文敏跟小贵子耳语几句，抱着烧饼的小贵子眼神一变，笑笑：“掌柜的，您放心，咱们避开他。”小贵子果然是个鬼机灵，拉着王文敏在崇文门外的大街小巷几个左转右转，约莫半个时辰，俩人身上都见了汗，再看看稀稀拉拉人群里，没了那俩“野狗”的身影。

“走吧，快到点了。去鬼市！”

其实，鬼市离他们吃馄饨那条街，只隔着两条胡同，一个不大的空场子，四周都是半野半郊的地界，有座不大的药王庙矗立。天已经完全黑下来，快子时了。白天寂静无声、懒洋洋的空场子里，一个、两个、三个、四个……悄然冒出星星点点的鬼火，影影绰绰地看，那不是什么冤魂野鬼，是不少人，悄无声息地或站或蹲，摆布着什么。慢慢走近，黑暗肆无忌惮张开了双臂，四周隐隐约约的房屋、街道、小胡同仿佛被一层阴冷的轻纱笼罩着，郊外阴寒的朔风一阵紧一阵慢，吹得四周黑暗里呼啦啦作响，在房檐、墙头回流舞动，角落好似潜伏着什么跳跃而凶恶的怪兽。

"掌柜的，点灯吧！"小贵子毕竟年纪小，抱着怀里热乎乎的烧饼，更觉得暗夜恐怖。王文敏手捂着擦亮了洋火，点燃了两盏小玻璃灯。橘黄色的亮光虽然不大，只驱散几步外的黑暗，也足以让人心里涌上暖意。看看怀表，十点多钟了，场子里的摊子越摆越多，借着微微月色仔细看，长短打扮的不一而足，有的坦然、有的鬼祟、有的老迈、有的年轻，还有些拖拉着鞋，一脸烟色地胡乱把物件往地下一搁，打起了盹儿。王文敏在前，小贵子紧紧跟随，这才进了鬼市，看见了全貌。说是"市场"，其实也就是一堆堆散乱的小地摊而已，既没有棚子、座位，卖东西的人形形色色，也没有招呼客人的。众人或是打盹，或是抽着烟卷、烟袋锅子，或是啃着怀里的热饽饽，在那儿蹲着等。

放眼一看，王文敏心里惊讶：这地界，真有不少好玩意儿！

一堆堆、一窝窝从箱子、箩筐、包袱里摆出来的铜器、瓷器、漆器、首饰、绢扇、砚台、笔墨、笔筒和一堆堆古籍、卷轴的书画、古玉，摆得琳琅满目入目都是，跟龙王爷赛宝一样，看着花花绿绿异彩纷呈。不仅有这些，有些显见是败落了遗老遗少家里的物件：朝服、补服、京绣的铺盖、缂丝的小八件，还有些竟然摆了全套的顶戴花翎、朝珠翎管和朝靴，透着新鲜！再多的，则是些南纸、古墨端砚、秦砖汉瓦、旧书碑帖、瓷盘瓷碗、鼻烟壶、小零碎，连春宫话本儿、古琴、棋子儿、帽筒、茶壶茶碗，连带着鸟笼子、红木矮几也一应俱全！

小贵子悄声说："掌柜的，您瞧，那翎子，别家的我不懂，那可是翎子张的手艺，当年也得几十两银子一支呢，可惜现今没什么用处！那边那支双眼花翎，最多五毛钱。那堆南纸，跟咱们店里前明的三色印版纸很像，估摸也不贵，还有那头，对！那对玉狮子，据我看，也就是嘉庆以后的；那张古琴看着悬乎，没跟您学过，不知道什么来头……"吃饱喝足的小贵子一路走一路连说带比画，说起来当年跟着邻居大姐来卖绢花的往事，也头头是道。王文敏听得津津有味，直踅摸着到底买点啥。

可这些物件，没一件合适的。并不是他眼力太高，只是坐商与摆摊不同，那些朝服、朝靴，再是平金缂丝，也没人要，只配进挂货铺子；瓷器、古铜，琉璃厂哪家铺子没几件拿得出手的。

看了一个又一个摊儿，慢慢地，王文敏也有些意兴阑珊。小贵子鬼头鬼脑，晓得掌柜的“眼高”，又惦记着最好能买几件像样的玩意儿，日后也能跟掌柜的多来几趟，东瞅瞅、西瞧瞧。此刻过了子时，大片恍恍惚惚的灯笼、油灯和风灯挂了出来，场中的摊子一下多了几倍，来来往往的人也多了，借着黑天盖脸，都开始踅摸东西、拉着袖子谈价钱。终于，花五块钱买了件缺了一耳的铜炉，小贵子趁掌柜的给钱，接手一瞧，嚯！这玩意儿真地道！半尺大小，仿商周铜鼎四方的，古玩行里说得好：一方顶十圆！底款是“宣德年制”楷书，铜炉上一层油润润的包浆，在灯光下，宝光内蕴，掩映内里栗子色的外壳，细看，外壳上还有星星点点的银斑，这就是《宣炉备考》中记载过的：渗银雨雪斑了！

走了几步，王文敏故意问：“小贵子，这物件怎么样？”

“掌柜的！您今儿见识了这里货比咱们街上不差吧？这是渗银雨雪斑吧？真漂亮，可惜，就是缺了一只耳朵。”挤过几个小摊，小贵子嘻嘻卖弄着学问。王文敏一笑：“你呀，再仔细看看，这不是宣德本朝的，是正德、嘉靖年间的物件，虽然不比宣德，也算其中翘楚喽。”

“啊？”小贵子翻来覆去看了个遍，疑惑道，“嘉靖的？可我记得《宣炉备考》里写的，就是这个样式啊？再说，嘉靖的残品，五块大洋值不值？”

王文敏稳稳打量着四处的摊子，小声说：“这个得看怎么卖了，书不错，都是前人前辈的经验之谈，可你记着，咱们做的是古董生意，不是买卖萝卜白菜，都要是照着书买东西，全天下的假货还不都得让你买了？那些不知名的好玩意儿，就是放在你跟前，你也看不出来嘛。这就是尽信书不如无书，自然，书还是要看。你瞧。”

俩人凑到一块，王文敏指着铜炉道：“真品宣德炉，用的是南洋风磨铜所做，宣德一共才十年，说起来，《宣德鼎彝录》这部书说的明代内库的珍宝铜器论述详细，不过呢，有些老先生们却说，这部书是后代的伪作，《宣炉备考》也只是这么记载的。风磨铜是什么样儿？回去看看咱们铺子里那件宣德炉你就知道了，说：‘宣炉之妙，在宝色内涵，珠光外观，澹澹穆穆而玉毫金栗，隐跃于肤里之间，若以冰消之晨，夜光晶莹映彻，迥非他物可以比方也。'世称宝贵嘛，可宣德以后的皇上、王公大臣们，也都喜欢个熏香、摆设，每朝宫廷、民间都做了不少铜炉，没了风磨铜，只好用其他办法来仿造，有些还加上宣德名款，以示珍贵，连大清康雍乾三代，也仿造了不少。你瞧这件，看起来宝光内蕴，可比咱们铺子里那件宣德本朝的，着实浅淡了些，外面壳的栗子色也不正，哪有珠光外观呢？这只耳朵上，却浅浅用银画出一只小小仙鹤。这物件，确实明代本朝无疑，只是必然在宣德之后。"

"多谢掌柜的指教！小贵子今儿才懂了！原来书上不能都信呐，嘿嘿，您别说，这物件让您这么一说，还真有些蹊跷。"小贵子嘻嘻直乐，帮王文敏把炉子放进去褡裢，背到肩膀上。王文敏小声说："其实呢，我在天津见过庆王爷家几只从大内流出来的宣德炉，真正的宣炉，都是黄铜制造，哪有那些个什么渗金、流银、渗银、泥银、赤金云霞？宣炉本身的颜色、外壳，是在冶炼铸造时的自然出现的色彩，所谓质本天然，后来人看了些书，以讹传讹，不知所谓，又没见过真东西，才用药物点染或杂以合金，造出这些金银斑点。康熙以后就是如此。因而，看物件，除了读书，还要有鉴赏的眼力和心智，不能人云亦云才能学成。这件虽是明正德、嘉靖的，配个耳朵，加个座儿，摆在那里，也算个珍品，卖三四百大洋，估摸着还行。"

"掌柜的！您真成！我、我跟定您了，嘿嘿嘿。我要拜您为师！"一听转眼五块钱变了几百大洋，小贵子喜笑颜开，今儿算是没白来，吃饱喝足又听了这么些典故，可让他大开眼界。

"嘘，别高兴过头！你呀，慢慢学，只要认准了咱们这行，我就收你，不过现今你还小，多学几年吧！"

"嘚嘞！掌柜的，我听您的！"

## 七、造办处的败家子

买了件东西，俩人来了兴头，又说又聊，王文敏不吝啬，悄声给小贵子指点了些小摊上物件的鉴赏方法，小贵子瞪大了眼，比方才吃饭还凝神，一边记，一边小声问。这一番逛，王文敏又买了些明纸、古墨、两块玉、一块秦砖、几本古籍，把个褡裢塞得满满当当。看看花销，才不到二十大洋！王文敏心中暗叹：真便宜！俩人又走了几趟，大概齐也看完了，王文敏看看怀表，凌晨二点多，正是夜深人静之际，抬头望，天空暗幽幽像块透明的琥珀晶莹剔透，借着隐隐月光，柔和而优雅地注视着底下的芸芸众生。鬼市儿上的人来来走走，人也不见少，还有些来晚的，正在摆摊。

"小贵子，咱该回去了。"

"别忙啊，掌柜的，我、我上那边看看去！"小贵子看看远处一个摊，皱眉疑惑，鼓着嘴念叨着什么，跟王文敏说。

王文敏远看，好像是个卖小零碎、绢花的地摊，不由得笑了："你小子，瞎跑什么？那是女人用的东西，你才多大就看那个？别忘了店规，学徒期间可不能犯女色忌讳！"

"掌柜的，您想哪儿去了！我看着那摊子眼熟，想过去瞧瞧。嘿嘿，再说，您好歹出来一趟，不给老掌柜和我大姨带点啥回去？"小贵子红着脸做了个鬼脸，憨憨一笑。他跟王文敏要了一块钱，飞也似的跑了，在不远处一个戴大草帽的摊主那儿又说又比画，买回来几枝绢花。

"这做什么用？"王文敏点着他鼻子笑问。

"给我大姨买几枝绢花，就算是我花钱，您送的！以后在我工钱里扣，嘿嘿，再给老掌柜白饶一个烟嘴儿，您看值不值？"

"扣什么呀？块儿八毛的东西。"王文敏哭笑不得接过绢花烟嘴，一瞅便觉眼前一亮！真漂亮！烟嘴子也罢了，不过是料器的，可这绢花即便在暗夜里也卓尔不群，几枝色彩斑斓、秀丽雅致的花朵栩栩如生，仔细看，花枝是细木条缠铜丝做的，花叶是五颜六色的绸缎、彩绢精心剪了，又用仿金银线密密滚了花边，花蕊是料珠点染了颜色，更妙的是，花蕊中还点染了几滴水银般米粒大的水珠和几只不知什么做的小虫！好玩意！好手艺！别说绢花，就是翡翠、碧玉、玛瑙、白玉做的珍宝盆景，王文敏也见过不少，可用如此简单的料子，能做出这么精美典雅、惟妙惟肖的花卉，真是见所未见闻所未闻！解了一大半疑惑，就要前去看看是谁的手艺，小贵子立即拦住了，嗫嚅道：

"别介，掌柜的，那边黑灯瞎火的，别看了，咱们走吧，再瞧瞧别的去！""嗯？"王文敏疑心大起，这孩子今晚挺听话的，怎么一会儿工夫，神神鬼鬼的？刚想质询几句，小贵子猛然大惊："掌柜的，躲躲！"话音未落，紧挨着他们的摊子上"扑通"倒了个人，正一头栽在王文敏脚边！

一个大活人就这么倒了，可把俩人吓坏喽！还看什么绢花摊子？小贵子一脸惊恐地拉着王文敏要走，王掌柜立马儿把绢花烟嘴塞进褡裢，扔给了小贵子自己蹲身查看。可煞作怪，周围溜溜达达的人和摆摊的，都习以为常般见怪不怪，一个来帮忙的也没有！

"嗨！嗨！这位兄弟！您这是怎么了??"王文敏刚蹲下，一股浓重的烟味夹杂着些许馊臭味直往鼻子里蹿，呛得他差点吐喽。托起这人的脑袋，按了按他黑不溜秋的腕子，有脉！

再看这人穿得那叫一个惨！这个天，还穿了一身破烂溜丢儿的棉袄，粗布裤子都开了缝，一双露着脚趾头的破鞋，腰里扎着条破布带子。浑身臭烘烘腌臜极了。王文敏使劲儿摁了摁人中，怀里这人"哎呀！"一声痛苦地呻吟，终于睁开了眼。再看这人，长得不像穷苦人：大概几个月没洗过的容长脸，一双弯月眉、杏核眼，脸上虽然脏兮兮的，仔细瞧却细皮嫩肉，唇红齿白，脖子里的灰下头，也是细细嫩嫩，就是瘦得厉害，一脸烟灰色。

小贵子见王掌柜又发善心，又气又急，没好气地帮着他一起给这个乞丐似的摊主捶背呼啦胸口。好半天，这人才慢慢缓过来，有气无力地问："我、我这是在哪儿？是不是死了？"

旁边摆摊的一个老汉显见认识他，皱眉鄙夷笑笑："您呐，且死不了呢！赶紧起来收拾摊子吧，是人家这位爷救了您！不介，您这会子，早就交待喽！"王文敏扶起年轻人，看老汉认识他，便拱拱手："老人家，您行行好，有水给他一口吧，看这位小兄弟，也真是不易。"

"这位爷！"老汉一嘴山羊胡子撅着抱拳回礼，"您可别救他！不是我驳您面子，您瞅瞅，来咱们这儿的，谁容易？您呐，已然做了好事，积了阴德，可别再救他了，这小子，就是个屎壳郎滚粪团子——天生的贱命！不是东西！您这救了他，回头还是害了他呢！"

"这、这如何说起？"王文敏看老头带着水葫芦，摸出旱烟袋点上，就是不伸手救人,心知其中定然有蹊跷,可自己也不能撒手扔崩走人呐。想着便扶起年轻人,给他喂了口水,俩小芝麻烧饼,谁知被犯了大烟瘾的小伙子抱着腿大哭着赖上啦!

"二位别费事喽!要走赶紧走吧,您二位就算积德行善了,他这是大烟瘾,就是吃了太上老君的仙丹也治不好,别理他,过一袋烟,他自己就好喽。哎,年轻人干点什么不好,偏偏抽上这玩意儿,别说他,就是家里有金山银山,也得抽垮了!"老汉一面念叨,一面拿了块破布,若无其事擦拭摊子上的铜器,直摇头。

吃饱了的年轻人,鼻涕眼泪一起发作,浑身打摆子似的抽搐,两手抱着王文敏的大腿就是不撒手!小贵子气得火冒三丈顿足捶胸,心里着实气闷:掌柜的太善性!什么人都救。这可怎么处?万一这位瘾君子一命归西,俩人浑身是嘴也说不清楚。

俩人挣扎要走,这年轻人像贴狗皮膏药一样,非要王文敏买他脏兮兮大包袱里的玩意儿,待烟瘾过了一阵,年轻人软绵绵一手解开地下包袱,一面死命拉着王文敏裤子,一脸鼻涕眼泪哭嚎:"善性的大爷!您老帮帮我啊,买几件玩意儿吧!不介我死也死在您跟前儿!祖宗啊,我对不起祖宗!"

四周凑上来瞧热闹的老少爷们指指点点嘀嘀咕咕,说啥的都有,急得王文敏通身大汗,拉又拉不起来,这下可碰上个大麻烦。有心想买他几件玩意儿赶紧脱身,一听年轻人要价三百大洋,连他也气坏了!

这不明摆着碰瓷嘛!真是救人却救了条白眼狼!年轻人也不顾他俩鄙夷的眼神,解开大包袱,铺开了,嚯!里头真是一堆破烂儿!掉了珠子的钗头凤、断成三截的青玉如意、破了皮的漆盒、裂了纹的掐丝珐琅、磕了边儿的帽筒、掉了毛的花翎、外带着一堆滴里搭拉破珠碎玉、没了镶嵌的金银戒指和没了盖儿的鼻烟壶、裂扳指和茶壶茶碗不一而足。好似个杂货铺子似的,也难为他又渴又饿又有大烟瘾,怎么背来的!

年轻人信誓旦旦:"这位好心的爷,看着您也是个行家,又是善性人,我也不瞒您,我败了家,染上了大烟瘾,自己是个废物点心,可为人在世,活一生不能老这么着醉生梦死,想自尽……又觉得对不住老祖儿和父母,哎,这不,卖点零碎儿换点钱,想去闯闯关东或下下南洋,听说那边遍地是黄金,土肥水美,好生活。您呐,今儿救了我一时,也救不了我一世,您看看,我这包袱里有看上眼的,算我谢您的大恩大德,您挑几件拿走吧。”

这番滴水不漏的话说出来,王文敏眼神一冷,心里暗暗了然:这小子不简单!好嘛,幸亏自己是行里人,不介,差点让年轻人玩了局!可瞅瞅年轻人确实可怜,瞥了瞥紧皱眉头使眼色让他走的小贵子,已然有了定见。王文敏不含糊,甭看年轻,在古玩行浸染了多年,在天津卫也算有一号呢。便拿出看家的“生意经”本领,一番正颜厉色软硬兼施又揉又搓,把个年轻人揉搓得跟面团一样,终于以三十大洋买了他这包零碎。

王文敏一使眼色,让小贵子赶紧把包袱收拾起来,抱在怀里,自己把大洋摁在年轻人怀里,年轻人捏起一枚,放在嘴边吹了吹,“嗡”,一阵响动。满脸泪水鼻涕混合在一起大花脸似的年轻人抱着大洋猛地蹿起身,一溜烟跑没了影儿。看看又腻歪又恶心的小子走了,王文敏换了肃容,无言拍了拍小贵子肩头。一边摆摊的老头在后头轻轻叫道:“这位爷,您是这个!”王文敏回头一看,老头伸着大拇哥冲他直乐。

“老大爷,这小子到底是谁呀?”王文敏把剩下的俩芝麻火烧递给老头,蹲下问。

“谢您喽!”老头也不客气,拿过自己的旱烟袋在胳肢窝抹了抹,装满了烟叶摁了摁,递给王文敏点烟,自己拿了火烧就是一大口,小声笑道,“爷,您这口彩、这套路、这法子,真格!甭说别家,就是老汉我,在这儿摆摊十几年,从没见过您这么有勇有谋、智勇双全的。这他妈小子,简直坏透气喽,您呐,甭看他长得好,就一张人皮!老话说:头顶上流脓、脚底下长疮,就说的这种玩意儿,忒他妈不是东西了。”王文敏也不嫌脏,蹲着点火抽烟。静静细听。

年轻人是满人,老姓不知道什么,都说他姓索,他们家是内务府世家,自打乾隆末年,就在内务府专管造办处银库、物料库和颜料库各库,历经嘉庆、道光、咸丰、同治、光绪、宣统,乃是六朝世家,这种世家在内务府世家里,算得上顶尖拔份儿的喽。比如晚清民国的内务府四大世家里,虽然没有索家,可人家包子有肉不在褶上,着实家趁人值。说到官位,他们家老祖儿到祖宗几代,高也不过内务府造办处郎中加到二品衔,在内务府一大堆翎顶辉煌里,算不得啥,可这造办处的油水,自康熙爷以后,简直就超过了内务府六库的郎中，仅次于内务府堂郎中。

这造办处可不是等闲之地，自康熙爷年轻时便专门设置了这么一个皇帝直管的文玩、摆设、金银器物、宝石珐琅、玉器书画和家具制造集合之地，名为"处"，其实用工之多、管理之严、规格之尊，远远超过内务府属下各部各衙门。雍正爷登基后，专门派了自己最为心腹嫡系和宠爱的十三爷、怡亲王胤祥管理造办处事务。到了乾隆年间，好大喜功、奢华豪富的乾隆爷更是设置了两处造办处，一处在宫内咸安宫；一处在圆明园。乾隆二十二年后，大量南方工匠和高级画师、园艺师被招入内廷伺候差事，鼎盛时，多达三千余人。那当儿，造办处跟圆明园一样，有自己专用的银库、物料库、颜料库，跟内务府分开划账，直属于万岁爷本人管辖。每年的经费，多了有七八十万两，少了也有五六十万两，圆明园银库、内务府银库和热河芳园居银库珍宝库经费耗竭时，皇上便下令造办处经常接济。每年由粤海关和两淮盐政、盐商、黄家当铺，上贡造办处经费五十多万两，作为常年经费，可见其雄厚财力。

后来大清国暴胜而衰，造办处才慢慢沉寂，只是百足之虫死而不僵，银库虽然耗竭，可物料库、颜料库中储存的无数珍宝和历代样品，都被管库的郎中和内廷太监们合伙儿盗运出宫，大肆倒卖。索家，无论盛世还是衰世，光吃这一项，就富比王侯！到了隆裕皇太后下诏退位，这位索爷的阿玛，趁着孤儿寡母宫中大乱，更是联合了内务府那些赃官，把物料库、颜料库里的珍品物件私分一空，看上眼的全拉回自己家去，狠狠发了一笔横财。

那当这位索爷还少年呢，是他爹的老生儿子，从小娇生惯养，没过几年吃喝玩乐的富豪日子，就把家产挥霍一空。因房产卖得精光，便带着那些不值钱的玩意儿，下了街，在东安市场、荷花市场和各处鬼市儿摆摊混嚼裹儿。他这人，改不了的八旗大爷脾气，有钱就使劲儿作，显摆阔气，没钱连窝头都没得吃，人虽不傻，可又馋又懒，做生意也不好好做，把街上学来那些混混耍赖手段用上了。那还能有个好？人虽然年轻，这臭名，早传遍了各处鬼市。这人看着漂亮，其实一肚子赖皮蔫损坏，狗皮膏药一样黏糊糊臭烘烘，黏上人就不撒手，都说好鞋不踩臭狗屎，知道他底细的，都不照顾他生意，不理他。今儿王文敏第一次来鬼市儿，也不知道怎么这么寸劲儿，就赶上他犯瘾，才惹出这场篓子。

老头吃完火烧无奈摇摇头："虽说这小子除了赖皮蔫损坏，小小不然看着，也不算大奸大恶，就是个癞蛤蟆趴在脚面上：不吓人，恶心人！这位爷，您可是个善人，好心！不过，好心也得看对谁，这年头，好人难当呐！嘚嘞！谢您的芝麻火烧，我呢没别的本事，跟您念叨几句老话儿，瞧瞧夜深了，您该回去了，我还得等生意呢。"王文敏心潮起伏，品咂着老头一番话，起身递还了烟袋锅子，漠然领着小贵子往回走。

# 八、父子鉴宝

路上，小贵子嘴里直嘀咕，见王文敏不以为然，才说："掌柜的，您在天津卫大概齐也见过不老少，其实呀，咱们这儿还算好的，就是腻歪人，不介，赶上前清那当儿，他们也不敢这么张狂，我听老掌柜说，那年在天桥遇上这么档子事儿，咱们这边南城的巡察御史孙老爷子……"

俩人正借着惨淡月光，慢悠悠在来路上漫步，黑黝黝小胡同里，突然窜出三个汉子，像是有什么急事，为首的那个突然撞了小贵子。"哎哟!"手中包袱落地，灯笼也碎了，小贵子顿时恼了，大骂道，"没长眼啊！这早晚儿赶着抢孝帽子去！你……"

"呵呵，这位小兄弟，你这舌头可别胡沁，今儿不是大爷我抢孝帽子，是你们!"

王文敏一惊，赶紧拽起小贵子，定睛一看，坏喽！眼前是三个中年汉子，都横眉立目，满脸横肉，短打扮，腰里鼓鼓囊囊显见是别着"家伙"！小贵子一吐舌头躲到王文敏背后，昏黄的灯笼被风吹得半死不活。王文敏稳稳神，抱拳问："各位爷，你们这是短了钱还是怎么？我和小弟可都是穷人家出身，不介，您瞅瞅，买了点破烂，您要是喜欢……"

为首的汉子在黑暗里，一张猪脸半明半暗，分外狰狞："甭介！别给我卖弄你这生意口儿，我可不听这套！实话说，兄弟们是混穷的，没吃没喝，更没心玩这些个，把钱都掏出来。东西也留下！”

小贵子一听就傻了。这可坏了，要是黑道上的，也许央告央告，就过去了。最怕的是这些无赖流氓，一言不合杀了人，扔在乱坟岗子，查都查不出来！机灵无比的小贵子此刻也急得一头大汗，左想右想想不出主意。三个歹人此刻已露出狰狞：“好他妈费口舌！你还想在大爷跟前儿摆份儿，来呀，这位爷看来是舍命不舍财喽，咱们得给他松松筋骨！”说完身后俩汉子一个箭步蹿过来，伸手就打。

王文敏不过是个买卖人，哪见过这些歹人，把大包袱冲他们一扔，拉着小贵子就跑，哪能跑得了？被俩汉子一边一个拧胳膊挥拳就打。小贵子扯着嗓子哭喊道：“来人呀！来人呀！有劫道的杀人啦！老少爷们……”

一旁的大汉得意洋洋捡起来地下的包袱，一脸阴笑边捡边看两人死命挣扎被打：“切！这俩小子真他妈不是个儿！还跟爷装蒜，告诉你俩，你俩死了可别怪我，谁让你俩在二荤铺里瞎咧咧……”

“四哥，怎么处置他俩？”一汉子问。

“照老规则……这都他妈什么玩意儿？！”为首的歹人随手一抓包袱里的散珠碎玉，又气又恼，“妈的，这俩棒槌，怎么玩儿……”

暗夜的胡同里，几人又吵又嚷，一个来救的也没有，那当儿年月不太平，就算临近有人，谁敢半夜开门呢？一阵瑟瑟微风吹过，天上的星辰被乌云笼罩，正闹得没开交处，“呼啦”一声，仿佛有个人影一闪。为首的歹人猛然转头，没等他看清楚，“噗！”由打黑暗里飞出一块黑咕隆咚的东西，正砸在他溜光的秃脑袋上。

“哎呀，我的妈！”歹人顿时抱头打滚儿，一地的鲜血惊人眼目！架着王文敏、小贵子的俩汉子吓呆了，赶紧上前解救。俩人刚蹲下，“呼！呼！”两声罡风如刀似剑扑面而来，扑通！扑通！“哎哟！四哥，坏了！近处有行家！”

“我的眼！妈呀，我的眼……”夜风初起，王文敏大口喘着粗气，打量眼前满地打滚的三人和地下三块半截砖头，傻呆呆望着胡同深处。小贵子拽拽他：“赶紧走啊！”俩人抱着东西一溜烟儿没命就跑，后头仨歹人嘴里惨叫连连：“风紧！赶紧遛顺子！哎哟我的妈，我的眼珠子……”说完也没头没脑抱头鼠窜。这幕乱腾腾闹剧，让蹲在不远处墙头一个黑影看得直乐，那人瞅见王文敏没了危险，压压头上的草帽，纵身下了墙，哈腰像狸猫入林一样转眼不见了身影。

等王文敏、小贵子跑到方才来的小馄饨摊，四周还算平静，不少夜半来鬼市儿的人都在吃消夜。俩人衣衫不整气喘吁吁吓得卖馄饨的老头也是一惊，赶忙送来两碗热汤，让两人稳稳神儿，垫垫肚子。等到五更，天光微曦，俩人辞别老头，也不顾旁人疑惑，叫了一辆大车，赶紧回家。

回到家，王文敏看看裂了纹的怀表，正好七点多钟。王文敏拍打了院门，里头孙氏媳妇正预备早饭，闻声过来开门。门一开，孙氏媳妇乐了："哎哟，你、你俩这是上西山掏煤窑还是上火车站扛大个儿去啦？怎么这一头一脸的土啊，褂子也破了？小贵子，到底怎么了？"王文敏长喘粗气："别问了，快预备洗脸水和早点。这一宿闹腾的！"小贵子不敢言语，只讪讪笑着抱着大包袱跟在王文敏后头。

王清太老掌柜正坐在正屋里喝着小叶茶闭目养神，看儿子、小贵子俩人蔫头耷脑一身风尘进来，孙氏媳妇在后头叨叨，便知有事。老掌柜摆摆手，让媳妇忙活去了，只瞅了瞅褡裢、包袱，不言声起来拍拍儿子肩膀："怎么样？这一趟出去，比在铺子里坐半年遇上的事儿还蹊跷吧？"

"哎！爸，您可真算说对喽。"王文敏咕咚咕咚喝了杯茶，递给小贵子一杯，回想半夜一番奇遇，就有些胆战，可当着伙计和老爹的面儿，实在拉不下脸来诉苦，只洗了脸换了衣服，催着小贵子去洗洗，这才坐了，跟老爹说了昨晚的奇遇。

王清太抽着旱烟袋瞧着窗外儿媳妇拽着龇牙咧嘴的小贵子一只耳朵详细"审问"，不觉好笑，见儿子神色还算安宁，心里慰藉，磕了磕烟袋锅子，笑道："你呀，这才哪儿到哪儿呢，那位摆摊的老者，也不是凡人，江湖儿女，跟咱们坐商不一样，在那儿，一两月就历练出来了，不像你坐在铺子里安安稳稳做个甩手掌柜的。只是夜半三更，哪位好汉甩砖头救了你们呢？真是奇哉怪哉！"

孙氏媳妇一面摆饭一面嗔怪二人，几人吃了早餐，小贵子回了铺子，王文敏把买来的绢花送给媳妇儿，乐得她合不拢嘴。王清太摸摸花白胡子："这花可不是凡品，我仿佛记得什么时候见过。你瞧，这缠丝、这手艺、这布局、这镶边。定然不是外头匠人做的！好像是内廷花式。在哪儿见过呢？”王文敏微笑说：“这是小贵子给孩儿他妈买的一点小玩意，爸，您瞧这些。”说着冲孙氏摆摆手，她便出屋忙活去了。

褡裢里的东西都堆在桌上，王清太喝了口茉莉花茶，戴了老花镜，一件件品味。看了半晌，王清太抿嘴：“这些个玩意儿，也就是玩意儿，不值什么，那只炉子还算一般，琉璃厂西街找你马大爷修补修补，卖个几百。至于这些个，就是些文房物件，留在家里用吧。这个烟嘴是料的，做工也算周正，五毛钱顶天了。”

王文敏心里一块石头落了地，赶紧捧着大包袱：“爸，您老瞧瞧，这儿还一包袱宝贝呢！”“宝贝？”王清太看看王文敏，包袱打开，好家伙，里头琳琅满目散珠碎玉看得老爷子一怔，“这都是些什么？你们俩这是包圆儿了啊！”

“爸，这就是昨晚那个年轻旗人手里的东西，价不高，三十大洋收的。您瞅瞅，有合您眼的没？”王清太慢悠悠拿起一个如意头，失声笑了：“你俩难不成买了包东西，自己下街摆摊儿去了。不介，你们自己瞧瞧，这路货，不是咱们坐商收的。”说得王文敏霎时变了大红脸。却见王清太划拉着这堆玩意儿，越看，脸色越肃然，小烟袋锅子里的烟也咕噜咕噜冒得厉害，显见他心里激动。

“这、这都不是一般的玩意儿呐！”王清太一手托着块如意柄、一手捏着串念珠说：“你们这是遇上哪家的败家子啦？难得！”一听难得，王文敏谨慎问：“爸，您看着还成？”

“还成？文敏，你小子真有点福气！你瞧，这柄青玉如意，虽说断成三截了，可对上缝儿细看，这可是嘉庆爷五十万寿，曹中堂进贡的贺礼！这玉，也是密尔岱玉，嘉庆朝不如乾隆朝豪富，只因白莲教反叛朝廷，闹得天下大乱，乾隆爷临驾崩也没看见红旗报捷，一直到嘉庆九年，朝廷耗尽了九牛二虎之力，才戡平大乱。嘉庆爷那当儿，又厌恶乾隆爷晚年好大喜功奢侈糜烂，下旨不许进贡如意，断了西域岁贡宝玉，因而嘉庆一朝的如意比乾隆朝少了许多。这柄虽说断成三截，可品相还有，瞧着，请你马大爷找人给裂缝处黏合，包上三道金箍，上千不大好说，七八百大洋能卖出去。”

“七八百？！”王文敏惊呼。昨晚看见这断如意，他心里就有了成算，三截玉,如意头让玉匠雕个玉佩、玉带头啥的,如意柄雕个青玉镇尺,如意尾做个镶嵌物件,怎么着也能卖个一二百大洋,今儿听老爷子一说,更是技高一筹,做个金镶玉如意,不仅弥补了如意的断裂,还能金玉辉映,这种金玉如意,可是民国大员们结婚喜庆顶时兴的东西!

王清太一笑,没在意儿子的惊讶,姜还是老的辣,一一指点道:"那几支双眼、三眼花翎不值什么,不是翎子张的手艺;边上那个鼻烟壶看着是内廷套烧玻璃的,其实是外头匠人们仿的,料子不对,底子不透,色儿也混;帽筒是道光的官窑,还有冲,不值几个,也就三五十大洋,那件掐丝珐琅小瓶是内廷工艺,可惜也有残,漆盒不好,是福建的闽漆,还不是雕漆,掉了色也就罢了。那些金银戒指呢,都是小小不然的。只是这堆散珠碎玉,你瞧!"王清太捏着缺了半块佛头的念珠道:"这是青金石念珠,配的珊瑚佛头,看料子,大概齐是乾隆、嘉庆时的玩意儿,换个佛头,打理一遍,配个紫檀小匣,能值个百八十块。只是有几颗珠子有冲,也就这个价。咦? 那是什么?"

正当王文敏对老爷子眼力大为佩服,听得津津有味时,王老爷子猛然拿起包袱最底下一个木盒子,一上手顿时两眼冒光,脸色青红不定,竟呆呆傻了……

紫檀色的盒子大概二尺长短,宽一尺,底座上密密麻麻细雕了缠枝莲万字不到头花纹,云纹周围是轮螺伞盖花罐鱼肠佛教八吉祥纹路,刀法大气、端庄圆润,断然不是近代之物。盒子盖边上雕刻的却是扇子、鱼鼓、莲花、葫芦、宝剑、花篮、横笛、阴阳板道教暗八仙纹路。四角包了镀金铜叶子,连正面的锁钥叶子,也是黄铜镀金。盒盖上是用五彩螺钿,镶嵌成了蝎子、蛇、蜈蚣、癞蛤蟆、壁虎的五毒形象,栩栩如生精妙天然,围着中间一个古玉填镶而成大大的圆"寿"字!

王文敏细品了几眼,就知道眼前这只油脂麻花大部分看不出本色的盒子不简单。难怪老爹这双数十年来见识了不少宝物的双眼能冒光。盒子锁钥左上是一团黏糊糊不整齐的黄签条,杏黄色绢,一指多宽,年深日久,只能看出一层层粘贴痕迹,必然是历代多次贴补上去的。中间的断线也磨平了,早已看不清完整字迹,只能隐约看出乾隆、嘉庆十和道光六、高宗几个模模糊糊的小字,后头写得歪歪斜斜,只第一张黄签条上,一笔浓重富贵气的赵体小字，用的还是朱笔！

王清太脸上皱眉藏满地浓重智慧全都张扬出来，划火柴点燃小烟袋锅子，父子俩陷入沉默。明摆着，这件东西不仅看起来用料珍贵、品相华美、手艺讲究，还诡异极了！

原来，老时年间，工匠们做物件，料子、配饰、技艺、颜色之外，最注重的就是礼制和图案。比如论颜色，隋文帝之后，规定黄色为至尊服御之色，任何人不得僭越，北宋以后，又分出明黄、杏黄，元明继承。到了大清国，更是严格，《大清会典》规定了明黄、杏黄、金黄、暗黄等颜色包括真紫、大红各色对应的朝廷内宫的相应人等穿着，丁点儿不能有错，否则就是“不敬”“大不敬”。

论龙形，自秦朝以后，有正龙、云龙、草龙、团龙、夔龙、螭龙、虬龙、蟠龙、蛟龙、应龙之分，唐朝之后，又分出三爪龙、单爪龙，北宋以后，又有四爪龙，到了明代，又分出五爪金龙，四爪金蟒，飞鱼、斗牛服色等“像龙者”，又将龙形塑造为“鹿脸”煞气浓重之象，清朝康熙中期以后，才改为厚重端庄而圆润的“猪脸”龙。这才是“龙生九子各有所好”，让朝廷这么一改，工匠们自然都得“凛遵无违”喽。

论瓷器，自元明开始，分为御窑、王府窑、官窑、民窑，各个等级十分森严，制作工艺、图案、规格层层密布，丁点儿不一样。清代皇帝们喜爱自己动手设计，康雍乾三代，其级别工艺更是登峰造极，闹得下头管理御窑厂的监督们怨声连天，还不敢说。

论图案，朝廷宫中与民间更是大相径庭，凡双龙合玺、九龙闹海、云龙在天、六合一统、鹿鹤同春、百鸟朝凤、丹凤朝阳、万字不到头、万福万寿、万福如意、五福捧寿、洪福永贵、百子千孙等图案样式，必得是大内、离宫御苑和亲、郡王府所用，文武百官都不得擅用，何况老百姓呢？而官僚们多用花开富贵、马上封侯、福在眼前、玉堂富贵、松鹤延年、一品当朝、蟾宫折桂、孔雀开屏等图案，自一品官员以下，三品官员以上，可以照用，下头的官儿，只能委屈委屈，把图案改一改。所谓“百工技艺”，大到修建房屋、院落、家具，小到饭碗、痰桶，种种禁忌浩繁如星辰，也幸亏匠人们手艺精湛、阅历颇多，总算是严格遵守下来。

这盒子诡异之处在于，它虽用料珍贵、工艺高超，可绝不符合当年的规制。老年间佛道儒三教虽都融汇，可大面儿上纹饰可不能乱用，佛教的八宝纹轮螺伞盖花罐鱼肠乃是佛教吉祥护法的至宝，只在佛教器物、经典配饰中应用，而道教暗八仙纹饰，又称“道教八宝纹”，也是道教护法镇邪的纹饰，也不会乱用在其他器物中。这两种纹饰用在一个盒子上，就已经颇为奇特，谁知道盒盖中间还有彩色螺钿镶嵌的五毒！看起来确是内廷南匠的手艺，惟妙惟肖，可中间围绕着一个大大的古玉镶嵌的“寿”字！

这绝然驴唇不对马嘴之处喽！无论外廷还是大内，制作“寿”字图案，都有规矩，洪福万寿、万福万寿是一类，团龙捧寿、仙鹤捧寿是一类，最常用的，则是“五福捧寿”，五只朱红精美的蝙蝠，衔着寿桃围绕着一个红粉明亮蘸金的寿字，才是清朝顶时兴的图案。哪有用蝎子、蛇、蜈蚣、癞蛤蟆、壁虎这类“毒物”捧寿的？“五毒捧寿”？王文敏搜刮肚子里的才学，由打学徒，自来也没见过这么诡异的图案，别说见，就是师父、老爹也从来没说过呐。

窗外朝阳正盛，小风吹拂，十分惬意。屋子里却有些静谧，爷俩望着眼前诡异的紫檀木盒子，当爹的沉默不语，用干净的棉布沾了清水，轻轻点染擦拭，生怕碰掉了纹饰；当儿子的一脑袋热汗，急躁不安，想打开盒子瞧瞧，仿佛是十来年前刚进洞房的小伙儿，被那片浓烈而暧昧的大红色熏染得不知所措，急切想掀开新娘子的红盖头，一览美人。

## 九、通 天 犀

王文敏尽管心急，却心里门清儿，这佛教的八宝纹和道教的暗八仙纹饰，除了日常装饰法器、法坛和供奉佛祖菩萨、三清六御，还有一种效用，就是镇邪驱魔。

他可听师父说过，清宫大内的物件种种光怪陆离的往事，别的不说，就是内务府管的银、瓷、缎、颜料等六库，古董房，内殿库和深宫大内各个历经数百年而没有开启过的库房殿阁内，储存的那些奇形怪状、斑驳陆离的上古器物甚多，填山堆海堆积如山。现而今连小皇上都时常自大内变卖些个古董玩意儿，换些银子，支应着紫禁城内廷里奢靡神秘的生活。难道这盒子里有什么不为人知的血污邪器?！不然，怎么把佛道两教的镇邪法宝纹路都雕刻上了。可这五毒又怎么讲？甭说没见识过，就是在天津卫认识那么老些遗老遗少，除了端阳节进贡的贡品，有点儿影儿，自来也没人说起，大内还用五毒做纹饰。“五毒捧寿”这个词儿，甭说在皇权至尊的康雍乾三代君主，就是在慈禧老佛爷当朝时，任谁也不敢拿这种东西进贡御用，上头脸一变，当场问你个大不敬之罪，丢官罢职不说，项上人头保得住保不住，还两说呢！

可煞作怪，王清太像个老工匠，也不言声，拿着棉布，头伸老长，慢条斯理儿擦拭着盒子，一遍遍换水，还不敢使劲儿。大半个时辰过去，王文敏再看，哟！这盒子真地道！甭说里头是什么物件，单看这厚重、端庄、优雅、大气的深绛色的木色，散发出暗幽幽沉稳的光，上头像是镀了一层润润的琥珀浆汁，精光内蕴。借着四角的镀金铜叶子、镀金锁钥叶子，十分高贵。栩栩如生的五彩螺钿五毒，小眼珠儿里仿佛嵌了什么灵性的珠子，侧身望去，竟如活了一般，斑斓七色，紧紧围绕中间那枚古玉镶嵌而成的“寿”字，活灵灵眼珠儿恶毒而诡秘地盯着桌前的二人，看得王文敏心里一颤，无端打了个寒战！

“齐活儿！文敏，你再瞧瞧，单这盒子能值五十大洋不能?”王清太扔了棉布，擦了手，拿起放大镜。

“五十?”王文敏笑笑，“据儿子看，单这盒子，也得五六十大洋，可、可这五毒……爸，您看，这玩意儿是不是乾隆爷那当儿，官员们端阳节进贡的物件?”王文敏小心翼翼地一问，立即引起来老爹的兴趣。

“断然不是。”王清太坐了硬木雕花椅子，拿起烟袋，就着王文敏擦亮的火柴吸了几口烟，笃定说，“你想呐，哪个官员给万岁爷进贡，还敢让造办处的匠人制作？以你的眼力，看不出这根本不是外造货?”

“造办处的?”

“不错。你瞧瞧这用料、刀法、纹饰规格、雕工、镶嵌和镀金叶子。据我看，这是造办处硬木作、镀金作、玉作、裱糊作和打南边学来的五彩螺钿工艺集合而成，这一个盒子，最少有养心殿造办处五个作坊参与，且必然是奉谕旨定做的孤品！五十大洋？五十大洋还不够盒盖中间元代古玉的价钱呢！

儿子，好好学着点吧。紫檀不说它，你瞧瞧这盒子，这可不是咸丰以后那种拼接料，这可是整料雕的！光这份儿讲究，也只有清三代里，最对好大喜功奢侈无度乾隆爷的脾气，凡事都讲个华贵富丽、堂皇正大，紫檀什么价儿？你不晓得？”

“爸说得是！”王文敏赶紧顺着老爷子话头儿点头。

“另一个，五彩螺钿工艺，是打南边传过来的，跟扬州百宝嵌，有异曲同工之妙，可又不同。”

“最让咱爷俩看不透的，就是五毒捧寿，这五毒别说上贡御用，就是咱们老北京的普通人家，除了五月节，谁用这些个？嗯……大内也吃五毒饼，不过，也不挨着呐。”老爷子皱眉回忆了摇摇头，“太蹊跷了！要说乾隆爷是最挑剔的，一点儿不假。比雍正爷还挑剔，甭看雍正爷看起来暴虐无常，其实心地没那么刻薄，对人好起来，是一炉火，对不好的人，大骂一顿，可重重拿起，轻轻放下。乾隆爷看着崇尚康熙爷宽大为怀，但内里可不是，比如孝贤皇后驾崩，不剃头犯了忌讳的那些人杀的杀，关的关，罢的罢，乾隆一朝，光二品以上的大员，就杀了几十个。我当时在梁掌柜那里看贡单和敬事房的御笔，隔着字纸，仿佛都能瞧见他那暴怒的样子，今儿你收来这件东西，猛不丁一看，可更蹊跷！别说了，打开瞧瞧。小心着……”

王文敏亲手扭了扭锁钥，镀金锁早没了，抬起锁钥上如意云纹的挡片，“啪嗒”，盒子开了。俩人四只眼瞪得溜溜圆，盒子里面是杏黄色一片云龙锦缎，包裹着什么物件，王清太亲手小心翼翼揭开一看，俩人对视了一眼，又傻了。盒子内盖上，满满雕刻了佛家八宝纹饰，周围边缘则是道家暗八仙纹饰，内盖上裱糊了一层厚厚的金云龙明黄缎，那一根根金线历经数百年，依然金光闪烁，龙眼上镶嵌着朱红的珊瑚珠子，煞是华贵。盒子内膛是用枣红泥金的锦缎铺满，再看锦缎上，银线编织成五毒模样，活灵活现，连眼珠子皆是米珠串成。内膛里头有三个槽！

前头俩，是两个葡萄大的圆空槽，左右各一个，原先仿佛摆着两颗珠子模样的物件，隔着一寸多，后头是个随形就势的近二尺长的槽，里头竟然是一支温润如墨玉、遍体通透、挂着层厚厚琥珀色浓浆的角！王文敏扶着桌子，借窗外的阳光仔细欣赏，角在阳光下，竟如水银入体一样，散发出幽然而恬淡的红黄蓝白黑五色融成的光泽，里头如云雾缥缈、仙山灵境，转个角度再看，又如深山大泽、九幽秘境，再转头看，一条墨色黑线，如奔腾入海又似翱翔天际的神龙，张牙舞爪自角底蜿蜒扭动，直到角顶。角皮琥珀浆下头，隐约可见玲珑剔透晶莹如玉的螺旋花纹，自然天成，神态玄妙，时而如春花破冰、时而如夏雨落蕉、时而如秋菊绚烂、时而如冬梅凌寒，鬼斧神工自然天成。

王清太惊得一个趔趄，差点跌倒。老爷子使劲儿揉了揉眼，嘴里嘶嘶吸着冷气，不可思议地趴在上头细细查看了半天，一屁股坐在椅子上，喃喃自语："怪！真出了鬼喽！"王文敏也莫名惊诧，如此巨大而完整，品相又如此细腻润泽的犀角，别说见，就是素来都没听人说过啊。王清太一脸苦笑闭眼无语，王文敏偷偷拿起来掂了掂分量，真压手！

"儿啊，这回，咱们爷们不是捡到犀角，是捡到稀世奇珍啊！"王清太激动得满脸通红，拿起烟袋，连火柴也划不动，颤抖着双手，忍不住笑，可那笑，真瘆人。"这、这犀角价比黄金？"王文敏一听，吓得赶紧把角放进盒子里，给老爷子划火点烟。

"这可不是普通的犀角呀！"王清太有些喜极而泣，抹了把脸说，"咱们铺子里有两只明代的犀角荷叶杯，你仔细看看，跟这件比，怎么样？！"

王文敏立即把两只犀角杯对比眼前的角，摇摇头："我看咱们那两只角，就算扔货喽！爸，犀角这玩意，我当学徒时就不太明了，您老给说道说道？"

王清太两眼冒光，起身踱步："要说犀角，也不像。可不是犀角，是什么呢？鹿角？羊角？牛角？都不像，我琢磨着，这就是失传已久的通天犀的犀角！"

"通天犀？！"

"通天犀！"王清太笃定言道，"犀角在咱们行里不算什么，然其来历颇远。《韩非子·喻老第二十一》箕子象箸之忧有载：昔者纣王为象箸而箕子怖。以为象箸必不加于土鉶，必将犀玉之杯；象箸玉杯必不羹菽藿，则必旄象豹胎；旄象豹胎必不衣短褐而食于茅屋之下，则锦衣九重，广室高台。吾畏其卒，故怖其始。居五年，纣王为肉圃，设炮烙，登糟丘，临酒池，纣遂以亡。故箕子见象箸以知天下之祸。故曰：'见小曰明。'其意虽在以小见大之意，然则早在三代，便有了犀玉之类，是记载无误的。”

王清太背着手，像个老塾师，早已封闭的记忆闸门开启，随口侃侃而言：“犀角虽是角类，早在三代便成了王室贵胄们喜爱的珍宝之一，如象牙犀角之属，与金银宝玉并驾齐驱，虽比不得隋珠和璧，也是历代所宝。可这件犀角，为什么说是通天犀呢？里头又有缘故。”

原来，犀角有白犀、花犀、黑犀之分，自商周时代，便是王室贵族们喜爱的玩物珍宝之一，这种物件是犀牛的角，除了能工巧匠制作成器物外，还有药用价值，也是一种“两挎着”的物件，是中药里一种非常珍贵的药材，其性苦寒，专治无名肿毒、小儿惊风、高热不退，是清热凉血、解毒定惊的圣药之一，只是此物按经脉所论，只祛肺部风热，也不是所有热病都可使用的。但因此物难得，价比黄金，因而，历代以来，只有达官贵人、富商大贾们才有钱买。

做药物是其一种作用，最多的则是制作成各种器物的物件。春秋战国时，中原气候湿润、密林丛山，多有大象、犀牛，因而王室贵胄还算易得，两汉以后，中原关西气候大变，犀角象牙因动物濒临灭绝，就不易得到了，延至隋唐宋时代，这种器物，大多要靠与西域、海外通商进口喽。那时花犀、白犀做腰带服饰镶嵌较多，元明清以来，多用于杯盘碗盏的材料，只是过于金贵，连宫中大内也不易多得，因而外廷更是少见。然而，花犀、白犀尚且有价，只有黑犀中，有一种古称“通天犀”的品类，乃是自古以来万中难得一见的至宝！

通天犀，又名辟水犀，乃开辟以来天地生物所化育的灵宝之一，据《博物志》《述异记》所载，通天犀乃犀牛中一种异类——望月神犀——所生。此种犀牛，非清泉不饮、非香草不吃、非洁地不卧，虽是庞大魁梧，头角峥嵘体态毛长、不通礼仪德化的畜类，性情却异常温和良善，又九窍通明、身带五彩之纹，结成天文地理之象，自然天成，神妙无比，常于月满之夜，在清泉山溪前顾影自怜，非常珍爱自身。看起来此物是顾影自怜，其实是那些有造化的，因具天文之象，造化之身，夜半子时，在高山大丘内仰月而静修，吸取天地之灵气，日月之精华，内转龙虎、调和阴阳，累年不入俗世，不被五色五音所迷乱，艰辛苦修，而后历经数百年，才可修悟成真，道合天然，成了神通。亦能飞云步雾、口吐人言，预知过去未来之事，又经千百年岁月，上苍有德，才可脱去皮壳，飞升而去。

其物飞升之后，一身皮毛倒也罢了，只是那只角，颇有神异之处，便是金铜难克、水火难化、可辟寒暑、可辟邪魔、可辟尘土、可辟万毒的无价之宝通天犀角了。此物效用虽多，古人却多用来开辟水道，镇邪驱魔，其一，据西晋葛洪《抱朴子·登涉》记载："得真通天犀角三寸以上，刻以为鱼，而衔之以入水，水常为人开。"说明此物行于江海之中，能开水道，凡人佩戴不会淹死，早在前汉之时，两广闽越等地，奉圣命常有采珠人，号称"珠户"，其首领，便有朝廷颁赐的通天犀坠，便于下海采珠，流传至两宋，逐渐无闻。又据《博古录》记载：通天犀，又称辟水犀，其真角质如绛紫玛瑙、皮如琥珀、花纹绚烂、色泽温润，通透似古玉而过之，有白色曲线宛如游龙，贯通首尾，其余犀角，皆无此神妙。检验之法，取清水一碗，角入水中，水自开分为两处，不漏不溢，不沉不濡，乃稀世之珍也。

其二，镇邪驱魔，善解世间百毒，此说乃《博物志》《神异经》所载，甚为玄秘，所谓"燃犀幽冥、魑魅皆惊；犀照湖潭，水府胆寒"中所说的犀角，指的不是普通犀角，就是单指通天犀而言！然而此说虽有记载，只是阴阳相隔，通天犀又是万难一见的宝物，因而无人试过真假。至于说解毒，大概是对于肿毒内毒所言。

史册中所言的通天犀，虽唐宋元明历代《舆服志》都有记载，细细推敲，只有宋徽宗政和年间所做之"御府盘龙通天犀带"是有明确描绘的实物，蔡京之子亲眼所见，羡慕不已，当是真品，其余所谓通天犀者，或是以讹传讹、或是制造者故意冒充、或是以假当真，并不见得有如此之多。只可惜徽宗御制的那条通天犀带，因金兵入侵，北宋灭亡，府库珍宝搜刮一空，此物当被贡入金朝内廷，自此就消失无闻了。

王文敏闻言心中暗叹：姜还是老的辣。可仔细看了犀角，又觉得哪里有些不对，顾不得摇头晃脑的老爹还沉醉于那些古书堆、往日的回忆里，拿起放大镜盯着犀角中那根宛如游龙的黑线发呆。还在背书似的王清太老爷子笑道："也是有缘，几十年前，我跟着你周大爷在庄王府见识过几片通天犀。那还是他老人家奉旨点查大内库房，老佛爷一高兴，把些个零碎玩意儿赏了出来。你周大爷当时一惊，就知道不是凡品，叫人拿了碗水，放入水中，果然水分两处，光华耀眼！庄王爷大喜之余，赏了二百两银子，不介，他以为是些普通零碎，那王爷脾气一发作，早想着赏人喽！”

“哦，是啊，爸还有此奇缘，只是……”王文敏嘴里答应着，心里疑惑却越来越大，“爸，您看，您说通天犀里头是白色细线宛若游龙，贯通首尾，可我瞧着，这支角里头怎么是黑线呢？”

“黑线？！”王清太回身见儿子趴在桌子上一脸懵懂，赶紧夺过放大镜查看，果然，犀角中并不是白线，而是一根隐约可见的黑线。

# 十、就怕贼惦记

屋子里一时间很静，爷俩大眼瞪小眼，尤其王清太不愿意在儿子面前失了身份和做老人家的尊严，看了半天，脑门儿上见了汗，王文敏递过来的茶也被他推开，喃喃自语道：“这就奇了，莫不是书上记载的有误？”

“您在庄王府见的那几片，是这个样儿不？”

老爷子摇头：“那是做成带板镶嵌用的，上头雕满了云龙戏水和人物，这么多年，谁还记得里头有没有白线？庚子之变，庄王府被洋人抢掠一空，那几片通天犀就不知去向了。哎，也怨我，当年你周大爷想收一片存着，可庄王爷一听是宝物，一张嘴就是一千两一片，那当儿一千两银子正经是个数儿，我没舍得，这可倒好，叫洋毛子得了便宜！”

爷俩把盒子、犀角整理好，老爷子从里屋找出块杏黄包袱皮，包起盒子交给王文敏：“儿啊，我总觉得你这回去鬼市儿收了这么个好物件，运气是运气，可也不是啥多么好的事儿。”

王文敏一怔：“爸，这话怎么说？”

“你呀，白念了那么多年书，又跟着你师父和我学了这些年古董，这物件我总觉得上头的五毒捧寿不那么吉利，咱爷们也拿不定到底是啥，这么办，等过些日子，找梁老掌柜过过眼，听听他老人家怎么说。记住，这事儿千万别往外传了，连你媳妇儿和铺子里的伙计们，都要瞒着！如今是个什么世道，你也知道，天下大乱。你没听说过匹夫无罪怀璧其罪的道理？万一消息流出去，引起歹人的觊觎之心，咱们小老百姓可顶不住！再说，你这件东西来得太蹊跷、太容易。那么贵重，那旗人小伙儿难道一点儿不知道？还是这里头有什么猫腻儿？你想过没有。”

听老爷子这么一说，方才还火炭儿热的王文敏如同一盆凉水浇头，顿时有些悚然不安，又有些不以为然，只葫芦提答应着：“爸说得是，我听您的。这物件等梁掌柜看定了，咱们再定价？”

“定价？”王清太瞥了一眼王文敏，知道他心中有异，轻叹一声，“定价是往后的事儿，先存好喽！这东西世路上都没见识过，怎么定？也并没有别家买卖过，咱也不能照着同仁堂卖药那么卖呐。有价无市，定三万，不懂行的准得骂咱，定五万，别人兴许还觉得便宜。现而今也没有朝廷了，谁也不会买了去做犀带用，这又不像秦砖汉瓦铜瓷古玉，再看看吧。你不晓得，早年间，咱们行里就流传一件奇事儿，那还是光绪末年，卢沟桥有个巡检……”

刚说到这，外头大门响动，孙氏媳妇挎着篮子，一扭一扭进了院子，仿佛跟外头的老街坊打着招呼。王清太看看时辰，立刻住了口，使眼色让王文敏把盒子包进屋里，自己琢磨着何时去找梁掌柜。

王文敏藏好了盒子，顿感轻松，这一宿闹的，光怪陆离不说，收了件宝物，还防贼似的防着人，心里五味杂陈。做腰带板子？也不知老爷子是真老了，还是见识多。这物件真要是被买了去让匠人劈开做了镶嵌，他还真舍不得！

这天中午，一顿炸酱面吃得一家人满头大汗，各自心满意足。王文敏打着饱嗝，给老爷子和媳妇儿道别，提溜着包袱，去了铺子。一路走，他心里可琢磨上了，这犀角，除了找梁掌柜掌眼，是否跟张丰财张掌柜的提一句呢？

主意打定，王文敏可就忙活开喽，他得先去“配货”。这回从鬼市儿大有所获，虽说在大行家看来，是些狗肉不上席面的物件，不过那年月，古玩行里讲究“配货”，跟药行有得一比，什么鱼鳖虾蟹、海参枸杞、黄瓜萝卜、山药人参都是中药材。只要是古董、好玩意儿，破则破矣，坏也有坏的，但凡沾了一个“古”字，自然有其自身的价值和文化基础，五光十色琳琅满目的不全是完整货，这类玩意儿讲究个“全品全照”“历代传承有序”“名家收藏典故”云云，在行里，端的是威风八面、华贵尊贵。然而有一点，贵重是贵重，可一是数量极少，买卖古董，不是大街上买萝卜白菜西葫芦扁豆，到处都是，历经数千百年的战火纷飞、世事沧桑，这类物件自然少之又少，如凤毛麟角。二是贵，大凡上了什么“谱”、什么“秘本”记载的物件，琉璃厂各家铺子，都有几件秘藏，等闲人不让看，可话说回来了，这类物件太贵，少了几千上万大洋，您都不好意思欣赏。可买卖家不能光靠这么几件东西立足天子脚下不是？于是，配货也算自前清以来便流传下来的一个传统，自然也是公认的符合古董行的内部规则。

除了那支稀奇古怪的“通天犀角”尚待斟酌，其他的散珠碎玉铜炉瓷器都被他送到了琉璃厂东街小巷子里，这里专门有修复、打理、调配再加工的作坊，又叫“行内作坊”。到了这些作坊，您想修复古书、古画，或者修复金银玉器、青铜，或是把残破了的铜瓷古玉象牙珍珠玛瑙翡翠宝石重新再做其他物件，或是想给佛像、摆件、古董装金、清洗，这里老老少少分门别类的高手匠人们，都能让您心满意足。

另外，则是有些像王文敏这些古董行里的掌柜的，无论在哪儿，收了些古董，或是瓷器有冲，玉器有裂痕，金银器有了磕碰，青铜器掉了金，书画古籍黏连污秽，看不出本色，成了烂纸，这里都能该修复的修复，该打理的打理，即便是修复不好，老师傅们也有绝活儿，像王清太说的，用传统工艺把古董器物上的裂纹、磕碰掩盖过去，或者直接“改装”，改装好的物件，能堂而皇之地再摆在铺子里卖。这古董改装，可是行里手艺人的绝顶功夫，没个二三十年的工夫和高超手艺，谁也不敢接此类活计，只要人家敢接，十有八九能把送来的古董“改装”成“新古董”，也就是“配货”，外头人也叫配装货。

配装货不算假货、赝品，不仅不算，有些配装好的玩意儿，甚至比“全品全照”的珍品在价值上丝毫不差！配装完了，拿到店里摆着买，买的卖的都喜欢，因为大多数配装货有个讲究：不能按原品价格卖。有些个文人雅士、收藏大家，还专门爱玩这些个物件，因此清末民国，琉璃厂没少捣鼓这些东西。既做好了买卖，又把大量残损的古董修复、配装成客人们喜欢的古董，使之传承，算得上一举两得的好事，跟后世大肆造假贩假自然不可同日而语。

可别小瞧这儿，这里每一处作坊、每一家买卖，都有极大来历，都有各自的绝活儿！也是自古以来百工匠人们传承多年的手艺秘法之处，等闲人不晓得里头的真情。连王清太、去世的周掌柜、张丰财等掌柜的，多年来也只是遇事才来，耳闻目睹了些实情，可真叫他们去做这个，那才是猪八戒吃人参果——不是那个味儿！

六十开外的马大爷笑吟吟接了王文敏这路活，收了五十大洋的订金，言明一个月内交货。这边，王文敏、王清太并没闲着，带着那支奇怪的“通天犀角”，秘密约会了琉璃厂有名的梁老掌柜、吴大掌柜、李有德李掌柜的，带着礼物一一登门拜访，明面儿上说是老友聚会，暗中求教。

这些个大掌柜，哪位不是四九城赫赫有名的收藏买卖大家，见多识广自不必多说，就是年纪高大，多半辈子奇异珍闻、光怪陆离的奇珍异宝都滚瓜烂熟成竹在胸。然而一见这玩意儿，甭说见，就是听都没听过！其他几位大掌柜都被难住了，咋舌皱眉摇头沉默，连琉璃厂辈分最高、阅历深厚的梁老掌柜，搜肠刮肚戴着老花镜，琢磨了半天，也大为称奇，不知所以。尴尬之余，梁老掌柜对老朋友王清太老爷子枯坐半晌，喝了一肚子香片茶深觉不安，请他去吃了顿正阳楼烤肉，算是安慰，不过口气中透着疑惑：“这物件，据你老弟看，是通天犀角，咱们行里‘谱’上都有记载，我知道的你也学过，不过呢，据老哥我看，这绝然不是通天犀角，其余还好说，里头那根线，可对不上哦！再者说，这五毒捧寿的图案，甭说乾隆爷活着，就是老佛爷那当儿，谁敢做这个，也该杀头哇，宫里的匠人都伺候多少代主子了，谁敢拿自己脑袋开玩笑呢？”

王清太意兴阑珊，还得装着深以为然，满京城行里的高人能人都叫他问了个遍，竟然一无所获，这可如何是好？

“我看，前头俩窝儿，说不定放的是什么名贵宝珠，大内珍奇百怪无所不有，这盒子材料金贵，可这东西真是见所未见，看来老弟还得多费费心喽。”梁老掌柜一面劝酒，一面沉吟道。嗬，说来说去，王清太本想赶紧弄清楚这是啥物件，可不问还好，听那老几位一说，更是聪明人掉进了粥锅里——脑袋懵懂糊涂喽。跟梁掌柜吃完饭，王清太夹了包裹严实的紫檀木匣子，叫了辆洋车，闷闷不乐回了店里，大小伙计早就迎接进来。王文敏端了杯茶奉上，王清太一件件欣赏了马老爷子作坊的手艺，总算心情开朗了些，指点着其中门道，喝了半杯茶，又想起紫檀木盒子里的犀角，发起了牢骚。

“这可奇了！连梁掌柜他们都没见识过，这可如何是好?”

王文敏劝道:“爸，再暗地向高人请教请教?”

王清太讪笑道:“是啊，我琢磨着，还得请人指点指点。听说刘状元见多识广，只是在天津定居，有个师弟郑学士在京城，可咱们跟人家说不上话儿，是不是请李有德掌柜的代问引见引见，甭看他年纪不大，世路上人缘儿可好哦!”

王文敏拿起那串装配好的青金石串珠，递给父亲把玩，想了想:“爸，这么着大张旗鼓的，恐怕不太好吧，您前些日子还说，咱们得少往外说，我的意思，等张丰财张大哥回来，是否请他……”

“他?!”王清太脸一沉，冷笑一声，“你小子甭打他主意，我早告诉过你，那小子得防着些个！你不知道，他当年……”爷俩正说得热闹，门帘一挑，外头人没进来，话先传进来了:“王老弟！在柜上没？老哥来看你啦!”

王清太爷俩相对一愣，嗬！北京地面真他娘邪性，说曹操，曹操就到了！老话说夜猫子进宅，无事不来，来者正是口口声声随岳大老板前去天津卫有大买卖的张丰财!

多日不见，张丰财似乎又胖了一大圈，两只小眯缝眼更小了，一身胖肉被一身绿绸大褂裹得圆滚滚，一串铜扣也紧紧绷在身上，好似个穿了衣服的大元宵，锃亮大皮鞋咯噔咯噔迈步进来了。王清太老爷子正好喝了口茶，一瞧张丰财浑身哆嗦着凉粉儿似的胖样儿，好悬没一口笑喷出来。

“老爷子，您吉祥安泰啊!”张丰财咧着大嘴，笑得快挂到耳朵边喽，大模大样自来熟，拱拱手，“这程子老没见您，可把我想坏喽，您说，您还不放心我贤弟的生意经？我瞧着，我贤弟比您和周大爷那时候，不差呢。”

伸手不打笑脸人，王清太起身笑笑:“张掌柜的多日不见！您过奖，呵呵呵，犬子这点本事，才算入行，哪能跟诸位老行家相比哟！前些日子听说您出了远门，刚回来？一路辛苦，来，给张掌柜上茶!”这一番话有里有面儿，温馨中夹着若有若无的夸赞，一旁王文敏听了，心想:甭看老爹老了，这迎来送往大面儿上，果然有一套。

张丰财熟不拘礼坐了，嘴里抹了蜜一样口吐莲花，不停念叨着，眼珠子却滴里咕噜没闲着，盯着博古架子上从马大爷那里新修复的那些玩意儿。张丰财的举动早被王清太看在眼里，心里转念，瞅瞅桌上蓝布包袱包裹严实的紫檀匣子，慢悠悠起身："哎，老喽，不中用了，这才多大年纪，一天不睡午觉，就不得劲儿，这么着，张掌柜的，您和小儿坐着慢慢聊，我得回家歇着喽！"说完一使眼色，王文敏也赶紧起身。

"您老说哪里话！甭看您年纪在那儿摆着，可我瞧着，您这些年就没怎么变样儿，有我贤弟在这儿支应着，您老人家在家里含饴弄孙、种个花养个草，且等着享福呐！来，我帮您拿着，嘚！这是什么宝物呐，还包得这么严实？"张丰财嘴里一个劲儿给爷俩灌米汤，眼珠子可盯着包袱没动窝儿，动如脱兔，顺手就想摸过去，来个顺手牵羊，一览宝物。他这点心机哪能瞒得住王清太，说时迟那时快，老爷子一把抓住包袱，夹在了腋下，张丰财那只胖嘟嘟的肥手捞了个空，尴尬地僵在那儿。也亏得他脸皮厚，伶俐乖巧，赶紧顺手搀着王清太，往外就走，王文敏肚里暗笑，打了帘子，叫了辆洋车，送老爷子上了车。

拉车的刚拉了几步，就听后头的老爷子冷笑几声："小子，跟我斗咳嗽抖机灵，还嫩点！"拉车的心里一惊："老爷子，您这是说哪里话？"

"没说你，爷们！稳稳走你的吧！"

铺子门口，王文敏亲热地拉着张丰财进了屋，落座热聊。"贤弟，尝尝这个，是洋人的烟卷，叫雪茄，嗨，味儿抽着冲，品着不错！"张丰财掏出个精致的银烟盒，递给他一支，"我看老爷子面带酒色，这是去哪儿高乐啦？"

"这烟不赖！比哈德门香醇。这不嘛，老爷子跟梁老掌柜晌午去正阳楼吃的烤肉，才回来，顺腿过来瞅瞅铺子。"王文敏吐出个烟圈，见张丰财并不抽，拿出个漂亮的蜜蜡烟嘴，插了一支大双刀，划火点燃。

"梁老爷子？最近可好？我也是老没过去请安喽。说起来上回还是仨月前见的。我看老爷子夹着个蓝布包袱，什么物件这么金贵？"张丰财俩小眼紧盯王文敏，还是笑眯眯的。王文敏故意打着哈哈："嗨，哪有什么呐，是我从鬼市儿上淘换回来的小玩意，老爷子觉得奇怪，想闹明白到底是个啥，等过几天闲了，我拿着去老哥店里，请老哥给指点指点！"

张丰财一听神色就松了，拍手笑道："我说呢！老弟果然自己个儿去了，哈哈哈哈。怎么样？有见识吧！都淘换了什么好玩意，让我瞧瞧。"趁王文敏拿东西的工夫，张丰财随口说了自己跟着岳大掌柜因一堂青铜买卖，去上海跟卢大老板和洋人们谈价做成的话头，里外透着得意，王文敏听了心中不安：一堂铜器?！这帮人还真敢往外倒腾宝贝！

## 十一、烂面胡同的王公公

俩人又闲聊了几句，张丰财这才把话头转到王文敏从鬼市儿上收来的玩意儿，小心翼翼从架子上拿下来看了几件，满口称赞："老弟有财运呐，瞧瞧，这些玩意儿多地道！外头人不晓得咱们这行，都觉得咱们守着一堆宝物，吃香的喝辣的，哪知道咱们才是黄柏木做磬锤子，外面瞧着光鲜，里头苦哟！嘿，你瞧，这几件物件，在打小鼓、挂货铺子里，就算得上珍品喽，只是残的残、破的破，想想也是，这种物件又不是外头满大街都是的萝卜白菜，哪有那么老些全品，就这，加上马老爷子手艺，也算不赖！"

王文敏听闻心里自然高兴，自己一人带着小贵子闯闯鬼市，竟然收了一堆好物件，也算没白在老北京待这么些日子。不过，他也有数，张丰财既然跟岳掌柜的关系匪浅，看来，真得听老爹的话，对他要多多注意。

张丰财看中了那柄马老爷子修复的嘉庆年间碧玉如意，非要买来送礼用，王文敏卖了他个人情，收了五百大洋，二人各自心知肚明。"嘚！老弟实在。"张丰财咧着嘴大笑，"那我就偏了您的，以后找补吧！小贵子，麻溜儿给送我铺子里去，找你王师哥，把我从上海带回来的吃食点心拿两包过来，还有那洋酒！"

眼看小贵子抱着如意匣子走了，王文敏收了银票，问："老哥说还有事儿?"张丰财得了件宝贝，着实得意，眼眸中闪过一丝狡黠，嘴里却异常温馨和气："有这么档子事儿。岳老板这回捣鼓了一番，我才算见识了。我想，咱们哥们不傻不呆，怎么不想着再收点好玩意，多赚点呢？上海那边，有钱的买办、玩家更多，我琢磨着，咱铺子里这些东西，人家不一定瞧得上眼。如果老弟有意，我想咱哥俩伙着收几件好东西，出去做一做。”

“这……北京城里，还有什么好物件？街面儿上这些，还入不了他们法眼？”王文敏一听要“伙着”做买卖，心生警惕。

“嗐！四九城里就这么大地方，老玩家也就那几个，满打满算，自打大清国没了，遗老遗少们没了铁杆庄稼，不提他们；新朝新贵们，对这些个物件，买的不少，可都是对牛弹琴，真懂的没几个。眼瞧着他们往上送礼，不是金玉就是宝石，咱们这行，可得留心。我想，天津、上海自然开埠早，有钱人多，有钱的遗老、文人们也多，这生意做好了，只赚不赔。再者，还有卢老板等人照应着，出不了什么错。”

“话虽如此，真要是伙着做，老哥有什么路子？行里情形就这样，谁家有什么好物件、谁家有什么路子，您都明细，我也略知一二，在他们手里买卖，没啥赚头吧？”

“兄弟，这事也巧了！我回来后，刚从街面儿上得了个信儿，这不，就来寻你喽！”张丰财目露精光，谈起了一段生意，是原先在大内敬事房做副总管的一位王公公，手里颇有几件好玩意，不过此人在内廷吃过玩过见过，架子大脾气臭规矩多，物件的价码也贵，所以才叫王文敏一起伙着买来，运到天津、上海倒腾给洋人，大赚几笔。

王文敏闻言面露迟疑，张丰财劝道：“老弟，不用心里嘀咕，我呐，把信儿都打听清楚啦，御前伺候的这些人，有哪个穷的？李总管不去说他，家里头自然金山银海，崔副总管出宫，不住家里，住立马关帝庙，光舍给庙里的田产，一出手就是一千亩！好家伙，那才是大手笔！可太监跟咱们普通人不一样，既不算男人，更不是女人，死了也不能进祖坟，这么着，有钱有势的时候，都从本家过继几个儿子、孙子，指望着他们养老送终。其实呢，老话说清酒红人面、财帛动人心，就是本家本族，谁愿意顶个太监儿子的名号？还不是看着他们有银子嘛。王公公过继了俩侄子做儿子，这俩儿子忒不是东西了，打乡下一来咱们京城，花花世界，赶着叔叔有钱，胡天海地地花，今儿喝酒、明儿赌钱、后个儿逛窑子，加上抽大烟，不几年，就把王公公积攒的银钱土地买卖挥霍一空。俩人看看不好，又跑回老家。嘿！王公公闹了个毛干爪净穷困潦倒,支应了不多时,就想卖点从宫里带出来的物件。我呢,也是听了难受,不定他手里有什么好东西呢,这才想拉兄弟一起去瞧瞧。”

王文敏思谋半晌,点头称是,百闻不如一见,先去瞧瞧再说吧。张丰财临走嘱咐道:“贤弟,你也知道,太监们跟咱们常人心性不一样,最爱发个小脾气、计较小事儿,忌讳又多,咱们去了,你可别多言,到时候看我的。”

“晓得了,全靠老哥应付,我只管看东西。”

俩人约定好了日子,一起去南城烂面胡同去拜访王太监。

烂面胡同,在南城宣武门里头,胡同又小又破,到处是拥挤不堪的破木板子破纸搭起来的窝棚屋子,外头土路上到处污水和残羹剩饭四溢流淌。不少没衣服穿的女人们围着破布烂麻袋挤在又黑又暗的屋里,费尽心思地把男人们下苦力挣来的一点点粗粮打点全家的饭食。明亮的阳光下,一群瘦骨嶙峋的小孩纸皮猴子似的穿着大人们剩下的补丁摞补丁的衣服跟着一群野狗来回疯跑。他们很容易满足,用污水和泥巴玩着过家家,或者把树上的虫子一个个抠出来比画逗弄着。有些大点儿懂事的,就拖拉着不合脚的破鞋,帮着哥姐去捡煤渣、大饭庄子的剩饭。每当南城的饭庄子倒泔水漏出些吃食,这群孩子们便欢呼雀跃像小疯狗一样冲进去,拿着手里的破锅破碗抢夺,抢着了半块烧豆腐,他们笑,假如有人能抢到一块肉、一小块虾仁,他们更是高兴得拍手跳高,赶紧端回去给家里人显摆。一家子围在一起,吃着干硬的粗粮饼子就着热腾腾的残羹剩饭,就是一顿和睦美满的家常饭。

王文敏掀开车帘打量着外头,心里一阵阵发紧,瞧着那些不时用脏得看不出颜色的袖子擦擦清鼻涕的孩子们,他简直不能相信,这就是生活在一个北京城里的人们,近在咫尺却又远隔天涯!

“真是朱门酒肉臭,路有冻死骨!”王文敏拍着大腿感叹。

“嗐!贤弟,你呀,就是瞎操心!”张丰财翻翻眼皮,“哪朝哪代不这样?这还算好的呢!他们来了咱们北京城,就算捡了活命喽。你不晓得,宣统三年腊月里,南城一夜冻死好几百个外乡人,那满街的倒卧儿,吓得九门提督府收尸的衙役都恶心透了。要不说就是条狗,也得托生在咱们北京城呢，咱们这儿是六百年风水宝地，天子帝都。不介，都削尖了脑袋一窝蜂往这儿跑什么？”一听这话，王文敏有些腻歪，张张嘴，又说不出什么。他觉得越来越看不透眼前这位温馨和蔼的“张大哥”了。就说今儿这事，一个住在南城穷人窝里的破落老太监，哪会有什么宝物？要是有，还用窝在这里头？

张丰财眯缝着小眼，仿佛看穿了他的心思，笑道：“老弟啊，甭看这里是穷人窝，可也是五行八作人物汇集之所。你在天津多年，对咱们北京古玩行的规矩有所少见。按说，天津卫那边，买卖古董都是卖家送过去，可咱们这儿不一样。但凡是有人介绍牵线搭桥，无论穷富贵贱，咱都得上门去点个卯，瞧瞧，成不成都得谢谢人家本家儿和牵线搭桥的。为啥？这里头不光有买卖，还搭着人情往来，等闲不能小看。不少好玩意儿，都是打这里出去的。总之，买卖好处置，可人情贵重。就是这么个理儿。”

王文敏咂摸了片刻，点点头。

车子停了，面前两扇柴木门一人高，黑漆剥落，掉了一个门环，只剩下一只门环抠抠搜搜盯着门外的俩人，青石的台阶早已歪斜，却有两道清晰的车辙印子，荒草野花在残缺了不少瓦片的小门楼上瑟瑟发抖，仿佛对这俩不速之客不怎么欢迎。张丰财指着不远处说：“这里其实不闭塞，你瞧，再过去几家，就是街面儿，今儿是个不大不小的集，咱们打那边来，非得堵在里头，多半个钟头进不来胡同。来，敲门看看，王公公在家没。”啷啷啷拍打门环，不大会儿，里头传来个亲切轻软的女子声音：“谁呀？”

“哦，是秋霞姑娘吗？我是王公公的故友，前来拜访的。”张丰财跺跺脚，提溜着两包刚出炉的“炉杠”点心。王文敏方才还纳闷：来做买卖还带点心，可买的却是最便宜的炉杠，这张大哥，真怪。门里人似乎犹豫着什么，半天没动静，只有唰唰水声和放搓板的声音，脚步声响：“您稍等，我叔最近身子骨不太好，不见外客，我、我问问他。”说完又是一阵沉默。半晌，大门里头抽拉门闩，门开了。一个亭亭玉立的女子挂着微笑，见门外俩人穿着富丽，一怔，片刻眼中闪过一丝无奈，赶紧蹲身福了一福，轻声说：“您二位久等了，请进来吧。”

这女子约莫二十七八岁，中等身材，面容白净，梳着个元宝髻，清水脸上微微有几颗雀斑痕迹。穿一身蓝细布裤褂，浆洗得干干净净，腰上围着黑布围裙，沾满水珠的两只手腕上戴着白银绞丝镯子，那手显见是经常干浆洗活计在水里泡的，显得有些白肿。通身简素麻利清新淡雅，只是脚上那双大红缎子金丝彩绣着五福捧寿的绣花鞋让王文敏一愣，那五只栩栩如生的蝙蝠针脚细密布局大气，虽说有些陈旧，金线开缝处都用彩丝修补了，可别说市面上少见，就是走访过的富贵人家，谁家也没见过如此讲究的女鞋。这就像一个满身褴褛的叫花子穿着一双崭新的大皮鞋满大街晃悠，要多古怪有多古怪。

王文敏纳闷，随着张丰财进了院子。背后女子哗啦把大门拴上了。俩人展眼望去，这是所不大的三合院。不是格局规整的四合院子，可在这胡同，也算顶势派喽。

正房三间，青砖灰瓦，西厢房塌了，堆着些散碎的砖头瓦块，东厢房三间，像正房一样糊着窗户纸，又黑又暗，有些裂开的地方也没裱糊，一阵风起刮得呼啦呼啦，南面一溜东倒西歪的矮墙，就是大门里还算规整。正房和东厢房上，半尺高的荒草野枝随风飘荡，好似要禁不住重压似的，遍地的青砖早已崩裂，高一块低一块凹凸不平，南墙下头有棵酸枣树死眉瞪眼戳在地下，孤零零舒展身躯。小院中间摆了几个大木盆、一个四条腿的粗木凳子、猪油胰子和一堆臭烘烘的破衣烂衫，还有个针线笸箩，西厢房砖头瓦块堆上，铺着些补了补丁的大席子，上头晾着些衣裳，显见是女子刚刚洗完的。

俩人从没来过这种人家，还是张丰财见识多，见女子有些扭捏，赶忙递过点心，拱手问："秋霞姑娘，请问……"

"我叔在正房里，您二位请，又让您破费了。"秋霞低头接过点心，福了福身子指了指正屋。王文敏疑心越来越重：这王太监住的地界如此破旧，能有啥宝物？这女子是什么人，明明是少妇模样，还梳着元宝发髻，张大哥怎么叫她"姑娘"呢？再说，这么个穷家，女子看起来却端庄有礼、仪节规矩言谈话语一丝不乱，那双精致华丽的女鞋看着就令人奇怪。

正胡思乱想呢，正屋里突然传出一阵尖声尖气好似被踩了脖子的鬼声："秋霞，怎么还不请进来哇，是张掌柜的来了吗？呵呵呵呵，张掌柜的，少见呐，赶紧有请！"这声音仿佛暗夜里夜猫子笑，惊得王文敏浑身一颤，就见正屋昏暗的门里，伸出一只留着长指甲的爪子，正冲俩人摆手呢！

这只爪子一出来，可把王文敏吓坏了，酸枣树上几只不知名的鸟“嘎嘎”扑棱着翅膀远飞而去。虽说青天白日朗朗乾坤，可对着这么个破败、阴冷、奇怪的小院和里头奇怪的少妇、诡异的声音，着实让一直平平稳稳的王文敏吃惊不小，别的地界不说，就说北京城里，早就有“四大凶宅”“八大邪乎地”之说。圣人说敬鬼神而远之，也民国了，民智已开了，可一旦身临其境，不由得人胡想乱想。

张丰财见王文敏面色有异，拍拍他的手小声安慰道：“别怕，这就是王公公！”说着一溜小跑到了正房门口，非常漂亮地打了个千儿，话到礼到：“公公吉祥如意！小的怎么敢劳您驾出来迎接，赶紧地，今儿没外人，这是我一朋友，也是慕名来拜访公公的！”一张嘴，好似抹了蜜糖，顶腻歪人。

“呵呵呵呵，你个小猴崽子，又来拿我打镲！这是民国了，不是大清朝那当儿，哎，哪还那么些规矩？进来吧，我啊，要不是看着我侄女、侄女婿，早跟着两宫去喽！瞧瞧，这民国哪有咱爷们的活路?!”

王文敏一抬眼，黑洞洞门里，站着个人，六十开外年纪，一身蓝绸长袍、尖角缎靴、驼绒色坎肩，左腰间垂着件玉佩，一上眼，就知道是元明古玉；右腰间垂着条让人发笑的水红色手巾，色泽艳丽，还绣着莲花，让人错愕，这明摆着是女人们用的嘛。再看脸上，一脸时光扭曲如同老妪堆满皱纹的烟灰脸，透着死气沉沉，两只死鱼眼，趴鼻子，厚嘴唇，也不知道怎么长的，一个颧骨高，一个颧骨低，那双昏黄的眼眸里隐藏着浓重的往事和诡秘，精光时隐时现，只是惨然一笑，没剩几颗牙的嘴咧到招风耳朵下，十分可怖，一根凄零零的花白小辫子垂在一边儿，彰显着这个垂暮之年的老头还“心想故国”，是个遗老。不过，这人看着就像从棺材里爬出来的活僵尸！在夜半大街上一站，指定能吓死一片！也不知怎么隐居在这么个犄角旮旯里，残喘度日。

王文敏呆住了，没来得及答话，王老太监一双死鱼眼不住打量他。张丰财接话道：“您老人家说的什么话哟。头二十年里，谁不知道敬事房的王副总管！哈哈哈，那是李总管的平辈老人，多少王公贝勒、文武百官见了您，也不敢拿大！您慢点走！”说着上前架着骨瘦如柴的王太监进了屋，一只手背在后头，跟王文敏招了招。王文敏这才提着气，一起进屋。

# 十二、连环套

太监嘛，最是蔫损阴险坏，净身以后，午夜梦回，把个男人的根子丢了，跟女人又不一样，更是学得拿腔作势，最乐意听当年盛时的风光得意事儿，最忌讳谈如今的破落潦倒的惨样儿，这也是概莫能外的人之常情，只是太监们更甚罢了。张丰财多精明，一句话一捧，王太监立即像抽了顶级英国烟土一样霎时神采奕奕，精神百倍："那敢情！那当儿甭说别人，就是老佛爷指着光绪爷，也得叫我声谙达。庆王、福王、瑞王，不都得哈着咱？哎，甭提了！现而今咱爷们是走麦城，风光不再喽，不介，也不能住在这么个鸟不拉屎的地方，让您二位走一趟。嗐，你说，好好的大清国，怎么说完，就稀里哗啦地完了呢?！老佛爷，您老人家不知道奴才们的苦哟！"

好嘛，王太监这一说苦，嘴里开了炸豆铺子似的，噼里啪啦说个不停，王文敏只好余光四处打量，等着张丰财奉承了一车子片汤话，才总算把王太监一腔子冤仇摩挲下去。秋霞姑娘仿佛见惯了叔叔这做派，不言不语擦桌子摆茶杯，脚步不停静静忙活着，把张丰财带来的点心包放在破八仙桌中间，也不在意张丰财一嘴甜言蜜语，只有些狐疑地扫了王文敏几眼。

王文敏当然注意了，大庭广众，又在人家家里，耳轮中只能听见绞丝银镯子叮当碰撞声，不好意思正眼瞧。其实，屋里也没啥瞧的，正中一张掉了漆皮的破八仙桌，两边椅子一张是官帽椅，一张是家常的方头椅，墙上贴着大红大绿斑驳不清的年画，屋门口是个洗脸盆，盆架子还是木头条子插起来的。东里间门挂着打了补丁的灰布门帘子，里头传出一股臊气哄哄的腥味儿，夹杂了些许奇异的烟味儿，熏得人更是头昏脑涨。西里间里粗木家具，一张简素的土炕上，放着些日用物事。家里虽破败，可打扫得一尘不染，桌椅板凳上的铜活儿都擦得明亮。看得出，是家里这位姑娘的功劳。

王太监终于停了唠叨，看看两包点心，感慨万千："张掌柜，说归说，笑归笑，还是你惦记着我这个半死不活的人，现而今谁还拿我当回事哟！甭说你是外人，像我那俩过继儿子怎么样？还不是把我的金银财宝吃光喝净，一溜烟儿找不到人啦？人心换人心，八两换半斤！您呐，够意思！”张丰财赔笑介绍了王文敏，王太监轻轻扫了他一眼，王文敏赶忙起身拱手：“是！王公公大名，小的早有耳闻，今日一见，果然名不虚传。”

“不敢呐！龙游浅滩可不敢当，更不敢说什么赏脸。这要是叫别人听见了，可是僭越大罪，宣统万岁爷，可还在宫里住着呢。”他一张嘴又是一袋烟工夫，王文敏只好耐着性子，听王太监吹嘘，却见秋霞姑娘低眉顺眼站在门边，也不说话，好似等老太监什么话，又像想说什么。

“秋霞啊，怎么还不给客人们倒茶来？戳在那儿干什么？”王太监说得口干舌燥，见侄女不动窝，皱眉问道，后头好像还有话，见王文敏看他，立刻咽了回去。

“叔……家里、家里没茶叶了。”秋霞还是一副淡然自若不卑不亢的样子。话一出口，老太监顿时紫胀了脸皮，轻拍桌子：“胡说！前儿个泰润居的老掌柜还送了二斤龙井来，都让你吃了？赶紧地倒茶来！”

秋霞一动不动盯着地面，不言声。“怎么了？我还使唤不动你了?！没有我，哪有你们夫妻俩的今日?！还不赶紧找茶叶去?！”王太监发火了。

王文敏略一思索，心知肚明：老太监这是装阔呢！哎，真是死要面子活受罪。刚要开口说不渴，张丰财笑眯眯从兜里掏出两块大洋，摆在桌子上：“公公莫生气，秋霞姑娘指不定忘了把茶叶放哪儿了，这不，我和王掌柜刚喝了来的，也喝不惯龙井。秋霞姑娘，劳您驾跑一趟，买二斤香片来，这里的水不好，全靠香片遮味儿了。剩下的钱，请姑娘买点针头线脑捂得。”

“您这是干什么?！来我家，还得让您掏钱买茶叶？真是的！秋霞，还不赶紧谢谢张掌柜的。快去吧！”王太监跟张丰财假模假式推让一番，抓住两块钱，叫过侄女就塞进她手里。秋霞迟疑了半晌，才接了钱，福了福身子，转身去了。王文敏心中感叹：落架的凤凰不如鸡！都到这步田地还闹什么势派?！不过，他没注意，秋霞姑娘挑帘出门瞬间，张丰财、王太监迅速对视一眼，会意一笑……

秋霞姑娘出门了，王文敏总觉得她低眉顺眼的眼神里，含着什么说不清道不明的东西。王太监和张丰财聊得越来越热络，这老太监好似终于找着了知己，龇牙咧嘴把那些陈芝麻烂谷子一盆盆往外倒，善观风色的张丰财自然全力奉承，捧得王太监那张僵尸一样的脸上，终于出了红润。

“哎，甭说了，再说就过了。现而今不能再拿宫里那些个事儿摆喽。张掌柜，这您和王掌柜的来我这小院，想必是想看点东西吧?”王太监说着仿佛不经意间一抖手，把盖在方桌上的一块白布掀开，下头盖着个红漆茶盘子，里头是一个茶壶、四只颜色不一的盖碗。“雍正描金黑釉八卦盖碗!”王文敏一激灵，张了张嘴，心脏差点从嗓子眼里吐出来！幸亏他反应快，立马用咳嗽声掩盖了自己的失态，心里有些个懊恼。

老时年间的规矩，古玩行的行里人，加上那些个打小鼓的，最忌讳看见一件珍品流露出惊喜、震惊的模样，因为这是做买卖，做买卖就得有章法。那当儿的章法规矩，自打古玩行出现那天，就这么定规的。一、防止主家看出自己表情，知道是异宝，漫天要价，不好往下谈买卖。二、买卖嘛，自然是希望能拿着气魄，多压价，低价收高价卖。不然，就买“炸”了。三、再一个，行里的老规矩，珍品物件太贵重的，不上手不知道真假，不能瞎惊喜，万一是假的，一个买卖就坏了自己的名声脸面，以后生意还怎么做？所以，无论买卖些啥，尽自看着古玩行这些掌柜的温文尔雅和颜悦色，有时候还笑呵呵的，脸面上的云淡风轻后头，还藏着东西呢！

张丰财听见咳嗽声，不经意一回头，极其轻微地笑着点头，递了个眼色。王太监凄笑道：“茶叶还没来，张掌柜也不是外人，我索性说了吧，现而今，爷落魄了，瞧见没有，可这玩意儿是真的！这都是我在宫里当差，皇上、老佛爷看我忠心，一高兴，特特儿赏下来的。哎，一晃三十来年喽。只是后来家门不幸，收养了俩孽子，把我整得毛干爪净，落到这么个境地！那当儿家里东西多，这两套上赏的瓷器，我也没在意，让他们打了几个，就剩这两对了，想不到您还看得上。不堪回首呐!”王太监复又惆怅起来，眼圈发红，掏出腰里水红的手绢，翘着兰花指擦了擦脸，像个大姑娘似的，看得王文敏直犯恶心，还不敢显露。

他接着说：“钱没了、地没了，连我那几处买卖、院子也没了，可爷这儿的玩意还有！我还想指着它们买棺材呢！值不值钱，我不知道，你们行里的规矩，我也不懂，可您二位都是行家，想必也不会骗我一个老棺材瓤子，嘿嘿，大不了我砸了它们，您也免开尊口，带着它们去阴间，继续伺候老佛爷、皇上去。您说，我有一句假话没有?!”到底姜是老的辣，起先，王文敏以为这老太监不过是个混吃等死穷摆谱的太监而已，这番有张有弛话里有话的表白，像拿根绣花针一下子扎了张、王二位掌柜的，激得他俩一疼一惊，就知道，碰上高人了。

明摆着，人家才是真正会谈生意的人，话摆在这儿啦，要不就实在点，见点真章儿；要不，连话也别提。

张丰财赔笑道：“王公公！您这是说哪里话！我们哥俩既然老远来拜访您老人家，必然是诚心诚意呢，哪能在您老面前显摆我们行里那些生意口儿？真要那样，不是关公面前耍大刀、孔圣人面前背三字经？自不量力！我这位贤弟的铺面比我的大，生意也好，自然不能白见您呐，哈哈。是啵，老弟?”张丰财回头一个眼色，王文敏立即起身笑道：“不敢当！公公见笑了，小店不大，能见公公金面，就是小的三生有幸!”

“不敢!”王太监打了个大大的哈欠，捂嘴妩媚笑了笑：“您二位算是有心的，既然诚心来了，这点儿小玩意，还不能入您的法眼，请尊驾跟我来，瞧点东西吧。”王太监颤巍巍起身，扶着桌子走了两步，猛不丁伸出左手，王文敏一愣，张丰财赶紧过去搀扶着，逗得王文敏心里一乐：这规矩，大概齐也是跟着宫里的主子们学的!

挑帘进了东屋，一股臊气夹杂着些许奇异的香气好悬没把二人熏吐了。东里间黑咕隆咚，窗户上糊的窗户纸严严实实遮蔽了大多阳光，南墙下是一盘土炕，上头堆着被窝褥子和一个小炕桌，上头摆了些破纸烂碗，靠西墙是俩老北京家常的榆木大躺柜，上头堆满杂物，打眼看，是些花翎、凉帽、腰带和不少瓷瓶子，西墙根下，是个大方桌，上头散乱着破书烂纸，北墙中间供着座黝黯的佛龛，香气，就是自佛前香炉飘荡而出。四壁、地下倒也打扫得干净，只不过薄衾素被、杂物凌乱，看起来潦倒极了。

王文敏刚进来，张丰财提醒道：“老弟，小心头顶。”一听这话，他抬头一看，咦？就见房梁上，吊着个大个儿的乡下人盛谷子用的“升”，外头红纸包裹严实，满是灰尘，像个小吊死鬼一样，冷冰冰瞧着众人……

屋里头潮湿冰冷、阴森潮湿，像眼前的没了活力行将就木的老太监一样，如同冰窖。一进屋，王文敏立即打了个寒战，等他瞧见屋顶上红纸包裹的“升”，更是匪夷所思。张丰财拽拽他，示意别乱看。王老太监盘腿坐在土炕猩红的棉垫子上，倒不在乎，咧咧缺了牙的嘴，捏着公鸭嗓：“二位爷，甭惊奇，那呀，不是别的，是我的‘宝贝’，嘿嘿嘿，呵呵呵呵！”顿时爆发了一阵又尖又细的狞笑。

“宝贝?”王文敏丈二和尚摸不着头脑。张丰财使劲儿冲他递眼色摇头，可惜屋里太暗，王文敏没看见。

“王掌柜，太监为啥叫太监？啥叫净身，您横是知道！”王老太监抽抽鼻子，在炕桌上的烂纸堆里摸索半天，摸出个珐琅烟盒，拿出个紫黑色的丸子，也不就水，扔进嘴里，使劲儿伸脖儿咽了，又咽了几口唾沫，摇头晃脑，拿水红手绢擦擦嘴道，“这是日本的烟泡儿，一个能顶大烟好几顿，哈哈哈，小日本也就这点子好。方才说到宝贝儿，其实呐，就是咱们男人裤裆里的玩意儿。打老祖宗传下来的规矩，公公净身，由内务府慎刑司下头的司刑处办理，其实呢，这血渍呼啦的，哪能在大内做？大内有万岁爷、老佛爷，周天神佛护佑着，断然不能见这样的腌臜活计，后来，都让北长街匠房胡同的会计司外办事处包圆儿给了刀子毕、净身刘两家，已然二百多年喽。净身完了，还得把我们裤裆里割下来的玩意儿，押在那里，等哪天巴结上了御前差事、有钱啦、告老还乡啦，得拿大笔银子去赎！人家两家那银子，赚海啦。这升也是人家给预备的，把宝贝用香油炸透喽，放上香料、石灰，百年不坏，取个‘升官升宝’的意思，光赎我这宝贝，就花了一千两！不介，等临死前儿，不把宝贝儿对准了裤裆摆正喽，下了阴曹地府，阎王爷看是个六根不全的太监，直接下令转世为驴为马，受千般苦万般难。哎！这么个断子绝孙的活儿，也不知道是谁琢磨出来的。我和李总管，都是刀子毕家里割的，一晃，这都五十来年了吧?”

王太监昏黄落寞的眼神里，透出无限感慨。他哆嗦着手，从炕桌上摸索了会儿，打开个暗格抽屉，取出件精致的小锦盒。王文敏眼前一亮，巴掌大的盒子，真漂亮！用六合如意天华锦掐金线彩绣而成，六角形，象牙别扣。王太监单手托着，卖弄似的在俩人面前晃了晃：“先瞜瞜这个。”张丰财舔舔嘴唇，像见了屎的野狗，眼珠子瞪得老大，笑呵呵咧着大嘴，就要双手接。王太监一手挡住了:“嗨,张掌柜,您这不对了,这玩意儿可贵,你们行里讲究不能手递手的规矩都忘了?”

“嘿嘿!”张丰财讪讪笑道,“您瞧,我这猪脑子!光顾着瞧您的宝物喽。该打!该打!那么地,您打开,我们瞧。真磕着碰着,我们可赔不起您!”

“那是的!这玩意儿可有来历,不是我倚老卖老吓唬你们,你们瞧!”说着老太监打开小锦盒,顿时盒里迸发出几道光华映得乌漆麻黑的屋里盈盈融融、闪烁不定,仨人脸上的种种神情,也被赤橙黄绿青蓝紫几色彩光映射得清清楚楚。

盒里紫红锦缎上,托着一枚男戒指,白金的,光看样式,就不是中土之物,仿佛欧罗巴洲样式。再看白金托上头镶嵌了一枚莲子大的花宝石!那宝石晶莹剔透、彩光萦绕自不必说,且底子极其细腻毫无瑕疵,里头水盈盈光润明泽,好似有道五彩水银似的活水在内流动环绕。稍稍转动,宝石的颜色便从艳绿变为海蓝,再转动,又从海蓝变为金黄,五色晶莹、瑞气光耀!

王太监得意洋洋地拿出戒指,戴在自己小指上显摆。二人深吸一口气,眼前的宝石在五色迷离中,好像有六道银光,每一道随着戒指转动,忽大忽小、忽明忽暗,像极了花猫的眼珠子!

“这、这是锡兰猫眼儿?”王文敏咽了口唾沫,擦擦脸上的热汗。

“不对,锡兰猫眼儿,以黄绿、棕黄色为上品,这种五色猫眼儿可闻所未闻呐!宝物!公公,您这颗猫眼,可是稀世之宝!”张丰财张嘴咋舌不已。

“哈哈哈哈哈,二位呐,你们还真该去廊坊二条瞧瞧。”王太监卖了个老腔,“这可不是猫眼儿!”

“不是?”俩人呆呆对视一眼。

“这物件,跟我十几年喽!光绪末年,老佛爷做了个蹊跷梦,说梦见了一尊骑着金毛犼的观音菩萨救了她老人家。李总管传了旨意,叫咱们在大内、颐和园、西苑、万寿寺等各处寻找,那哪儿能找到?还是王公贵胄、文武大臣们进贡了一堆,也不知道万岁爷说了啥,惹得老佛爷勃然大怒,那晚在西苑纯一斋戏台上,唱了整整两个多时辰的《打龙袍》,气得万岁爷坐也不是站也不是,凄苦难挨。连李总管也惹了不是,还是我,后半夜给老佛爷说了几个笑话,逗她老人家一笑,才饶了皇上这顿难耐,哎,万岁爷打小就苦啊。皇上知道是我故意插科打诨，转过天，偷偷派养心殿御前太监，赏了我这么个物件。这是打俄罗斯来的，是俄罗斯的皇上进贡给万岁爷的礼物，叫什么金绿宝石，咱们大清国，叫花宝石，比一般的锡兰猫眼儿可贵重多喽！万岁爷赏给我，那是天恩浩荡！不在乎值几个银子，这里头含着万岁爷的一片情谊呢！"

## 十三、将计就计

王太监这一说，张丰财、王文敏傻了。别说这俄罗斯金绿宝石他们二人连影儿都没见过，比锡兰猫眼儿还贵重，又是光绪爷御赐的、俄罗斯皇上送的，没个万儿八千银子，连上手都别想！

"哈哈哈哈哈！你们俩呀，见风就是雨！告诉你们，这御赐的宝物，你俩搬来金山银海我也不卖！我还留着它做棺材本儿呢，也算是光绪爷赐我的念想儿！有钱？有钱爷也不卖。"王文敏定定心，看着王太监把戒指从小手指上轻轻褪下来，放进锦盒，摸索着塞进暗格里，赔笑道："公公，您不愧是御前伺候差事的！您这货，太好、太贵重，我们搬不动，光看一眼就三生有幸了！不过，既然我们今儿来了，您这儿有您瞧不上的，随手赏我们几眼看看，小的们感激不尽！"

王太监含笑摇摇头，好像打了场大胜仗似的，一脸皱纹舒展开，眯眼微笑："王掌柜别往后退啊。东西有的是！可丑话说在头里，您可得给个价，不介，看来看去都看在眼里，我这儿没工夫陪您打镲呀。"

"那是自然，那是自然喽！我的公公，我这位兄弟，对宝石没那么在行。实话实说，人家是吃软片的，瓷器捂得也行。不像我，什么都是二五眼。您若是有，请出来几件给咱开开眼？价钱好说嘛，您横是不能让我们哥俩白跑一趟不是？"

张丰财这张蜜嘴会说，几句话说得王太监定了心："瓷器倒是有几件，怕你们瞧不上呐。软片？你们行里头指的是书画吧，我想想，好像有那么几幅画，放哪儿呢？嘚！箱子！"

王太监下了炕，在西墙根前头的大柜子里呼噜了一溜够，掏出一个长条木盒，慢悠悠稳稳当当盘腿坐定，一伸手从窗台拿过来个油乎乎的鼻烟壶，倒了些黑乎乎的鼻烟，猛然一嗅，品味移时。“阿嚏！阿嚏！真痛快！二位，您瞧瞧，这个怎么样啊？！”趁着王文敏谨慎打量书画、瓷器，张丰财冲王太监眨眨眼，诡秘地笑了。

张、王二人小心取过来那件长条木盒，一上手，沉甸甸的，轻轻抚摸，润如琥珀，再一看，色如紫玉，提鼻子一闻，一股淡然悠远的香气迸发。乖乖！是老金丝楠！盒子虽是素面的，可用的料子都是整板，不是拼接，古朴端庄大气十足，精铜小锁钥，华丽超群，不用问，单这个盒子，就是乾隆年间造办处的手艺！张丰财提着气，小心翼翼掀开盖子，里头是个黄绢包袱，紫红缎子捆着，一枚象牙别扣雕镂精致，紧紧束缚画卷。打开象牙别扣，里头露出天青色云纹锦包袱，明黄色缎条儿捆着，一枚碧玉别扣。王文敏一颗心突突着，双手解开别扣，才露出这幅画的真容。

看样子，这是幅大轴，长近五尺，一股深沉久远的气息带着异香和数不尽的沧桑岁月透过画轴扑面而来，画卷上黄绢题签，上头显见是乾隆爷那笔富贵帝王气的赵体字：宋马远溪山踏歌图！

王文敏惊呆了。

王老太监很满意王文敏吓呆了的傻模傻样，盘腿捏着鼻烟壶摇晃着脑袋，装腔作势吸了两口鼻烟，打了俩喷嚏，冷冷哼了声：“咋样啊！爷这里的物件，跟你们铺子里的不一样吧？嘿嘿嘿嘿！这物件在大清国那当儿，别说拿出来看，就是听相比你们也没听过吧？哈哈哈！不是我说大话，这东西，哼！有些人一辈子也没见识过呢！”

张、王二位掌柜肃然起敬，像面对真佛真神般连呼吸几乎也忘了。王文敏示意张丰财拿住了一端画轴，自己如同抱着初生儿子一样，轻轻拉动另一端。画，慢慢展开了……

这当儿，门帘一挑，不知何时回来的秋霞姑娘面无表情悄无声息端着茶盘子进了屋，看见眼前场面，眉头紧皱，手脚麻利，放了茶盘，举着两个青花细瓷茶盅袅袅而来，嘴里说着：“您二位喝茶。”就把茶盅不管不顾往前一递！王文敏没来得及看画，就觉手上猛然一热一疼，“哎呀！”手一颤，好悬没把画轴扔了，半杯热茶结结实实泼了他一手！

“这怎么话儿说的！”张丰财一激灵，一个海底捞月接过画轴，托着放进楠木盒里，托着王文敏的手端详。

“啪！”恼羞成怒的王老太监一拍小炕桌，颤巍巍站起身，单手指着秋霞破口大骂：“混账东西！你个小贱蹄子，哪儿哪儿都有你！！这么着急忙慌的，给你爹抢孝帽子去呐！你看看你那张憋屈脸，一瞅就不吉利！怎么着？吃着我的住着我的，还预备给我哭丧是怎么着？！丧家败运的东西！那年出宫怎么没饿死你！跑这儿给老爷我添堵来啦？还有脸哭？别他娘给我号丧啦！快去拿酱油呐！”这顿骂，什么难听话都喷出来喽，满屋里就听见王太监公鸭嗓子嗡嗡响。张丰财还没觉得，王文敏心里纳闷：王太监怎么对侄女儿这副嘴脸？

骂了半晌，本就惊慌失措的秋霞垂手低眉满脸涨得通红，泪水顺脸颊蜿蜒而下却无言忍受，那场景，实在令人心酸。听老太监说拿酱油，秋霞赶忙福了福身子，转身出去了。门外响起抽泣声。

“公公不必气恼！这都是我老弟没福气，哈哈哈，想看看您的珍藏，却让大姑娘烫了手！没啥！赶紧地，拿黄豆酱油冲冲，这法子我听老家儿说过，定然管用！您先歇着，尝尝香片，我闻着味不赖呢！怪也怪不到大姑娘身上！您呐，赶紧顺顺气！”张丰财赔笑打着哈哈，又去给兀自气得浑身乱抖的王太监呼噜胸口，拍打后背。

“王先生，酱油拿来了，您、您出来抹一抹吧。”帘子外头，秋霞凄楚带着哭腔小声说。王太监闻言起身又要开骂，让张丰财一把拉住，好言相劝，这当儿，王文敏托着手一挑帘子，出来了。屋外秋风乍起，吹得他一激灵，秋霞拿着破瓶子，可怜巴巴站在门口，蹲身福了福，王文敏尴尬地拱拱手，把手伸出来，一阵刺鼻的黄豆味儿钻入鼻子，冰凉乌黑的酱油顺手而下，一团团残迹像这座沉闷诡秘的小院，让人透不过气。

大概用了半瓶酱油，手上的热疼立即减轻了不少，也不知道这是谁传下来的法子，还挺灵！王文敏点点头，客气道：“劳您驾了！皮外伤，小小不言的，甭在意。”刚说完，就觉得胳膊被秋霞拉住了！顿时脑袋一炸，这是干什么？虽说民国了，可民间男女还是守着老规矩，陌生男女别说说话，就是有个肌肤相碰，传出去也是笑话呐！

“嘘！”秋霞红肿着眼惊慌地摆手，一手指指里间，一手在王文敏手上划拉着什么，冲窗户努努嘴，就是不敢说话。王文敏大惊，警惕端详了秋霞一会儿，见她毫无勾引妩媚之意，只是在他手上慌乱地划拉，不由起了大疑，思索着伸出好手，指了指，让她在上面划拉。原来，这女的还认字！

秋霞紧握酱油瓶，定定神在王文敏宽厚的手掌里写了几个字，立马收回手，站定了蹲身行礼，一脸难受、无奈和凄惶，缓缓回身去了厨房。如晴天霹雳炸傻了的王文敏呆了半袋烟工夫，脸色煞白，听屋里张丰财叫他，才稳稳神，冲秋霞背影深深一躬，眼神陡然变得又深又凉，转身进了屋。王文敏强作欢颜，手虽然不疼了，心里怦怦怦跳得厉害，回想秋霞在他手掌里划拉的几个字，瞅瞅眼前阴阳怪气的王太监和一脸温馨关怀的张丰财，好悬没恶心得哇哇大吐！

“奸谋、大骗、速归！”秋霞瘦弱而柔软冰凉的手指写的这几个字，不仅写在了王文敏手里，更如一根钢针，直直刺入他心里，激得他如夜遇恶鬼附体一样毛发森然、浑身冰凉。“贤弟、贤弟？”张丰财一拍神情索然古怪的王文敏：“怎么了？手好些了没？黄豆酱油治水烫，这可是在论的。我瞅瞅！”拉过王文敏的手装模作样翻过来覆过去看了半天，一面看，一面跟王太监交换眼神。

“哎，这是无妄之灾呐！”王太监龇牙笑了笑，“王掌柜的受惊喽！您看，这话儿怎么说的！让您受了那么大委屈，手还伤着了，我这个侄女儿和侄女婿，哼！不说这个喽，咱们看看画？”说着把古画递给张丰财，示意他打开。

已然心中雪亮的王文敏淡然帮着打开画，上头山峦浮动、流水悠远、树木苍茫、天青云雾果然气韵生动，连那些或是湮没或是残存的朱印和名人题跋也完整无缺，前、后隔水上密密麻麻如蝇附肉一般写满了乾隆爷那笔富贵风流体的楷书，全是他老人家看画时的感慨，天头、后尾甚至画中间的山水上也盖满了他的鉴赏印玺，闹得好好一幅名画成了戏台上的大花脸！

王文敏已经无心看画了。虽然他觉得这幅画端的是名家名品，即便是仿，也是精仿。此刻，画面上那些重叠起伏跌宕的远山近水丛林峡谷和人物点景，变成了五颜六色的小飞虫，带着恶臭腌臜的腥味儿，一起飞旋着、舞蹈着、跳跃着纷纷涌入他混乱的脑仁儿，毫无规律却极度混乱，一时间赤橙黄绿青蓝紫七色迷离，群魔乱舞、万虫蚁沸，表演着一幕幕可怖的活剧。而那活剧后头，却是两双蜿蜒吐信恶毒狡猾的蛇眼紧紧盯住了他这只可怜的猎物，流着毒涎的血盆大口正跃跃欲试！

王太监张嘴要了一万六千大洋，面对笑吟吟不语的张丰财，大起戒心的王文敏见招拆招，用"顺水推舟"之计，抱怨起了东家周大爷去欧罗巴洲乱逛，挥霍银子，几句话把买卖堵了个严严实实，叫方才还得意扬扬的王太监和心怀鬼胎的张丰财目瞪口呆。

没等王太监明白过来，王文敏掏出张票子，一脸诚挚拉着老太监的手："公公，说一千道一万，今儿能认识您，就是咱爷俩的缘分！来得匆忙，没来得及买点啥孝敬您老！这是我的点小心意，您别客套，咱们买卖不成仁义在。日后短不了要来拜访您老人家呢！您收起来，额，按大内的说法，是留着您赏人的，是啵？"

这招连环套打下来，呛得张丰财坐也不是立也不是，王太监眨了半天眼，深吸了口气，一瞧手里五十大洋的银票，想发脾气却一丁点也发不出来，突然有点抹不丢儿，说不上是酸是辣的一股热气直冲胸口，再瞅瞅暗影里横眉立目笑里藏刀的张丰财，长叹一声，期期艾艾说："这、这怎么好？一来就让您破费这么些，没这个道理哇！"

"让您拿您就拿着！知道您不缺这个，可是我的一番心意不是？呵呵呵，天色不早了，柜上还有事，我柜上那些小皮猴子，没我在，必定翻了天！我得回去喽，您呐好好养着吧，等哪天闲在了，您遛弯儿到琉璃厂，东街瑞古阁就是我的小门脸，您一定要去坐坐哟！张大哥，咱们也别耽搁王公公休息了！"说完拱拱手，拉着红头涨脸的张丰财出了正屋。

外头秋霞姑娘正对着一大盆破衣裳使劲儿，见状赶紧在围裙上擦擦手，冲二人点点头福了福身子。屋里的王太监哆嗦着手追到院里，俩人早已出门登车了。

"嘎嘎嘎、嘎嘎嘎"，落在那棵死眉瞪眼酸枣树上不知名的鸟儿扑棱着翅膀，瞧着风烛残年的王太监扒着门举着一张皱巴巴的银票和一脸大汗搓洗衣服的秋霞，欢快地叫嚣，一个猛子飞旋起身，在静谧干净的天空上翱翔翻转。

# 十四、意外之人

晚傍晌到了家，王文敏一口气松下来，他知道，今儿这事儿没完，跟张丰财的梁子算是结下喽！细细给王清太说了，老爷子不仅没大发雷霆训斥他一番，反而淡然笑了笑，吩咐儿媳妇烫酒炒菜。爷俩对酌谈心。

酒过三巡，王文敏气儿总算顺了过来，只听老爹言道："儿啊，你是我瞧着长大的，按规矩，虽然不是跟我学的徒，可你这脾气秉性，就随你娘！看着胸有城府腹有良谋，可忒宅心仁厚，又有点犟脾气，在咱们这行里头，你这脾性，也好也不好。倒回二三十年去，你做买卖必然比我强，可这个年月，咱爷们得多长个心眼儿呐。咱们是商人，尤其是古玩行，林子大了什么鸟没有?！光怪陆离离奇万变。就说岳掌柜的口碑不好，难道他生下来就是这个脾性？也不尽然。还不是见了银子钱两眼发直，一步步自己个儿走到这路上来的？我原先说跟张丰财来往要谨慎，能避则避，里头自然有缘故，不是爸倚老卖老，有些个人、有些个事儿，你得自己个儿学会咂摸滋味，爸老了，能看着你上马再扶一程，就算了了心事。天长日久，人心自现。不介，遇事儿单凭老家儿说着劝着管着，你永远长不大，也接不了咱们铺子这摊子。是不是这个理儿?"

"是，您说得对！儿子后悔，怎么早没看出他是这么个东西!"王文敏苦笑。

"嗨，这就是你自己妄自菲薄喽，谁也不是圣人，哪能都看得这么准？君子喻于义小人喻于利，说是这么说，咱们做买卖不就为了赚钱？可他这做法，忒不地道！再者说，跟行里人弄那么个局，当咱们爷们是傻子呢？可笑可怜！这种花活儿，早在宣统年间就有人使过，有些行里人上了当，以为悄没声的别人不知道，其实，天下哪有不透风的墙？咱们行早就传遍了。花俩钱找个落魄的太监，装神弄鬼拉人去看货，再说几段传奇故事，自己个儿在一旁敲边鼓，骗人买些个不值钱的赝品，自己跟太监分赃赚钱。买家呢，自己上了当为着脸面、声誉还不敢往外说，只好打碎牙往肚里咽，民不举官不究，葫芦提就让那些个脏心烂肺的坏人得了意！这路买卖，早在元明就有，也算是行里一种陋规。你既然见识过了，还能随机应变给他来个将计就计，以其人之道还治其人之身，还算机敏，也算九转丹成里头的一种学习！这世路上的艰难，早见识早明白，甭等着别人教！来，儿子，喝一杯！”王老爷子有些小得意，仰着脸举杯。

爷俩一饮而尽，王文敏舒了口气问：“难道没人捅出去公开，就让他们这个着骗人？”

“哈哈哈哈，恶人自有恶人磨！儿啊，你看着，就凭他这么做买卖，日后必然有个报应，善有善报恶有恶报，不是不报时候未到，不报己身定报儿孙呐！鼓词儿上的话，说书先生们说了那么些年，可不是瞎传的，你呀，就安安稳稳把咱们铺子生意做好喽。以后知道他是什么人就得了，往后瞧着吧。”

爷俩一直痛饮到三更天，才尽欢罢酒，各自休息，王文敏一腔子怒火郁闷算是烟消云散。

没几天，慢慢昼短夜长，天气渐渐冷了。这天下午，王文敏正在铺子里闲坐看书，门帘一挑，进来个人，门口小贵子面对面一瞧，大惊道：“您怎么上这儿来啦?!”只听一个绵软款款声音惊喜道：“小贵子兄弟?！哦，我是来找王掌柜的。”

王文敏抬眼一看，咦？怎么是她！来者正是南城烂面胡同王太监家的侄女，秋霞姑娘！一身蓝细布大褂的秋霞姑娘还是那副低眉顺眼却不卑不亢的神情，挎着个盖着花布的大竹篮子，款款福了福，站在当场直视着王文敏。小贵子急乎乎过来凑着王文敏耳朵：“掌柜的！她就是我说的那个领着我去鬼市儿上面卖过绢花的姐姐！”

“嗯?!”王文敏心里一沉，忽然回想起那日夜半三更带着小贵子去鬼市那番奇遇，当时小贵子要了一块钱买来送给自己媳妇儿的绢花！难道，是眼前这位清爽的女子所做?！

“王掌柜的，您别怕，今儿我来不是要后账的，也不是求您找补帮忙的。您是个良善人，我来，是特意来跟您说道说道其中的内情。”秋霞一说话，就低头看着脚上素面的布鞋，上头还打着个不显眼的小补丁，显得十分可怜。

"啊,那请姑娘坐!小贵子,快去斟茶!"王文敏喊道,秋霞缓缓坐了紫檀椅子,这边小贵子端着俩盖碗过来,喜笑颜开:"秋霞姐!上次在鬼市儿,就是我们掌柜的给的一块钱买了您几枝绢花,我师娘喜欢的什么似的!那天您穿的男装,离得远,我们掌柜的没瞧出来,姐,自打您搬了家,这都多少日子没见了,您怎么跟我们掌柜的还认识呢?!真巧!"

秋霞姑娘恍然大悟,当着王文敏不好跟小贵子攀谈,只起身福了福:"真是谢您!不瞒您说,不是您的一块钱,家里真有些揭不开锅了!我自己个儿做的小玩意儿,不值什么。您夫人要是喜欢,我闲了再做几枝送她。"

小贵子一脸喜悦,王文敏自然有数,原来那天他在救助故人,这小子,成!抬抬手示意秋霞坐下,指了指外头:"小贵子,我和你秋霞姐有话说,你出去招呼着客人,快去!"

"嗬嘞!掌柜的!您有事就叫我!"看着小贵子一阵风似的跑了,俩人对坐沉默。"您请喝茶。"王文敏轻轻说,看着秋霞稳稳当当端起来盖碗,撇撇茶叶,在唇上碰了一下,就放下了。真奇怪,这姑娘看着年纪不大啊,又不是什么大户人家,怎么神情里透着股落落大方呢?

"您今儿来是?"

"王掌柜的,那日在我家,真对不住!"秋霞起身稳稳请了个满洲蹲安!这把王文敏吓了一跳。这年月,说礼多人不怪,可秋霞的礼儿也忒多喽!就这个蹲安,别说一般人,就是亲贵王府的女仆们,也没做得这样稳重好看,没个十年八年的工夫,学不来!这个看起来貌不惊人言不压众的女子,到底什么来路呢?

王文敏不好直问,拱拱手道:"您客气!快起来!不是您那天故意洒水借机指点,我这点小买卖非得赔光了不说!"俩人客气一番,秋霞姑娘沉静地斟酌道:"话是那么说,可理儿不是这个理儿……哎,怎么说呢,我瞧出您不是那种掏坏的奸商,又让我叔和张掌柜借买茶叶撵走,可、可我一琢磨,不能让您上这个当啊!不瞒您说,我们家是穷困潦倒,可再穷,做这种损阴败德的事儿,非得遭报应不可!只好赶紧托间壁的二大妈去买了茶叶,我在大门口盯着,就怕您忍不住掏了银子。当时我也怕,没别的法子,只好泼了您一手热茶,趁着给您治手,急切之间才写了那几个字。哎,说起来……"她顿住了，一张脸涨得通红咬着嘴唇，泪珠儿就在眼眶里打转，看得出，她心里剧烈翻动，既不好说自己家里的苦处，也不敢痛斥叔叔的无良，还得把事情说明白，因此十分踌躇。

“您、您别介，别哭。我王文敏也是个爷们，可从来没见过您这种仁义良善、不同流合污却能救人于水火的姑娘！您有话就说，放心，您的话出您的口，入我的耳，再没有人知道！要是我泄露了，叫我……”

“您甭起誓！”两行清泪潸然而下，秋霞姑娘眨眨眼，掏出块帕子擦了，抽泣道，“我要是不信您，今儿就不来了。我前头说了，今儿来，一不是为了找后账，二不是为了求您央告帮忙。是说清楚这事儿。不介，我心里不安！”秋霞长叹一声，说出了原委。

秋霞，本是满洲镶蓝旗下，老姓瓜尔佳氏，自小没了爹妈，跟着舅舅过活。自小生活困苦，亏得她姥姥还活着，暗地里维护着这个小外孙女，就这么风里生雨里长，到了十岁多，因吃得差，睡得差，看起来还跟个小孩儿一样。说来也巧，那年内务府传了懿旨，宫里要选宫女，秋霞仨表姐都是娇生惯养的小姐派头儿，舅舅、舅母拿着当心肝宝贝儿似的，哪能送进红墙黄瓦黑阴沟的大内去吃那个苦？俩人合计，给秋霞捯饬了一番，把她送进了大内。

宫里规矩大忌讳多，秋霞挺走运，也许是领班的姑姑可怜她，分配她去储秀宫老佛爷自己设置的织染处干活，跟着些一辈子没出宫去的老宫女和全国招来的女工学习纺纱织线，没事儿学着做个小玩意儿、内绣荷包、绢花，或是进贡老佛爷赏人，或是偷偷托太监带出宫去，换点零花钱。她老实厚道、人也本分，吃苦吃惯了，来了宫里那么森严可怖，对她来说，能吃饱穿暖，还学了些手艺，不啻天堂喽。不到几年，秋霞的手艺就学出来喽。正赶上老佛爷七十万寿，内廷外朝热闹得一塌糊涂，憋着劲儿给老佛爷进贡贺寿。秋霞偷偷绣了一幅百鸟朝凤图送了上去，不知怎么得了老佛爷的爱，立即下旨召见，见其老实厚道，就留在了御前，伺候杂务。

李总管不是常说嘛，就是老佛爷宫里一条狗，也比外头的人尊贵。吃喝自不必说，就是穿戴，也远远压过万岁爷、皇后两宫，是大内的独一份儿。只要在老佛爷跟前儿得宠的宫女，伺候多年，必然受恩穿五福捧寿的绣花鞋，这双鞋一穿上，就成了身份的标志，无论宫中各处管事的、侍卫、内管领、小苏拉，远远见这种鞋一出现，得赶紧着肃立请安。秋霞得宠，却一点儿也不恃宠而娇，还是该干啥干啥。老佛爷老了，就爱个花啊草啊的，还爱打扮，秋霞的本事正对了她的脾胃。因此一年到头手脚不停地做绢花和各种小玩意儿，获得赏赐也不少。

深宫寂寞，宫女也不能出门，传递个消息啥的，只好通过太监，这一来一去的，秋霞就认识了当时任敬事房副总管的王公公。王公公虽说年纪大了，却是李总管的师兄弟，人性不大好，也不大坏，就相中了秋霞，要跟她结"对食"。

对食，还是个古词，打三代就有喽。夏商不可考，周武王灭了大商，周公旦定下传之万世的《周礼》，礼仪人伦也成了体系，宫廷才肃然整齐，阉人、宫女各有专责。不过呢，阉人都是男的，胯下的宝贝儿虽然没了，也是人身，宫女就更不用说喽，男女之事、人之天伦嘛，到了情窦初开，在宫内或是公公看上了漂亮的宫女，或是宫女爱上了利索的公公，也像外头青年夫妻似的，短不了有个亲亲热热的，虽说不顶真事儿，可心里毕竟有个依靠，两情也能相悦。暗地里，这就传下了"对食"的老规矩。这一传，就是三千多年。历代君主自己有三宫六院七十二嫔妃，对这些个身边的"猫腻儿"，也只好睁只眼闭只眼。

秋霞不愿意跟王太监相好，也不敢随意驳他的面子，只好以"叔、侄女"相称，短不了帮他洗洗涮涮。王太监知道人家不乐意，想使坏，还真有点舍不得，还时常给她传递些东西，送些吃食玩意儿，大面儿上照应着她。秋霞呢，像一株小草，依仗大树遮风挡雨。她在等着盼着出宫。

圣祖康熙爷阅读前代史册，对这种"永闭宫内"的规矩心里不安，于是传下圣旨：凡选取八旗宫女子入宫伺候，待二十五岁立即开恩放出，允许嫁给民人为妻。永著为例。

盼头是有了，不过其中也有不妥：那当儿结婚都早，女孩十七岁嫁不出去，就叫老姑娘啦。等宫女二十五岁出宫，早已过了结婚年头，能找到啥如意郎君，再者宫女出宫，宫内不过赏赐个二三百两银子，剩下的日子，也是够受。

等光绪三十四年，万岁爷、老佛爷两宫驾崩，宣统皇帝即位，隆裕皇太后看看境况不好，下旨遣散了一批太监宫女，以节俭用度。赚够了银子的王太监瞅师兄李总管都出去了，自己也告老出宫，秋霞自然也出了宫。俩人就此分开。王太监仗着多年搜刮的银子买房子置地，带着俩过继儿子在景山后街的大宅子里纳福。秋霞的姥姥早已去世，舅舅、舅妈待她也不好，在庆王府做了几年侍女，看看年华已逝，只好托亲戚找了个丈夫，也是穷苦出身，一把子力气，在南城拉洋车混嚼裹，人还不错，年轻体壮浓眉大眼的，老实安稳厚道，就是穷了点。秋霞一听就乐意，都是穷苦人出身，谁还嫌弃谁不成？小皇上退位第四年，俩人成了亲。

秋霞这就算苦尽甘来喽！俩人蜜里调油一样，把小日子过得有滋有味儿，唯一遗憾，就是不知道咋回事，一直没个一男半女。就这样，秋霞的男人也毫不在意，一如既往爱护着媳妇儿。后来因王太监被俩过继儿子败了家，孤苦伶仃一人，被秋霞偶然遇到，念着往日恩情，就认了王太监做叔叔，把他接到自己家来住。

王太监这一来，原本和谐美满的小家就乱套喽！太监嘛，本就是不男不女的阉人，最会拈酸吃醋、蔫损坏，自己个儿落魄如此，寄人篱下，更是酸甜苦辣五味俱全，气恼不已。把这些年憋得气和恨，一股脑发作出来！王太监是年老心不老，吃饱了闲着见天找事，指鸡骂狗、无事生非，把在宫里学来的那些尖酸刻薄好勇斗狠的话头一把把往外扔，什么菜淡了、茶浓了、饭凉了、说话声音大了，真把自己个儿当成了老太爷！这还不算，只要瞅见人家小两口一亲热，王太监就嚷嚷着头疼脑热、叫死叫活，非得恶心人家一顿才算罢休。

幸亏秋霞丈夫厚道老实，嘴也笨，根本递不上话，看着媳妇这么伺候老太监，爱屋及乌，知道他是风烛残年之人，就不跟他一般见识。不过老实人心里憋屈，只能下力气多干活，离得王太监远远的。这一番闹腾，好端端一个家，变得鸡飞狗跳四邻不安。邻居们大都指指点点，瞅着这一家子就奇怪，秋霞看看不是个事，只能搬家到南城烂面胡同，艰难维持。

王太监这种人，成天喊冤叫屈，说自己老不死，真应了，还真就病歪歪的不死！不仅不死，那些卖宅子的银子，让他把得紧紧的，一点儿不露出来，还成日介嫌秋霞两口子不会赚钱，让老人受苦！打去年开始，有个油头粉面装腔作势，号称文四爷的男人，也不知怎么知道了王太监名号，巴巴儿找了来，每次来，跟王太监在屋里关上门鬼鬼祟祟一说就是个把时辰，门缝里，还经常传出俩人诡秘阴险的笑。

## 十五、苦命鸳鸯

秋霞急问之下，王太监才说了实话，是号称贝子的文四爷要拉他跟张丰财一起，做局算计来收古董的客商的银子！秋霞的男人不懂，秋霞偷听了几次就明白了，这是做局骗人呐！那次秋霞瞅见王太监偷着往褥子里掖了几张花花绿绿的纸和票子，偷看了字码出来问了问邻居，是支票和银票！一张最少的就有三百两！

天爷！这王太监到底干了多少伤天害理的坏事，才得了这么多银子！秋霞心软，没敢给丈夫说，劝了王太监几次都让他臭骂一顿，正急得热锅蚂蚁似的惶惶不安，生怕被骗的人告了衙门，这平和的小日子眼看要玩完。不久前，文四爷领着张丰财过来认门，仨人关起门来密谋好久，才引出来后头王文敏被诳买古董，秋霞姑娘忍不住送茶提醒……

王文敏耳闻目睹，外头大白天的车水马龙一片热闹景色全都恍然不存，只有眼前这位身世凄惨悲凉的女子那如泣如诉、如哀如怨的声音声声传入心中，听得他心里一阵阵凄惶苦楚难耐！原来这花花世界灯红酒绿的四九城之中，还有如此生遭大难命运不平却坚忍顽强活着仗义慈悲的女人！看看自己一身的绫罗绸缎、满屋子古董玉器书画，想想自己家里老父在堂、儿女双全，尽享天伦之乐，再看看眼前之人，顿时酸楚心惊：老天啊老天，你为何如此不公！

“王掌柜，事说完了。本就是我叔叔犯了贪心，做下如此恶事，不瞒您说，我来，他们都不知道。方才说了，我来不是为了央告您帮助，您、您以后可千万小心，那个张掌柜……哎，我叔叔那儿，您也甭过去。只是这回损失不大,您可千万别上衙门口告状呐!”秋霞抿着嘴唇哀哀求告。

看着眼前的姑娘柔弱坚强中带着腼腆无奈和些许懦弱,王文敏感动得心中阵阵发紧,赶紧起身抱拳大大行礼:“大姐!哦,应该称呼您秋霞大姐,您是好人!您这份儿恩德和好意,文敏谨记在心,终生难忘!如此乱世之中,还有您如此仁厚忠义的女子,当受我一拜!”

“不!不!您、您别介!”有几个伙计探头探脑,吓得秋霞摇晃着手福了又福,喊道,“您这是折我的寿!我本就是个伺候人的,能有这么个家不易,您、您多包涵吧。时候不短了,我得走了!”说完挎着篮子,抹抹眼泪就往外走。

小贵子精灵古怪,在外伸头伸脑看着俩人言谈举止异常,早一步跨进来,拦着秋霞:“秋霞姐!您这是去哪儿?”王文敏也追了出来,扎煞着手左右阻拦,要掏银子。秋霞哪能要,又怕外人瞧见。还是小贵子机灵,接了王文敏给的一把大洋,拦了辆洋车,跑着送秋霞离去。不大会儿,小贵子蔫头耷脑回了铺子,把剩下的大洋给了王文敏,王文敏感叹不已。小贵子问:“掌柜的,你咋认识我秋霞姐的?”

王文敏默然不语,才将张丰财领着去王太监那儿收货的事儿说了明白。小贵子憋得脸通红,怒道:“这个不得好死的老杂毛儿!怎么不出门一个趔趄碰死!瞧着人五人六道貌岸然的,敢情这么没良心!您等着,这种狗东西,早晚不得好死!”

听了小贵子臭骂了一通,王文敏无奈笑了,伸手给了他个脑嘣:“铺子里不叫骂人,你这是跟谁学的?!行了,这事儿别出去乱嚷嚷,我琢磨着他们合伙做局的那些人,定然是不好往回找补!你知道不,咱们行里买卖玩意儿,全凭眼力。名气越大的越不敢让人知道买了假货呐!这帮子魑魅魍魉,就是瞅准了这个才敢骗人。以后,咱们爷们得多长几个心眼。不过,秋霞姑娘是个好人,你记着,咱们不能忘了她的恩德!”

“嗬嘞!掌柜的,您就瞧好吧,我跟秋霞姐好着呢!自小我就是她看着长大的,她跟大牛哥成亲,我还是‘压轿童子’呢!我大哥在车行,也跟大牛哥是拉过蔓儿的哥们朋友。嗯,掌柜的,现在不成,等过些个日子,我跟您去探望她,不介,我自己个儿去也行!南城我溜熟!不介咱们这会儿去,那个老不死的太监,还不得瞧出什么,欺负我秋霞姐?"

"那不能,你那个大牛哥不废了他?!"

"也是。不过,秋霞姐口风严实,她啊,吃亏就吃在这儿喽。"

王文敏叹息几声,招摇过市、诡计多端的文四爷与道貌岸然、笑面虎一样的张丰财,阴阳怪气的王老太监,打着旋儿在他脑中不断变幻着身影和嘴脸,只有秋霞那个淡然大方而坚韧的影子,让他敬佩中带着些许怅惘。

王文敏最近有些窝心,也说不清是为啥。王清太老爷子很康健,孙氏媳妇也还是忙忙叨叨操持家务,家里俩小孩上学放学嬉戏玩耍不亦乐乎。连张丰财也半真半假地跑来邀请他去全聚德、东来顺吃饭,王文敏百无聊赖地支应着,感到十分无趣,心里好像装着啥事似的放不下。

是为了秋霞那档子事儿。一万多银子呐,当时若不是秋霞提醒,万一自己脑袋一热,就得上当。想报答秋霞,又不知怎么办,送东西?人家跟你萍水相逢。送银子?人家是个小媳妇,家里男人知道了怎么办?先跟她丈夫大牛认识一下?王文敏把心事给小贵子一说。"您可别!"小贵子一张巧嘴说了一大通儿,把王文敏说得哑口无言,想了想,还真是!送银子送钱都不好办呐。

"您呐,别大张旗鼓,等立冬、冬至这些节庆日子,买点点心果品,带点银子,我跟您一块去,做局这事儿别提,一提准坏事,去了就说拜访王太监,这老梆子见了您,心知肚明,更不好开口,您顺风答音给秋霞姐贴补些,她没准儿就收下了!您看怎么着?!"一腔热心的小贵子卖了个机灵,其实他是想认了门,多去秋霞那里吃点好吃的,秋霞那包饺子、包馄饨、烤肉的手艺,可是在寿膳房偷学的呢!

"再说吧!"兴致勃勃听了半天,王文敏见外头来了客,立即恢复了淡然脸色,起身摆摆手,迎接去了。

过了些日子,梁老掌柜的二公子请他去前门外广和楼听戏,大轴是梅老板的《贵妃醉酒》。散了戏,王文敏看了眼怀表:才两点多点儿。铺子里没啥生意,他也有心出来散散,慢悠悠溜达了一圈,琢磨着买点东西,去秋霞家里看看。那当儿虽说有了东安市场、天坛市场,这前门外历经数次战乱劫难,还是继承了由打明朝开始的繁盛热闹,做买卖的铺子鳞次栉比接踵比肩,门挨门,户对户,大街上人马纷纷喧闹不已。

王文敏在兰芳斋包了几个点心匣子，又去五香斋买了些香喷喷的酱羊肉、酱牛肉和些大街上的干果子，溜达着进了瑞蚨祥，早有小伙计赔笑迎上来接了东西，帮着选了些衣料和鞋料。王文敏付了钱，小伙计提溜着送出门，早招手大喊蹲在牌楼下等活的车夫："嗨！过来嗨！伺候着这位爷！"

车夫是个约莫二十七八岁的年轻汉子，平头正脸，浓眉大眼大高个儿，宽肩细腰大长腿，隔着单薄的夹衣就能看到胳膊上敦实的疙瘩肉，一脸忠厚，拉着辆七成新的胶皮洋车，溜溜过来，一哈腰憨厚笑笑："爷，您上哪儿？"说着便晃着膀子轻轻接过东西。"去南城烂面胡同。好小伙，真壮实！"两臂酸麻的王文敏赞道，看小伙子把大堆东西归置在车厢里，码放整齐，迈步上了车，一抖大褂坐下。

"哦！烂面胡同呐，您给五毛钱吧，巧了，我也住那儿！爷您坐稳当喽！"说话间小伙子腰间向下一煞，脊背微微一俯，双手拢住擦得铮亮镶着铜活儿的车把，双臂一较劲儿，小腿轻轻努，大长腿迈开了，呼呼生风。这辆车又稳又轻又快，伴着一阵叮叮当当清脆悦耳的铜铃声，在大街上飞奔而去。

大街上，小伙子拉着一堆东西外加一个人，一点没觉得累，车轮飞起来一样。"让让、让让！借光了您呐！靠边点！"小伙子欢快地跑着，深秋初冬了，半件棉衣不穿，油亮的后脖颈子直淌汗，一边跑，一边拿毛巾呼噜一下子。

"这位爷，您、您这是去烂面胡同哪家啊？保不齐那人跟我住街坊呢。"

"哦，去中段那家，就是有个王太监跟他侄女、侄女婿住的那个小三合院。"王文敏理了理头发说。

车子猛然一顿，拉车的小伙子身子仿佛一沉，步伐一乱，车子抖了几抖。

"哎，怎么了？"王文敏身子一摇晃，赶忙扶着车椅问。小伙子并没说话，只是更深地哈下腰，大力拽着洋车开始飞跑。方才还笑语吟吟能答对几句的小伙子成了闷葫芦似的，一句话不说，直呼呼拉车。

"爷，您、您认识他们家的人？"低头拉车的小伙子闷声闷气问。

"啊？"王文敏一愣，"认识啊！他们家王公公算是我的……故友，秋霞姑娘也是个好人呢！秋霞姑娘身世悲惨，可为人忠厚正直，令人敬佩！我其实是专门拜访她。你们街里街坊的，日常也常来往吗？"

小伙子又不说话了，两臂较劲儿。憋了半晌，避开几个行人，抹了把脸说："来、来往，我们……熟着呢！比您熟！"王文敏奇怪，这话音儿怎么透着那么别扭呢？

洋车穿大街过小巷，快半个钟头了，小伙子沉默不语。王文敏坐在车上，也不好意思再问，以为是王太监名声不好，可车走来走去，他觉得不对劲儿！

"咦？我说拉车的兄弟，这、这是哪儿啊！你、你怎么把我拉这儿来啦？这算怎么回事啊！"南城的路，王文敏不是很熟，可等他看清了四周，是个人烟稀少的小胡同，便满心不乐意了。

"嘎吱"，洋车进了没有啥人的小胡同，拉车的小伙子小腿一使劲，腰里轻轻一顿，车停了。

"哎，我说，你这是？"看看四周没人，周围又是破屋烂瓦一片接一片，大白天都显得荒凉，对着这位五大三粗的车夫，王文敏顿时一惊，这大天白日的，莫不是要抢劫？小伙子轻轻放下车，哐当把王文敏震了一个趔趄，转身一把揪住了他："你啊，到地方啦，给我下来啵！"随着小伙子抖手一扔，王文敏跟个面袋子似的呼啦飞出去，哐！撞在墙上，撞得他七荤八素，四肢剧痛眼冒金星，大口喘着粗气，刚要爬起来，小伙子蒲扇似的大手早伸过来，嗵嗵给了他两个冲天炮！

"别！别动手！有话、有话好说啊！哎哟！"嘴里哀叫的王文敏哪受过这个，早已被打得抱头乱滚，"住手！住手啊！"小伙子也不知哪儿来这么大的劲儿，乒乓五四就是一顿拳打脚踢。

"住手？！你小子看着人五人六穿绸裹缎的，也不扫听扫听，她是谁？！"

"谁……谁？"

"你他妈说的谁？！"小伙子呸地啐了一口。

"秋、秋霞？"王文敏一头一脸的土，眼睛肿得桃子似的，哀哀问道。

"那是我媳妇儿！"

"啊？！"摇晃了两下，阳光闪了闪眼，王文敏脑袋一阵眩晕，昏了过去。

半根烟过去，满身伤痛的王文敏才忽忽悠悠醒了过来，睁眼看那小伙稳稳当当蹲在地下抽烟盯着他呢，吓得就要起身，一动"啊呀！"叫出了声，这才觉得全身酸疼不已，摸了摸脸，看看日头，才知道还活着呢。一问才知道，这位敢情就是秋霞的丈夫大牛！王文敏又惊又喜又气又恼，断断续续把前因后果一说，大牛登时目瞪口呆。看看自己下手重了，大牛狠狠抽了自己俩耳光，道歉不止，赶紧拉着他去了自己南城撂跤的师兄那儿上药。上完药，大牛悔恨交加，把王文敏送到家，一个钱没要，红头涨脸跑没了影儿。

躺在炕上，王文敏跟老爹王清太说了原委，闹得王清太也哭笑不得。这儿子起小就主意大，虽说学徒出师都没让自己操心，也算干练，不过做事还透着嫩点。见其伤痛，想训几句，又舍不得又心疼，早把一腔说教丢到东洋大海去喽。爷俩闲聊几句，说起通天犀，还是没人知道真伪。王文敏叹气，跟老爹透了底：他想报答秋霞，同时也想叫王太监瞧瞧通天犀，打探一下来历，毕竟人家正格做了多年的敬事房副总管呢。

“哦……柳暗花明又一村！行！儿子，你比爸想得周全。既这么着，还真不能不去。嗯，你好好养伤，过个十天半月，我和你一起去。你不说小贵子跟他们家熟悉？让他带路，咱们来个冬日访古！哈哈哈哈，甭看爸老了，应对王太监这路人，可比你小子有法子呢！你啊，慢慢学啵！”孙氏媳妇端着滴了香油热腾腾香喷喷的鸡蛋糕站在屋外直抹泪，听屋里爷俩又说又笑，心里直打鼓。这爷俩！儿子挨了顿胖揍，咋还说笑着这么高兴，真是一对失心疯！

南城撂跤师兄的金创跌打药还真灵，王文敏这皮外伤，第二天就消了肿，第三天褪了色，五天头里，已然复原了，活蹦乱跳地上了铺子。跟小贵子一说要领着老掌柜一起去探望秋霞，可把小贵子乐坏了，连王文敏伤势都忘了问，一个劲儿蹦高，好悬没让王掌柜骂一顿。

定了日子，王清太让儿子买了礼品，换了出门衣裳：深蓝缎子的灰鼠皮袍、银灰出风的马褂、灰府绸裤子、双道梁棉鞋，上头一顶暖帽，戴上老花镜，捋捋胡子。王文敏一瞧，老爸还真有派！王清太笑笑：“人靠衣裳马靠鞍。儿子，你不知道，宫里的太监，最是势利眼儿，不捯饬好点，他们哪只眼也瞧不上。快去，你也捯饬捯饬。”王文敏暗笑不已，也换了衣裳，早让小贵子套好了车，仨人坐了车，直奔南城烂面胡同。

天气渐冷了，大街小巷的人们也换上了冬装，碧蓝碧蓝的天空下，吸溜着清凛的空气，熙熙攘攘又说又笑。立冬了，人们立即感到年节的迫近。老时年间，冬至、端午和春节，是老北京百姓们最重视的三大节日，一年到头的辛苦奔波，无论穷人富人，都得在冬至这天吃顿香喷喷的饺子，再过腊月里形形色色为阴历年预备的种种活计，虽累，可心气儿也足。不这么着过，仿佛这六百多年天子帝都，真没了味儿似的。

走了大概小半个钟头，这辆大骡子车穿过闹市、大街，才来到了烂面胡同。这回不是走的张丰财拉他来的那条路，是从大街过来的。可煞作怪，今儿也不知道怎么了，胡同里穷人，住户的老少爷们，连带大娘、大妈们都穿着破衣拉撒或是补丁摞补丁的棉衣抄着手约好了似的挤在那里七嘴八舌窃窃私语说着什么，堵了大半条胡同！

赶车的把式喊道："嗨！我说老少爷们都让让嘿！都让让！借光了您呐！"骡子车越往里走，人越多。离着秋霞姑娘家不远，更是些不知道打哪儿来的人热锅蚂蚁似的人山人海拥挤不堪，有些个还风言风语直骂。车停了，王文敏一掀帘子，一股冰凉夹杂着馊臭味扑面而来，还隐约有些线香的气味。瞅瞅小贵子，也傻愣愣不知所以，搀扶着王清太下了车，小贵子仿佛看见鬼魅，吓得浑身一颤突然一指大门口："老掌柜、掌柜的，您瞧！"

大门口挂着白纸糊的丧吊子！这是老北京家里死了人才挂的玩意儿！王文敏顿时心里一震：难道是王太监……挥挥手，赶紧让小贵子钻进人群问个明白。爷俩站在车旁，面面相觑，要是王太监没了，也真不凑巧，刚好过来谢谢秋霞，还不能言明，再一个打探一下那支犀角的来历，怎么说没就没了？

"掌柜的！掌柜的！！坏喽、坏喽！！"一头一脸热汗的小贵子从人群里挤出来，面带哭声，眼泪哗哗而落。王文敏大惊，扶着老爷子一把抓过他问："小贵子！到底怎么了！快说啊！"

再也忍不住的小贵子捂着脸蹲下号啕大哭，边哭边嚷："大牛哥！大牛哥死啦！"

## 十六、离奇暴死

登时如头顶炸了个焦雷的王清太、王文敏爷俩面面相觑：壮得跟牛犊子似的一条汉子，怎么说没就没啦？这也太不可思议了。王文敏急切间方寸大乱，被突如其来的变故搅得一团乱麻，抽身就要挤进人群进门，让一旁王清太老爷子死死拉住了。

听门外看热闹的老少爷们说了半天，爷俩才明白了大牛死因：今儿中午大牛拉车回来，给媳妇儿买了槽子糕和山楂糕，还给王太监带了包茉莉花茶，王太监自然也欢喜。小夫妻俩坐在院里说话，秋霞从厨房端了碗开水，给坐在东厢房房檐下的大牛喝，只穿着薄褂拿毛巾擦着胸脯、肚腹的大牛嫌热，顺手放在板凳上，又说了几句，大牛喝了半碗水，正准备帮着媳妇做饭，突然脸色大变，捂着肚子哎哟哎哟叫唤起来！王太监不知就里，还隔着窗户问了几句，是不是赶着回家喝了凉风，再喝热水必然肚痛。秋霞也吓得扶着丈夫问询。

没等半袋烟工夫，一脸扭曲疼痛难忍的大牛碰翻水碗，双手抱着肚子躺倒在地，大叫“肚子疼啊，疼啊”，满院乱滚、哀嚎不断！秋霞顿时大哭起来，抱着丈夫惊慌失措，哪能拉得住？只能眼睁睁瞅着大牛头拱地狠抓肚子疼得乱滚哀嚎，哇哇惨叫。不多会儿，死命抠着肚子像是要扒开肠子的大牛手刨脚蹬，口吐污血，一个活生生的人竟是死于非命！

这当儿，四周的邻居们有的听了信儿，就来帮忙，挂了丧吊子。可大多数邻居都狐疑，平日里身体倍棒一身腱子肉的棒小伙怎么喝了半碗水就肚子疼死了？有几个多事的，飞身跑去车场子告诉了大牛的师兄弟，还有的要去报告巡警阁子，

“这小媳妇儿，我就没瞧见她笑过！谁知道是这么个人！”

“您还别这么说！知人知面不知心！上回我还让她给补了衣裳，瞧着挺安稳的啊！”

“安稳?！四嫂子，你知道个啥?！别瞧她成天介大门不出二门不迈，家里来的男人就没断过！可怜大牛那小子傻实在！”

“二大娘，您可别糟改人家！这是哪儿跟哪儿啊。不是说里头有个公公嘛，不定是找他的！”

“找他的？找他干什么？横是没好事！太监啊，都没屁眼！”

“没屁眼？敢情人家上茅房，尊驾你瞅见啦?！”

“我琢磨着也不对啊，昨儿还好好的，就是听见大牛跟媳妇儿吵吵了几句什么，今儿怎么就死了呢?!”

“是啊！大妈，大牛这小子壮得牛犊子似的，今儿上半天我还在胡同口见他，瞧着没什么啊，说给媳妇儿买了点吃食，怎么回来不行了？我看，这里头别是有什么事儿吧！”

“不介！”一个穿着大棉袄四十多岁马脸女人吐了几口唾沫抹了抹头发，冷哼几声，“我就说死得蹊跷！我在间儿壁，上半天大牛回家还好好地跟他女人说话，一会儿就听院子里哎哟哎哟地喊肚子疼，那声音，跟杀猪似的，不大会儿就传出嚎哭声，人就死了！我让我们家二小子赶紧找他们车场子的人去了，我看，这女人不地道，得赶紧报告巡警阁子！”众人沸反盈天说得吐沫星子横飞，满没把三个陌生人放在眼里。

不一会儿，车场子和警局来人进了院，王清太沉吟片刻，也领着王文敏小贵子进了院。院子里还是那样破败，境况让三人吃惊。

秋霞姑娘一个人坐在个小木头板凳上凄厉大哭，声声哀切，直叫人肝肠寸断！身边围着几个大牛车场子里拉车的兄弟们，为首的三十多岁，一脸小白麻子，虎眼牛唇十分凶恶，站着丁字步掐腰严词质问着啥，不时用脖子里黑黝黝的藏手巾擦擦热汗。东屋蒿草萋萋残破房檐下，斜摆着个没上漆的榆木条凳，一边地下，一个摔碎了的粗瓷大碗，里头是些冒着热气的清水，一旁地下泥哄哄的杂乱，好像人滚过一样，还有些暗红色可疑的呕吐黏液，看得人直犯恶心。正屋里摆着个铺板，上头躺着个人，身上盖了床被子，看不清啥样，只在东屋里传出几声虚弱而嘶哑的哭叫，谁也听不清说的啥，一听，是王太监的声音。

几个呆头呆脑的巡警见此场面也吓得不轻，四处看看，实在不得要领，为首的警察咋咋呼呼吼住众人嘈杂声，问了秋霞几句，哭得死去活来的秋霞哪还能说出话，急得警察也无法，只好进屋查看尸身。王清太、王文敏便以世交好友的名义，也跟着一起进屋查看。警察上下打量他爷俩几眼，见二人穿戴不俗，听王文敏说了身份，警官点点头：“也是！这年月，还有您这样仁义的买卖家儿，不易。可私情归私情，公事归公事，咱们瞅瞅尸身去。我看，不成就得尸检呐，这档子怪事，在咱们南城多少年可少见！”

小贵子扶着秋霞在前头领路，吴警官、王文敏、王清太和车场子的小头头，进了堂屋。大牛的尸身脚冲北头冲南，正蒙着被子停在门板上。东屋里的王公公嘶哑着嗓子嚎叫着啥，一见俩人顿时瞪大了眼珠儿，嗷嗷直哭嚎，全身抖动，显见是年老之人伤了心。王文敏跑过来也顾不得满屋骚臭味，握握他冰凉的手，示意老爹进来看看，王清太却摆摆手，叫他先来看尸体。

屋里一片死寂，初冬的寒风吹得窗棂上破纸呼呼啦啦，屋里本来阴暗，白惨惨蜡烛上的幽光也一跳一跳，众人无不起栗！小贵子年纪小，秋霞伤心过度，都不敢看，麻脸过去冲尸身念叨了几句，又在头前的供桌香炉里插了三炷线香，这才轻轻揭开大牛脸上盖的被子……

几个人侧身探头观瞧，警察本职所在，瞪大了小眼定睛细看，不看则已，一搭眼，顿时大叫一声“哎哟我的娘！”扑通瘫倒在地！连带拉车的小头头、王文敏和隔着手指缝偷看的小贵子无不惊呼失色！连见多识广的王清太也吓惨喽！

躺在门板上的大牛因是暴死，还没来得及换洗装殓衣服，光着脚穿了件家常布鞋，灰布裤子上满是泥泞，上身一件薄夹衣，一双暴露青筋的大手死死抠着肚子，已经僵硬得掰不开了，胸腹的衣服被撕裂成条条缕缕，破成大洞，露出结实健壮的腱子肉，肚子上块块腱子肉被抓得血肉模糊，左手的手指甲里，还夹着肉丝，显见是剧烈疼痛让大牛忍受不住。奇怪的是，大牛胸前和脖子上已然长出了些葡萄大黑斑，上头还往外冒着腥臭的血水。脸上更惨不忍睹，一张脸扭曲得五官挪移，面目浮肿、口歪眼斜，面皮紫黑色，眼鼻耳朵内津津污血显露，唇口上微露齿痕！一双大眼挣满了血丝，黯淡无神却凶气十足死死盯着众人，死不瞑目！

明显的七窍流血中毒而死。

警察们二话不说，冷冷瞅瞅秋霞，二话没说便把她铐上带走了，留下俩人看守现场。王清太爷俩连话都没来得及递，只能看着秋霞被抓走。院里院外的老少爷们更是哗然，都纷纷乱嚷秋霞是毒杀亲夫的凶手。

王清太见王公公悲伤过度，家里没人支应，大牛车场子里的兄弟们虽然人多势众，可秋霞被抓，他们也拿不出钱来办丧事，大牛挺尸在家，也不是个事儿。便拿了两张银票,叫王文敏在此支应大牛丧事,自己去铺子里照应生意。车夫头含泪领着兄弟们纷纷忙活去了,王文敏托了个邻居赵大娘,央告邻居几位嫂子过来帮着端茶倒水打扫做饭。

天色渐晚,王文敏屋里屋外忙得脚不沾地,总算人心齐,有钱好办事,棺材、灵堂、白布连带烟茶酒水都已预备齐备,邻居大娘嫂子们,先帮着给众人做饭熬粥,院里也颇热闹。小贵子只苦着脸蹲在那里,给大牛不断上香,半晌才开口:"掌柜的,您说秋霞姐真能下毒害死大牛哥吗?她得什么时候才能出来?往后可怎么活呀!"

"是啊……"王文敏心里苦涩,往后?现在这场大难都不知道怎么过去呢!拍了拍小贵子脑壳,俩人站在屋门口,远望黑漆漆没有星光的夜空,苦闷难挨。

夜色浓重,小院一片惨白而死寂中,透着众人诡秘的语言和机械的动作。经过一天的忙活,丧事算是在王文敏的指挥和麻脸众兄弟的大力协助下,办得像个模样了。小院门外挂着丧吊子和两只素白的大灯笼,因为家里有王公公算是老家儿,按老规矩,小辈儿死在老人前头,是不能大操大办的,加之王公公病入膏肓又受了惊吓,秋霞姑娘含冤入狱,本就连个亲戚都没有的大牛这场丧事,只能草草预备。

秋霞两口子没孩子,连个打幡摔盆的人都得现找。也是小贵子有情有义,为了多年来大牛哥和秋霞姐的照顾和幼年时的亲热,主动承担了"孝子"角色,连他哥哥亲自来祭奠劝他,也是宁死不改。这性格儿,合了麻脸、王文敏的脾胃,因此都对这个十几岁的小孩另外看待。毕竟除了他,再不好找哇。这下子,泉下有知不到三十的大牛,有了这么个十七八的大"儿子",也该瞑目了。

邻居几个大妈大婶来帮忙十分踊跃,蒸馒头、熬粥比给自家都用心,伺候着俩留守的警察大爷也舒舒服服。明摆着,王文敏出的这二百大洋在琉璃厂算不上啥,可在南城烂面胡同,一条胡同的穷哈哈也不定能凑出一百大洋呢!一个巡警每月不过才五块钱薪水!谁见过那么多银子?一筐筐的水果、点心、白面、猪肉、蔬菜、纸马香烛搬进院子,川流不息的人群,总算给死寂的院子增添了点儿人气。那些大娘大婶连吃带拿的,自然皆大欢喜。

王文敏没闲着，溜溜儿跑了半天，找官面和熟悉的遗老遗少们给秋霞说情，大人老爷们都忙着喝酒打牌，谁顾得上什么春霞、秋霞的？有个熟悉的坐办老爷嬉笑道："我看呐，王掌柜您就是多管闲事儿！中华民国这十来年，老百姓可倒了霉啦！年年打战天天死人，死个把人算个啥?！死了，埋了就完了，您这么非亲非故跑来跑去的，这不是给咱们找麻烦吗！碰！"一边跟几个花枝招展女人打牌的大人仿佛没事人一样在牌桌上挥洒汗水，上嘴唇一碰下嘴唇，那人命就如树上掉落的树叶子、茶杯里蹦出的茶水一样轻贱，不小心打扰了他的雅兴。

一条人命，还比不得他们在灯火华丽的酒桌、牌桌、舞厅和大烟榻上玩乐重要呢！忧心忡忡毫无办法的王文敏回了王家小院，默然神伤。子时三刻，夜色越发浓重。帮忙的人都回家了，只有俩警察在东厢房门口坐着抽烟，一边盯着门口，一边盯着正屋。帮忙的穷兄弟，在院里搭起的简易的棚子里喝茶闲聊，这棚子也是棚匠师傅们的手艺，几根杉杆一插，搭上布就是屋子，里头摆了吃食茶水，初冬的天气里，挺温馨。

小贵子在正屋里穿着孝袍子守着架在长条板凳上那口规整的大棺材：上了五层大漆，说不上是杉木十三圆儿，可也不赖，正经的整副板子，虚掩着棺盖，因怕后头还得验尸，盖子还拉出一块，露出棺内盖着被子的尸体。棺材前头是个简单的灵堂，小桌上摆着五供、点心香茶、香炉白蜡，两旁是彩纸扎成的纸人纸马，前头是个大火盆。小贵子跪在草毡子上，又难受又辛酸又困，把一张张纸钱扔进盆里，还得时刻注视着供桌上的香炉，香快灭了，就得赶紧补上。据说，这也是老年间的规矩：怕本家断了香火。

王文敏满心愁苦坐在东厢房里，照顾着奄奄一息的王太监。心里一阵阵凄凉：看这架势，说不准这家人都要毁了！这香火，不定怎么样呢！可怜秋霞、大牛夫妇俩老实厚道、与世无争，怎么就落得如此下场！

一阵峻削的北风呼呼吹过，屋里屋外一片刺眼的惨白纸活儿、白幡漫天飞舞飒飒作响，一股阴森森冷气扑面而来，院外没有路灯，漆黑一片，绝大多数人都在睡梦里做着高兴或是悲伤的事情，毫不顾忌外面北风猛烈得呜呜作响。小胡同里活人归于安静的同时，很多暗夜里出现的幻影或窸窸窣窣不知名的东西，在黑暗世界里来回乱窜，偷偷窥视着这座狂风中的小院和其中快要睡着的人们。院里那些白幡、白帘、白纸糊的纸人纸马，手艺精湛栩栩如生，也正瞪眼微笑，静静注视这个大祸临门的家。

“哗啦啦！哗啦啦！”像是有什么人用手抚摸着它们，仔细听，风声中仿佛透着隐隐不知是哭泣还是大笑的声音，隐隐约约远远近近四处流窜，在院子里流连不舍。猛抬头，星月无光，死沉沉的天空，死沉沉的街巷。连平时敲梆子的更夫也不知道是不是因为怕冷，躲到哪儿喝酒猫着去喽。还不如酸枣树上的一群乌鸦，冷冰冰俯视眼前这个小院、这群人……

棺材前的小贵子打起了盹，王文敏也支撑不住，眼皮千斤重，使劲儿睁眼看看外头悄无声息，院里的人窃窃私语。炕上两床被子下王公公皱纹堆积蜡黄的脸毫无血色，只有轻轻的呼吸声，才能看出这是个活人。实在困极了的王文敏慢慢睡着了。王太监睡不着，昏黄眼眸里凄零零的光芒快要散了。

迷迷糊糊的王太监想解手，看看王文敏睡沉了，又不好意思叫他。此刻一阵冷风猛灌进来，正屋里昏暗的白蜡烛立时像被掐住脖子忽明忽暗瑟瑟发抖。王太监正努力起身摸索着床边的粗瓷尿盆，耳中猛然听见一阵吱吱啦啦的声响。他激灵灵打了个冷战，哆嗦着身子瞧瞧往外瞭望，空洞的眼神刚有了点儿活气，忽然，又一阵吱吱啦啦的声响传来，是、是棺材！

棺材里头，好像有只耗子在扑棱！不，不是耗子！王太监蜡黄的脸渗出豆大冷汗，惊恐地注视着，心里一惊，热乎乎的尿液涌了出来，原来，那没钉死的棺材盖，缓缓移动了……

## 十七、剧　毒

“诈、诈、诈尸啦！”

看见大牛尸体一跳一跳出屋的几个守灵人早已瘫软如泥、魂飞天外，屁滚尿流连滚带爬四散飞跑，整个烂面胡同响起了恐怖凄厉的声声惨叫！

屋里的王文敏被一声声惨绝人寰的惊叫震醒，看王太监睁大眼歪在床边口歪眼斜，知道是惊风，忙不迭扶正了他，朝他脸上喷了口凉茶，王太监这才有了点呼吸。来不及细想，他一步跨出东里间，一把拉着睡得迷迷糊糊的小贵子进了东里间，把凳子放在里间门口，似乎这样就能挡住诈尸。

"掌柜的，这、这是咋了？"还在梦乡的小贵子睁眼看看，听着外头一声接一声凄厉惨叫，立马儿有些惊慌，往外一瞅，妈呀！棺材里的尸体呢?!

"你大牛哥诈尸啦！"王文敏在东里间心里如焚，四处低头找能当武器的家伙，满头冷汗也顾不得擦，可转悠了一圈，啥也没找到，只找了个扫炕的短柄笤帚，慌里慌张拉着小贵子向外张望。

大牛的尸体，站在院子中间，似乎不动了。只两条小腿上绑着的红绳剧烈抖动着：这是老年间棺材铺售卖的物件，专门给死人绑上，防止诈尸。

王文敏见尸身不倒，心下大骇！紧紧抓着瑟瑟发抖的小贵子不敢言声。心里默默求神拜佛：祈求佛祖显灵保佑平安！

"当！当！"屋里的座钟又赶着寸劲儿响了两声！午夜两点，正是月黑风高之时。大地被苍劲北风吹得令人胆战心惊，星月都藏到云背后去了。院外声声惨叫惊醒了一家家邻居，可昏暗的油灯又很快被噗噗吹灯声熄灭，夹杂着一片片关门闭户插紧了屋门的凌乱声。平日街巷里几只肆无忌惮飞奔的野狗野猫也嘶鸣哭嚎着躲进了暗处，不敢声张。

就在这万分危急之刻，院外忽然传来一声嘈杂人声，透着慌乱："在哪儿呢?！哪儿呢?！"

"那儿呢！您瞧！我的妈呀！真、真、真他妈诈尸啦！"

"老爷子！您可不能进去啊！这、这都诈尸啦！"

"是啊！"

是一群人！王文敏心里大喜，来人啦！

不知谁的几声训斥，外头慌乱声音停了。王文敏磕完了头，隔着窗户纸缝隙张望。门口出现了一个人！这人五十开外，身高马大，神色庄严，一身银灰团花大褂，套着绛紫马褂，脚穿双道梁大棉鞋，头戴礼帽，左手大拇指上一枚晶亮的大扳指在暗夜里发出幽光，右手提溜着一根白银把手的文明棍，往那儿一站，仪表堂堂、气宇轩昂、不怒自威，稳如泰山一般！

“屋里人听着！别慌、别乱！别往外跑！”老先生声如洪钟大喊了几嗓子。

“听、听见了！您、您老快想办法吧，屋里还有仨人呢！”王文敏提着气壮胆子喊道。大家还没看清是怎么回事，就见一道人影“嗖！”一纵身来到死尸跟前，挡在正屋门口！死尸往前就要扑过去！电光火石间，就见老人右手一提，大吼一声如同江海巨浪，朝着死尸胸前“啪”就是一掌！

“扑通！”众人耳轮中一阵巨响，再看大惊大喜，大牛死尸被老人一掌拍出去四尺多远，嘴里噗噗冒出腥臭的污血，如一堵矮墙一样轰然倒地！

“好功夫！好胆量！”

“老爷子真功夫！不减当年啊！”

“厉害！这才是真格儿的能耐！孙老爷子！您老还硬朗啊！”院外一群人呼呼啦啦七嘴八舌叫起了好，听着都是些警察和些大着胆子来看热闹的老少爷们，几位相熟的还打起了招呼。

跑进来的几人之中，王文敏认识，就是他白天求的那位警察坐办。只见他小跑进来恭恭敬敬伺候着方才那位老爷子，王文敏也随之出屋问安，等坐办大人一介绍，他才恍然大悟：这位艺高人胆大的老头正是前清南城巡察御史、现今京师治安总顾问，孙德胜孙老爷子！

孙老爷子寒暄几句，大起疑惑，顾不上说话蹲在地下摸摸大牛的脉搏，片刻起来勃然大怒，扫视了一众面面相觑、肃然恭听的小警察，张嘴就骂：“混账东西！就会坐在办公室里打麻将看公文，脑袋瓜子让狗吃啦?！你瞅瞅，这人到底怎么回事儿！”

被骂得丈二和尚摸不着头脑的坐办老爷赶紧蹲下，手放在大牛的手腕脉搏上片刻，大惊失色瞠目结舌，苦叫道：“这、这人还有脉呢！他、他没死！”

“啊?！”王文敏和闻言跑出来看的小贵子面无人色对视了一眼，目瞪口呆。院里的人听了这话，全傻了眼。孙老爷子略一思索，立即派坐办拿了自己的名帖，去南池子请前清在大内伺候差事的周太医。其余人赶紧把大牛尸身抬进屋，收拾凌乱的院子。孙德胜背着手，盯着东厢房门口那堆碎碗片儿和木凳子，皱眉打量了屋檐好久，起身过去，借着惨淡月色和灯光，抬头看着屋檐上的蒿草和破瓦若有所思。

王文敏紧跟过来，看来看去，也没看出个所以然来。孙德胜自言自语："怪哉！"转身回来，像是自言自语又像对着王文敏说："这帮警察孙子！越活越回去了！就知道看宅门，欺负欺负老百姓！连勘验现场都七颠八倒！哎！真是黄鼠狼下崽子——一代不如一代！"

王文敏莫名其妙，他继续念叨着："狱事莫重于大辟，大辟莫重于初情，初情莫重于检验。盖死生出入之权舆，幽枉屈伸之机括，于是乎决。法中所以通差今佐理掾者，谨之至也……"忽然一转头问王文敏："先生读过吗？"

王文敏一愣，赶紧思索了半天，从小念的经史子集诸子百家也不少，可今儿一是因为吓得神魂飞散，再一个忧心秋霞生死，脑子里竟然一片空白，只能讪讪赔笑："老先生高才！叫我文敏就好。我、我实在没听过，只是这话，仿佛是古人断狱的词吧？"

孙德胜寿眉轻轻一挑，展颜笑了："王掌柜聪慧。不怪你没读过，这是我们警政勘验的老祖宗，宋朝宋慈老大人《洗冤集录》里的话，我当年做巡察御史还念过学过。刑狱是什么？关乎人命生死存亡，岂能不慎之又慎？！精之又精！你瞧瞧现在这帮徒子徒孙，哪一样学到了？闹得七颠八倒糊里糊涂，又岂会没有冤狱？民国了，都时兴改良，老百姓说得好：改良改良，越改越凉，冰凉！"说罢摇头苦笑。

俩人聊了一会儿，孙德胜和王文敏进了屋，棺材空着，大牛被放在西屋炕上，不知道换了多少盆水，麻脸他们才把大牛擦洗得干干净净。脸色还是那脸色，狰狞可怖。掀开被子，其他地方还是青紫不定，只是脖子下头、胸口那些葡萄大的黑斑成了黑紫色的疙瘩，往外冒腥臭的血水，孙德胜趴下看了看，摇头不语，又让王文敏帮着给大牛翻身，查看了他的脊背、下身和脚趾。

"老爷子，您瞧，这是病还是毒？"

"看样子，是中毒！"王文敏听了心里一沉，孙德胜接着说，"可这毒据我看，太奇怪了。"孙德胜扫视周围一圈，看了看屋顶，毫无线索。出来边查看屋子边沉吟道："大凡民间投毒谋害人命，多是砒霜。然大剂量砒霜中毒，人死状可怖，却绝没这么快出现尸斑，尤其是初冬！再者，砒霜性味酸苦、不溶于水，放入白水中，显而易见。一般凶犯，会投入药物，怎么会傻到放到白水里？还有，砒霜服下，会有呕吐和剧烈腹泻。刚才我们看了，这人喝白水暴死，既有奇怪尸斑，又没有腹泻症状，恐怕不是砒霜。”

“莫不是鹤顶红？”王文敏记得古书上写过的毒物，赶紧问了一句。

“鹤顶红？”孙德胜一笑，“王掌柜，你是读书知道的吧？鹤顶红虽是剧毒，可绝不容易得到，其毒跟砒霜一样，是一类，叫红砒，只是百炼成鲜红色，别说民间轻易见不到此物，就是王公贵胄也不易得到，是宫廷才有的秘制毒药之一。”

一听宫廷，王文敏立时想到了东屋里住的王公公。孙德胜却摇摇头说明，王公公没有杀人动机，且鹤顶红毒发后，跟砒霜类似，不会出现这种死状。王文敏可算开了眼界，听孙老爷子在屋里详细分析案情，又将鹤顶红、孔雀胆、断肠草、雷公藤、乌头、鸩酒、牵机药等等古往今来的剧毒之物的性味、味道、配料锻炼方法、毒发时间、毒发情状、死后惨状和尸体情状一一解说一遍，心下敬服暗赞：这才真正是才学渊博办案的行家里手！

说来说去，都不是已知的毒物，到底是什么呢？连孙老爷子也难住了。

老迈年高的周太医来了，嘀嘀咕咕埋怨了很久，才明白不是叫他来给死人看病，颤巍巍扶着孙子和孙德胜进了屋。也是巧，东里间的王太监不知怎么听见正屋说话，拼了命扶着小贵子起来，尖着嗓子大喊：“是、是周太医来了?！周太医？周老爷！”

周太医往屋里瞧，大惊失色：“谁？是王公公不是?！啊呀！王公公，您怎么上这儿来住啦！您吉祥！”

王公公趿拉了鞋子，眼泪汪汪出屋拉着周太医就不松手喽。俩白发老头执手相见，感慨万千，泪水四溢。原来，俩人还是熟人！当年周太医在宫里伺候老佛爷、万岁爷，王公公没少照应他，大清没了之后，俩人起初还来往，后来王公公家遭变故，才断了。周太医先给王公公开了两副补中的药，再看大牛模样，凭着中医“望闻问切”四诊法，衰老的周太医倒吸了一口冷气！咋舌不已，转头问：“什么时候死的？生前吃过什么没有？”

王文敏大声说了死前情状，又招呼车夫头进来，问了问。他挠头想了半晌：“没吃啥啊，哦！想起来啦，老先生，我们几个头晌午，一人喝了几碗豆汁，我吃了仨焦圈，大牛吃了一个，就跑去买点心啦。您看不是豆汁……”

“豆汁?”周太医拧着老脸摆手制止麻脸,念叨,“怪哉! 怪哉!”

“太医,您瞧有什么不对吗?”孙德胜刚给王文敏说了怪哉,不想周太医也说,可到底哪里怪呢? 周太医摘下眼镜,挽起大马褂袖子,掏出块手巾擦了擦鼻子嘴,趴在大牛身上从头到脚闻了一溜够。看得王文敏心里暗笑:这哪是看病,跟兽医闻死猪似的!

周太医不慌不忙甩着老腔调:“剧毒入体,生死攸关!”

“到底是什么剧毒?”众人问。

周太医摇摇头沉思片刻,侃侃言道:“诸位,不是老朽多言显摆。自轩辕黄帝之前,我华夏就有了医、药,三皇体念众生生老病死,才有了先圣神农氏遍尝百草,点查九州草药,才有了后来化育万民、济世救人的医道。我中医治病,讲究标本兼治,固本培元之法。单说中毒,不必查《黄帝内经》,单《神农本草经》《千金方》中多有记载。大体毒药之分,无论草、药、矿、石、麟、虫等,皆有寒热之分。所谓寒热,非日常所言之寒热,而是指毒物入脾胃后,上下四周贯通,以期冲贯十二经脉,大害五脏六腑之谓。其热毒,上蹿肝脾胃,周蹿太阳经、少阳经,表征就是面目皮肤红肿、眼如火发、肛门突出、七窍喷血、肠穿肚烂,一命呼呜。其寒毒,上蹿心肺,周蹿太阴经、少阴经,表征则是遍体湿冷、色如凝霜、口唇苍白、昏迷不醒、体如卧病、气息微弱,而神魂俱灭! 世间大多毒物,都是如此分辨。如砒霜,乃是热毒;蛇毒,则为寒毒。常人一旦服用暴死,验尸之时就能区分喽。可是,此人所中之毒,奇哉怪哉!”

“嗯……难道是寒热毒皆有?”孙德胜思索着问。

“那倒不是,这显见是热毒攻心,毒入五脏! 须得……一件万中难见的宝物可治。”

“什么宝贝?”孙德胜急问。

“通天犀!”

## 十八、起死回生

一听通天犀,别的人目瞪口呆不知所措,王文敏顿觉五雷轰顶般惊掉了魂，满头热汗有点失态，赶紧问周太医原因。原来是豆汁阴差阳错替大牛挡了死劫，不知名的剧毒被大牛腹内的几大碗豆汁药性冲突，龙虎缠斗，毒物虽猛，架不住豆汁寒凉，不仅降低了毒性，还把些许剧毒“表”出了体外！真是天下之大无奇不有！

然而通天犀是什么物件，连孙德胜也闻所未闻，众人亦喜亦忧。正焦虑，王文敏心一横咬牙说：“周太医，诸位！我、我有通天犀！”

“啊?!”众人惊呼，仿佛看见厉鬼一样盯着王文敏。他鼓起勇气扫视了众人一眼，仍抱拳在胸：“救人一命胜造七级浮屠！我不敢夸口，我与王公公、秋霞姑娘、大牛兄弟萍水相逢，非亲非故！可见孙老、周太医、坐办大人诸位，与他们家素昧平生，都能急公好义古道热肠，救人之所急，我难道就不能拿出宝物来救人?!”

他说得毫不做作，竟是有情有义一脸仁义之色，连周老太医也禁不住感动得眼涌热泪，接连对孙德胜道：“哎！好人、好人呐！这位王掌柜别看年纪轻轻，竟然有古豪侠名士大仁大义万金救难之风，当受老朽一拜！”孙德胜也大为赞同，禁不住拉着周老爷子冲王文敏深深拜了下去！

来不及细说，王文敏亲自坐了周太医的马车，回家取通天犀。警察坐办觉得很不靠谱，说道：“周太医，这玩意管用吗？不成，咱们把这小子送到医院去吧？北京城里洋人开的医院这么老些，还愁找不到个会治疗中毒的？我听说，协……”

谁知话音未落，年迈的周太医“啪!”猛然一拍桌子，双目如电恶狠狠盯住坐办大人，众人大惊。“大人！我今儿是看着孙老爷面子来的，你们既然相信洋人的医院，不如早作打算！恕我才疏学浅技艺不精，告辞！”说完提溜拐棍拉着孙子不管不顾就要走。

孙德胜狠狠瞪了坐办一眼，心说这可把周太医给得罪喽，训道：“你呀你！不懂就一边儿凉快去！净给我惹事！”孙老爷子假装生气，做出恼怒模样，把坐办骂了一顿，撵出屋，自己不得不小心给周太医赔礼。

周太医面子找回来了，兀自气得手脚冰凉、两眼圆瞪，怒气冲冲挥舞手里拐棍大声道：“这帮年轻人！什么都是洋人、洋人，成天介洋人这个好、那个好！连医术也是洋人的好！难道泱泱中华上下五千年黎民万众，不是我中华医术自炎黄以来的千万种医药，都是洋人那套妙手回春、治愈保全的？！真是混账！西医治标小术，中医标本兼治，史册医书斑斑可考！秦汉隋唐以来各家先贤治疗著述甚详！现而今可倒好，别人没来打，咱们自己先把自己医术打倒啦！闹得七颠八倒误人子弟！你问问他们，《黄帝内经》《伤寒杂病论》《医方精要》《本草纲目》都不中用啦？就靠洋人拿着刀子剪子锉子锯子把人当畜生一样胡砍乱割才是正办？！荒唐啊荒唐！岂不知连美利坚开国大总统华盛顿氏，就是西洋庸医滥用无知医法，以至于伤寒小病暴死，还来教训荼毒我中华医术，真正不知廉耻！”

这顿骂，简直把三千年里的老话给掀出来了。也不知道周太医哪来那么大的气性，痛斥了两袋烟工夫，才在孙德胜低声下气安慰下劝和好了。

回到家的王文敏把事情给老爹王清太一说，王清太沉默良久，半晌才笃定地说："救人！"他一拍桌子站起来，下了极大决心才颤抖了晃着步子进了里屋，摸索了半天，出来把那只诡异的"五毒捧寿"盒子递给王文敏，沉重的声音压了块巨石般说："文敏！救人一命胜造七级浮屠，那是老话儿！既然花小钱淘得了这件宝物，咱们平常人家，怎能守得住？应该把它用在当用之处！钱咱们不缺，这个要买他们家也没这个钱！就算咱们送他的！周老太医说得对，孙思邈真人有言：人命至重，有贵千金！物件再好再贵重，也是物件，咱们虽是商人，却绝不是那种见利忘义贪婪无耻之辈，也绝不能做见死不救之事！此物价值万金，也抵不过一条性命。唉……就算毁了它，能救大牛的活命，此物之主望月神犀在天有灵，于九重天界俯视世间，知道它的角能救人活命，也定会欢然欣慰，不负它当日艰辛苦修，修悟成真，道合天然脱去皮壳，飞升而去的一片苦心造化之功吧！"

王清太叹息泪流，捧着盒子沉痛无比，喘息间继续说："即便是救不好，也能为咱们杏林验方，做一次验证，记载下来，流传后世，令后代医家得其经验，造福民众，岂不是件大好事？比它单做古董的价值高得多？天意呐！我看……值！"

王文敏见老爹悲恸过度，赶紧扶住想劝慰什么，张张嘴却什么也说不出，只大声叫道"爸！"就哽住了。

王文敏回了南城烂面胡同，把盒子交给周太医，周太医摸着蓝花包袱，看看孙德胜,做梦一样揉揉眼,两手抖动摸索了一遍,稳了稳鼻梁上的眼镜子,颤巍巍打开包袱,露出那个“五毒捧寿”的盒子。一入眼中,他“啊!”了声,跟孙德胜对视一眼,两位老爷子都倒吸了口冷气!这俩人身份虽然不同,可都是老年间过来的人上人喽,什么珍宝古董没见过,单看这件盒子,就知道是大内出来的,不光如此,其中所藏物件极为珍贵。

“吧嗒”掀开盒盖,露出了那支万中难见的通天犀。周太医眼珠子瞪得老大,抱婴儿一样把角托在手里,小心翼翼生怕碰坏了,又闻又摸又蹭,老泪纵横。通天犀温润如墨玉、遍体通透、挂着层厚厚琥珀色浓浆,仿佛挺身展现自己神秘而诡异的身份。周太医看了半晌,突然一愣,不相信似的揉揉眼,拿手帕擦了擦眼镜再看,顿时眉头紧锁,疑心大起。

“怎么了?!你老看,是不是哪里不对?”孙德胜忙问。

“怪!真怪!”把角放进盒子,周老爷子摸了摸前头俩葡萄大的空窝,闭目摇头念叨,“通天犀,望月神犀飞升后所遗,色如玛瑙、精如琥珀、味淡而质坚韧,中有贯通首尾之白线如游龙入海!可、可这犀角中间怎么是黑色的线?”

王文敏听此言跟老爹说的一样,大惊失色,赶忙问:“难道是假的?!”

“不!”周太医笃定地大摇其头,“不是假的……也许是老朽孤陋寡闻,这物件可不假,只是跟书上说的不一样呐。”

王文敏看炕上的大牛情况确实不好,口鼻里又渗出污血,气息越来越短,催着周太医动手,并把老爹王清太舍宝救人的话说了。闻听此言,孙德胜深沉地点点头,极为欣赏的眼神盯着王文敏,久久不放。周太医也长叹道:“世间还是有见义忘利的大家啊!王掌柜不必担忧,这角如此珍贵,也不是全用,只用少许粉末即可,您二位以为是天桥打把式卖艺售卖的大力丸呢,一个核桃大?这物件宝贵就在于其药性浓烈,解万毒而去热毒,一支角都要给他吃了,那此人死得更快喽!孙子,拿锯来!”

本以为要把通天犀毁掉的王文敏闻言大喜过望,用一丁点就能解毒救人,两全其美嘛。赶紧帮着小孙子从药柜里取出个小锯条,周太医指挥俩人一个摁、一个锯,顺着椭圆形角底部,轻轻锯下来薄薄一片。

“就这么一点儿?”孙德胜也傻了。

"对，就这么一点儿！"周太医扎煞着手高兴得脸上放光，跃跃欲试，"我可只是听闻，从未见过此物救人，今儿大家要开眼啦。"指了指放进盒子里的角，"王掌柜，这个原物奉还，老朽多年来得偿所愿，没白活！您收好！"

周太医先用小银锉，把通天犀薄片磨成粉，放进兑了乾坤露水的茶碗里备用，吩咐王文敏、孙德胜俩人，把大牛衣裤褪去，用少量无根水将其全身擦了一遍，再用乾坤露将大牛身上冒血的斑痕处擦拭一遍，又拿出几枚晶亮的银针、两枚金针。以金针刺百汇、膻中，银针刺十二个大穴，直到涌泉。手指轻轻捻动同时，吩咐屋外小贵子，将王公公药端了去喂他，让小孙子从药柜里找出个十分精致的白银小铫子，约一尺长短，寿桃形状，里头隐隐篆刻着"平安万年"四个字。

"这是给老佛爷熬制汤药用的。"周太医略微小小得意，擦擦手，看看大牛无碍，亲自把茶碗里的通天犀粉倒入银铫子，又加了些乾坤露，"不瞒你们，宫中煎药与外头不同，除特用滋补药外，不像外间那么泡制，全都是猛火大煎熬，旁边站着监视的太监和医士，药好了，用干净白布拧出两杯，一杯我们开药、熬药的医士、太监们先尝尝，没有妨碍，剩下那杯才进承御用。哎，那规矩，大喽！去，看着药，滚两遍加一次乾坤露，再出锅。"

屋里众人都紧盯着小孙子煎药，连小贵子喂完王公公，服侍他躺下，也来凑热闹。银铫子中水开一遍，忽然散发出一股浓郁而略带辛辣的香气，似檀非檀、似麝非麝，过于降、速、沉种种名香。顺风飘过，院里屋里的老少爷们闻了，精神一震！乖乖！这才是宝物，连味道都这么奇怪！水开两遍，又加了些乾坤露，炉火甚旺，水又滚了。那奇异的香气弥漫四散，充满院中，提鼻细细嗅嗅，更令人飘飘然心旷神怡，连树上的几只乌鸦也嘎嘎被熏得陶醉了。

"啪嗒！啪嗒！啪嗒！"东厢房上头，不知什么东西扑扑啦啦掉在角落尘埃，陶然神爽的众人并没在意，只有耳聪目明的孙德胜一转头，扫视了一眼，却没发现什么。

"出锅了！"周家小孙子快陶醉了，晃晃头，把通天犀水倒入茶碗，捧宝贝一样捧进屋。众人紧张地围过来，茶碗里半杯色如琥珀样的浓汁，晃一晃闪人眼目，略带辛辣，浓香扑鼻。周太医示意把大牛躯体扶起来，右手拿根白银筷子，轻轻插入他口中，一挑，左手顺势一按咽喉，大牛张开大嘴。

“吹吹，灌进去！”

小孙子吹了会儿，端碗过来凑到大牛唇边，轻轻一斜，便将通天犀浓汁给大牛灌了下去。“咕噜……”大牛咽喉一动，药液咽了下去。孙德胜、王文敏小心放平大牛身躯，给他盖了被子。收拾好了物什，周太医坐在椅子上提笔思索什么，屋里其余众人都大气不敢出，紧盯着呼吸平顺的大牛，生怕错过了起死回生的时刻。

桌上老式座钟筛面似的“当”猛然响了一下，下午一点了。

两刻钟过去，大牛脖子上、胸口那些紫黑色可怖的黑斑，不知道咋回事，抽丝剥茧一样，渐渐淡了！

这是好现象。不大会儿，大牛手指甲、脚指甲也慢慢恢复了血色。周太医惊喜不已，赶紧掀开被子，就见大牛皮肤下头，好似有几道细密而缓缓流动的血管在急速飞奔，纵横交错，那皮肤慢慢变成白玉色，润泽通透，肉里血管越发明显。

“奇妙！”周老爷子咽了口唾沫，微微俯身，指点道，“诸位，瞧！药力生效了！天意！上天护佑！”话音未落，原本狰狞可怖嘴歪眼斜一脸青紫的大牛面色青红不定，时而扭曲时而平静，看得出难受得厉害，嗓子眼儿里咯咯作响，腹部、胸口的腱子肉也骤然缩紧，身子一扬一扬挣扎，口鼻、耳朵、眼中流出星星点点的污血！

“快拿恭桶来！”周太医叠声叫道，众人赶紧四处找盆、桶。“恭桶?!”离屋门最近的小贵子翻翻眼皮疑惑。

“就是尿盆！”王文敏惊喜交加大喊。小贵子转身飞跑出去，在院子里踅摸了一圈，把秋霞洗衣服用的大木盆端进来喽。盆刚放下，周太医示意孙德胜扶起大牛，再也忍不住的大牛眉头紧锁，不管不顾闭眼张嘴“哇！”一股又黑又绿的黏液自口中直射而出，一股浓重的腥臭顿时充满屋子，好似千年大粪万年茅坑，熏得众人无不掩鼻皱眉，纷纷躲避。

“拉了！快预备炉灰！”站在炕尾的周家孙子捂着鼻子鼓嘴大喊，拿出条手巾围在嘴上，帮着孙老爷子扶住魁梧的大牛。周太医来回穿梭，将大牛身上金银针拔下来，也顾不得腌臜，一会儿看看他吐的黏液，一会儿看看他屁股下的大便。

好嘛，大牛这通上吐下泻，直吐得昏天黑地口鼻窜血，拉得日月无光污秽满炕，连院里也串了味，闹得院里院外臭气熏天，不知道的还以为这里是加工猪肠子的作坊！院里帮忙的警察、大嫂子先才闻了通天犀香味，又被臭味一熏，无不掩鼻乱窜，有些胃浅的捂嘴找了墙角大吐一番。等小半个时辰过去，上吐下泻的大牛，总算平息下来。周太医过来按了按脉搏，细细观察了他身上，连烟卷烫了手都没发觉，激动言道："神了！真神了！可见古人诚不欺我！诸位请看！"

大家赶忙凑过来瞧，上午还面目狰狞肿胀肢体可怖的大牛，虽说还气息奄奄面如金纸，细观却呼吸平稳、顺畅安眠！身上紫黑色斑点全然不见，再按脉搏，已然由脉如游丝渐渐宏大有力。这人，八成能活！

"奇迹！奇迹！"周老爷子花白胡须抖动，片刻断然喊道，"此刻毒性大除，最为紧要关头！千万不能大意！我写仨方子，一个回阳散，一个补中汤，一个十全大补汤，来个人，陪我孙子一起去西鹤年堂和同仁堂分别抓药，快回来急煎！来个警察，劳驾去街面儿的杂货铺，买几个药锅，孙老在此跟我看守，王掌柜！劳您驾，告诉外头帮忙的人，预备一大碗滚白水，加点白糖，再煮一锅稠乎乎的小米粥备用！"

等收拾妥当，王文敏给二老送了茶，亲自检点白水、米粥。孙老爷子忽然问了一句："这水和粥不是在东厢房屋檐下烧的吧？"

"不是！老爷子，您放心，那块被巡警们用石灰画了圈，我们不敢进去，这是在当天院里现搭的炉灶。"孙德胜点点头，转脸问周太医："周老，这病人用十全大补何必再用补中益气汤呢？"

周太医捻须笑道："孙老也懂岐黄？这就是其中的门道喽！说起来此人毒性虽已大解，然犀角本为大凉之物，通天犀就更凉。大凉解除剧毒，两下里在他腹中争斗多时，才排泄出来，此人命大不死，已是万幸！必然大伤元气，五脏六腑自不必说，三焦之气也必然不足，似这样奄奄一息之人，如果不加调理补充，也是个废人了。先用回阳散定住他的元阳正气，再用温补法，以补中益气汤慢慢往回补，等三焦气充盈、五脏妥帖，再以十全大补勘定五脏六腑，正气充盈四肢百骸，古人云：气为血之帅，血为气之母，气赖血以附。

正气充足而旺盛，新血才能周游回流全身，病人则可祛病延年。这也是元代李东垣前辈温补法的精髓之所在。至于能不能痊愈，除了我的医药，还得看这小子的造化喽！”

孙德胜与王文敏拱手称赞：“受教受教！”

不知是通天犀灵药神奇，还是大牛身子骨壮实，服了一帖药，他竟然慢慢有了知觉！等掌灯时分，大牛竟然慢慢睁开了眼睛，虚弱迷惘中带着疑惑，喘息道：“这、这是哪儿？你、你们是谁啊？”

人救活了！

## 十九、勘验现场

消息顿时传开来，屋里屋外连带东屋里吃了药回阳的王公公都大喜过望！看热闹的人群议论纷纷，都说是神物降毒，神医救命，连死了的人都能救回来，这份起死回生的戏法儿哪朝哪代也没见识过！小贵子抱着王文敏喜极而泣，号啕大哭。屋里院里一众人等才觉得肚饿，王文敏乐得脸上放光，抱着紫檀木宝盒出来吩咐人招呼大家拆了灵堂，赶紧收拾做饭！

延至半夜，恢复神智的大牛直叫肚饿，小贵子喂了他一碗小米粥，饭后又是一帖补中益气汤，安稳睡了。三更了，夜色如墨、星光黯淡，屋里点了灯，忙活了一大天的周老爷子、周家孙子和小贵子都有些瞌睡。王文敏领着小贵子硬搭了张铺，请周老爷子睡了，周家孙子、小贵子趴在炕头休息，自己熬不得夜，也打了好几个哈欠，却见孙德胜目光炯炯，端坐如仪，望着东厢房上下打量，不知思索什么。

“您老还不闭目休息会儿？”王文敏凑过来。孙德胜笑笑：“不困！老了觉少。我像您这么大年纪，一个案子白日黑天的忙，哪顾得上睡觉啊。哈哈哈，王掌柜困了就歇息吧，这几日劳累你了，如今像你这样古道热肠有情有义的年轻人，真是少喽！”

王文敏对孙老爷子似庄似谐的话头不敢应，觉得这老爷子挺有意思，连坐办那么大的官儿都对他恭敬得吓人，满耳朵都是他威名，可看起来，此人也不是庙里判官似的不通人情，又夹着一肚子学问，真不能小窥呢。大为敬佩的王文敏，也有心相交，点头笑道："您老既不困，我陪您聊聊吧。"孙德胜划火点烟，深深吸了一口："也好！咱们有缘在此相识，就是缘分定数。我啊，还真有些事儿给你念叨念叨呢。"

爷俩对坐抽烟，聊起了京城和南城一带的古记儿，孙德胜算是本乡本土，又办案多年，世事洞明、人情练达又渊博多学记性好，四九城里的奇闻逸事、悬疑古记、风土人情、民俗规矩、官场兴衰无不门清儿，随便聊了几件就让王文敏大开眼界兴趣盎然，说了半晌，又说到光绪年间悦来客栈那件奇案，王文敏也听傻了，屋外风声萧索，不由得起了身鸡皮疙瘩。

"您说的这事儿太诡异了，按说砚台没那么个儿的，就算有，也不是明清以来的玩意儿。哎，世间之大无奇不有，古有包公包龙图他老人家日审阳、夜断阴，说不定，这种奇案，也只有他老人家在世能审得清呢。"

孙德胜无奈一笑："嗐！几十年前的旧事了，我一直放不下，冤死的人一死，凶手到如今也不知所踪，连凶手是谁都不得而知！若老天有眼，让我活着能把此案终结了，也算不负当日皇恩厚德喽！不说这个，比如说此次大牛这事，王掌柜怎么看？"

王文敏心里一紧，知道这是替秋霞申冤的好机会，思索片刻，走到东屋看看王公公已然熟睡，便悄悄放下门帘，回坐，俯过身，把秋霞、王公公、大牛的关系脉络详细给孙老爷子说了，最后长叹一声："孙老，您就叫我文敏吧，一家小铺子，我做掌柜，起头又是打天津卫来的，不敢说攀附您，今日听您一席话，胜读十年书！京城里的事儿日后少不了请教您，您老是这么客气，我就不敢说话了。"

"原来如此！也是苦命人呐。"孙德胜望着幽幽烛光，叹息良久，诚挚言道，"蒙你高看，我就叫你文敏，你就叫我孙大叔吧，日后有用得着大叔之处，我必然义不容辞，京城里这些大大小小黑白两道，还算给我点儿薄面。嗯，咱们就说此案。"俩人聊了很久，王文敏心里不得要领，一心想为秋霞洗去嫌疑，孙德胜却似成竹在胸，说，"文敏，请借你宝物一观。"

王文敏麻溜儿把宝盒捧给孙德胜，俩人在烛光下，对着颀长的通天犀静静欣赏了好久。孙德胜凝神细思，喃喃自语："毒物到底是什么呢？嗨，你看，天意机缘，能有此宝物救了大牛，这个案子，咱们总不能就让它湮没喽。这俩小洞原先装的是什么？"

"哦，家父猜测，原先可能是葡萄大的南珠或者东珠，宫里的物件嘛，可能取个珠联璧合、宝珠陪名角的口彩。您看呢？"

孙德胜摇摇头："都请谁看过了？"

"请的是琉璃厂的梁老掌柜，保德堂的李大掌柜……"

孙德胜倒吸口冷气，深沉道："李有德？不瞒你说，那是我内弟。他对文房清供、笔墨纸砚瓷器还有些造诣，其他的也一般。不过连梁老爷子都看不出渊源，那可难说了。"他讪讪笑了："我不懂古玩，也许是瞎猜的。闲聊嘛。方才说到大牛喝的那碗开水，刚才外头煮犀角，香气弥漫，我仿佛听见东厢房那边有声音，咱们过去看看？"

初冬已临，外头冷飕飕小风刀子似的割得人皮肉生疼。院里亮着几盏汽灯还算明亮，仨警察哈手跺脚取暖，俩邻居大嫂烧好了热水，又在当院里揉面准备蒸馍馍，另外一个在割肉择菜，反正东西多，来帮忙全家都能跟着来吃，不吃白不吃嘛，因此忙得满身大汗，却乐此不疲，为死气沉沉的小院增添些许人气。

孙老爷子器度端凝，昂首挺胸，围着东厢房案发现场转了几圈，王文敏提着汽灯照亮，俩人看了半天没啥头绪。孙老爷子仰头瞧瞧下午掉落东西的房檐，又看看地下，影影绰绰里，碎碗、破长条板凳角落里，好像有些灰尘泥土。

"嗯？"孙德胜哼了声，仔细蹲下，捡了个小木棍，在里头挑挑拣拣。王文敏瞪大眼看着，就见木棍前头挑出个蚯蚓一样的东西，看不真切。孙老爷子背影猛地一震，俯身闻了闻那东西，又急忙抬头看看房檐，瞅瞅碎碗和破板凳，沉默许久。

"拿个袋子来！"良久，孙老爷子才喊了声，王文敏卖了个机灵，掏出自己那块纺绸的大手绢，递过去："您用这个！"孙德胜也不说话，接过来将小东西包起来，起身跺跺脚长舒口气，寿眉舒展微微上挑，显见心里开怀喜悦，小心翼翼过来摆正了歪倒的板凳，放在案发时位置，挥挥手，仨警察过来点头哈腰。

“去找个碗，盆也成!”有个警察找了个碗捧过来，孙老爷子鼓着腮帮子，把碗摆到板凳上，边摆边端详，还不断抬头望，好半天才找了个合适位置放正。

“对……对！就是这样!”孙德胜怪异地笑笑，拉着王文敏退后好几步，歪头正脸，对着板凳和碗相看了很久，才欣慰笑了。院子里的几个人都觉得奇怪，不明所以盯着这个古古怪怪的老头和丈二和尚摸不着头脑的王文敏。孙老爷子把裹着东西的手巾小心提溜着放到正屋外头窗台上，转身回来笑了笑，十分慈和，问院里的三位大嫂子：“诸位辛苦了！都忙着呢!”

面前三位平日里都是东家长西家短能言善辩的典型京城老娘们，深通人情世故，见如雷贯耳的孙老爷子问话，无不起身敛衣行礼。聊了好一会儿，孙德胜、王文敏才知道，头二十多年，这院子是一座药房的药库，东、西厢房满满都是中药材，且都愿意给秋霞作证。孙德胜很有耐心，让一个识文断字的警察拿了纸笔，把仨大嫂说的都记录在案，详细看了看，叫几人摁手印画押。他转身到了屋门口，转脸叫：“来人!”

“在!”仨留守的小警察赶紧小跑过来。

“你!”孙德胜一指写证词那个，“明儿一早，去市政公所，找坐办，就说我说的，叫他带了秋霞亲自来这儿，案情已然明了，可以结案了!”

“啊?!”小警察们瞪大了眼左右对视，一瞅孙老爷子正言厉色，赶紧低头应道，“是!”

第二天一大早，刚吃了几口早饭，看看大牛恢复得不错，能坐起来喝粥了。外头可就嚷嚷动喽!

听说孙德胜孙老爷子要了结奇案，不仅市政公所大小负责官员由坐办带领，浩浩荡荡衣冠楚楚从一拉溜小汽车、洋车、马车里钻出来恭恭敬敬肃然进院，就连北洋政府内政部警察总署、京师警察总局的大人老爷们都纷纷含笑前来捧场“学习”，平政院、监察院那些老迈年高的勋旧老爷，听说老兄弟孙老爷子又出来断奇案，自然更是联袂前来捧场助威。大总统是孙德胜的老哥们，还特意派了总统府侍从武官和部分卫队来弹压地面儿，警戒四周！好似这里不是什么审案现场，而是举行重大庆典。那一色冠盖如云富贵如雨见面寒暄，自不必说。

南城这片儿附近的棒槌胡同、枴棒胡同、马肉胡同等处的老少爷们大嫂大妈们也不知打哪儿得来的信儿，都纷纷嚷嚷着："去瞧瞧孙老爷断案喽！"这消息一传开，如同长了翅膀的飞鸽，一传十十传百，传遍了南城大街小巷，老少爷们无不纷纷拥拥坐车走路，来看热闹。

好些大报小报的记者们，也跑来凑趣儿，一个个道貌岸然穿戴整齐，拿着纸笔在附近张望探头探脑，准备获得第一手消息。一个多钟头了，秋霞家里的小院快被挤破，外头弹压的警察、宪兵、卫队还在大声嚷嚷，让大家平息，累得满头热汗一身疲惫，还亏了孙老爷子大吼几声才平静了。

孙德胜先拉着王文敏进屋，沿途越过那些端坐如仪含笑点头的大官儿，孙老爷子昂首挺胸，只淡淡点头。王文敏哪见过这阵势，小腿肚子直转筋！孙德胜当着正照顾大牛的周太医的面儿，冲王文敏作了个揖，吓得他一跳："老爷子！我的孙大叔！您、您这是做什么！"

孙德胜不亢不卑，拱手说："今儿结案，还得用点您家的宝物通天犀！这会是我唱压轴戏，可您是大拿，不介，案子结不了。贤侄，你愿意不愿意呢？"王文敏诚挚抱抱拳："您老太客气了！本来这事就是我主动揽的！不就是犀角，您想用多少就用多少！"

周太医笑眯眯也要看热闹，用银锯万分珍贵地锯下来薄如蝉翼的一小片，递给孙德胜，俩人出了屋，坐办已然把身戴铁锁的秋霞带到。王文敏再看几日不见的秋霞，大吃一惊。原本就沉默寡言安稳平和的秋霞，坐了几天大牢，虽说有孙老爷子、顾坐办照顾，可连日来愁苦忧愤和家遭大变，让她头脸灰沉沉神情沮丧落魄、满脸泪痕，瘦了一大圈儿！

孙德胜长叹一声，当着众人喊："去刑具！"旁边小警察赶紧去了铁锁，孙德胜亲自搬了个破椅子请她坐了，喊："来人，给端碗白糖水来！要热的！"几个邻居大妈过来又是喂水又是擦脸，半晌才安抚好了秋霞。

孙老爷子让王文敏找来个破香炉，让小警察点燃了炭块，搁进去备用。此刻外头人山人海更是嘈杂，院里的大人们也不知孙老爷子要如何断案，抽烟喝茶议论纷纷。孙德胜皱皱眉头，让王文敏搬来个木凳子，撩袍子站了上去，大喝一声："诸位！"大家声音被压下去十几倍，都小声喊："别嚷嚷啦，说你呢！挤个屁！孙老爷子喊话啦！都听着！”

记者们笔下如飞，开始书写。

“诸位老兄老弟！老少爷们！今儿大家来，是给我孙德胜面子，也是大家捧我！我先谢谢大家！”说着稳重团团作揖，院里院外的人顿时高喊：“好！孙老爷子又给咱们主持公道来啦！”

“没说的！孙老爷子，咱们都捧您！”

“老兄弟，你就快开始啵，老哥哥们给你压着场呢！”

“不敢！”孙德胜大喊，“我知道这是诸位对我的厚爱！咱们今儿破的一桩奇事，不是什么案子！你们看！这是秋霞，就是前几日说她下毒谋害亲夫的姑娘！此事今天我要揭开谜团，但是，这不是我的功劳，全亏了琉璃厂瑞古阁王掌柜的宝物！我先把话说明，一会儿大家看见什么，都不要惊慌！不要插话！不要叫喊！就是给我面子啦。谁要是中间插话大喊大叫，咱现在不兴甩鞭子抽人，可我得请他进来跟我过过招！都听明白啦?!”孙老爷子最后一声提了中气，那声音传得极远，里外人们自然清清楚楚，一听说是奇事，好些人更来了兴致，谁敢跟他扎刺？因此都喊：“听明白啦！您老断您的案子！我们瞧着！”

“好！现在肃静！”孙德胜又是一番作揖，很潇洒地跳下来，院里院外顿时鸦雀无声。

孙德胜让秋霞说了一遍案情，安慰道：“别怕！现在是民国，不兴那一套。做官的就是老百姓的仆人！”这句意味深长的话让周围的大人们面面相觑。他接着说：“仆人嘛，自然不能让主人含冤受屈，受了冤屈还不敢说，不能说，说了没人管！那叫什么?！叫草菅人命！你们看，我今儿就把凶手抓出来！”

话音刚落，孙老爷子大步走到案发现场，跟大家说了木凳子、碎碗的来历，又指了指房檐上头：“这凶手不在别处，就在此处！来人，搬个长条凳子、端碗开水来，大家上眼！”立即有人端来一大碗开水，搁在摆好的凳子上。孙德胜问秋霞位置如何，她仔细回忆了那天的情形，点点头，也诧异地盯着凳子上的白开水热气呼呼直冒熏到东厢房屋檐。

大家伙儿都丈二和尚摸不着头脑，这算什么？可“凶手”怎么会再来下毒呢？所有人都张大了嘴，目不转睛瞧着，孙德胜不慌不忙点了烟卷，轻轻抽了口。

啥也没有啊？碗里平平整整波澜不惊的白开水热气腾腾散了不少，王文敏脖子累，刚要眨眼，就在此刻，突然房檐上不知哪里的一串水滴落入碗中，“哒哒哒”迅速融合入水！片刻，又是一串细小的水滴入水，在青花大碗里滴出些许涟漪，迅速消失！

“看着了！看着啦！房檐，房檐上头有东西！”一个趴在地下的年轻记者失惊张怪地喊了起来，大家都看着了，闻言不禁大惊，孙德胜立即沉了脸，一挥手，俩警察把记者提溜出去。又过了半晌，还是两串水滴落在碗中，孙德胜一摆手：“把凳子搬过来！去外头，找两条野狗！”小警察们在胡同里随便找了两只脏兮兮的野狗，孙德胜道：“拿俩小碗来，把碗里的水小心倒进去。”开水喂狗？那两只长满虱子又饿又渴的野狗被套了脖子，看见眼前热水不禁大喜，不用人喂，几口就喝光喽。

“汪汪汪！”两只狗好像没喝饱呢。

院里的大人都纳罕：这是什么把戏？耍狗玩？忽然几声凄厉的叫声入耳，大家定睛再瞧，老天！刚喝了水的两条野狗不知犯了什么病症，口吐白沫四肢抽搐哀叫不已，片刻间口鼻窜血、两眼死瞪、四蹄缩紧、狗脸狰狞，已是死于非命！

# 二十、怪异守宫

“啊！这、这水里有毒！”院里的大人们悚然震惊，恐惧失色，睁大了眼珠子看看死狗、看看碗里的清水，再看看气定神闲的孙德胜，咋舌不已。

外头瞧热闹的老百姓更是吓得毛骨悚然，汗毛直竖，都小声议论：这青天白日朗朗乾坤，众目睽睽之下，凶手竟然敢当面下毒！可见其凶恶喽！难道是什么鬼怪妖魔作祟?！一些胆小的不敢再看，缩头缩脑就要溜走。

“诸位！大家看到了吧？这碗开水本身无毒，放在房檐下片刻，上头就有水滴落入碗中，此水才有了剧毒！当日大牛回家送点心，秋霞为丈夫端水，误放屋檐之下，水滴入碗而不知，大牛喝下才中毒身亡，这根本不是秋霞蓄意谋害亲夫！幸亏王掌柜有宝物通天犀角，救活了大牛，现在案情大白！秋霞姑娘是无辜的！”孙德胜一番高论洋洋洒洒，有理有据，迅速赢得了大家的赞同。喜极而泣的秋霞不禁放声大哭，只是这泪，是欢喜的泪水！

小报记者们也飞快记录现场，一时间院里院外颇为热闹。

“但是！”孙德胜冲大家高喊，“案情已明，秋霞姑娘无辜受冤，大牛无辜受害，诸位也疑惑，到底是什么凶手如此丧心病狂下毒害人呢?！不能让凶手逍遥法外。大家肃静，请众位上眼！来人，把香炉拿来！摆在房檐下头。”说着拿出薄如蝉翼的通天犀，掰成几块，轻轻放入炉火正旺的香炉里。

众人匪夷所思，后头的人都踮脚观看。不一会儿，一股奇异浓郁的香气混杂了辛辣气味，从炉子里飘然而出，随风飘逸，悠然荡漾。王文敏紧盯了那股烟，起初，那烟还是散的，稍后越来越浓，如线香一样直直上涌，团团绵绵如丝如缕。众人闻了大感稀奇，都伸着脖子闻味，有些个懂行的大人小声嘀咕：“怪！这难道是沉香木？怎么味儿也冲，烟也直呢?”

半袋烟工夫，众人猛然听见东厢房屋檐上窸窸窣窣有什么东西窜动，有几个好奇的刚踮脚抬头望，几声碎响，一些黑乎乎微小的长条小虫如暴雨般噼里啪啦纷纷掉落尘埃，有些身躯已然僵死，有些落在地上还在拼命扭曲挣扎身子，不多时便死挺了。可房檐上窜动的声音越来越大越来越响，震得积年尘土飞扬呼啦啦往下落，仿佛有条颀长毒蛇要破洞而出！

香炉里的烟气也越发浓重，人们见了这奇异景象，不敢上前，也不知道落下什么物什，众人正惊疑不定，就听哗啦一声巨响，东厢房房檐上古老的木雕花片轰然掉落。随着巨响，红光一闪，一只二尺多长如狸猫大小的东西“扑通”掉落尘埃，满地打滚儿四肢扭曲挣扎了好久，扑腾得地下尘土飞溅，不多时终于抽搐缩紧，再也不动了。等尘埃落定，好奇的众人忍不住都凑过来看稀奇。一眼望去，不由得惊呼：“啊！原来是这么个东西作怪！”映入众人眼帘的是一只头如毒蛇、尾如老鼠、全身如丹砂鲜红、四肢猩红、背有三色鳞甲、腹如脂玉、巨大无比的壁虎！

众人眼见这只巨大怪异的壁虎，无不惊诧变色！这么大只蝎拉虎子，别说撒的尿，就是光看这形体和艳如朱砂的皮肤，也必然剧毒无比！有些眼尖的过去细瞧，早先掉下来那些灰扑扑小虫子似的玩意儿，竟是一窝窝蜷缩僵死的小壁虎，密密麻麻一团一窝，看得人头皮发麻，直起鸡皮疙瘩！孙德胜过去用小树棍拨了拨，颀长的壁虎除了尾巴还在微微颤动，早已僵死。老爷子仰着头喊："来啊！把窗台那个小包提溜过来！"有人赶紧把昨晚王文敏的手巾提溜过来，老爷子一抖手，那手绢里的东西掉落尘埃，大家涌上来一看，果然，是只小壁虎！

"孙老爷为民除害！您是好样的！"

"孙爷爷，佩服您老！您老必定长命百岁！"

……

叫好的、跳高的、欢喜的、起哄的、拍手的乱成一团，连院里各衙门的大人老爷们，也瞪大了眼伸出大拇哥叫起了好。一时间乱哄哄一片。秋霞见了这可怖怪物，啊的一声吓昏了，几位大嫂子灌水的灌水，拍背的拍背，半晌才回转过来。

一些记者也七嘴八舌问道："孙老先生！请问您怎么知道凶手是壁虎呢？且从来没听说过这么大的壁虎，难道已经成精作怪了？"

他晃了晃高大身躯，一摆手大喊："诸位！诸位肃静！可愿意再听我详细说明?!"

"愿意！"

"好！我跟大家说一说，今后一定要注意此类情形！"孙德胜接过恭敬万分的王文敏递过来的烟卷，抽了一口，一手掐腰一手比画说："这只蝎拉虎子，既不是妖怪，也没有成精！可它为什么有毒，还会害人呢？这就要说到它的本性喽……"

壁虎，老北京叫蝎拉虎子，山东一带，土话叫蝎虎帘子，是五毒之一。说起来，其他的蜈蚣、毒蛇、蝎子、蟾蜍身上带的毒，厉害是厉害，可在中药里，都是名贵的药材，有些个剧毒之物，因为配药，还能卖个大价钱呢。就是这壁虎之毒，非常玄妙诡秘，说它剧毒吧，它不算啥剧毒，有些人不慎吃了小壁虎，不过拉拉肚子，不吃药也能好；说它没剧毒吧，可毕竟列入了五毒之一。还有一宗，这种毒物的毒性，非常罕见，几乎没有医家用此物入药，也算五毒中的"鸡肋"!

北京、华北、山东等地,自古以来老人们便教育家里子孙:夏天吃饭,千万不能把热气腾腾的食物放在房檐、窗台下,谨防热气熏到壁虎。前清宫廷规矩,连大内御膳房和寿膳房里的御膳,无冬历夏,由太监们捧着送到御前,也必须用白银盖子盖得严严实实,绝不能见天日。为啥呢?据宫里老人传说,这是自大明朝就有的老规矩,防的就是宫中殿宇深邃、房檐高大敞轩不见天日,有些宫苑里绿树琼枝花草甚多,就怕这些隐藏在暗中的毒物被热汤热水一熏,作起怪来,万岁爷、皇太后、皇后等主人吃了,万一出事,不仅圣体难治,这些做菜送饭的,也得满门抄斩!

原来,壁虎天性爱吃蚊虫,体内有毒,这种毒说大不大说小不小,一般不会咬人毒人,然而,此毒不在壁虎口中、身体中、腹中,而在它的尿液里!这在五毒中,也算异类。此物最怕热气,一旦有热饭热汤热水的热气猛然一冲,壁虎按捺不住,定然会撒尿!这有毒的尿液融入人吃的汤水饭菜里,无色无味无声无嗅,入腹之后,片刻就会毒发!小壁虎之毒,顶多叫人拉拉肚子,疼一阵,但有些壁虎年深日久,体型变大,毒性随之增加,一旦不查,一旦误食,便有性命之忧!

老年间北京城里,有西鹤年堂、同仁堂大药铺,专门有药物治疗误食五毒或被其咬伤的药物。这些老字号仁义有德,夏天在铺面外头专门有个大笸箩,里头满满的是特效避毒散、祛毒膏,旁边有个盒子,也没人看着,专门奉送四九城的老少爷们,您有钱就给几个,没钱白送,绝没人管。这就是老年间老字号对老街旧邻、老照顾主儿们的一番诚挚心意。

然而,大牛所中之毒,还不是普通的壁虎毒,而是壁虎中最猛烈也是最霸道的剧毒:守宫之毒!

壁虎,俗称蝎拉虎子,宋元以来书面叫守宫。然这种说法乃以讹传讹之说。原因在于,守宫虽都是壁虎,但壁虎,不一定就能变成守宫,其毒性大小,也在其变化之中。其历史源流,早在中华三代之时,便有分晓。

当年三皇定人伦、五帝制礼乐,华夏九州初创,自炎黄始祖代代相传,直到大禹王治水有功,得了天下,其子启建立大夏,建都称王,才有了王室宫廷、后妃家奴种种宫廷制度,因年代久远,不可考证。然而,当日创建宫廷后，因内廷深远，都是女眷，做不了重活，而宫廷内外都是男子，一人为王、鸡犬升天，各路诸侯不免进贡些子女玉帛。那内宫中的嫔妃越来越多，可毕竟只有一位至尊天子，雨露承恩常见天颜的，不过一二受宠的罢了，深宫中的妙龄少女、红粉佳人，都在青春年少，哪个不怀春多情？见不到天子，只有苦巴巴被岁月煎熬，说不尽红颜凋残、玉面蒙尘，于是免不了跟宫中杂役、侍从、官员们眉来眼去、暗结连理，天长日久，有些便身怀六甲、暗结珠胎闹出些荒唐乱子，天颜震怒，杀的杀、剐的剐，一片热辣辣相亲相爱就成了惨不忍睹酷刑下的冤魂。

这些丑事闹了几百年，至尊也没办法，后来也不知哪朝哪代，天子设置了阉人，将健康的男子如阉割牛羊一样割了下头，派到内宫专门服侍后妃，总算起了些作用。不过这些阉人，虽没了那东西，可还有春心，况且这些阉人也是俊秀男孩，哪能去了势就成了无情无欲的老和尚呢？加上宫廷广阔，还是有些嫔妃、宫女跟人发生丑事。

直到夏末商初，不知道哪位先王听信术士之言，下令宫奴设置炼药禁地，采用三羽、五毒、八虫、九麟、十昆之物种，炼制秘药，专门预防宫中嫔妃女子偷情偷人，保持其贞洁处子之身，归一人享用。术士、医士们绞尽脑汁费尽心力，过了不知多少岁月，才用壁虎，养出一种异类，名曰：守宫！

此物先精选雌雄壁虎各十对，在终年不见天日的暗室中，入大瓦缸养殖，不许其捕食蚊虫，而是以鸡蛋黄碾成细粉加甘露水喂养，待壁虎肢体稍大，将不合用的去掉，改用上品朱砂做食材，每日在子时初刻以玉匙撒入喂一次，循环往复，或有不合用者死去的，立即撤去，剩余的继续养。一年后，每只壁虎大概服食朱砂五、七斤不等，人力物力更加惊人，所谓“王者以天下养”，当服食二十斤上品朱砂后，就值黄金三百斤，可见只有王室宫廷才能花费如此重金做这些不急之务。

养好的壁虎长达二尺、体如婴儿、红如丹砂、口鼻艳丽如血，再加入秘制药材，绝不能见金铁，只用玉瓮或阴阳瓦，和入药材，以玉杵将其捣之数万下，剔去筋肉，只留精血，再加入朝露混合成丸，一虫之费，何止千金！如此，则大功告成，将此红丸以漆盒秘藏，凡朝廷选取后妃、宫女之际，将此丸用玉簪挑出一点，点染在那些莺莺燕燕、美貌如云的佳丽小臂上，殷红一点、百媚从生，似乎增添了无边柔媚。却不知此物最狠，一旦沾肉，三天不洗则沁入骨肉，再难祛除，像附骨之疽一样伴随终生，即便刀砍斧剁，也会在骨头上留下斑痕。

大凡被点染朱砂点的处子，一旦跟其他男子偷情愉悦、阴阳交合、共度巫山，红点隔日必然消失不存，原形毕露被人发觉。这是上古宫廷为防止后妃、宫眷们与人偷情乱法的法宝之一。因而，此朱砂红点，又名守宫砂。而那些被养殖巨大异变的壁虎，因"守护"宫眷嫔妃贞洁、维护王室法度有功，天子下令，才赐名——守宫！大意是守住宫廷之秘、守住宫眷之贞操吧。

延续至周朝，宫规更加严厉。凡入宫女子，必在额头上点染守宫砂，入选后妃，则在手臂上点染。如天子临幸的后妃宫眷，阉人宦官必须登记在册，以明了其守宫砂不存是因为"承接天恩雨露"，其余未被临幸的后妃宫眷、宫女侍从。三月一验，当其时，由奉了王命的内宫监正，率大小阉人宦官，在内宫门前按名册点验众女子，每个阉人以布拭水，拉排成行列的女子一一拉过来擦拭守宫砂，擦不掉便罢，一旦守宫砂消失，或被擦掉，又查阅档案，没有受到天子临幸，则此女必将会被下天牢处置，轻则被处以"幽闭"宫刑，重则大刑伺候，将偷情之人抓住，一起剁成肉泥喂了狗！

这等荒淫无道的做法，却成了历代君主乐此不疲、大加赞赏、维护宫纪的灵丹妙药至上大法。自三代后，秦汉隋唐两宋宫廷凛遵无违，成了皇室宫廷秘辛之一，外间民众很难得知详情，所以才以讹传讹，造出无数珍闻趣事。元明清三代，或因战乱、或因秘法失传，此类守宫砂做法才逐渐无闻，宫廷也再不采用。

这些极为诡异无道的做法，正史中自然无载，只在汉《淮南子》、晋《博物志》、梁《本草经集注》、明《本草纲目》中略有记闻，也只是浮萍如水一笔带过而已。单论壁虎之毒，还没那么剧烈，加上朱砂，则是剧毒无比、神仙难救喽。朱砂本为矿物，是提炼水银的关键之物，其性猛烈，有大毒，《本草经疏》中载："若经火及一切烹炼，则毒等砒硇，服之必毙！"可见其毒性之强。而壁虎本身有毒，加之逐渐服食大量上品朱砂，毒性在其体内转化，其本身毒性更加猛烈，不啻毒上加毒，何止百倍！因此，才酿成了此次惨剧！

孙老爷子正颜厉色侃侃而谈，那些听众哪里知道这许多前代古记历史珍闻？无不屏住呼吸瞪大了眼珠子，生怕错漏了一个字。记者们也忙不迭下笔如火，一时间，院里院外声息皆无，都伸着脖子静听孙德胜说话。

“据我勘察推测！这处小院，头二十多年，是家药铺的大药库，修筑多年，墙角房檐，免不了有些毒虫，而东厢房屋檐上，就有这么一窝壁虎。这壁虎平日里吃蚊虫，满院墙壁游走自如，也没什么大碍。不料某年某日，一只成年的壁虎，不知道怎么钻入库房内，阴差阳错机缘巧合，吃了朱砂等物。俗话说：人老成精、物老变妖，略有些知识的壁虎隔三岔五偷吃朱砂成了习惯，天长日久，自身化育成了身带剧毒的守宫！虽然其尚未脱离本性，可在一窝之中，因体型巨大、身带剧毒，便做了首领，带领众小壁虎，栖身于此，已然多年了。那日大牛回家送点心，秋霞给丈夫送水，大牛嫌热，不小心顺手放在东厢房房檐下，不料正值此怪就在房檐上，热气熏蒸之下，守宫撒了些尿液在水中，毫不知情的大牛喝了半碗，这才毒发身亡！老街旧邻们自然不知原委，嚷嚷着是秋霞谋害亲夫，尔等颟顸警察稀里糊涂听信谣言，又不查不问，差点就草菅人命，冤死秋霞！你们啊！当日在巡警学校，我是这么教你们的吗?!”

孙老爷子越说越气，当着众人，也得给徒子徒孙们留点面子，平息了平息，才把一腔怒火按捺下去，狠狠扫视了几眼早已锋芒在背、胆战心惊的坐办、警官几人，接过王文敏递过来的热茶，喝了几口。

这番精彩的断案，早让众人听得如痴如醉，再见孙老爷子训斥办案不力的警察，更是欢欣鼓舞，掌声、欢笑声如雷鸣一般轰然炸响！

## 二十一、夺宝阴谋

周太医救活大牛，孙德胜破了奇案，老少爷们皆大欢喜。孙老爷子趁热打铁，叫来看热闹的老爷大人们个个出了点钱，贴补秋霞家计。他说：“你们诸位去天桥看撂地儿、耍猴的，还得给点散碎银子，今儿这么精彩，谁也不能小气！”

果然，众位大人老爷磨不开他的面子，都纷纷解囊，眨眼兑了上千大洋，孙老爷子一文不取，全送给了秋霞。看热闹的纷纷离去，王公公见大牛活命、秋霞安然无恙、多年失去联络的周太医也出了大力，非常欢喜，摆酒庆贺。酒宴中，说起王文敏这支通天犀，王公公要一睹宝物，接过来却吃了一惊！原来，他见过这盒子。

回首往事，王公公不胜唏嘘。光绪初年，因天旱无雨，两宫皇太后与恭亲王要祭祀黑龙潭，着人在大内库房找老虎头，忙乱间，时任御药房首领太监的王公公偶然间见过这个五毒捧寿的盒子，只是匆匆一瞥，也不知其来历源头，能确定，是大内之物无疑。

众人闻言叹息良久，王文敏拱手委托王公公在现存流落宫外的老太监中再找找线索。他自然满口答应。周太医嘱咐王文敏："此物无价之宝，王掌柜可一定要当心呐。"这句话说中了他的心事，王文敏不由心中一沉。酒宴吃罢，周老太医谢绝了秋霞给的诊费，又谆谆嘱托了好久，才领着孙子告辞而去，马车足够大，正好捎带脚送孙德胜老爷子回家。王文敏领着小贵子也告辞，临走王公公又拉着他手说了好些话，请他多来坐坐，这才出了胡同，叫了洋车回家。

到了家里，王文敏把前因后果给老爹、媳妇儿一说，一家子欣慰不已，王清太不停抚摸宝盒，感慨道："还是好人多！瞧瞧孙老爷子做事真有里有面儿！我早想结识他，就是没机会，不想因为这事，被你小子抢先喽！他可是个仗义人，你今后多跟他请教才是，咱们这犀角果然是大内的物件，王公公也算得偿心愿喽。真是机缘巧合啊，此物只用了两片，便救活大牛又抓到怪物，文敏，你可记住，一定保管好。"

王文敏又高兴又有点担心：救人是大好事，可大大小小那么些记者，能把这事捂住？心里不由忧虑。

果然不出所料，那天到场的记者，无不笔下生花，把个孙德胜断奇案写得天花乱坠跌宕起伏，通天犀也成了起死回生神乎其神的宝物。有些为了抢眼球、多卖报纸，把案情写成了公案悬疑小说，妖魔神怪纷纷出动。消息顿时爆炸似的轰动了整个北京城！不少读者看了这扣人心弦、精彩绝伦的故事，欲罢不能！纷纷或是写信，或是亲自来访，烂面胡同简直成了庙会，见天人来人往络绎不绝，非得瞧瞧那只大守宫。幸亏大家都不知道王文敏家，都跑到瑞古阁瞧热闹看宝贝。

不多日，大牛恢复了身体，拉着洋车把王公公、秋霞带到琉璃厂，进门就给王文敏跪下磕头。王文敏高兴坏了，赶紧扶起来请上座，王公公三人都乐呵呵打扮得利索。等端上茶来一问，原来早些天，同仁堂、鹤年堂都派人来买大守宫，靠着周太医那封信，一条毒虫，竟然卖了五千五百大洋！人家还外带送了好些珍贵滋补药物。加上那天孙老爷子开玩笑给大人们要的，足有七千多大洋！这下子秋霞一家真的因祸得福，秋霞挺有主意，要报答王文敏、孙德胜和周太医。几人自然婉言谢绝，王文敏更是推辞。秋霞见众人古道热肠，就提出来自己和大牛要拜王清太为干爹，两家接个恩亲，日后亲亲热热当作一家人走动。

王清太、王文敏爷俩一商量，这事正是两好合一好，便当即收了秋霞、大牛为义女、女婿。这下两家人往来不绝，在乱世中尚属安宁的北京城，红红火火过起来。

可老话说得好，人无千日好，花无百日红！瑞古阁王掌柜手里有通天犀的消息在四九城大街小巷嚷嚷开喽，不少人添油加醋一宣传，更引起了不少人贪心觊觎，张丰财就是其中之一。

他看了报纸上吹嘘的报道，又惊又怒又恨又嫉妒，闹了半天，原本跟自己一伙儿的王太监竟然承了王文敏的恩情，瑞古阁还藏着这么一件稀世之宝！满腹诡计的张丰财咽不下这口气，便亲自到东四牌楼来找文四爷问计。

文四爷接过报纸瞧：本报讯，南城烂面胡同奇案三日内案情大明！由京师治安总顾问孙德胜老先生以智慧敏锐之眼光断明，此乃名秋霞女子院中房檐下罕见剧毒守宫所为……据此，前清太医院周太医大力相助，以杏林仁义，急赴救人。值得一提则是，琉璃厂瑞古阁王文敏掌柜，贡献家藏宝物价值万金之通天犀救治中毒者，一商贾之身，急危救难，古道热肠、见义忘利，实乃京城商贾之楷模。近日，风闻内政部将为其颁发奖状，以兹表彰其大德高义、重义轻利之高尚品德云云。本报将继续追此新闻。

“价值万金?！通天犀?！”文四爷眼珠滴溜溜转了无数圈，陷入沉思。

“着啊！通天犀！还是万中难见的稀世珍宝！您、您瞅这句。”张丰财了解文四爷,见他肥脸嘟嘟着眼神游移不定,目露邪光,便知道这事儿他准定能惦记上,赶忙屁颠颠起身给他指点报纸上的说法,"据有识者云:此物北宋以来世所罕见,无论归于珍玩或是药品,皆乃万金难求的至宝。同仁堂等药铺掌柜皆赴瑞古阁请王文敏掌柜将宝物赐见,皆被王掌柜婉拒。或云此物乃大内珍宝库所藏,流落宫外,亦有说此物专治清热润燥、化解剧毒云云……"

文四爷见是宝物,也起了觊觎之心,俩人在屋里嘀嘀咕咕了半天,却慑于孙老爷子的威望,不敢肆意抢掠、强买强卖。半晌,张丰财阴阴笑道:"四爷,这王文敏也忒不是东西了,这么件宝物,愣是不露。王太监那个老棺材瓤子上岸不干,叫咱损失多少!咱哥们要是放过去,哼!那十万大洋的宝物,可……"

"多少?!"文四爷猛地转身,俩小眼贼亮。

"最少十万!!"张丰财馋得咽了口唾沫。

"嘶……"文四爷倒吸了口冷气,眼神顿时变得又阴又狠,嘴里嘀咕,"好家伙,十万!上回去上海一堂的青铜器才卖了十来万!他这一件就十万?要是卖给贵人、洋人,还不得十几万呐。这事,得好好琢磨琢磨。"

谈了一会,还是不得要领。一是这玩意太珍贵,花钱买,人家肯定不卖,再说,他俩谁也不愿花十万大洋买,万一卖不出去呢?砸在手里,俩人的钱财产业,都得伤筋动骨。二是因孙老爷子名头太大,京城里谁也不敢不给他面子,万一动了王文敏,让孙老爷子知道了,他俩谁也跑不了。三是这东西那么老贵,谁买呢?现找买家也来不及。四是这通天犀非金非玉非瓷非画非帖非铜更非金石碑版、珠宝首饰,哪个国家的洋人也不一定爱好,跟他们聊什么望月神犀、通天犀化解百毒,简直就是对牛弹琴!

俩人好一番犯愁,文四爷抽烟抽得嘴里发辣,摇头咋舌:"这十万大洋不太好赚!嗯,我得想想……文官们玩这个的,几乎没有。"

"武将呢?"张丰财赶上一句。

"武将?这些个大老粗,就知道克扣军饷,花天酒地,谁玩这些个古董玩意儿?嗯?我想想。快!把那张报纸拿来我再看看!"张丰财一听有门儿,一溜烟出去捡起报纸拿过来。文四爷又看了好几遍,鼓着腮帮子目光闪烁疑惑问:"这上面说,这玩意能清热润燥、化解剧毒,真的假的?"

“那还有假?!”张丰财瞪着小眼跟亲眼见过一样，拍胸脯说，“烂面胡同好几万人啊，都亲眼看见啦，这个拉车的力巴儿，中了剧毒，人都死挺啦，太医就在通天犀上割下来一小片，煮水喝下去，人当时就好啦！不介，怎么连四九城各大药铺的掌柜，都想买呢！我查了查本草，说普通犀角都能专去肺热、小儿大热、热毒攻身、无名肿毒，更别说他这件是通天犀啦!”

文四爷一言不发，只盯着墙上仇英的那幅《秋庭奉慈图》发愣。张丰财说了半天才看出来他心不在焉，有些不悦，直问他:“四爷？四爷??！您瞧什……”

“有啦！哈哈哈哈！该着咱们爷们发大财喽!”文四爷像屁股上挨了一枪，猛地跳了老高，猴子一样手舞足蹈乐不可支，一把拍在傻愣愣张丰财肩膀上，笃定言道，“这事，有门，你就瞧好吧!”

文四爷想起来一人，能买通天犀，不仅能花大价钱买，准定用得上，还不怕孙老爷子的势力:因为他本身就是一股“小小的”势力!

这人姓吕，大号吕彪，现任直系军阀里独一无二的上将军长，手下率领两万多虎狼之师，在廊坊驻扎，拱卫京师。曹大总统登了大位，封为上将，外加总统府高级军事参议官，又跟吴大帅是同年朋友，在整个直系军阀圈子里提起来，威名赫赫。除了他官高爵显，麾下能征惯战，就是他的出身和军队的风气、对老母的孝顺，实在大名鼎鼎，无人不知无人不晓!

他出身很奇特，他祖籍本是直隶真定人，祖爷爷那辈闯关东到了关外，在长白山一带跟一帮穷人挖参，老年间叫“参客”，成日介在深山老林里闯荡，练就一身好武艺好胆识，逐渐成了当地的参霸。到了他爷爷那代，更是坐收渔利，倒买倒卖，加之头脑精明，又开烧锅酿酒、倒卖大烟土，便在辽东成了势力，成了当地民政官儿。他爸爸反倒病恹恹，没啥本事，早早去世，留下偌大家业，让他大哥继承。吕彪小时候就淘气，长大了志气远大，非要参军，东北练军都不成，赶上甲午中日大战，他便入了淮军，很是英勇。日俄战争，日本人帮着大清国赶跑了老毛子，大清也在战争中暗中帮着日本军队侦查情报、送衣送粮，吴大帅那时候就是联络官，吕彪在他手下跑腿，俩人一聊，相见恨晚，结成把兄弟。

等到大清国一完，张大帅招兵买马，本乡本土的吕彪受到提拔，成了大帅麾下的悍将之一。他本身是奉系，可跟直系的几位大帅关系都不错。后来机缘巧合，第一次直奉大战时，投靠了直系，才成为曹大总统、吴大帅的座上客。

此人不仅心狠手辣、残忍无情，还特别孝顺，他可不是一般孝顺，成名以后，家里也是金银满库、鸡犬升天自不必说，成日介给老母供应金银财宝、绫罗绸缎、尚方玉食，每次回家，对着老母磕头跪拜，百依百顺，老太太打他骂他，吕彪也毫无怨言恭顺无比。这都罢了，可就因孝顺妈，老太太顶不喜欢女孩，吕彪悍然手刃给他生了女儿的一个媳妇和三个小妾，并抛尸荒野！这份孝顺、狠辣，千百年来所仅见。他妈更是高兴，关起门来，自比慈禧老佛爷，穿的、吃的、用的、玩的、打人骂人都得照着宫里规矩，还雇了几个老太监，成日介围着她过太后瘾。老太太人老心不老，更让儿子给她找了不少"娈童男宠"，在家里没日没夜地宣淫，这荒唐事，多了去喽！

也是机缘巧合，前些日子，文四爷在会贤堂饭桌上认识了吕将军，这位大孝子正为老太太身体发愁呢！原来，这位吕老太太，早些年劳心过度，晚年家业大兴，身边又有些俊男相陪，十分得意。他们家本来就是"参客"，有服用人参的习惯，到了儿子们功成名就，都拿这个孝敬老太太，家里人参堆积如山，加之跟男宠们宣淫，大补宗气的人参更是不可少，老太太就拿人参当饭吃，吃得身体倍棒、红光满面，到了夜间，几个漂亮小伙儿都伺候不够她！

然而天道有常，人身有度，毕竟六十多岁的年纪，禁不住这么闹腾，尤其是女人，中年以后，太阴渐无，普通妇女过渡到老年，也就无事，这吕老太太成日大吃人参，太阳上升、阳气过旺、中气逆冲，又宣淫无度，熬炼得阴液不生，加之年老体衰偶感风寒，家人不懂调养，还以为是营养不足，一个劲儿喂其服用人参，更如火上浇油，竟成了个大症候。白日里口干舌燥、浑身滚烫、四肢无力、饮食不下；夜间睡眠不安、头疼头晕、双眼赤红、衣不沾体，大冬天的，还得在屋里摆上十几盆冰块降温！

这一病，吕彪急得寝食难安心焦如火，请来北京城里的大夫们，看了都说不好，老太太升阳大逆，五脏六腑中似熊熊烈火，已经快成了热风痰症，再不降火，必死无疑。气得吕彪大怒之下崩了一个，其余都赶了出去。他不明白，别人吃人参越吃越精神，怎么自家老太太成了这个样子呢？又找来东西洋各国的洋大夫看了，有的建议打针、有的建议开刀，种种说法不一而足，竟是百口百计，束手无策！

那日吕彪在酒宴上跟众位显贵们说了，说要能治好他妈，必当重谢！想当官，他保举，不低于北洋衙门厅长；想投军的，直接封团长；想要钱的，花费百万在所不惜！这番话别人听了当笑话，可被文四爷深深记在脑子里。

今儿说起来通天犀，听张丰财说到其种种神妙之处，又看了墙上那幅仇英的真迹《秋庭奉慈图》里母慈子孝的画面，立马让文四爷如梦初醒，茅塞顿开，一条毒计油然而生。

文四爷慢悠悠跟张丰财小声嘀咕了多半天，俩人拍案哈哈大笑，张丰财冲他伸出大拇指高兴得两眼冒光："四爷不愧是四爷！您呐，真是诸葛亮在世！好，您嘱咐的事儿，我立即去办，咱们先礼后兵。哼，这回，看谁敢再保那个王文敏！今儿太痛快啦，我的东！吃哪儿您点！"

文四爷大马金刀一摆手："过奖啦！一个傻棒槌，还用得着诸葛武侯他老人家？哈哈哈，嗯，好些日子没去正阳楼吃烤肉啦，今儿就吃它！"

"嗬嘞！就等您的好消息啦！"俩人手拉手大笑不已。

## 二十二、大祸临头

最近瑞古阁很忙，也不知道这些客人吃了什么药还是疯魔了，成天潮水一样涌进来，围观的还不少，来了的人，都是被大报小报上的消息给招来的，来了就问通天犀，王文敏避之不及，那个借口还算好用，可大家伙儿觉得不能白来一趟啊，就随便买点什么，给这位仁义厚道的掌柜和店铺攒人气。

谁知这天来了个熟人，是王文敏在鬼市偶遇有大烟瘾的俊秀旗人，也是他把通天犀连带一包袱散珠碎玉卖给了王文敏。这人一身华服，进门就递了三千大洋的银票，要赎回通天犀。王文敏严词拒绝，俊秀旗人磨叽了很久，撒泼耍赖都使出来了，被王文敏一一挡回。

"王掌柜，您还甭激我！"旗人换了个说法，端茶抿了几口，一脸流里流气,"怎么那么说呢?虽说我现在又还阳啦,可苦我吃过,不要脸的事儿,我也干得出来!瑞古阁是个老铺子,您是体面人,横是不能把我怎么着吧?哈哈哈哈,跟您说,您要是冥顽不灵,可别怪我见天在您铺子门口摆个摊,跟来往的客人们念叨念叨您干的那些事儿!"

"哦?!我干的哪些事儿?愿闻其详!"王文敏端茶冷笑一声,针锋相对。

"什么事儿?就是你诓骗我们家祖传至宝通天犀的那档子事儿!"

"您的祖传之宝?"王文敏轻轻放下茶杯转头看了看小贵子,慢慢说,"既然是您家的祖传之宝,请问,这通天犀是怎么个来历?您哪位祖宗从何得来?价值几何?其中有啥说道?谁,又能作证呢?!"

"这、这你管不着!!那是老佛爷赏给我们家老祖的!"

"证人呢?说看见啦?再说,我铺子里那么老些物件,也不能凭您这么一说,就是您家祖传的吧?不然,改天进来个叫花子,说瑞古阁是他的祖产,我是不是还得给他腾地方?!"王文敏大笑道,远望沉沉下坠的金乌晚霞,他突然问,"你要多少钱?!"

"我、我不要钱,要通天犀!"

"那你请便,打官司告状我奉陪到底!"

旗人见王文敏油盐不进,鼓着腮帮子歪头想了想:"既然如此,王掌柜的,我还有个主意!您要是愿意,皆大欢喜!"

"哦?什么主意?"王文敏似乎很有兴趣。

"您也甭蒙我,这支通天犀,最少值十万大洋!对不?"旗人一说出这话,满屋里的人都惊呆了。小贵子心里直打鼓,他怎么连这个都知道?王文敏没点头也没摇头,只等他往后说。"王掌柜,您可忒黑喽!十万大洋您想独吞可不成!现今我有个买主,能出十二万!您把东西拿出来,卖了有您四万大洋的好处!您看怎么样?"

王文敏哂笑道:"您一人要八万?"

旗人脸一红:"哪能呢,我还有朋友,也、也得分给他点!"

"哈哈哈哈。"王文敏仰头大笑不止,笑得俊秀旗人浑身哆嗦,"您呐,还是回去吧!"他抚抚胸口无奈摇头。"您不是干这种三青子的材料儿!别在这儿磨叽啦,别说十二万,就是三十万大洋,我也不卖!就是卖,跟您和您后面的人，一文钱关系也没有！您甭费工夫，赶紧走，有事儿让他来找我！快，小贵子，送客！”

“您、您真是一点面子不给?!”俊秀旗人失了风度，又气又急抓起银票恶狠狠喊。

“送客！”

俊秀旗人被骂走了，瑞古阁里恢复平静，小贵子偷眼瞧，掌柜的眉头锁得更深了，一脸乌云浓重。

立春这天，王清太请了王公公、秋霞一家来家里吃春饼，“咬春”。大家伙儿熙熙攘攘欢聚一堂，预备好了酒饭菜肴，正等得焦急，不料去琉璃厂接王文敏的大牛一头热汗跑回来，搀着满身是血的小贵子来报信：王文敏被抓了！

“啪！”孙氏啊一声泪水夺眶而出，手里乾隆青花大酒盅摔在青砖地上，打了个粉碎。“文、文敏……我的儿……”王清太急痛攻心，一口气没上来，顿时昏倒在地。众人围上来灌水的灌水、捶背的捶背，方才还热热闹闹的气氛横扫一空，众人哭嚎成一团。初春温煦春风里，澄净碧蓝的天空下，几只飞鸟被哭声惊动，扑棱着翅膀振翅高飞，片刻入云不见了。

王清太躺在床上口歪眼斜，显见是中风的症状，因周太医没在家，王家上上下下老的老小的小，孙氏媳妇也乱了方寸，像没头苍蝇一样。还是秋霞刚遭了大难，稳得住，赶忙让大牛把小贵子背进屋，擦干净身上，又叫来大夫，灌了姜汤，在鬼门关转了一圈的小贵子才忽忽悠悠醒了过来，说了原委。

今儿上午，几个大兵来买古董，一言不合便发了邪火，把瑞古阁打砸抢一溜够，伙计们也全伤了一地。王文敏被打得浑身是血死去活来，小贵子眼睁睁瞧着几个大兵拖死狗一样拖走了他！

晚傍晌，喝了药的王清太安睡了，小贵子也沉沉睡着，桌子上摆的那些美味，谁也没心思吃。孙氏媳妇只抽泣着掉泪，一点法子没有，大牛端着小烟袋锅，一锅一锅抽着叶子烟，熏得舌头直发麻，秋霞喝着又苦又酽的茶，思索着主意。

这番大难，谁也不敢管，更不敢问，铺子被查封了，巡警们连个信儿也没有来，大牛打听到，说是不知道哪个军贴的封条！这下子，连平日里威严赫赫的市政公所、内政部警察总署也闭了嘴，连个屁也不敢放喽！只有梁老掌柜、李有德大掌柜派人送了问安的帖子，日常那些走动颇为勤快的朋友、商家，一股脑的不见了人。大牛跑了下午多半天，见了那些人，不是躲的躲、就是藏的藏，要不就说没空、没在家，那借口五花八门令人不齿，多半个京城跑下来，竟然是一点儿消息没打听出来，连王文敏关在哪里，是死是活都不知道。人情冷暖、世态炎凉，一至于斯！

还是王公公提了一句："别人不成，这事儿是带枪的大兵干的，这年月，谁敢问？我看，不如去找找孙德胜老爷子，问问实情！"

大牛拉着孙氏媳妇、秋霞去了翠花胡同孙老爷子的家。孙老爷子倒是很热情见了他们，听了孙氏媳妇的哭诉，顿时惊诧、愤怒，细思之下，也觉得颇为棘手，他说："要是官面儿上的事儿，多少我还能说上话，只是这军方……"孙老爷子罕见地为了难，当即给平政院的庄大人打了电话，又派人拿了帖子去找军政部次长，得了回信，说次长跟吴大帅去了保定看训练，不定啥时候回来。这下连孙老爷子也没了法子，不过老爷子毕竟古道热肠，说定这几天四处去打听打听，一有消息就赶紧来说，实在不成，他舍下老脸，去找吴大帅、曹大总统评理！

回到家里，众人都陷入沉默。秋霞思索半晌，说："大姐，我看，这事儿是后头有人使坏！"

孙氏媳妇诧异道："怎么？使坏?！我们文敏没得罪什么人呐！"

秋霞斟酌着词句，说了自己想法：这必然是前些日子王文敏为了救大牛，露了自己家藏至宝通天犀，又被大报小报一宣扬，那些暗中觊觎贪婪无耻的小人们见了，必然大起贪欲，才惹出这番大祸！不然，一群大头兵狗屁不懂，凭啥去闹腾一家古董铺呢？

孙氏媳妇抹泪点头，秋霞当机立断，知道这事儿没完，提议叫大牛带王文敏俩孩子和宝物，回南城烂面胡同暂避，自己跟孙氏媳妇在此伺候病重的王清太。众人听了无不感伤流泪，事不宜迟，孙氏把家里值钱的金银细软、古董玉器收拾了几大包袱，王清太又在抽屉里抱出"五毒捧寿"的宝盒递给秋霞，几人收拾停当，大牛拉车，先把王公公、细软之物拉回家里布置，再来接小贵子和王家的孩子。这一宿闹得，两家人惊弓之鸟似的半宿没睡，仗着大牛身体好，一趟趟来回跑。夜半三更，大牛回来说："小孩子们哭闹着找妈，大姐，不成您先跟我回去一趟，哄哄他们，等天亮我再送您回来。这里，让秋霞守着王大叔。"孙氏无法，只好如此。望着黑夜里匆匆而去的大牛，秋霞嘱咐："道儿上慢点！明早记得去学校里请假，先休几天学。"

隔着很远，大牛答应一声，那声音低沉而愤懑，穿透了院墙，直刺在人心上。秋霞长叹一声，给王清太喂了温水，看看时候不早，收拾了饭桌，蹲在院里煽火熬药，一阵药香扑面而来，抬头望望，一弯孤月清冷忧郁悬在中天，几颗残星苦云环绕其中。满心凄楚强打精神的秋霞想起自己和王家两家人种种幸运又种种不幸，不禁悲从中来，泪珠儿似线般扑簌簌落下，微风拂过，不知哪个黑暗角落传过几句打更人的叹息，句句分明：

这世道，守法朝朝忧闷，强梁夜夜欢歌；损人利己的骑马骡，正直公平的挨饿！修桥补路的瞎眼，杀人放火的儿多；我到西天问我佛，佛说：我也没辙！

第三天上午，张丰财来了。眼泪汪汪虚心假意的张丰财刚说了几句，便被秋霞瞧破机关，狠狠骂了他一顿，冷笑道："张丰财！你这会儿来，到底想干什么?!"

"通天犀！就是报纸上登的，那支救活了我大牛兄弟的通天犀！"话音未落，外头大牛冲进来，"砰"揪住张丰财的脖领子，左右开弓就是一顿大嘴巴！骂道："谁是你兄弟！你这个老王八蛋，骗了我大叔不说，还想来趁人之危?!我他妈揍死你！"

噼里啪啦这顿打，揍得张丰财哇哇大叫，被打得鼻口窜血，一张脸肿成了猪头，捂着脸哭道："哎哟我的妈！老话说君子动口不动手呐！我这好心好意来啦，你们怎么狗咬吕洞宾，不识好人心呐！好人难当哇，真冤死我啦……"说话间一溜烟儿跑了。

张丰财刚走，几个大兵骂骂咧咧进了王家，翻箱倒柜就要开抢。秋霞、孙氏媳妇登时号啕大哭，把周围的老街旧邻们都惊动喽，大人孩子一窝蜂围了一大圈，堵在门口，虽然不敢进来，可人越涌越多，指指点点七嘴八舌地斥责，闹得大兵们也有些慌张，骂骂咧咧要赶人。壮了声势，俩女人也壮了胆，哭嚎声越发大了，拦着大兵不让进，一群大兵跟俩女人推推搡搡，闹得不亦乐乎。

正没开交处，外头响起一阵怒吼："住手！都他妈住手！"孙德胜老爷子带着警察坐办和几个警卫大步流星闯进来，三下五除二赶走了大兵，救了王家。孙老爷子脸色肃然沉默半晌，才说了吕彪抓了王文敏，抢了瑞古阁，要强买通天犀。病入膏肓的王清太口不能言，孙氏媳妇、秋霞别无法子，只好行礼道："老爷子，您说，我们姐俩也没了主意，这家里您也瞧见了，老的老病的病小的小，梁老掌柜、李大掌柜，都有心无力。您说怎么办呢？"

"别急。方才我说的，是吴大帅亲自给我的信儿，倒不是两位大帅怕他，毕竟他有枪，实力强，又不是直系的老人儿，吴大帅也颇为犯难。在军政部我们商量了，这样，他派人打人抢东西，肯定不对，你让铺里的伙计，清点一下损失，给我个单子，让他们赔，再拿东西换人！可先得说好，价码不能低，虽说是件东西，毕竟是他们下毒手在先。咱们得了银子，休养生息，再把铺子开起来。这事儿呢，由吴大帅做保，就算了啦，今后姓吕的不能再来乱闹。你们看怎么样？"孙德胜又气又恨地说。

几人面面相觑，危难之中只得如此。事不宜迟，王清太嘱咐小贵子回铺子清点损失列出清单，孙老爷子领着孙氏媳妇、秋霞去了军政部，当着吴大帅的面，见了吕彪，一手交钱一手交通天犀，孙氏媳妇握着八万大洋的支票放声痛哭。吴大帅训诫了吕彪几句，他答应赶紧放人，今后不再找王文敏和瑞古阁麻烦。

谁知秋霞、孙氏带了钱刚回家，王清太老爷子一瞑不视，去世了。想到他一生宽容厚道，梁老掌柜与孙老爷子为其主持了丧礼。转过天，遍体鳞伤奄奄一息的王文敏被放了回来。劫后余生、元气大伤的王文敏见父亲去世，宝物丧失，顿时昏死过去，众人请了医生，又是灌药又是施针，才算保住他一条命，小心翼翼照顾着在家休养。

得了通天犀的吕彪，得意洋洋带着张丰财、文四爷回到将军府，一人赏了他们五千大洋，仨人品茶闲聊。俩人不费吹灰之力，手不动身不摇，动动嘴就一人得了五千大洋，这便宜事儿上哪找去？尽自没达到原先的目的，也千恩万谢，把支票揣起来。

吕彪大笑："这就对喽！咱爷们都是男人，男人在世，就得爱个钱财权势，金钱美女！不然，白长了下头那根枪！说赴汤蹈火，那是你们文词儿，我带兵，图的就是给兄弟手下们一个荣华富贵！不说了，瞧瞧这什么行子通天犀！"俩人又拍了几句马屁，才伸过脑袋，打开"五毒捧寿"匣子，把那支犀角托在手里瞅了半天,也不得要领。

吕彪歪头想了想,问:“这玩意儿真那么灵?瞧着黑不溜秋、土里吧叽的,喝了就能好?你俩可给老子看好啦,千万别是假的!给我娘治病的,丁点错不得!”

张丰财、文四爷拿出报纸,指着上头文章夸了半天通天犀的妙用,吕彪半信半疑:“哦,真有这么神?!不过,这玩意儿怎么吃啊!吃多少?是蒸着吃还是熬汤喝呢?”

俩人面面相觑:“……这得问大夫。报上说,有位前清太医院的周太医懂得用药,不过我们打听啦,他不在京城,去上海给黎大总统瞧病去了。”

吕彪摸摸下巴上的胡茬,大为不满:“黎大总统?早下野多少年了,落架的凤凰不如鸡!还他妈这么大谱?!我再找几个名医问问,咱有了这个,还怕没人会用?今儿叫你俩来,还有件好事呢。”

“好事?!”俩人一听好事满脸赔笑。

吕彪说了好事:他想迁到热河去驻防,那里是鸦片盛产地,又少人管,天高皇帝远嘛,所以想叫张丰财、文四爷代他在京销售鸦片烟。这可是个日进斗金的大买卖,喜得二人抓耳挠腮乐不可支。正说话间,丫头来报,老太太病重不吃药,要吕彪赶紧进去问安。

吕彪赶紧带着张丰财、文四爷出了自己的书房,到了后院正楼,张、文俩人才见了这位传说中的老太太:硕大的镀金软床上,一个六十出头的老女人,大长脸、扫帚眉、狮子眼、蒜头鼻子、野牛嘴,面目红肿狰狞,伸着两条缠了凌乱白软绸裹脚布的三寸金莲,正拿着烧红的烙铁,摁着跪在面前眉清目秀的小伙儿胳膊上烙印儿呢!阵阵惨叫声吓得张、文俩人小腿直哆嗦。

## 二十三、下三门和于三叔

“天杀的狗东西!是不是想盼着我死啦,去找年轻小妞!别妄想!我死了,你们一个也活不了!哎哟!我是做了什么孽啊,活着长了这个病,想死又死不了哇!”老太太一张嘴一串不堪入耳的大骂,连吕彪也跪在地下不敢言语,半晌才说:“娘!别生气,儿子给你淘换着灵药啦!”

“灵药?!”老太太仰着脸顺手抹了抹鼻子,叹口气,“都说孝顺我!你看看你给我找的这些小孩,不是年纪小,就是成天跟我斗心眼儿!这个小顺子,今儿给我裹脚,瞅着大丫头屁股直瞪眼!就是嫌弃我老了!”

“啊?有这事儿?!”吕彪顿时大怒,站起来打量了一下跪在床边瑟瑟发抖的小顺子,狞笑两声,狼嚎般大叫,“叫你们伺候好老太太,你敢惹她老人家生气!”一言未了,从腰后头掏出支小手枪一扬手,“啪!”一阵红光,火药味迸发,俊秀小伙儿惨叫一声,已是死于非命!

张、文俩人吓得“妈呀”一声,抱头瘫在地下。可煞作怪,屋里屋外其他的人,像没看见一样,默默无闻,男青年身上殷红鲜血染透了地毯。吕彪喊道:“来人!把死尸拖出去!扔到城外!娘!您看,这小子不成,宰了也就是啦。您老甭生气!儿子再给您找俩好看的、壮实的,包管又清秀又合您老意!”

老太太对死了的人丝毫不在意,撇撇嘴,呲了呲一嘴屎黄的大金牙,哼了声:“甭光说!上回你大哥送来的小孩,还不如他呢,你刚才说啥药?”

张丰财脸色煞白,一脑袋冷汗,挤出一脸笑送上盒子。老太太接过来,举着老花镜看了许久,翻白眼问吕彪:“这是个什么玩意儿?不像是鹿角哇?”

吕彪赔笑:“娘!这是千年难得一见的宝物!是专门清热祛燥的灵药,叫通天犀!”

“啥西?”

文四爷笑眯眯过来指点:“老祖宗,这叫通天犀!是将军大人专门花了大价钱买来的!专治您的热病,保管药到病除呢!”文四爷抹了蜜的甜嘴口吐莲花,吐沫星子横飞,边说边比画,把通天犀夸得天花乱坠,跟太上老君炼丹炉里的九转金丹似的,唬得老太太一愣一愣,又夹了些夸奖吕彪孝顺的马屁话,说得母子俩一会儿就转怒为喜,张了嘴哈哈直乐。

“真有这么灵?!这位说得跟戏园子里说相声似的,真格好口彩!”老太太两眼冒光,抱着匣子就不撒手,“灵!灵极了我的老祖宗!”文四爷眉开眼笑:“没您不圣明的!这玩意,最少值十万大洋!千年难遇,您老吃了这个,包管益寿延年、万寿无疆!”

吕彪哈哈笑着奏请："娘，你可是好眼力，这位就是大清皇室的贝子爷呢，真格的皇亲国戚，要不说人家懂得多呢，听他的，没错！这回多亏了他和那位张掌柜，儿子才买了来孝敬您老人家。"

老太太穿好了绣花鞋，乐得皱纹都开喽，夸奖了俩人几句，末了跟吕彪说："嗯，都是好人呐，儿啊，别亏待了两位。这药怎么吃，赶紧问，我这脑袋，最近还是直迷糊，浑身热得厉害！"

"是！儿子赶紧找大夫来，您歇着吧。儿子领他俩到前头喝茶。"吕彪起身刚要走，老太太又拉住他嘱咐："别忘了给娘快找俩俊秀孩子！"

"是！"

三人出了小楼，张丰财、文四爷俩人才觉得全身黏糊糊的难受，原来是冷汗浸的！吕彪大为高兴，摆了酒宴犒劳俩人，谈起来找大夫，吕彪有些犯难："周太医也不知道啥时候回来啊？！这可怎么办？"

文四爷说："将军大不了派人把他抓回来！"

"不妥！"吕彪瞪了他一眼，"上海那边是卢督军的地盘，人家也是兵强马壮，咱不好这么办。嗯……用我的名义，给他发封电报，说的话好听点，多给银子。请他快回来！北京这边，你俩去把四九城名医都访一访，叫他们来出出主意，我就不信，死了张屠夫，就得吃带毛猪？！"

"妙！我们这就去办！您就放心吧，那盒子您可注意。"文四爷灵光一闪，笑道，"我看老太太跟将军要俊秀的男孩，我这里倒是有一个，也是为了此事立下功劳的，年轻，长得也好，是旗人，如果将军愿意，我找他来给老太太解闷？"

"哦？还有这好事儿？！哈哈。"吕彪心情大好，"不怪老话说强龙不压地头蛇啊，文四爷，这些事儿还得多劳烦你喽？"

三人举杯痛饮，第二天，文四爷借花献佛，就把那位年轻俊秀的旗人败家子儿，送进了吕彪的郡王府，别说，老太太一见，还真爱上啦。可怜俊秀旗人入了虎穴，成天陪伴个喜怒无常的母老虎，再不能出来，也算个小小的报应！

电报发了，上海那边毫无回信，原来孙老爷子早有防范，给周太医去了急电，让他不要回京。老迈年高的周太医听说了王家这档子事儿，也是痛心疾首，只好听话，不敢再回来，惹不起，总还躲得起。他不回京，吕彪可怒了。

原来他妈新得了年轻旗人，欢喜不已，免不了放下大夫们不让再跟男人睡觉的嘱咐，连着几夜宣淫无度，又赶上春寒，勾起旧病，新疾旧病一起发作，老太太身体支撑不住，已然躺倒了！

这可把张丰财、文四爷愁坏了，俩人热锅蚂蚁似的四九城整日乱窜，求爷爷告奶奶，找遍了京城内的名医，可这些名医一听是给吕彪他妈看病，无不大摇其头，一百个不乐意！忽悠悠过了多半个月，俩人毫无所得。

王文敏渐渐复原，孙氏、秋霞更为精心伺候，骨头汤、鸡汤、海参、参汤不断顿，小贵子也尽心竭力支应着铺子，见天来伺候。经过一家人这番辛苦，过了二十多天，王文敏终于能下床，扶着小贵子下地走动了。想起老爹王清太临终前嘱咐一定要弄清楚通天犀来历的话，他痛心疾首悔恨不已，可宝物已失，成了别人手里的东西，一场大病又令他形容憔悴，再怎么去探寻通天犀的秘密呢？

这天，他觉得身子骨有劲儿，请孙老爷子、王公公一家来吃饭，喝了几杯酒，叹息不止。孙德胜感慨道："文敏，把心放宽些！总会有办法的。"

王文敏摇摇头："我爸临终前交代的遗嘱，我总忘不了，我想，有志者事竟成，孙老，您不是也为一块砚台苦寻多年么。"王公公闻言也点头称赞："王掌柜，你是个孝子啊。可这物件现今在吕彪手里，又有张丰财、文四俩坏小子出谋划策，咱们老百姓有什么法子呢？"

一旁喝酒吃菜一直没说话的大牛突然问了一句："孙大叔，王大哥，这通天犀真在吕彪手里？"

"那还能有假？！"孙德胜疑惑地看看大牛，说，"我亲自领着你媳妇和文敏媳妇交到他手里，八万大洋票子给了咱。他给他娘治病，还能卖了？"

大牛似乎没听明白，问："治病？上次我身中剧毒，王大哥也是仁义，拿出宝物救了我的命，当时用了多少？"

王文敏说："就用了一小片。熏死剧毒守宫，也是一小片。兄弟，你问这个……"大牛猛地起身一拍手，两眼冒光，握了握双拳："孙大叔、王大哥！我有个主意，不知道成不成？！"

"什么主意？！"众人惊异地盯着大牛。

大牛不好意思地挠挠头，憨厚地笑笑："我是个愣头青，也不知道说得对不对。我琢磨着，这宝物既然灵验，他妈又没中毒，能用多少？剩下的那些，王大哥说弄回来，怎么弄？天桥说评书我常听，大清康熙年间既然有杨香武夜盗康熙爷的九龙玉杯，咱们想个法，把它偷回来不就得了！”

“偷?!”孙、王两人面面相觑，发现原先真小瞧了大牛！孙德胜早年是巡察御史，执法如山，京师地面上的三教九流、五行八作，没有他不知道、不熟的，只是孙老爷子本身就赋性刚健，仁义厚道，断案、巡街，碰上贫苦百姓、小小不然的拉车贩浆和刚出道的江湖人、或那些无心为恶的，都会手下留情，放他们一条生路，自己个儿有了麻烦，却从不去找他们，也算清末官场里的“清廉刚直”之人。所以，这事儿，一开始他就没往这块儿想，乍闻大牛说出个“偷”字，孙老爷子心中一动，可说不出口。

王文敏没那么些忌讳，一听“偷”，焦急问：“兄弟，你说的这个偷……怎么讲？吕彪那里墙高府深，又是将军，必然戒备森严，万一失手可不是小事儿！”

大牛慨然道：“王大哥，您别担心，也甭往后退，这事儿既然我说了，必定有合适的人。再说，吕彪用药，不过那么一点，只要咱们能请到高手，悄悄潜入王府，踩好了点儿，事情有七八成能行。”

孙德胜思虑很深，问：“大牛，你准备找谁？说说我听听。”

大牛笑道：“您是咱们南城老前辈，我不敢班门弄斧，只是有点子想法。据我所知……”

据大牛说，除了拉车，他日常喜欢活动活动，撂跤、玩石锁、练拳，跟着天桥撂跤场子里的哥们弟兄，混过多年，没有正式拜过师父，可哪一派的哥们弟兄，见他仁义憨厚、热情吃苦，多多少少也教了他个功夫。这里头，就有京城四霸天的手下。

四霸天，就是东霸天黑大蛤蟆黑四爷、北霸天韩大爷、西霸天刘二奶奶和南霸天于三叔，这四位，乃是清末民国老北京四九城里的横行霸道、无恶不作的霸王。自打光绪年间成名，后历经数十年的争斗、拼杀和兼并，终于划分了四九城的势力圈，成为各城地下的霸王。其他三家，大牛并不熟，可南城这位南霸天于三叔，却是南城如雷贯耳的人物。

于三叔的身份在京城四霸天里最为神秘。有的说，他年轻闯过关东，是打关外来的;有的说,他是中原地带的人;还有的说,是江南不知道哪省的,说法纷纷,他也从没外露过。这位三叔,不仅人精明阴险,功夫深不可测,还不像其他几位霸天一样出头露面,成名后就闭门谢客,成日介在南城的宅邸里,玩麻将牌,一副象牙镶金麻将玩得要风得风要雨得雨、炉火纯青,很少跟人打交道,别说南城大大小小的徒子徒孙,就是他的嫡系亲信,也不能随便见他。不过,外人很少知道,这位于三叔还是直隶等地下三门里的一位龙头老大。这直隶一带,有上下三十六门外带着下三门,其他门还总算有个好听的名号,然下三门,是江湖绿林道上,最看不起也最忌讳的三门,甭说平常相与来往,就是碰上了,报了名号,人家也不一定笑脸相迎,即便是笑脸相迎,背后还不知道怎么褒贬你呢。所以,上下三十六门,从来不把下三门当自己人,绿林道上,也只是提起来,才说“外带下三门”。

哪三门？是一门偷、二门盗、三门坟蝎子!

这三门,康熙、雍正、乾隆时期分得很清楚,各门的祖师爷、规矩、传承、师承和圈子,都有严格界线。不过晚清以来,洋人入侵中华,又有汉奸、买办蜂拥出现,慢慢地,三门便分化融合,成了松松散散的一个大门派,其他门里人,都叫他们“下三门”,含着瞧不上蔑视的意思。而看起来开着不少赌坊、烟馆,在家里玩麻将的于三叔,暗地里却是直隶下三门的总门长!手下明面上经营赌坊、烟馆,其亲信里头,不少人是下三门各个门派的高手,且于三叔本人,在江湖绿林里,就有个响亮的外号:草上飞小香武!

这个名号可不是外人瞎吹的,据几个大牛撂跤的师兄弟们所说,于三叔的草上飞小香武外号,有两个来历。其一,于三叔小时候拜在名师高人门下,练就一身绝世轻功,有踏雪无痕、走沙无印的能耐,尤其是一手蝎子倒爬城、一手燕子三抄水、一手飘雪纵云、一手八步赶蝉,乃是京城上下三十六门、外带下三门里的独门绝技!等闲人甭说跟他过招,就是跑、跳、纵、越,也得被他玩死!其功力,比起康熙年间偷门祖师爷杨香武,有过之而无不及,只是于三叔不爱显摆,自谦称“小香武”。

其二,于三叔草上飞名号,是他有两条大长腿,跑起来呼呼带风,非常之快,无论是山峦野地还是城里的路面,蹿起来一丈多远,跑起来赛如旋风,远远看去,就像能在野草上飞奔。因于三叔的几种绝技独步下三门,做事谨慎隐秘，才做了多年总门长，不为外人所知，而今王文敏真要是想弄回至宝通天犀，就得去拜求他老人家出马！

听完大牛一席长谈，王文敏这才感慨真是人不可貌相，海水不可斗量，起身抱拳拱手："大牛兄弟！哥哥我拜谢兄弟喽！不是今儿你推心置腹说了法子，凭老哥，要办成此事，可真是难于上青天！"

孙老爷子闻言默然不语，许久才点点头，显出奇怪的微笑："大牛，我说你怎么出这个法子，原来你说的是他！"

王文敏一听有门儿！孙老爷子话里意思，认识于三叔！王文敏赶忙推金山，倒玉柱，纳头便拜："孙大叔，求您老人家指点！要是能完成我爸的遗愿，小侄儿情愿舍去家业，报答您老！"

"快起来！文敏啊，你这是做什么！大牛，把文敏拉起来！"王文敏不情不愿起来，还在竭力恳求。孙德胜长叹一声，感慨道："风水轮流转呐！三十年河东、三十年河西，这于老三，甭说，我跟他还真认识呢！来，先喝杯酒！"言下大有意味。

三人举杯喝干。孙德胜闭眼思索了会儿，缓缓道："那还是宣统初年，我在巡警部做侍郎，因为宛平县卢沟桥出的一件诡异案子，着实领教了于老三的手段呢！只是年深日久……嗨，说这些陈芝麻烂谷子干什么！"

孙老爷子嘱咐了几句，大牛领着王文敏见了他撂跤的师兄，几人一琢磨，只好费心巴力拐了无数弯儿，找到了于三叔的嫡系弟子，南城"八恶虎"之一的刘三眼。王文敏送上重礼，请刘三眼代为引见，没过几天，刘三眼果然带着王文敏、大牛来到了于三叔的住处：南城柳树胡同。

## 二十四、将军府惊魂

在柳树胡同于三叔家里，经过一番周折，江湖大佬于三叔就是不答应帮忙，急得王文敏一头撞晕在院里的石桌上，大牛气愤不已，要跟于三叔拼命。紧急关头，孙德胜突然出现，跟于三叔打斗多时不分胜负，末了，于三叔要孙德胜下跪磕头就帮王文敏偷回通天犀。

不料孙德胜当即跪下，气得于三叔无法，只好答应了。于三叔的徒弟刘三眼、豹子，大牛、王文敏见俩老头打打骂骂，又互相揭短儿，都目瞪口呆，后来才得知，俩人为了当年一件案子，于三叔的盟兄弟被毁容，孙德胜的三儿子重伤身亡。这俩老头，是一对老冤家对头！

众人正商议如何盗宝呢，三叔的弟子大龙回来，与王文敏相见之下，竟然认识！老话说无巧不成书，这位叫大龙的青年汉子，正是去年串货场被文四爷踩了瓷器，由王文敏古道热肠拿钱调解，还在他银圆上留了手印儿，又在鬼市儿夜半时分，打跑了歹徒的那位爷！

大龙跪在三叔面前叩首道："王掌柜的是个厚道人，那日弟子在串货场见了文四、张丰财俩人，鬼市儿巧遇年轻旗人，确实不那么地道！不料这么阴损狠毒，谋害王掌柜。师父！这是弟子亲眼得见，江湖绿林道上，凡事讲究个'义'字，这是您传给我们的，即便是祖师爷传下来的规矩里，也有凡助我门人，必得报答的规矩。我们非亲非故，不是王掌柜的仁义，弟子也不敢祈请师父开恩！"说着"砰砰砰"磕头不已。王文敏见他大龙如此仗义，回想当日匆匆一别，也不过是随手帮忙，却换来人家偌大情分，忍不住闭目流泪长恸。

"哦……原来是这么回事。"于三叔陡然变了脸，由方才的尖酸刻薄，变得肃然，"你先起来再说！"

于三叔叫了桌酒菜，请孙德胜与众人边吃边谈，众人细细分析了一遍郡王府的位置和岗哨，孙德胜又把探听来的内外警卫情形、周围小巷胡同地貌细说了一遍，于三叔又叫大龙赶紧布置人手，去画张王府内的房屋图，标明吕彪、吕老太太住所。众人齐心协力，要一击必中！

三天后深夜，于三叔带着大龙、刘三眼到了吕彪的将军府外，吩咐刘三眼在外接应，领着大龙纵身潜入府邸，使出绝招，要偷回通天犀。老话说：贼不走空，大龙在吕彪的书房摸了一大票金玉古董，于三叔使出了蝎子倒爬城、金钩倒挂潜入后院老太太住的小楼，却不料见识了一幕惨绝人寰异常可怖的活剧！

原来张丰财、文四爷俩人找遍四九城，并无名医敢来医治，吕彪大怒之余，只好叫人切了几大片通天犀，煎熟了给老太太送过去，为了避免意外，先叫娈童们试药，见大家都无碍，才让老娘服下，谁知片刻间，吕老太太全身剧痒，头皮剥落、血肉模糊、满嘴污血、脸皮烂掉、嘴唇翻出变成一个血口獠牙，舌头吐出半尺长的骷髅！

这下子可炸了锅喽，哭的喊的疯的叫的，热锅蚂蚁似的乱哄哄！外头下人们不知道咋回事，冲进来一瞧，我的老天！无不哭爹叫妈没头苍蝇似的乱跑乱叫："了不得啦！闹鬼啦。老太太变成厉鬼啦！快跑啊！"

恐怖刹那传遍了内外院子，众家人惊慌失措乱成一团。窗外的于三叔瞪大眼瞧着，毛骨悚然，直出了身白毛汗！心说：妈呀！这、这通天犀到底是什么药？怎么变成这样啦?！心思一动，身子止不住就往下掉，三叔定定心声，知道机不可失时不再来，赶紧提了内气往上动了动，小心探手从百宝囊里掏出一支精钢打造跟人手一般的小爪子，后头是长长的马尾加钢丝的绳索，晃了晃灵活异常，瞅准了五毒捧寿宝盒，轻轻一丢，唰！爪子正扣在盒子上，三叔手腕子一使劲儿，"呼"的一声盒子飞出窗外，眨眼工夫稳稳落在三叔手里。这就是下三门里的绝技之探囊取物。要的就是稳准快。

三叔一面将盒子塞进百宝囊，一面摇动着身子往上移动。此刻屋里人声鼎沸又出了大乱，方才那些试药的漂亮小伙儿一个个脸色黑紫、一股股脓血带着异常腥臭从皮肉里胀出来，他们张牙舞爪挖着脸上万蚁钻心一般的入骨痛痒，一道道腐烂皮肉随着掉落指甲的手指从脸上噼里啪啦掉下来，片刻成了半脸的骷髅。年轻俊秀的旗人脸烂成个大窟窿，还在疯狂挖着脸上的肉，一不小心，把眼珠子抠了出来，疼得倒地打滚，引起吕彪更凄厉的惨叫："快来人呐！拿枪、拿枪来!!"

吕老太太卧室里惨不忍睹，仿佛十八层地狱厉鬼出笼图。于三叔行走江湖几十年也从未见过如此惨状，胆战心惊咋舌不已，瞧了一眼床上，吕老太太早已尸骨无存，化成一堆骨肉销尽的脓血，连骨头渣子也一星儿不见，只有那颗滚落在地的眼珠死死瞪着屋里这一幕……

于三叔一脑门冷汗下了楼，拉着大龙运轻功迅速飞跃到大墙底下，"吱!"一声唿哨，外头传来几声奇怪的鸟叫。

“三眼还在，赶紧把东西撂过去!”大龙把沉重的包袱“呼”一声扔过高墙，外头又是一声鸟叫。

“好，快走!”三叔纵身上了墙，等大龙上墙翻下去，于三叔禁不住往后楼观瞧。“啪！啪啪啪!”叮叮当当传来一阵猛烈的枪声，凄厉的鬼哭狼嚎轰然大作，像瘟疫一样传染了整个将军府。沉沉夜色下，灯火明亮的府内，几只黑翅膀乌鸦嘎嘎飞旋而来，拼命鸣叫着。跳下墙的三叔、大龙会合刘三眼飞速离开，回望王府，一片幽魂荡荡、鬼气森森。

回了柳树胡同的家，跟等得焦急的孙德胜、王文敏相聚，于三叔一脸诡秘，看看俩人，慢条斯理把方才瞧见的恐怖场面说了一遍。众人大眼瞪小眼不寒而栗，汗毛直竖！谁也没想到，这通天犀有如此之毒性!

“不能够啊!”王文敏茶呆呆张着大嘴傻在当场，眼神呆滞嘴里喃喃自语，抓着通天犀又摸又闻，上头琥珀色的包浆和淡然的香气，还是那么沉稳、神秘。王文敏冲孙德胜抱拳拱手：“老爷子！那日救人，您在当场，您说，大牛是不是被这物件救活的？守宫也是被此物熏死的！怎、怎么能出这档子事儿呢?”

孙德胜自然稳重多喽，皱眉仔细回忆了那天的情景，对于三叔说：“没错！别的事儿我不晓得，那日在烂面胡同，是我亲自在旁边看着处置的，没有这玩意，大牛早死了。那小子前天一起来的，你又不是没瞧见？壮得小牛犊子似的，全须全尾儿。于老三，你准是眼神不好，瞧错了吧!”

“姥姥！孙德胜，你以为我闲着没事儿跟你们唠老娘们嗑？老子这双眼，甭说瞧人，就是夜里、坑里瞧牛鬼蛇神，也是丝毫不差！你忘了那年卢沟桥那事儿，不是老子，你个老王八蛋能轻轻松松办了？方才我亲眼得见真真儿的！吕彪他老娘吃了这玩意儿，连尸骨都化成脓血啦！妈的，比我们道上流传的五毒化尸水都毒！王掌柜说这是稀世之宝？哼，我看，药铺卖的鹤顶红、砒霜，哦，还有孔雀胆，都是稀世之宝喽!”

这下子几人更迷惑不解，众人踌躇一番，也不得要领。回到家，王文敏祭告了父亲，没几天，大龙来报信，吕彪可算倒了血霉。那晚他老娘吃了通天犀当场化为脓血，试药的几个漂亮小伙也变成骷髅，被惊恐万分的吕彪开枪打死。暴怒之下，张丰财、文四爷俩小子也没跑了，叫吕彪一人一枪死在当场，剩下的老妈子、大丫头吓得魂飞魄散，趁乱偷了些东西跑散了，所以通天犀和吕彪书房里丢的那些金玉珍玩，就让他们背了黑锅。

大总统接了急报，赶紧命吴大帅前去照看。吴大帅文武双全，劝了好久，才让吕彪安了心，自己哑巴吃黄连，有苦说不出，偷偷给老太太出了殡，立即到军政部领了五十万大洋开拔费，带兵拔营起寨，去热河驻扎。

王文敏听了感慨万分，终于一颗石头落了地，请大龙吃了酒饭。王文敏漠然独坐，别的都过去了，可这通天犀救了大牛，却令吕老太太和男宠们暴死！这里头究竟有何古怪呢？百思不得其解，真令他头疼。

快到端午，王公公领着秋霞来送节礼，顺道说起近日碰上个住在宏恩观养老的师兄弟，打听到了当年清宫印刘总管的师弟张承恩首领，乃是在造办处、古董房做了十几年的首领太监，又跟着印刘总管见多识广，见识非凡，或许通天犀之事，可以请教他。

王文敏闻言大喜，约齐了孙德胜、于三叔、周太医、王公公等人，坐了马车到张承恩静修的白云观拜会。

下了车，早有迎接的小道士接过去，放眼望去，但见巨大的雕龙影壁对面，三间硕大庄重的山门，上头是颜体大字："敕建白云观"，乃是大明英宗皇帝的御笔。里头是一眼望不到头焕然一新的碧瓦朱甍、宝殿丹房、贝阙珠宫、龙檐凤角，一层层深阁琼楼，一进进秘殿轩堂，进了观门，四处烟霞散彩、金猊摇香，老柏修篁含烟矗立、奇花瑶草满院芬芳，院中随处绿草如茵、山石翠藓、鹿走鹤翔，真个是长生不老神仙府、日月同辉道人家！

初春游人不太多，观中安谧如常，总角的小道士十分俊秀，笑眯眯引着众人转过几层大院、绕过不少丹房，穿过后院的云集山房，在西偏院里，拐过一个月洞门，到了一处所在。这处小院甚是清幽，一色灰瓦木柱并无彩绘，地下绿草依依，只有几条随型的石板路通向正中的一座三间丹房，东边有一座三间厢房，西边是口水井，满院里松风赫赫，柏树森森遮盖了阳光，深深吸口气，顿觉心旷神怡。

小道士进屋禀报，少时请众人进去。屋里很是素雅，一色粗木家具，正中供着三清铜像，前头是块万岁龙牌，左右鲜花宝瓶蜡扦必备，再前头是座乌突突的宣德炉，里头线香幽幽洒洒若明若暗。桌子前头是块紫色蒲团，西间是卧室，东间是书房，几把粗木椅子，打扫得一尘不染，蓝白粗布的坐褥，青花瓷的茶杯茶碗，只是东间墙壁上，挂着幅蓝顶花翎太监画像，下头没供香烛，只有一盆碧草，一只玉瓶里斜靠着支碧玉柄拂尘，显得格外清雅。

张承恩缓步出来，此人体态清癯、蓝布道服、白袜布鞋，头上挽了个白苍苍混元髻，插了根白玉簪，脸如满月秋水、眉如远山青黛、鼻如玄胆、唇似新月、下巴无须，双目纤尘不染，肤如红脂粉润，飘飘然有些仙风道骨之气。看长相，年轻时必定是个漂亮小伙，看年纪，只有六十开外，比老态龙钟的王公公天差地别。可仔细算算，此人早已过了七十喽。王公公叹息激动，忍不住颤巍巍趴下叩头："师叔！小侄王忠贵特来拜望师叔！"众人赶紧随着拱手作揖。那道士不慌不忙扶住王公公，点点头说："居士多礼了，我早已不在尘世喧扰多时，你还是你，我还是我，不必做这尘世模样，咱们久违了！"

王公公与张首领多年未见，前半生命运苍茫，后半生蹉跎轮转，转来转去，又再次相会，都有些失神。王公公忍不住老泪纵横诉说了些当日宫中亲密执事奔走御前的话头，说到激动处，张首领面色平静，眉头抖了抖，化作一声轻叹："哎，老师侄，天道轮转，大清国都没了多年，何必再说这些前尘往事呢。贫道道号净云子，已然出家多年，这些往事，都记不得喽。来，请茶。"

喝了半杯茶，稳稳心神，王公公抹了把脸，才收了泪，絮絮叨叨问了印刘总管在此静修的往事，不免伤怀，知道画像是刘总管的遗像，赶忙跪拜行礼，又是一番祈祷，才归坐捧上王文敏预备的礼物，说："些许薄敬，都是日常用的，请师叔不要谦辞才好。"

王公公说了来意，净云子笑了："我这里丹房悠远，多年不问尘世外事，你可倒好，什么事？难道是什么宫中秘事？这我可不晓得。"

"不、不、不，我怎么敢乱说当年主子们的事儿?!"王公公急着否认，说，"是这位侄子，无意中得了一件当年宫中的宝物，请您给看看吧。"

净云子道长默然无语，目光流转，移时才缓缓点头。王公公连忙示意王文敏捧出蓝绸包袱，轻轻放在书案上，缓缓打开。王文敏本来提心吊胆，以为这位太监师叔是个性格古怪的老头，没敢说话，如今看来，很是平和温厚，言语中带着读过书的样子，再看书架上，除了《道德经》《南华真经》《云笈七签》《内丹经诀》，还有不少唐诗宋词古文，便知道此人学识渊博，放了心，一边解包袱一面问："道长请看，就是这件盒子，还有里头的物件，我偶然间得来，可不知道是什么物件，据家父和古玩行几位元老说，乃是通天神犀遗留下的通天犀角，然而后来因为它发生一些怪事，又不像通天犀角。此物来历不明、包装古怪，先救人又杀人，不仅古玩行里都不晓得是何宝物，就连宫中老公公们也都不认识，使我们百思不得其解。家父临终嘱托，让我弄清楚它的渊源来历，为了完成家父的遗愿，小人才请王公公帮忙打听出道长，万请道长指点迷津！"说着作个大揖。

"哦，居士也是位孝子。不妨事，请坐下说。"净云子道长轻轻扫视了一眼蓝绸包袱里的盒子，没等王文敏打开就摁住了，想了想说，"居士，先请说说它的古怪之处。"

王文敏捡着大概说了三刻钟，于三叔也忍不住插了几句，净云子道长笑道："玄之又玄众妙之门，诸位居士，这物件，我认识。"

"啊?!"众人闻言仿佛头上炸了个焦雷，震惊不已。王文敏高兴得一颗心嗵嗵乱跳，差点蹦出来，使劲儿掐了自己大腿一把，似惊似喜似悲似恸，热血上涌忍不住跪倒"扑通扑通"对着净云子道长一通磕头："道长，您、您真的认识此物?！我、我代死去的父亲给您叩头！万望道长赐教！"

"快起来！"净云子道长无奈摇头，"居士何苦执迷不悟呢？此物……当日还是我亲自书写签条封锁的！实话实说，诸位居士说它是通天犀？大谬也。"

净云子道长缓缓抚摸透着玄色静穆深沉的五毒捧寿盒子，慢慢打开，眼神由空寂猛然收紧，一瞬间前尘往事旧闻人物嗖然入心，却如梦如幻不可触及，闭目定了心神才缓缓仿佛对通天犀又好像对众人言道："该来的总会来，你在尘世漂泊多年，奇材奇物奇遇奇缘，还未醒悟吗？"

"道长，这不是通天犀？它是……"

净云子道长摆手止住了王文敏，长长的远山青眉舒展，笃定地说："这是一支比通天犀更万中难见、稀世之珍的虬角。"

# 二十五、虬龙秘闻(一)

“虬角?!”屋里众人肃然惊悚。

净云子道长似悲似喜,扫视了一眼目瞪口呆的众人。到底是周太医年高德劭渊博多闻,睁大眼一脸震惊:“道长、道长,你说这角是虬角?是前清造办处用海象牙染绿色而成的虬角?那绝不可能啊!那种虬角工艺虽精,却也没什么药性,这、这真是莫名其妙喽!”

“这位居士想必也在大内伺候过,然而不然,此物并非造办处精工制作了供奉御玩清赏的虬角,也非金非玉非铜非铁,平常海象牙齿怎么会有如此诡秘神效呢?乃是一支古书中记载的虬龙之角,在乾隆年间被高宗乾隆爷于香山之巅峰捕杀遗留下来的至宝!”

“虬龙?这可耸人听闻喽。”孙德胜捋须惊讶,“莫非这世上真有神龙?”

“非也非也。”道长小心取出那支角对着日影仔细转动欣赏,点点头,“诸位看,这角中蜿蜒如游龙的一条黑线,就是明证,而通天犀乃是一条白线,我大师兄刘总管当日请教过宫中老人,又传下来一段秘闻和此物种种神异之处。这话么,说起来就长了,诸位如有闲,贫道就跟诸位说说此物的来历,也算缘体归一,日后也使这段珍闻逸事不至流失。那是乾隆二十五年……”

乾隆二十五年,正是志满意得、心雄万夫的乾隆爷派遣大军,平定了绵延康熙、雍正、乾隆三朝,残暴不仁、里通外国、抗拒天威的西域准噶尔部,修文扬武、海内承平之际。乾隆爷好大喜功,见绵延七十余年的外患已平,九州一统,便肆意铺张奢靡起来,大肆修建西郊园林并承德离宫避暑山庄,集合天下能工巧匠,耗费亿万,在所不惜。北京城西郊就成了个大工地,尤其是圆明园一带,车辚辚马萧萧十数万工匠兵丁挥汗如雨、并力如山,打造着那座万园之园。乾隆爷也是个风流潇洒的富贵天子,时不时常去工地踏勘阅工。

圆明园大修,夏季避暑,乾隆爷为纳凉、阅工便利,就迁居到香山静宜园驻跸。那里虽不比圆明园规模浩大、桂殿兰宫、丹檐飞阁，却自有一番山峦耸翠、天然佳妙之处。那一日，乾隆爷正在园中避暑游览，陪驾的是军机大臣、协办大学士、太子太保、刑部尚书山东诸城的刘统勋和御前大臣、军机大臣、工部尚书舒赫德，君臣相得甚欢，吟诗作画、喝酒饮茶。午膳已毕，乾隆爷要遛弯儿消食，便起了大驾，坐着步辇，由打香山慢悠悠出了宫门，在宫墙外散闷。

到了香山附近的大沟乡，突然遇到一告状的乡民，原来此地虽在御园附近，近些年却在山上古塔中，出了一只怪物，白日便残杀家畜、吞噬乡民，已然多年了，今儿碰上乾隆爷大驾亲临，乡亲父老便都来求告万岁爷将妖物诛灭，以安民心。乾隆爷亲眼所见怪事，大惊大奇，思索片刻，毅然下旨令舒赫德率领侍卫亲军上山除怪。

不料将士们刚爬上山岭，山顶宝塔上隐隐闪出一对双角，猛烈迸发五色毫光，在阳光下晃得人眼花缭乱，又是一阵五色烟雾腾空而起，随风弥漫，前头兵士传来一阵“啊啊呀呀”惨烈的叫喊声，顿时死伤一片。舒赫德惊诧莫名，立即下令撤军，那命令哪有风烟彩雾来得快，咕噜噜开锅似的彩雾越发浓重，弥漫四野。侍卫亲军不知内情，碰着就死吸了就亡！那些中毒之人无不身肿皮肉化污血，霎时如万蚁钻心痛痒难耐，用手挠得皮开肉绽鲜血直流，口歪眼斜不多时便筋骨融化，成了一具具惨白的骷髅！

舒赫德到底上过战场，知道遇上怪物，赶紧叫后头的人趴下身子，嘴脸紧紧贴着泥地，弄得一嘴一脸的灰尘泥沙，总算呕吐了一阵，纷纷惊骇莫名大败而回。乾隆爷见状大怒，要再派兵马被老成持重的刘统勋劝住。回园商议许久，乾隆传旨，命贴出告示：凡有能除怪者，重赏封官，并连夜叫首辅大臣傅恒主持此事。

傅恒领命，调来健锐营数百精锐，上山窥探到底是何怪物。有个叫安泰的勇士单身一人蹭蹭几步蹿到古塔近旁，这里有几株参天大树，枝叶茂密、高耸入云，正好可以观察塔内情况，便紧紧腰带，双手抱树，蹭蹭上了树顶，隐藏在茂密树叶中，展眼望去，塔中仿佛五色斑斓紫气纷纷，有团五色光焰掩蔽着什么物什。凝神细看，见其蜿蜒硕大，还是看不清，便小心翼翼拿出御赐千里镜，对好了准头，往古塔里头一照，“啊?!”的惊叫一声，不相信似的再细细查看，登时吓得魂飞天外头昏目眩，差点一个倒栽葱掉下树来。下山后，安泰禀报傅恒、刘统勋，原来古塔之中，盘绕着一条似龙非龙、似蛇非蛇、似蟒非蟒的巨怪！头如十石之斗、身长十余丈、遍体五色麟甲森然、眼射金光直冲斗牛、双角如龙、舌如黑绸、肢体下显出两只妖爪！

众臣震惊，上报乾隆爷，连乾隆也傻了眼，自以为是真龙天子，哪又出来条“似龙非龙”的怪物呢！看看当下无法，只好静等高人。到了布告贴出来第十天下午，外头匆匆来报：步军统领衙门右翼总兵带一名老道士觐见。乾隆闻讯大喜，立命召见。众位大臣也松了口气。只瞧外头雄赳赳气昂昂的右翼总兵，领着个瘦小骨干，一身百衲道袍，手摇拂尘的老道穿过宫门，在殿外候命。

右翼总兵领着老道跪拜在地，山呼万岁，朝贺完毕，乾隆爷挥手叫总兵出去，舒展龙目一瞧，不由得眉头紧锁。老道瘦小枯干、衣衫褴褛、满面灰尘，鸡爪子似的指甲满是黑泥，手指特长，脸如枣核，一缕黄须，皱纹堆累。此情此景令皇帝不悦，想了想问：“这位道士，你师从何门、仙修何处，你知道大沟乡山上是什么怪物？能替朕除妖？”

道士点点头，不亢不卑：“小民乃方外之人，说不上师从，云游四海，见有妖物危害乡民，特来助我主万岁斩了此怪，非为荣华富贵而来。”

“嗯，赐座。”乾隆爷听他说话，倒是有几分庄重，便改容问到底是何怪物，如何斩杀。

道士侃侃道：“小民先不揭破，并不是卖弄，只不知此妖道行妖法，待小民亲去大沟乡查看一番，再回来觐见万岁，说出方法，请万岁准许。”不到两个时辰，老道回来，觐见乾隆，众大臣问：“道长可有什么好法子？”

老道笑道：“启奏万岁，启禀众位大人，真是万幸！也是我主万岁洪福齐天、真龙在世镇得住此怪，它道行未满，法力未成，只有些许小小怪能而已，祈求万岁降旨，预备些物件，三天之内，贫道定为万岁斩杀此怪！”

“哦？道长如此有把握？”乾隆疑惑，道士稳重点点头说：“不过，小民有下情回禀，小民乃化外之人，一旦斩杀此怪，金银珍宝官职爵位都不敢奢望，也没有用处，今日听闻大沟乡民被此怪伤害甚多，祈请万岁将赏银赐予乡民，令其安居乐业，也算臣的一点心意。”

“这个自然，还有呢？”

“此怪虽未修成，可也有几分妖术，臣请斩杀此怪后，要一支角，一只眼留作存念，请万岁恩准。”乾隆笑道：“既然道长不愿在尘世，又仁义可嘉，朕准了。要什么东西，傅恒去指挥预备，待准备妥帖，朕要亲自观你斩妖。”

“遵旨！”

下得殿来，傅恒、刘统勋、舒赫德将道士领到值班房，道士给诸位大臣，要了朱砂十斤，雄黄五十斤，高粱酒、烧刀子各二十坛，肥猪、肥羊各三十头，狗血、猪血各三十斤，上好结实的丝线五十斤。傅恒沉思道：“道长莫不是要开法坛？难道不用强弓硬弩、火箭火炮兵马相助？”

“非也，这是专为此妖预备的。中堂大人不必担忧，此妖非比寻常，普通人类自然不能伤它分毫。且看贫道除了此怪，以安万岁和众位大人之心。”

傅恒几人百思不得其解，不知道老道要酒、猪羊做什么，皇帝有旨，自然照办。第三天上午，道士奏请预备齐全，乾隆爷便摆了銮驾，带领大队兵马，浩浩荡荡来到大沟乡野山，在山下驻扎。各路禁军不敢怠慢，抽刀架枪分布四周，舒赫德、傅恒、刘统勋护驾，乾隆爷问：“道长，如何除怪，朕在此观看。你要设坛施法吗？”

“不妨事，万岁稳坐。”道士持了拂尘，布置起来。乾隆爷看他事事亲为，闲适自在，倒也有趣。这道士先命众兵士将酒坛打开，顿时香飘十里，再把赶来的猪羊架着，取三十斤雄黄搅拌其中，用雄黄酒猛灌，不多时，肥猪肥羊肚里膨胀，全是好酒，都醺醺欲醉。道士命兵士拿来口大铁锅，将狗血、猪血、二十斤雄黄、朱砂放入搅拌，拿来丝线，沁入其中。道士笑道：“时候不早了，请舒将军把猪羊着人赶到山上去。”舒赫德顿时惊讶莫名，这些猪羊都醉倒在地，昏昏欲睡，如何赶得动？

百战精英的舒赫德大为无奈，自来也没用过这种法子，只好遵命。等把猪羊着人抬到山下，老道缓步过来，在每只猪羊眼前用拂尘晃了晃，兵士们拿来鞭炮拴在尾巴上，纷纷点燃，噼里啪啦一阵响，醉醺醺的猪羊顿时受惊，展蹄要跑，可肚里美酒作怪，只慢腾腾摇摇摆摆，直冲山顶跑去。一时间漫山遍野都是嗷嗷叫的猪羊，不多时到了山巅，离古塔尚有百十丈远近，忽然一阵腥风大起，十三级宝塔塔顶显出那只似龙非龙的怪物，眼中金光直射乱纷纷跑来的猪羊，血盆大嘴一张，黑绸信子猛地往空吸了吸，呼啦啦一阵狂风，卷着猪羊直入怪物嘴中，片刻间猪羊被吸一空！

乾隆爷在山下拿千里镜瞧了心里一紧，只见那怪吐吐信子，缓缓缩回塔中喽。道士不慌不忙，将浸泡过猪狗血、雄黄朱砂的丝线令人取出，领着人上山，在山林间低头查看，走几步停一停，指示兵士缠绕树上。不一会儿，在山中、山下数百丈远近围绕出一个奇形怪状的图案，众人再瞧不出到底是什么图。老道走到御前说："启奏万岁，众位大人，少时就要除怪，万岁大驾在此，必然不会有差池，只是后面场景腌臜，恐怕污了万岁龙目，祈请万岁、众位大臣无论看见什么，也不必惊慌。看小民手段。"

"这你就过虑了，朕当然稳得住。去吧。"乾隆爷摆摆手，众大臣再惊心，也不敢说什么，只好随侍在御前，挺胸叠肚，装出一副巍然脸色。

半个时辰左右，忽听山巅古塔里一声怒吼，山上那怪昂首吐信，在塔顶对着苍穹嗷嗷直叫，这叫直震得山岳崩摧四野飒飒，腥风大起。也不知怎么了，那怪扭动身子，前头两只爪子疯狂拍打塔顶，哗啦啦塔尖倒了一半，砖瓦飞溅，片刻五色云雾夹杂了浓重黑烟自怪物口中喷涌而出，烟雾攒集而下，弥漫四野，周围绿树野花被烟雾熏染，霎时枝叶干枯败落而死！那怪闹腾了一阵，两眼金光隐隐，又透出血红光芒，嘴下滴滴答答流了一地碧绿口涎，掉落在地犹如沸水入油锅，噗噗直冒白烟，血盆大口忍不住喷烟吸气，古塔周围数百丈被它的毒烟毒涎熏染殆尽，再无活物。

山下众人看得心惊，乾隆爷举着千里镜喊道："好毒的怪物！看，它瞅见咱们啦！"皇帝话音刚落，山上两道碗口大的红黄金光直射过来，众人无不惊悚，方才还大义凛然的大臣们刹那慌了神。首辅大臣傅恒赶紧奏请乾隆爷回避，这怪物如此毒辣诡异，伤了至尊天子，他这位领班军机可吃不了兜着走。乾隆爷摆摆手冲神色安闲的老道士问："道长，该出手了？""不妨事，万岁勿惊，贫道自有办法！"说着老道嘱咐舒赫德："大人，再命人预备些火油、火箭、柴草之类，备用。"

舒赫德立即命火器营、健锐营的兵马预备去了，再看山巅怪物叫声越发凄厉，对着山下众人张牙舞爪嘴脸狰狞，拼死喷云吐雾，可力道越来越弱。这怪物天灵智识，心知中了计，"嗷唠"一声怒吼，爬到塔顶现了真形：体长数十丈、头如水缸、眼如海碗、五色麟甲耀眼夺目、头上两支角、上身两只利爪，黑绸般信子变成血红色，逞凶发狂。见下头人并不上来攻击，仰天大叫一声，顿时天昏地暗，山峦六合四周顿时浓雾纷纷狂风大作，雷声隐隐而来。草丛里窸窸窣窣又是无数细碎声响，刹那间出现无数赤橙黄绿青蓝紫各色毒蛇，长短不一大小各异，粗的如海碗、细的如筷子，五颜六色蛇鳞放光，也不知有几千几万条，听了那怪物嚎叫，得了命令般仰头吐信，眼露凶光，像开了闸的洪水一样直冲山下而来。

轰隆隆！天上打了几个闷雷，风雷闪电忽而大作，漫空中霹雳隐隐金蛇狂舞，天上地下阴霾似浓墨重染，压得越来越低，笼罩四野，连太阳也不知道哪去了，大天白日，犹如深夜，只天上霹雳咔咔巨响，忽明忽暗显得格外可怖。又是一阵腥风大起，吹得山下众人站立不住，纷纷丢盔弃甲兵器落地，连乾隆爷金交椅也被吹倒，慌得几位大臣护着天子退到后头。

那些洪水一般毒蛇更是凶悍，往下直冲。说来也怪，各色毒蛇开闸洪水似的涌到老道用丝线拉出来的圈子四周，不等靠近，便如老鼠见猫般瑟瑟发抖，一沾上丝线圈子，红光迸现，顿时皮开肉烂翻滚扭曲而死，后头潮水般的同类刹不住身子，窸窸窣窣越涌越多，挤过来的无不死于非命。有几条巨蛇仗着身大毒猛，刚冲进圈子就不知触发了什么，丝线圈子红光大作，立即引来天雷闪电，将巨蛇击碎。无论怎么冲击，那沾了猪狗血、雄黄朱砂的丝线圈，仿佛是诸葛武侯立下的八卦阵，碰着就死挨着就亡，片刻间死蛇如山积，再也冲不过来。

山下人瞧着心惊胆战，乾隆爷在风里举着千里镜连连赞叹："好手段！好手段！"

一袋烟工夫，遍野毒蛇伤亡殆尽，零散的几条纷纷鼠窜钻入山石中不敢出来。古塔顶上那怪物见子孙被灭，大为震怒，可体内美酒、雄黄搅得它功力大减，摇摇摆摆靠在塔尖上怒吼几声，拼了全力仰头冲九霄云上再次凄厉喊叫。九霄云中雷声滚滚怒云涛涛，打正东涌来一片巨大云雾，天上开了口子似的出现个巨大黑乎乎穹隆，一片血雨铺天盖地落下，隐隐看，其中仿佛有什么巨大身影蜿蜒穿梭。

# 二十六、虬龙秘闻(二)

老道在狂风浓雾中呵呵笑道:“你这孽畜,作恶多端,还不束手就擒,非要找帮手负隅顽抗,今日贫道就为民除害!”说罢不慌不忙从破道袍里掏出个巴掌大小的小葫芦,一掀盖子,用手晃了晃,“噗!”飞出一只蚊子大小的鸟。那只鸟如黄雀大小,遍体金光,黄爪红嘴,两眼如黑豆,十分漂亮。老道说声:“去!”

那鸟展翅翱翔飞到半空,瞅见塔尖怪物和云中穹隆,扑棱翅膀欢快鸣叫几声,登时晃动身形,两眼忽然放大,黑豆眼珠成了桂圆大小,两道金光从眼中直射出去,那光芒在半空中越来越亮,瞬间变成碗口粗细,一直射向穹隆和塔尖上的怪物。那怪物遥看见这小鸟,好似绵羊瞅见猛虎,立即矮了三分,凶悍之气为之所夺,有气无力缩回原体,再不敢冲天怒吼。穹隆里不知什么怪物,被金光照耀,顿时勃然大怒,一声咆哮震天动地,自云霄里伸出只水缸大的爪子摇摆不止直冲塔尖怪物而去,血雨密密打在山巅,血雾腥风将古塔严严实实包围起来。

山下众人看得越发心惊,不知云霄穹隆里是什么怪物,只见那物件一只爪子就水缸大,还想再伸出一只来,早已惊慌失措,不寒而栗,纷纷劝阻乾隆爷回园暂避。乾隆爷此刻也吓呆了,忙问老道:“道长快些除妖,它这帮手一旦下来,危害甚重!”

老道一挥拂尘哈哈大笑,冲云霄大喊:“圣天子百灵护佑!你虽修得脱去皮壳成了神通,岂敢违反天条、纵子行凶!今日真龙天子真身圣驾在此,百神相随,天数已定,休得猖狂!劝尔不要再怙恶不悛,不然贫道要书符奏请九霄神府,必以天雷将你打得万劫不复!”说完老道随手一指,半空中小鸟展翅腾云飞往古塔,两眼金光往上直射进九霄穹隆里。“轰隆隆!”一阵天崩地裂巨响,穹隆伸出的那只爪子被烈火烧了一样急忙缩回去,穹隆里金光大作,“嗷唠唠”吼出一阵怒号,风云雷电片刻间裹成一团,飞速远去不见了。

再看塔顶那怪物没了依仗，更是气焰全无，缩回古塔，只露出两只血眼狠毒扫视四周。那只金眼小鸟拍拍翅膀飞旋下来，轻轻站在怪物似龙非龙的头上，吓得那怪弓身缩背浑身瑟瑟抖成一团，小鸟叽叽喳喳叫了几声，在怪物双角中间蹦跳几下，猛然用朱红小尖嘴朝它头皮上一啄，那怪物惨痛大叫一声，顿时掉落塔中，没了声息。霎时九霄漫天云消雾散，阳光出来，照得大地一片暖煦，金眼小鸟展翅飞了几圈，抖抖翅膀飞回老道手里，懒洋洋扑棱脑袋，瞬间成了蚊子大小，被老道小心放入葫芦，贴身藏好。

除了怪物，老道请舒赫德将军率军埋了群蛇尸体，自己带着将军进了古塔。众人进了塔，登时魂飞天外，不少兵士吓得两股酸软，勃然变色。原来塔中污秽遍地，全是各种人、畜、动物白乎乎长了绿毛的骨头，堆积如山一片狼藉，都是遭了这怪物的毒手。老道浑然不惧，也不嫌腌臜，拿树枝挑了挑骨头，摇头叹息："哎，此怪在此作恶多年，本该早来除掉它。福生无量天尊，愿尔等早日投胎转世吧。"说完双手掐诀，念诵经咒。众人再看，地下是条两丈长短，头生双角、上肢生出两爪似蛇非蛇似龙非龙的怪物，遍体五色金彩麟甲斑驳陆离，令人心悸，正死在那里瞑目不动。见众人惧怕不敢上前，老道掏出一支碧玉柄古色古香的匕首，走到跟前儿缓缓蹲下，舒赫德在后观瞧，老道手起刀落，污血直流，剖开怪脑，露出一枚血红色异香扑鼻核桃大的明珠。老道笑笑，把珠子拿起来用布擦干净，珍惜揣了，再挖出怪物头顶两支紫黑色如琥珀般长角，又两刀，将怪物眼珠子挖出来，用道袍兜着，掖了小刀，笑道："此怪已除，不可久留，这里已然受了毒液，舒将军，赶紧命人堆起草木柴火、浇上火油，焚烧干净。"说罢，舒赫德下令焚烧古塔，古塔四周顿时烟雾滚滚烈火熊熊，映照得半边天皆红，大火烧了一天，终于成灰烬。

乾隆爷大喜过望，赏了老道一角一眼，并将老道推辞的赏金缎匹，赏给了大沟乡的百姓。四处来看热闹的乡民闻听圣旨，皆跪拜山呼万岁不止。老道见乾隆爷有道明君，爱民如子，不好推脱，点头答应。傅恒伺候乾隆爷起了大驾，众人浩浩荡荡扈从回园，又见老道身上乌漆麻黑十分腌臜，还不会骑马，赶忙叫人抬过自己蓝呢子大轿，掀开轿帘请老道一同坐了。老道笑道："中堂不嫌贫道腌臜，哈哈哈哈，请。"这也算小小得胜还朝，一路上文武大臣各路兵马喜动颜色，轿子里傅恒求老道给指点指点他的家运。傅恒祈求再三，老道眨眨眼点点头："既然如此，贫道瞎说几句，富贵荣华如流水，人生百年如梦，可一不可再，请中堂大人切记：岭南萋萋草木深，兵戈烽火原有因，灵隆康长家运远，虎鼠相逢大梦回。此四句话，请中堂大人牢记。世事长远，只要正心意而行善事，必有后福。"

傅恒听得悚然震惊，喜忧参半，琢磨了半天也没想明白到底是什么意思，只知道老道话里有话，亏得他天分不高但记忆深刻，深深将四句话记在心里，说了无数感谢的话，又叫家人立即吩咐在静宜园外不远自家赐邸里预备洗澡水和崭新道袍，伺候老道沐浴更衣。却不料，这四句话，正说准了他富察家一族的子孙家运和他日后病亡的缘由。

回到御园，乾隆下旨大摆酒宴，给老道士庆功，详细询问此怪来历根底。老道呵呵笑道："前日贫道说卖关子，其实并非，只因此怪来头甚大，凶猛异常，所以除掉它，贫道才敢讲述。说起来么，此物似龙非龙、似蛇非蛇、似蟒非蟒，乃是一条久修而未得道的虬子玄化锦鳞蟒！"

见众人莫名其妙，老道指着御案上那支角和眼珠，说了原委。

虬子玄化锦鳞蟒，似龙非龙、似蛇非蛇、似蟒非蟒，乃是一种后天机缘化育而来的怪物！原来自天地混沌以来，天开于子，地辟于丑，人生于寅，以先天太极开分阴阳两仪，两仪生东南西北四象，四象生乾、坎、艮、震、巽、离、坤、兑八卦，三才、五行、六合孕化其中，才有了天地六合世间万物。四象者，在天为东方青龙、西方白虎、南方朱雀、北方玄武，为四象神兽。在地来说，万物有走兽飞禽，又有四灵圣兽，其中凤凰为飞禽万鸟之长，麒麟为走兽畜类之尊，灵龟为海中鳞介之主，神龙为溪河湖海各龙之首。

蛇类却异于四灵，因其有鳞甲，又多于溪河湖海中生存，所以两者中，皆有蛇类。然据古书记载：有鳞曰蛟龙，有翼曰应龙，有角曰虬龙，无角曰螭龙，其本源自上古以来，则不可考据，然亦传有金鲤化龙、飞蛇修炼通玄飞天化龙者，所谓鱼龙变化异象也。所谓鱼龙变化、飞蛇通玄飞天化龙更在蛟龙、应龙、螭龙、虬龙之下，有云此物乃妖物畜类纵横于世，修炼千年、丹成飞升者，假龙象而作恶，古已有之。

据古籍记载，凡万物众生，有九窍者皆可修道，但上天有好生之德，以人类为万灵之首脑，担忧茹毛饮血之畜类潜心修炼，吸天地之灵气、采日月之精华，飞升成道，贻害人间，便降下天劫，每遇三百、五百年，便行天劫，将修道之魑魅魍魉、畜类物种尽皆剿灭，亦有虔心苦修、行善积德、救助苍生者，历劫不毁，丹成道和，飞升而去，此类乃千万修道畜类中之一，极不可得。如世间所谓蛟龙、虬龙者，多非正龙，乃是修道而成的鳄、鲤、蛇等畜类，丹成飞升所化。因而世间种种龙属，皆是此辈。并非在天之东方青龙、在地之神龙。

其中虬子玄化锦鳞蟒，便是虬龙丹成飞天后，畜性难改，与蟒蛇野合所生。此类蟒蛇，名为锦鳞蟒，一般蟒蛇虽形体硕大，性情温良者居多，大多无毒，只有锦鳞蟒其性最淫、其毒最剧，多引诱蛟龙、虬龙交合，盗取仙体，修炼凝合，以备飞升。然其所生之子，大多被其吞食，万中之一尚能存活，此存活者，下生便有虬龙之灵体、根性，又具锦鳞蟒之剧毒、淫邪，既不合于龙类，也不属于蛇种，独立独行，专在深山大泽修习神通。因其乃虬龙之子，所以事半功倍，其凶毒之性，也因锦鳞蟒所传，越发厉害，无论同类异类，皆会吞食。

待五百年后，便生出双角，再五百年后，生出前肢双爪，凶性冲天，便入魔道，知识大开，再修炼一千五百年后，如能历天劫不毁，便能修出后肢双爪，成就道和，神通广大，凶悍异常，能飞翔于九天，吞云吐雾、呼风唤雨、移山倒海、翻天覆地，就连普通龙种，也不敢与之斗法。其外形与虬龙一般无二，只是毒性猛烈，乃天下第一，其毒液流布全身，凡龙不知，与之交合便立时被吸取精华，中毒腐烂而死，所以龙种往往对此种蟒龙甚为恐怖。此种蟒龙之毒，可坏世间一切金银铜铁玉石宝物，一旦沾到人身，肉烂骨化，灰飞烟灭。因而自炎黄数千年以来，只有为数不多几条成就神通，后被上天以雷劫处死，以免祸乱人间。

也不知何年何月，此物降临大沟乡荒山野岭古塔之中，祸害乡野，吞噬人畜，祸害黎民。正遇上天子偶然巡行，发现此怪，才有这一场除妖大战。幸而此妖尚未丹成，只修出两只前爪，已然凶毒无比，难以制服，一旦世人不察不知，被其修成龙形，定然为祸甚剧，神仙难治。老道士也是看到其没有丹成，才想出主意，以大量雄黄入酒灌醉此妖，蛇类怕雄黄，又有身带的异宝相助，才除了此怪。不然，就是请龙虎山正一派大天师来，也无济于事。

乾隆爷对此奇说闻所未闻，听得津津有味大感兴趣，连众位大臣也听呆了。老道喝了半杯茶，歇息片刻，又笑笑说："启奏万岁，方才贫道言此怪有亲戚来助，非是别家，乃是生它的虬龙！"

"虬龙？道长所言，就是方才云中那只伸出水缸大的巨爪?!"乾隆爷大惊，"莫非世间真有虬龙？朕翻阅古人书籍，常常有记载，以为乃古人附会乱说，听道长一言，不可思议！"

"确是虬龙。古人早有记载，后人不察不知，又没有见识过，便以虚骄之气，嘲笑讽刺古人短见，大惊小怪，岂不知并非古人有误，是后人无知无识罢了。五帝至夏朝末年，宫廷豢龙氏之专设，既是真相。当日宫廷豢养之龙并非神龙，就是当日刚刚丹成道和的种种异类龙属，《太史公书》《左传》记载皆为真实。那虬龙见其子要被诛灭，骨肉天性，定然大怒，幸而万岁真身圣驾在此，百神护佑，贫道再借书符奏请神雷，将其吓走，那神鸟也得力，不然，今天成败尚在两说呢。"

众大臣听老道如此博闻，感佩莫名。乾隆爷大喜，又赐酒三杯，笑道："世间千奇百怪闻所未闻之事，今日听道长言明，总算又多了几分见识。道长，你那只神鸟什么来历，朕颇为喜爱，再者，这虬子玄化锦鳞蟒，既然全身剧毒无比，要他的角和眼珠子干什么呢？难道这也是宝贝？"

老道说："万岁圣明，这鸟，不是凡鸟，也说不上是什么神仙，乃产于西海之外的金眼神莺，专以各类毒虫蛇类为食，一双金睛能识破妖魔鬼怪魑魅魍魉的真身，无论修成多少年，如何变化，也难逃它的金睛神眼。贫道少时得自异人，已然四五十年了。随身佩带，翻山越岭深山大泽中，最是护身之物。这角和眼嘛，却不是凡间所有，乃是一支虬角，一只虬眼。"

"有何妙处?"乾隆爷喜动天颜地问道。

老道笑说："此角玲珑剔透内有黑线，与世传望月神犀之通天犀仿佛，却比其更珍贵。善能驱邪辟妖，可辟世间所有毒物，又化解世间一切剧毒，凡入大野山泽、戾瘴毒气之地，遇山精水怪、魑魅魍魉、邪魔外道，取此角悬于身旁，百毒不侵、邪魔逃避，绝不敢害人。若有身中种种剧毒，磨下少许，以无根水灌之立即祛毒痊愈，百试百灵，万无一失，可谓至宝。尤其与通天犀不同之处，若遇各地发生大疠大疫、疾病横行，在当地磨下几片烧制成灰，其烟弥漫四处，便可祛病消疫，保一方太平。

此眼又名辟毒如意珠，仅次于此怪内丹，也是辟万毒之宝，专祛眼障之疾，凡入深山大泽野地，效用同于虬角，凡老迈之人眼障失明，用其擦拭数次，便可眼清目明，到老不衰。更有一功效，若身死魂消，在口中放入此珠，能使死者容颜不改，尸身万年不坏，所以，又名定颜不老珠。此二宝奉献圣上，祝愿我主万岁吉祥如意、善待黎民、化育黎庶，贫道退居山野，也能沐浴皇恩了。”

“啊？真有这么神?!”乾隆爷自御前拿起虬角、虬眼，珍爱摩挲皱眉问：“道长，按你所言，此怪乃剧毒之物，又流布全身，这怪物的角、眼，如何又能辟毒救人治病呢？再有，此物常人服下，有什么忌讳么？”

“启奏万岁，此物常人万万不可服用!”老道庄重言道，“我道中之言：周天之物，皆乃阴阳所化，皆有阴阳之性，阳者光被四表、统天纲而正万方；阴者伏入地下，率冰寒而化六合。阳中必有阴，阴中必有阳，譬如太极阴阳鱼，阴阳相生、循环往复，才能化育六合四海，生生不息，亦有独阳必败、独阴必坏之说，此乃天之常道，周天物种生化衰败概莫能外。述之现实，便是阳极而阴生、阴极而阳生之理。此怪物也在六合之中，自然在阴阳大道里，此角、眼之所以能辟世间一切剧毒、戾瘴之气，皆因此物乃剧毒无比之性，超越世间一切毒物之上，又经此怪修炼多年，丹未成却有了灵性，凡砒霜、鹤顶红、孔雀胆、鸩酒等凡间之毒，死者三日内服下，采以毒攻毒之法，定然痊愈如初，此两物乃万毒之主，所以能解毒辟毒克化世间一切奇毒的道理，就是至毒为纯阴之极处，反而生阳，便能祛毒救人了，反之亦然。太上道祖所说：凡事否极而泰来，泰极而丕来，乐极反生悲，就是这个意思。然常人脏腑无病，或有病并无中毒，擅自服用此物，必将皮开肉烂骨髓消融，化为一摊脓血!”

## 二十七、真相大白

乾隆爷见老道渊博多智，颇通阴阳之道，便要留他在身边侍从，陪王伴驾。老道是久修得道高士，自然婉言拒绝，不过为了使乾隆爷不失颜面，特意在御前演示了一次虬角功效，命太医院将那日中毒兵士抬来，有些兵士早已奄奄一息，浑身腐烂不堪，老道在御前领了虬角，用小锯磨下几分，以宫中御茶房储存专供御用的雪水熬开，每人服了半碗。片刻之间，果然神奇，中毒的兵士们吐了几口污血，便康复如初，乾隆爷与内外大臣不禁连连称奇。

酒宴已毕，老道告辞要走，乾隆爷挽留不住，特意动玉步、下丹陛，领着文武大臣送老道出了香山静宜园，挥手告别。临走，乾隆爷忍不住拉过老道，挥手叫众人退下，悄声问了问本朝的休咎国祚，老道笑笑："万岁福运正隆，善待黎民就可，君、相是为别人造命之人，不必问罢。"

乾隆爷再三询问，老道摇摇头说："泄露天机，我之大过，只因与万岁有此机缘，胡说几句吧：十帝在位九帝囚，还有一帝困辽州。此言圣上就当玩笑吧，贫道告辞。"说完老道也不骑马，也不坐轿，迈大步潇潇洒洒翩然而去。

后面众文武大臣见乾隆爷怅然许久，忽然乐了，点点头转回园中，立即下旨，命造办处打造紫檀宝盒一只，为表明永镇两件宝物，别出心裁命内府工匠在盒子上下精雕了佛教八吉祥与道教暗八仙纹，盒盖上用五彩螺钿填出五毒之象，以显示宝物能制驭万毒，古玉寿字，自然是祈祷自己辟毒辟邪长寿长春之意。盒内铺了枣红泥金锦缎，抠了三个槽子，放入虬角、虬眼，乾隆又配了一颗混同江出产的葡萄大东珠，作为虬眼对称，镀金锁页钥匙也是特制。

当晚，乾隆在静宜园御书房里凝神静思，详详细细将老道所言洋洋洒洒写了一篇妙文，篇名就叫《虬角记》。诗兴大发的他，又写了两首御制诗，并写下嘱咐：后世子孙世代保管好此物云云。细思老道临别所言，大为安慰，只因乾隆熟读史书，早知道天下没有不灭的王朝，很为大清国国祚担忧，今日听老道所言：十帝在位九帝囚，还有一帝困辽州，如若老道是半仙之体，能算出过去未来，看来大清最少有二十代皇帝，国祚四五百年！比周朝八百年基业不敢说，下比两汉四百年基业，还算过得去。因此十分高兴，待宝盒制作好，亲手封存宝物和御笔书写的《虬角记》，秘藏于养心殿小佛堂，岁岁查看年年欣赏。

到了后来，乾隆爷用此虬眼，治好了母亲孝圣宪皇太后的眼疾，便更看重。到了晚年临终之际，传命儿子嘉庆皇帝，将虬眼为其陪葬，待他死后，放入口中做“含殓”之用，意欲容颜永在、万年不腐。而虬角，则传给嘉庆，期望他将此至宝，代代相传下去。

然嘉庆皇帝秉性质朴，看不上这些神神怪怪玄之又玄的事儿，只把其作为一般珍玩宝物，将此物从养心殿小佛堂转到养心殿内殿库收存，每次太监们查库，不过打开瞅瞅，再贴上封条罢了。当年印刘总管在道光年间，做过养心殿副总管，专门查看过此物，便知道了内情，日后说给了小师弟张承恩听。时光荏苒、岁月沧桑，这虬角来历效用，后代子孙早不得而知，等到咸丰年间，咸丰皇帝下令整理养心殿收藏，那些瞧不上的珍宝玩物，都一股脑分配到各处收存，此物才又到了御药房药库。张承恩当时任御药房大首领，点查宝盒，乾隆爷御笔、另外一颗大东珠，早已不翼而飞，就剩下盒子里的虬角，被他加盖封条，这段往事，宫内除了印刘总管，就是他知之甚详喽。

天道轮回，绝顶聪明的乾隆爷，到底把老道的谶语想错了。大清国传到第九位皇帝，正好是德宗光绪皇帝，被慈禧太后欺凌软禁，是为“九帝囚”，而还有一帝困辽州之说，还没实现，宣统小皇上就退了位，日后说不定还有一番困境遭遇吧。只是这老道来历神秘，既不知师承，也不知去向，只能令人神往猜测喽。

屋里静静的，窗外微风暖煦，树影婆娑，日影移转，只有净云子道长不徐不慢从头至尾讲述了这支虬角始末由来。众人大气不敢喘，听得如痴如醉，连杯中的茶凉了，也不理会。几个年轻人眼珠子瞪得老大，脑中飞旋映出净云子道长所说当年一幕幕离奇场景，更是神飞天外，魂游太虚。周太医默默无语，低头沉默，原本要拿周太医开心的于三叔也敛容改色，细细品味着故事里的意味。王公公回思当年康乾盛世，大清国何等昌盛，如今只落得孤儿寡母国破家败、退居深宫，不禁老泪纵横。孙老爷子眉头紧锁，想到：十帝在位九帝囚，还有一帝困辽州之说，心中惊悸，难道这么乱的世道，退居内宫的宣统小皇上，还能跑到关东的“辽州”复辟？只有王文敏解开心中谜团，捧着那支一直被认为是通天犀的虬角心驰神往激动不已。

屋里各色人等，竟是个个酸甜苦辣咸五味杂陈各有心事，被净云子道长看在眼里，轻叹一声，接过王文敏手里的虬角轻轻放入宝盒关上盖子，摇头微笑：“诸位，这一段往事因过于离奇，难以探究真假，所以至今，贫道也没跟外人说过，今日诸位来此，也是天意使然，不使此段奇闻逸事湮没世间。”王文敏躬身道：“多呈道长渊博指点，才解开我等心中之谜，此物来历既然如此神奇，我、我还真不知道如何处置，道长还有什么指教，文敏愿意聆听一二。”

“呵呵呵呵，王掌柜过谦了。”净云子点点头，“此物既然是久修未得道虬子之物，上合天意，必有灵性，与王掌柜因缘巧合相会，古人说明珠暗投，今日灵角归识家，也算不辱没了它的一身灵性。指教谈不上，也许因此角引来的种种怪异惊奇可怖之事，也是天意吧，贫道修道多年，也不过还在世间经历乱世，只是常读这本《太上感应篇》，我想说的话，都在其中。童儿，去拿几本来，送于诸位。天色不早，诸位请回吧。”

众人闻言拜谢，王文敏掀开印刷甚是精美的《太上感应篇》，久久驻足，等王公公拉着净云子唏嘘交谈了很久，众人才出了白云观，坐车回城。孙老爷子、小贵子等人见王文敏神色怅惘，喃喃自语，于三叔凝神细听，王文敏念的是：“太上曰：祸福无门，唯人自召。善恶之报，如影随形……”众人都面面相觑，心里更为沉闷。回城分手，众人各自回家，日常互相来往不断，也算因虬角成就了一段交往。

不久之后，天意轮回，直奉大战又一次打响，张大帅集合了数十万人马，要跟曹大总统抢夺北京城和总统宝座，两军人马在直隶、山海关一带打了个昏天黑地、人仰马翻，京城里也是一日数惊，百姓们纷纷躲避的躲避、逃跑的逃跑，大报小报又开始报道战况，原先由虬角引起来的满城热议，很快消失无闻，被人们忘在脑后。作战中，半途倒戈的冯大帅猛然杀了个回马枪，把北京城占据，软禁了曹大总统，派兵把退居内宫的溥仪小朝廷连根拔起，赶出紫禁城。直系大军顿时丢盔弃甲，溃不成军，兵败如山倒，让张大帅包了饺子。曹大总统只得哀切切下了大总统令，宣布下野，张大帅通电入关，与冯大帅联合占据老北京城……

历史的车轮，不以任何人的意志为转移，再一次掀开了新的一页。

后来的故事：

一、吕彪率领兵马去了热河驻扎，在那里种植鸦片，贩卖大烟，很是发了一笔横财，直奉大战，作为主力军攻打奉军，不料冯大帅倒戈后，直系大败，吕彪又带领残兵上赶着去投奔张大帅，被记恨在心的张大帅以“反复无常、寡廉鲜耻”的罪名于北京城外枪毙，尸体喂了野狗。吕家积攒了多年的珍宝金银财产被抄掠一空，成了张大帅的战利品。

二、净云子道长，第二年仙逝于白云观。

三、周太医于北伐胜利那年，病逝于北京城，得享高寿。同年，王公公病逝。

四、大牛、秋霞去了乡村生活，一直到20世纪70年代初，才无疾而终。

五、孙德胜老爷子故事，见《古砚记》。

六、于三叔一直活跃于京城黑道，20世纪30年代末退居南城小院养老，大龙接管了南城地面儿，伺候师父终老。至于于三叔、孙老爷子两人之间到底有些什么解不开的仇怨，那就是另外一个故事了。

七、瑞古阁的生意，随着战事频繁、世事离乱而起伏不定。周东家环游国外回来，大开眼界，不爱捣鼓这些老古董，就把京津两地的瑞古阁低价让给了王文敏，自己拿钱去经营时髦的工商业了。王文敏成了瑞古阁的东家、大掌柜，更是如鱼得水，全力经营，这座古玩铺子，也成为琉璃厂大买卖。后来小贵子做了二掌柜，成为王文敏好助手。

抗战胜利后，因时局不好，各家古玩铺子多撑不下来，1948年底，开业近百年的瑞古阁倒闭，王文敏带着媳妇孩子，回了乡下老家，中华人民共和国成立后病逝。小贵子在京城一直参与古董鉴赏修复工作，中华人民共和国成立后渐渐成为专家，改革开放后尚有一段故事。一直活到20世纪90年代无疾而终。

至于那支神奇珍贵的虬角，"七七"事变爆发后，因日军侵华，北平沦陷后被一位甘为汉奸、卖国求荣的伪华北政务委员会大员看中，以三万大洋强买而去，收藏家中，十分珍爱。抗战胜利后，军统局长戴雨农亲自赴北平查处抗战中的汉奸大员，自各汉奸家抄出巨额金银珍宝，古董珍玩。在抄查这位大汉奸家中时，因大汉奸听到抄家信息，早已自杀，家中混乱，这支虬角再一次不翼而飞，不知去向。

也有人说，虬角是被军统抄家人员私自献给戴雨农，他视如珍宝，准备带回南京进贡给老蒋，不料其乘坐的飞机在南京附近遇空难，机上人员全部遇难，那支虬角也和戴雨农自北平搜刮的大量珍宝一起被大火烧毁，化为灰烬。这支集合了悲欢离合种种奇遇的虬角，就此消失，只留给了后人一段久远而离奇的故事。

正是：

世事一场大梦，人生几度秋凉。夜来风叶已鸣廊，看取眉头鬓上。

酒贱常愁客少，月明多被云妨。暮云朝雨共孤光，浮生沉沦回望。

《虬角记》，至此全文完。

**图书在版编目(CIP)数据**

古玩笔记.禁忌篇/齐州三爷著.—上海:上海社会科学院出版社,2019

ISBN 978-7-5520-2517-0

Ⅰ.①古… Ⅱ.①齐… Ⅲ.①小说集-中国-当代 Ⅳ.①I247

中国版本图书馆 CIP 数据核字(2018)第 257970 号

**古玩笔记——禁忌篇**

---

著　　者:齐州三爷
责任编辑:霍　覃
封面设计:周清华
出版发行:上海社会科学院出版社
　　　　　上海顺昌路 622 号　邮编 200025
　　　　　电话总机 021-63315900　销售热线 021-53063735
　　　　　http://www.sassp.org.cn　E-mail:sassp@sass.org.cn
照　　排:南京理工出版信息技术有限公司
印　　刷:上海信老印刷厂
开　　本:710×1010 毫米　1/16 开
印　　张:21.75
字　　数:315 千字
版　　次:2019 年 3 月第 1 版　2019 年 3 月第 1 次印刷

---

ISBN 978-7-5520-2517-0/I·306　　定价:48.00 元

---